长日尽处

CARAVAL

（全2册）

STEPHANIE GARBER

［美］斯蒂芬妮·加伯————著　　刘勇军————译

上

湖南文艺出版社
HUNAN LITERATURE AND ART PUBLISHING HOUSE

博集天卷
CS-BOOKY

CARAVAL. Copyright © 2017 by Stephanie Garber.
LEGENDARY. Copyright © 2018 by Stephanie Garber.
Published in agreement with The Bent Agency, through The Grayhawk Agency.

© 中南博集天卷文化传媒有限公司。本书版权受法律保护。未经权利人许可，任何人不得以任何方式使用本书包括正文、插图、封面、版式等任何部分内容，违者将受到法律制裁。

著作权合同登记号：图字 18-2019-229

图书在版编目（CIP）数据

长日尽处：全2册/（美）斯蒂芬妮·加伯
（Stephanie Garber）著；刘勇军译 . -- 长沙：湖南文
艺出版社，2021.1
　　书名原文：Caraval; Legendary
　　ISBN 978-7-5404-9071-3

　　Ⅰ. ①长… Ⅱ. ①斯… ②刘… Ⅲ. ①长篇小说—美
国—现代 Ⅳ. ① I712. 45

中国版本图书馆 CIP 数据核字（2020）第 107710 号

上架建议：畅销·小说

CHANGRI JINCHU: QUAN 2 CE
长日尽处：全2册

作　　者：〔美〕斯蒂芬妮·加伯（Stephanie Garber）
译　　者：刘勇军
出 版 人：曾赛丰
责任编辑：薛　健　刘诗哲
监　　制：邢越超
策划编辑：刘　筝
特约编辑：李美怡
版权支持：刘子一　文赛峰
营销支持：文刀刀　周　茜
封面设计：利　锐
封面插图：钟文豪
版式设计：梁秋晨
内文排版：百朗文化
出　　版：湖南文艺出版社
　　　　　（长沙市雨花区东二环一段 508 号　邮编：410014）
网　　址：www.hnwy.net
印　　刷：三河市兴博印务有限公司
经　　销：新华书店
开　　本：880mm×1200mm　1/32
字　　数：513 千字
印　　张：22.5
版　　次：2021 年 1 月第 1 版
印　　次：2021 年 1 月第 1 次印刷
书　　号：ISBN 978-7-5404-9071-3
定　　价：79.80 元（全 2 册）

若有质量问题，请致电质量监督电话：010-59096394
团购电话：010-59320018

目 录

CONTENTS

Chapter 1

特里斯达岛 001

不管你听说卡拉瓦尔秀有多神奇，都不如亲眼一见。
卡拉瓦尔秀不仅仅是游戏或表演。
它是你在这个世界上所能找到的最接近魔法的存在。

Chapter 2

卡拉瓦尔秀前夕 067

斯嘉丽迈出了走进卡拉瓦尔秀的第一步。
只有几颗叛逆的星星高挂空中，看着她和朱利安跨过铸铁大门的门槛，
走进一个对某些人而言只存在于疯狂故事中的世界。

Chapter 3

卡拉瓦尔秀第一晚 103

斯嘉丽没有梦到莱金德。不管她有多想睡着，却连一个梦都没做。
每次她闭上眼睛，就看到诅咒城堡下面的多头蛇走廊，
里面闪烁着火光，尖叫声不绝于耳。

Chapter 4

卡拉瓦尔秀第二夜 153

你要记住一点，要想赢，你需要的不仅仅是提示。
这场游戏就像一个人。
如果你真想赢，就必须了解它的历史。

Chapter 5

卡拉瓦尔秀第四天 191

他看着她，一双温暖的棕色眼睛前所未有地温柔，
他的眼神很坦白，仿佛他希望她看到他平时一直隐瞒的事情。

Chapter 6

卡拉瓦尔秀第四夜 229

在认识他之前，她认为，
只要她要嫁的人能庇护她，她就心满意足了，
但朱利安的出现让她对另一样东西产生了渴望。

Chapter 7

第五夜

卡拉瓦尔秀最后一夜 281

泪珠顺着斯嘉丽的脸颊滚滚向下流。
她可以就这么抱着泰拉，等到她们两个都变干瘪，化为灰尘，提醒其他人，
在充满欺骗的卡拉瓦尔秀中入戏太深，就会落得她们这样的下场。

Chapter 8

卡拉瓦尔秀结束后的第一个白天 313

斯嘉丽感觉好像走进了古老的童话故事里，在这里，美梦都已成真。
空气中飘着常绿植物的香气，提灯散发出金色的光芒。

尾声 345

Chapter 1

特 里 斯 达 岛

1

这信，她这一写，就写了整整七年。

爱兰丁王朝 50 年

尊敬的卡拉瓦尔班主先生：

我叫斯嘉丽，我是为了我妹妹泰拉给您写信的。她马上就要过生日了，她特别希望能见到您和您那些神奇的卡拉瓦尔秀演员。她的生日是种植季的 37 号，如果您能大驾光临，那一定会成为最美妙的生日。

翘首以盼的斯嘉丽
来自特里斯达征服群岛

爱兰丁王朝 51 年

尊敬的卡拉瓦尔班主先生：

又是我斯嘉丽。您收到我的上一封信了吗？今年我妹妹说啦，她的年纪太大了，不适合庆祝生日，但我觉得，就因为你一直没来特里斯达，她心里很难过。今年的种植季她就十岁了，我十一岁。她是不会承认的，但她心里非常希望见到您和您那些神奇的卡拉瓦尔秀演员。

> 翘首以盼的斯嘉丽
> 来自特里斯达征服群岛

爱兰丁王朝 52 年

尊敬的卡拉瓦尔秀班主莱金德先生：

我很抱歉我在前面几封信里弄错了您的名字。我希望您不是出于这个原因才不来特里斯达。我不光是为了我妹妹的生日，才盼着您带着您那些神奇的卡拉瓦尔秀演员来这里，我自己其实也挺想看的。

这封信很短，真对不起，不过要是我父亲看到我给您写信，一定会生气的。

> 翘首以盼的斯嘉丽
> 来自特里斯达征服群岛

爱兰丁王朝 52 年

尊敬的卡拉瓦尔秀班主莱金德先生：

　　我刚刚听到消息，在此致以我的慰问。虽然您一直没来特里斯达，也没给我回信，但我就是知道您不是凶手。听说您在一段时间内不会外出巡演了，我真的非常遗憾。

斯嘉丽敬上
来自特里斯达征服群岛

————————————————————————————————

爱兰丁王朝 55 年

尊敬的班主莱金德先生：

　　我是来自特里斯达征服群岛的斯嘉丽，您还记得我吗？我知道，自打我给您写第一封信，已经过了好几年了。我听说您和您的演员又开始演出了。我妹妹告诉我，您从不去同一个地方两次，可您上次来是五十年前，现在这里的变化可大了。我敢打包票，这世上就没有人比我更渴望看到你们的表演。

翘首以盼的斯嘉丽

————————————————————————————————

尊敬的班主莱金德先生：

我听说您去年去了南方帝国的首都，还改变了天空的颜色。这是真的吗？我真的很想带妹妹一起去看，只可惜我们不能离开特里斯达。有时候，我觉得我最远也就是去过征服群岛了。就因为这个，我才这么希望您和您那些演员能来这里。我再请求一次大概也只是白费力气，可我真的盼望您能考虑到这里来。

翘首以盼的斯嘉丽

来自特里斯达征服群岛

爱兰丁王朝 57 年

尊敬的班主莱金德先生：

这兴许是我的最后一封信了。我很快就要嫁人了。所以，今年您和您的演员们最好还是不要来特里斯达了。

斯嘉丽·德拉格纳

亲爱的斯嘉丽·德拉格纳（来自特里斯达征服群岛）：

恭喜你即将结婚。我很抱歉我不能带演员们到特里斯达去。我们今年没有巡回表演，接下来的表演只能凭请柬入场。但若是你和你的未婚夫能想办法离开你所在的岛，来看我们的表演，那我期待与你相见。随函附上请柬，算是我送你的结婚礼物。

卡拉瓦尔秀班主莱金德　亲笔

2

　　斯嘉丽高兴坏了，她的情绪来得比往常更加色彩鲜明——有燃烧的煤炭那种热切的红色，有新生的蓓蕾那种急切的绿色，有振翅飞鸟的羽毛那种激昂的黄色。

　　他终于回信了。

　　她又把信看了一遍。第三遍。第四遍。她的目光扫过每一个清晰的墨水字迹和卡拉瓦尔秀班主的银质饰章上每一条柔软的曲线，那个标志是一个太阳，太阳中有一颗星星，星星中有一滴泪珠。随函所附的纸张上也有同样的封印。

　　这绝不是恶作剧。

　　"多娜泰拉！"斯嘉丽冲下台阶，跑到酒窖找妹妹。熟悉的糖浆和橡木味扑鼻而来，却不见她那个调皮小妹的身影。

　　"泰拉，你在哪儿？"油灯将琥珀色的光芒投射到一瓶瓶朗姆酒和几个刚刚装满的木桶上。斯嘉丽穿行其间，只听一声呻吟，跟着又传来沉重的呼吸声。泰拉刚刚和她们的父亲大吵了一架，这会儿多半是喝多了，躺在地上呼呼大睡呢。

"多娜——"

她只说了妹妹名字的两个字，就说不下去了。

"哈罗，斯嘉。"

泰拉咧开嘴冲斯嘉丽微微一笑，露出一口白牙，嘴唇有些肿胀。她那头蜜色鬈发还是那么蓬乱，披巾掉落在地上。可在看到一个年轻水手搂着泰拉的腰时，斯嘉丽这才结结巴巴地说："我是不是来得不是时候？"

"无所谓啦，我们可以重新开始。"水手带有一点点南方帝国的口音，说起话来抑扬顿挫，相比斯嘉丽已经习惯的莫里迪安帝国那种尖厉的方言，他的声音显得那么舒缓圆润。

泰拉咯咯笑了起来，但有点脸红，这说明她至少还知道羞："斯嘉，他是朱利安。"

"很高兴见到你，斯嘉丽。"朱利安笑了，清爽得如同炎热季中的一抹阴凉，诱人极了。

斯嘉丽知道她应该说"我也很高兴见到你"，这才是礼貌的回答。只是她满脑子想的都是他那双依然搭在泰拉那条长春花色裙子上的手，他摆弄着裙撑上的流苏，仿佛泰拉是一个他等不及要拆开的包裹。

朱利安来特里斯达岛大约只一个月。好家伙，当初他趾高气扬地从船上走下来，高大英俊，一身古铜色的皮肤，吸引了几乎所有女人的目光。就连斯嘉丽都有些为他动心，只是她还算理智，知道不要陷得太深。

"泰拉，你能不能跟我过来一下？"斯嘉丽尽力礼貌地向朱利安一点头。她们穿过酒桶，一走出他的听力范围，她就说道："你们在做什么？"

"斯嘉，你就快结婚了，我想你该清楚男女之间的那回事吧。"泰拉开玩笑似的用手肘捅了捅姐姐的肩膀。

"好啦，我要说的不是这个。你该知道，要是被父亲发现，你会有什么下场。"

"所以我才不准备被抓到。"

"你严肃点好不好。"斯嘉丽说。

"我很严肃。要是被父亲发现，我就往你身上推。"泰拉刻薄地干笑一声，"不过我看你到这里来，不是为了谈这件事吧。"她的目光落在斯嘉丽手里的那封信上。

提灯散发出朦胧的光晕，照射在金属光泽的信纸边缘上，闪烁着耀眼的金色，这是魔力和期望的颜色，预示着肯定有事发生。信封上的地址散发着同样的光泽。

斯嘉丽·德拉格纳 小姐 收

由牧师忏悔室转交

特里斯达

莫里迪安帝国征服群岛

泰拉瞪大眼睛看着这些光泽闪闪的字。斯嘉丽的妹妹向来都对美好的事物情有独钟，比如那个还在酒桶后面等她的小伙子。一般情况下，要是斯嘉丽有什么漂亮的东西找不到了，一准儿能在她妹妹的房间里寻得。

不过泰拉并没有拿过信。她依然双手叉腰，好像这件事与她没有任何关系。"又是那个伯爵来的信？"瞧她说出这个头衔的语气，活像他是个妖怪。

斯嘉丽琢磨是不是要为未婚夫说两句好话，不过她妹妹显然已经表现出对她的订婚抱何态度。莫里迪安帝国的其他地方十分盛行包办婚姻，况且一连好几个月了，那位伯爵一直诚心诚意地给斯嘉丽写情书，所以，无论她说什么，都改变不了现状；而且，泰拉甚至拒绝去理解为什么斯嘉丽要嫁给一个她见都没见过的人。但在斯嘉丽看来，和陌生人结婚总好过一辈子待在特里斯达。

"好啦，"泰拉催促道，"那和我说说这是什么吧。"

"这封信不是伯爵写的。"斯嘉丽小声说，她可不希望泰拉的水手朋友听到，"是卡拉瓦尔秀的班主寄来的。"

"他给你回信啦？"泰拉一把抓过信，"老天！"

"嘘！"斯嘉丽连忙把她妹妹向后推到桶边，"不要让别人听到。"

"现在不能庆祝一下吗？"泰拉拿出夹在请柬里的三张纸。水印在灯光下闪烁华光。有那么一刻，水印呈现出和信纸边缘一样的金色，然后变成了危险的血腥深红色。

"看到了吗？"泰拉倒抽一口气，看着银色字母如旋风一样在信纸上显现出来，慢慢地形成了文字——特邀：来自征服群岛的多娜泰拉·德拉格纳。

斯嘉丽的名字出现在另一张请柬上。

第三张上只有"特邀"二字。和其他请柬一样，这两个字下面写着一个她从未听说过的小岛的名字：梦之岛。

斯嘉丽觉得这张没有写明受邀者姓名的请柬是给她未婚夫的，而且，有那么一会儿，她还幻想着，等到他们结婚后一起去看卡拉瓦尔秀，该有多浪漫。

"啊，快看，这里还有字。"请柬上又出现了很多字，泰拉尖叫道。

可进入观赏卡拉瓦尔秀，仅可使用一次。

大门在爱兰丁王朝57年、种植季节13日的午夜时分关闭。迟到者将不得参与游戏，或是无缘争取今年的"愿望"大奖。

"只剩下三天了。"斯嘉丽说，她之前感觉到的亮色颜色的情绪这会儿都消失了，以往那黯淡的灰色失望又回来了。哪怕是一刹那，她也应该意识到，她根本是去不成的。她老以为卡拉瓦尔秀还有三个月，或者是三个星期，反正就是在她结婚之后。斯嘉丽的父亲一直都没有宣布她的结婚日期，可她知道，她是不可能在三天之内结婚的。在那之前离开这座岛不光不可能，还很危险。

"哇，瞧瞧今年的奖品吧。"泰拉说，"是一个愿望呢。"

"我还以为你不拿愿望这种事当真呢。"

"我觉得这是你喜欢的。"泰拉说，"你知道的，人们会不惜任何代价去弄到这个奖品。"

"你没看到他写了要出岛吗？"不管斯嘉丽多想看卡拉瓦尔秀，她都更需要结这个婚，"要是想三天之后到，我们明天就得出发。"

"你觉得我为什么这么兴奋？"泰拉的眼睛越来越亮，每次她高兴的时候，这个世界就变得亮晶晶的，连斯嘉丽都想要和她一起开怀大笑，答应妹妹的所有要求。然而，斯嘉丽也知道，不能对愿望这种虚幻的东西心存希望，毕竟它是多么靠不住。

斯嘉丽的嗓音变尖了，讨厌自己即将毁掉妹妹的好兴致，但幸亏是她，若是换作别人，毁掉的可就不只是泰拉的快乐了："你是不是也在这里喝朗姆酒了？你忘了吗，上次我们要离开特里斯达，父亲是怎么对付我们的？"

泰拉皱起眉头。有那么一刻，她看起来那么脆弱，而她一直以来都在极力掩饰这一点。跟着，她的表情变了，朱唇又微微上扬，从脆弱变成了坚不可摧："那都是两年前的事了，我们现在可比那时候聪明多了。"

"而我们会失去的东西也多了。"斯嘉丽坚持道。

她们曾经也试过去看卡拉瓦尔秀，当时，泰拉倒是可以不去理会所发生过的一切。斯嘉丽从未告诉妹妹她们的父亲都用了什么法子来惩罚她们；她不愿意让泰拉生活在那样的恐惧之下，知道会有比父亲的惩罚更可怕的事情发生，所以要时时回头，多加小心。

"不要告诉我，这是因为你害怕搅黄了你的婚礼。"泰拉紧紧地抓着请柬。

"住口。"斯嘉丽一把把请柬抢了回来，"你都把边缘弄皱了。"

"你是在回避我的问题，斯嘉丽。是不是为了你的婚礼？"

"当然不是。重点是我们没法在明天出岛。我们甚至都不知道那个地方在哪儿。我都没听说过梦之岛，可我知道，这个岛不在征服群岛。"

"我倒是知道。"朱利安从几个朗姆酒桶后面走出来，脸上挂着笑，这表示他不会为了偷听私人对话而道歉。

"这事与你无关。"斯嘉丽摆摆手，示意他走开。

朱利安莫名其妙地看着她，好像从没有女孩子对他如此不屑："我就是想帮帮忙而已。你没听说过那个岛，是因为它并不在莫里迪安帝国的版图里。它不受五大帝国的统治。梦之岛是莱金德的私人小岛，只有大约两天的路程。要是你们想去，我可以让你们偷偷上我的船，不过不是免费的。"朱利安直瞄第三张请柬。他那双棕色眼睛特别明亮，睫毛又浓又密，足以打动女孩子，让她们撩起裙子，张开手臂。

人们会不惜任何代价去弄到请柬——泰拉的这句话在斯嘉丽的脑海中不断地回响。朱利安或许长了一张讨喜的脸，可他还有南方帝国的口音，所有人都晓得，南方帝国是个无法无天的地方。

"不要。"斯嘉丽说，"要是我们被发现了，那就太危险了。"

"我们做的每件事都很危险。如果有人发现我们和一个男孩在这里，也会有麻烦。"泰拉说。

朱利安听到别人管他叫男孩，表现出一副不高兴的样子，但泰拉没等他开口反对，就继续说了起来："我们做的事就没有安全的。但现在值得冒险。你这辈子等的就是这个，每次看到流星，你都会许这个愿望，每次游船靠港，你都会祈祷那是一艘魔法船，送来了神秘的卡拉瓦尔秀演员。你甚至比我还想看呢。"

不管你听说卡拉瓦尔秀有多神奇，都不如亲眼一见。卡拉瓦尔秀不仅仅是游戏或表演。它是你在这个世界上所能找到的最接近魔法的存在。斯嘉丽看着手里的请柬，祖母的话便在她的脑海里响起。她从小就极喜欢的卡拉瓦尔秀从未像此刻感觉那么真实。斯嘉丽经常能看到与她的强烈情绪相对应的色彩，有那么一刻，浓黄色的渴望在她的内心中燃烧起来。斯嘉丽允许自己有片刻的失神，想象着她去到莱金德的私人小岛，参加游戏，最终赢得奖品，可以实现一个愿望。自由。选择。奇迹。魔法。

美妙而荒诞的白日梦。

最好从白日梦中抽身出来。愿望就跟独角兽一样，都是虚无缥缈的东西。斯嘉丽小时候特别信祖母说的话，觉得卡拉瓦尔秀拥有超凡的魔力，可随着她一天天长大，她就把那些童话抛到脑后了。她从未见过任何关于那种魔力存在的证明。现在看来，祖母的故事更像是老太太的夸大而已。

在一定程度上，斯嘉丽依旧殷切盼望去体验一把壮观的卡拉瓦尔秀，但她也知道，卡拉瓦尔秀的魔力压根儿改变不了她的生活。唯一有能力向斯嘉丽或她妹妹提供崭新生活的人，就是斯嘉丽的未婚夫伯爵大人。

这会儿，她们不再把请柬举到油灯边上，字迹消失，请柬看起来又很普通了。"泰拉，我们不能去，那太冒险了，要是我们离开这座岛——"酒窖的楼梯嘎吱响了起来，斯嘉丽连忙住口。随之传来了靴子踩踏的咚咚声。至少三双靴子。

斯嘉丽惊慌地看着妹妹。

泰拉咒骂了一声，立即采取行动，让朱利安躲起来。

"别躲了。"德拉格纳总督走下楼梯，他的西装上喷了很多香水，香味太浓了，连酒窖里的刺鼻酒气都盖过了。

斯嘉丽赶紧把信塞进裙袋。

她父亲后面跟着三个卫兵。

"我想我们没见过面吧。"德拉格纳总督没理会两个女儿，而是向朱利安伸出一只戴着手套的手。他戴着一副紫红色手套，那是深深的瘀伤和权力的颜色。

可至少他还戴着手套。德拉格纳总督就好以一副端庄文雅的面目示人，打扮得无可挑剔，喜欢穿剪裁讲究的双排扣长礼服和紫色条纹马甲。他大约四十五岁，并不允许他自己像别的男人一样发胖。他用一个雅致的黑色蝴蝶结将一头金发绑在脑后，这可是时下最流行的风格，他的眉毛修剪得整齐，留着深金色山羊胡子。

朱利安的个子比较高，总督却依然盛气凌人，高人一等。斯嘉丽能看出她父亲正在打量水手——棕色小帽打着补丁，松松垮垮的马裤塞在及膝高的破烂靴子里。

朱利安毫不犹豫地向总督伸出没戴手套的手，由此可见，他是个多么自信的人："很高兴见到您，先生。我叫朱利安·马雷罗。"

"我是马尔切洛·德拉格纳总督。"两个男人握了握手。朱利安想把手抽出来，但总督把手握得更紧了："朱利安，你肯定不是这座岛上的人吧？"

这次朱利安犹豫了："不是，先生，我是水手。是'金色之吻'号上的大副。"

"这么说，你只是路过了。"总督笑了，"我们这里的人都对水手青睐有加。毕竟，他们对我们的经济有好处。人们都愿意花很多钱到这里停靠，去这里逛的时候，他们花的钱更多。现在，请告诉我，你觉得我的朗姆酒怎么样？"他用空闲的那只手一指酒窖，"我想，你下来品尝的，就是这个吧？"

朱利安没有立即回答，总督追问道："你不满意？"

"不是，先生。我的意思是，我很满意，先生。"朱利安纠正道，"我尝试过的都很好。”

“也包括我的两个女儿？”

斯嘉丽一下子就紧张起来。

“从你的呼吸里，我闻得出来，你连一滴朗姆酒都没喝。”德拉格纳总督道，“而且我知道，你来这里不是为了打牌或祷告。所以，说说看吧，你品尝过的，是我的哪个女儿？”

“噢，不，先生，您误会了。”朱利安摇摇头，睁大眼睛，仿佛他从没做过什么不光彩的事。

“是斯嘉丽。”泰拉脱口而出，“我一下来就看到了他们两个。”

不。斯嘉丽暗骂一句她那个傻妹妹：“父亲，她在撒谎。是泰拉，不是我。是我撞见了他们两个。”

泰拉立即满脸通红：“斯嘉丽，你可别撒谎。那样只会让事情变得更糟。”

“我没撒谎！父亲，真的是泰拉。再过几个礼拜我就要结婚了，你觉得我会干出这种事吗？”

“父亲，别听她的。”泰拉打断了她的话，“我听她说过，这能帮她在结婚前松弛松弛。”

“你又撒谎——”

“够了！”总督扭头看着朱利安，他依然用戴着香喷喷紫红色手套的手，紧紧握着朱利安那只古铜色的手，“我的两个女儿恶习不改，向来都很爱说谎，可我肯定，你比较乐于合作。现在，告诉我，年轻人，和你在这里厮混的，是我的哪个女儿？”

“我想肯定是有误会——”

"我没有误会。"德拉格纳总督没有让他把话说完，"我再给你一次机会向我坦白，不然的话——"总督的卫兵都向前跨了一步。

朱利安瞟向泰拉。

泰拉大力摇摇头，用口型说出了"斯嘉丽"三个字。

斯嘉丽很想吸引朱利安的注意力，想要告诉他，他这么做不对，可她看得出，即便还没有回答，水手就已经打定了主意："是斯嘉丽。"

这个鲁莽的家伙。他准是以为这么做是在帮泰拉，可事实正好相反。

总督松开朱利安的手，摘掉喷了香水的紫红色手套。"我警告过你了。"他对斯嘉丽说，"你知道要是你不听话，会有什么样的后果。"

"父亲，求你了，我们只是亲了一下而已。"斯嘉丽试着走到泰拉前面，可一个卫兵把她向后拉到酒桶边上，死死抓住她的手肘扳到身后，可她还是挣扎着要去保护妹妹。因为，要为了这次的罪行而受到惩罚的，不是斯嘉丽。每次斯嘉丽或是妹妹不听话，德拉格纳总督都会向另一个做出可怕的事，作为惩罚。

总督在右手上戴了两枚大戒指，一枚是方形的紫水晶戒指，另一枚是尖锐的紫钻。他转动这两枚戒指，跟着扬起手，狠狠地打在泰拉的脸上。

"不要！该受惩罚的是我！"斯嘉丽尖叫道——这是个错误，而她很清楚不该犯这个错。

她父亲又打了泰拉一下。"这一巴掌是说谎的惩罚。"他说。第二巴掌的劲道可比第一巴掌大多了，打得泰拉跪倒在地，殷红的鲜血从脸颊上流了下来。

德拉格纳总督这才满意地向后退了一步，在一个卫兵的马甲上蹭掉手上的血。跟着，他转过身，面对斯嘉丽。不知怎的，他似乎比以前高了，而斯嘉丽感觉好像她自己变小了。让她亲眼看着他打她妹妹，这是她父亲能给她造成的最大的伤害："不要再让我失望了。"

"我很抱歉，父亲。我犯了一个愚蠢的错误。"一整个早晨，这是她说的最发自内心的话。她或许不是朱利安品尝过的那一个，可她再一次没能护住妹妹："我不会再让这种事情发生。"

"但愿你说到做到。"总督戴上手套，把手伸进长礼服，拿出一封折叠着的信，"我可能不该给你这个，但是，这或许能提醒你，你会失去什么。你的婚礼在十天之后，也就是下周周末，20 号。要是再出岔子，会流血的，可就不只是你妹妹的脸了。"

3

　　斯嘉丽好像依然能闻到父亲身上的香水味。那种气味闻起来就像他的手套的颜色，像是茴芹味、薰衣草味，还有股很像烂李子的气味。就算他早就走了，这股气味依然久久地盘旋不去，笼罩着坐在一起的斯嘉丽和泰拉。她们在等女仆送来干净的绷带和药。

　　"你应该让我把实话说出来的。"斯嘉丽说，"他大概不会为了惩罚你，对我下这么重的手。毕竟，我再过十天就要结婚了。"

　　"他或许不会打你的脸，但他会做其他恶毒的事，他没准会打断你的手指，让你做不成新婚被子。"泰拉闭上眼，向后靠在一桶朗姆酒上。她的脸颊这会儿几乎就跟她父亲那双叫人讨厌的手套一个颜色："该挨打的人是我，不是你。"

　　"没有人该受这种惩罚。"朱利安说。自从她们的父亲离开，这还是他第一次开口："我——"

"得啦。"斯嘉丽插口道，"你的道歉可没法叫她的伤口愈合。"

"我不是要道歉。"朱利安顿了顿，像是在权衡接下来要说的话，"我说过要带你们两个离开这座岛，现在我改主意了，只要你们想走，我什么都不要。我的船明天天一亮离港。如果你们想通了，就来找我。"他看了看斯嘉丽和泰拉，便顺着楼梯走了。

"不行。"斯嘉丽说，泰拉还没说话，她就猜到她要说什么了，"要是我们偷跑，等我们回来，肯定没好果子吃。"

"我没打算回来。"泰拉睁开眼。她的眼里噙满了泪水，目光却很犀利。

斯嘉丽经常被妹妹的冲动气得抓狂，可她也知道，泰拉一旦打定主意，就不会回头。斯嘉丽意识到，早在卡拉瓦尔秀班主莱金德的信来到之前，泰拉就已经做出了决定。所以她才会和朱利安在一起。她看到他走了，还像个没事人一样，可知她心里没有他。她只是要找个水手带她离开特里斯达岛。现在，斯嘉丽给了她所需要的离开的理由。

"斯嘉，你也应该走。"泰拉说，"我知道，你认为这桩婚姻能拯救你，保护你，可万一那个伯爵和父亲一样坏，甚至更可恶，你该怎么办？"

"不会的。"斯嘉丽坚持道，"你看了他的信，就会知道他不是那样的人。他是个完美的绅士，还承诺照顾我们两个。"

"噢，姐姐。"泰拉笑了，却不是开心的笑容。人们若要说一些不想说的话，就会这样笑："如果他真是那样一个绅士，那他为什么总是神秘兮兮的？为什么你只知道他的头衔，却不知道他的名字？"

"这又不是他的错。隐瞒他的身份，是父亲用来控制我们的办法。"斯嘉丽手中的信就是证明。"你自己看看吧。"她把信交给妹妹。

种植季 1 号

爱兰丁王朝 57 年

我最亲爱的斯嘉丽：

这是我的最后一封信。很快，我即将上船，前往征服群岛。你的父亲希望不要公布我们的结婚日期，将其作为惊喜，但我请求他将这封信转交给你，因为我觉得，我们第一次见面，就足以称得上惊喜了，根据我听到的关于你的事，我想，对我而言，我一定会得到一个称心如意的惊喜。

就在我写这封信的时候，女仆刚刚为你妹妹准备好客房。我想你们两个一定会在瓦伦达过得很开心——

剩下的信纸不见了。不光是新郎写的内容被毁掉了，她父亲还谨慎地弄掉了蜡封的所有痕迹，唯恐斯嘉丽从中找到进一步的信息，发现她要嫁的人是谁。

这也是他那恶毒的花招。

有时候，斯嘉丽感觉整个特里斯达岛都处在一个穹顶之下，这一大块玻璃将所有人都困在里面，而她父亲俯视全岛，有人若去了不该去的地方，他就把他们弄回去，或是除掉。她的世界如同一个巨大的棋盘，她父亲认为这桩婚姻是他的倒数第二步，方便他将他想要的一切都掌握在手里。

德拉格纳总督比岛上的大多数官员都要富有，他经营朗姆酒生意，还做其他黑市生意，然而，就因为特里斯达是征服群岛中的一座小岛，所以，他没有权力和尊崇的地位，而这正是他心心念念的东西。不管他拥有多少财富，莫里迪安帝国其余地方的摄政王和贵族全都不把他当回事。

包括特里斯达岛在内，征服群岛一共有五座岛屿，它们被纳入莫里迪安帝国的版图已经有六十多年了，不过这并没有改变什么，人们依然认为岛上的原住民和帝国刚刚征服他们的时候一样，就是乡巴佬，不光粗野，还没什么文化。然而，根据斯嘉丽的父亲说，这次联姻将改变这样的情况，让他和一个贵族家庭搭上关系，得到他梦寐以求的名望，以及更大的权力。

"这证明不了什么。"泰拉说。

"这证明他为人体贴，善解人意，而且——"

"在信里，所有人听起来都跟绅士一样。可你该知道，只有卑鄙无耻之徒才会与我们的父亲做交易。"

"别再说这样的话了。"斯嘉丽抢回信。她妹妹错了。曲线整齐，线条柔和，伯爵的字迹都说明他是个考虑周到的人。他若是个很冷漠的人，就不会给她写这么多信来安抚她的顾虑，更不会承诺也会带泰拉和他们一起去莫里迪安帝国首都瓦伦达——她们父亲的手伸不到这么远。

斯嘉丽也知道，伯爵有可能并不完全是她盼望中的样子，但和他一起生活，必定好过和父亲一起生活。而且，她不能公然反抗父亲，毕竟他那充满恶意的警告依然在她的脑海里回荡着："要是再出岔子，会流血的，可就不只是你妹妹的脸了。"

斯嘉丽绝不会为了在卡拉瓦尔秀中赢得一个愿望这种可能性微乎其

微的事，就让这桩婚姻陷入岌岌可危的地步。

"泰拉，我们如果偷跑了，父亲就算追到天涯海角，也会把我们抓回来的。"

"那至少我们还去过天涯海角。"泰拉说，"我宁愿在那里死，也不愿意在这里活，更不愿意被困在你那个伯爵的房子里。"

"这肯定不是你的真心话。"斯嘉丽厉声道。她讨厌泰拉说这些不计后果的激烈言辞。斯嘉丽常常担心妹妹会寻死。泰拉总把"我宁愿死"这句话挂在嘴边。她似乎也忘了这是个危机四伏的世界。斯嘉丽的祖母不光会讲卡拉瓦尔秀的传说，还讲过年轻女子要是没有家人的保护，会遇到什么样的可怕遭遇。女孩子独立谋生，以为她们做着受人尊敬的工作，到头来只会发现她们不是沦落到了窑子里，就是只能在环境恶劣的工场里干活。

"你的顾虑太多了。"泰拉站起来，双腿有些摇晃。

"你要干什么？"

"我再也不会等那个女仆了。我才不要让别人在接下来的一小时里摆弄我的脸，然后强迫我一整天都躺在床上。"泰拉捡起掉在地上的披巾，当围巾一样蒙在头上，遮住脸上的瘀伤，"如果我明天要坐朱利安的船离开，现在就需要去准备准备，比如捎信给他，让他知道我明早会去找他。"

"等等！你根本还没想清楚。"斯嘉丽快步跟在妹妹身后，不过泰拉冲上台阶，走过大门，斯嘉丽还是慢了一步。

外面的空气像浓汤一样黏稠，开阔的院子里充斥着下午的气息——潮湿，有股咸腥味，十分刺鼻。最近肯定有人把捕到的鱼送到了厨房。

到处都能闻到鱼腥味，斯嘉丽没有理会，而是穿过风雨侵蚀的白色拱门和镶有陶土瓦的走廊，去追泰拉。

斯嘉丽的父亲永远都觉得房子不够大。他家位于镇子边缘，土地比大多数人家的都多，所以他什么时候想再盖一座房子，就可以盖。更多客房。更多庭院。更多隐秘的走廊用来走私非法酒，而且天知道他们还走私什么。斯嘉丽和妹妹都被禁止去很多新建的走廊。假如她们的父亲看到她们这样狂奔，一定会毫不犹豫地用鞭子抽她们的脚。只是相比他发现泰拉要逃离这个岛后会干出的事情，脚后跟和脚趾受伤就算不得什么了。

早晨的雾气还没有完全散开。泰拉冒险跑进了雾气最浓的走廊里，斯嘉丽好几次都跟丢了妹妹。有那么一刻，斯嘉丽还以为彻底失去了她的踪迹。跟着，斯嘉丽看到蓝裙子一闪，正在通往德拉格纳庄园最高点的楼梯上，也就是牧师忏悔室。牧师忏悔室是一座用白色石头建成的高耸塔楼，在阳光下熠熠生辉，好让镇子里的每个人都看到。德拉格纳总督喜欢人们把他当成虔诚的人，虽然事实上他永远也不会向别人吐露他干过的那些肮脏勾当，因此，这里成了岛上他很少踏足的地方之一，而人们渐渐地开始在这里偷偷传递秘密信件。

来到楼梯顶端，斯嘉丽加快了速度，终于在忏悔室雕刻木门外的半月形院子里追上了妹妹。

"别跑了。"斯嘉丽喊道，"你敢给那个水手写信，我就把所有的一切都告诉父亲。"

前面的人立即停住了脚步。跟着就换成斯嘉丽愣住了，因为随着大雾散开，那个女孩转过了身来。刺眼的阳光倾泻到小庭院里，她这才看到站在她面前的是一个身着蓝衣的年轻见习修女。她的头上裹着围巾，看起来与泰拉有几分相似。

斯嘉丽真要感谢她那个诡计多端的妹妹，所以她才这么善于找借口。汗水从她的脖颈向下流，她估摸泰拉这会儿正在庄园里其他某个地方偷东西，准备转天与朱利安远走高飞。

斯嘉丽需要另想办法去阻止她。

泰拉准会记恨她一段时间，但是，斯嘉丽不会让妹妹为了区区一个卡拉瓦尔秀，就毁掉一切。毕竟只要斯嘉丽嫁了人，她们两个人就都能得救——假使结不成婚，她们就都完了。

斯嘉丽跟着年轻的见习修女走进忏悔室。忏悔室很小，是圆的，一向都很安静，斯嘉丽几乎都能听到蜡烛摇曳的声音。蜡烛密密麻麻地摆在石墙边缘，蜡液向下滴，借着烛光，可以看到画中的圣徒处在各种痛苦状态，尘土和干花散发出陈腐的气味。斯嘉丽走过一排木座椅，鼻子有点痒。座椅尽头的圣坛上放着用来写下罪孽的纸张。

七年前，也就是她母亲失踪之前，斯嘉丽从未来过这个地方。她甚至都不知道，在忏悔之际，人们要把他们的恶行写在纸上，再把纸交给牧师，而牧师会把纸烧掉。和她的父亲一样，斯嘉丽的母亲帕洛玛也不信教。可在帕洛玛从特里斯达岛人间蒸发之后，斯嘉丽和妹妹就陷入了绝望当中，她们没有别的地方可去，就会来这里，祈祷母亲能快点回来。

当然了，她们的请求没有得到答复，不过牧师也不是完全帮不上忙；斯嘉丽和妹妹发现，他们可以十分谨慎地传递信件。

斯嘉丽拿起一张纸，小心翼翼地写了起来。

我今晚想见你一面。午夜后一小时来黑瞳海滩见我。有要事相商。

斯嘉丽把纸条连同一大笔丰厚的捐款一起交给牧师，在这之前，她只写了地址，却没有签名。她没写名字，只画了一个心形。她希望这样就足够了。

4

在斯嘉丽八岁的时候，为了不让她靠近海岸，她父亲的卫兵就吓唬她说黑瞳海滩上的黑沙子闪闪发光，特别可怕。"那里的沙子之所以是黑的，是因为那是海盗尸骨焚烧后留下的灰烬。"他们这么说。她那个时候只有八岁，比现在傻多了，所以对这套说辞深信不疑。

至少在一年里，她都不敢靠近海岸，连沙子都不敢看。她父亲手下有一个卫兵还不错，这个人的大儿子费利佩最终宣布了真相：沙子就是沙子，根本就不是什么海盗的骨灰。只可惜，和孩子们经常听到的谎言一样，那个谎言也在斯嘉丽心里留下了深深的烙印。就算再多人确认过事实也无济于事。在斯嘉丽的心里，黑瞳海滩上的黑沙永远都是海盗的骨灰。

夜色深重，她站在沙滩上，布满斑点的蓝月亮在这片不同寻常的沙滩上方散发出诡异的光芒，她又想起了那个谎言。她向黑瞳海滩布满岩石的黑海湾走去，感觉沙粒钻进了她的舞鞋，在她的脚趾之间滑动。她右边海滩的尽头是一面黑色峭壁，怪石嶙峋。而在她的左边，一块断裂的岩石如同巨大的舌头，延伸进海水之中，斯嘉丽觉得大岩石周围的石头就好像一颗颗高低不平的牙齿。在这样的夜里，她能闻到月亮的气味、浓郁的蜡烛味和大海的咸腥味扑鼻而来。大海波浪涛涛，布满了光点。

她想起了衣兜里神秘的请柬，如闷烧火焰一样的月亮让她想起白天的时候，那些带着金属光泽的字迹熠熠生辉。有那么一刻，她真想改变主意，和妹妹一起远走高飞，毕竟她依旧爱做梦，哪怕只有那么一点点而已。

但她曾经这么做过。

费利佩曾为她们订了纵帆船旅行。

她和泰拉只是到了船板上，只不过是到这一步，她们就付出了惨痛的代价。一个卫兵粗鲁极了，把泰拉拖回庄园，还把她弄晕了。但斯嘉丽是在清醒状态下被带出码头的。她被迫站在石滩边缘，闪亮的蓝色潮汐池里的水没过了她的靴子，就这么眼睁睁看着她父亲将费利佩带到大海里。

那天晚上该被淹死的人是她才对。被她父亲把头按进水里的人应该是她。直到她的四肢不再在水里摆动，直到她的身体一动不动，没有了生命，如同被冲上岸的海藻。后来人们都以为费利佩是意外淹死的，只有斯嘉丽知道事实。

"如果你胆敢再犯，你妹妹将遇到同样的命运。"她父亲这么警告她。

斯嘉丽从未对外人说过这件事。她没有告诉泰拉真相，只是说她有点过分保护她而已。只有斯嘉丽知道，除非她找到丈夫，让他带她们坐船离开，否则，她们就不可能安全地离开特里斯达。

波涛拍打着海岸，遮盖了脚步声，但斯嘉丽还是听到了。

"我想见妹妹，没想到来的是姐姐。"朱利安悠闲地走近。在黑暗之中看来，他一点也不像水手，倒像是个海盗，他整个人散发出一股精心演练过的悠然自得，斯嘉丽感觉到，相信他绝不是明智之举。夜色把他的长外套染成了墨黑色，影子投在他的颧骨上，显得跟两片刀锋一样锋利。

斯嘉丽这会儿琢磨着，冒这么大风险，深更半夜偷偷溜出庄园，到这片人迹罕至的海滩上见这个男孩子，到底值不值得。她一向都在警告泰拉不要做这种疯狂又鲁莽的行为呢。

"依我看，你是不是改主意，要接受我的提议了？"他问。

"不是，不过我有件事求你。"斯嘉丽尽量表现得很勇敢，还拿出了卡拉瓦尔秀班主莱金德寄来的精美邀请函。她的手指不愿意松开请柬，可为了泰拉，她别无选择。那天晚上早些时候，斯嘉丽回到房间，却发现那里被人洗劫了。那可真是一场灾难，斯嘉丽看不出妹妹都拿走了什么，可泰拉显然是在偷东西，为了那次注定失败的航行做准备。

斯嘉丽把请柬塞给朱利安："三张都给你。随便你是自己用还是卖掉，我只有一个要求，那就是你提早开船，不要带上多娜泰拉。"

"啊，你是要收买我。"

斯嘉丽不喜欢这字眼。她觉得这个词用在父亲身上更合适。不过为了泰拉，她就算上刀山下火海也在所不惜，更何况是放弃她的最后一个梦想："我妹妹太冲动了。她想跟你走，却根本就不知道这有多危险。如果我们的父亲抓到她，那他做出的惩罚要比今天恶毒无数倍。"

"她留在这里就安全了吗？"朱利安的声音很低，夹杂着一丝嘲笑的意味。

"等我结婚了，我打算带她和我一起走。"

"那她愿意和你一起走吗？"

"她以后会感谢我的。"

朱利安露出一个豺狼般的微笑，一口白牙在月光下闪闪发光："你妹妹之前就是这么跟我说的。"

她的预警本能太迟钝了。一听到新的脚步声，她立马扭过头。泰拉就站在她身后，个子不高的她披着一件深色斗篷，看起来就好像是黑夜的一部分："我为我这么做向你道歉，但正是你教会我，没什么比照顾自己的姐妹更重要。"

忽然之间，朱利安用一块布蒙住斯嘉丽的脸。她拼命地挣扎，要挣脱开。她用脚踢起阵阵黑沙，不管那块布上抹了什么强有力的药，它的药力都很快发生了作用。斯嘉丽感觉周围的世界转呀转呀，到最后，她甚至都不知道她是睁着眼，还是闭着眼。

她在下坠。

下坠。

不停下坠。

5

　　斯嘉丽在完全失去意识之前，感觉到有一只手轻轻滑过她的脸颊：
"这是最好的办法了，姐姐。人生不仅是苟且偷生……"

　　她的话将斯嘉丽送进了一个世界，而那个世界只存在于清醒梦境的
美妙国度。

　　一个都是窗户的房间映入眼帘，与此同时，她听到了祖母的声音。
一轮坑坑洼洼的月亮在天空中闪烁，布满纹理的蓝色月光自玻璃投射到
屋内，照射在人的身上。

　　那是小时候的斯嘉丽和泰拉，她们的手小小的，满脑子都是天真的
梦，她们蜷缩在床上，祖母为她们掖好被子。母亲失踪后，这个女人和
她们在一起的时间就更多了，可斯嘉丽只能想到这一个晚上她安排她们
睡觉，一般而言，这都是女仆的工作。

　　"给我们讲讲卡拉瓦尔秀的事吧。"小斯嘉丽央求道。

"我想听莱金德班主的故事。"泰拉附和道,"能不能给我们讲讲,他这个名字是怎么来的?"

祖母坐在床对面一张穗饰椅子上,仿佛那是个宝座。她纤细的脖子上挂着好几串黑珍珠项链,手臂上也戴着黑珍珠,一直从手腕戴到手肘,活像是一双奢华的手套。她穿着硬挺的淡紫色睡袍,没有一丝皱痕,越发衬托出她昔日美好容颜上的深刻皱纹。

"莱金德来自桑托斯一个演员之家。"她说道,"他们有的是剧作家,有的是演员,很不幸,他们全都没有天赋。他们能成功,唯一的原因就是他们个个都像天使一样美丽。据说,莱金德是他们当中最英俊的一个。"

"但我觉得他真名不叫莱金德。"斯嘉丽说。

"我不能把他的本名告诉你。"祖母说,"可我能说,和所有优秀以及可怕的故事一样,他的故事也是源于爱。他深爱着优雅的安娜莱斯。而他的手段是一头金发和甜言蜜语。她把他迷住了,正如在她之前,他迷惑了无数个女孩子一样,而她凭借的是恭维、亲吻和诺言。他本该知道那些承诺并不可信。

"莱金德当时并不富有,他主要依靠魅力和偷走芳心来过活。安娜莱斯说,她可以接受这种情况,可惜她父亲是个有钱的商人,断断不会允许她嫁给一个穷小子。"

"那他们结婚了吗?"泰拉问。

"要是你能听下去,就知道了。"祖母说。

在她身后,一片云遮住了月亮,只有两个小光点露出来,光点悬在她的一头银发后面,如同魔鬼的两只角。

"莱金德想到了一个计划。"她继续说，"爱兰丁即将加冕成为莫里迪安帝国的女皇。莱金德认为，如果他能到加冕礼上去表演，就能赚得盆满钵满，还能出大名，那样他就有能力娶安娜莱斯了。只是莱金德没什么才能，就遭到了拒绝，他感觉很丢脸。"

"要是我，就会允许他去表演。"泰拉说。

"我也是。"斯嘉丽表示同意。

祖母皱起眉头："你们两个怎么总打断我的话，我的故事都讲不完了。"

斯嘉丽和泰拉把嘴噘成了小小的粉红心形。

"莱金德那时候没有任何魔力，"祖母又讲道，"但是他相信他父亲给他讲过的传说。他听说，要是人们特别想要一个东西，那每个人都能得到一个不可能实现的愿望，但只有一个，并且可以借助魔法的力量。于是，莱金德就去寻找一个研究魔法的女人。"

"她说的是女巫。"斯嘉丽小声说。

祖母停顿了一下，小泰拉和小斯嘉丽瞪大眼睛，看着这个玻璃房子变成了有木墙壁的三角形船舱。祖母的故事在她们面前变成了现实。黄色的蜡烛倒悬在天花板上，奶油色的烟雾扭曲着、飘动着。

船舱中心坐着一个女人，她有一头火红的头发，一个男孩坐在她对面，身材颀长，戴着一顶深色大礼帽。是莱金德。斯嘉丽看不清他的脸，却认得那顶标志性的帽子。

"那个女人问他最想要什么。"祖母接着讲道，"莱金德告诉她，他想要带领世界上最棒的剧团，从而赢得他的至爱安娜莱斯。然而，那个女人提醒他，鱼与熊掌不能兼得。他必须二选其一。"

"莱金德不仅英俊，还很自负，他觉得她是错的。他告诉他自己，等到他名扬四海，就能娶到安娜莱斯。因此他选择了这个愿望。他说，他希望他的表演能成为传奇（莱金德这个名字的英文即 legend，意为传奇。——译者注）。还要有魔力。"

一股微风吹进房间，吹灭了所有蜡烛，只有照亮莱金德的那根还亮着。斯嘉丽看不清楚他的脸，但她肯定，他变了，仿佛他突然间又有了一道影子。

"变化立即就产生了。"祖母解释道，"莱金德发自内心的欲望是那么强而有力，点燃了魔法，女巫告诉他，他的表演将出类拔萃，是魔幻与现实的融合，会让从未见过此类表演的人们大开眼界。可她也警告道，实现愿望就必须付出代价，他表演的次数越多，就会越像他表演的角色。如果他表演恶棍，他自己也会变成恶棍。"

"这表示他是个恶棍吗？"泰拉问。

"那安娜莱斯怎么样了？"斯嘉丽打了个哈欠。

祖母笑了："女巫说莱金德不可能既拥有名气，又得到安娜莱斯，她说得一点也不错。在成为莱金德之后，他就不再是她深爱的那个男孩子了，于是，她嫁给了别人，莱金德特别伤心。他是得偿所愿，成了名人，可他说安娜莱斯背叛了他，他发誓他再也不会爱上别人。或许有人说他是个恶棍。但还有人说，他的魔法让他成为神一般的人物。"

小泰拉和小斯嘉丽迷迷糊糊，就快睡着了，眼皮半睁半合，嘴巴却都弯成新月形状，笑了出来。泰拉是因为听到"恶棍"这个词而笑，斯嘉丽则是听到了莱金德的魔法，才会笑。

6

斯嘉丽醒了过来，感觉她失去了一件重要的东西。平常，她都是勉强睁开眼睛，慢慢腾腾地伸伸四肢，走下床，再小心谨慎地四下看看，可在今天，斯嘉丽一睁开眼睛，马上就坐了起来。

她身下的世界在不停地摇晃。

"喂，小心。"朱利安伸出手，赶在她在船上站起来之前，一把扶住她——如果他们所在的这个小浴盆也能称之为船的话。管这东西叫筏子更合适，刚好可以容纳他们两个人。

"我睡了多久？"斯嘉丽看清楚周围的环境，便死死抓住了小"船"的边缘。

朱利安坐在她对面，把两支桨放进水里，在一片陌生的海域里划着，只是他的动作很小，以免把水溅到她身上。红棕色的太阳在天空中越升越高，海水看起来有点像粉红色，小小的浪花是蓝绿色的，这会儿，开始涨潮了。

现在是早晨，不过斯嘉丽觉得自打她昏睡过去以来，已经过了不止一个凌晨了。上次见到朱利安的时候，他的脸很光滑，此时他的下巴布满了胡楂，至少两天没刮脸了。相比那天他在沙滩上露出豺狼般的微笑那会儿，此时的他看起来更猥琐。

"你这个浑蛋！"斯嘉丽狠狠给了他一巴掌。

"噢！好端端的干吗出手伤人？"他的脸颊上立马出现了一道红宝石色的瘀痕。那是怒火和惩罚的颜色。

斯嘉丽为自己的所作所为感觉惊恐不已。她偶尔会管不住自己的舌头，却从未打过别人。"对不起！我不是故意的！"她紧紧抓住横坐板的边缘，准备他也打她一巴掌。

只是她预计的那一巴掌迟迟没有到来。

朱利安怒气冲冲，他的脸颊通红，下巴绷得紧紧的，却没有碰她一下。

"你不需要害怕我。我从没打过女人。"他不再划桨，而是注视着她的眼睛。此时此刻，他的目光不像酒窖里那样轻佻，也不像她在海滩上见到的那样具有掠夺性，他既没有故意施展魅力，也没有要吓坏她。在他冷峻的外表下，斯嘉丽依然能看到他看着她父亲掌掴泰拉时露出的表情。当时，斯嘉丽吓坏了，朱利安也同样惊骇。

她在他脸上留下的掌痕在逐渐退去，随着它的消失，斯嘉丽能感觉到她的恐惧消失了一部分。并非每个人都会和她父亲一样暴力。

斯嘉丽的手指离开小船的边缘，不过她的手依然在抖。

"对不起。"她努力挤出这句话，"可你和泰拉不该——等等。"斯嘉丽说不下去了。那种失去重要东西的恐怖感觉此时一股脑儿又回来了。那个东西有一头蜜色头发，还有天使的面孔和魔鬼的笑容。"泰拉在哪儿？"

朱利安又把桨放回水里，这次，他把水溅了斯嘉丽一身。冰冷的水珠弄湿了她的大腿。

"要是你对泰拉做了什么，我发誓——"

"放松，红红——"

"我叫斯嘉丽（斯嘉丽这个名字在英文中表示"深红色"。——译者注）——"

"差不多啦。你妹妹很好。到了岛上你就能见到她了。"朱利安用一支桨指了指他们的目的地。

斯嘉丽正准备争论两句，可当她看到水手所指的地方，原本要说的话就消失了，好像热黄油似的，在她的舌尖上化了。

地平线上的那座岛一点也不像她熟悉的特里斯达。特里斯达岛上的沙子是黑的，有布满岩石的海湾，奄奄一息的灌木丛，这片土地却草木茂盛，充满了生机。生机勃勃的葱翠群山笼罩在闪亮的雾气之中，山上长满了树，高山直插云霄，犹如一块块巨大的绿宝石。一道蓝色瀑布从最高峰的顶端倾泻而下，瀑布散发着七彩虹光，宛若化了的孔雀羽毛，消失在环绕这座梦幻般小岛周围的云中，此时旭日东升，日光晕染了云朵。

是梦之岛。

这是一座充满了梦幻的岛。在从卡拉瓦尔秀请柬上看到这座岛的名字之前，斯嘉丽从未听说过它。然而，就算不问，她也知道，眼前出现的，就是莱金德的私人岛屿梦之岛。

"你一路上都在睡觉，真是太幸运了。之前的航程可不都是这样风景优美。"瞧朱利安的语气，好像他帮了她一个很大的忙。然而，不管这座岛有多迷人，一想到另一座岛，她就觉得特别沉重。

"这里距离特里斯达有多远？"她问。

"我们在征服群岛和南方帝国之间。"朱利安漫不经心地答道，好像他们只是在她父亲庄园边的海滩上漫步一样。

事实上，这是她离开家最远的一次。咸咸的海水溅到了斯嘉丽的眼睛里，十分刺痛："我们走了多少天了？"

"今天是 13 号。但在你再给我一巴掌之前，你该知道，你妹妹安排得好像你们两个被人绑架了，借此争取到了时间。"

斯嘉丽想起泰拉把她的东西翻得乱七八糟，弄得她的房间跟个废墟似的："所以我的房间才会变得那么凌乱？"

"她还留下了一封勒索信。"朱利安又说，"这样一来，等你们回去后，你还是可以嫁给你的伯爵，从此后过着幸福的生活。"

斯嘉丽承认妹妹这一招很高明。可若然被父亲发现了真相，他一定会气疯——特别是距离她的婚礼只有一个礼拜了。浑身发紫、从鼻孔里喷火的恶龙形象出现在她的脑海里，她看到了灰色的焦虑。

可也许到这座岛一行，是值得冒险的。风似乎是在低诉，提醒她，13 号也是莱金德那张请柬上的日期。迟到者将不得参与游戏，或是无缘争取今年的"愿望"大奖。

斯嘉丽尽量不受诱惑，可是，住在她心里的那个孩子正贪婪地陶醉于这个新世界之中。这里的色彩更明亮，更浓重，更鲜明，相比之下，她从前见过的颜色显得是那么单调与无趣。

云向梦之岛飘过来，散发着受到炙烤的铜的颜色，像是马上就要着火了，而不是要降下雨来。这让她想起了卡拉瓦尔秀班主莱金德的信；被光线一照，镀金的信纸边缘宛若火焰。她晓得她必须立即回家，然而，在莱金德的私人岛屿上探索一番对她来说拥有无尽的吸引力，好比那些宝贵的清晨时刻，那个时候，斯嘉丽或是醒来，面对残酷现实的一天，或是一直闭着眼睛，继续梦想着美好的事物。

然而，美可能具有欺骗性，坐在她对面的男孩就是证据，他摆动双桨，缓缓地划动筏子，看他那个样子，好像绑架女孩子是他每天都会做的事情。

"泰拉为什么会先到岛上去？"斯嘉丽问。

"因为这艘船一次只能载两个人。"朱利安又用他的桨溅了斯嘉丽一身水，"我放下她后又来接你，你应该对我感激不尽才对。"

"我又没有要你来接我。"

"但是你花了七年时间给莱金德写信，对吗？"

斯嘉丽的脸颊变得滚烫。不光是因为那是私人信件，她只对泰拉一个人说过，还因为朱利安说到莱金德这个名字时语带嘲讽，让斯嘉丽感觉自己像个大傻瓜，而她的确傻了很多年。她就是个孩子，并没有意识到大多数童话都没有大团圆结局。

"这没什么可丢脸的。"朱利安说，"我打包票，很多年轻姑娘都给他写信。你大概也听说了，他能长生不老。我也听说，他有法子让人们爱上他。"

"不是那样的，"斯嘉丽争论道，"我写的不是情信。我只是想看看他的魔法。"

朱利安眯起眼,像是不相信她的话:"如果你说的是真的,为什么你现在不想看了?"

"我不知道我妹妹还对你说了什么,不过我想那天在酒窖里,你也知道我们面临着怎样的危险。我小时候是很想看卡拉瓦尔秀。现在,我只希望我和妹妹安然无恙。"

"你不觉得这也是你妹妹的愿望吗?"朱利安不再划桨,任由小船随着轻柔的波涛漂浮,"我可能不太了解她,可我觉得她并不想寻死。"

斯嘉丽并不认同。

"依我看,你早就忘了如何生活,而你妹妹则在提醒你。"朱利安继续说,"但如果你只想苟且偷生的话,我可以送你回去。"

朱利安冲远处的一个斑点一仰头,那东西看来很像一条小渔船。他们很可能就是坐那条船来的,毕竟现在这条筏子显然对抗不了惊涛骇浪。

"就算你对航海一无所知,用不了多久,也会有人把你救起来,送你回你那宝贵的特里斯达岛。不然的话——"朱利安停顿一下,冲着笼罩在雾气中的白色小岛一点头,"可如果你真是你妹妹口中那个勇敢的女孩子,那你可以让我继续划。你可以和她在岛上待一个礼拜,看一看是否有比苟且偷生更有价值的东西。"

一个浪头打来,小船晃了晃,蓝绿色的海水拍打着船侧,他们漂进了梦之岛周遭冰冷云雾的范围内。斯嘉丽的头发贴在脖颈上,而朱利安的深色头发都卷曲了起来。

"你不明白。"她说,"我倘若不立即回特里斯达,我父亲会毁掉我的。再过一个星期,我就要嫁给一个伯爵,这桩婚姻是我们过上另一种生活的机会。我很想看卡拉瓦尔秀，只是我不愿意拿我唯一获得幸福的机会来冒险。"

"你看待事物的方式挺特别。"朱利安一边的嘴角牵动了一下，像是在强忍笑意，"我可能说得不对，但大多数婚姻都谈不上幸福。"

"我没有这么说。"斯嘉丽讨厌他总是曲解她的话。

朱利安把船桨放进水里，力道刚好又溅她一身水。

"你有完没完！"

"等你告诉我你要去哪里，我就住手。"他又溅了她一身水，小船越发靠近海岸，铜色的云开始变灰暗，呈现出绿色和清冷的蓝色。

空气中飘浮着一股对斯嘉丽而言非常陌生的气味。特里斯达永远充斥着鱼腥味，这里的空气则好闻得很，有点像是馥郁的柑橘味。她不知道这香气是不是有毒，不然为什么她明明知道她应该到岛上去找泰拉，然后尽快回家，却难以向朱利安说出这些话。忽然之间，她仿佛又回到了九岁，天真无邪，满怀着期望，相信一封信能让她心愿成真。

她是在她母亲帕洛玛丢弃她们之后写的第一封信。她希望给泰拉一个快乐的生日。母亲离开后，受打击最大的就是她妹妹了。斯嘉丽想尽办法来弥补帕洛玛留下的空当。可惜的是，斯嘉丽那时还小，而且，不仅仅是泰拉一个人苦苦地思念母亲。

要是她说声再见，留个纸条，或是仅仅暗示她去了哪里，为什么出走，她们接受起来也会更容易一点。然而，帕洛玛就这么突然消失了，没有带走任何东西。她就像一颗破碎的星星那样失踪了，在这个世界里没有留下一丝痕迹，再也没有人能一睹它昔日散发出的华光。

斯嘉丽曾怀疑是父亲伤害了母亲，可在帕洛玛离开他之后，他一度变得非常狂暴。为了找她，他几乎毁掉了整个庄园。他还派卫兵打着搜索罪犯的旗号，去镇子里找，因为他不希望任何人发现他妻子不见了。如果她是被绑架的，却也找不到丝毫打斗的痕迹，也没有人送勒索信来。看来是她自己走的，而这让事情变得更糟。

然而，虽然发生了这么多事，斯嘉丽依然觉得母亲是个会魔法的人，她的笑容亮晶晶的，笑声如银铃一般，嗓音美妙动听；有她在特里斯达岛，斯嘉丽的世界里就充满了欢乐，她父亲也温柔一些。在帕洛玛离开他之前，德拉格纳总督从不向家人施暴。

那之后，斯嘉丽的祖母更多地关注起了两个女孩子。她其实不是个特别亲切的人。斯嘉丽一直怀疑她并不喜欢小孩子，只是她讲的故事实在精彩。她讲了很多有关卡拉瓦尔秀的故事，让泰拉和斯嘉丽都听得入迷了。她说，卡拉瓦尔秀充满魔法，斯嘉丽爱上了这种说法，相信如果莱金德和他的演员能来到特里斯达岛，就能将快乐带回她的生活，哪怕只是几天也是好的。

有那么一刻，斯嘉丽一想到不仅能感受到一丝快乐，还能经历魔法，不由得心驰神往。她想着她只要一天，去享受卡拉瓦尔秀，到莱金德的私人小岛上探索，然后，她就彻底关闭幻想的大门，这辈子再也不会这么不切实际。

距离斯嘉丽的婚礼还有一个星期。这可不是一时兴起去冒险的好时机。泰拉把斯嘉丽的房间弄得一团糟，朱利安说她还留下了一封勒索信，但是，斯嘉丽的父亲最终一定会发现这不过是桩骗局。留下来是最糟糕的主意。

可如果斯嘉丽和泰拉只在卡拉瓦尔秀的第一天留下来，就能及时赶回去，不会耽误斯嘉丽的婚礼。斯嘉丽觉得她父亲很快就会发现真相，知道她们在什么地方。只要她和泰拉只留下观看头二十四小时的演出，她们就不会有危险，而她们的父亲永远也不会发现她们到底去了哪里。

"没时间了，红红。"

围绕在他们周围的云雾渐渐散开，小岛边缘显露了出来。斯嘉丽看到沙子很蓬松，而且是白色的，从远处看，就好像蛋糕上的糖霜。她几乎可以想象到泰拉一边轻抚沙粒，一边招呼斯嘉丽过去和她一起，确认沙子跟看起来一样是甜的。

"如果我现在和你一起走，你能不能保证，要是我明天和泰拉回特里斯达，你不会再有任何绑架的企图？"

朱利安把一只手放在心脏的位置："我以我的人格起誓。"

斯嘉丽不肯定她是否相信朱利安有人格。一旦他们到了卡拉瓦尔秀，他可能就会弃她们于不顾了。

"你现在可以划桨了。但请你小心点，不要再溅我一身水。"

朱利安嘴角上扬，把桨放进水里，这次冰冷的海水弄湿了她的舞鞋。

"我告诉过你别弄我一身水了。"

"与我无关。"朱利安又划了起来，这次加起了小心，却还是有海水没过了她的脚。这里比特里斯达凉爽的海岸还要冷。

"我想是船上有个洞。"

水漫过了他们的脚踝，朱利安骂了一声："你会游泳吗？"

"我住在一座岛上，游泳当然是必备技能。"

朱利安脱掉外套，扔到船侧："你把衣服脱掉吧，游起来会轻松一些。你穿着内衣了，对吧？"

"你确定我们划不到岸边吗？"斯嘉丽争论道。她的脚浸在水里，冰冷刺骨，她的手心却依然在冒汗。梦之岛似乎只在一百码开外；她从未游过这么远。

"我们可以试试看，但这艘船坚持不了。"朱利安脱掉靴子，"我们最好利用这段时间把衣服脱掉。海水很冷，穿着所有衣服，不可能游过去。"

斯嘉丽环视雾气缭绕的水面，想看看是不是有其他船只或筏子："到了岛上，我们穿什么呀？"

"我想我们现在需要担心的，只是怎么到岛上去。对了，我虽然说的是'我们'，其实指的是你。"朱利安解开衬衫扣子，露出古铜色的肌肉，昭示着他在水中肯定是泳姿矫健。

跟着，他没说一句话，就一头扎进了海里。

他甚至都没回头看。他那强壮的手臂自如地在冰冷的浪涛里摆动，冰凉的海水在斯嘉丽周围渐渐升高，到了她的小腿，她的裙子下摆都漂了起来。她试着划了几下，却只是让小船继续下沉而已。

她只剩下跳海这一条路了。

空气被挤压出她的肺，她只是感觉冰冷刺骨，喘不上气。她眼前是一片白色。所有的一切都是白的。就连海水也不再是粉色和蓝绿色，而是变成了恐怖清冷的白色。斯嘉丽把头伸出海面，大口大口地吸气。

她尽量像朱利安那样轻松地游着，可他说得对。紧身胸衣太紧了；大腿周围的布料太重，一直缠在一起。她用力地踢腿，却一点用也没有。斯嘉丽越是用力，大海就越是不合作。她几乎都无法浮出海面了。一个冰冷的浪头拍击在她的头上，压得她直往下坠。太冷了，四肢沉甸甸的。

她拼命要游回水面，肺部火烧火燎。父亲淹死费利佩的时候，费利佩必定就是这样的感觉。你活该，一部分她这么说。海水如同无数双手，拉着她向下沉，向下沉，向下沉……

"我还以为你会游泳。"朱利安使劲儿拉着斯嘉丽向上浮，直到她的头冲出了水面。

"呼吸。慢点。"他哄道，"不要这么大口吸气。"

斯嘉丽依然觉得肺部灼痛，却还是挤出几个字："你竟然丢下我不管。"

"因为我以为你会游泳。"

"是我的裙子——"斯嘉丽感觉到裙子再次扯着她向下坠，连忙住了口。

朱利安猛吸一口气："你觉得，要是没我帮忙，你能浮在海面上一分钟吗？"

他用空闲的那只手挥动着一把刀，跟着，在斯嘉丽同意或抗议之前，他就潜到了水下。

像是过了无比漫长的一段时间，斯嘉丽才感觉到朱利安搂住她的腰。跟着，刀尖从她的乳房上划过。斯嘉丽屏住呼吸，水手则用刀从她的肚子一直划到屁股中心，割开了她的紧身胸衣。圈在她腰上的手臂加紧了力道，而且，不知道是什么挤压着斯嘉丽的乳房。她从未与任何男孩子这样接触过。她尽量不去想朱利安在割开那条沉重的裙子，把它从她的身体上拉开的时候，都看到了什么，或是摸到了什么，毕竟现在只有一件湿漉漉的无袖内衣贴在她的皮肤上。

朱利安终于浮出水面，大口喘着气，还喷了斯嘉丽一脸水。

"现在能游了吧？"他现在说起话来比刚才费力多了。

"你能吗？"斯嘉丽沙哑地问，她的语言能力也受损了。感觉好像发生了一件特别亲密的事情，又或者，会紧张的只是她一个人而已。她估摸水手早就看过无数个裸女了。

"我们不要说话了，这纯属浪费体力。"朱利安游了起来，这次一直不离她左右，不过她看不出来，这是因为他担心她的安危，还是在救了她以后，他也变虚弱了。

斯嘉丽依旧能感觉到大海拖着她向下沉，可没了沉重的裙子，她就能挣扎着向前游去。她和朱利安同时靠近梦之岛闪闪发光的白色海岸。来到近处，沙子看起来更蓬松了。现在看来更像是雪。她在特里斯达从未见过这么多雪，如同静止不动的云，是充满了魔力的白色，犹如在整个海岸上铺了一张冰冷的地毯。

说来也怪，雪上连一个脚印都没有。

"现在你绝对不能放弃我。"朱利安一把抓住斯嘉丽的手，拉着她向完美无瑕的白色矮树林跑去："快点，我们必须动起来。"

"等等——"斯嘉丽又环视了一眼沙滩上的雪。她又想到了撒在蛋糕上的糖霜。就是她在面包房橱窗里看到的那种，滑滑的，完美无瑕，而雪中没有泰拉的脚印。

"我妹妹在哪儿？"

7

环绕小岛的云如薄纱一般，这会儿，云遮住了太阳，在海岸线上投下灰蓝色的阴影。斯嘉丽脚下没有丝毫痕迹的雪不再是白色，而是向她闪烁着长春花色的光芒，仿佛是在与她开一个很私人的玩笑。

"泰拉在哪儿？"斯嘉丽又问了一遍。

"我肯定是把她送到海滩上的其他地方了。"朱利安又来抓斯嘉丽的手，可她躲开了，"我们必须保持运动，不然就会被冻死。等暖和过来，我们就去找你妹妹。"

"可如果她也很冷，该怎么办？多娜泰拉！"斯嘉丽虽然冻得牙齿直打战，却还是呼喊道。曾经，她父亲发现泰拉吻了她的第一个男朋友，便惩罚斯嘉丽晚上睡在外面，此时，脚下的雪和紧贴在冰冷皮肤上的湿衣服让她感觉比那时还要冷。就算是这样，斯嘉丽不找到妹妹，也绝不会离开："多娜泰拉！"

"你这是在浪费你的呼吸。"朱利安没穿上衣，水从他身上往下滴，他瞪着斯嘉丽，看起来比以往还要危险，"我送你妹妹来的时候，她身上是干的。她穿着外套，还戴了手套。不管她在哪儿，都不会觉得冷，可要是我们还留在这里，一定会被冻死。我们应该到那边的树林里去。"

过了遍布白雪的沙滩，就是林木线，树林里绿树葱郁，草木繁盛，一股落日橙色的烟柱弯弯曲曲地飘向空中。斯嘉丽发誓，那个烟柱是突然出现的，片刻之前还没有呢。她甚至都不记得她之前有见到那些树。和特里斯达岛上那些贫瘠的矮树丛不一样，这里的树干看起来都好像粗粗的鞭子，纠缠在一起，表面长着蓝绿色的苔藓，而苔藓上则覆盖着一层雪。

"不要——"斯嘉丽瑟瑟发抖地说，"我们——"

"我们不能再像现在这样漫无目的地走来走去了。"朱利安打断了她的话，"你的嘴唇都发紫了。我们必须找到那个烟柱。"

"我才不在乎。要是我妹妹依然在这里——"

"你妹妹可能去找卡拉瓦尔秀的入口了。我们必须在天黑之前进入卡拉瓦尔秀，所以，我们得去烟柱的方向，然后做同样的事情。"他大步向前走去，赤裸的双脚踏在雪沙上，嘎吱嘎吱直响。

斯嘉丽最后看了一眼这片未受触动的沙滩。泰拉一向都不是那种会耐心等待的人，就算是不耐烦地等，她也不屑去做。只是如果她真的去了卡拉瓦尔秀，那为什么看不到一点她留下的痕迹？

斯嘉丽不情不愿地跟着朱利安走进树林。她的脚下不再是雪，取而代之的是一条栗色土路，松针扎在她那已经冻得麻木的脚趾上。她看到自己留下了湿漉漉的脚印，却没看到泰拉的高跟靴的痕迹。

"她可能走了另一条路。"朱利安虽然没有牙齿打战,他那原本是古铜色的皮肤这会儿却呈现出靛蓝色,与树木那扭曲的影子的颜色很相似。

斯嘉丽很想争辩几句,可她身上湿透的衣服像冰一样贴在身上。树林里比海岸线上冷多了。她用冻僵的手臂圈住胸口,这样做却只是让她自己感觉更冷而已。

朱利安的脸上闪过一丝担心的表情:"我们必须找个地方,让你取取暖。"

"可我妹妹——"

"她很聪明,现在肯定已经进了卡拉瓦尔秀了。如果你在这里冻死,就再也找不到她了。"朱利安搂住斯嘉丽的肩膀。

她立即僵住了。

他那对浓浓的眉毛皱在一起,明显是很不爽她这样:"我就是想让你暖和点。"

"你也很冷——"况且还是半裸的。

斯嘉丽挣脱开他的怀抱,还踉跄了一下,这时候,他们来到树林的尽头,柔软的泥地变成了较硬的公路,铺着乳白色的石头,光滑得如同抛过光的海玻璃。这条卵石路延伸出很远,与迷宫一般弯弯曲曲的街道相交在一起,她看不到尽头在何处。两侧圆形商店林立,很不搭调,有的漆成珠宝色,有的漆成蜡笔色,商店摞在一起,活像是胡乱摞在一起的帽盒。

这样的景致叫人陶醉,令人沉迷,却也异常安静。商店的门都关着,屋顶上的雪就好像落在废弃不看的故事书上的灰尘。斯嘉丽不知道这是个什么样的地方,但是,她想象中的卡拉瓦尔秀不是这样。

落日橙色的烟柱依旧袅袅地升入空中，看起来还是跟在海滩上看时一样远。

"红红，我们不能停下来。"朱利安催促她走过这条稀奇古怪的街道。

斯嘉丽不知道是不是因为太冷了，她才会产生幻觉，或者只是她的脑袋有些不对劲。除了一片死寂之外，帽盒形状的商店的招牌上都不知所云。招牌上写着不同的话。有的上面写着：营业——午夜时分左右。其他招牌上写着：明天回来。

"为什么商店都关门了？"她问。她一说话，就有哈气冒出来，"人都去哪儿了？"

"我们只管往前走就行了。别停。我们一定要找到能取暖的地方。"朱利安大步向前走，从斯嘉丽见过的最古怪的商店边走过。

乌鸦标本上戴着圆顶高帽。遮阳伞装在手枪皮套里。女士发带上装饰着人类的牙齿。镜子可以映照出人类灵魂的阴暗面。寒冷影响了她的视力。她希望朱利安是对的，泰拉正在某个温暖的地方。斯嘉丽依旧在寻找妹妹那头蜜色头发，竖起耳朵聆听是否有她银铃般的笑声，可每家店都是空的，四周一片死寂。

朱利安拉了拉几家店的门把手，都拉不动。

下一排的废弃商店卖的都是奇异商品：坠落的星星，希望种子。奥德特目镜店卖可以看到未来的眼镜（四种颜色可选）。"真不赖。"斯嘉丽喃喃地说。

奥德特目镜店旁边的商店挂着一条横幅，宣称老板能修复破损的想象。横幅下面有一排瓶子，里面装着美梦和噩梦，还有一种叫白日噩梦的东西。斯嘉丽觉得，就在她那头黑发结了冰的时候，就算是白日噩梦了。

朱利安在她旁边骂了一声。在几个帽盒形商店街区之外，他们隐约能看到烟柱冒出来的地方，这会儿，烟柱缠缠绕绕地飘向一轮太阳，太阳里有颗星星，星星里有颗泪珠。那是卡拉瓦尔的标志。寒意已经深入斯嘉丽的骨髓和牙齿，就连她的眼皮也结了一层霜。

"等等——快看那里！"斯嘉丽摆动着一只颤抖的手，示意朱利安去看卡萨比恩钟表店。一开始，她只是以为那是黄铜色的窗框镶板，可在窗户后面，在很多钟摆、平衡器和闪闪发亮的木陈列柜那一边，可以看到一个壁炉里闪着火光。门上的标志牌上写着：无休商店。

他们快步走进商店，嘀嗒声、咕咕声响成一片，秒针和发条齿轮迎接着就快被冻成冰的两个人。在突如其来的温暖之中，斯嘉丽本来都已感觉不到的四肢此时传来了阵阵刺痛，温暖的空气进入她的肺，火烧火燎地疼。

冰冻的声带在她说话的时候发出嘶哑的声音："有人吗？"

嘀嗒。

嘀嗒。

只有齿轮在回应。

这家商店是圆形的，如同表盘。地上的马赛克瓷砖拼出了各种式样的数字，几乎到处都摆着形状不同的钟表。有些是倒着走的；其他钟表里都是裸露在外的齿轮和杠杆。在后面的墙上，几块钟表动起来好像拼图，每到整点，拼图块就会靠拢在一起。房间中央摆着一个沉重的带锁玻璃罩子，里面的怀表可以让时间倒退。若是换成其他时候，斯嘉丽一定会很好奇，现在她则只关心一件事，那就是靠近噼里啪啦燃烧着且散发出融融暖意的壁炉。

她很乐意在壁炉前化成一摊水。

朱利安拿开炉栅，用边上的拨火棍把火拨旺：“我们应该把衣服脱下来。”

“我——”看到朱利安向一座红木大落地钟走去，斯嘉丽便停止了抗议。落地钟脚下有两双靴子，两边的三角楣饰上挂着的两个衣架上，各挂着一套衣服。

“看来好像有人为你准备好一切了呢。”戏谑意味又回到了朱利安的声音里。

斯嘉丽走到衣服边上，没有理会他的调侃。衣服旁边有一张镀金桌子，上面摆着月亮形状的钟表，桌上放着一个弯曲的花瓶，里面插着红玫瑰，边上有个托盘，盘上摆着无花果面包、肉桂茶和一张字条。

给斯嘉丽·德拉格纳和她的同伴。
很高兴你们能来。

莱金德 上

这张字条用的纸与斯嘉丽在特里斯达收到的信纸一样，边缘都有金箔。她不晓得莱金德是不是会如此费心照顾他的每一位客人。斯嘉丽才不相信她有丝毫特别之处，然而，她就是无法想象卡拉瓦尔秀班主会为所有来宾都安排个性化的问候，送上如血的玫瑰。

朱利安咳嗽了一声：“你介意吗？”水手伸手拿过一块面包，扯下为他准备的那套衣服。跟着，他开始解裤带："我是不介意啦，可你是要看着我宽衣解带吗？"

斯嘉丽尴尬不已，连忙别过脸。他这人还真是没礼貌。

她也得去换衣服，只是没有地方能保护她不走光。这个房间似乎不可能在他们进来后变小了，但是，她现在才发现这里非常小。她和前门之间的距离还不到十英尺："要是你背对我，那我们两个就都可以换衣服了。"

"就算面对面，也可以换呀。"此时，他的声音中夹杂着笑意。

"我没这个打算。"斯嘉丽说。

朱利安轻轻笑了几声。可当斯嘉丽抬起头来，却发现他背对着她。她努力不去盯着他的后背看。他的后背肌肉发达，他的整个躯干都是如此，但吸引她注意力的，并不仅仅是这一点。他的肩胛骨之间有一道很粗的伤疤。他的腰上还有两道疤。像是他被人刺了很多刀一样。

斯嘉丽重重嘘出一口气，内疚感立即就涌了上来。她不该看的。她连忙抓起给她准备的衣服，专心换了起来。她尽量不去想象他那些疤是怎么留下的。她就不愿意让任何人看到她的疤。

一般来说，她父亲只会把她打到瘀青而已，多年以来，她都是自己穿衣服，不让女仆帮忙，以免被别人看到。她原本以为这样的经历现在总算派上用场了，可莱金德留下的衣服根本就不需要别人帮忙穿；衣服相当简单，有点叫人失望。与她想象中的卡拉瓦尔的衣服大相径庭。没有紧身胸衣。连衣裙的上身是毫不起眼的米色，裙子的颜色也很单调。没有衬裙，也没有裙撑。

"我现在能转过来了吗？"朱利安问，"我早就都见过了。"

他之前紧紧搂着她的腰、割开她的裙子的情形立即闪现在她的脑海里，从胸骨到屁股随之传来一阵刺痛："感谢提醒。"

"我说的不是你。我几乎都没看到你的——"

"那也不会好多少。但你现在可以转过来了。"她说，"我正在系靴子的纽扣。"

等到斯嘉丽抬起头来的时候，就见朱利安站在她面前，莱金德自然不会给他一套很难看的衣服。

斯嘉丽的目光从系在他脖子上的那条午夜蓝色领带转移到合身的紫红色马甲上。深蓝色的燕尾服突出了他的宽肩膀和纤细的腰肢。他双腿修长，将刀带挂在屁股上，这是唯一一件能让人想起他是个水手的东西。

"你看起来——有点不一样了。"斯嘉丽说，"不再像是刚打完架的样子了。"

朱利安稍稍挺直身体，仿佛她是在恭维他，斯嘉丽不肯定她刚才不是这个意思。一个总惹人生气的人怎么能这么完美，这明明就很不公平。他虽然穿着干净利落的衣服，却远远算不上一个绅士，而这并不仅仅是因为他没刮脸，也不是因为他的一头波浪般的棕色鬈发。朱利安身上有股狂野的气质，而莱金德的衣服无法将其掩盖住。他的脸如雕刻一般棱角分明，一双棕色的眼睛里流露出狡黠的眼神，此时他虽然打着领带，戴了怀表，那身痞子气却依然没有丝毫减少。怀表？

"你偷的？"斯嘉丽问。

"借的。"朱利安纠正她，用手指缠绕着表链，"和你身上穿的衣服一样。"他打量了她一番，赞赏地点点头，"我现在明白他为什么要送你请柬了。"

"在我看来，应该说是——"就在此时，斯嘉丽看到一个带镜子的钟表里自己的影像，便惊讶地住了口。那条裙子不再是平淡无奇的颜色，此时变成了鲜艳的樱桃红色——这是诱惑和秘密的颜色。低圆领连衣裙上身很合身，中间位置有一排时髦的蝴蝶结，带有配套的褶边腰垫。下面的裙身呈扇形，很合身，裙子有五层，分别用不同的纤薄布料制成，有樱桃红色的丝绸和薄纱，还配有黑色蕾丝。就连她的靴子也变了，不再是沉闷的棕色，而是变成了与裙子交相辉映的蕾丝黑色皮靴，看来非常精致。

她抚摸着裙子，确定这不是镜子或光制造出的幻觉。也许是她刚才冻僵了，才会觉得裙子色彩单调。可在内心深处，斯嘉丽知道这只有一个解释——莱金德送了她一条有魔力的裙子。

如此魔法只应该存在于故事里，可是这条裙子是真实的，斯嘉丽都不知该抱怎样的态度了。住在她心里的那个孩子很喜欢，成年斯嘉丽却不确定穿上它是不是自在——不管它有没有魔力。她父亲从不让她穿这么夺人眼球的衣服，而且，就算他不在这里，她也不盼着成为瞩目的焦点。

斯嘉丽是个美丽的女孩子，不过她平时都喜欢隐藏这份美。她遗传了母亲那一头浓密的黑发，与她的橄榄色皮肤可以说是绝配。相比泰拉，她的鹅蛋脸更精致，她的鼻子很小巧，一双褐色眼睛太大了，她甚至都感觉这双眼睛出卖了她的太多心事。

有那么一刻，她有点希望还穿那条单调的米黄色连衣裙。是不会有人注意穿丑衣服的女孩子的。也许她这么想着，裙子就会自己变回去。可惜就算她想象着简单的裁剪和沉闷的颜色，那条樱桃红色长裙依然穿在她的身上，衬托出她玲珑的身段，而她宁愿将之隐藏起来。

朱利安那句含义模糊的话出现在她的脑海里：我现在明白他为什么要送你请柬了。斯嘉丽不知道，她想方设法躲开她父亲在特里斯达进行的致命游戏，是不是就只为了成为新棋盘上一个穿着精致的棋子。

"如果你欣赏完了你自己，"朱利安说，"我们是不是该去找你心之念念的妹妹了？"

"我会当作你也很关心她。"斯嘉丽说。

"那你真是太高估我了。"朱利安向大门走去，此时，店里的所有报时装置都响了起来。

"我若是你们，就不会这样出去。"一个陌生的声音说道。

8

一个人走进店里，此人身材圆胖，活像个时钟。他有一张黝黑的圆脸，两撇小胡子像极了分针和时针。他穿着闪闪发亮的棕色双排扣长礼服，让斯嘉丽想起了抛光的木头，电缆滑轮似的身体上戴着黄铜色裤子背带。

"我们没偷东西。"斯嘉丽说，"我们——"

"你说的只代表你一个人而已。"那个人眯起眼睛，牢牢盯着朱利安，他的中音降了好几个八度。

通过以往对付她父亲的经验，她晓得这时候最好不要表现出任何愧疚。

不要看朱利安。

可她还是情不自禁地瞥了他一眼。

"我知道！"那个人说。

朱利安去抓斯嘉丽，像是要把她向大门推去。

"噢，不，别跑！我只是在开玩笑而已。"陌生人大声道，"我不是卡萨比恩。我不是老板。我叫阿尔吉，你们口袋里有没有装满钟表，都不关我的事。"

"那你为什么要阻止我们离开？"朱利安把手放在刀带上，用一只手去摸刀。

"这位男孩子多疑了，是不是？"阿尔吉扭头看着斯嘉丽，她也感觉到了怀疑的颜色。这是她的感觉，还是墙上的钟表走得比以前快了？

"好啦。"她对朱利安说，"泰拉现在可能都担心死我们了。"

"要是按我说的办，你们就能更快找到你们要找的人。"阿尔吉走到红木落地钟边上，打开钟的玻璃门，拉了一下其中一个平衡器。他弄好之后，墙上那些金属拼图时钟就动了起来。咔嗒。咔嚓。拼图块全都聚在一起，重新组合成了一扇华丽的拼接门，门上没有把手，只有一个锯齿状计数轮盘。

阿尔吉夸张地挥了挥一只手臂："仅限今日哟！只需要一个很便宜的价钱，你们两个就能走进这个入口，抄近路到卡拉瓦尔的中心去。"

"我们怎么才能知道从这里进去，不会到你家的地下室？"朱利安问。

"这像地窖门吗？你们感觉一下好了。"阿尔吉摸着门上锯齿状的轮盘，商店里的所有钟表立即停了下来。

"要是你们用其他方式离开这家店，就得忍受严寒，还要穿过一道道门。而我的办法能帮你们节省宝贵的时间。"他松开轮盘，所有钟表随即恢复了运转。

嘀嗒。嘀嗒。

斯嘉丽不肯定她是不是相信阿尔吉，不过墙上的门显然是有魔力的。

感觉它有点像她身上的裙子，仿佛比周围的其他东西多占据了一点空间。如果这是进入卡拉瓦尔的捷径，那她就能更快找到妹妹了："我们需要付出什么代价？"

朱利安挑起两道浓眉："你真在考虑他的提议？"

"只要他能帮我更快找到妹妹。"斯嘉丽本来以为水手恨不得能抄近路，可他只是有点紧张地看看四周。"你觉得这主意不怎么样？"她问。

"我想我们看到的冒烟的地方才是卡拉瓦尔秀的入口，我宁愿留着我的钱。"他伸手去推前门。

"你还不知道是什么代价呢。"阿尔吉说。

朱利安看了一眼斯嘉丽，停顿了一秒钟。他的眼中流露出了叫人难以理解的神态，等他又开口的时候，她发誓他的声音听来很紧绷。"红红，你想做什么就去做吧。但我友情提示一下，等你走进去，小心不要相信任何人，这里的大多数人都不是表面看来的那样。"他走出去的时候，有铃声响起来。

斯嘉丽并没有盼着他能一直陪在她身边，现在他就这么走掉了，她发现自己真的很紧张。

"等等——"阿尔吉在她迈步跟过去的时候喊道，"我知道你相信我。你要去追那个男孩子，让他为你做决定，或者说，让他替你做选择？"

斯嘉丽知道她必须走。要是她不快点，就追不上水手，到时候她就是孤身一人了。不过，"选择"这两个字让她犹豫了。永远是她父亲吩咐她做这做那，斯嘉丽很少自己真正做出过选择。或者说，她之所以犹豫，是因为依然坚信儿时奇妙幻想的那部分她愿意相信阿尔吉。

她想到那扇门就这么轻而易举地凭空出现，在阿尔吉触摸门上那个特殊把手的时候，所有钟表都停了下来。"就算我感兴趣，"她说，"我身上也没钱。"

"如果我要的不是钱呢？"阿尔吉拉直他的两撇胡子，"我是说过要便宜的价钱，但我只是想借你的声音。"

斯嘉丽紧张地笑了起来。"这听起来不像是一桩公平的交易。"声音是可以用来借的东西吗？

"我只借用一小时。"阿尔吉说，"要是你跟着烟雾走，找到那所房子，开始游戏，至少需要这个时间，但我现在就可以让你进去。"他从衣兜里拿出一块手表，将时针和分针都调到顶端，"如果你同意，这个装置将把你的声音带走六十分钟，而我的门将带你去卡拉瓦尔秀的腹地。"

她马上就能找到妹妹了。

如果他在说谎呢？如果他把她的声音借走超过一小时，该怎么办？相信一个刚刚才见面的人，斯嘉丽有点不自在，在朱利安提醒她之后，她就感觉更别扭了。一想到她将失去声音，她就很害怕。她的哭声从不曾阻止她父亲伤害泰拉，可至少斯嘉丽还能喊出来。如果她这么做了，到时候出了意外，那她就会落得个有心无力的结局。如果她在远处看到泰拉，她也不能喊她的名字。而且，如果泰拉在入口等斯嘉丽，该怎么办？

斯嘉丽只知道小心驶得万年船。她父亲做买卖的时候，总是会隐瞒一些可怕的事。她可不能冒险让这种事情发生。

"我还是走正常的入口好了。"她说。

阿尔吉的胡子耷拉了下来。"那你就亏大了。这真就是一场交易而已。"他拉开拼接门。有那么一刻,灯光四射,斯嘉丽看到了门内的情形:天空是那么热烈,既像是化了的柠檬黄色,又像是燃烧的桃红色。涓涓细流闪烁着抛过光的宝石的光泽。一个女孩子哈哈笑着,留着一头蜜色鬈发——

"多娜泰拉!"斯嘉丽向大门冲去,但是,阿尔吉在她的手指触到金属之前,便关上了大门。

"不要!"斯嘉丽抓住锯齿状的轮盘,要去拧动它,可它突然熔成灰烬,坠落在她的脚边。她绝望地看着拼图指针再次动了起来,分解开,门消失了。

她真该答应才对。若是泰拉,就一定会答应。事实上,斯嘉丽觉得她妹妹就是这么进去的。泰拉从不担心未来,也不为结果操心;一向为她操心的都是斯嘉丽。所以,知道泰拉就在卡拉瓦尔秀里之后,斯嘉丽本该感觉轻松了,她却只是担心妹妹将要碰到什么麻烦。斯嘉丽应该和她一起在那里。现在她甚至都和朱利安走散了。

斯嘉丽匆匆跑出钟表店,跑到大街上。里面很暖和,此刻暖意却消失殆尽。她没想到在里面待了这么久,但早晨已经过去,此时已是下午一两点了。帽盒商店都笼罩在浅灰色的阴影中,显得朦朦胧胧的。

这座岛上的时间肯定过得比较快。斯嘉丽真担心她一眨眼,星星就会出来了。她不光和泰拉、朱利安分开了,还浪费了宝贵的时间。这一天就快过去了,莱金德的请柬里说了,她必须在午夜之前进入卡拉瓦尔秀的正门。

寒风拂过斯嘉丽的手臂,她用冰冷的白色手指攥住裙子没有覆盖的手腕。"朱利安!"她满怀希望地喊道。

到处都看不到她之前的伙伴。她现在是孤身一人了。她不知道游戏是不是开始了，她已经感觉输了。

有那么一刻，她慌神了，还以为那道烟柱也消失了，跟着她就又看到了烟柱。烟柱在一个个没有灯光、如故事书一样的商店的另一边，芳香的烟柱依然在袅袅上升，是从一个巨大的砖砌烟囱里冒出来的，而烟囱连接在一栋斯嘉丽见过的最大的房子上。那栋房子有四层，建有精美的塔楼和阳台，花坛里种满了五颜六色的美丽花朵，有白色的白烛葵、品红色的罂粟花，还有橘红色的金鱼草。虽然又下雪了，花朵上却连一个雪片都没有。

斯嘉丽快步向那栋房子跑去，正在此时，有脚步声靠近，从茫茫白色中传来一阵低沉的笑声，她不禁感觉脊背发凉："你没接受落地钟的提议？"

斯嘉丽吓了一大跳。

"不用害怕，红红，是我。"朱利安从附近一栋建筑的阴影中走了出来，此时，太阳正好落山。

"你怎么没进去？"她指指那栋带塔楼的房子。她现在不是一个人了，她松了口气。再见到这个水手，她有点紧张。几分钟前，他还匆匆走出钟表店。这会儿，朱利安闲庭信步地走近，仿佛他有的是时间。

"也许我是盼着你能出现呢？"他的语气温暖而友善。

斯嘉丽发现很难相信他会站在这里等她，特别是他刚才还突然丢下她不管。他肯定有事瞒着她。也有可能是她在钟表店里没有找到泰拉，现在就变得多疑起来。她告诉自己，很快她就能和妹妹在一起了。可等到进去的时候，斯嘉丽还是找不到她，该怎么办？

从近处看，这幢木制大宅似乎更大了，直插云霄，仿佛它的木梁变长了。斯嘉丽必须仰着头，才能看清楚大屋的全貌。房子周围建有五十英尺高的铁栅栏，组成的形状既下流又天真：栅栏似乎在动，甚至可以说是在表演。时而是顽皮的男孩子在追逐神气活现的少女，时而是女巫骑在老虎上、皇帝坐在大象身上。还有长了翅膀的马拉着战车。在铁栅栏的中心，悬挂着一面亮红色的旗帜，上面绣着卡拉瓦尔秀的银色标志。

要是泰拉在这里，她们就可以一块笑了，是只有姐妹间才能有的那种笑。泰拉大概会假装不喜欢，心里却高兴得紧。和这个怪里怪气的水手在一起，感觉就不一样了，他看起来既不高兴，也没觉得印象深刻。

那天他帮了她，斯嘉丽不得不承认，他并不像表面看起来那么无赖，她还是怀疑他不是水手这么简单。他盯着大门，目光里写满了怀疑，肩膀绷得紧紧的，后背挺直，线条有些僵硬。她在船上见到的他的懒散此时都不见了踪迹，朱利安现在就好像盘成一卷缠得很紧的绳索，一副随时准备战斗的样子。

"我想我们应该走远点去找门。"他说。

"你看到横幅了吗？"斯嘉丽说，"我们应该从这里进去。"

"不，我想入口在远处。相信我。"

她才不相信他，只是上次她犯了个大错，她也不相信她自己了。况且，她再也不想孤军奋战了。在二十码外，他们找到了另一面旗帜。

"这里看起来就跟刚才我们站的地方一模一样——"

"欢迎！"一个深皮肤的女孩子骑着独轮车，从旗子后面出来，打断了斯嘉丽的话，"你们来得正好。"那个女孩顿了顿，这时候，大门顶端悬挂的玻璃灯一个个地亮起了火焰。一簇簇明亮的金蓝色火焰燃烧起来。这是童年梦想的颜色，斯嘉丽心想。

"这样别致的情景，我每每见了都心旷神怡呢。"独轮车女孩拍手道，"现在，帅哥美女，我需要看看你们的请柬，才能让两位进去。"

请柬。斯嘉丽早就把请柬的事抛到脑后了："啊——"

"别担心，亲爱的，请柬在我这里。"朱利安突然紧紧搂住斯嘉丽，把她拉进他怀里。他刚才管她叫"亲爱的"？

"放松点。"他一边在她耳边说，一边从衣兜里拿出两张纸，他们刚才下过海，请柬都有点皱巴了。

看到她的名字出现在第一张上，斯嘉丽便闭紧嘴巴，什么都没说。接下来，独轮车女孩将另一张请柬举到门上的一盏烛灯边。

"真奇怪。我们从来没见过没有名字的请柬。"

"有什么问题吗？"斯嘉丽问，突然有些不安。

独轮车女孩低头看着朱利安，她的举止带有的明亮色彩头一次黯淡了下来。

斯嘉丽本来要解释一下她是怎么收到请柬的，可朱利安在她之前开了口，还紧紧搂了搂她的肩膀，像是在警告她："这是卡拉瓦尔秀班主莱金德寄来的。我们两个就要结婚了。他把请柬送给我的未婚妻斯嘉丽作为贺礼。"

"噢。"独轮车女孩又拍拍手，"我知道你们两个！你们是莱金德班主的贵宾。"她更仔细地看看斯嘉丽，"我真该认出你的名字才对。很抱歉。名字太多了，有时候我连自己的名字都忘记了。"她被自己的玩笑逗乐了。

斯嘉丽很努力地也笑了两声，可她满脑子想的都是朱利安正搂着她，还说她是他的"未婚妻"。

"你们很想亲自拿着请柬吧。"独轮车女孩把手伸过大门，将请柬还给朱利安，有那么一刻，她牢牢盯着他，像是还要说些什么。跟着她似乎觉得还是不说为妙。她收回有些怪异的目光，把手伸进她那件拼接马甲的口袋，拿出一卷黑色的纸："现在，在让你们进去之前，还有件事要办。"她飞快地踩了两下独轮车，弄得地上泛着银光的乳白色雪花四溅开来。

"等下你们进去，还会重复这个手续。莱金德班主希望所有人都能听两遍。"

她清清喉咙，把独轮车踩得更快了："欢迎，欢迎来到卡拉瓦尔秀！不管是陆地上，还是大海里，这都是最盛大的表演。在演出中，你将体验比大多数人一生见过的还要多的奇迹。你能从杯子里喝到魔法，能买到装在瓶子里的梦想。可当你进入我们的世界之前，请谨记，这只是一场游戏。在这扇门里面发生的一切可能吓到你，也可能会叫你兴奋，但不受到欺骗。我们将尽力让你相信这一切都是真实的，可其实只是表演而已。卡拉瓦尔秀是一个伪装的世界。所以，当你想要入戏太深的时候，那请谨慎，不要太过得意忘形。成真的梦固然很美好，但当人们无法醒来，美梦也可能变成噩梦。"

她顿了顿，把独轮车踩得越来越快，最后轮子的辐条好像都不见了，斯嘉丽根本看不到它们了，这时候，铸铁大门打开了。

"如果你们是来玩游戏的，肯定希望走这条路。"女孩左边有一条弯曲的小路，一支支银蜡燃烧着，照得这条小径在黑暗中闪闪发亮，"如果你们是来看……"她冲右边一点头，忽然一阵微风吹来，悬挂着的纸灯亮了起来，将南瓜橙色的光芒投射到一条倾斜的小路上。

朱利安把头探向斯嘉丽："不要告诉我你看看就满足了。"

"当然不是。"斯嘉丽说，可她还是犹豫了一会儿，才向另一个方向迈了一步。她注意到蜡烛在浓重的黑夜中闪烁着，这条通往比赛区的闪亮小径两侧有漆黑的树木和开着花的灌木丛，后面影影绰绰的。

我只待一天而已，她这么提醒自己。

Chapter 2

卡 拉 瓦 尔 秀 前 夕

9

　　天空是浓重的黑色，月亮去了这个世界的其他地方，所以此处一点月光也没有。斯嘉丽迈出了走进卡拉瓦尔秀的第一步。只有几颗叛逆的星星高挂空中，看着她和朱利安跨过铸铁大门的门槛，走进一个对某些人而言只存在于疯狂故事中的世界。

　　宇宙里的其他地方突然变得一片漆黑，只有这栋大宅还亮着明亮的灯光。每扇窗户都散发出黄油色的灯光，将下面的花坛变成一个个装满星团的摇篮。之前的柑橘味不见了。这会儿空气里的香味浓得跟糖浆一样，依旧比特里斯达的空气要芬芳得多，然而斯嘉丽只体会到了苦涩。

　　她的注意力都在朱利安身上。他的手臂搭在她的肩膀上，还在用这样的亲昵来支撑他的谎言。刚才在门边的时候，她太紧张了，所以没有争辩什么，毕竟她一心只想着进去找妹妹。可现在她不知道是不是给自己惹来了另一个麻烦。

"你为什么要这么做？"他们从独轮车女孩身边走开，但尚未走到大宅的大门门边，她就挣脱开他的怀抱，并且终于问出了心中的疑问。她站在大宅散发出的诱人的光晕外，边上是一座喷泉，要是有别人走过，哗哗的水声刚好可以盖过他们的说话声："你为什么不说实话？"

"实话？"朱利安发出一声模糊的声音，听起来不像是在笑，"我很肯定她不喜欢听实话。"

"你不是有请柬吗？"斯嘉丽感觉她这人很没幽默细胞。

"依我看，你是觉得那个女孩看起来很友善，一定会让我进去。"朱利安意味深长地向她走了一步，"我在钟表店里对你说过的话，你没忘吧：这里的大多数人都不是表面看来的那样。那个女孩子是在表演，是想要你放松警惕。他们说了不希望我们入戏太深，但这就是这个游戏的关键。莱金德喜欢——玩。"他说"玩"这个字的语气有些怪，仿佛朱利安原想说别的，但在最后一刻改了主意。

"客人被选中都是有理由的。"他又说道，"所以，如果你想知道我为什么撒谎，那我告诉你，是因为你的请柬不是给一个普通水手的。"

当然不是，斯嘉丽心想，这张请柬本来要给一位伯爵。

一想起莱金德的信写得有多具体，朱红色的恐慌就在她的胸腔里乱窜。另一张请柬是给她的未婚夫的。而不是给站在她对面的这个野小子，这会儿，他正在解领带。斯嘉丽决定留下来玩一天游戏，已经冒了很大的风险。假装和朱利安订婚，感觉起来就像离惩罚不远了。天知道在参加游戏的时候，她和朱利安会被逼着一起做什么？

就算朱利安之前帮过她，为他撒谎也是个错误，而且，这种事情通常都不会有好结果。她这辈子就是证明。"我们必须回去，把真相说出来。"她说，"这样不行的。要是被我未婚夫或是我父亲知道，我的一举一动好像我们——"

电光石火间，斯嘉丽被推了一把，背靠着喷泉，朱利安的手放在她的身体两侧，他的手比她的大很多。"红红，放松一下嘛。"他的声音听来异常温柔，不过在他说话的时候，立即放松是根本不可能的事。他每说一个字，就会靠近一点，到最后，房子和灯光都消失了，她眼前所见只有朱利安。"这里的事，你父亲不会听说一个字，你挚爱的那位伯爵也不会知道。一旦我们进入那栋房子，唯一重要的就只有游戏了。这里的人才不在乎你在这座岛之外是什么身份。"

"你是怎么知道的？"斯嘉丽问。

朱利安露出一抹坏笑："我知道，是因为我以前参加过游戏。"他从喷泉边走开。塔楼大屋的明亮灯光重新出现，斯嘉丽感觉到肩膀传来一丝寒意。

难怪他那么在行。她本不该觉得惊讶才对。从她在特里斯达见到他的第一眼开始，她就感觉到不能完全相信这个人，不过，看来他在莱金德这身剪裁得体的衣服后面隐藏的，比她以为的还要多。"就因为这个，你才帮我和我妹妹到这座岛上来？就因为你想再玩一次？"

"如果我说不是，而我这么做是因为我想把你们从你们的父亲手里救出来，你相信吗？"

斯嘉丽摇摇头。

朱利安耸耸肩，向后一仰，扯掉领带，把它扔到斯嘉丽身后。只听很轻的扑通一声，领带落在了喷泉里。

他为什么如此自信，为什么在这个岛上目标十足，不会犹豫不决，现在都真相大白了。

"看你瞧我的眼神，好像我做了什么错事似的。"他说。

斯嘉丽知道，她没有立场生气，他们没有关系，可是，她不喜欢受人蒙骗；她这辈子已经受够受人愚弄了："你重返卡拉瓦尔秀，有什么目的？"

"我需要有目的吗？有谁不愿意看会魔法的卡拉瓦尔表演者？又有谁不愿意赢得他们的奖励？"

"不知道为了什么，我不相信你的解释。"她可以认为他来这里是为了今年的大奖——实现一个愿望，但她在内心深处知道，事实并非如此。愿望是奇迹，需要一定的信仰才能相信，而朱利安似乎是那种只信眼见为实的人。

卡拉瓦尔秀的游戏每年都不同，但据传说，有很多方面是不变的。寻宝游戏就是常设项目，要求参与者寻找据称是具有魔力的东西，比如王冠、节杖、戒指、碑匾或是垂饰。前一年的赢家通常都会受邀转年再来参加，还可以携带一位客人。斯嘉丽不觉得这对朱利安有任何吸引力，毕竟他轻轻松松就能找人帮他混进来。

如果斯嘉丽都不能肯定她自己相不相信愿望这档子事，她就无法弄清楚，朱利安是不是为了追寻愿望而来。不，吸引他到这座岛上来的，不是愿望，也不是魔力和幻想。"告诉我你来这里的真正原因。"她说。

"相信我，有些事你最好不知道。"朱利安露出了关心的表情，"那样只会毁了你的大好时光。"

"你这么说，只是因为你不想告诉我事实。"

"不是的，红红，我这次说的是真话。"他目光灼灼地盯着斯嘉丽的眼睛，动也不动，眉头也不皱一下，这样的目光需要完全的控制力。她打了个激灵，发现从一定程度上而言，船上那个懒洋洋的水手只不过是装出来的而已，而且，她意识到，如果他愿意，就可以把那个碰巧认识她和她妹妹、碰巧来参加游戏的那个男孩子一直演下去。然而，现在的情况就好像他想要斯嘉丽看到他的故事不简单，即便他拒绝道出背后的隐情。

"红红，我不会为了这件事和你争。"朱利安挺直身体，显得更高了，同时收缩了后背和肩膀，仿佛突然下了个决定，"相信我，我有充分理由想要进到这所房子里。如果你要去告发我，我不会阻止你，也不会和你唱反调，虽然今天我救了你一命。"

"你救我，就为了让我带你进来玩游戏。"

朱利安沉下脸。"你真这么以为？"有那么一刻，他看起来很伤心。

斯嘉丽知道他是在左右她的想法。她有足够的生活经验，能识别出这种伎俩。很不幸，尽管她一直被父亲利用，或许正因如此，她才一直不擅长避免这种情形。不管她多想避开朱利安，她都无法忽略一个事实：他是她的救命恩人。

"那我妹妹呢？你的谎言或许会影响你和她的关系。"

"我不认为我和她之间有什么关系。"朱利安轻轻弹掉他燕尾服肩膀上的一根线头，仿佛泰拉的地位与那根线头是一样的，"你妹妹和我只不过是在互相利用而已。"

"现在你也是在利用我。"斯嘉丽说。

"别这么不高兴嘛。我以前玩过这个游戏，现在我可以帮。你可能会喜欢我的帮助呢。"朱利安的声音很轻佻，又变成了那个闲散的水手，

"要是换成其他很多女孩子，高兴还来不及呢。"他用一根冰凉的手指拂过斯嘉丽的脸颊。

"住手。"她倒退两步，他碰过的地方麻酥酥的，"要是我同意，你就不能再……这样了，除非情势所迫。我是有未婚夫的人。我们是说我和你订婚了，但那不代表在没人的时候，我们也得很亲密。"

朱利安扬起了嘴角："你是说，你不会去告发我了？"

斯嘉丽最不愿意结伴的人恐怕就是他了。可她还是不希望冒险在岛上逗留超过一天。朱利安以前来玩过游戏，斯嘉丽有种感觉，要是她想快点找到妹妹，或许需要他的帮忙。

恰在此时，又有人来到了入口边。斯嘉丽能隐约听到他们的说话声，还能听到独轮车女孩的拍手声。

大屋里面响起了小提琴的声音，琴声比最浓的巧克力还要浑厚。琴声飘扬到屋外，在斯嘉丽耳边徜徉，这时候，朱利安的笑容变得极富诱惑性，充满了厚颜无耻的曲线和不道德的承诺。这是在邀请正派的年轻女性去一个她们连想都没想过的地方，更何况是真正去过了。斯嘉丽不愿意去想，这个笑容曾吸引其他女孩子做出了怎样的事。

"别这样看我。"斯嘉丽说，"对我没用。"

"所以才有意思嘛。"

1 0

　　斯嘉丽爱她的祖母，却觉得她是那种永远也不能接受变老这件事的女人。她在人生的最后几年一直在吹嘘她年轻时有多优秀，多美貌，如何追求者众。她还说过，她曾穿着一条紫色连衣裙，去参加卡拉瓦尔秀，惹得在场的每个女孩投来嫉妒的目光。

　　她给斯嘉丽看过好几次那条裙子。那时候斯嘉丽还小，还没有讨厌紫色，所以她觉得那是她见过的最漂亮的礼服。

　　"能让我穿穿吗？"一天，她这么问。

　　"当然不行！这是裙子，又不是你的玩具。"

　　祖母说完就把礼服拿走了。可它深深地烙印在了斯嘉丽的回忆中。

　　那天晚上，当塔楼大屋的门打开的时候，斯嘉丽想起了那条裙子。在那一刻，她真怀疑祖母是否真的看过卡拉瓦尔秀，因为在这样一个壮观的地方，她觉得祖母的紫色裙子根本无法引起任何人的注意。

她的脚下是豪华的红地毯，柔美的金色灯光将融融暖意送到她的手臂上，像是在轻吻着她。到处都很暖和，而片刻之前，整个世界还像一个大冰窖。那滋味就好像香槟酒滑过舌尖，带着一股甜意深入喉咙，从脚趾尖到手指甲，她身上的每一寸肌肤都刺痛不已。

"这——"她说不出话了。斯嘉丽想说这里真美或是不可思议。而对于眼前这番不同寻常的景象，这些字眼突然显得太普通了。

因为，塔楼大屋与从外面看来太不一样了。斯嘉丽和朱利安穿过那扇门，并没有走进任何房间，而是来到了一个阳台——只是这个阳台大概和一栋小房子一样大。阳台顶部悬挂着一盏枝形水晶灯，地上铺着长毛绒蔓越莓色地毯，镀金的栏杆和拐角柱呈弧形排列，还挂着沉重的红色天鹅绒窗帘。

斯嘉丽和朱利安走进去后没多久，窗帘就沙沙地拉上了，不过斯嘉丽还是看到了窗帘后面的壮观景色。

朱利安似乎不以为意，不过看到斯嘉丽连整话都说不出来，他就坏笑起来："我老不记得，你这辈子头一次离开你那座小岛。"

"任谁都会觉得这里很不可思议。"斯嘉丽争辩道，"你刚才看到其他阳台了吧？至少有——几十个呢！而且，下面看起来像是一个微型王国呢。"

"你以为这就是栋普通的房子？"

"不是，当然不是了；这里看起来明显比普通建筑大很多呢。"但不够大到容得下阳台下面的世界。她兴奋到不能自已，便向边缘走去，刚走到拉紧的红色厚窗帘那儿，她就犹豫了起来。

朱利安走过来，把窗帘拉开一点点。

"我想我们不该去碰。"斯嘉丽说。

"也有可能他们在我们进来时拉上窗帘，就是为了让我们拉开。"他又把窗帘拉开一点点。

斯嘉丽肯定他破坏了规矩，但她却情不自禁地探过身，惊诧地望着至少十层楼下面的惊人景象。那里有点像是斯嘉丽和朱利安走过的石子街道，只是这个村庄并没有遭到废弃：活像是故事书里的景物变成了真的。她低头偷偷瞧着那些色彩鲜明的尖屋顶，布满青苔的塔楼，华丽的小屋，闪闪发光的金色桥梁，蓝砖砌成的街道，水声汩汩的喷泉，到处都悬挂着烛灯，让人感觉这里既不是白天，也不是黑夜。

这里与她在特里斯达所住的村庄大小差不多，但说来也怪，这里感觉更大，看来令人惊叹。这里的道路充满了生气，斯嘉丽肯定它们在动："我真不明白，他们是怎么把这样一个完整的世界装在里面的。"

"这就是个精致的剧院。"朱利安冷冷地说。他的目光从下面的景致转移到几十个不同的阳台上，站在这些阳台上，可以俯瞰到下面的神奇景观。

斯嘉丽之前还没意识到，现在她则知道朱利安是对的。这些阳台组成一个圆形，而且是个巨大的圆形。她忽然心中一沉。在父亲的庄园里，有时候，她要用上一整天，才能找到泰拉。在这里，她要怎么去找妹妹呢？

"能看的时候就好好看看吧。"朱利安说，"记住下面的路，在地面上到处走会更容易些。离开后再想回来，只有一个可能——"

"呃哼。"有人在阳台后面清清喉咙，"请走开一些，拉上窗帘。"

斯嘉丽立即转过身，一时间，她真怕他们会因为破坏了规矩而被赶出去，朱利安则不急不忙地松开了窗帘。

"你是谁？"朱利安盯着闯入者，仿佛这个刚刚走进来的年轻绅士才是做错事的那个人。

"你们可以叫我鲁珀特。"他带着同样的不屑看着朱利安，好像他知道朱利安是这里的不速之客。那个人傲慢地扶正他的大礼帽。要是没有这顶帽子，他恐怕还没斯嘉丽高呢。

他穿着干净利落的灰色裤子和燕尾服，乍一看很像一位绅士，可在他走近后，斯嘉丽才意识到，他只是个小男孩，就是穿得很成熟而已，他的脸颊依然是婴儿肥，四肢像是还在成长之中，就算他穿着华服，也遮掩不住。斯嘉丽不知道他穿这身衣服是不是为了向莱金德致敬，毕竟众所周知，他喜欢戴大礼帽、穿华美的服饰。

"在正式开始游戏之前，我来介绍一下规则，你们有问题也尽可以问我。"鲁珀特用简单的语言重复了一遍独轮车女孩说过的那番话。

斯嘉丽只希望他能让他们进去。她了解泰拉，她是个专爱找麻烦的人。

朱利安用手肘捅了捅她的肋骨部位："好好听。"

"我们已经听过一遍了。"

"你确定？"朱利安小声说。

"进去之后，你们会拿到一个谜题，必须把它解开。"鲁珀特说，"线索隐藏在整个游戏过程中，可以帮助你们。我们希望你们能随心所欲，但小心不要入戏太深。"

"要是有人入戏太深，会怎么样？"斯嘉丽问道。

"一般来说，他们或是死，或是疯。"鲁珀特答，他是那么冷静，弄得她很想知道她是不是听错了。他同样镇定地摘掉大礼帽，拿出两张羊皮纸，将这两张奶油色的纸递给斯嘉丽和朱利安，像是要让他们看看上面的内容，只是字太小了。

"我需要你们将一滴血滴在每张纸的底部。"鲁珀特说。

"为什么？"斯嘉丽问。

"确认你们听到了两次规则，而且，卡拉瓦尔秀庄园或班主莱金德概不为不合时宜的事故、发疯和死亡事件负责。"

"可你说过，这里发生的事都是假的。"斯嘉丽争辩道。

"偶尔人们会分不清幻想和现实。有时候就会出意外。不过这种事很少发生。"鲁珀特又说，"要是你担心，大可以不去玩。只看看就好了。"他说完露出一脸厌烦的表情，让斯嘉丽觉得她是在为莫须有的事而烦恼。

要是泰拉在这儿，斯嘉丽能想象到她会怎么说，"你只不过待一天而已。要是你只是坐在那里看，一定会后悔"。

可用血来签合同这事叫斯嘉丽忐忑不安。

尽管如此，如果泰拉去参加游戏了，而斯嘉丽选择作壁上观，那她就找不到泰拉了，也就不可能明天离开这座岛回家，及时与伯爵完婚。尽管鲁珀特给了指示，斯嘉丽依旧说不准游戏的详情是什么。她曾经试着从祖母那里了解一切，可惜那个女人介绍起来总是含含糊糊。她给斯嘉丽讲的根本不是事实，只是些注入了浪漫色彩的印象，此时此刻，她已经觉得那些话有点不对劲了。那个女人只是把过去当成想象中的样子，却忘记了真正发生过的事情。

斯嘉丽看着朱利安。他毫不犹豫地让鲁珀特用一个荆棘似的东西刺破了他的手指，将带血的指尖印在每张纸的底部。

斯嘉丽的思绪回到几年前，那时候，卡拉瓦尔秀已经很久都没有巡演了。原因是一个女人被杀了。斯嘉丽不知道她为什么被杀。她一直以为那就是一场与魔法有关的意外，和游戏无关，现在斯嘉丽却不知道，那个女人是不是过分沉迷于卡拉瓦尔的幻象了。

然而，这么多年来，斯嘉丽一直在玩她父亲的那些变态游戏。她晓得自己什么时候受到了欺骗，却无法想象对现实曲解到丧命或发疯的地步。然而，这并不表示她在伸出手的时候不紧张。她很清楚，压根儿就不存在不需要付出代价的游戏。

鲁珀特刺破了她的无名指，他的动作很快，斯嘉丽几乎都没注意到。不过当她把手指贴在那张精美纸张的底部时，就好像一刹那，所有的灯都熄灭了。当她把手指拿开，整个世界变得更加明亮了。她感觉她能品尝到红窗帘的味道，像是掺了红酒的巧克力蛋糕。

斯嘉丽长这么大只喝过一小口红酒，但她觉得，就算是一整瓶红酒，也带不来这种彩虹色的愉悦感觉。恐惧依然在，她同时也体会到了片刻非同寻常的纯粹喜悦。

"游戏在明天日落时分正式开始，在 19 号日出之际结束。每个人都有五个晚上的时间来玩游戏。"鲁珀特继续说道，"你们每个人都将得到一个提示，从而开始你们的征途。在那之后，你们就要依靠自己去寻找其他线索了。我建议你们赶快行动。奖品只有一个，想要的人却很多。"他走近，交给他们每人一张卡片。

上面写着：水晶蛇。

"我的是一样的。"朱利安说。

"这是我们的第一个提示？"斯嘉丽问。

"不。"鲁珀特答道，"下面有为你们准备的住宿的地方。你们的第一条线索在你们的房间里，前提是你们能在黎明之前进入房间。"

"天亮之后，会怎么样？"斯嘉丽问。

那个男孩像是没听到她的问题一样，拉动阳台边缘附近的一条绳子，把窗帘拉开。灰色的鸟儿振翅飞入空中，五颜六色的街道比刚才更拥挤了，阳台上的人则少了——主人家在同一时间让所有人都出去了。

又一阵银色的兴奋感自斯嘉丽的心里涌起。这就是卡拉瓦尔秀。她想象卡拉瓦尔秀的次数要比她对自己婚礼的想象还要多。虽然她只能在这里待上一天，却已经知道临别之际会有多么难分难舍了。

鲁珀特用手触了触帽檐："切记，不要让你们的眼睛或感觉蒙蔽你们。"他踏上阳台的栏杆，纵身跳了下去。

"不要！"斯嘉丽惊声叫道，看到他垂直落下，她的脸立即变得煞白。

"用不着担心。"朱利安说，"你看。"他一指栏杆另一边，可以看到那个男孩的燕尾服变成了翅膀。"他没事的，这小子就是想退场退得漂亮一点而已。"

只见灰色的布料一闪，他滑翔着，最后，看起来就跟天空里那些大鸟一样了。

看来斯嘉丽的眼睛已经开始蒙蔽她了。

"走吧。"朱利安大踏步走出阳台。他步伐明确，表示他知道她会跟上来。"要是你刚才听清楚了，就该听到他说必须在天亮之前搞定。这里的宵禁正好与别的地方相反。大门会在日出时关闭，到日落之后才打开。我们没有多少时间去找房间了。"

朱利安停下脚步。他脚边的一扇地板门打开了。那个男孩大概就是从这里进来的，所以才能神不知鬼不觉。门下是一道黑色大理石旋转楼梯，弯弯绕绕的，活像是在黑暗的贝壳内部，墙壁上的烛台里点着水晶蜡烛，蜡液不断地向下滴落。

"红红——"朱利安在入口边拉住她。一刹那，他露出了不安的表情，就和那时他丢下她一个人离开钟表店的紧张一模一样。

"怎么啦？"斯嘉丽问。

"我们必须快马加鞭。"朱利安让斯嘉丽先走，下过几级后，她就盼着要是水手在前面开道就好了，或者说，他能让她自行其是，而她觉得此时站在楼梯顶端的他，就是这么想的。据朱利安说，她每走一步都慢得要命。

"我们可没有一整晚的时间浪费。"他重复道，"要是天亮之前，我们找不到水晶蛇——"

"我们在明天晚上之前，就得在外面挨冻。我知道啦。我会快点的。"斯嘉丽原以为阳台有十层楼高，现在看来比一百多层楼还要高呢。她永远也找不到泰拉了。

要是她的裙子不那么紧，情况兴许就不一样了。斯嘉丽再次盼着裙子能变个样子，可它依然纹丝不动。她的腿直哆嗦，等到她终于和朱利安一起下完台阶的时候，她的大腿上布满了汗。

外面的空气比较清新，有一点潮湿，不过谢天谢地，街道上没有积雪。会潮湿，是因为这里有好几条运河。斯嘉丽在上面的时候没看到河。隔一条街道就有一条河。半月形的条纹小船漂漂荡荡，和热带鱼一样色彩鲜明，掌舵的少男少女都比她年纪小。

她没见到多娜泰拉。

朱利安立刻打信号叫一条船停下。这条船是碧绿色的，带有红色条纹，划船的水手是个女孩，她身上的衣服和小船是同样色系。她还涂着红色口红，斯嘉丽不由自主地注意到，在朱利安走近的时候，她咧开嘴笑得有多灿烂。

"甜心，有什么可以帮你们的？"她问。

"啊，我觉得你才是甜心。"朱利安用手捋捋头发，看了她一眼，眼神中夹杂着谎言和其他充满罪恶的含义，"你能在日出之前到水晶蛇吗？"

"只要你们付出代价，我可以送你们去任何你们想去的地方。"红唇女孩特别强调了"代价"两个字，印证了斯嘉丽在钟表店的猜测——在游戏之中，用来买东西的不是钱。

朱利安一副不慌不忙的样子："他们都说了，今晚第一次坐船是免费的。我的未婚妻是莱金德班主的贵宾。"

"是吗？"女孩眯起一只眼睛，像是不信他的话，但是，叫斯嘉丽惊讶的是，她竟然招呼他们上船，"我是绝不会让莱金德的贵宾失望的。"

朱利安敏捷地跳上船，又转身来扶斯嘉丽。这艘船似乎比他们上次坐的船结实一些，长凳上铺着穗饰垫子，可斯嘉丽就是不敢离开石子路。

"这艘船不会沉的。"朱利安说。

"我担心的不是这个。我在想我妹妹。她会不会来这里找我们？"

"那我只希望有人告诉她，太阳就快升起来了。"

"你其实一点也不关心她，对不对？"

"如果我不关心，那我就不会期望有人告诉她马上就要日出了。"朱利安不耐烦地打手势，示意斯嘉丽上船，"你用不着担心，亲爱的。他们可能把她安排到和我们一样的旅馆里了。"

"要是他们没有呢?"斯嘉丽说。

"那你坐船更可能找到她。这样的话,我们的速度更快。"

"他说得对。"女孩道,"很快天就亮了。就算你找到了妹妹,也不能在天亮前走到水晶蛇了。跟我说说她长什么样,我会在路上帮忙留意的。"

斯嘉丽很想争辩几句。就算她在日出前找不到妹妹,也想尽全力一试。在斯嘉丽看来,在这样一个地方,一个人走丢了,就永远都找不到了。

然而,朱利安和水手女孩说得对:坐这艘半月形的船,速度会更快。斯嘉丽不知道自从这座岛上奇怪的太阳消失后已经过了多久,但有一点她很肯定,那就是这个地方的时间流逝速度与其他地方不同。

"我妹妹比我个子矮,长得非常漂亮,脸更圆一点,留着金色长鬈发。"

斯嘉丽继承了母亲的深色发色,泰拉则和父亲一样,有一头金色鬈发。

"浅色头发应该更好找。"水手女孩说,只是斯嘉丽看得出来,她把更多时间都用来看朱利安那张俊脸了。

朱利安一点忙都不帮。他们在午夜蓝色的水面上航行,她感觉到他在找什么东西,只是那不是她妹妹。

"你能划快点吗?"朱利安问,下巴上的肌肉绷得很紧。

"就一个不付任何代价的人而言,你的要求还真多。"水手女孩冲朱利安眨眨眼,他脸上严峻的表情却丝毫未变。

"怎么了?"斯嘉丽问。

"快没时间了。"

两岸的几盏灯熄灭了，一道影子笼罩在他身上。随着小船越划越远，更多的蜡烛灭掉了，散发出的烟雾逐渐稀薄，在水面上飘荡，如同团团薄雾，只有为数不多的几个人还在卵石路上流连。

"你们在这里就是这么计时的？到了黎明，烛灯就都灭掉了？"斯嘉丽急了，目光穿梭，而朱利安阴郁地点点头，这时候，又有一对蜡烛熄灭了，冒出一串烟雾。

小船终于摇摇晃晃地停在了一个很不稳当的长码头边。码头尽头有一扇醒目的绿色大门，活像是一只冒着光的眼睛在注视着斯嘉丽。门周围的墙壁上爬满了常春藤，不过这栋建筑大部分都被夜色吞没了，两盏行将熄灭的烛灯还是把入口上方的标志牌照得亮亮的：一条白蛇盘在一串黑葡萄上。

朱利安已经下了船。他一把抓住斯嘉丽的手腕，把她拉上码头。"快点！"入口上方的一盏烛灯熄灭了，大门的颜色似乎也黯淡了一些。朱利安把门推开，一把把斯嘉丽向前推去，这时候，大门几乎都看不到了。

她跌跌撞撞地走到里面。在朱利安跟上来之前，大门却砰一声关上了。木头撞击到木头上，巨大的门闩落下，将他挡在了外面。

11

"不要！"斯嘉丽拼命要把门撬开，一个戴着绒线帽的胖女人则拿一把大锁锁在了门闩上。

"你不能这么做。我的——"斯嘉丽犹豫了起来。不知怎的，如果是她来说，这个谎言就显得更真实了，让她感觉她好像对伯爵不忠似的。朱利安曾向她保证，游戏中发生的一切不会传到父亲或她那个真正的未婚夫的耳朵里，可她如何能确定呢？况且，这看来又不是他真的被关在外面过夜了。

这座岛上的白天似乎比夜晚更糟糕。斯嘉丽想起了那时候，他们穿过那座冰冷的废弃村庄，来到这座有塔楼的大屋。如果朱利安一直被锁在外面，那也是因为他把她推到了他前面。就为了让她安全，他竟然拿他的目的来冒险。斯嘉丽不能丢下他不管。

"我未婚夫，"斯嘉丽说，"他还在外面呢，你赶快让他进来。"

"很抱歉。"客栈老板道,"规矩就是规矩。如果没能在第一夜结束之时赶到,就不能参加游戏。"

不能参加游戏?

"我听到的规则里没有这一条。"不过她并没有听到全部规则。她这才意识到,朱利安在船上就是为了这个,才会那么着急。

"我很抱歉,亲爱的。"客栈老板看起来倒是真的一脸歉意,"我不喜欢把小情侣分开,同时我也不能破坏规则。等到太阳一出来,大门就会在白天上锁,没有人能进出,除非等到太阳——"

"太阳还没升起来呢!"斯嘉丽表示异议,"天还黑着呢。你不能把他关在外面。"

客栈老板依然用怜悯的目光瞧着斯嘉丽,却没有让步。她显然不会改变主意。

要是他们两个角色互换,会怎么样?斯嘉丽尝试思考朱利安会怎么办。有那么一刻,她觉得他或许都不在乎。然而,在筏子上,在钟表店里,他两次丢下了她,却还是回来了——就算他回来是因为他要利用她混进游戏,她还是很感激他的去而复返。

斯嘉丽凝聚起她存下来去保护妹妹的勇气,微微挺直了脊背:"我觉得你犯了个错误。我叫斯嘉丽·德拉格纳,我们是卡拉瓦尔秀班主莱金德的贵宾。"

客栈老板立即瞪大了眼睛,几乎与此同时,她伸出手去解门闩:"啊,你怎么不早说呀!"

大门开了。外面是无望的黑暗,而太阳马上就要升起来了。

"朱利安!"斯嘉丽原以为一开门就能看到他,而此刻她眼前只有令人不安的黑暗。

她的心狂跳了起来："朱利安！"

"红红？"

斯嘉丽还是看不见他，却能听到朱利安的靴子踏在码头上的声音，咚咚的响声附和着她的心跳声。

就算是在朱利安安全地走进来之后，她的心依然狂跳不已。把前厅照得明亮的火这会儿昏暗了，几块闷烧的圆木散发出的火光很黯淡，连东西都看不清，可她发誓水手的脸色很难看，仿佛刚才待在外面，他失去了一些特别重要的东西。她能感觉到夜色依然笼罩在他周围。他那头黑发的发梢被夜色染得湿漉漉的。

远处，黎明的钟声敲响了。要是她再多等一刻，就来不及救他了。斯嘉丽强忍着，才没有过去拥抱他。他或许是个无赖，是个大骗子，而在她找到妹妹之前，他是她在这场游戏里的唯一伙伴。

"你吓死我了。"斯嘉丽说。

似乎害怕的不止她一个。

客栈老板第二次锁上大门，她的脸色越发苍白了。

朱利安向斯嘉丽走了一小步，一只手轻轻按在她的腰上："你是怎么说服她放我进来的？"

"呃，"斯嘉丽有点犹豫，不想告诉朱利安她都说了什么，"我只是告诉她，天还没亮。"

朱利安怀疑地扬起一边眉毛。

"我还跟她说，我们就要结婚了。"斯嘉丽又说。

你这个小骗子，朱利安用口型说，他缓缓地向斯嘉丽靠过来，嘴唇微微分开。

斯嘉丽浑身僵硬。有那么一刻，她还以为他要吻她呢，可他只是轻声说了句"谢谢"。他的嘴唇就在她耳边，弄得她痒痒的，这时候，他更用力地按住她的腰，她情不自禁地哆嗦了一下。

这个姿势显得非常亲昵。

斯嘉丽慢慢地抽开身。朱利安的手一直放在她的腰上，就这么把她搂在身边，然后，他转身看着客栈老板。她匆匆走到一张橄榄绿大桌后面。这个房间的天花板很低，那张桌子就占去了大半空间。

"也谢谢你。"朱利安说，"我很感激你今晚给予我们的善意。"

"啊，不要紧。"客栈老板说。斯嘉丽发誓她在颤抖。她用哆哆嗦嗦的手扶正绒线帽："我对你的未婚妻说过了，我不喜欢拆散小情侣。其实，我为你们两个做了特别安排。"

客栈老板从桌子里摸出两把水晶钥匙，一把上刻着数字8，另一把上刻着9。"很好找，上楼左转就到了。"她眨眨眼，把钥匙交给他们。

斯嘉丽希望她眨眼睛只是面肌痉挛而已。她一向都不喜欢人眨眼睛。她父亲就爱眨眼，一般都是做了肮脏的事后才会这样。斯嘉丽想象不到这个胖乎乎的客栈老板在他们的房间里做了什么龌龊事。那对小水晶钥匙外加眨眼这个小小的奇怪动作，搞得斯嘉丽的心里泛起一阵冰蓝色的紧张感觉。

八成是她自己胡思乱想而已，她这么告诉她自己。兴许钥匙也是游戏的一部分呢。或许钥匙能打开8、9号房间以外的东西，而这就是她所谓的"特别安排"。

也有可能是，那两个房间能看到运河美景。

客栈老板说，每个走廊里都有一个厕所和一个用来洗漱的浴室，"你们的右边是水晶酒馆，日出后一小时关闭，日落前一小时开业"。

到了酒吧里，祖母绿色的枝形吊灯投下翡翠色的光，桌子上摆着玻璃制品，它们叮叮当当地碰在一起。这里有股放陈了的啤酒味，说话声稀稀拉拉。天快亮了，这里很快就要关门了。只有几个顾客还没走，他们都穿着不同的颜色，样貌特征也各有不同，看起来像是来自不同的大洲。没有一个有金色鬓发。

"我保证，明天你一定能找到她。"朱利安说。

"也许她已经在她的房间里了？"斯嘉丽扭头看着客栈老板，"向你打听一下，有没有一个叫作多娜泰拉·德拉格纳的年轻小姐住在这里？"

客栈老板立马露出了踌躇的神色。斯嘉丽发誓她知道这个名字。

"很抱歉，亲爱的，我不能向你透露还有谁住在这里。"

"她是我妹妹。"斯嘉丽说。

"我还是帮不上忙。"那个女人的目光在朱利安和斯嘉丽之间穿梭，显得有些慌，"这是游戏规则。如果她在这里，你们得自己去找。"

"你就不能——"

朱利安用手扶住斯嘉丽的后背，又把嘴巴贴在她的耳边。"她今晚已经帮了我们一个忙了。"他提醒道。

"可是——"斯嘉丽张嘴要争论，当她转头看到朱利安的表情的时候，不由得住了口。他的表情不像是谨慎，倒更像是恐惧。

他又向她靠过来，几绺黑发遮住了他的眼睛，他小声道："我知道你想找妹妹，在这座岛上，秘密很有价值。注意不要太轻易泄露秘密。如果人们知道你最想要什么，就可以利用这一点来对付你。"

"走吧。"他迈步向楼梯走去。

斯嘉丽知道这会儿天亮了。水晶蛇客栈的走廊弯弯曲曲，有股黑夜尽头的气味，还有股汗臭味和逐渐稀薄的烟雾的味，人们的说话声似乎还在空气中萦绕不去。房间似乎并不是按照特定的顺序排列的。2 号房在二楼，而 1 号房在三楼。5 号房的房门是枭绿色的，位于 11 号房覆盆子色的房门后面。

四楼的走廊铺着天鹅绒壁纸，上面有黑色和奶油色粗条纹。斯嘉丽和朱利安终于在走廊中间找到了他们的房间。他们的房间挨着。

斯嘉丽在 8 号房的圆门前站住，犹豫了起来，而朱利安则在等她走进去。

感觉好像他们在一起待了不止一天。水手这个伙伴还不赖。斯嘉丽知道，要是没有他的帮助，她根本不可能来到这么远。

"我在想，"她开口道，"明天——"

"如果我看到你妹妹，我会告诉她你在找她。"朱利安很礼貌，但是，很明显他在敷衍。

就这样。

他们的友谊就这么结束了。她本不该惊讶，也不该生气。朱利安倒是说过会帮她，可她很清楚这个人，知道如果他有所求，他会说得天花乱坠，来得到他想要的东西。她不知道她是从什么时候开始怀有更多期待的，也不知道为什么会这样。

她忽然想起他在钟表店里对她说的话：要是她以为他关心她妹妹，那就太高估他了。他只是把人当成利用的工具而已。他利用她是互惠互利，但利用她就是利用她。她还记得对他的第一印象，高大、英俊，却也粗野、危险，像是装在精美瓶子里的毒药。

她最好离他远点。这样更安全。他今天或许帮了她，她还是不能放松警惕；他来这里，显然有他自己的目的。等明晚她找到了妹妹，她就不是孤身一人了，或者，她可以多留一段时间。

"晚安。"斯嘉丽学他那草率的语气说道，然后便快步走进了房间。

壁炉里已经生起了火，火光闪闪，很暖和，将黄铜色的阴影投射到铺着花卉壁纸的墙壁上——花朵是白玫瑰，尖端是红宝石色的，处在各种开花的状态。木头噼里啪啦地燃烧着，这就好比一首轻柔的摇篮曲，将她拉向巨大的四柱床，这是斯嘉丽见过的最大的床。肯定是为了这个，房间才显得特别。雕刻床柱上挂着轻薄透明的白色床幔，床上摆着蓬松的丝绸枕头和厚毯子，还用艳丽的红醋栗色蝴蝶结系着，她都等不及要到羽绒褥子上躺一躺了——

墙壁竟然动了起来。

斯嘉丽愣住了。房间突然变得更热了，也更小了。

有那么一刻，她希望这只不过是她自己的想象。

"不要。"她说，恰在此时，她看到朱利安大步从一扇窄门走了进来，而在此之前，那里一直都是房间贴有壁纸的墙壁，没有门。

"你是怎么到这里来的？"她问道。不过在他回答之前，斯嘉丽就清楚地知道是怎么一回事。

眨眼睛。钥匙。特别安排："她故意给了我们同一个房间。"

"你表现不错，竟然让她相信我们是一对恋人。"朱利安瞟向那张大床。

斯嘉丽的脸立马变得通红，那是心脏、鲜血和害羞的颜色："我没说我们是恋人，我只说我们是未婚夫妻。"

朱利安笑了，斯嘉丽则目瞪口呆："这没什么可笑的。我们不能一起睡在这里。要是被人发现，那就全完了。"

"你又夸张了。你老是以为随便一件事都能毁掉你的生活。"

要是被人看到，她和伯爵就订不成婚了。"你见过我父亲。他若是发现了，我——"

"不会有人发现的。我想就是因为这个，才会有两扇门和两个不同的房间号。"朱利安走到大床边，倒在上面。

"你不能在床上睡。"斯嘉丽抗议道。

"为什么不能？舒服极了。"朱利安脱掉靴子，咚咚两声，扔到了地板上。跟着，他脱掉马甲，又去解衬衫扣子。

"你在干什么？"斯嘉丽说，"你不能这么做。"

"听着，红红。"朱利安倒是不再解扣子了，"我说过我不会碰你，我会遵守诺言的。可甭指望因为你是个女孩子，我就会去地板或那张小沙发上睡。这张床够大，容得下我们两个。"

"你真以为我会与你同床共枕？你疯了吧？"这真是个荒谬的问题，因为很显然他就是个疯子。他又开始解扣子，她很肯定，他这么做只是因为他知道这能让她不自在，也有可能他不过是爱炫耀。

斯嘉丽又看了一眼他那平滑的肌肉，便转身向房门走去："我下楼看看还有没有别的房间。"

"要是没有呢？"朱利安喊道。

"那我就睡在走廊里。"

绅士或许会反对，只可惜朱利安不是绅士。一个柔软的东西落在地上，很可能是他的衬衫。

斯嘉丽伸手去抓玻璃门把手。

"等等——"

一个镶有金边的方形物落在她脚边——是个信封。正面上用优雅的字迹写着她的名字。

"在床上找到的。我估计这是你的第一个提示。"

1 2

斯嘉丽的祖母过去常说，卡拉瓦尔秀的世界就是班主莱金德的大游乐场。在那里，人们说的每句话他都能听到，就连窃窃私语也逃不过他的耳朵，没有一道阴影能逃过他的眼睛。没人见过莱金德，就算他们见过，也不知道是他，而在卡拉瓦尔秀期间，莱金德能见到所有人。

斯嘉丽发誓，在她走进走廊的时候，他的目光就在她身上。她能感觉到这一点，因为就在她看提示的时候，烛灯似乎更明亮了，如同眼睛在偷窥。

信封看起来和莱金德之前寄给她的一样，金色和奶油色相交，充满了神秘感。

她打开信封，几片红玫瑰花瓣落到她的手掌上，其中有把雅致的绿玻璃钥匙。和之前她拿到的门钥匙差不多，只是这把钥匙上面刻着数字5，还连着一条很细的黑丝带，丝带系着一张大纸，上面有个名字：多娜泰拉·德拉格纳。

斯嘉丽明白，这应该是她的第一条提示。但是，对她而言，这更像是莱金德送给她的礼物，就好像那条裙子和到岛上来的请柬。在钟表店那会儿，斯嘉丽发现很难相信她是特别来宾，可是，也许她正在经历卡拉瓦尔的魔法，因为她发现她竟然奢求莱金德真的对她另眼相看，再一次向她表示关心，告知她妹妹的行踪。有那么一刻，斯嘉丽感觉一切都将向好的方面发展。

她飞奔穿过走廊，来到通往三楼的楼梯边。5号房在11号房后面：房门是方的，桑葚色，安着绿玻璃把手，看起来活像一块巨大的宝石。艳丽，动人。很衬泰拉。

斯嘉丽刚要把钥匙插进去，就听见门那边传来呼吸声，那声音太大了，不像是泰拉能发出来的。斯嘉丽把耳朵贴在门上，不安的感觉自心底升起，肩膀上麻麻的，还有些刺痛，如同呛人的辣姜一样。

咚咚。

一个沉重的东西掉到了地板上。

跟着传来一声呻吟。

"泰拉——"斯嘉丽抓住门把手，"你还好吗？"

"斯嘉丽？"泰拉的声音听来有些紧张，还气喘吁吁的。

"是我。我要进来了！"

"不要——千万别！"

又是一声咚咚声。

"泰拉，里面怎么了？"

"没什么——就是——你千万别进来！"

"泰拉，你是不是碰到麻烦了——"

"没有麻烦。我——就是——有点忙——"泰拉没有说下去。

斯嘉丽犹豫起来。肯定是不对劲。泰拉都不像她自己了。

"斯嘉丽！"这次泰拉的声音大了，也清楚了，仿佛她能看到妹妹正来拉门把手，"要是你开门，我这辈子都不再和你说话了。"

她的语调很低，这次还有一个低沉的声音。是个年轻男子的声音。

"你听到你妹妹的话了吧。"他说。

这句话飘进弯弯绕绕的走廊，如同一阵突如其来的旋风刮向斯嘉丽，吹过她身上所有没有衣服遮掩的部位。

她赶紧走开，脸上红一阵白一阵，就跟浆果色似的，她觉得自己真是太傻了。她一直在担心泰拉，她妹妹显然一点也不在乎她。她八成连想都没想过她。有个小伙子在她的床上，她哪里还顾得上。

斯嘉丽不该觉得惊讶的。她妹妹向来都是更任性的那个；泰拉就喜欢惹麻烦。但叫斯嘉丽难过的，不是她的无法无天。泰拉是这个世上对斯嘉丽最重要的人，可惜她对她妹妹而言则并非如此，这一点一向都叫斯嘉丽心痛不已。

那时候她们的母亲帕洛玛不要她们了，斯嘉丽父亲心里所有柔软的部分都和她一起消失了。他的规矩从严格变成了苛刻，不听话的后果也是如此。要是帕洛玛还留在特里斯达，情况就会大不一样。斯嘉丽曾发誓绝不会像她们的母亲丢弃她们那样丢下泰拉不管。她要保护她。即便斯嘉丽只比泰拉大一岁，却不放心让别人来照顾妹妹。后来，随着泰拉一天天长大，斯嘉丽也不相信泰拉能照顾她自己。遗憾的是，她一方面是保护了泰拉，一方面也是害了她。泰拉变得很自私。

斯嘉丽走到走廊尽头，咚一声坐在地板上。屁股尴尬地摩擦着粗糙的木地板。楼下比楼上要冷。她觉得冷，也可能是因为泰拉不把她当回事，她对别人的重视多过她。而很可能泰拉甚至都不知道那个年轻人叫什么名字。斯嘉丽恐惧男人，泰拉则正好相反，永远都在追逐不对的人，希望有人能带给她们缺失的父爱。

斯嘉丽琢磨着是不是要回房间，毕竟那里有暖暖的炉火和毯子。然而，就算给她全世界的温暖，也不能诱使她和朱利安共处一床。她可以下楼找客栈老板再要一个房间，不知怎的，她觉得这么做不明智，毕竟她刚才还为了让朱利安进来，说了一大堆谎话来着。蠢货朱利安。

蠢，蠢，蠢……她不停地想着这个字，最后，她闭上了眼睛。

"小姐——"一只温暖的手晃了晃斯嘉丽的肩膀，把她叫醒。

斯嘉丽吓了一大跳，用两只手捂着胸口，猛地张开眼睛，旋即又闭上了。一个年轻男子站在她面前，把一盏灯举到她的脸前。她能感觉到提灯的暖意扑到她脸上，不过他站在安全距离之外。

"我想她是喝醉了。"一个少女说。

"我没喝醉。"斯嘉丽又睁开眼睛。举着灯的年轻人看来比朱利安大几岁。跟水手不一样，这个年轻人穿着锃亮的靴子，头发向后梳得整整齐齐。他很有魅力，脸上露出关切的表情，让斯嘉丽觉得他也知道她没喝醉。

他穿着一身平整的黑色，对于这种男孩子，泰拉往往会嘴上说他们长得帅倒是长得帅，就是一无是处，背地里却想尽办法引起他们的注意，就好像她这会儿注意到他的手上有墨迹，就连胳膊上也有。是刺青，性感而精致，能工巧匠的标志，文的是一个哀痛的面具，嘴唇噘着，很是诱惑，还有鸟爪和黑玫瑰的图案。每个刺青图案都与他那风神飘逸的外形格格不入，大大地勾起了斯嘉丽的好奇心。

"他们弄错了，把我和别人分到了同一个房间。"斯嘉丽说，"我正要去找客栈老板再要一个房间，只是——"

"你就这么在走廊里睡着了？"说话的是那个说斯嘉丽喝醉的女孩。她站得离提灯比较远，走廊其余地方都是黑的，斯嘉丽看不清她的脸。她觉得她这人有点闷闷不乐，毫无吸引力。

"情况有点复杂。"斯嘉丽结结巴巴地说。她本来可以把妹妹的事告诉他们的，但是，即便这两个人从没见过泰拉，斯嘉丽也不愿意把她妹妹的轻率行为公之于众。保护泰拉是她的责任。况且斯嘉丽也不肯定她是不是真在乎这两个人对她有什么看法，不过她的目光老是瞟向那个年轻人的文身。他长了张雕刻家和画家都接踵而至的脸——饱满的嘴唇，结实的下巴，漆黑的眼睛，外加两道又浓又黑的眉毛。

在光线昏暗的走廊里，被这样一个年轻男人堵在一角，她本该感觉不自在的，可他脸上流露出的是关心的表情，没有丝毫好色成性的意味。

"你用不着解释。"他说，"我肯定你有充足的理由睡在这里，但我觉得你不能留在这里。我住的是 11 号房。你可以到那里睡。"

从他说话的语气，斯嘉丽很肯定，他并不打算和她一起留在房间里——这与她认识的另一个年轻人不一样，然而，斯嘉丽早已习惯了隐藏的危险，这会儿，她不由自主地犹豫了起来。

她借着灯光又仔细打量了他一番，看着他手背上的黑玫瑰文身，优雅，可爱，还有一点点悲伤。斯嘉丽也说不清为什么，她就是感觉这个文身代表着他。优雅与可爱的部分或许会把她吓走——她明白，这往往是其他恶习的掩饰。但悲伤的部分却吸引着她："那你到哪里睡觉？"

"我妹妹的房间。"他冲着旁边的女孩一点头，"她的房间里有两张床。她一个人用不了。"

"的确如此。"那个女孩说，斯嘉丽依然看不清她的样子，可她发誓，女孩正用厌恶的眼神盯着斯嘉丽。

"别这么无礼。"年轻男子说，"就这么决定了。"趁斯嘉丽再次抗议之前，他又说道，"要是我母亲知道我让一位瑟瑟发抖的姑娘睡在地板上，一定会和我脱离母子关系的，对此，我也是无话可说。"他伸出一只带有文身的手，扶斯嘉丽起来，"对了，我叫丹特，她是我妹妹瓦伦蒂娜。"

"我叫斯嘉丽，谢谢你们。"她试探性地说，依旧惊讶于他竟然不求回报，"你真是位慷慨的君子。"

"我看你是过奖了。"丹特依然握着斯嘉丽的手。他那双黑色的眼睛瞟了一眼她的脖子下面，她发誓他的脸红了，他立即就收回了目光，免得斯嘉丽觉得不自在。"我之前在酒馆里就看到你了，不过你好像还有个同伴来着？"

"啊，我——"斯嘉丽犹豫了。她知道他想问什么。她分不清丹特的好奇心是为了游戏，还是因为他对她很感兴趣。她只知道丹特目光灼灼地看着她，让她冰冷的四肢暖和了起来，她想象着，要是换成朱利安和一个美丽女孩子在走廊里，他一定不会坦白说斯嘉丽是他的未婚妻。

"这么说，夜幕降临时，你可以和我们共进晚餐了？"他问。

瓦伦蒂娜咕哝一声。

"闭嘴。"丹特说，"别理我妹妹，她今晚喝太多了，平时她不这样。

我保证，要是你和我一起共进晚餐，她是不会出现的。"他依旧笑眯眯地看着斯嘉丽，那正是斯嘉丽期盼中的男孩的笑，仿佛他不仅仅受她吸引，还想要保护她、照顾她。丹特牢牢地注视着她，如同无法抽回目光。

伯爵一定会用同样的眼神看我，斯嘉丽向她自己保证。她并不是真的和朱利安有什么瓜葛，但是她确确实实是订婚了，若是假装没有这回事，就太危险了："对不起，我去不了。我——"

"不要紧。"丹特很快打断了她的话，"你不必解释。"他又笑了，这次笑得更灿烂了，却不是发自真心。他默默地送她去了他的房间，并且交给她一把缟玛瑙钥匙。

有那么一刻，他们都很紧张，全都站在那扇又窄又尖的门边不动。斯嘉丽担心虽然丹特说了不会，却还是要和她一起进去。可他只是等她确定钥匙能打开房门，然后小声说了句"做个好梦"。

斯嘉丽正要说声晚安，可当她进入房间之后，就说不出来了。低矮的衣柜上摆着一盏油灯，将上方的镜子照得亮亮的。虽然光线黑暗，镜子中斯嘉丽的影像却依然清晰。只见她的一头黑发披在肩上，拂过轻薄透明的白裙子的褶边。

她倒抽一口气。这条邪恶的裙子又变了，布料成了透明的，带着花边，这样的衣服太羞人了，根本不适合在公共走廊里穿，更不适合穿着它与陌生年轻男子说话。

斯嘉丽连再见都没说完，就猛地关上门。难怪丹特一直用眼瞄她呢。

那天夜里，斯嘉丽做了一个乱七八糟的梦。

她睡着之后，就梦到了莱金德。她回到了那个镀金阳台上，只穿着一件暴露的黑色紧身胸衣和一条红色衬裙，便拉过窗帘遮住身体。

"你在干什么？"莱金德趾高气扬地走了进来，戴着他那标志性的蓝色天鹅绒大礼帽，看他的目光，就知道他是个刚愎自用的人。

"我就是想看看游戏。"斯嘉丽又往窗帘里躲了躲，莱金德一把把她拉出来。他的手和雪一样冰冷，一张年轻的脸掩映在阴影中。

斯嘉丽裸露的肩膀上传来一阵寒意。

莱金德哈哈笑了两声，用两只手搂住她的腰。"我邀请你来这里，不是为了让你看看而已，宝贝。"他把嘴探到她脸边，像是要吻她一样，"我要你去玩这个游戏。"他喃喃地说。

然后，他把她丢下了阳台。

Chapter 3
卡 拉 瓦 尔 秀 第 一 晚

1 3

　　斯嘉丽醒来时出了一身冷汗。她的发际线都汗湿了，膝盖下面的地方也都是汗。

　　她晓得那不过是个梦，可有那么一会儿，她怀疑是卡拉瓦尔秀的魔法——莱金德的魔法——悄悄地钻进了她的思想里。

　　又或者，她这是日有所思，夜有所梦？她两次被告知所有这些经历都只是一个游戏，然而，她的表现就好像这一切是真实的。好像她的一举一动全都会被发现、评判，最终受到惩罚。

　　"我邀请你来这里，不是为了让你看看而已。"

　　然而，斯嘉丽甚至都没有做到这个。

　　昨天，她看到了很多不可思议的事情，可是，自始至终，恐惧都攫取着她。她提醒自己，她父亲并不在这里。而且，如果她只待一个晚上，那要是她总这么战战兢兢，不能充分享受，以后一定会后悔。泰拉至少还要再睡一小时；在这段时间里，斯嘉丽用不着为她担心。与此同时要能再找点乐子，斯嘉丽也不会怎么样。

她又想起了丹特，想着他手上的黑玫瑰文身，想着他能叫她感觉温暖和渴望。她真该答应的，不过是一顿晚饭而已——而不是只穿着睡衣，在漆黑的走廊里与他说话，那样也太伤风败俗了。不过，就算是这样，也没有演变成她想象中糟糕的样子。

她借来的这个房间只有一扇小小的八角形窗户，却足以看到太阳缓缓落下，运河和街道恢复了生机。这个世界即将进入黄昏。暮色朦胧的时间只有一个钟头，然后一切就会被笼罩在浓重的黑暗中。要是她能快点去水晶酒馆，或许还来得及找到丹特，接受他的晚餐邀请。虽然她感觉这会儿应该吃早餐了。她轻而易举就调整了时差，白天照样睡得着，不过一觉醒来去吃晚餐这事还是感觉挺别扭的。

出发之前，她飞快地照了一眼镜子。刚才她洗脸的时候，她感觉裙子在变，纤薄的睡衣布料变成了一层层厚厚的丝绸裙。

她真希望能穿一件不那么引人注目的衣服，能融入黑夜之中，可惜这条裙子有它自己的意志。

裙撑最上面有一个巨大的酒红色蝴蝶结，两层厚厚的裙子布料拖在地上。其余地方的裙子都是纯白色的，裙子上身缠着红色丝带，只能隐隐看到下面雪一样白的布料。她的肩膀露在外面，不过袖子是长的，遮住了整条手臂。和上身一样，袖子上也有红宝石色的丝带，在她的双手上方系在一起，末端在她纤细的手指之间来回摆动。

泰拉准会喜欢。斯嘉丽能想象到她妹妹看到她穿了条这么大胆的裙子，一定会叽叽喳喳地叫唤一通。

斯嘉丽发誓，在夜幕降临的头一个钟头里不为妹妹担心。当她从5号房边走过的时候，还是情不自禁地想到了泰拉。

房门嘎吱响了一声。绿宝石色的灯光从门的另一边射出来，如同雾气一般。灯光的颜色与宝石形状的门把手一模一样。

斯嘉丽告诉自己继续往前走，告诉自己去找丹特，因为丹特很想和她共处。可灯光、嘎吱声和对妹妹始终如一的关心吸引斯嘉丽向门走去。

"泰拉——"斯嘉丽轻轻敲了敲门。嘎吱一声，门又开了一点，更多绿色的灯光倾泻出来，这是邪恶的颜色。昨天晚上那种不舒服的感觉又回到了斯嘉丽的心里。

"泰拉？"她把门推开，"老天——"斯嘉丽用手捂住嘴。

泰拉的房间里一片狼藉。乱糟糟的东西上覆盖着一层羽毛，活像是叛逆天使发疯之后弄出来的一样。地上还有很多木屑，被斯嘉丽的靴子一踩，啪啪直响，衣服都从已经稀巴烂的衣橱里倒腾了出来。床也坏了。杯子撕成两半，一根床柱移了位，活像是被生生扯断的肢体。

这全是斯嘉丽的错。泰拉昨天晚上的确和一个男人共处一室，不过不是为了斯嘉丽想的那个原因。她早该想到的。就算泰拉抗议，她也该进来。照顾妹妹是斯嘉丽的责任。在男人的问题上，泰拉向来疏忽大意。斯嘉丽真够蠢的，才会以为她们能在这里待上一天。她应该一见到泰拉，就马上带她离开这座岛。如果斯嘉丽马上就走了，那么——

"老天！"

一听到一个陌生的声音说出妹妹常用的感叹词，斯嘉丽连忙转过身。

"该死的，快看，是另一个提示。"冲进房间的女人有一头银发，瘦瘦小小，自然不是多娜泰拉。"真是太棒了！"她把一个戴着眼镜的老人拉进屋。

"你们是干什么的？"斯嘉丽问，"这是我妹妹的房间。你们不能进来。"

那两个人抬起头，仿佛才刚注意到斯嘉丽。

银发女人笑了笑，只是很不友善。她的笑容透露出贪婪的意味，与房间的绿色灯光一样邪恶："你妹妹是多娜泰拉·德拉格纳吗？"

"你怎么知道？"

"你最后一次见到她是什么时候？"银发女人问，"她长什么样？"

"我——她——"斯嘉丽本想回答来着，不过这样的盘问很讨厌，活像是在浴缸里装满了脏水。银发女人的语气、浅色眼睛传递出的眼神和紧紧抓在一起的手，都显得那么急切。跟着，就在那个女人充满皱纹的手里，斯嘉丽看到了一把绿玻璃钥匙。

与斯嘉丽拿到的钥匙一模一样，刻着数字5，上面连着一张纸，纸上写着多娜泰拉这个名字。

朱利安的话在她耳畔响起。她妹妹的名字是斯嘉丽的第一条提示。其他人也得到了同样的提示。

这只是一场游戏。斯嘉丽想起来独轮车女孩给的这句提示。都不是真的。

然而，感觉很不对劲。凌乱地堆在房间里的裙子都是多娜泰拉的。昨天晚上她妹妹叫她走开，那声音不会错，就是她的，她听起来真的生气了，不过现在斯嘉丽担心妹妹生气的原因不是她想的那个。

那个女人从地上捡起一件泰拉的淡蓝色蕾丝睡袍，带起了几片羽毛，她的同伴则从地上偷拿了一件人造珠宝。

"拜托，不要碰那些东西。"斯嘉丽说。

"对不起，亲爱的，她是你妹妹，但这并不意味着你能得到所有这些提示。"

"这些不是提示！这些都是我妹妹的东西。"斯嘉丽的嗓门大了起来，到头来只是吸引更多人走进来。这些男男女女、老老少少就和秃鹫一样急不可耐，翻遍了整个房间，活像是一群野兽在啃噬骨头上的肉。斯嘉丽觉得自己根本无力去阻止他们。她怎么会觉得这是一个有魔法的游戏呢？

有几个还拉着她问这问那——活像她能带他们找到另一条提示似的——斯嘉丽回答不出，他们马上就走开了。

她把能夺过来的东西都夺过来了。她抓住了几件裙子和内衣、丝带、珠宝，还拿了几张图片卡。泰拉大概是动真格的了，再也不会回特里斯达，因为散布在房间里的，不仅仅是她的衣服。所有她喜欢的东西都在这里，还有几件斯嘉丽喜欢的东西也在。斯嘉丽不肯定这些东西是泰拉擅自拿来的，还是因为在她的计划里，她们都不会回特里斯达了，她为了斯嘉丽才把这些东西带到岛上来。

"打扰一下。"一个挺着大肚子的女孩子走到斯嘉丽身边，她的脸颊是玫瑰红色的，留着一头微红的金发，在一片嘈杂声中，她的声音很轻。"你看起来像是需要帮助似的。我猫不下腰。"她指指她那又大又圆的肚子，"你去捡吧，我来帮你看着。"

斯嘉丽捡了不少，单凭她自己是拿不了更多的，然而，她依旧不愿意放弃那些她能拿到的东西。

"我是跑不掉的。"那个女孩又说。她很年轻，和斯嘉丽差不多年纪，她的肚子那么大，像是随时都会生产。

"我不肯定——"斯嘉丽突然住了口，因为一个穿着廉价平绒裤、戴着棕色圆顶高帽的男人踢开一块彩色玻璃，露出下面一个金光闪闪的红色东西。

"不要！你不能拿那个。"斯嘉丽向那个男人冲了过去，就在他看到她这么在乎的时候，他也来了兴趣，而且兴趣更浓。他从地上拿起那对珍贵的耳环，便向大门狂奔。

她连忙去追，他的速度很快，而且她怀里还抱着很多东西。她才跑到走廊中间，他都跑到摇摇晃晃的楼梯了。

"喂，我来帮你拿吧。"怀孕的女孩来到走廊，在她身边站定，"我在这里等你回来。"她保证道。

斯嘉丽不愿意放开她抢救出的东西，但她绝对不能失去那对耳环。斯嘉丽把那些东西放在女孩的怀里，提起雪白裙子的裙摆，快步去追那个男人。她跑到楼梯边上，只见棕色圆顶高帽一闪，便消失不见了。

她气喘吁吁地跑下楼梯，就看到水晶蛇客栈的大门在摇晃，像是有人刚刚跑出去。斯嘉丽追了过去，一把抓住大门那鲜艳的绿色边缘。外面既是夜幕低垂，也是黎明时分。星星一眨一眨的，活像是邪恶的眼睛，街上有很多提灯，烛光闪闪，将街道照得灯火通明。手风琴欢快的曲调响彻大街小巷，人们在音乐声中来来往往，扭着穿着裙子的屁股，摆着穿着夹克的手肘。却没有摇摇晃晃的圆顶高帽。那个男人不见了。

本来没什么要紧的。那只是一对耳环而已。却又不仅仅是耳环。它们是红色的。

"红石头给名字意为红的斯嘉丽。"她母亲曾经这样说。这是她在离开前给斯嘉丽的最后一份礼物。斯嘉丽早知道没有红石头这种东西，那其实就是染色玻璃而已。这并不重要。耳环是母亲的一部分，提醒着她，德拉格纳总督曾经与现在判若两人。"是你父亲送给我的。"她说,"因为红色是我最喜欢的颜色。"很难想象她父亲会是这么体贴的一个人。他从前和现在太不一样了。帕洛玛走掉之后,他找不到她,就毁掉了所有能让他想起她的东西,只给斯嘉丽留下了这对耳环,因为斯嘉丽把耳环藏了起来,没叫他看见。就是在那个时候,斯嘉丽发誓要永远陪在妹妹身边,永远也不会像母亲那样,只留下一件珠宝和褪色的回忆。即便是多年之后的现在,帕洛玛的失踪依旧像一道黑影一样萦绕在她心里,不管多么明亮,都无法将它清除。

斯嘉丽的眼里噙满了泪水,灼痛不已。她再次试着想起这只是一个游戏。只是这并不是她想象中的游戏。

斯嘉丽又回到水晶蛇那弯弯绕绕的走廊里,看到怀孕女孩卷走了她所有的东西,她一点也不觉得惊讶。她妹妹那些珍贵的东西都不见了。斯嘉丽只找到了一颗水晶纽扣和一张图片卡,肯定是那个女孩子或其他人掉的。

"一群秃鹫。"

"我不知道你还会骂人呢。"朱利安靠在对面的墙上,古铜色的手臂抱在胸前,斯嘉丽很想知道他是不是一直在这里来着。

"我怎么不知道秃鹫是骂人话。"斯嘉丽说。

"你的语气就是在骂人。"

"要是你妹妹也被人绑架了,被当作这场游戏的一部分,你也会破口大骂的。"

"红红,你又把我想得太高尚了。要是我妹妹为了这个游戏被绑架了,我早就把这当成我的优势了。别再自艾自怜了。"朱利安离开墙壁,向泰拉那惨遭洗劫过的房间走去。

秃鹫们都走了，重要的东西也被抢夺一空。就连绿玻璃门把手也被偷走了。

"我本来是要把她的东西都收起来的，可是——"斯嘉丽的声音有些沙哑。一走进房间，她就想起了那些贪婪的眼睛，抓着泰拉东西的手，仿佛那不过是一块块拼图，而不是一个人的一部分。

她抬头看着朱利安，他那双半睁半闭的眼睛里并没有怜悯："这就是游戏，红红。那些人只是在玩。要是你想赢，就得野蛮一点。卡拉瓦尔秀跟可爱扯不上半点关系。"

"我才不相信你。"斯嘉丽说，"你的道德指南针坏了，并不意味着所有人都是无耻之徒。"

"想赢就得不择手段。不是所有人来这里都为了好玩。有些人玩游戏，就为了把他们得到的东西卖给出价最高的人。抢走你耳环的那个家伙就是这样。"

"他拿不到多少钱的。"斯嘉丽愤愤地说。

"结果一定会让你大吃一惊。"朱利安从四分五裂的衣橱残骸里拿出一个把手，"只为了换来一点点卡拉瓦尔秀的魔法，人们愿意花大价钱，也愿意出卖他们最黑暗的秘密。"朱利安把把手丢到空中，任由它落在地上，然后轻声承认道，"莱金德在这方面很有正义感。"

"那我不要玩游戏了。"斯嘉丽说，"我只想找到妹妹，及时回家参加我的婚礼。"

"这可就成了问题了。"朱利安又拾起那个把手，"要是你想在离开前找到妹妹，就必须赢得游戏。"

"你说什么？"

"让我来猜猜看，你压根儿就没看我给你的提示吧？"

"我的提示上只写着多娜泰拉这个名字。"

"你确定？"他问道。

"当然。我当时没想到那是个提示。我还以为莱金德——"不合适的话已经出口，斯嘉丽想改口都来不及了。

朱利安又露出了嘲讽的笑容，每次她提到莱金德的名字，他都会这样——即便她没有完全说出她那傻兮兮的想法。

斯嘉丽又看看连在钥匙上的字条。上面唯一的字迹便是她妹妹的名字，不过名字下面有很大一部分空白。斯嘉丽走到最近的彩色玻璃烛灯边，把纸举到灯前，当初泰拉就是这么看莱金德的请柬的。不出所料，纸上又出现了一些优美的字迹。

最后有人看到那个女孩和莱金德在一起。

如果你找到了她，也就是找到了他。

当然了，若不赴汤蹈火，便难以实现这个目的。

可如果你成功了，就将非常富有。

今年的赢家将可以实现一个愿望。

片刻之后，这首打油诗消失了，又出现了新的字迹。

这是你在找寻她的征途中的第一条提示。

其他提示就不这么容易找到了。

有些提示会让你怀疑你是否神志清醒，会让你质疑你相信的一切。

二号提示：你将在她离开后的废墟中找到。

三号提示：你必须去挣得。

四号提示：你必须用珍贵的东西去换。

五号提示需要信仰的飞跃。

你们中的大多数人都将失败，只有一个会成功胜出。

你有五个夜晚去找到剩余的提示和那个女孩，然后，莱金德就会实现你的一个愿望。

斯嘉丽昨晚上做的梦肯定不仅仅是幻想。莱金德真的想要她来这里。她想起阳台上那个男孩说的话："进去之后，你们会拿到一个谜题，必须把它解开。"

现在她明白了，泰拉被带走这事肯定就是今年的谜题。所以才会有这么多人来搜刮她的房间，他们也在找泰拉。信上没说要是没人找到泰拉，她会怎样，斯嘉丽知道妹妹并不打算在游戏结束后返回特里斯达。

如果斯嘉丽找不到她，泰拉就会像母亲那样人间蒸发。如果想再见到妹妹，斯嘉丽就必须留下来玩游戏。

斯嘉丽不能留下来玩到最后一刻。再过六天，也就是20号，她就要和伯爵成亲了。而卡拉瓦尔秀一共有五个晚上，而且，需要整整两天才能回到特里斯达。斯嘉丽要是想及时回家结婚，就必须在最后一晚游戏之前解开所有提示，把泰拉找出来。

"不要那么失落嘛。"朱利安说，"你妹妹和莱金德在一起，我肯定她一定会被当成上宾的。"

"你怎么知道？"斯嘉丽说，"你昨天又没听到她的声音，她听起来挺害怕的。"

"你昨晚见到她了？"

"只是听到她的声音而已。"斯嘉丽把事情的经过说了一遍。

朱利安看起来像是在强忍着笑意："你老忘这就是个游戏。她要么是在演戏，要么就是别人在假扮她。不管是哪一种，我都觉得你不必担心你妹妹。相信我，莱金德知道怎么招待客人。"

朱利安的最后一句话本应该抚平斯嘉丽心中的疙瘩，可朱利安的语气却让那些疙瘩越缠越紧。他虽然笑了，眼神却很冷漠，一副无动于衷的样子。

"你怎么知道莱金德如何待客？"

"看看我们的房间吧，这都是因为你是他的贵宾。"朱利安说到贵宾这个词的时候，口音特别重，"他会把你妹妹安排在同样体面的地方，这样想完全说得通。"

斯嘉丽应该放心的。泰拉不会有任何危险。她妹妹只是这个游戏的一部分，而且是重要的一部分。斯嘉丽会觉得不安，恰恰是因为这一点。人这么多，为什么莱金德偏偏选中她妹妹？

"啊，我明白了。"朱利安又说，"你在嫉妒。"

"我才没有。"

"你有理由嫉妒。这么多年了，写信给他的人是你。你不高兴他选了她，没人会怪你的。"

"我没有嫉妒。"斯嘉丽重复了一遍，这话只是让水手笑得更灿烂了。他一直把玩着从破衣橱上掉下来的把手，他的手指很灵巧，把把手变得一会儿出现，一会儿消失。低级的魔术。

她不是永远消失了，只是斯嘉丽现在找不到她而已——她尽量从这个角度看待泰拉的失踪，视之为一个简单的小花招。

她又看了一遍她的提示。二号提示：你将在她离开后的废墟中找到。作为泰拉的姐姐，斯嘉丽是有优势的。要是这个房间里有不属于泰拉的东西，斯嘉丽一定会知道，只是这会儿没剩下多少东西了。只除了她手里的这张图片卡，此时再看，却发现它有些不同寻常。

"这是什么？"朱利安问。斯嘉丽没有立即回答，他用充满魅惑力的语气又说道，"行啦，我觉得我和你是个团队呢。"

"这主要只有你一个人受益，我一点好处也没有。"

"我就不会说'主要'。你忘了，要不是我，你都不可能到这里来。"

"这正是我要说的话。"斯嘉丽争辩道，"昨天晚上是我救了你，没有我，你就被踢出游戏了，你却睡在我们的房间里。"

"你也可以在床上睡呀。"朱利安摆弄着他衬衫上的顶扣。

斯嘉丽低吼道："你知道，那根本是不可能的事。"

"好啦。"他举起手，夸张地做出举手投降的样子，"从现在开始，我们要结成更紧密的伙伴关系。基于我对这个游戏的了解，我会知无不言，言无不尽。我们把各自知道的情况都告诉对方，轮流睡在房间里。你在里面睡觉的时候，我保证我不会进去。不过，要是你愿意，随时欢迎你来和我同床共枕。"

"无赖。"斯嘉丽咕哝道。

"别人把我说得更坏。好了，现在给我看看你手里是什么。"

斯嘉丽望向走廊，确定没人在门外。跟着，她把图片卡在手里一翻，给朱利安看："这东西不是我妹妹的。"

14

　　十一岁的斯嘉丽疯狂地爱上了城堡。不管是沙子盖的、石头盖的，还是她想象中的，都不要紧。城堡就是堡垒，斯嘉丽觉得要是她能住在城堡里，就能得到密不透风的保护，还能过着公主一般的生活。

　　泰拉就没有这样浪漫的想法。她不想被人溺爱，也不喜欢整天被关在充满霉臭味的古老城堡里。泰拉想要去世界各地，想看看极北帝国的冰雪村庄，也想看东方大陆的丛林。对她来说，最好的办法就是有一个祖母绿色的鱼尾巴，游着去周游世界。

　　泰拉真的很想成为一条美人鱼，而且，从未把这个想法告诉斯嘉丽。

　　斯嘉丽发现泰拉藏了图片卡之后，笑得眼泪都出来了。那些图片卡上全都印着闪闪发亮的美人鱼和男人鱼。

　　在那之后，每次她们吵架，或是泰拉取笑斯嘉丽，斯嘉丽都很想用她想当条美人鱼这事来嘲讽她几句。至少城堡是真实存在的，即便斯嘉丽当时还怀着不切实际的梦想，老喜欢异想天开，也知道这世上就没有美人鱼。不过斯嘉丽一向对此不予置评。每每泰拉取笑她的城堡，或是笑她对卡拉瓦尔秀越来越迷恋，她也没有提起美人鱼。因为泰拉幻想当条美人鱼这事给了斯嘉丽希望，尽管她们的母亲不要她们了，父亲又是个不懂爱的人，她妹妹依旧会做梦，斯嘉丽就算死也不愿意毁了这份美好。

"我妹妹的图片卡都很特别。"她告诉朱利安，"泰拉绝不会要城堡图案的图片卡。"

"依我看，那其实是一座宫殿。"朱利安说。

"不过这依旧不是她会有的东西。这肯定是下一个提示。"

"你肯定？"朱利安问。

"要是你不相信我对妹妹的了解，大可以找别人合作呀。"

"不管你信不信，红红，我挺喜欢和你合作。我想起来了，昨天晚上我们上船之前，我见过那座宫殿。如果你是对的，这张卡真是下一个提示，我们应该可以在那座宫殿里找到第三个提示。我以前玩游戏的时候——"这时候，有靴子踏步声响起，朱利安立即噤声。那声音沉重、自信。脚步声在泰拉房门外戛然而止。

斯嘉丽连忙看向走廊。

"嘿，你好。"丹特冲她笑笑，只是这个笑有点不自然，难以算得上完美。他又穿了一身黑，与他的黑色文身十分搭调，一看到斯嘉丽，他整个人就精神起来了："我正要去房间看你呢。你昨晚睡得还好吗？"

"睡"和"房间"这两个词从丹特的嘴里说出来，显得非常暧昧。

"是谁来了，亲爱的？"朱利安走到斯嘉丽身后。他其实并没有碰到她，但靠得很近，昭示着他们关系不一般。他把一只手放在门框上，另一只手扶住她身后的门，他的皮肤轻拂过她，她能感觉一阵冰凉。

丹特那迷人的神采立即就不见了。他的目光从斯嘉丽转移到朱利安身上。他什么都没说，可斯嘉丽能从他那严肃的表情中读出他要说的话。她感觉朱利安也有了变化。

朱利安的胸口滑过她的后背，这个时候，他的肌肉硬邦邦的，很僵，语气却漫不经心："没有人来介绍一下我吗？"

"朱利安，这位是丹特。"斯嘉丽说。

丹特伸出一只手。这只手的背面文着玫瑰。

"他为人慷慨，昨天晚上把他的房间让给了我。"斯嘉丽解释道，"因为我的房间弄混了。"

"噢，那很高兴见到你。"朱利安和丹特握握手，"我很开心你帮助了我的未婚妻。刚才我听说了发生的事，还很难过呢。我真希望她能来找我。"朱利安转身看着斯嘉丽，脸上尽是虚情假意，眼神闪烁着怒火。

她料错了，他压根儿就没有丝毫不安，反而还很享受呢。他扮演一个担心的未婚夫角色，就是为了把丹特吓走，而他事实上则毫不在意。

斯嘉丽抬头看着丹特，希望能找个好办法解释她其实并没有撒谎。他不再看她，英俊的脸上先是露出愤怒的表情，随即现出令人不安的冷漠，仿佛她并不存在了。

"来吧，亲爱的。"朱利安小声说，"我们别挡着路，让他进来看看。"

"没关系。"丹特说，"我想我已经看到我需要的东西了。"他没再说话，便沿着走廊走远了。

丹特刚一走出视线，斯嘉丽就猛地转过身，面对朱利安："我不是你的财产，你这么爱演，我不会为此感激你。"

"你喜欢他看你的眼神？"朱利安注视着斯嘉丽，故意冲她歪嘴一笑，眨眨又浓又黑的睫毛，"你觉得他是不是对着镜子练过那种眼神？"

"住口。他才没有这样看我。他是个好人。和有些人不一样，他昨天晚上向我仗义援手呢。"

"瞧他那样子，像是来收报酬的。"

"喂！不是所有人都跟你一样。"斯嘉丽抓着第二条提示，也就是泰拉的图片卡，冲出大门，走进走廊。

"我要说，这可不是件好事。"朱利安说，"你应该离他远点。"

斯嘉丽在楼梯顶端停下脚步，耸耸肩，转身看着朱利安，清楚地想起了那会儿她在酒窖看到他和泰拉在一起，他脸上露出的那种贪婪的表情："说得好像你是个君子似的。"

"我没说我是个好人。"朱利安道，"但我不会从你身上谋求那小子想要的东西。要是我真想这样，我也会告诉你离我远点。上次我参加卡拉瓦尔游戏的时候，他是赢家。还记得我说过这个游戏会要人付出代价吗？要赢就要付出代价，他获胜付出了很大的代价。我敢打赌，为了赢得那个愿望，夺回失去的一切，他会想尽一切办法。你觉得我的道德指南针坏了，而他压根儿就没有那东西。"

"哇，这不是那对快乐的小情侣嘛！"斯嘉丽和朱利安一上船，那个漂亮的深色皮肤女孩就兴奋地一拍手。

斯嘉丽最不愿意干的就是装出幸福的样子，假装朱利安的未婚妻了，可她还是尽力甜甜地道："你昨晚不是在骑独轮车吗？"

"啊，我能做的事情可多了。"女孩自豪地说。

前一天晚上，朱利安为了这个女孩的事还提醒她来着，斯嘉丽记得他说的每一个字，可当她开始划桨的时候，却很难觉得她有不妥，会发现她是真的高兴。她比昨晚那个水手女孩友善多了。

或许朱利安就是见不得别人开心。

这会儿，他对这个女孩倒是够亲切；他先是给她看了一眼图片卡，让她知道他们要去哪儿，然后询问她叫什么名字。

"我叫优婉。你可以叫我小优。"女孩说。在她划桨的时候，朱利安又问了一些问题，被她讲的笑话逗得哈哈大笑。见他要是愿意，就可以表现得这么斯文，斯嘉丽真是印象深刻，不过她觉得他会这样，主要是为了探听消息。优婉为他们指出了各种各样的风景名胜。运河呈环形，如同一条长长的苹果皮，在布满提灯的弯曲街道上伸展开来，街上酒馆林立，有黄褐色的烟雾从酒馆里冒出来，还有杯子蛋糕形状的面包店，而小商店则跟生日礼物一样，五颜六色：天蓝、杏橙、橘黄、樱草粉。

运河依然笼罩在午夜的黑暗中，每座建筑的边缘都挂着水晶提灯，在人们进进出出的时候，凸显出明亮的色彩。斯嘉丽觉得这就好像一场随着音乐声而起的欢快舞蹈。竖琴、风笛、小提琴、长笛、大提琴，每一条运河都拥有一种不同的乐器心跳。

"这里好看的东西多着呢。"优婉说，"要是你们愿意付出代价，还能看得仔细，就能在这座岛上找到在其他地方不可能找到的东西。有些人来这里，就是为了逛商店，甚至都没那个心情去玩游戏了。"

优婉继续叽叽喳喳地说着，斯嘉丽看到一个街角出现了一阵骚动，便一句话都没听进去。像是有个女人被从一家商店强拖了出来。斯嘉丽听到了哭声，跟着，她看到一群人对那个女人推推搡搡，满眼都是挥舞的手臂和乱踢的腿。

"那里是怎么了？"斯嘉丽一指。等到优婉和朱利安看过去的时候，那条街上有人弄灭了附近的所有提灯，将斯嘉丽刚才看到的一幕掩映在了夜色中。

"你看到什么了？"朱利安问。

"有个女人，穿着鸽子灰色的裙子，有人把她从一家商店里拉了出来。"

"噢，那可能只是街头演出。"优婉欢快地说，"有时候演员这么表演，只是为观看的人增添点情趣——大概是表现得好像她偷了东西或是发了疯。我肯定，随着游戏的进展，这种场面你还会见到很多次的。"

斯嘉丽真想小声告诉朱利安那场面看起来跟真的一样，但是，在她刚刚加入游戏的时候，不是早就有人提醒过她了吗？

优婉不再划桨，又拍了一下手："到了。这里就是卡片上的皇宫。这里名叫诅咒城堡。"

有那么一刻，斯嘉丽没工夫去想那个女人的事了。亮晶晶的沙滩一直延伸到皇宫边缘，宫殿形如一个巨大的鸟笼，修有弯桥、马蹄形的拱门、浑圆的穹顶，全都洒满了金灿灿的阳光。那张卡片并没有呈现出这个地方的所有特征。这栋建筑不是用蜡烛照明的，它本身就会发光。它把所有的一切都照亮了，使得这个地方比周围都要明亮，仿佛他们找到了一个地方，在那里能将阳光装在瓶子里。

"你送我们来，要什么回报？"朱利安问。

"对你们两个，我什么都不要。"优婉说，斯嘉丽意识到，这八成是他对她亲切的另一个原因，"你们还是留着你们的东西吧，到里面就用得上了。诅咒城堡里的时间走得更快。"

优婉冲黄沙宫殿入口两边的两座巨大沙漏一仰头，每个沙漏都比两层楼还要高，里面装的红宝石色玻璃珠剧烈搅动着。这会儿底部只有一点点珠子。

"你们肯定注意到了，这座岛上的白天和黑夜都比较短。"优婉继续说道，"有些魔法是靠时间刺激的，这个地方会用到很多魔法，所以，进去之后，要理智地运用你们的每一分钟。"

朱利安搀扶斯嘉丽下船。他们穿过拱桥，从巨大的沙漏边走过，斯嘉丽很想知道，一个玻璃珠流过，需要耗费她一生中的多少分钟。卡拉瓦尔秀里的一秒钟似乎要比普通的一秒钟丰富很多，就好像太阳即将落下的时候，天空中所有的色彩都汇聚成了魔法。

"我们应该去你妹妹喜欢的地方找找。"朱利安说，"我打赌我们能在那里找到第三条提示。"

她想到了钥匙上的信。三号提示：你必须去挣得。

过了沙漏，他们右边的小路通往一排金色游廊，诅咒城堡的大部分地方都有这种游廊。从下面看，那里就像是图书馆，装满了斯嘉丽觉得人们总说不要摸不要碰的那种古籍善本。

正前方的小路通往一个巨大的庭院，那里姹紫嫣红，人声鼎沸，挤满了人。中心长了一棵大榕树，上满落满了神奇的小鸟。有长了翅膀的斑马和鸟猫，小小的飞虎在与巴掌大的大象搏斗，大象则一直呼扇耳朵，保持飞翔。榕树周围有五颜六色的凉亭和帐篷，有些还传出了音乐声，还有的传出哈哈的笑声，比如那顶在卖吻的翡翠绿色帐篷。

泰拉会去哪儿这个问题是毫无疑问的，如果朱利安问起，斯嘉丽保准承认她也被在帐篷庭院里看到的一切迷住了。她真不该受诱惑。

斯嘉丽应该把全副心思都放在泰拉身上的，应该尽全力去找下一条提示。可她看着那个卖吻的翡翠色帐篷，听到了轻轻的笑声，窃窃私语声，轻佻的承诺，她很想知道……

斯嘉丽亲吻过。当时她告诉自己那个吻很美好，她很满意这个吻，然而，人们似乎只会在不知道该说什么才好的时候，才会用到"美好"这个词。斯嘉丽觉得她那个美好的吻根本不能和卡拉瓦尔秀上的吻相提并论。在一个就连空气都很香甜的地方，她尝试想象着某个人的唇贴在她的唇上，是个什么样的滋味。

"你喜欢这个？"朱利安用粗嘎的嗓门说，斯嘉丽听后立马脸红了。

"我要去看看旁边的帐篷。"她急忙指指一个李子色的帐篷，看起来很不祥。

朱利安笑得更灿烂了。一看就知道他不相信她。她的脸越来越红，他的笑容则越来越灿烂。

"没什么好尴尬的。"他道，"要是你在结婚前需要练习一番，我很愿意免费帮忙。"

斯嘉丽本想厌恶地哼一声，可她发出的声音更像是在呜咽。

"这是不是表示你同意了？"朱利安问。

她瞪他一眼，表示她不同意。拿她开玩笑显然能叫他心情很好。

"你见过你的未婚夫吗？"他问，"他可能是个丑八怪呢。"

"外表不重要。他每周都给我写信，他在信里很亲切，体贴周到——"

"换句话说，他是个骗子。"朱利安插嘴道。

斯嘉丽皱起眉头："你连他在信里说了什么都不知道。"

"我知道那人是个伯爵。"朱利安掰着手指说了起来，"那表示他是个贵族，有这种头衔的人没一个是诚实的。他找一个海岛姑娘做新娘，可能是因为他的家里人是近亲结婚，这还表示他这人不招人喜欢。"朱利安的语气变得严肃起来，把一根手指托在斯嘉丽的下巴下面，抬起她的脸看向他，"你确定不要重新考虑一下我的提议，接受我的吻？"

斯嘉丽厌恶地别开脸，心里却涌起一种很不对劲的感觉。她忽然害怕起来，因为她不光不觉得讨厌，反而长春花色的好奇心弄得她心里痒痒的。

斯嘉丽和朱利安这会儿距离亲吻帐篷更近了。有香气从里面传过来，很像是午夜的味道，斯嘉丽情不自禁地想到了柔软的唇和结实的手，漆黑的胡楂划过她的脸颊，想到这些，她就想起了朱利安。

她不去理会狂跳的心，只一心搜肠刮肚想些聪明话出来，反驳朱利安即将要说的嘲弄。然而，仅此一次，朱利安一声也没吭。在某种程度上来说，他的突然沉默要比他又取笑她更叫人不自在。

她无法想象她的反应会冒犯到水手，不过她注意到，他确实不像刚才那样挨她那么近了。就算他没打算摸她，他通常也都离她很近，想摸就能摸得到。这会儿，他们穿过庭院，间隔很远，两个人都不吭声，一点也不像未婚夫妻。

"想不想知道未来？"一个年轻人问道。

"噢，我——"斯嘉丽结结巴巴地说，她转过身，就见到一堵肉墙。她从没见过赤身裸体的男人，不过这个男人即便算不上全裸，却也差不多了。她很清楚，就算只是想想要走进他那顶赤褐色帐篷，也是不成体统。然而，她并没有后退。

他身上只有一块棕色的布，遮住了屁股和很粗的大腿，裸露在外的平滑皮肤上布满了鲜明的文身。他腹部上的刺青是这样的：一条喷火的龙正在森林里追一条美人鱼，天使则在他的肋骨上方射箭。有些箭刺中了锦鲤，还有些穿透了云，云朵则喷出黄色蒲公英和桃花花瓣。有的花瓣落向他的大腿，而他的腿上有非常详细的马戏场景。

他的脸上也有同样的刺青：两边脸颊上各有一只紫色的眼睛，他自己的眼睛周围有很多颗黑色的星星。可吸引斯嘉丽注意的，还是他的嘴唇。他的嘴唇周围文着带刺的蓝线，一端锁着一把金色挂锁，另一端则是一颗心。

"预测未来，你需要我付出什么代价？"朱利安问道。就算他也被这个男人古怪的外表震撼到了，也没有表现出来。

"你给多少，我就预测多少。"文身男人说。

"没关系。"斯嘉丽说，"我看我很乐意自己去发现我的未来。"

朱利安瞪着她："昨天我们路过那些可笑的眼镜时，你不是这样的反应。"

"什么眼镜？"

"你知道的，就是不同颜色的眼镜，可以看到未来的那些。"

斯嘉丽现在想起来了：她当时的确被迷住了，他竟然注意到了这件事，真叫她大呼惊讶。

"你想去就去吧，我可以去找提示。"朱利安把一只手放在斯嘉丽的腰上，轻轻推了她一下。

她正想反驳来着：戴眼镜不同于和一个半裸男人走进一顶漆黑的帐篷。可是，昨天她没找到泰拉，就因为她太提心吊胆，没能达成交易。如果第三个提示是需要挣得的，那她或许就可以赚得关于未来的信息——问一问她到哪里能找到泰拉。

"你想不想和我一块进去？"斯嘉丽问。

"我宁愿让我的未来成为一个惊喜。"朱利安冲着亲吻帐篷一歪脑袋，"等你完事了，到那里去找我。"他送给她一个充满嘲讽的飞吻，她不禁觉得之前的尴尬都只是她自己的想象而已。

"我并不认同你的想法。"文身男人道。

斯嘉丽发誓她没有把心里的想法说出来；这个男人当然不会读心术。或许他只是觉得不管她在想什么，他说这句话都合适，而这不过是他用来吸引她进帐篷的另一个手段罢了。

1 5

　　年轻文身男子一边说他叫奈杰尔，一边带她走过帐篷的平整饰边，沿沙子台阶向下，来到一个小房间。里面有很多枕头，弥漫着浓浓的蜡烛烟雾，有股茉莉香。

　　"坐吧。"奈杰尔吩咐道。

　　"我看我还是站着吧。"看到这么多枕头，让斯嘉丽想到了她在水晶蛇客栈房间里的床。有那么一刻，朱利安躺在床上、解衬衫扣子的画面出现在她的脑海里。

　　就在她回想往事的时候，奈杰尔摆出了一个熟悉的姿势，赤裸的手臂横在枕头上，看得她只想顺着台阶跑走。

　　"你的水晶球呢？人们用的那种牌又在哪里？"她问。

　　奈杰尔牵牵布满刺青的嘴唇，足以叫斯嘉丽慢慢地向台阶退去："你心里有很多恐惧。"

"不，我只是谨慎而已。"斯嘉丽说，"而且，我在琢磨这到底是怎么一回事。"

"因为你在害怕。"他重复道，他看着斯嘉丽，她看得出来，他说的不仅仅是她进帐篷时的犹豫。"你老是瞟我嘴唇上的刺青锁。你感觉受到了禁锢，缺乏安全感。"奈杰尔指指他嘴巴另一边的心形。"你也看这里。你渴望爱和保护。"

"这难道不是所有女孩子的愿望吗？"

"我不能说全部女孩会怎样，但大多数人的目光都会受到其他东西的吸引。很多人都想要权力。"奈杰尔伸出一根手指，上面文着一把匕首，放在他肚子上的龙刺青上方，"其他人想要快乐。"他用一只手抚摸着大腿上的疯狂马戏刺青和其他刺青。"你的目光扫过这些东西，从不做停留。"

"这么说，你就是这样预测未来的？"斯嘉丽向前挪动了一点点，兴趣越来越浓，"你利用身上的刺青来读人的心思。"

"我觉得它们是镜子。未来很像过去，大部分都是固定的，但经常也会有变化——"

"我觉得正好相反。"斯嘉丽说，"过去是固定的，未来则是在不断变化中？"

"这话不对。过去在大多数情况下都是固定的，未来要比你想象的难以改变。"

"所以，你是说一切都是命中注定？"斯嘉丽并不喜欢命运。她喜欢相信一点：如果她好，就能碰上好事。命运让她感觉无能为力，绝望失意，永远感觉低人一等。对她而言，命运就好像她父亲，只是这个父亲更大，而且无所不能，偷走了她的选择，控制她的生活，从不尊重她的感情。命运意味着她所做的一切都不重要。

"你太快陷入恐惧中而无法自拔了。"奈杰尔说，"你以为命运的手只能在过去翻云覆雨。我们的未来可以预测，那是因为作为这个世界上的生物，我们都是可以预测的。想想猫和老鼠吧。"奈杰尔露出他的手臂内侧，可以看到一只黄褐色的猫伸出爪子，去抓一只黑白条纹的老鼠。

"猫看到了老鼠，一般都会去追，除非它们自己被更大的动物追，比如狗。我们也是这样。未来知道我们的渴望是什么，除非有一个更大的东西挡在我们的路上，将我们赶走了。"奈杰尔的手指移到了他手腕上一个午夜蓝色大礼帽的刺青上，斯嘉丽看着，不禁被迷住了。几乎与莱金德在她梦里戴的那顶大礼帽一模一样，她想到了那个时候，她整天盼着收到他的来信。

"即便这些问题能改变我们的人生历程，未来通常也能看得清清楚楚。"奈杰尔继续道，"这不是命运，只是未来在观察我们最渴望的是什么。每个人都有能力改变他们的命运，前提是他们足够勇敢，为他们最想要的东西而奋斗。"

斯嘉丽不再看那顶大礼帽，发现奈杰尔又对她笑了："你喜欢那顶帽子？"

"噢，我其实看的不是那个。"斯嘉丽不晓得她为什么会尴尬，只是她要想的是泰拉才对，而不是莱金德，"我看的是你手臂上的其他刺青。"

奈杰尔很明显不相信她。他依然咧着嘴笑："你准备好听我说说，我在你的未来里都看到什么了吗？"

斯嘉丽动了动，看着她脚下的枕头周围有更多烟雾升腾起来。这个游戏的界限又开始变得模糊不清了。奈杰尔讲的要比她以为的有道理多了。看到他肚子上那条喷火的龙，她想到了她父亲——对权力有着毁灭性的欲望。奈杰尔腿上的疯狂马戏让她想到了泰拉——她需要快乐来抚平她不愿理会的伤口。而且，关于他嘴唇上的锁和心，他说得也很正确："你需要我付出什么代价？"

"只是一些答案而已。"奈杰尔摆摆一只手，将袅袅的紫色烟雾拂向她的方向，"我会问你一些问题，你对每个问题都要给出真心实意的答复，我也会回答你的问题。"

他说得倒很简单。

只是一些答案而已。

不是她的第一个孩子。

不是她的灵魂。

这么简单。

太简单了。

可斯嘉丽知道天下就没有简单的事，特别是在这样一个小房间里，这个地方就是用来引诱他人往陷阱里钻的。

"从容易的开始吧。"奈杰尔说，"来说说你的同伴吧，那个年轻英俊的小伙子。我很好奇，你怎么看他？"

斯嘉丽的目光立即就瞟回到了他的唇上。她看的是他嘴唇周围的带刺铁丝网。她没看那颗心。她没看那颗心。她对朱利安的感觉不是那样的。

"朱利安这个人自私，不老实，喜欢投机取巧。"

"但你还是同意和他一起玩这个游戏。你对他的看法肯定不只如此。"

奈杰尔顿了顿。他看到她看那颗心了。为什么这件事很重要，斯嘉丽也道不出个所以然，她看得出来这事很重要。她从他下面的问题中听了出来："你觉不觉得他这人很有吸引力？"

斯嘉丽很想否认。朱利安就是带刺铁丝网，不是那颗心。然而，她的确不喜欢朱利安的为人，却不能发自内心地否认他的外形很性感。他的一张脸如同雕像一般，有一头狂野的深色头发，皮肤是古铜色的。她从未告诉过他，她真的很喜欢他走路的样子，信心满满，仿佛这世上没什么东西能伤害他。有他在身边，她的恐惧就减少了。仿佛大胆和勇气并不总是铩羽而归似的。

她也不想把这个想法告诉奈杰尔。要是朱利安在帐篷外面听到了呢？

"我——"斯嘉丽很想说她对他的英俊外貌视若无物，只是这些话就像是糖浆一样，粘在她的舌头上，吐也吐不出来。

"有什么问题吗？"奈杰尔挥手拂了拂一阵锥形的烟雾，"闻闻这个，能让你的舌头放松。"

干脆说它能强迫人们讲实话吧，斯嘉丽心想。

等到斯嘉丽再次张开嘴巴，她的心里话便脱口而出："我觉得他是我见过的最有魅力的人。"

她真想用手捂住嘴，把那些话塞回去。

"我还觉得他这人只顾自己。"斯嘉丽又道，以防那个无赖在外面偷听。

"有意思。"奈杰尔用手搭了一个尖塔，"现在，我也来回答你两个问题，你想问什么？"

"什么？"奈杰尔竟然只对朱利安感兴趣，斯嘉丽立马警惕起来，

"你没有问题问我了？"

"时间快到了。这里的时间是以分钟流逝的。"奈杰尔用手一指小房间里即将熄灭的蜡烛，"你可以问两个问题。"

"只有两个？"

"你希望这算是其中一个？"

"不是，我只是——"斯嘉丽捂住嘴，以免说出不该说的话。

如果这真的只是一个游戏，那她问什么都无所谓。不管她得到什么答案，都是假的。但如果有一部分是真的呢？有那么一刻，斯嘉丽壮起胆子，任由思想倾向于那个危险的地方。她在钟表店已经见识过魔术了，比如阿尔吉的钟表门，还有莱金德送给她的魔法裙子。奈杰尔的香让她说出了实话，这也是魔法。如果她面前的这个人真能预测未来，她想知道什么呢？

她的目光又回到了他嘴角的那颗心上。红色的心。那是爱、心痛和其他既高尚又卑鄙的东西。她看着红心，想到了伯爵，想到了她那些情书，不知道她能不能相信他说的那些话："我要嫁的那个人，你能告诉我他是个什么样的人吗？他是个诚实的好人吗？"

斯嘉丽立刻就开始后悔没有先问妹妹的情况了。她应该只想泰拉一个人的——她就是为了这个，才会到这顶帐篷里来的。可惜现在已经来不及收回这个问题了。

"没有人是真正诚实的。"奈杰尔答道，"就算我们不向其他人撒谎，我们也常对自己说谎。对不同的人来说，'好'这个字有着不同的含义。"奈杰尔向前探身，与斯嘉丽距离特别近，她感觉他身上的所有刺青也在盯着她。他目不转睛地看着她，让她不禁想知道是不是她脸上有只有他能看到的刺青。"我很抱歉，你未来的丈夫不是那种你可以称之为好人的人。或许他曾经是，可他如今偏离了方向，现在还不清楚他能不能变回来。"

"你这是什么意思？怎么会不清楚呢？我想你说过，未来大都是固定的——你说我们像猫，永远都在追逐同一只老鼠。"

"是呀，可经常都有两只老鼠。不清楚他会一直去追哪只老鼠。保持警惕是明智的行为。"奈杰尔又看着斯嘉丽，仿佛她身上有只有他能看到的刺青。这些刺青叫他把眉头皱成一个疙瘩，活像她的嘴边也有一颗红心，却碎成了千万片。

她努力告诉自己，这一切都是她的想象。他只是在哄骗她而已。吓唬她是这个游戏的一部分。只不过她与伯爵的婚姻绝不可能与这个游戏扯上半点关系。奈杰尔那含义模糊的警告毫无用处。

奈杰尔从垫子上站起来，向帐篷后面走去。

"等等，"斯嘉丽说，"我还没问第二个问题呢。"

"你其实是问了我三个问题。"

"可其中两个不是真正的问题。谁叫你不解释清楚规则。你还欠我一个问题。"

奈杰尔用高大的身形遮住斯嘉丽，活像是一座有五颜六色刺青的铁塔，塔顶露出一个邪恶的微笑："我什么都不欠你。"

1 6

　　"拜托！"斯嘉丽追在他后面喊道，"我又不是要你预测未来。我妹妹被带走了，这是游戏的一部分；你能不能告诉我，我到哪里能找到她？"

　　奈杰尔转过身，只见墨色和彩色一闪："如果你真关心妹妹，为什么不先问她的事？"

　　"我不知道。"斯嘉丽说。不过这不是真心话。她又犯了个错，就跟在钟表店里一样。她对自己未来的关心多过她对找妹妹这事的关心。或许她还有机会弥补这个错误。奈杰尔说过，她给多少，他就预测多少。

　　"等等。"斯嘉丽在他又走起来时喊道，"是那颗心。"她脱口而出，"每次我看你，都会看你唇边的那颗心，它让我想到了我在一个礼拜后的婚礼。我是真的很想结婚，我从没见过我的新郎，他的很多事我都不知道，而且——"斯嘉丽并不想承认她真正的感觉，但她还是强迫自己把话说出来。"我很害怕。"

奈杰尔再次缓缓地转过身。她不知道他是否能觉察到她的恐惧有多深刻，是否能比斯嘉丽本人认识得还要清楚。她看到奈杰尔的喉咙一周文着一条链子，她想象着她的脖子上也有一条看不见的链条，永远控制着她，而这条链子就是她父亲多年以来施加的残酷惩罚做成的。

"你想赢得这个游戏，"奈杰尔说，"就应该忘记你的婚礼。你想找到妹妹，在诅咒城堡里可是找不到的。跟着那个黑心男孩子就成了。"

"这是第三个提示吗？"斯嘉丽问。可惜奈杰尔已经走远了。

她走到庭院，这时城堡的光亮黯淡了下来。拱门不再是明亮的金色，成了黯淡的铜色，将膨胀了的阴影投射到宫殿上。她的时间所剩无几了。她还是盼着通过向奈杰尔坦白她的恐惧，能挣得第三条提示。也许，她又向泰拉迈近了一步。

奈杰尔刚才说，"跟着那个黑心男孩子就成了"，她首先想到了朱利安，自私，虚伪，斯嘉丽觉得他的心就是黑的。

不幸的是，她此时到处都看不到那个狡猾的水手，就连他说好在那儿碰头的翡翠色亲吻帐篷也不见了。她看到了一顶覆盖着皮毛的三叶草绿色帐篷和一顶闪闪发光的祖母绿帐篷，却没有翡翠绿色的帐篷。

斯嘉丽感觉这座岛在耍她。

她走到那顶祖母绿色帐篷边。地上，帐篷壁上，支撑篷顶的梁上，全都挂满了瓶子。她向里面观瞧，就见玻璃瓶亮晶晶的，宛若仙尘。

除了那个老板娘，帐篷里只有两个轻佻的年轻女人。她们两个围在一个带锁的玻璃盒前面，盒里装满了黑色瓶子，瓶子上贴着红宝石色的标签。

"或许我们可以先找到那个女孩，等找到莱金德，就偷偷把这个给他。"一个年轻女人对另一个说道。

"她们在说我的催情药。"老板娘说。她走到斯嘉丽面前，向她喷了点带薄荷香味的东西："不过我想你来并不是为了这个。你是要找新香味吗？我们有能吸引人的精油和能招人反感的香水。"

"噢，不，谢谢。"斯嘉丽后退一步，以免这个女人再向她喷香水，"那个瓶子里是什么？"

"这就是我打招呼的方式而已。"

斯嘉丽对此表示怀疑。她转身想要离开，却有什么东西将她拉回帐篷，那是一个无声的召唤，拖着她来到帐篷最里面一个粗糙的书架边。架子上摆着鲜橙色药瓶和小玻璃瓶，瓶上的标签写着遗忘酊和失落明日浸膏之类的字样。

斯嘉丽的脑海中有个声音说她这是在浪费时间——她现在必须去找朱利安，跟着他那颗黑心。她再次转身准备离开，架子高处一个天青色的安瓿吸引了她的目光。保护万灵药。

有那么一刹那，斯嘉丽发誓瓶子里的蓝色液体动了一下，像是有了心跳。

老板娘拿下那个安瓿，交给斯嘉丽："你有敌人吗？"

"没有。我只是有点好奇。"斯嘉丽没有正面回答。

那个女人的眼睛是深绿色，这是注意力高度集中的颜色，眼周的皱纹像是在说：我不相信你。不过她还是友善地假装她相信了："如果有人要伤害你，"她继续冷静地说，"这药能阻止他们。你只需要往他们的脸上喷一点点就行。"

"就好像你刚才对我做的那样？"斯嘉丽问。

"我的香水只是让你张开眼睛，看到你自己的需要。"

斯嘉丽把那个小瓶子放在手里滚来滚去，它只比小药水瓶大了一点点，却很重。她想象着将它放在衣兜里，有着实实在在让人放心的分量："你要我付出什么代价？"

"你要它吗？"那个女人仔细打量斯嘉丽，端详她的姿势——她佝偻着背，或是拒绝将整个背部冲着帐篷开口，"告诉我你最害怕的人是谁。"

斯嘉丽犹豫了。朱利安曾提醒她不要轻易泄露秘密。他还告诉过她，要赢，要找到妹妹，就必须冷酷一点。她觉得这瓶药太残忍了，不过这并不是她一口气飞快说出"马尔切洛·德拉格纳"这个名字的全部原因。

随着这个名字一起出现的，还有一股茴芹、薰衣草和类似烂李子的可怕气味。斯嘉丽看看帐篷，确定她父亲并没有站在出口。

"这个万灵药一次只能用在一个人身上。"那个女人提示道，"药效只能持续两个钟头。"

"谢谢。"斯嘉丽一说出这两个字，就好像在旁边的帐篷边上看到了朱利安。她看到了他的深色头发，还看到他鬼鬼祟祟地走来走去。她发誓他也看到了她，可跟着他继续向反方向走去。

斯嘉丽匆匆跟了过去，奔向寒冷的庭院边缘，那里没有任何五彩缤纷的凉亭。朱利安又不见了。他悄悄地穿过她左边的拱门。

"朱利安！"斯嘉丽也从那座影影绰绰的拱门下面走过，穿过一条窄径，来到一个凄凉的花园里。每一座破损的雕塑后面都看不到朱利安的那头黑发。半死不活的植物边上也看不到他幅度很大的动作。他消失了，就好像这座花园里的色彩都褪去了，看起来像是漂白过，很难看。

斯嘉丽找了找，想看看这里是不是还有一个拱门供朱利安离开，不过小花园尽头只有一个破烂的喷泉，将冒着泡泡的棕色水喷进一个脏兮兮的水池里，池子里有几枚可怜的硬币和一个玻璃纽扣。这是斯嘉丽见过的最荒凉的许愿池了。

这讲不通呀。朱利安的失踪不对劲，这片遭人遗忘的地方也很不对劲，毕竟周围的一切都经过了精心的修饰，这里却荒芜无比。就连空气都是凝滞的，充斥着一股恶臭味，死气沉沉。

斯嘉丽几乎可以感觉到喷泉的忧伤感染了她，将她的沮丧变成了悲惨的黄色绝望，让人透不过气。她不知道那些植物是不是也是这样。她知道那种阴郁是多么惨重。如果不是斯嘉丽下定决心不惜一切代价保护妹妹，她大概很久以前就放弃了。

她或许应该这么做的。有句话怎么说来着，爱是把双刃剑。从很多方面来说，爱泰拉让她陷入了没完没了的痛苦之中。不管斯嘉丽多努力地去关心妹妹，都填不满母亲留下的那个洞。而且，这并不是说泰拉也同样爱着斯嘉丽。如果她是这样的话，就不会拿斯嘉丽想要的一切来冒险，违背她的意愿，强迫她参与这个叫人苦不堪言的游戏。泰拉从来不会三思而后行。她自私、鲁莽，还很——

不！斯嘉丽晃晃脑袋，重重地深吸一口气。这些想法都不是真实的。她爱泰拉胜过一切。她想要找到她，这件事重于一切。

都是那个喷泉在搞鬼，斯嘉丽意识到。不论她有多绝望，都是魔法在作祟，很可能是为了不让任何人在这里逗留过久。

这座花园里一定隐藏着秘密。

大概就是因为这个，奈杰尔才让她跟着朱利安和他的黑心，因为奈杰尔知道她最终会来到这里。下一条提示一定藏在这里。

斯嘉丽嗒嗒走过钝石子路，回到她看到纽扣的地方。这是她那天看到的第二颗玻璃纽扣了。它肯定是提示的一部分。斯嘉丽拿根树枝把纽扣捞上来。就在此时，她看到了它。

那东西太不虚幻，她差一点就错过了——如果不仔细看，肯定看不到。在恶心的棕色水下面，水池边缘刻着一个太阳，太阳中心有颗星星，星星中心有滴泪珠——是卡拉瓦尔秀的标志。这个标志不像莱金德寄给她的第一封信上的银色徽章那么充满魔力；当然了，在这个恐怖的花园里，压根儿就没有任何有美感的东西。

斯嘉丽用树枝拨弄了一下那个标志。池水立即就开始向外排，带走了所有的悲惨感觉，与此同时，喷泉的砖也变了，露出一道螺旋楼梯，通往一个漆黑的未知区域。斯嘉丽绝不愿意一个人走下这种楼梯。如果她要在日出之前返回客栈，那时间已经很紧迫了。若是朱利安就是顺着这道楼梯走了，而且他就是那个有一颗黑心的男孩，斯嘉丽就必须跟上他，找到下一条提示。要么是斯嘉丽不顾一切去找泰拉，要么是恐惧吓退斯嘉丽。

斯嘉丽冲下台阶，尽量不去担心自己是不是犯了个大错。第一段台阶非常潮湿，这之后，她继续沿螺旋台阶向下，这时候她的靴子周围都是黄沙。她下到了比家中的酒窖还要深的地方。

楼梯边有很多火把，将夸张的影子投到浅金色沙砖上，而每下一级台阶，砖的颜色就会变深一点。她觉得她这会儿是在三层楼高的地下深处，感觉好像她走进了诅咒城堡的中心。她越来越肯定她和这座诅咒城堡犯冲。

她向下走去，她一直努力埋藏的忧虑此时又浮出了水面。如果她跟踪的那个男孩子不是朱利安呢？如果奈杰尔在撒谎呢？朱利安难道没提醒过她不要轻信别人？每一份恐惧都在勒紧她脖子上那条隐形锁链，诱惑着她向后转。她感觉要窒息了，可还是向前走去。

楼梯底部是一道走廊，走廊四通八达，活像是一条有好几个脑袋的蛇。漆黑，扭曲，宏大，恐怖。冷风从一条隧道吹来。从另一条隧道则吹来暖暖的风。但没有一条隧道里有脚步声。

"你到这里来干什么？"

斯嘉丽猛地转过身。有昏暗的灯光在那条冰冷的隧道口亮起，一个女孩走了出来。她涂着红红的唇膏，正是她前一天晚上划船送斯嘉丽和朱利安去了水晶蛇客栈，一路上目光都没离开朱利安的那张俊脸。

"我在找我的同伴。我看到他下来了——"

"这里没有别人。"女孩说，"你不该来这里的——"

此时，有人尖叫起来。叫声急切如火。

一个微弱的声音在她心里提醒她，这只是个游戏，那个尖叫声只是个幻觉。斯嘉丽对面的红唇女孩显得特别害怕，而且叫声听来异常真实。她想到了用血签署的合约，以及那个传言：几年前，一个女人在游戏中死了。

"怎么回事？"斯嘉丽问道。

"你该走了。"女孩一把抓住斯嘉丽的胳膊，拉着她向台阶走去。

又一声尖叫声响起，像是震得墙壁都在颤抖，过道里的灰尘簌簌向下落，还有火把的火光亮起，活像是被这惨叫声点亮的。

只是一眨眼间，斯嘉丽发誓她看到一个被五花大绑的女人，就是那个穿着鸽子灰色裙子的女人，斯嘉丽之前见过她被人拖走。优婉曾说那只是表演，但在这里，除了斯嘉丽，根本没有人在听这个女人的哀号。

"他们把她怎么了？"斯嘉丽依旧挣扎着，希望能摆脱红唇女孩的钳制，去找那个女人，可惜女孩太强壮了。斯嘉丽想起她昨晚划船的时候就力气很大，能划动双桨。

"别再挣扎了。"女孩警告道，"要是你往隧道深处走，最后也会和她一样疯掉的。我们没有伤害她；我们只是在阻止那个女人伤害她自己而已。"女孩又推了斯嘉丽一把，斯嘉丽没站稳，一下子跪在楼梯底部，"你在这里找不到同伴，这里只有疯狂。"

又一声尖叫印证了她的话，这次叫的是个男人。

"是谁在——"斯嘉丽话还没说完，就有一扇沙板门在她面前砰然关闭。这扇门将红唇女孩、通往隧道的楼梯和在斯嘉丽耳边回荡的尖叫声阻隔在了另一边。就算斯嘉丽回到庭院，尖叫声依然在她的脑海里回荡，犹如阴天里的湿气一样迟迟不肯散去。

最后一声尖叫声不像是朱利安发出来的。或者说，在她叫船返回水晶蛇客栈的时候，她尝试告诉自己那肯定不是朱利安在叫。她提醒自己这只是一场游戏。只不过疯狂的部分感觉那么真实。

如果穿灰色裙子的女人真的发疯了，斯嘉丽情不自禁地想知道她为什么会疯，要是她没疯，要是她只是个演员，斯嘉丽可以看得出来，光是去跟着她，光是相信她那痛苦的叫声是真实的，就能把一个人逼疯。

斯嘉丽想到了泰拉。若是她在某个地方也被绑了起来，尖叫不止，该怎么办？不会的。这样的想象才会把斯嘉丽逼疯。莱金德可能会安排泰拉住进一整栋侧楼，里面有很多个豪华的房间；斯嘉丽能想象到她把仆人支使得团团转，吃撒了粉红糖霜的草莓。朱利安不是说过，莱金德很会待客吗？

斯嘉丽盼着能在酒馆里找到朱利安，他会取笑她去追一个长得很像他的人，还在奈杰尔的丝绸帐篷里待了这么久。斯嘉丽劝说自己相信朱利安等她等得不耐烦了，就一个人先走了。她没有任由他在隧道里惊声尖叫。她看到的那个跑进花园的黑头发年轻男人是另一个人。奈杰尔的话不过是这个游戏里的另一个花招。在她回到水晶蛇客栈的时候，她对此已经很肯定了。几乎是肯定的。

水晶酒馆比前一天晚上还要拥挤。里面的人一边笑，一边吹嘘，弥漫着香甜的麦芽酒味。五六张玻璃桌边挤满了男男女女，女的满脸疲态，男的脸颊通红，不是在吹嘘这一天有什么样的发现，就是在悲叹什么发现都没有。

斯嘉丽无意中听到一个人的话，觉得十分好笑。说话的是她在泰拉的房间见过的那个银发女人，她说她遇到了一个卖魔力门把手的年轻人，结果被人家当猴耍了。

"我们试过那个门把手了。"她道，"我们把门把手插进门里，却没到任何不一样的地方。"

"那是因为这只是个游戏。"一个黑胡子男人说，"这里其实没有任何魔力。"

"噢，我可不这么看——"

斯嘉丽希望能继续往下听，好从中探到一些消息，可惜这时候关于游戏和现实的对话开始变得听不清了，角落附近的一个年轻人吸引了她的注意力。一头乱糟糟的黑发。强壮的肩膀。自信满满。朱利安。

斯嘉丽又是兴奋，又是放松。他平平安安的。他没有受到折磨；事实上，他看起来相当不错。他转过身，却歪着头，胸口侧着，显然是在和旁边桌的那个女孩子眉来眼去。

斯嘉丽的如释重负转变成了另一种感觉。因为他们假装订婚这事，她连话都不能和其他年轻人说，那她也不允许朱利安在酒馆里跟其他放荡的女子勾三搭四。特别是这个轻佻的女人就是那个长了一头微红金黄色头发、卷走斯嘉丽所有东西的孕妇。只是这个女人现在可没有了大肚子，她的裙子的紧身上衣自然平顺，不再有大大的凸起。

斯嘉丽怒不可遏，把一只手放到朱利安的肩膀上："甜心，这位是——"

那个男人转过头，斯嘉丽一看之下，即刻把要说的话咽了回去。"噢，对不起。"她真该看到这个人穿了一身黑色，"我还以为你是——"

"你的未婚夫？"丹特说完了她剩下的话，口气不善，极尽挖苦之能事。

"丹特——"

"噢，看来你还记得我的名字，不是一心只想在昨晚图谋我的床呢。"他的声音很大。旁边桌子的客人纷纷看向斯嘉丽，有的嫌恶，有些一脸色相。一个人舔了舔嘴唇，还有一帮男孩子做出了很猥琐的动作。

微红金黄色头发的女人哼了一声："这就是你跟我说的那个女孩？听你说的话，我还以为她有多漂亮呢。"

"我喝多了。"丹特说。

一抹红晕染上了斯嘉丽的脸颊，她觉得脸很烫，她平时觉得尴尬，脸顶多只会变成桃红色，现在则红多了。朱利安或许是个大骗子，可他似乎料对了丹特的真正本性。

斯嘉丽很想对丹特和那个女人说些什么，只是她的喉咙发紧，胸口空空荡荡的。附近桌边的男人依旧色眯眯地看着她，这会儿，她裙子上的丝带开始变暗，转变成了黑色。

她必须离开这里。

斯嘉丽转过身，向酒馆外走，人们在她后面窃窃私语，与此同时，黑色从裙子丝带向外晕染，如同污点一样染黑了整条白裙子。泪水积聚在她的眼里。灼热，愤怒，尴尬。

这就是她假装她在现实中没有未婚夫的下场。她在想什么——像那样触摸他？喊他叫"甜心"？她以为丹特是朱利安，可这能让情况变好吗？

蠢货朱利安。

她真不该同意与他的约定的。她很想气丹特，只是朱利安把这一切搞得一团糟。她提起精神，打开房间门，有点盼着他懒洋洋地躺在白色大床上，一头黑发铺展在枕头上，双脚也搭在枕头上。这个房间有着和他一样的感觉。冷风，邪气的微笑，厚颜无耻的谎言。斯嘉丽向里走，感觉到了那些东西的影子，却没有见到那个年轻人。

炉火噼里啪啦地燃烧着。大床就在那儿，铺着好几层无人动过的蓬松被子。水手信守诺言，今晚这个房间属于斯嘉丽。

也有可能，他并没有离开诅咒城堡。

17

　　斯嘉丽没有梦到莱金德。不管她有多想睡着，却连一个梦都没做。每次她闭上眼睛，就看到诅咒城堡下面的多头蛇走廊，里面闪烁着火光，尖叫声不绝于耳。

　　当她张开眼睛，暗藏的阴影在它们不该出现的地方动来动去。跟着，她又闭上眼睛，陷入了这可怕的循环中。

　　她告诉自己，那些阴影和声响不过是她的想象而已。哀号声，脚步声，噼啪声，都是幻觉。

　　不过，她的房间里真的响起了嘎吱声。

　　斯嘉丽小心翼翼地坐了起来。行将熄灭的炉火噼里啪啦燃烧着，在各处投下微弱的光亮。她听到的嘎吱声比炉火的燃烧声要大。

　　那声响又来了。又一声嘎吱声，然后，通往她房间的那扇暗门开了，朱利安跌跌撞撞地走了进来："你好，红红。"

"你怎么——"斯嘉丽说不出下面的话。即便光线昏暗，她也发现有不对劲的地方。他走起来摇摇晃晃。歪着脑袋。她飞快地裹住一条毯子下床："你怎么了？"

"不像看起来这么糟糕。"朱利安的身体左摇右摆，像是喝醉了一样，斯嘉丽只闻到了刺鼻的血腥味。

"是谁干的？"

"记着，这只是个游戏。"朱利安笑了，火光下，他的笑容有些扭曲，跟着，他瘫倒在沙发上。

"朱利安！"斯嘉丽奔到他旁边。他浑身冰冷，仿佛一直在外面挨冻来着。她想要把他摇醒，但他流了这么多血，她觉得这不是个好主意。这么多血。非常真实的血。血液凝固在他的黑发上，她尝试把他放到一个更舒服的姿势，却不想弄了一手的血："我很快就回来——我去找人来帮你。"

"不要——"朱利安抓住她的胳膊。他的手指冷冰冰的，和他身体的其余部分一样："别走。只是头上破了个口子，看起来很严重而已。拿条毛巾和脸盆来洗洗就行了。求你了。"在说到"求你了"这三个字的时候，他的手指力道一紧："要是你带人来，肯定会招来很多问题。你管他们叫'秃鹫'，他们会觉得这是游戏的一部分。"

"不是吗？"

朱利安摇摇头，冰冷的手离开斯嘉丽的手臂。

斯嘉丽才不信他只是为了躲开秃鹫就不愿意引人注目，但她还是急忙去拿来了两条毛巾和脸盆。片刻之后，水就变成了棕红色。几分钟之后，朱利安稍稍暖和过来了一点。他说对了，他的头上的确有个口子，也确实不如看起来那么严重。伤口不深，可在他尝试坐直身体的时候，却歪向了一边。

"我想你应该躺下。"斯嘉丽轻轻把手放在他的肩膀上，"你其他地方还有伤吗？"

"看看这里吧。"朱利安撩起衬衫，露出了古铜色的腹肌，如果不是他的腹部都是血，斯嘉丽的脸一定会红得像猴屁股。

斯嘉丽用最干净的毛巾小心翼翼地按在他的身上，慢慢地呈圆形擦拭起来。她从未碰触过这样的年轻男人，老实说，她就没碰过男人。她很小心，只用毛巾去碰他的身体，不过她的手指很想去摸摸其他地方。摸摸看他的皮肤是不是跟看起来的一样柔软？伯爵是不是也有这样线条优美且平坦的小腹？

"朱利安，你得一直睁着眼睛！"斯嘉丽一边呵斥，一边努力不去想他的身体。她得专心干好手里的活。

"我想这道伤口需要缝合。"斯嘉丽说，她用毛巾擦去血迹，露出下面完好无损的肌肉，"等等，怎么没有伤口？"

"是没有。不过感觉好极了。"朱利安呻吟着说，弓起背。

"你这个无赖！"斯嘉丽把手拿开，真想给他一巴掌，看在他受伤的分上，便作罢了，"到底是怎么了？告诉我实话，不然我现在就把你扔出这个房间。"

"你用不着威胁我，红红。我还记得我们的协议。我不打算留下来，或是偷走你的贞操。我只是要把这个交给你。"他把手伸进衣兜。她注意到他两只手的指关节既没有青紫，也没有血。要是他打架了，那他也没有还手。

她又想问他发生了什么事，这时候，他张开了手掌。

是一个亮晶晶的红色东西。

"你是不是在找这个？"朱利安粗鲁地将她那对红色耳环放进她的手里，仿佛是在交还一条带血的毛巾。

"你是在哪里找到的？"斯嘉丽倒抽一口气。不过他从哪里找到的耳环其实并不重要。要紧的是他费尽千辛万苦才找回了耳环。虽然他动作粗暴，但是一颗玻璃也没有丢，耳环也没坏。在上学的时候，斯嘉丽的父亲要求她用十几种语言说谢谢，但在这一刻，这些词都不足以表达出她的谢意。

"你就是为了这个受伤的？"她问道。

"要是你以为我会为了区区廉价珠宝弄得遍体鳞伤，那你就又一次高估我了。"朱利安从沙发上起来，向大门走去。

"等等。"斯嘉丽说，"你现在都这样了，你不能走。"

他把头歪向一边："你是在邀请我留下来？"

斯嘉丽犹豫起来。

他受伤了。

但还是不太合适。

她订婚了，即便她没有——

"我看不是。"朱利安抓住了门把手。

"等等——"斯嘉丽又叫住他，"你还没有告诉我你是怎么了。你是不是在诅咒城堡下面的隧道里出事的？"

朱利安停下，一只手停在门把手上方，仿佛有根无形的线在扯着他："你在说什么？"

"我想你知道我在说什么。"斯嘉丽清清楚楚地回想起了她听到的第二个人的叫声,"我就在你后面。"

朱利安的表情严肃起来;黑色的头发宛若潮湿的羽毛,将紧绷的面容笼罩在阴影下:"我没去过什么隧道。就算你跟踪了什么人,那也不是我。"

"如果你没去过,那这是怎么回事?"

"我发誓我未听说过那些隧道。"朱利安把手从门把手那里拿开,向斯嘉丽走了一步,"原原本本地告诉我,你在下面都看到了什么。"

壁炉里的火终于熄灭了,灰色的烟雾弯弯绕绕地升起来,这是只适合小声说的事情的颜色。

斯嘉丽很想怀疑他。如果朱利安去过那里,至少能解释一些事情。然而,如果他就是第二个尖叫的人,那她认为,他身上绝不是只有脑袋上那一道伤口。

"我从那个算命先生的帐篷里出来,就发现了那些隧道。"她把那之后发生的事讲了一遍,只是略去了她以为他有一颗黑心这一段。在朱利安把耳环交给她之后,她就开始觉得他的心并不黑,不过她依旧小心翼翼地观察着他,寻找欺骗的蛛丝马迹。她很想相信他,但她从见到他的第一眼就开始怀疑他,所以说信任根本不可能。他好像依旧站不稳,她觉得这主要是因为他头上的伤。"你觉得他们会不会把泰拉关在那里?"她问。

"那不是莱金德的作风。他或许会引导我们穿过惊声尖叫的走廊,找寻关于你妹妹的提示,可我不认为他会把她关在那里。"朱利安咧开嘴一笑,让她想起在沙滩上的第一晚,他露出的那个豺狼般的笑容,"莱金德喜欢他的囚徒感觉自己像是贵宾。"

斯嘉丽想弄明白朱利安是不是在故意夸张。她从未听说莱金德抓过人。朱利安从前也说过类似的话，而且，他还用到了"囚徒"这个词。这让斯嘉丽很不安，她第一次怀疑莱金德选择绑架她妹妹的动机的时候，也同样不安："如果莱金德没有把泰拉关起来，那他会把她怎么样？"

"你终于问到点子上了。"朱利安望着斯嘉丽的眼睛。他的眼神有一点危险，然后，他闭上眼，身体又摇晃了一下。

"朱利安！"斯嘉丽连忙扶住他的胳膊，只是他太重了，根本扶不住，沙发又距离太远了。她整个人都贴在了他身上。他的身体从冰冷变成了滚烫。热度通过他的衬衫散发出来，她用身体撑着他向门走去，就连她自己的身体也被焐热了。

"红红。"朱利安张开眼睛，喃喃地说。他的眼睛是淡棕色的，那是欲望的颜色，如同酱色和液体琥珀色。

"我看你还是躺下吧。"斯嘉丽想退开，而朱利安的手臂紧紧地搂着她的腰。和他的胸口一样热，一样坚实。

斯嘉丽想要挣脱，他脸上的表情却阻止了她。他从未像现在这样看她。有时候，看他注视她的目光，仿佛故意要让她失去镇定，但是，今晚就好像他想要她来扰乱他一样。这八成是因为他头上受了伤，还发了烧。有那么一刻，她发誓他是想要吻她的。真的吻，而不是像他在诅咒城堡里的戏谑之举。她不由得心跳加快，他灼热的手在她的背上游走，弄得她的每一个细胞都紧张起来。她知道她该躲开的，只是他的手似乎很清楚它们在做什么，她发现自己任由他带领她，轻轻把她拉进怀里，张开双唇。

斯嘉丽倒抽一口冷气。

朱利安的手停止不动了。她发出的微小声音似乎将他拉回了现实中。他的眼睛睁得大了一点，仿佛他突然想起，在他心里，她就是个害怕玩游戏的傻女孩。他放开她，冷空气取代了他的手掌留下的热度。

"我想我该走了。"他去摸门把手，"日落之后酒馆见。我们可以一起去看看那些隧道。"

朱利安走了出去，留下斯嘉丽一个人去琢磨到底出了什么事。吻他或许是个错误，只是她感觉……很失望。失望是冰冷的蓝色勿忘我的颜色，如同晚上的雾气一样笼罩住她，让她感觉隐蔽到足以承认，她真的很想体会更多卡拉瓦尔秀的快乐。

一直到斯嘉丽躺在床上，她才想到，朱利安竟然一直没有说他为什么受伤。也没有说，太阳早就升起来了，水晶蛇客栈的大门上了锁，他是怎么进来的。

Chapter 4

卡 拉 瓦 尔 秀 第 二 夜

18

一开始，斯嘉丽并没有注意到玫瑰。

白色的玫瑰，红宝石色的花尖，像极了她房间壁纸上的花。肯定就是因为这一点，她昨晚才没看到玫瑰。她告诉自己，只是那些花儿与房间融为了一体，并没有人趁她睡着时溜进来。

但是，她真正盼望的是：莱金德并没有在她睡着时进入她的房间。

他之前的信件感觉都好像是小小的珍宝，这个最新的礼物则有点像个警告。她并不确定这花一定是莱金德送的。水晶花瓶边上也没有任何字条，可她想象不到还会有别人送花给她。四朵玫瑰，卡拉瓦尔秀剩下的每个晚上各一朵。

今天是 15 号。这场游戏在 19 号黎明正式结束，她的婚礼则在 20 号。斯嘉丽只有今晚和明晚两个晚上去找泰拉，最迟不能超过 18 号的黎明，否则她就不能及时离开这座小岛，回去参加她的婚礼。

斯嘉丽估摸要是她的未婚夫提早到了特里斯达，她父亲一定会向伯爵隐瞒她被绑架的事情；毕竟人们自古就迷信，说是新郎和新娘在婚前不能见面。然而，斯嘉丽一直不露面的话，她的婚礼肯定就进行不下去了。

斯嘉丽把手伸进衣兜，拿出写有提示的字条：

这是你在找寻她的征途中的第一条提示。

其他提示就不这么容易找到了。

有些提示会让你怀疑你是否神志清醒，会让你质疑你相信的一切。

~~二号提示：你将在她离开后的废墟中找到。~~

带有诅咒城堡图案的图片卡

跟着有一颗黑心的男孩？

三号提示：你必须去挣得。

四号提示：你必须用珍贵的东西去换。

五号提示需要信仰的飞跃。

你们中的大多数人都将失败，只有一个会成功胜出。

两个晚上

你有~~五~~个夜晚去找到剩余的提示和那个女孩，然后，莱金德就会实现你的一个愿望。

斯嘉丽现在觉得朱利安不是第三条提示中的那个黑心男孩。尽管如此，她总是觉得他有事瞒着她。她还是很想知道他为什么会受伤，怎么拿回的耳环。她对他们那个未遂的吻也充满了疑惑。她现在不能去想那个吻。毕竟再过五天，她就要嫁给伯爵了。

还因为现在最重要的事就是找到泰拉。

斯嘉丽匆匆整理仪容，她的裙子似乎并不着急。它慢慢悠悠地变成了可爱的奶油色和粉红色，奶白色的裙子上身布满了精美的黑点，边缘有粉红色蕾丝，裙撑上有配套的蝴蝶结，很是雅致，裙子则是非常柔软的粉色丝绸，看上去很时髦。不知怎的，这条裙子还变出了合适的纽扣手套。

斯嘉丽有种很别扭的感觉：这条裙子似乎是拼了命要吸引朱利安的注意。或者，只是她盼着裙子有那种效果。前一天他突然离开，让她产生了很多矛盾情绪，以及更多的问题。

斯嘉丽准备强逼水手给出答案。她去找他，却发现酒馆里空空荡荡。柔和的翡翠色灯光下只有一个客人，那是个女孩子，有一头黑发，坐在水晶壁炉旁边，正伏在一个笔记本上面。她甚至都没抬头看斯嘉丽，不过随着时间的推移，客人越来越多，他们都看着斯嘉丽。

到处都看不到朱利安的影子。

他从她那知道了隧道的事，就让她在酒馆里等，他一个人去寻找提示了？

抑或，她不该永远一上来就怀疑别人。

朱利安是有缺点，即便他的确有几次丢下她不顾，可每次没过多久，他都会回来。是不是出了什么事？她不知道需不需要去找他。如果她刚走，他就来了呢？

一时间，她不知道该怎么办才好，而她的纽扣手套从白色变成了黑色，她能感觉到裙子领口从心形变成了高领。谢天谢地，裙子没有变成透明的，丝绸变成了很不舒服的绉绸，她能看到裙子上身的小黑点在变大，像是污渍一样蔓延到了整条裙子上，反衬出了她的焦虑。

她尝试放松，希望朱利安很快会出现，她的裙子能恢复正常。她看了一眼自己在玻璃桌子上的影像，看起来活像是穿了一身丧服，但这也不能阻止人们过来和她说话。

"你不是那个失踪女孩的姐姐吗？"一个客人问道，突然之间，一群人围拢了过来。

"我很抱歉，我什么都不知道。"斯嘉丽不停重复这句话，到最后，他们一个个都走开了。

"你应该试着拿他们找找乐子才对嘛。"一直默默坐着的那个女孩子说。她刚才一直在记笔记，这会儿则来到斯嘉丽的桌边。她美得像一幅水彩画，穿着一条前卫的金色喇叭裙，裙子是无袖的，连领子上都有褶边，裙撑是鲜艳的黄绿色。她坐在斯嘉丽对面的玻璃椅子上："如果我是你，我就会胡编乱造一番。可以说你看到你妹妹和一个穿着斗篷的男人手挽着手，或者说你看到她的一只手套上有大象毛。"

大象有毛吗？

有那么一刻，斯嘉丽只是注视着这个古怪的女孩子。她似乎压根儿就没想到，斯嘉丽或许并不愿意这样说她的妹妹，或是她在等人。这个女孩就好像冰冷季中炎热的艳阳天，对于她与环境格格不入这事，她要么是没意识到，要么就是不在乎。

"这里没人盼着听到事实。"女孩没有望而却步，反而继续说道，"他们也不想要事实。这里的很多人都不期待能赢得那个愿望；他们来到这里，只是为了探险。你应该成全他们。我知道你也是这样，不然你就不会收到邀请了。"从她那金属色泽的裙子，到细长眼睛周围的金色眼线，女孩浑身上下都闪耀着光彩。

她看起来并不像个贼，可前一天晚上那个微红金色头发的女人干出了那种事，她再也不会相信别人了。

"你是谁？"斯嘉丽问，"你想要什么？"

"你可以叫我阿伊可。我什么都不想要。"

"参加游戏的人都有所图。"

"那我想我不参加游戏反倒是件好事了。"阿伊可看到一对夫妇走过来，便没有说下去。

这对夫妇一看就是新婚，与斯嘉丽年纪相仿，男人拉着年轻新娘的手，十分小心谨慎的样子，像是不常拉着这么重要的东西。

"打扰一下，小姐。"他有外国口音，需要仔细听才能听出他说了什么，"请问你真是多娜泰拉的姐姐吗？"

阿伊可鼓励地点点头："她是，而且，她很高兴回答你们的问题。"

那对夫妇登时就高兴了起来："噢，谢谢你，小姐。昨天我们去了她的房间，发现所有东西都没了。我们就是希望能找到提示。"

说到泰拉的房间被搜刮一空这事，斯嘉丽的心里就起了一股无名怒火，但这对夫妇看起来倒也真诚。他们不像那种唯利是图的人，会把东西卖给出价最高的人。他们的衣服很破旧，比斯嘉丽那条发黑的裙子还要糟糕，然而，他们的手紧扣在一起，脸上带着充满希望的表情，让她想到了这个游戏的本来目的。或者说是她以为的目的：快乐、魔力、奇迹。

"我真希望能告诉你们我妹妹在哪里，但我已经很久没见到她了，我最后一次见她还是在——"看到他们的脸垮了下来，斯嘉丽犹豫起来，不禁想到阿伊可说过，卡拉瓦尔秀里的人并不盼着得到真相，也不想要真相：他们来到这里，只是为了探险。你应该成全他们。

"事实上，我妹妹要我去附近一个有美人鱼的喷泉边上见她。"在斯嘉丽听来，这个谎言真是荒谬至极，那对夫妻却高兴得不得了，好像那是一碗香甜的奶油，一想到即将找到提示，他们的脸上都放光了。

"我想我知道那座雕塑。"年轻女人说，"是不是底部都是珍珠的那座？"

斯嘉丽听不明白这个女人说了什么，可她还是点点头，目送他们离开，并祝他们好运。

"看到了吧？"阿伊可说，"他们多高兴。"

"可我向他们撒谎了。"斯嘉丽说。

"你没有注意到这个游戏的重点。"阿伊可说，"他们远道而来，不是为了真相，他们来这里是进行一番探险，你只要成全他们就好了。他们也许什么都找不到，但不是没有找到的可能；这个游戏有时候也会因为人们敢于尝试而给予奖励。不管是哪种情况，那对夫妇都比你幸福。我一直注意你来着，过去的一小时，你一直坐在那儿，板着一张苦瓜脸，看着就叫人难受。"

"要是你妹妹失踪了，你也会这样。"

"噢，你真可怜。你身在一座有魔力的岛上，而你心里想的却只是你没有的东西。"

"可那是我的——"

"你的妹妹嘛，我知道啦。"阿伊可说，"我还知道等到最后这一切都结束了，你就会找到她，到时候，你肯定后悔把时间都浪费在这个臭气熏天的小酒馆里，自怨自怜。"

换成泰拉，也会这样说。从自虐的角度来说，斯嘉丽觉得她就该为了妹妹难过痛苦，然而，或许她要做的正好相反。她了解泰拉，要是斯嘉丽没有在莱金德的魔幻岛上好好享受，她一定会更失望。

"我又不是一整天都要坐在这里。"斯嘉丽说，"我在等人。"

"那个人迟到了，还是你早到了？"阿伊可扬起两道涂着颜色的眉毛，"恕我直言，我看你等的那个人是不会出现了。"

斯嘉丽那天晚上第一百次看向大门，依然盼着能见到朱利安走进来。她之前很肯定他会来，可如果有合理的等人时间这种说法，她早就超过了。

斯嘉丽站起来。

"这么说，你决定不再在这里干坐着了？"阿伊可优雅地从她自己的座位上站起来，将笔记本抱在胸前，这时候，酒馆的后门又开了。

两个年轻女人一边笑，一边走进来，后面跟着斯嘉丽最不想见到的人。他如同一阵风似的大步走了进来，黑色的衣服破破烂烂，靴子上都是泥点。丹特比昨天更加衣衫不整，黑色的裤子皱皱巴巴，像是穿裤子睡了一觉，燕尾服也不知去向。

斯嘉丽还记得朱利安说过，丹特很想赢得莱金德的愿望大奖，弥补他在上一次卡拉瓦尔秀中遭受的损失。此时此刻，丹特看起来比以往更盼望赢得大奖。

斯嘉丽暗暗祈祷他看不到自己。在他们上次碰面之后，她还没准备好再次与他狭路相逢；等朱利安已经让她神经过敏，而且她的裙子也变黑了。即便斯嘉丽盼着丹特注意不到她，她却情不自禁地望向他。他的袖子卷到小臂，刺青露在外面。

她看到了一个类似心形的黑色刺青。

1 9

跟着那个有一颗黑心的男孩。

奈杰尔的话出现在斯嘉丽的脑海里，这时候，丹特的目光也落在了她身上。他看她的眼神充满了嫌恶。这种目光没有吓倒斯嘉丽，反而在她内心中点燃了一把火；她觉得这是这个游戏在用它自己的方式来考验她是否下定决心，在没有朱利安的帮助下将游戏进行到底。

过了一会儿，丹特从酒馆后门走了，斯嘉丽跟了出去。直到走到凛冽的夜晚寒风中，她才意识到酒馆里有多温暖舒适。冰凉得如同第一口咬下冻苹果，空气很香甜，漆黑的夜色中飘着阵阵焦糖味。她周围的街上人流如织，如同一群乌泱泱的乌鸦。

斯嘉丽好像看到丹特走上一座廊桥，等她上了那座桥，却只看到了提灯，而且，桥的尽头是叫人失望透顶的死胡同。斯嘉丽走过廊桥，迎面是一条砖墙死胡同，还有个可爱的小男孩守在一辆苹果酒车边上，他的肩膀上还立着一只猴子。

"要不要来点焦糖苹果酒？"小男孩问，"它能让你看得更清楚。"

"噢，不，我在找人，那个人的胳膊上都是刺青，穿了一身黑衣服，一脸凶相。"

"我想他昨天买了点苹果酒，今天可没见着他。祝你好运！"男孩在斯嘉丽跑回桥上后喊道。

来到廊桥的另一端，她就看到好几个穿着黑色脏衣服的年轻男人——这场游戏来到这个时候，所有人都开始显得有点衣衫褴褛，没有一个人的手臂上有文身。斯嘉丽继续穿行于人潮之中，过了一会儿，她看到与水晶酒馆相隔几个店铺之外，有个有黑心文身的人走上了一道祖母绿色的楼梯。

斯嘉丽拉起裙摆，快步去追那个黑心男孩。她走下楼梯，上了另一座廊桥。她走到这座廊桥的另一边，又看到了一个死胡同和另一个可爱的小男孩，这个男孩也守在一辆拉苹果酒的车边上，肩膀上立着一只猴子。

"等等——"斯嘉丽停下脚步，"你刚才不是在那边吗？"她含糊地一指，再也分不清"那边"是哪边了。

"我一整晚哪儿都没去，你刚才穿过的那座桥经常移动。"小男孩说。他一笑露出两个酒窝，他肩膀上的猴子点点头。

斯嘉丽扭头看着那座桥，桥上的灯光一闪一闪的，像是在对她眨眼睛。两天前，她会说这是不可能的事，现在她压根儿就没这么想过。她不知道发生了什么事，却不再对魔法有任何怀疑。

"你确定你不要苹果酒？"男孩搅拌了一下苹果酒，带起新鲜的苹果味。

"噢——"斯嘉丽本想像平时那样一口回绝，跟着，她想到了什么，"你说酒能帮我看得更清楚？"

"你在别处可找不到这么好的酒。"他肩膀上的猴子又一次点头表示同意。

斯嘉丽一激灵。如果这就是奈杰尔让她跟着黑心男孩的目的呢？也许喝了这苹果酒，她就能变成火眼金睛，发现她需要的提示。

斯嘉丽悄悄看了一眼比赛指示：四号提示：你必须用珍贵的东西去换。

"你要我付出什么代价？"斯嘉丽问。

"不多——就是你说过的最后一个谎话。"

这看起来谈不上什么代价。即便苹果酒不是下一个提示，也能带给她某种优势，而这正是她所需要的。

斯嘉丽觉得在酒馆里听了阿伊可的建议真是太幸运了，于是，她探过身，轻声道出了她编造的美人鱼喷泉的故事。男孩听到这个一点也不刺激的谎话，显得有些失望，但他还是交给她一杯酒。

焦糖，融化的黄油，少许奶油，烤肉桂。喝起来有股冰冷季中最好时光的味道，夹杂着一点暑气："真好喝，只是我没看到什么不同的东西呀……"

"要过一两分钟才能起效。我保证你不会失望。"小男孩点头示意再见，他的猴子向她敬了个礼，他推着车，向那座魔桥走去。

斯嘉丽又喝了一小口苹果酒，此时酒喝起来太甜了，仿佛是要盖过一股更辛辣的味道。不对劲。斯嘉丽的情绪全都搅和在一起，形成了一个灰色和黯淡白色的旋涡。一般情况下，斯嘉丽能看到她的情绪呈现出各种色彩，可就在她看着小男孩越走越远的时候，她能看到他的皮肤变成了灰色，他的衣服变成了黑色。

斯嘉丽眨眨眼，被这幅景象搅得心神不安，等她再次睁开眼睛，她更加不安了。

现在，所有的一切都变成了黑色和灰色。就连廊桥上的烛光都不再是金色，而是变成了灰蒙蒙的颜色。她努力不要慌张，但是，她往回穿过廊桥，回到一个不再充满色彩的世界里，每走一步，心跳就加快一点。

卡拉瓦尔秀变成了一个黑白色的世界。

斯嘉丽不小心弄洒了苹果酒，黄油状的金色液体溅到灰色的人行道上，在一片可怕的黯淡色彩中，这是唯一的亮色。带猴男孩这会儿不见了。他八成是一边推车寻找下一个受害者，一边嘲笑她呢。

她抬起头，发现自己来到了水晶酒馆的后门。阿伊可正好从里面出来，她那条鲜艳的裙子这会儿成了炭黑色。

"你看起来一团糟。"她说，"我看你是没追上你要追的那个年轻人吧？"

斯嘉丽摇摇头。在阿伊可身后，酒馆大门即将关闭。斯嘉丽飞快地扫了一眼里面，就见朱利安还没来，或者是来了又走了："我想我犯了个错。"

"那就去亡羊补牢。"阿伊可沿着卵石路慢慢地走了，仿佛就算这个世界在她周围崩溃，她也会一直走下去。斯嘉丽也想有这样的闲适，只是这场游戏似乎老是与她作对，她觉得阿伊可只是看看而已，所以事情对她来说会很容易。又没有人偷走她的妹妹，也没有偷走她的世界里的色彩。斯嘉丽能想象到，要是阿伊可脚下的土消失得足够多，她就能飘浮在空中呢。她唯一牢牢抓住的东西就是那个破烂的笔记本。本子是棕绿色的，那是遗忘的记忆、遗弃的梦想和尖刻的小道消息的颜色。

这东西很不讨人喜欢，然而——

斯嘉丽突然想到了什么。那个笔记本是彩色的！丑陋的色彩。可在一个黑白色的世界里，它吸引了斯嘉丽的全部注意力。或许这就是苹果酒的效果？它带走了所有一切的色彩，好让斯嘉丽能清晰地看到真正重要的东西，或是找到下一个线索。

四号提示：你必须用珍贵的东西去换。

奈杰尔的建议就是三号提示。斯嘉丽跟着黑心男孩，找到了卖苹果酒的小男孩，喝掉苹果酒，她失去了看到色彩的能力——这就是用珍贵的东西去换。

她不再恐慌，胸腔里充满了兴奋的感觉。她并没有受到蒙骗；她遇到的一切都在指引她去寻找第四条提示。

阿伊可在一个忙碌的华夫饼干师傅前停下来，斯嘉丽跟了上去。饼干师傅把一块饼干在颜色特别深的巧克力酱里蘸了蘸，交给阿伊可。作为交换，阿伊可打开笔记本，让他看了看其中的一页。

斯嘉丽小心翼翼地也想偷瞄一眼。

阿伊可啪一下合上笔记本："要是你想看，就得像其他人一样，用东西来交换。"

"什么样的东西？"斯嘉丽问。

"你是不是永远只关注你放弃了什么，却不在乎得到的？不管代价如何，有些东西就是值得追求。"阿伊可示意斯嘉丽到一条挂满提灯的街上，弥漫着花朵、长笛和早已失落的爱的香味。这条路逐渐收窄，道路一边是条运河，另一边有一个由玫瑰组成的旋转木马。

"发发善心，点首歌吧。"一个男人站在管风琴前面，伸出一只粗壮的手。

阿伊可把一个东西放进他的手心，不过那东西太小了，斯嘉丽看不清是什么："弹得好点。"

管风琴手开始演奏一首忧伤的曲子，旋转木马随之转动起来。一开始，它转得非常慢。要是泰拉在这里，斯嘉丽估摸她肯定会跳上去，拔下红色的玫瑰，插在鬓边。

红色！

斯嘉丽看着玫瑰旋转木马不停地转呀转，将鲜艳的红色花瓣甩到小路上。几片花瓣落在阿伊可的华夫饼上，被巧克力酱粘住了。

斯嘉丽不知道是她的感觉恢复了，还是这个旋转木马很重要，就在斯嘉丽意识到她能看到鲜艳的红色花瓣的时候，一个戴着一只眼罩的绅士正好从旁边走过。和其他东西一样，他周身上下都是灰黑色的，只有他脖子上的领带是猩红色的。这是她见过的最深的红色。他长得很帅，一张脸黝黑黝黑的，斯嘉丽真不明白为什么别人连看也不看他。

她琢磨着是不是该跟着他。他好似一道神秘且未解的谜题，身上的一些东西让她感觉到了危险的丝滑黑色。他像个幽灵一样穿梭于人群之间，姿态优雅，却散发着危险的气息，她很不喜欢。而且，她不光很想去追他，还一直惦记着阿伊可的日记。

管风琴手越弹越快，旋转木马也越转越快。花瓣除了落在阿伊可的甜点上，也落到了其他地方。花瓣落满了旋转木马前面的小路，犹如铺了一块红色天鹅绒，而旁边的运河则变成了血红色，旋转木马上只剩下光秃秃的枝刺。

街上只有寥寥几个人鼓掌。

斯嘉丽感觉好像这里面含有一个更加深刻的教训，她却抓不住要领。她眼前的世界恢复了五颜六色。戴眼罩的男人几乎消失在了视线中，然而斯嘉丽依然能感觉到一股意想不到的吸引力把她扯向他。如果他戴了大礼帽，她准会猜测他会不会就是莱金德本人。也许这个谜一般的年轻人只是莱金德放在人群里的诱饵，吸引她远离真正的提示。那天晚上早些时候，就在她看着廊桥上的闪烁灯光的时候，斯嘉丽发誓她能感觉到莱金德的目光，正监视她找寻他的提示。

斯嘉丽必须立即做出决定，是去追那个年轻人，还是想办法看看唯一没有落上红色花瓣的笔记本。如果斯嘉丽关于苹果酒的理论是正确的，那么年轻人和笔记本就都很重要，却只有一个能指引她靠近泰拉："如果我们达成交易，我看了你的笔记本，我能得到什么？是第四条提示吗？"

阿伊可左摇右摆，含含糊糊地哼着歌："有可能；会得到很多提示。"

"但是，规则说只有五条提示。"

"是这样吗？还是这只是你自己以为的结果？"阿伊可问，"把游戏指导规则当成一张地图。不管是到哪一个目的地，路线都不止一条。提示隐藏在各种地方。你拿到的指示只是让你比较容易找到它们而已。然而，你要记住一点，要想赢，你需要的不仅仅是提示。这场游戏就像一个人。如果你真想赢，就必须了解它的历史。"

"我对它的历史了若指掌。"斯嘉丽说，"我祖母在我小时候就给我讲过那些故事了。"

"啊，你祖母讲的故事，我肯定它们都很准确。"阿伊可咬了一口华夫饼，洁白的牙齿咬在饼干顶上的红色花瓣上，跟着，走上了另一条小路。

斯嘉丽最后一次用目光搜寻戴眼罩的男人。可他已经不见了。她错过了机会。她可不能再失去阿伊可了。

那个漂亮的女孩此时正在买可以吃的四翅银钟花和硬币大小的闪亮蛋糕。斯嘉丽向她走过去，她觉得那个女孩吃了这么多，肯定都吃撑了，但是，只要有小贩找她做交易，她就会买下他们的东西。斯嘉丽发现阿伊可信仰"能同意就同意"这个信条。她买了像萤火虫一样闪光的五彩纸屑糖果、一玻璃杯可以喝的金子和永不褪色的染发剂（这样就可以永远摆脱白发——不过阿伊可太年轻了，不像需要用染发剂的样子），这期间她们的谈话时断时续。

"这么说，"斯嘉丽说道，这时候，她们来到一条街上，这里商店林立，都有尖尖的屋顶，却没有客人光顾，她感觉自己已经准备好做交易了，但她绝对不会像从前那样盲目，"卡拉瓦尔秀的历史记在你的本子里？"

"可以这么说。"阿伊可道。

"那就证明一下吧。"

阿伊可做出了一个让她震惊的举动，竟然把笔记本递给她。

斯嘉丽不禁犹豫了起来，这也太容易了吧："我还以为只有我拿出用来交换的东西，你才会给我看。"

"别担心，除非你决定多看一些，否则没人强迫你做交易。能为你提供帮助的图片都是用魔法封存着的。"她说到"魔法"这个词的时候，活像是在开一个私人玩笑。

斯嘉丽谨慎地接过本子。本子又薄又轻，却有很多页，每次斯嘉丽翻过一页，后面就会出现两页，每一页上都有充满魔幻色彩的图片。有王后和国王，海盗和总督，刺客和王子。还有海岛大小的巨船，小小的木船，很像是她和朱利安坐过的那艘——

"等等——这些图片里画的是我。"斯嘉丽翻开新的书页。阿伊可的图片里画的是她和朱利安坐在船上的情形。有半裸着走到钟表店的情形。还有在塔楼大屋的大门后面争论的情形。

"这些都是我的隐私！"谢天谢地，没有图片画出她和朱利安在房间里的尴尬情形，却有一张画惟妙惟肖地呈现出了酒馆里的一幕：所有人都用评判的眼光打量她，她飞也似的在与丹特的交锋中落荒而逃。

"你怎么会有这些？"斯嘉丽满脸通红，又翻到她和朱利安在船里的图片。她还记得，刚到岛上那会儿，她感觉怪怪的，像是在受人监视。可现在感觉更糟："为什么有这么多张关于我的图片？我没看到有其他人的图片。"

"今年的游戏与其他人无关。"阿伊可画着金色的眼睛对上斯嘉丽的目光，"其他参与者没有妹妹失踪。"

初到岛上，作为莱金德的贵宾，斯嘉丽还感觉很荣幸。她这辈子头一次感觉自己很特殊，是被精挑细选出来的。但是，此时此刻，她又一次感觉到不是她在玩游戏，而是这场游戏把她耍得团团转。

黄绿色的不安在她的心里翻搅着，斯嘉丽不喜欢被人玩弄于股掌之上，但更叫她不安的是，这世上有这么多人，为什么莱金德偏偏选择她和她妹妹成为这次游戏的主要人物。第一夜在钟表店的时候，朱利安说的话好像这与她的外表有关，但现在斯嘉丽感觉原因不只如此。

"从在酒馆里开始，你就在打听我是谁。"阿伊可继续说，"我不是演员。我是个史官。我用图片来记录卡拉瓦尔的历史。"

"我从未听说过什么史官。"

"那遇到我，你就该庆幸自己运气不错。"阿伊可拿回笔记本。

斯嘉丽可不认为她遇到她是运气使然。无可否认，笔记本页面里的一切都异常准确。就算这个女孩子真的是个史官，斯嘉丽也不肯定自己是不是相信她来这里只是为了作壁上观。

"现在你看过我的书了。"阿伊可又说，"我偶尔会叫街上的小贩看两眼，我给你看这么多，实属百年难得一遇。我不是唯一画这部史书的画家。这里记录着每一届卡拉瓦尔秀的每一个真实的故事。要是你选择看里面的全部故事，你就能看到以往的赢家，以及他们是怎么做到的。"

在阿伊可说话的时候，斯嘉丽先是想到了丹特，随后又想到了朱利安。她很想知道他们从前参加游戏时都有过哪些经历。她也想到了其他故事，比如多年前遇害的那个女人。斯嘉丽的祖母还说她凭借那条紫色裙子迷住了所有人。斯嘉丽估摸这本书里压根儿就不会有她祖母的身影，但她相信她一定会看到一个人：莱金德。

如果这个本子里真的详细记载了卡拉瓦尔秀的真实历史，里面肯定有关于莱金德的图片。他们在第一个晚上遇到的男孩鲁珀特说，玩这场游戏其实就是解谜。第一条提示说：最后有人看到那个女孩和莱金德在一起。所以，如果斯佳丽能找到莱金德，就能找到泰拉，这样一来，她就不用去找剩下的两个提示了。

"那好吧。"斯嘉丽说，"告诉我，你要什么，才能让我再看看你的本子。"

"太棒了。"阿伊可显得比平时还要容光焕发。她带领斯嘉丽穿过一条布满纽扣的小径，路过一个大礼帽形状的帽饰店。跟着，她在一家服饰店前停了下来。

这家店有三层楼高，通体都是玻璃，展示着各种材料和颜色的时髦服饰，还有明亮的灯光照明。商店的颜色是昨晚的笑声、清晨的阳光、拍打脚踝的海浪的颜色。每件衣服似乎都在诉说它自己经历过的稀罕冒险，所要的代价也是独一无二的：

最让你遗憾的一件事，

你最深刻的恐惧，

你从未向别人透露过的秘密。

有条裙子只要最近做过的一个噩梦，但这裙子是李子色的，斯嘉丽最受不了这种颜色。

"这就是你的代价，你要我买一条裙子？"

"是三条裙子。剩下的三个晚上每天一条。"阿伊可拉开门，斯嘉丽却没有跨过门槛。

要是人们感觉为得到一件东西而付出的代价不如他们以为的多，就会发生一件很有意思的事：忽然之间，东西的价值就降低了。斯嘉丽看过那个本子，所以知道它很有价值——这中间肯定暗藏着鬼把戏："你会从中得到什么？你真正想从我这里得到什么？"

"我是艺术家。我不喜欢你的裙子有自己的意志。"阿伊可皱着鼻子打量斯嘉丽的裙子，这会儿，她的裙子依然跟丧服一样；甚至还生出了小小的深色拖裙。"你的裙子感受到情绪，就会变化，但打开我的本子的人根本就不知道这一点。他们只是以为我犯了错，在图片里给你画了条新裙子。我还很讨厌黑色。"

斯嘉丽也不怎么待见黑色。它让她想起太多不愉快的情绪。再说了，要是能控制她的衣服，不是很好嘛。不过她最多还能留下两个晚上，所以用不着三条裙子。

"我只买两条裙子。"斯嘉丽说。

阿伊可的眼睛闪闪发光，如同两颗黑色猫眼石："成交。"

两个女孩子走进商店，银铃叮叮当当响了起来。她们还没站稳，就看到一个悬挂着的标志牌，牌子上镶着珠宝，写着"盗贼将变成石头"几个大字。

在这个漂亮的警示牌下面，立着一个变成了花岗岩的年轻女人，她的长发飘在身后，像是在变成石头之前正在逃跑。

"我认识她。"斯嘉丽低声说，"她昨天一直在假扮孕妇。"

"别担心。"阿伊可说，"等到卡拉瓦尔秀一结束，她就会恢复正常。"

从一定程度上而言，斯嘉丽感觉她应该可怜这个女孩，只是一想到莱金德也有正义感，她就觉得没有这个必要了。

在花岗岩女人另一边，商店里的每一样东西都散发着卡拉瓦尔秀的魔力。就连看起来像是鹦鹉羽毛或带有太多蝴蝶结的节日礼品包这些俗艳物件也是一样。

泰拉肯定喜欢，斯嘉丽心想。

然而，斯嘉丽穿的那条魔裙好像不喜欢这家商店。每次她拿起一条裙子，她的裙子就会变，像是在说：我也能变得和它一样。

最后，她挑选了一条樱花粉色的裙子。说来也怪，这衣服让人想起了她的魔裙第一次变幻的样子。这是一条多褶裙，上身有很多纽扣，但没有蝴蝶结。

在阿伊可的坚持下，她又选了一条更现代、没有紧身胸衣的裙子。裙子带有鸡心领领口，领口装饰有香槟色和淡紫色的串珠——这是痴情的颜色。越到下面的微喇叭裙身，装饰串珠就越密。裙子末端设计有精致的拖裙，这种设计非常不实用，看来却美轮美奂。

"货物售出，概不退换。"女店员说，她的头发很闪亮，肤色是浅黑色，看起来不比斯嘉丽年纪大。她生硬地说出这句话。当斯嘉丽靠近的时候，却有股毛骨悚然的感觉，仿佛女店员是在告诉她，她来到了游戏的这个阶段，已经没有回头路了。

在她前面，光亮的红木柜台边上摆着一个针垫和一个黄铜天平。天平用来放物品的秤盘是空的，但用来放砝码的秤盘上放了一个像是人类心脏的东西，看了叫人很不安。斯嘉丽机警地想象着她的心被人挖出来，放在空秤盘上。

女店员继续说："裙子归你了，交出你最深刻的恐惧和最强烈的渴望。或许你可以用时间来付账。"

"时间？"斯嘉丽问道。

"我们可以做个交易。用两天生命换一条裙子。"浅黑肤色的女人实事求是地说，活像是在索要普通的钱币。不过斯嘉丽觉得牺牲她的四天生命这事很不简单。她知道她不该泄露她的秘密，但她的恐惧和欲望早就给她带来了很大的不利。

"我会回答你的问题。"斯嘉丽说。

"等你准备好了，"女店员指示道，"就摘掉手套，握住天平底座。"

店里的其他几个顾客假装不往她们这边看，与此同时，阿伊可则站在柜台边上，急切地看着斯嘉丽。斯嘉丽很想知道这到底是不是阿伊可的真正目的。当然了，如果她一直在观察斯嘉丽，应该早就知道答案了。

斯嘉丽摘掉手套。黄铜摸起来异常温暖和柔软，感觉像是在摸活生生的肉，仿佛天平是个活物。她的手心开始冒汗，天平表面随之变得滑溜起来。

"先说说你最大的恐惧是什么。"女店员问道。

斯嘉丽清清喉咙："我最大的恐惧就是我妹妹会遇到危险，而我保护不了她。"

黄铜天平发出嘎吱一声。斯嘉丽惊诧地看到链条动了起来，带有一颗心的秤盘缓缓提升起来，而空秤盘则神奇地降下，最后，两个秤盘处在同样的高度上。

"真是太棒了。"女店员说，"好了，松手吧。"

斯嘉丽照办，天平恢复了不平衡的状态。

"现在，再抓住底座，说出你最强烈的渴望。"

斯嘉丽的手心这次没冒汗，天平依然感觉好像有生命一般，她很不喜欢："我最强烈的渴望就是找到我妹妹多娜泰拉。"

天平抖动起来。链条发出轻轻的嘎啦声。带有心脏的那一边依然牢牢处在较低的位置。

"天平出问题了。"斯嘉丽说。

"再试一次。"女店员说。

"我最强烈的渴望就是找到我妹妹多娜泰拉·德拉格纳。"斯嘉丽死死攥住天平的底座，结果还是一样。空秤盘和心脏一动未动。

她加大力道，这次天平甚至连晃都没晃："我只想找到我妹妹。"

女店员咧开嘴笑了："我很抱歉，天平从不说谎。你必须另行回答，不然的话，你就交出两天生命。"

斯嘉丽扭头看着阿伊可："你一直在观察我；你知道我一心只想找到妹妹。"

"我相信这是你的一个愿望。"阿伊可道，"然而，人在一生里想要的东西有很多。你有更强烈的渴望，也不是什么坏事。"

"不。"斯嘉丽的指关节都发白了——这场游戏的确是把她当猴耍，"为了我妹妹，我就算死也无所谓！"

链条嘎啦嘎啦响了起来，天平又动了，最后达到了平衡。这话是真的。可惜这话不是人家想要的回答。

斯嘉丽抽开手，没有透露更多秘密。

"这么说，你要交出两天的生命了。"女店员说。

斯嘉丽感觉她被骗了。这才是她们的目的。她想到了退出。放弃两天生命这事弄得她心里七上八下；每次和她父亲谈条件，她就有这种感觉。可是，如果斯嘉丽现在退出，就更证明找妹妹不是她最大的愿望。那她也就看不到阿伊可那神秘的笔记本了。

"你要怎么拿走我两天的生命？"斯嘉丽问道。

女店员从针垫上拔下一把小剑："用剑尖割破手指，将三滴血滴在天平上。"她指指那颗干枯的心。

"要是你愿意，我可以替你割。"阿伊可说，"有时候，让别人伤害自己会来得容易些。"

只是斯嘉丽已经受够了被人伤害。

"不，我自己来。"她用小剑划过无名指的指尖。

滴。

滴。

滴。

虽然只有三滴血，斯嘉丽却清楚地感觉到了每一滴，而且，会疼的不只是她的手指。好像有一只手插进她的心脏，用力挤压着："就应该这么疼吗？"

"正常都会有点头昏眼花。你该不会以为失去两天的生命，连疼也不会疼一下吧？"女店员哈哈笑了起来，活像是在开玩笑。

"现在你可以把带纽扣的裙子拿走了。"她又说，"但有串珠的那条要在从现在算起的两天后送达，那正是代价付讫的时候。在那之后——"

"等等。"斯嘉丽插口道，"你说你要我现在就付清欠债？"

"你下周付对我还有什么好处，那时候游戏都结束了，对吗？不过用不着担心，我会到太阳升起时才会收回全部欠债，你有足够时间到一个安全的地方去。"

安全的地方？

"我想你肯定是弄错了。"斯嘉丽抓住柜台边缘。是她出现幻觉了，还是天平上的心脏真的开始跳动了？"我还以为我会失去生命尽头的两天时间。"

"我怎么才能知道你的生命什么时候走到头呢？"女店员咯咯笑了起来，刺耳的笑声似乎让斯嘉丽脚下的地面都颤动了起来，"别担心，只要你的身体不出问题，你就会在18号黎明苏醒过来。"

那个时候距离她的婚礼只有两天。斯嘉丽强压下心中的恐慌。恐慌呈现出铁杉绿色——这是毒药和恐怖的颜色。她只不过是失去了三滴血，感觉却像是出了很多血："我不能失去意识两天——我两天后就该走了！"

要是斯嘉丽现在昏死过去，她就永远也不能找到妹妹，并及时回家参加婚礼了。要是在她昏死的这段时间里，丹特那样的人找到了她妹妹，会怎么样？或是这个游戏提早结束了，泰拉却发现斯嘉丽死了，会怎么样？斯嘉丽的视线开始变窄，周边开始发黑。

阿伊可和女店员交换了一个斯嘉丽很讨厌的眼神。她依旧抓着锃亮的柜台，转头面对阿伊可："你骗我——"

"我没有。"阿伊可说，"我又不知道你回答不出问题。"

"我回答了问题。"斯嘉丽真想大喊大叫，可是交易的效果越来越强烈，她的感觉变得迟钝起来，这个世界显得愈来愈大，她显得愈来愈小，愈来愈无力，"要是有人来伤害我的身体，会怎么样？"

看到斯嘉丽的身体直晃，阿伊可连忙抓住她的手臂，稳住她："你还是回你的客栈吧。"

"不——"斯嘉丽想要抗议。她不能回水晶蛇客栈；今天轮到朱利安使用房间了。现在斯嘉丽感觉她的脑袋像个气球，正要脱离肩膀。

"你得带她离开这里。"女店员瞪了一眼斯嘉丽，"她昏死在大街上，很可能会被埋了。"

斯嘉丽惊恐万状，铁杉绿变成了水银色。她的听力也和视力一样减弱了，耳畔嗡嗡直响。她发誓，这正是女店员盼望的情况。一个酸酸的、带着霉味还很灼热的东西在斯嘉丽的喉咙里翻腾着——那是死亡的味道。

她虚弱得连站都站不住了，更遑论是走回客栈。等到她醒来的时候，她必须做出选择：是去找妹妹，还是及时赶回特里斯达，参加婚礼。斯嘉丽知道早晚得有这么一天，可惜她还没准备好做出选择。要是朱利安回到房间，看到她的死尸，他会做出什么样的举动？

"斯嘉丽！"阿伊可又摇了摇她，"在到达安全地点之前，你得保持清醒才行。"她将斯嘉丽向大门推过去，把一块方糖塞进她嘴里，"吃下去就有力气了。不管出什么事，都要一直走，不能停。"

斯嘉丽的双腿像是灌了铅一样，不住地颤抖着，布满了汗珠。她几乎连站也站不住；她回不去了。阿伊可的方糖在她的嘴里融化："你为什么不能送我回去？"

"我有我该去的地方。"阿伊可说，"不过别担心，我会遵守诺言的。有人夺走了你的两天生命，你的身体死了，可你的思想存在于一个梦境世界里。除非你的身体遭到了毁坏。"

斯嘉丽又想问问如果是那样，会发生什么情况，只是她的话变得含含糊糊，仿佛先是把它们咬碎了，才说了出来。她发誓，就在她说话的时候，阿伊可的眼白变成了黑色："你回到房间就不会有事了。我会去梦境世界里找你，让你看我的本子。"

"可是——"斯嘉丽的身体晃来晃去，"我一般都不记得我的梦。"

"你会记住这个梦的。"阿伊可扶住她，又往她嘴里塞了一块方糖，"但你必须保证不告诉任何人。现在——"阿伊可把樱花色的裙子塞进斯嘉丽手里，最后推了她一把，"——在你昏死之前，从这里出去吧。"

2 0

　　离开服饰店后一路上发生的事，斯嘉丽只会清楚地记得一件。她不会记得她的四肢像羽毛一样轻飘飘，骨头好像是尘埃，也不会记得她真想就这么躺在船上算了。她不会记得跌跌撞撞地走下船，也不会记得弄掉了樱花色的裙子。不过她倒是记得那个帮她捡起裙子的年轻人，他还搀着她的胳膊，把她送回水晶蛇客栈。

　　"漂亮是漂亮，却一点用也没有"这句话出现在她的脑海里，她抬头看着那位魅力不凡的好心人，他的脸却看起来不再漂亮。他脸上的线条太硬了，棱角分明，一双深色眼睛很突出，颜色更深的头发垂下来，遮住眼睛。

　　这个人不喜欢她。她不仅知道，还能感觉到。那小子粗鲁地拉着她的手，而她就拼了命要挣脱开。

　　"放开我！"她试着大声说出这句话。可她的声音细若蚊呐，就算有路人听到，也可能只是忙着回他们自己的"蛇洞"，根本顾不上她。只剩下十五分钟，太阳就要升起来，抹去黑暗的魔力。

"要是我松开你，你就只能爬进下一条船了。"丹特拽着她穿过水晶蛇客栈的圆形后门。酒馆里传出嘈杂的人声。装苹果酒的杯子碰撞在玻璃桌上，叮叮当当直响。有人在高兴得大笑，有人满意地咕哝着什么，还有人嘟囔着不如意的事。

只有一个戴着一只眼罩、扎着猩红色领带的绅士看到她被拖上楼梯——那里很昏暗，也没有嘈杂声。后来斯嘉丽还记得他一直在看她，可在当时，她唯一关注的事就是逃离丹特的魔掌。

"求你了。"斯嘉丽央求道，"我必须回我的房间。"

"首先我们得谈谈。"丹特将她逼到楼梯井一角，让她背对墙壁，用长腿和带有文身的手臂困住她。

"要是你想说那天晚上的事……我很抱歉。"斯嘉丽似乎用尽了浑身的力气，才说出这么一句连贯的话，"我没想要你。我不该对你说谎。"

"我要说的不是你的谎话。"丹特道，"我晓得，在这个游戏里，人们都是谎话连篇。那天晚上——"他没有说下去，像是费了很大力气来维持和缓的语气，"我生气，是因为我以为你和别人不一样。这个游戏能改变人。"

"我知道。"斯嘉丽说，"所以我才要回我的房间。"

"我不能让你那么做。"丹特的语气变冷淡了，有那么一刻，斯嘉丽少见地思路清晰起来，看得出来，他比前一天晚上还要失控。他的黑眼圈很重，像是好几天都没睡觉了："我妹妹失踪了，你得帮我找到她。我知道你妹妹也不见了，我可不认为这是游戏的一部分。"

不。斯嘉丽这会儿已经听不清他说话了。泰拉的失踪只是另一个魔术的把戏而已。丹特是在吓唬她。朱利安不是说过吗，以前为了赢得游戏，他会使出各种残酷的手段："我现在说不了这个。"

她必须回房间。今晚是不是轮到朱利安用房间已经不重要了。她不能在这里昏死过去。不能昏死在丹特面前，那样一来，她就和他一样疯狂了。不知怎的，她竟然挣脱了他的手："现在我们各自去睡一觉，然后在酒馆里见，好不好？"

"你是说等你昏死两天后？"丹特把手握拳，按在墙上，"我知道你怎么了。我不能再浪费一个晚上了！我妹妹失踪了，你——"

砰！

丹特话还没说完，就向后飞了出去。斯嘉丽根本就没看清拳头是怎么打过来的，可这一拳足以让他滚下好几级台阶。

"离她远点！"朱利安轻轻地把斯嘉丽从墙边扶起来，他的身体暖暖的，"你还好吗？他有没有伤害你？"

"没有……我要回房间。"她感觉到好几分钟过去了，她的生命在流逝，四肢宛若脆弱的蛛丝。

"红红——"朱利安赶在她瘫倒在地之前连忙搂住她。他的身体要比她的暖很多。斯嘉丽很想窝在他怀里，就好像裹住一张毯子，她想要像他紧紧搂住她那样，用手臂紧紧搂着他。

"红红，告诉我，你怎么了？"朱利安的声音不再轻柔。

"我……我想我犯了个错。"她的话含含糊糊，让人听不清楚，"有两个人，一个女孩子头发很闪亮，另一个吃着华夫饼……我要买条裙子，他们就让我拿时间来换。"

朱利安说了几句五颜六色的骂人话："快告诉我，他们没有拿走你的一天生命。"

"没有……"她努力让自己站稳，"他们拿走了两天。"

朱利安的一张俊脸立马就扭曲了，变得能要人的命，可也许是整个世界都变成了一个致命的东西。朱利安一把把她抱起来，把那条樱花色裙子甩在肩上。她感觉所有的一切歪向了一边。"都是我的错。"他喃喃地说。

朱利安紧紧抱着她走上楼梯，穿过一道歪歪斜斜的走廊，走进一个斯嘉丽觉得是他们房间的地方。她触目所及都是白色。无穷无尽的白色，只有朱利安的脸是古铜色的，在他轻轻把她放在床上的时候，他的脸就在她上方。

"今天早些时候……你去哪里了？"她问。

"我去了一个不该去的地方。"

所有东西的边缘都是模模糊糊的，活像清晨时分，虽然出了太阳，天色却依旧灰蒙，可斯嘉丽能看到朱利安浓密的睫毛，还有关切的眼神。

"那是不是说——"

"嘘。"朱利安小声说，"别说话了，斯嘉丽。我想我能搞定这事，但我需要你多和我待一会儿。我把我的一天生命给你。"

斯嘉丽的脑袋晕晕沉沉，反正就是被侵入她身体的魔法搅得一塌糊涂，所以，一开始，她觉得她肯定是听错了。只是他的眼神那么坚定，仿佛他甘愿为她上刀山下油锅。

"你真的要为我这么做？"她问。

作为回答，朱利安用一根手指贴在她开启的嘴唇上。

一股液体流入她的口中，有股金属气味，还有一点香甜，夹杂着勇气、恐惧和其他她分辨不出的情感。她隐隐知道她喝的是他的血。这和她收到的其他礼物都不一样。这样的举动异常美丽，惊人地亲密。她还想要更多与他有关的东西。

她舔了舔他的指尖，斯嘉丽还想尝尝他的嘴唇是什么味道。想要他的唇吻她的唇和她的脖子。想要体验他的手真真切切地抚摸她的身体。她渴望他的胸口压在她的胸口上，好看一看他的心跳是不是同样很快。

朱利安的手指又在她的唇上贴了一会儿，将她的嘴唇合在一起，鲜血的味道迟迟没有散去。她对他的渴望也越来越强烈。他就在她身边，他那有规律的心跳声清晰可闻。她之前就对他很敏感，却从未像此刻那么真切。她清楚地记得他的脸，左眼下面有一个深色的雀斑，颧骨微微有些突出，下巴轮廓分明。他的呼吸喷到她的脸颊上，感觉很冰冷。

"现在我需要你的血。"他的声音那么温柔，他的血让她感觉所有的一切都笼罩在了柔和的氛围下。

斯嘉丽从未感觉与另一个人如此亲近。她知道，不管他要求什么，她都会一口答应。她是那么急切地让他喝下她身体的一部分，就好像她对他做的那样。"朱利安，"她轻声说道，仿佛只要大一点声音，就会毁掉这美妙的一刻，"你为什么要这么做？"

他用一对琥珀色的眸子对上她的眼睛。看到他的眼神，她不由得呼吸急促："我觉得答案显而易见。"他拿起她一只冰凉的手，对准刀子。她觉得他是在等待她的准许。她知道，他这么做不是为了游戏，这完全是另外一件事，而且只与他们两个有关。

斯嘉丽把手划过刀尖。一滴红宝石色的鲜血涌出来。朱利安小心翼翼地把她的手指放进嘴里，就在他柔软的唇触及她的皮肤的那一刻，整个世界仿佛碎成了无数片彩色玻璃。

他轻轻地吸吮她的手指，她那即将停止的心脏此时跳得飞快。有那么一刻，她又能感觉到他的情感，距离那么近，好像那是她自己的情感。有惊惧，有强烈的保护欲，还有十分强烈的痛苦，她真想把那份痛苦带走。她的手指碰到了他的一颗尖锐的门牙。数日前，对于他的碰触，她唯一的反应就是身体发僵，这会儿，她只盼着她足够强壮，能紧紧地搂住他。

她不肯定她对他的爱有多深，可她觉得爱他就好像爱上黑暗，可怕，强烈，然而，当星子出来时，却也是那样美好。

他最后一次舔了一下她的手指；她不由得一激灵，她觉得那么冷，竟好像在浑身发烫。跟着，他挨着她躺在床上，将她拉进怀里，把床压得咯吱一响。她的后背贴着他那坚实强壮的胸口。她依偎着他，努力对抗着死亡，希望再赢得一分钟，好靠在他身上。

"你一定会好的。"朱利安轻抚她的头发。这时候，她的视线渐渐黑了下来。

"谢谢你。"她轻声说。

他又说了什么，但她只能感觉到他用手抚摸她的脸。他的动作那么轻柔，以至于她以为那只是她的想象而已，就在她昏死过去之前，她还能感觉到他的唇轻轻吻在了她的脖颈上。

2 1

死亡是紫色的。紫色的壁纸，紫色的温度。还有她祖母的紫色裙子——不过有个留着蜜色头发的年轻女人穿着那条紫色裙子，坐在一把紫色的椅子上，看起来很像多娜泰拉。

她的脸颊色彩艳丽，她的笑容调皮淘气，几天前脸上的瘀青这会儿已经消失，很长时间以来，她的气色都没这么好了。如果斯嘉丽的心是跳动着的，现在也会停止："泰拉，真的是你吗？"

"我知道你现在已经死了。"泰拉说，"但你应该问点更好的问题。我们的时间并不多。"

斯嘉丽还没回答，她妹妹就打开了她腿上的一本古书。这本书要比阿伊可随身携带的本子大多了，和墓碑差不多大，是那种黑暗童话的颜色——黑冰上有晦暗的金色字迹。那本书张开皮边大嘴，将斯嘉丽吞下去，跟着，把她吐到一条寒冷的人行道上。

多娜泰拉出现在她身边，她的身体看起来比刚才更实在了，只是边缘有些透明。

斯嘉丽觉得她自己无形无影，又是做梦，又是昏死，她的脑袋被搅得浑浑噩噩，可这一次，她还是拼命问出了一个问题："我去哪里能找到你？"

"我告诉你那就叫作弊。"泰拉像唱歌一样地说道，"你得自己观察。"

就在她们面前，一个紫色太阳落到了一座大屋后面，那栋房子与卡拉瓦尔秀所在的塔楼建筑很相似，但要小一些，外表是深红色的，边缘是紫色。

房子里有个女孩，也穿着紫色衣服，同样很像她祖母的紫色裙子。事实上，就是同一条裙子，只是这次穿的女人换成了她祖母，祖母年轻很多，几乎与她说过的一样漂亮，有一头金色鬈发，这头发让斯嘉丽想起了泰拉。

她搂着一个黑色头发的年轻男子，那男人似乎认为她脱掉那条紫色裙子会更漂亮。他很像她祖父，不过那时候他还没发胖，鼻子上也没有布满青筋。年轻男人用手指把玩着紫色裙子的蕾丝。

"啊。"泰拉说，"我不想看这部分。"她又消失了，斯嘉丽则别开脸。只是不管她往哪里看，看到的都是同一扇窗户。

"噢。"年轻的祖父喃喃地说，"安娜莱斯。"

斯嘉丽从未听过别人叫她祖母那个名字；人们一向只叫她安娜。安娜莱斯这个名字听来很耳熟。

接下来，到处都有铃声响起。那是丧铃，她来到了一个迷雾笼罩、到处都是黑玫瑰的世界。

紫色的房子不见了，斯嘉丽走到另一条街上，周围的人全都戴着黑色帽子，表情沉郁哀伤。

"我就知道，他们都很邪恶。"一个男人说，"要是他们不来，洛萨根本就不会死。"

送葬队伍所到之处撒满了黑玫瑰花瓣，斯嘉丽用不着别人告诉她"他们"是谁，也知道那个男人指的是卡拉瓦尔秀的演员。在卡拉瓦尔秀漫长的历史中，曾有一个女人身亡。就在那一年，有谣言说莱金德谋杀了那个女人，卡拉瓦尔秀也就不再巡回表演了。

洛萨肯定就是那个女人，斯嘉丽心想。

"这个梦太可怕了，是吧？"泰拉又出现了，现在她是透明的，就像个鬼魂一样，"我就讨厌黑色。等到我死的那天，请你告诉所有人，穿颜色明快的衣服来参加我的葬礼。"

"泰拉，你不会死的。"斯嘉丽责怪道。

因为缺乏自信，泰拉的形象闪烁了几下，活像是根蜡烛："你赢不了游戏，我就会死。莱金德就喜欢——"

泰拉消失了。

"多娜泰拉！"斯嘉丽呼喊妹妹，"泰拉！"这次她好像永远地消失了。再也看不到她的紫色裙子或是金色短发。只剩下一场充满无尽哀思的葬礼。

斯嘉丽能感觉到所有人心中的灰色悲痛，她继续听着，希望能了解到泰拉没说出来的话是什么，这个时候，人们不再诉说哀悼，而是闲聊起来。

"真是太惨了。"一个女人对另一个女人说，"洛萨的未婚夫赢得了游戏，他的奖赏就是撞见她和莱金德一块在床上。"

"我听说是她取消了婚礼。"另一个女人说。

"确实是，就在她的未婚夫抓到他们两个之后。洛萨说她爱上了莱金德，想要和他在一起。可莱金德哈哈一笑，说她在游戏里入戏太深了。"

"我还以为没人见过莱金德呢。"另一个女人说。

"人顶多能见他一次；他们都说，每一次游戏里，他都有不同的面貌。美丽却残忍。我听说，洛萨从窗户里跳下来的时候，他也在场，甚至都没去阻止她。"

"真是个魔鬼。"

"我看呀，就是他把她推下去的。"第三个女人说。

"不能说真的是他动的手。"第一个女人说，"莱金德喜欢和别人玩邪恶的游戏，他最喜欢的事之一，就是诱惑女孩子爱上他。洛萨就是在他抛弃她那天跳楼的，那时候，她父母知道了这件事，便拒绝让她再进家门。她的未婚夫很自责。他的仆人说，每天夜里，他都在睡梦中呢喃洛萨的名字。"

这三个女人转过头，看着一个拖着脚走在送葬队伍最后的年轻人。他的一头黑发并不很长，手上没有刺青，没有代表洛萨这个名字的玫瑰，可斯嘉丽立刻就认出了他。是丹特。

肯定就是这个原因，他才这么想赢得那个愿望——要让他的未婚妻死而复生。

就在此时，丹特的头向斯嘉丽的方向一歪，不过他那双哀伤的眼睛并没有看到她。他的目光慢慢扫过人群，穿过越来越多的黑色花瓣，像是在寻找着什么。斯嘉丽的脚下积聚了很多柔软的花瓣，丹特从她身边走过，几片花瓣落在他的眼睛上。花瓣挡住了他的视线，所以他没看到斯嘉丽觉得是他一直在找的人，那是个年轻男人，戴着天鹅绒镶边大礼帽，距离她所站的地方只有几步远。

　　一时间，斯嘉丽无法呼吸。在她的另一个梦里，莱金德的脸模糊不清，但这次她能清楚地看到他。他的一张俊脸上没有丝毫表情，浅棕色的眼睛透着冷漠，唇边没有一丝笑意；他与她认识的那个男孩长得一模一样。朱利安。

Chapter 5

卡 拉 瓦 尔 秀 第 四 天

2 2

当斯嘉丽清醒过来的时候，感觉整个世界充斥着谎言和灰烬的味道。潮湿的毯子贴着她汗湿的皮肤，噩梦连连，又看到了黑玫瑰，她出了一身冷汗。阿伊可说她会记得这个梦，至少她在这方面没有撒谎。虽然活着的最后时刻的记忆依然很模糊，斯嘉丽的梦却惟妙惟肖。那些梦与搂在她身上的沉重手臂一样实在和真实。

朱利安。

他的手就在她的乳房上方。斯嘉丽深吸一口气。他的手指贴着她的皮肤，冷冰冰的，他冰凉的胸口贴着她的后背，他胸腔里的心脏没有了心跳。她的身体簌簌发抖，但她连一声呜咽都没有发出，唯恐吵醒此时处在昏死状态中的他。

他戴着大礼帽，在她梦中的样子是那么清晰。冷酷，面无表情。她想象中的莱金德就是他这样，而她一向都认为莱金德像朱利安那样丰神俊朗。

她还记得客栈老板第一次看到朱利安的时候，双眼流露出惊恐的眼神。斯嘉丽当时还以为那是因为他们是莱金德的贵宾，可如果是因为朱利安其实就是莱金德呢？他对卡拉瓦尔秀了若指掌。他在她即将昏死过去的时候知道怎么处理。而且，要把玫瑰放进她的房间，对朱利安来说可谓轻而易举。

突然，她的背部感觉到了心跳。

朱利安的心脏。

或者说，是莱金德的心脏？

不。

斯嘉丽闭上眼睛，放缓呼吸。她早就知道这场游戏在把她当猴耍。不可能是真的。她不知道是从什么时候开始的，在这个充满各种不可能的怪异世界里，朱利安在她心里变得越来越重要。她开始信任他。但如果朱利安真是莱金德，那在他眼里，所有对她而言重要的东西都只是游戏的一部分。

朱利安坚实的胸膛贴在她的背上，起起伏伏，他的身体渐渐暖和了过来。斯嘉丽感觉到他们的身体贴合在一起的部分传来了热度。她的膝盖后面。她的腰。他又向她靠了靠，手指落在她的锁骨上，她的呼吸登时变得急促起来。

他的指尖有股蓝色的刺痛感，一抹红晕爬上她的脸颊，她想起他的血落在她的舌头上，他吸吮她的血时嘴唇贴着她的手指的感觉。这是她做过的最亲密的举动。她需要那个举动是真实的。她想要朱利安是真实的。

只是……

这不是她想不想要的问题。每一次朱利安告诉她莱金德通晓待客之道时的情形依然历历在目。按照她的梦，他所做的不仅仅是待客那么简单。他让那个女人疯狂地爱上了他，最后这份爱逼得她走上了自尽这条路。莱金德喜欢和别人玩邪恶的游戏，他最喜欢的事之一，就是诱惑女孩子爱上他。她梦中出现的这句话不断回响，像是呕吐物卡在斯嘉丽的喉咙里。如果朱利安就是莱金德，他在游戏开始前就在诱惑泰拉了。或许他是在引诱她们两个。

一想到这个可怕的可能性，斯嘉丽就感觉胃里翻江倒海，不由得一阵恶心。她此时思路清晰，在不安中回想起她临昏死前的最后时刻，想到只要他要求，她都会应承下来，不只是一滴血，她愿意付出一切。

她必须在朱利安醒来之前离开他的怀抱。她依旧抱着一丝希望，盼着他不是莱金德，可那样风险太大了。她绝不会为了任何男人跳窗自杀，而她妹妹冲动起来不知道会干出什么事。斯嘉丽一直在学习如何控制感情，然而，泰拉的情感和欲望一向反复无常，她也受此驱使。斯嘉丽能看得出来，她若是救不了泰拉，莱金德和这场游戏轻轻松松就能逼得泰拉落得和洛萨一样的悲惨下场。

斯嘉丽必须去找丹特。如果洛萨是他的未婚妻，她想他一定知道朱利安是不是莱金德。

斯嘉丽屏住呼吸，拿住朱利安的手腕，小心翼翼地把他的一只手从她的腰上拨开。

"红红。"他小声说。

斯嘉丽倒抽一口冷气，原本放在她锁骨上的手指这会儿滑到了她的脖子上，留下一阵冰与火的刺痛感。他还在昏睡。

但他很快就会醒。

斯嘉丽不再谨小慎微，一骨碌下了床，在地板上摔作一团。她的衣服现在看来既像丧服，也像睡衣，蕾丝是黑色的，衣不蔽体。但她没时间去换新裙子，而且，此时此刻，她也不在乎。

她一边走，一边琢磨着，自从她昏死过去，肯定只过了一天。现在是 17 号，太阳即将升起，她只剩下一个晚上去找泰拉，然后，她就必须离开，去参加她的婚礼——

斯嘉丽看到镜子中的自己，不由得愣住了。她那头浓密的黑发中出现了一缕灰白的头发。一开始，她还以为这是光照的结果，但那缕白发是真实的：她用哆哆嗦嗦的手指摸到了它。那缕头发就在太阳穴附近，就算扎个发辫，也掩饰不住。斯嘉丽从来没觉得自己是个废物，可在那一刻，她真想号啕大哭。

这场游戏本不该是真实的，却带来了非常真实的结果。如果这就是一条裙子的代价，那么，要让泰拉回来，她要付出怎样的代价？她是否够强壮呢？

斯嘉丽红着眼睛，看起来依旧半死不活，并没有感觉特别糟糕。一想到她剩下的时间那么少，由恐惧组成的锁链就箍在她的喉咙上，让她感觉窒息。可要是算命先生奈杰尔的那套命运理论是正确的，那么，就没有哪只万能的手可以决定她的命运；她必须阻止自己担心下去。她或许觉得自己很虚弱，但是，她对妹妹的爱绝不虚弱。

太阳刚升起不久，她不能出客栈，不过她可以充分利用白天的时间，在水晶蛇客栈里找丹特。

她走出房间，烛光在弯弯曲曲的走廊里闪烁着。光线是黄油色的，很温暖，整个空间显得很不对劲。有股气味。除了平常的汗臭味和淡淡的烟味，还有更浓更刺鼻的气味。是茴芹味，薰衣草味，还有股类似烂李子的气味。

不。

斯嘉丽眨巴眨巴眼睛，看到她父亲从拐角处走了过来，不由得慌了神。

她飞快地冲进房间，锁上门，向星星祈祷起来——要是有神明或圣徒的话，他们肯定恨死她了。她父亲怎么会到这里来？如果他现在找到了她和泰拉，斯嘉丽很肯定他会杀掉她妹妹，以示惩罚。

斯嘉丽真想把看到她父亲这事当作一个残酷的幻觉，不过，相信他看破了她妹妹的绑架诡计更合理。或许卡拉瓦尔秀的班主给了他暗示。告诉我你最害怕的人是谁，那个女人曾这么说，斯嘉丽则傻到竟然老实回答了这个问题。

她到底做了什么，让莱金德这么恨她？就算朱利安不是莱金德，现在她也感觉整件事都是针对她的。不过斯嘉丽也说不清为什么。或许是因为她寄的那些信？或许是因为莱金德是个有幽默感的虐待狂，而斯嘉丽是个很容易折磨的人？也可能——

斯嘉丽刚进入梦境时的情景带着一团可怕的紫色，回到了她的脑海里，随之而来的是一个名字：安娜莱斯。她在梦境中没有想起其中的关联，现在她想到了祖母故事中莱金德年轻时的经历。他爱上了一个女孩子，那个女孩嫁给了别人，因此伤透了他的心。她祖母是不是就是莱金德的安娜——

"红红？"朱利安在床上坐起来，"你靠在门上做什么？"

"我——"斯嘉丽愣住了。

他的一头黑发乱七八糟，脸上流露出真真切切的关心表情，可她看到的只是一张冷酷无情的脸，彼时的他冷漠地看着一个女孩的送葬队伍。他引诱那个女孩爱上了她，却将她抛弃，逼她走上绝路。

莱金德。

她的心怦怦直跳。她告诉她自己那不是真的。朱利安不是莱金德。然而，就在朱利安下床，向她走过来的时候，她情不自禁地贴在门上。而对于一个刚刚从昏死状态中醒过来的人来说，他的脚步可以说是异常稳健。

如果他是莱金德，那她妹妹就在他创造的这个魔法世界里的某个地方。斯嘉丽真想找他要一个答案。她真想再给他一巴掌。只是现在扬起手一点用也没有。如果朱利安真是莱金德，而这个变态游戏就是为了报复她祖母当初伤他的心，那斯嘉丽现在唯一的优势就是他还不晓得她已经知道了他的底细。

"红红，你的脸色很不好。你醒了多久了？"朱利安抬起手，冰冷的指关节扫过她的脸，"你不知道，我都快被你吓死了，我——"

"我很好。"斯嘉丽打断了他的话，躲向一边。她不希望他碰她。

朱利安咬紧牙关。他之前的担心这会儿都不见了，取而代之的是——斯嘉丽很想认为那是愤怒，但其实不是。是伤心。她看得出来，她的拒绝让他很难过，那种情绪呈现出暴风雨的蓝色，盘旋在他的心头，宛若凄惨的晨雾。

斯嘉丽一向都能看到她自己的情绪呈现出各种颜色，却从未看到别人的情绪也这样。斯嘉丽不知道哪个更令她震惊，是她现在能看到朱利安的情绪的颜色，抑或是他此时竟然这么难过。

她尝试想象，如果朱利安不是莱金德，会有怎样的感觉。昨天，他们共同经历了一个很特别的晚上。她还记得他轻轻地把她抱回房间。他为她放弃了一天的生命。他在床上搂着她，他的手臂是那么强壮，他的怀抱是那么安全。她甚至还能看到牺牲的证据：他的下巴上有青色的胡楂，其中有一道白色的胡楂——与她新生出的一绺白发正好对上。现在，斯嘉丽甚至都不能触摸他了。

"我很抱歉。"斯嘉丽说，"我只是——我觉得发生了这么多事，我还没回过神来。要是我的举动有些奇怪，我很抱歉。我现在没法正常思考。我真的很抱歉。"她再次道歉，她道歉的次数可能太多了。

朱利安脖子上的一块肌肉牵动了一下。他显然不相信她："或许你还是去躺一会儿为好。"

"你知道的，我不能和你一块回到那张床上。"斯嘉丽厉声道。她以前常说这样的话，此刻她的语气过重了。

朱利安的脸上不再有任何表情，他的心上则盘旋着各种色彩。这些色彩告诉斯嘉丽，他绝不是冷酷无情。这会儿，他不光受到了伤害，还出现了一种斯嘉丽从未见过的颜色。很难说清那是一种什么颜色，不是银色，也不是灰色，但她发誓她能感觉到这种颜色背后隐藏着一种非常剧烈的感情——或许这是因为他们的血融合在了一起？

她的肺部发紧，喉咙也发紧。朱利安向大门走去，而她每一次呼吸都感觉很疼。"我并没打算和你一块回到床上。"他说。

斯嘉丽本想回答，可现在她的声带失效了，她的眼睛刺痛不已。一直到朱利安走出房间，她才恢复了呼吸。她意识到，他走了，却也好像他关上了她的心门。

斯嘉丽就这么靠墙站着，强压下去追朱利安的渴望，向他道歉她做出了这么怪异糟糕的举动。在他走出房间的时候，她发誓他不是莱金德。她不能冒险相信他，一旦她信错了人，后果可谓不堪设想。

不，斯嘉丽纠正她自己。

她可以冒险犯错。

自从来到卡拉瓦尔秀，斯嘉丽所做的每一件事都是在冒险。有些事的结果并不好，其他事则给她带来了惊喜——比如昨晚和朱利安在一起。如果不是一开始她犯了错，失去了两天的生命，那他永远都不会那样对她。

也许她现在需要的就是赌一把。就算不是为了她自己，也是为了泰拉。自打她来到这里，朱利安就是她的盟友，现在，她父亲也来到了岛上，斯嘉丽比以往更需要他的帮助了。

噢，老天，她父亲！斯嘉丽甚至都没告诉朱利安他来了。她现在必须去找到他，提醒他。

斯嘉丽心急火燎地打开门。她父亲那令人不安的香水味依旧弥漫在空气中，走廊里只有一个人，就是那个戴着圆顶高帽、偷走她耳环的坏蛋。她匆匆从他身边走过，上了楼梯。他并没有注意她。她不晓得朱利安去哪儿了，她只盼望他没有离开——

走到下一道楼梯平台，斯嘉丽愣在了当场。

只见朱利安大步走出丹特的房间，自信得就好像他真是卡拉瓦尔秀的班主。跟着，他打开泰拉房间那扇破烂的房门，走了进去。

他在干什么？

朱利安讨厌丹特。而且，泰拉的房间都成废墟了，他去做什么？是不是——

就在她上方，在好几个人沉重的脚步的踩踏下，客栈发出嘎吱嘎吱的声音。有三个人。他们走近上方的楼梯井，她能听到一个人的声音回荡着。

她没听清前半句，可她认得那是她父亲的声音，后半句她听得清清楚楚："你刚刚看到她走过去了？"

斯嘉丽情不自禁地哆嗦了一下。

"就在一分钟之前。我的钱呢？"肯定是戴圆顶礼帽的那个卑鄙小人在说话。

忽然之间，她好像回到了特里斯达，躲在楼梯井的阴影里，生怕微微一动，就会被发现。她必须离开这里。片刻之后，她父亲就会走下楼梯。斯嘉丽不能害怕，也不能犹豫不决。她踮起脚尖，沿朱利安走过的路，钻进泰拉的房间。她想闩上门，可锁坏了。

房间里空无一人。

哪里都看不到朱利安。

他的确是进来了。

斯嘉丽告诉自己，这里面肯定有个合理的解释。跟着她忽然灵光一闪。

她曾在诅咒城堡里找到了一个死气沉沉的花园，遭人遗忘，受人摒弃。那座花园被精心打理成了一个没人愿意流连忘返的地方——和泰拉的房间很像。斯嘉丽想象着朱利安走进来，将一些残骸推到一边，找到一块带有卡拉瓦尔秀标志的地板，敲了敲，直到把另一块地板撬开，找到一条隐秘的地道。

她也得找到那条地道。

外面的脚步声越来越响，她就在这刺耳的声音中疯狂地寻找着。她趴在地上，寻找入口。她从地板一头爬到另一头，碎片扎进了她的手指。不知怎的，这个破烂的地方依然散发着泰拉的气味。浓稠的糖浆和疯狂的梦想的气味。斯嘉丽急切地寻找着；她必须在她们的父亲找到她们中任何一个之前，找到妹妹。

壁炉里的所有砖块都覆盖着一层烟灰，她的目光落在了一片颜色较浅的污渍上，像是有人曾把拇指按在上面。下面就是卡拉瓦尔秀的标志，刻在燃烧室的墙壁上，很脏，根本看不清，但斯嘉丽摸到同一个地方，指尖传来一阵刺痛。有那么一刻，什么都没发生，她有些慌了。接下来，壁炉缓缓地发生了变化，砖块分开，露出了一道色彩鲜明的红木楼梯。楼梯两边的壁突式烛台里燃烧着橘红色煤炭，火光闪闪，照亮了中心一条破烂的小路，仿佛经常有人走过。斯嘉丽估摸每次朱利安悄悄溜走或是失踪，就会走这里。

这还是不能表示他是莱金德。

斯嘉丽却不知道该不该相信。如果他不是莱金德，那他为什么有这么多秘密？就算没在斯嘉丽身边的时候，朱利安没去引诱泰拉，也是隐瞒了其他事情。

斯嘉丽一路向下，暴露在外的小腿感觉到一阵潮湿阴冷。她现在很清醒，她的裙子却还是像睡衣一样薄，只垂到她的膝盖处。两道平滑的台阶通往三条不同的小路。右边的小路铺着花瓣粉色的沙子。在中间的小路上，锃亮闪光的石头散发出昏暗的光线。她的左边是一条砖路。

三条道路的入口处都点着火把，燃烧着白色火焰。每条小路上都有不同大小的靴子印。她认为不管走哪条，都能躲开她父亲，但只有一条能带她找到朱利安——兴许还能找到泰拉，如果朱利安真的是莱金德。

这些隧道还能引人走向疯狂，斯嘉丽心想。可是，她宁愿疯，也不愿意面对她父亲。

斯嘉丽闭上眼睛，仔细听着。在她左边，风呼呼吹向隧道壁。在她右边，有潺潺流水声传来。中间的小路有沉重的脚步声向前延伸。是朱利安！

她立即跟了过去，以他稳健的脚步声作为引导。隧道里的温度越来越低，而脚步声似乎越来越响。

过了一会儿，脚步声停了。

消失了。

潮湿冰冷的风向她的脖颈扑来。斯嘉丽猛地转过身，生怕有人在她后面，而触目所及只有一条安静的走廊，全是石头，这会儿，它们都不发光了。斯嘉丽加快速度跑了起来，这时候，她踩到了什么东西，身体向前栽倒。她赶忙扶住潮湿的隧道壁，稳住自己，可看到绊她的东西，她又一次失去了平衡。

是一只人手。

胆汁直蹿她的喉咙。酸酸的，呛得她直恶心。

五根带有文身的手指伸张着，像是要来抓她。

她强忍着没有叫出来。跟着，她仔细看向隧道，丹特那扭曲的尸体出现在眼前，而朱利安就站在死尸边上。

2 3

斯嘉丽努力说服自己，眼前的一幕不是真的。这些隧道是在想法子把她逼疯。她告诉自己，这腐烂的气味都是人造的。那只手不是丹特的，是别人的。但是，即便有人偷了一具尸体，还在尸体上文了刺青，把这当成游戏的一部分，丹特的其余身体特征也不会错，比如苍白的肤色，他的脑袋呈现出怪异的角度，只有一点点连接在血淋淋的脖子上。

朱利安扭过头："红红，不是你想的那样——"

斯嘉丽转身想跑，他的速度更快。他一个箭步向前冲来，眨眼间就抓住了她，用一只强壮的手臂搂住她的胸口，用另一只手臂搂住她的腰。

"放开我！"她拼命扭动着。

"斯嘉丽，别动了！这些隧道会加剧你的恐惧——不要让你的恐惧占了上风。我发誓，我和丹特是一起的，如果你不再挣扎，我就证明给你看。"朱利安调整了一下，把她的手别在她的身后，"过去的一天我都昏死过去了，你真以为是我杀了他？"

如果他是莱金德，他大可以派别人去杀人："你们是一起的？那为什么你要假装不认识丹特？"

"因为我们害怕会发生这种事。丹特和瓦伦蒂娜参加过上次的游戏，我们知道莱金德一定会认出他们。但我上次只是在一边看着，莱金德不认识我。我们觉得最好对外保密我们认识的事，以免莱金德知道丹特来这里的真正目的。"

朱利安看向位于隧道远处的丹特的尸体，他的脸依然毫无表情。一个刚刚发现朋友被人谋杀的人，是不会有这种表情的。他在葬礼上就是这种冷漠的表情。莱金德。

斯嘉丽强忍着没有抽泣起来，虽然违背本能，她还是强迫身体软下来。她感觉到朱利安的胸口贴过来，但她没有尖叫。他缓缓地松开她的手腕，她没有又踢又打。她唯一抵抗的就是越来越强烈的恐惧，好让朱利安放开她的腰。

跟着，她就——

她只跑出短短的几英尺，朱利安就把她按在了墙上。"你要是再这样，会把我们两个都害死。"他咆哮着说。

接下来，他一把扯开衬衫扣子。扣子飞落到地上。他挺胸后仰，退后一步，火把的光亮刚好照到斯嘉丽以为的他心脏上方的那道疤。可那不是疤痕。在他的最上面一根肋骨上方，文着一个白色文身，比经过岁月沉淀的记忆还要浅。是一朵玫瑰。

"虽然颜色不同，但我肯定你在丹特的身上也见过。"

"这什么都证明不了。卡拉瓦尔秀里到处都是玫瑰。"莱金德就喜欢玫瑰。这进一步证明阿伊可送来的梦境是对的。斯嘉丽隐隐觉得向控制全副牌的玩家露出她的最后一张牌，是很不明智的行为。但斯嘉丽的游戏已经玩到头了。几英尺之外躺着一具死尸；这场游戏偏离轨道太远了："你不要再向我撒谎了。我在葬礼上看到你了。我知道你其实就是莱金德！"

朱利安沉郁的表情僵住了。有那么一刻，他看起来震惊不已，跟着，他的表情放缓下来，像是被逗乐了："我不知道你以为你看到了谁的葬礼，但我这辈子只参加过一次葬礼，那就是我的妹妹、丹特的未婚妻洛萨的葬礼。我不是什么莱金德。我会出现在这里，就是为了要阻止他像毁灭她那样，再去毁灭其他人。"

洛萨是他妹妹？斯嘉丽的信念动摇了。她开始相信他，是因为她急切地想要相信他，还是因为他说的确实是真相？她想要看看他的情绪是什么颜色，可惜他的心上什么都没有。她与他的情绪的联系肯定已经消失了。

"我看到了图片。"斯嘉丽说，"如果她是你妹妹，为什么你只是站在那里？我看到你戴了一顶大礼帽。"

"就因为你看到了图片，还看到我戴了一顶大礼帽，你就以为我是莱金德？"朱利安听起来像是憋不住就要笑出来似的。

"不只是那顶大礼帽！"不过这还真是主要原因。但他还有事瞒着她："我那时候就快昏死过去了，你怎么知道该怎么解除魔法？"

"因为我以前看比赛的时候，听别人说起过。这又不是什么秘密，只是大多数人都不愿意为别人放弃自己的生命，就连一点点也不愿意。"他瞪了斯嘉丽一眼，"我看你是对任何人都不信任。"朱利安继续粗暴地说，

"见过了你父亲，我想这事也不能怪你。我发誓，我绝不是莱金德。"

"那前一天，你受了伤，是怎么回水晶蛇客栈的？你本来和我约好了去酒馆见面，你为什么没有出现？"

朱利安呻吟一声，显得泄气极了："我不知道为什么这些能证明我是莱金德，我没去酒馆见你，是因为我的脑袋受了伤，我睡过头了。等我去酒馆的时候，你已经走了。"他咧嘴一笑，不过这个笑容很别扭，太牵强了。

就算朱利安不是莱金德，他也不是个老实人。他的手紧紧握在一起，像是握紧了很多秘密，斯嘉丽一害怕就这样，仿佛松开手，他心底的秘密就会倾泻而出。

"要是你来这里真的是为了阻止莱金德，我真想不到你竟然会睡上一整晚。你这么说还是解释不了你是怎么回水晶蛇的。"

"你纠结这件事干什么？"他挫败地摇摇头，"那好吧。你想知道真相？"朱利安向前探身，冰冷的呼吸吹到她的脖子上，气息笼罩着她，他好像幻化成了这条隧道。

"我根本就没睡觉，我是故意让你在酒馆里干坐着的，因为前一天和你在房间里相处过之后，我想我不该再见你了。"他的目光落在她的唇上，斯嘉丽不由得一颤。隧道里太昏暗了，看不出他的眼睛是什么颜色，但等他向上看的时候，她想象到他的眼睛就像两汪琥珀色的池水，充满了渴望，周围围绕着浓黑的睫毛。前一天，他就是这么看着她，那时候，他背靠在门上，而她靠在他身上。

"刚开始参加这个游戏的时候，我的任务很简单。"朱利安顿了顿，大大地吞了吞口水，等他再开口的时候，他的声音沙哑而低沉，像是下面的话让他难以启齿，"我来这里找莱金德给我妹妹报仇。本来你带我进入这个游戏之后，我和你的关系就该结束了。是呀，我的确有所隐瞒，但是，我发誓我不是莱金德。"

他的话那么有力，斯嘉丽觉得就连石头都会被那股力道击碎。朱利安似乎总是在掩饰他的真实感受，他的最后九个字却泄露了他的情感。他的语气或许并不动人，斯嘉丽却从中听到了真相。

朱利安退后一步，缓缓地把手伸进衣兜，拿出一张字条："我在丹特的房间找到了这个。我来这里是为了见他，我不会杀他的。"

朱
瓦伦蒂娜依然下落不明。我想莱金德向我们发动反攻了。

一段回忆涌现在她的脑海里。

瓦伦蒂娜是丹特的妹妹。

斯嘉丽想起她昏死前最后一次见到丹特的情形。在楼梯井里，他担心坏了。要是斯嘉丽没有失去那一天，或许就能帮他去找她了。"我真该做点什么才对。"她嘟囔道。

"你什么都做不了。"朱利安淡淡地说，"瓦伦蒂娜本该在我伤到头的那天晚上在这里和我们碰面，可惜她一直没有出现。"

朱利安解释道：所有建筑下面都有隧道，每条隧道的隧道口都刻有地图，主要是给卡拉瓦尔秀的演员使用的，方便他们从一个地方到另一个地方。"有时候，这些隧道也成了谋杀的温床。"朱利安挖苦道。他的眼睛笼罩在阴影里，颧骨比以往还要棱角分明，只有遭遇过惨痛的经历，才会有这样的表情。

斯嘉丽真希望她知道怎么安慰他，看起来他和她一样难过至极。"你是不是还要报仇？"她问。

"如果我说是，你会不会阻止我？"他看了一眼走廊那边丹特那扭曲的尸体。

斯嘉丽感觉她应该回答"是"。她愿意相信，除了暴力，总有别的法子。只是丹特被人谋杀了，瓦伦蒂娜失踪了，打破了她所有的幻想：卡拉瓦尔秀不仅仅是一场游戏。

斯嘉丽一直认为她父亲很恶毒，那莱金德就算得上魔鬼了。她祖母并没有撒谎：莱金德越是扮演恶棍这个角色，他本人就越是像个恶棍。

斯嘉丽试探性地握住朱利安的手。他的手指紧绷、冰冷："我很遗憾，你——"

就在此时，有脚步声响起，打断了她的话。稳健，坚定，距离很近。她听不到任何说话声，但她发誓她认得这脚步的节奏。她下意识地把手从朱利安的手里抽出来："我想是我父亲来了！"

朱利安把头歪向声音的方向。只一刹那，他的悲伤化为乌有："你父亲来这里了？"

"是的。"斯嘉丽说。

他们开始发足狂奔起来。

2 4

"这边！"朱利安拉着她，向砖砌隧道跑去，闪闪发亮的蛛网照亮了隧道。

"不要。"斯嘉丽拉他离开，"我来的时候走的是一条石子路。"她不记得隧道壁上有会发光的石头，可她当时并没有特别留意这些细节。

他们身后的脚步声越来越大。

朱利安沉下脸，却还是跟在她后面。隧道壁越变越窄，疙疙瘩瘩的石头刺痛了他们的身体两侧："你怎么不告诉我你父亲来了？"

"我本来是想告诉你的。只是——"

朱利安连忙用手捂住斯嘉丽的嘴，她的唇尝到了咸咸的味道和土腥味。他压低声音说："嘘——"

他抓住一块嵌在墙壁上的发光石头，像拧门把手一样拧了一下，一把把她推到了一个漆黑的地方。斯嘉丽的后背贴在冰一样的墙壁上，潮湿冰冷。她感觉寒意穿透了她那薄薄的衣服，冷得她忘记了呼吸。

茴芹、薰衣草和类似腐烂李子的气味取代了朱利安身上那清冷的气味，如同烟雾一样，从他把她推过的那扇怪门下面飘了进来。

"我不会让你有事的。"朱利安小声说。他的身体与她贴得很近，像是面盾牌一样守护着她。与此同时，他们躲藏的地方外面响起了脚步声，似乎脚步声变小了。洞壁太冷了，斯嘉丽越来越靠近朱利安。她的手肘碰到了他的胸口，只好移动手臂，搂住他的腰，而他的身体变得紧绷起来。

斯嘉丽的心开始不规则地跳动起来。朱利安下巴上粗糙的胡楂摩擦着她的脸，他的手向下移动，放在她的屁股上。虽然有一层薄薄的裙子，她还是能感觉到他的手指曲线。要是她父亲这会儿打开门，看到她这样，那她就死定了。

斯嘉丽想拉开一点距离，而她的呼吸变得急促起来。顶部这会儿好像也变低了，寒气向她的头顶压下来。

"我看这个房间想要我们的命。"斯嘉丽说。她听到外面她父亲的脚步声向后退去，随后消失不见。她真想再躲一两分钟，只是她挤在朱利安和冰冷墙壁之间，感觉肺都要炸开了："快开门！"

"我在开呢。"朱利安咕哝道。

斯嘉丽倒抽一口冷气。朱利安伸出手掌，在她的后背后面摸索出口，她那条薄裙子被蹭到了膝盖以上。"找不到。"他咬着牙说，"我看是在你那边吧。"

"我什么都摸不到。"唯一能摸到的就是你。她去摸墙壁上她知道她应该没碰过的地方。可她越是用力去摸索，房间就越是收窄得厉害。

就好像大海包围了这座岛。

斯嘉丽越是踢打，越是害怕，海水反扑得就越厉害。

或许正是如此。

朱利安说过，这些隧道能加剧人的恐惧，隧道也可能以恐惧为食。

"这个房间与我们的情绪是相连的。"斯嘉丽说，"我想我们必须放松下来才行。"

朱利安呜咽一声："都这会儿了，可不容易了。"他的唇贴着她的头发，他的手放在她的屁股下边。

"噢。"斯嘉丽说。她的心跳又开始加速，她能感觉到朱利安的心也在飞快地跳动着。一个星期之前，处在这样的情况下，她绝不可能放松下来，就算是现在也很困难。然而，尽管他这人谎话连篇，不知怎的，她知道和他在一起，她很安全。他从来没有伤害过她。她强迫自己保持平稳的呼吸，与此同时，墙壁不再移动了。

再平稳地呼吸一下。

房间稍稍变大了。

外面没有她父亲的声音了。没有脚步声，没有呼吸声，没有他那叫人讨厌的臭气。

过了一会儿，贴在她后背上的墙壁变暖了，与她裙子上潮湿的部分形成了鲜明的对比。随着房间变大，她能感觉到朱利安也放松下来。斯嘉丽的大部分身体依然贴着他，但不像之前那么紧了。他的胸口有节奏地与她的胸口一块起起伏伏，缓慢而均匀。墙壁继续向回缩。

他们每呼吸一次，这个洞室就变热一点。很快，房顶上就出现了小小的光点，像是来自月亮的尘埃，斯嘉丽的右手上方出现了一个发光的门把手。

"等等——"朱利安提醒道。

可惜斯嘉丽已经把门推开了。门刚一打开,这个房间就消失了。他们前后出现了一条低矮的通道,两边嵌着碎贝壳,它们也像之前的石头一样会发光,通道是由花瓣粉色的沙子铺就。

朱利安骂道:"这条隧道真讨厌。"

"至少我们甩掉了我父亲。"她说。各个方向都没有脚步声。斯嘉丽能听到的只有远处海水的拍击声。特里斯达没有粉红色的沙子,但海浪声让她想起了家,与此同时,她还想到了别的。

"你怎么知道我能把你带到游戏里来?"斯嘉丽问道,"你来到特里斯达之后,我才收到了请柬。"

朱利安微微加快脚步,踢起了更多沙子:"你甚至都不知道你要嫁给的那个人叫什么名字,你不觉得奇怪吗?"

"不要改变话题。"斯嘉丽说。

"不,这是一部分答案。"

"那好吧。"她压低声音。依然没有脚步声响起,但她不愿意冒险:"我父亲想要控制我,所以他的名字一直是个秘密。"

朱利安把玩着怀表链:"要是不仅如此呢?"

"你到底想说什么?"

"我估摸你父亲其实是想保护你。不要生气,先听我把话说完。"他连忙说道,"我并不是说你父亲是个好人。就我的所见所闻,可以说他就是个浑蛋,但我能理解他保密的原因。"

"说下去。"斯嘉丽轻声道。

朱利安说到了一件斯嘉丽已经知道的事：莱金德和她祖母安娜莱斯当时的情史。不过朱利安的版本与她祖母的不一样。在他的故事中，莱金德一开始是个天赋异禀的年轻人，个性天真。他的心里只有安娜莱斯一个人。他会变成莱金德，完全是为了她；他压根儿就不想成名。后来，他在第一次表演之前，发现她和另一个更富有的人抱在一起，自始至终，她都打算嫁给那个人。

"从那以后，莱金德就有点疯狂了。他发誓要毁了安娜莱斯，她当初是怎么伤害他的，他就要怎么伤害她的家人。自打安娜莱斯伤了莱金德的心，莱金德就发誓，对于那些不幸成了她的女儿、孙女的女人，他要通通伤透她们的心。他不会让她们有机会拥有幸福的婚姻，或是去寻找爱情，而且，若是她们在这个过程里疯掉，那就更好了。"

说到最后，朱利安努力表现得云淡风轻，好像他说的不是真的，但斯嘉丽依然能清晰地回忆起那个梦。莱金德不只让女人爱上他，还会用爱把她们逼疯。她很肯定，他现在正在这么对付泰拉。

"所以，我和我的朋友们听说你订婚了，"他继续说，"我们就知道，莱金德迟早会邀请你去卡拉瓦尔秀，好从中破坏。"

他又说得云淡风轻。但是，这场婚姻对斯嘉丽来说意味着她的整个未来。没有了这个婚姻，她就只能待在特里斯达，永远处在她父亲的魔掌下。

布满沙子的小路越发陡峭，她奋力向上走，回想起了她寄出的那些愚蠢的信。她只在最后一封信上写了全名，她在那封信里写到了她即将结婚，而莱金德恰恰选择回复了那封信。

斯嘉丽知道朱利安的故事符合情理，不过她不明白，一个区区水手，怎么会知道这么多。她眯起眼睛，看着她身边的黑发男孩，问出了她不止一次想过的问题："你到底是谁？"

"我只能说我的家人有很广的人脉。"朱利安笑了笑，对有些人来说，看到这个笑，大概会被勾了魂儿。斯嘉丽看得出来，他一点也不开心。

她想起了她在梦里听到的别人的闲谈。朱利安的家人得知他妹妹与莱金德搞在一起，便将她逐出家门。通过斯嘉丽对朱利安的了解，她无法想象他会这么挑剔，但他同时肯定也很内疚。斯嘉丽太熟悉这种感情了。

他们默默地走了一会儿，然后，她终于鼓起勇气说道："你妹妹遇到了不幸，但那不是你的错。"

有那么一会儿，四周只有远处的海浪声和朱利安的靴子踏过沙子的声音，气氛绷得紧紧的，像是又细又长的蛛网。跟着，朱利安道："这么说，你父亲打你妹妹的时候，你不会怪自己了？"他的声音很低，但斯嘉丽能准确地感觉到每个字，让她想起她没能保护好泰拉的那些时候。

朱利安停下，缓缓地转脸看着她。他那沉稳的目光比他的声音还要温柔。他的目光像是触及了她身体里破碎的部分，如同在爱抚一般。这样的目光能从毁坏的肉体，来到断裂的骨头，再到受伤的灵魂。在他的目光下，斯嘉丽感觉她的血液开始发烫。她可以穿一条把她包裹得严严实实的裙子，但就算如此，在朱利安的目光下，她依然会感觉自己很暴露。这就好像她所有的羞愧、内疚，和所有她想要埋葬的可怕而隐秘的回忆，都摆在他面前，供他观赏。

"要怪就怪你父亲。"他说，"你没有做过任何错事。"

"你不知道。"斯嘉丽争辩道，"每次我父亲打我妹妹，都是因为我做了错事。因为我没能——"

"救命呀!"一声呼喊声如同一阵风一般,打断了他们的对话,"救命!"一声熟悉的尖叫声随之传来。

"泰拉!"斯嘉丽向前跑去,带起一阵粉红色的沙子。

"不要!"朱利安警告道,"她不是你妹妹。"

斯嘉丽没有理会他。她认得妹妹的声音。听起来就在几英尺开外;她能感觉到那个叫声在震颤。叫声越来越大,在砂岩中回响着,跟着——

"停下!"朱利安一把搂住斯嘉丽的腰,把她拉回来。这时候,沙路突然到了尽头。一些不幸的沙子从边缘滑了下去,掉进五十多英尺下泛着泡沫的蓝绿色海水里。

斯嘉丽吓得忘记了呼吸。

朱利安满脸通红,用瑟瑟发抖的手扶着她:"你还好——"

就在此时,一阵邪恶的笑声传来,截断了他的话。这个讨厌的声音像噩梦和其他坏事一样可怕。墙壁幻化成一张张扭曲的小嘴,不断地发出笑声。

又是这会逼疯人的隧道在捣鬼。

"红红,我们得继续走。"朱利安轻轻碰了碰她的屁股边缘,带她向后走到一条更安全的路上。这时候,隧道还在咯咯地笑,好像是她妹妹那珍贵笑容的扭曲版本。

有那么一刻,斯嘉丽感觉就快找到泰拉了。但要是已经来不及救妹妹了,会怎么样?要是泰拉已经疯狂地爱上了莱金德,为了他不顾一切,一旦游戏结束,她也想结束生命,会怎么样?泰拉热爱危险,好比烛芯喜欢燃烧。就算她喜欢的某样东西会像火焰一样将她燃烧殆尽,她也不会害怕。

身为一个女孩子，莱金德的魔法让斯嘉丽着了迷。然而，泰拉一向喜欢打听这位卡拉瓦尔秀班主的阴暗面。从某种程度上而言，斯嘉丽不会否认，能赢得一个发誓永不再爱的人的心，确实很有诱惑力。

只是莱金德并不只是伤透了心，他是疯了，不光擅长让人们爱上他，还擅长把人逼疯。谁知道他会让泰拉相信什么样的变态事情？如果不是朱利安阻止斯嘉丽，她早就摔下悬崖摔死了，临死前都不知道自己错在哪里。而且，泰拉比斯嘉丽更常不假思索地向下跳。

泰拉在十二岁时就曾尝试和一个男孩子私奔。好在斯嘉丽赶在父亲注意到她不在之前，就找到了她。从那时候开始，斯嘉丽就担心，总有一天，她妹妹会碰上就连她也搞不定的麻烦。

光是毁掉斯嘉丽的婚约，对他而言还不够吗？

"我们一定会找到她的。"朱利安说，"洛萨的遭遇不会降临在你妹妹身上。"

斯嘉丽很想相信他。发生了这么多事，她很渴望偎在他怀里失控地痛哭，像以前一样，再次相信他。他如此言之凿凿，迫使一个问题浮出了水面，而自打他坦白来这里的真实目的之后，她就怕得不敢去想这个问题。

她挣脱他的手，强迫自己拉开与他之间的距离："你带我们来卡拉瓦尔秀的时候，知不知道莱金德会像带走你妹妹那样，带走泰拉？"

朱利安犹豫了一下："我知道有这个可能。"

换句话说，他的确知道。

"这个可能性有多大？"斯嘉丽从牙缝里挤出这句话。

朱利安那焦糖色的眼里写满了后悔："我从没说过我是个好人，红红。"

"我才不信你这话。"斯嘉丽想起了算命先生奈杰尔说过的话，一个人的未来会随着他最深刻的渴望而改变，"我相信，只要你想，就能做个好人。"

"你相信，只是因为你是个好人。像你这样的大好人向来都认为别人善良正直。但我不是这样。"他没有说下去。痛苦从他的脸上滑过，"在我把你和你妹妹带来这里的时候，我就知道会发生什么事。我是不知道莱金德会绑架泰拉，但我知道，他会带走你们其中一个。"

2 5

　　斯嘉丽的腿像是没有了骨头，纤薄的皮肤包裹着毫无用处的肌肉。
她强忍着不让泪水滴出来，憋得肺都要炸开了。就连她的裙子都看起来
有些疲倦和死气沉沉。黑色的织物变成了灰色，好像它没有力气控制颜
色不去变化。她不记得扯掉过蕾丝，但那件怪异的丧服睡衣的边缘破破
烂烂地垂在她的小腿周围。她不知道是不是裙子的魔力失效了，抑或它
只是反映出了她有多累，像是浑身散了架。走到红木楼梯脚下的时候，
她要朱利安不要再跟着她，就此与他分道扬镳。

　　她回到客房，炉火噼里啪啦燃烧着，一张大床就摆在那里。她只想
躲到被子下面，想要呼呼大睡，忘记这一天发生的可怕事情。但她不能
睡觉。

　　初来岛上，她就一直念念不忘要及时回家举行婚礼。现在，莱金德
杀了丹特，她父亲也来了这里，这场游戏就变了。斯嘉丽感觉到了时间

的压力，比诅咒城堡的沙漏中的所有红珠一起挤压过来还要沉重；她必须找到泰拉，以免她父亲先找到她，或是莱金德像火焰烧掉蜡烛一样，毁掉她。如果斯嘉丽失败，她妹妹就只有死路一条。

再有不到两小时，太阳就会落山，斯嘉丽必须准备好，重新开始寻人。

所以，她只给自己一分钟。她要为丹特和她妹妹哭泣，气朱利安不是她想象中的样子；要扑倒在床上，抱怨所有超出她控制范围的事情；要拿起莱金德那一瓶愚蠢的玫瑰，砸在壁炉架上。

"红红——你还好吗？"朱利安敲了一下门，同时冲了进来。

"你来这里干什么？"她强忍泪水，对他怒目而视。她无法忍受他看到她哭，虽然她很肯定现在已经来不及了。

朱利安一边琢磨着该说什么，一边环视房间，寻找并不存在的威胁。看到她只是在抽泣，而没有遇到其他危险，他显然很苦恼："我好像听到房间里有动静。"

"你以为你听到了什么？谁叫你闯进来的？出去！我要换衣服了。"

朱利安没有离开，只是轻轻关上了门。他先是看了看破碎的花瓶、地上的水渍，最后，他的目光落在她布满泪痕的脸上："红红，不要为了我掉眼泪。"

"你太高抬你自己了。我妹妹失踪了，我父亲很快就会找到我们，丹特死了。我的眼泪才不是为了你而流呢。"

朱利安至少还懂得羞愧。他一直戳在房间里不动。他小心翼翼地坐在床上，压得床垫一陷，更多泪水不争气地顺着她的脸颊向下流。滚烫，潮湿，咸咸的。斯嘉丽这一哭，倒是不那么难过了，泪水止也止不住，或许朱利安说得对：有些眼泪可能的确是为了他而流。

朱利安靠过来，用指尖拂去她的泪水。

"不要。"斯嘉丽连忙躲开。

"是我活该。"他垂下手，慢慢躲开，最后，他们分坐在床的两边，"我不该撒谎，更不该在你不愿意的情况下带你来这里。"

"你不该带我们两个人来这里。"斯嘉丽厉声喝道。

"不管有没有我，你妹妹总会想到办法的。"

"你这是在道歉吗？如果是，你这种道歉法子可不太好。"

朱利安谨慎地回答道："我遂了你妹妹的心愿，对此我并不后悔：我认为人们可以自由地做出选择。但每次我向你撒谎，我都很抱歉。"他顿了顿，他看着她，一双温暖的棕色眼睛前所未有地温柔。他的眼神很坦白，仿佛他希望她看到他平时一直隐瞒的事情。

"我知道我不该求你再给我一次机会，但之前你也说过，你觉得我能做个好人。我不是好人，红红，或者说，起码我从前不是个好人。我是个骗子，我满心怨恨，有时候，我还会做出可怕的选择。我来自一个高傲的家族，他们总是在彼此玩游戏，后来洛萨——"他犹豫了一下，每次提到妹妹，他的声音就会变得沙哑，像是窒息了，说不出话来，"后来洛萨去世了，我再也不相信任何事情。我不是在找借口。如果你能再给我一次机会，我发誓，我一定会补偿你的。"

炉火噼啪响，热气让地板上的那摊水收缩了。用不了多久，水就会蒸发，只剩下玫瑰和碎玻璃。斯嘉丽想到了朱利安的玫瑰刺青。她真盼着他其实就是一个水手，碰巧来到她所居住的小岛，她讨厌他骗了她这么久。但她可以理解他对妹妹的爱。斯嘉丽知道不计代价地去爱一个人是什么滋味。

朱利安靠在床柱上，那么悲伤，那么可爱，黑色头发垂在疲倦的眼睛前面，邪恶的嘴唇向下撇，曾经笔挺的衬衫上布满了破洞。

斯嘉丽也因为这场游戏犯过很多错误。朱利安从未因此而责备她，她也不愿意惩罚他。

"我原谅你了。"她说，"但你要向我保证，再也不能对我说谎了。"

朱利安重重地呼吸一下，闭上眼睛，皱起眉头，像是既感激又痛苦。他用沙哑的声音说："我保证。"

"哈罗？"一声敲门声响起，把他们两个都吓了一大跳。

朱利安赶在斯嘉丽采取行动之前一跃而起。快躲起来，他用口型说道。

不要。她这一天已经躲够了。斯嘉丽假装没看到他愤怒的眼神，抓住拨火棍，跟着他向门爬去。

"我来送东西。"一个女人说道。

"给谁的？"朱利安问。

"给多娜泰拉·德拉格纳的姐姐。"

斯嘉丽握紧拨火棍，心跳加速。

告诉她放在门口，斯嘉丽用口型说道。她希望那是一条提示。但她满脑子想的都是丹特被砍下来的那只手。她浑身一激灵，想象着莱金德砍掉泰拉的手，送到她的房间。

那个女孩的脚步声消失之后，她让朱利安去开门。

门外摆着一个黑色盒子，那是失败和葬礼的颜色。盒子很长，几乎与门口一样宽。盒子旁边摆着一个花瓶，里面插着两朵红玫瑰。

又是花。

斯嘉丽一脚踢倒花瓶，任由花朵在走廊里枯死，然后把盒子拉进房间。她分辨不出它是重还是轻。

"要不要我来打开？"朱利安问。

斯嘉丽摇摇头。她也不愿意亲自去打开那个黑盒子，但她每浪费一秒钟，用来找泰拉的时间就少一秒钟。她小心翼翼地抬起盒盖。

"这是什么？"朱利安的眉头拧成了一个疙瘩。

"是我从商店买来的另一条裙子。"斯嘉丽放松地哈哈笑了起来，把裙子从盒子里拿出来。那个女孩还说会在两天后把裙子送来。

只是这条裙子有些不对劲，看起来不是斯嘉丽印象中的样子。颜色比较浅，几乎是纯白色的——婚纱一样的白。

26

　　那条裙子似乎是在嘲笑她。裙子没有袖子，深 V 形领口，看起来一点也不讨喜。这件衣服比斯嘉丽在服饰店里选的那条露骨得多。

　　奶油色的纽扣在房间温暖火光的照耀下，像象牙一样闪闪发亮。在盒子最下面，斯嘉丽找到了一张别在一个坏掉别针上的小字条："肯定是从裙子上掉下来的。"

　　字条一面印着一顶大礼帽，另一面有短短几行字：

　　我想你穿上这条裙子一定很美。

祝好

D

　　"这个 D 是谁？"朱利安问。

"我看是有人希望我相信这条裙子是多娜泰拉送来的。"只是斯嘉丽知道这份礼物并非来自她妹妹。这件充满嘲笑意味的婚纱只可能来自一个人，而字条上的那顶大礼帽只可能有一个意思。莱金德。

好似有隐形蜘蛛在她的身上爬来爬去，这种感觉不同于他的第一封信召唤出的明亮色彩："我想这是第五条提示。"

朱利安咧开嘴笑了："为什么会这么觉得？"

"不然还能怎么样？"斯嘉丽说。她拿出那张带有所有提示的纸条。

这是你在找寻她的征途中的第一条提示。

其他提示就不这么容易找到了。

有些提示会让你怀疑你是否神志清醒，会让你质疑你相信的一切。

~~二号提示：你将在她离开后的废墟中找到。~~

带有诅咒城堡图案的图片卡

~~三号提示：你必须去挣得。~~

跟着有一颗黑心的男孩？ ＝苹果酒

~~四号提示：你必须用珍贵的东西去换。~~

两天生命，进入阿伊可的梦境

五号提示需要信仰的飞跃。

你们中的大多数人都将失败，只有一个会成功胜出。

　　两个夜晚

你有五个夜晚去找到剩余的提示和那个女孩，然后，莱金德就会实现你的一个愿望。

"看到了吧，我找到了前四条提示。"斯嘉丽说，"现在只剩下五号提示了。"

"但这为什么是第五条提示？"朱利安问，他看着那条裙子，仿佛那上面有的不是扣子，而是更讨厌的东西。

就是在那个时候，斯嘉丽解开了谜题。纽扣和大礼帽都是标志。

"莱金德的大礼帽特别出名，在整个游戏期间，我走到哪里都能看到纽扣。"她说，"我以前还不知道这些纽扣有没有特别含义，但看到这条裙子上满是纽扣，我几乎可以肯定纽扣别有深意。在我买这条裙子的时候，旁边有条纽扣小路，那条路上有一个礼帽形状的帽饰店。"

"我还是没听明白这是什么意思。"朱利安皱着眉，看着斯嘉丽那张写有所有提示的字条，"'五号提示需要信仰的飞跃。'这和纽扣有什么关系？"

"不知道。我觉得那里就是信仰所在的地方。或许这是莱金德提出的挑战，我们必须去那家帽子店，面对在那里等我们的一切。"其实斯嘉丽也不完全相信这个推理，但她开始了解到，不管她多么有逻辑，永远都会出现她无法预见的变数。有时候，谨慎会让她止步不前，无法获得安全。

但朱利安的感觉好像正好相反。看他脸上的表情，活像是他想把她扛在肩上，再把她关起来，躲开全世界。

"再过不到一小时，太阳就要落山了。"斯嘉丽坚定地说，"如果在那之前你能想到更好的办法，我愿意接受你的提议。如果不能，天一黑，我想我们就该去那家店，看看我们会找到什么。"

朱利安又看看那条裙子，张开嘴巴，像是想要说话，随即又闭上了，只是点点头："出发之前，我会去走廊里探查一下你父亲在不在。"

他出去之后，斯嘉丽换上了那条裙子，抓起她收集到的纽扣，感觉它们就好像劣质的祭品，但说不定它们具有她还没发现的魔力呢。

Chapter 6
卡 拉 瓦 尔 秀 第 四 夜

27

斯嘉丽在离开客栈时没有闻到她父亲身上那讨厌的香味。他们走出客栈前，朱利安信誓旦旦地说他看到她父亲离开了客栈。斯嘉丽还是忍不住总回头看，担心她父亲在跟踪他们，伺机扑过来。

卡拉瓦尔秀的欢快气氛依然在她周围继续着。人行道上的女孩子们在表演与雨伞的大决战，一群群热情的参与者仍然在寻找提示。然而，斯嘉丽感觉这个夜晚好像很不对头。空气比以往都要潮湿。光线还是那么不自然。月亮是银色的，将银色的光洒到五颜六色的商店上，水在月光的照耀下像极了液体金属。

"还是觉得计划不太稳妥。"朱利安压低声音说。这时候，他们走到那条有玫瑰旋转木马的弯曲小路上。

"行行好，点首歌吧。"那个管风琴手说。

"今天不行。"斯嘉丽道。

男人还是照样演奏起来。这次，旋转木马没有旋转。红色的花待在原地，但音乐足以在朱利安再次开口的时候盖过他的声音："我想你说过的那家帽子店太显眼了，不可能是最后一个提示。"

"或许它就是太引人注目了，别人才都没注意。"斯嘉丽加快脚步，他们逐渐靠近她买裙子的那家三层服饰店。

黑压压的乌云遮住了月亮，和上次斯嘉丽来这里的时候不一样，此时这家店的所有窗户都是黑的。服饰店旁边的帽饰店也很黑，看不清楚。但它的轮廓不会错。

那家店是圆形的，一共有两层，宽宽的黑色花坛如同帽檐一样，环绕着帽饰店，像极了一顶大礼帽，一条纽扣小径通往帽饰店的黑色天鹅绒店门。

"这个地方连一丁点莱金德风格都没有。"朱利安还在坚持他自己的道理，"我知道他那些可笑的大礼帽很有名，但他不会这么惹人注目的。"

"这里太黑了，连店里是什么样都看不清。要我说，这可算不上什么惹人注目。"

"这里很不对劲。"朱利安小声说，"我看还是我一个人先进去探探路吧。"

"也许你们两个都不该进去。"阿伊可突然出现在斯嘉丽身边。她的裙子和衬衫这次是银色的，眼睛和嘴唇画着相同的颜色，如同一滴月亮滴落的眼泪。

"你竟然决定穿那条裙子了，我太高兴了。"她靠近斯嘉丽，赞赏地点点头，"我觉得它比那条好多了。"

朱利安看看这两个女孩子，既迷惑不解，又不可置信："你们两个认识？"

"我们一块逛过商店呢。"阿伊可答道。

朱利安的表情僵住了："就是你让她买裙子的？"

"就是你让她在酒馆里干等的？"阿伊可扬起眉毛，打量着他。她的眉毛上还装饰着珍珠，不过她肯定早就通过笔记本里的画知道朱利安是谁了："你不喜欢她去买东西，就不该丢下她一个人不管。"

"她买不买东西都不关我的事。"朱利安说。

"那你不喜欢她这条裙子？"

"打扰一下。"斯嘉丽插口道，"我们现在有急事要去办。"

阿伊可夸张地上上下下打量那家帽饰店，一副厌恶的样子："我建议你们今天离这家店远点。你们去里面得不到一点好处。"

正在此时，上方忽然雷声大作。

闪闪发亮的水珠从天而降，阿伊可抬起头："我该走了。本姑娘最讨厌下雨了；雨水能把所有魔法都冲刷一空。我想提醒你们一下：我觉得你们两个即将犯一个大错。"

银光闪闪的雨水哗哗落下，阿伊可走远了。

朱利安摇摇头，黑色的头发这会儿湿漉漉的，一脸矛盾的表情："你还是小心那个人为妙。不过我觉得，关于这架帽饰店，她说得很对。"

斯嘉丽难以确定。阿伊可的梦让斯嘉丽得到了很多答案，却并非所有答案都是准确的。她不晓得那个女孩子到底站在哪一边。

雨更大了，这时候斯嘉丽又向帽饰店的店门走了几步。朱利安是对的——这里没有一丁点莱金德的风格。不浪漫，没有魔法。与此同时，这里还有种别的感觉。斯嘉丽产生了一种祖母绿色的预感：她一定会在里面有所发现。

"我要进去。"斯嘉丽说，"五号提示需要信仰的飞跃。就算我不能因此找到莱金德，也会距离泰拉越来越近。"

斯嘉丽推开这家异样商店的店门，只听铃声一响。

穹顶上挂满了桃红色的软帽、绿黄色的圆顶礼帽、黄色的针织帽、天鹅绒大礼帽和亮晶晶的冕状头饰。古怪的帽架遍布商店，活像是怪异的野花。很多大碗里装着玻璃鞋拔，线是隐形的，鸟笼里装满了用羽毛做成的彩虹，篮子里装满了会自己缝纫的针，还有用小妖精的黄金做成的袖扣。

朱利安跟在她后面走进来，一甩身体，把雨水甩到可以看到的所有东西上，一个穿着前卫的绅士倾斜身体，站在距离店门几英尺远的地方，他也被溅了一身水。

即便是在一大堆五颜六色的精美物品之间，那个绅士也相当显眼。他穿着深红色的燕尾服，扎着配套的领带，看起来活像是个装饰品。这样的年轻人会被邀请参加派对，都是因为他们长得好看，又很迷人。他的燕尾服里面穿了一件同色系的红马甲，这两件衣服与他那深色衬衫和合身的裤子形成了强烈的反差，裤子整齐地塞在银色的高筒靴里。最吸引斯嘉丽的，则是他那顶丝绸大礼帽。

"莱金德。"她倒抽一口气，一颗心像是要从嗓子眼里蹦出来。

"不好意思，你说什么？"他摘掉大礼帽，放在一排看起来一模一样的大礼帽中间。这时候，他的墨黑色头发垂在他的额头一角，轻轻擦过黑色衣领的领尖："我真是受宠若惊，但我想你是把我误当作别人了。"他转身看向斯嘉丽，微微一笑，显然是被逗乐了。

她身边的朱利安紧张起来，斯嘉丽也愣住了。她见过这个年轻人。他的脸不是那种女孩子会轻易忘记的。脸颊上留着长长的连鬓胡子，与下巴上修剪整齐的胡子连接在一起，像是一件艺术品，轮廓分明的嘴唇专门用来窃窃私语和说恶毒的话题，一口牙齿洁白笔直，用来咬东西正合适。

　　斯嘉丽哆嗦了一下，但她没有别开目光。她继续打量着他，目光一路向上，落在他那个黑色眼罩上。

　　那天她看到的东西都变成黑白色的时候，就见过这个男人。他当时并没有注意到她，此时则正目光灼灼地注视着她。他的右眼绿得如同一块刚刚切割好的祖母绿宝石。

　　朱利安缓缓地走进，潮湿的外套触碰到她的手臂，冻得她直起鸡皮疙瘩。他一言不发，但他看那个年轻男人的眼神显然透着威胁的意味。斯嘉丽发誓她感觉到整个房间在动。商店里的颜色似乎变得更鲜明了。

　　"我看他帮不上我们。"朱利安小声说。

　　"帮你们什么？"那位绅士有轻微的口音，只是斯嘉丽听不出那是哪个地方的口音。但即便朱利安一直向他投去能杀死人的目光，他的语气依然很友好。他看着斯嘉丽，几乎就像他一直在等她。

　　他或许不是莱金德，但斯嘉丽感觉到他一定是个重要人物。她紧紧抓着她在游戏期间收集到的纽扣。她不知道该怎么说起扣子的事，但她希望给他看了扣子之后，他就能打开一扇神秘的大门，就好像她在诅咒城堡或泰拉的房间找到的一样。"我们想知道你能不能帮我们解决这个。"斯嘉丽问。

　　那个绅士握住她的手掌。他戴着黑色手套，斯嘉丽能感觉到，在天鹅绒似的织物下面，他的手非常柔软。他是那种双手不沾阳春水的贵族。

他抬高斯嘉丽的手，要仔细看那些纽扣，不过他那只眼神犀利的绿色眼睛一直注视着她的眼睛。充满生命力，优雅，有毒。

朱利安清清喉咙："老兄，你或许愿意看看这颗纽扣。"

"确实如此。可我对小玩意儿毫无兴趣。"绅士合上斯嘉丽的手掌，在她抽开手之前，吻了吻她的手。他的唇停留的时间有点过久。

"我想我们该走了。"朱利安道。他的指关节发白，两只手在身体两侧攥成拳头，像是在极力控制自己不做出任何暴力行为。

斯嘉丽琢磨着是不是该赶在任何叫人后悔的事情发生之前，和他离开这里。但信仰的飞跃本来就不该是一件容易的事。她提醒自己，在他喝下苹果酒之后，这个年轻人的领带也是有色彩的，这说明他是个关键人物。

绅士看着她，仿佛他希望她问他一个问题。他的唇上扬，露出危险的白牙。

朱利安搂住斯嘉丽的腰，做出保护的姿态："如果你能停止用那样的眼神看我的未婚妻，我将不胜感激。"

"有意思。"绅士说，"这么久以来，我一直认为她是我的未婚妻。"

28

　　本能告诉斯嘉丽，这会儿，她该拔腿就跑，但是，她的身体拒绝移动。强烈的颜色在她的心里打着旋儿。

　　她听到那个人说起了他的名字：尼古拉斯·达西伯爵。与此同时，她感觉到朱利安加大力道搂紧了她的肩膀。

　　"我看你是认错人了。"朱利安理直气壮地说，"你肯定把我的未婚妻当成了别人。这个礼拜，她总是被人误当作别人。"朱利安按了按她的肩膀，感觉像是在警告。

　　只是斯嘉丽依然无法从震惊中回过神来，动弹不得。那些纽扣不是提示。那个装有纽扣裙子的黑色盒子既不是莱金德也不是她妹妹送来的。D 代表达西。

　　和莱金德一样，她的未婚夫好像也很喜欢玩游戏。不过朱利安搂住斯嘉丽的时间越久，尼古拉斯伯爵看起来就越不高兴。

斯嘉丽简直不敢相信就是这个人给她写了那么多情书。他不像个卑鄙小人，也不是没有吸引力，只是他和那些信带给她的感觉相去甚远。一直与她通信的伯爵让她觉得，他都等不及与她见面了，所以不再有保密的必要。现在，她很想知道，他在信里写的是不是都是他以为她爱听的话，毕竟眼前的年轻人不像是个直率坦诚的人。他看起来就像是那种喜欢有秘密的人。

"但愿你没有失望。"伯爵正了正领带。这时候，他身后的后门开了，两个男人走进来。薰衣草，茴芹，腐烂李子。

"亲爱的，我想我们现在该走了。"朱利安打开前门。与此同时，斯嘉丽的父亲走进了他们的视线。

紫色在她眼前爆发了。

朱利安没有丝毫迟疑。就在伯爵伸手去拉斯嘉丽的那一刻，朱利安一把推倒一个水晶眼的帽架，趁伯爵分神的工夫，拉着她跑出大门，跑进外面的银色雨帘中。斯嘉丽紧紧拉着他的手，而她父亲愤怒的咆哮接踵而至。

"不惜一切代价也要给我拦住她！"他喊道。

"斯嘉丽，你不需要跑！"伯爵的声音并不严厉，但他跑起来飞快，特别是他还是一位穿着精致服装的绅士。

斯嘉丽拉朱利安向一座廊桥跑去，她希望是两个晚上前的那座魔桥。只可惜不是。她父亲和伯爵一直穷追不舍。他们穿过一条条弯曲的街道，跑过灯光明媚的商店。人们看到了直鼓掌，仿佛这是卡拉瓦尔秀的表演节目。

"这边——坚持住。"朱利安拉着斯嘉丽跑下湿滑的大街，向运河跑去，从去寻找避雨处的人群中穿过，"上去。"

"现在有闪电呀。"斯嘉丽说，"我们不能上船。"

"你还有更好的主意吗？"朱利安跳进一艘新月形状的船里，抓起两支桨。

"斯嘉丽！"她父亲在雨中大喊，"不要——"一道闪电劈下，随之响起隆隆的雷声，截断了他的话。在这个银色暴雨如注的晚上，斯嘉丽经历了一件她从未遇见过的事情。

她父亲竟然显得很害怕。雨水顺着他的脸颊向下流，像是泪水一样。她肯定这就是光照的结果，可有那么一刻，她觉得她父亲其实是爱她的，也许在他的内心深处，还是关心她的。伯爵在他身边，一张脸掩映在黑暗中，看不清他的表情。就在他们奔跑的时候，斯嘉丽发誓，他像是被她带来的挑战弄得兴奋不已。

斯嘉丽别开脸，将膝盖抱在胸前，朱利安划动双桨。就算她父亲还存有一丝善良，就算伯爵真的就好像她想象中的样子，斯嘉丽依然无法回到他们中任何一个人的身边。

她已经做出了选择，早在她和朱利安一起逃离帽饰店之前，她就做出了选择。她不晓得是在什么时候做出的决定，但与一个只通过信的男人盲婚哑嫁再也不是斯嘉丽需要的东西。她现在总算理解泰拉的那句话了：人生不仅是苟且偷生。

她看着朱利安用力地划动双桨，天空里亮起无数道闪电。在认识他之前，她认为，只要她要嫁的人能庇护她，她就心满意足了，但朱利安的出现让她对另一样东西产生了渴望。

她还记得，她感觉爱上他就像爱上黑暗，但现在她认为他更像是星光闪烁的黑夜：群星永远在那里，海枯石烂，亘古不变，在终年不化的黑暗中指引着方向。

"红红，你听到我说的话了吗？"

斯嘉丽从天空中收回目光，看着眼前这个浑身湿透的男孩子："你说什么？"

"我们该下船了！"朱利安在滂沱的大雨中喊道。这时候，船来到一个黑暗的码头边。

"这是什么地方？"

"诅咒城堡。"

"不——"紫色的恐慌又回来了。奈杰尔曾说过泰拉不在城堡里："我们应该去找我妹妹。我猜错了纽扣的事，但这里——"

"我们不能总待在运河上。"朱利安打断了她的话，"闪电会要了我们的命。"就在他说话的当儿，更多银白色的闪电划过天空。

"我父亲先找到她——"

"那你知道该去哪里找吗？"

斯嘉丽还没回答，朱利安就抓住她的一只手，拉着她上了灯光黑暗、摇摇晃晃的码头。诅咒城堡的巨大沙漏和里面翻搅着的红珠是唯一的光源。阿伊可说的是真的，雨水真的可以冲刷掉所有魔法，现在城堡不再发光了。原本金光灿灿的城堡此时变灰暗了。庭院里废弃的帐篷被风吹得左摇右摆，砰砰的噪声取代了前几天晚上充满生命力的鸟鸣声。

"先去找个地方躲雨吧。"朱利安说。

"我们不能去看不到船的地方。"斯嘉丽蜷缩在附近一个拱门下，在那里能看到码头，要是有人来，她也能看得一清二楚："只要雨停了，我们就再去找。"

隔了一会儿，朱利安才回答："依我看，这场游戏，至少是你那一部分，应该结束了。我不该带你来这里。我可以送你离开这座岛，去一个安全的地方——"

"不要！"斯嘉丽没等他说完就开口道，"找不到妹妹，我死也不离开这里。我干出了这样的事，要是我父亲找到泰拉，他会更生气，一定会把气都撒到他身上的。"

"那你呢？你要一直牺牲你自己？嫁给那个尼古拉斯·达西？"

斯嘉丽真盼着她能不去理会这个问题。如果她继续参加游戏，还被她父亲抓住，他倒是不会杀了她，只会逼她嫁给伯爵，那样的话，她一定会生不如死。可要是她不和他结婚，她还有什么法子能去保护妹妹？"我不知道该怎么办。"

朱利安咆哮一声："所以，你还打算履行你的婚约？"

"我不知道是不是！但我还有别的选择吗？"她问道。

银色的雨更大了。

斯嘉丽等待着朱利安说些什么，能让她安心下来，告诉她，他可以成为她的另一个选择。即便是这么想着的时候，她也觉得这太可笑了。她真的以为他会说，他想要带她去过另一种生活，或是娶她为妻？

更多闪电点亮了夜空，斯嘉丽得到了她要的答案。朱利安距离她这么近，就在她身边，他的表情却冷漠无比。她想起在第一个晚上，他把线头从他的肩膀上拂开。他或许不希望她成为伯爵的新娘，但这并不表示他打算和她在一起。

"我太傻了。"她的声音有些沙哑，却还是在呼喊，"这些事对你来说一点也不重要。你看到我未婚夫，有点嫉妒，就做了一些轻率的事情，但现在你后悔了。"

"你是这么想的？"朱利安的声音低沉刺耳，"你认为，我冒险对抗你父亲，把你推到现在这种危险的境地，就是因为我在吃醋？"他哈哈笑了起来，仿佛假设他吃醋是滑天下之大稽。

"你就是个骗子。"斯嘉丽厉声道。

朱利安紧紧抿起嘴唇，表情严肃下来："关于这一点，我早就提醒过你了。"

"不。"斯嘉丽说，"你是在对你自己撒谎。每次你害怕会失去我，都会把我拉到你身边，但每次我一走近，你就迫不及待地把我推开。"

"我只把你推开过一次。"朱利安走近一步，声音冷冷的，"我是嫉妒了，但我想要你离开这里，这并非唯一的原因。"

"那就说说你的其他原因吧。"斯嘉丽道。

他慢慢地向前走，最后，他们两个之间几乎没有了一点距离。她能感觉到他湿漉漉的衣服贴在她的身上。他慢慢地用一只手臂搂住她的腰，仿佛在给她机会逃开。可她早已做出决定了。他用另一只手臂搂住她的上背部，她的心跳得更快了。他紧紧搂住她，他们的胸口贴在一起，他们的唇——

他停了下来。

"你觉得这够不够？"朱利安的唇与她的唇只有咫尺之遥。他小声说着，却迟迟不肯吻她："你确定这是你想要的？"

斯嘉丽点点头。和朱利安在一起不是为了求得保护——她只是想要和他在一起。这个男孩子救了她，让她免于溺毙的命运，而这个溺毙不仅仅是单纯意义上的淹死。

他的手滑到她的腰上，轻柔而坚定，慢慢地再次将她拉到身前，另一只手穿过她的头发，扶住她的脖子，抚摸着她柔软的肌肤，然后去抚摸别的地方。

"我不希望你为了自己的选择后悔。"朱利安的语气听起来很痛苦，仿佛他盼着她挣脱，但他的抚摸却让她感觉正好相反。他的手指这会儿按在她的唇上，沿着她的下唇线条游走。他的手指有股木头和雨水味，因为抚摸她潮湿的头发而被弄湿了："关于我，还有些事是你不知道的，红红。"

"那你说说看呀。"斯嘉丽道。他说起过他妹妹和莱金德，但显然他的生活里还有更多阴暗的秘密。

朱利安的手指依然在她的嘴上。她缓缓地挨个儿亲吻他的手指。她只是把唇轻轻地印在他的手指上，能感觉到他深受震撼，因为他的手指轻轻地掐进了她的腰。她必须集中精神维持冷静的声音，抬起头看着半掩映在黑暗中的他的脸，说道："我不害怕你的秘密。"

"我真希望我能说没什么可怕的。"朱利安最后一次轻抚她的唇，跟着，将他自己的唇贴在了她的唇上。他的唇比他的手指还要咸，比他一只上下轻抚她的背、另一只紧紧箍住她的腰的手都要热切。他搂着她，好像她会从他的怀里溜走。她依偎着他，喜欢他背部肌肉的线条。

他一边吻着她，一边喃喃地说着什么，只是声音太低了。她听不清，但觉得对他要说的话留下了强烈的印象。这时候，他轻轻分开斯嘉丽的唇，缓缓蹭着她的下嘴唇，让她品味他冰凉的舌头和牙尖。每一次碰触都会创造出她从未见过的色彩。那些色彩柔软得像天鹅绒，热烈得如同火花，最后，幻化成一颗颗星子。

2 9

　　那天晚上，月亮停留的时间要久一点，用银色的眼睛望着朱利安拉着斯嘉丽的手，小心翼翼地用他的手包裹住她的手。他又吻了她一次，温柔而谨慎，无言地向她保证，他无意放开她。

　　如果这是在另一个故事里，那他们一定会继续这样手挽着手，等到太阳醒来，将彩虹送到遭受暴雨蹂躏的天空里。

　　然而，大多数卡拉瓦尔秀的魔法都会按时运行，吸收白天的时间，到了晚上将它们变成奇迹。夜晚很快就要过去了。诅咒城堡那两个沙漏里所有闪闪发亮的红珠子这会儿差不多都滚落到了底部。宛若玫瑰花瓣在坠落。

　　斯嘉丽抬头看着朱利安。

　　"怎么了？"他问。

　　"我知道最后一条提示是什么了。是玫瑰。"斯嘉丽想到了装裙子的纸盒边有一瓶花。她真够蠢的，竟然相信那两样东西是一起送来的。斯嘉丽不知道那些花代表什么，但整个游戏中都充斥着玫瑰。有理由相信它们是第五条提示的一部分，玫瑰除了影射到洛萨，肯定还有其他含义。

"我们必须回水晶蛇客栈，好好看看那些玫瑰。"她说，"或许花瓣上会有什么东西，也有可能花瓶上有字条。"

"要是回去后被你父亲发现了呢？"

"我们可以走隧道呀。"斯嘉丽拉着朱利安穿过庭院。外面很冷，来到那座荒芜的花园，感觉更冷了。周围都是干巴巴的植物，中心那个凄凉的喷泉滴着水，听来好似一首令人伤感的海妖之歌。

"我不知道这里还有隧道。"朱利安说。

"你是从什么时候开始变得这么紧张兮兮的？"斯嘉丽戏谑道，不过她自己也感觉到了赭色的不安。她知道她的不安不是因为这座花园具有的魔法。

她决定去帽饰店，可以说是犯了个大错，此时此刻，她并不急于去犯另一个错。阿伊可说得对，有些事情是值得不惜一切代价去追求的。斯嘉丽此时感觉她既是在救泰拉，也是在救她自己。对于今年的愿望大奖，她并没有想太多，现在却认真地琢磨了起来。如果斯嘉丽真能赢得游戏，或许真的可以拯救她们姐妹两个。

斯嘉丽从朱利安手里抽出自己的手，按在刻于喷泉内侧的卡拉瓦尔秀标志上。和上次一样，水排干了，水池变成了一道旋转楼梯。

"快点。"她挥手示意他向前走，"太阳随时都会出来。"斯嘉丽已经可以想象太阳从黑暗中升起，而在她原本的计划中，天亮后她就该离开了。尽管发生了这么多事，她头一次很高兴她留了下来，因为现在她已经打定主意要赢得游戏后再坐船离开，而且，到时候她要带走的人，不止她妹妹一个。

斯嘉丽又握住朱利安的手，迈步上了台阶。

"为什么你总是在我出现时离开呢？"德拉格纳总督出现在荒废公园的另一端。伯爵在他身后，雨水顺着他的黑发流进他的眼睛，看起来不再因为斯嘉丽这个挑战而兴奋。

斯嘉丽拉着朱利安跑下潮湿的楼梯，向隧道入口跑去，而她父亲和伯爵追了过来。她不敢回头看，却能听到他们的声音，他们的靴子咚咚直响，震得地都在摇晃。她飞快地跑下旋转楼梯，一颗心狂跳不已。

"朱利安，你到我前面去。找到控制杆，关上隧道，好把——"见到她父亲和伯爵跑到了楼梯处，斯嘉丽突然住口。在金色的光线下，他们的影子被拉得长长的，从远处冲着她张牙舞爪。太迟了，已经不能把他们关在隧道外面了。

不过斯嘉丽和朱利安这会儿就快到楼梯底部了。斯嘉丽能看到向三个方向延伸的隧道，一条有金色的光，一条几乎是漆黑一片，剩下的一条有银蓝色的光。

她从朱利安那充满保护意味的手中把手抽出来，一把把他推向那条最黑的隧道："我们分开走，你去藏起来。"

"不行——"他去拉她。

斯嘉丽向后闪开："你不明白——过了今天，我父亲会杀了你的。"

"那我们就不让他抓到我们。"朱利安拉住她的手，和她的手指交缠在一起，和她一起跑进左边那条闪烁金光的隧道。

斯嘉丽一向喜欢金色。金色代表希望和魔力。一刹那，光芒四射，她壮着胆子相信事实的确如此。希望她能跑得比她父亲快，创造她自己的命运。她几乎做到了。

可惜她的未婚夫跑得比她快。

斯嘉丽感觉到他用戴着手套的手抓住了她的手臂。片刻之后，她父亲揪住她的头发，她的头被向后一扯，每一寸头皮都火烧火燎地疼。

那两个男人将斯嘉丽从朱利安身边拉开，她惊叫起来。

"放开她！"朱利安喊道。

"你胆敢再走一步，后果会更糟。"德拉格纳总督一边猛拽斯嘉丽的头发，一边用一只手扣住她的喉咙。

斯嘉丽强忍着没有叫出来，疼得她直掉眼泪。她的脖子这会儿扭曲着，她看不到她父亲，却能想象到他脸上的阴郁表情。现在这样只会让事情更加糟糕。

"朱利安，"斯嘉丽央求道，"求你了，快点离开这里。"

"我不会丢下你的——"

"你胆敢再走一步试试看。"德拉格纳总督又道，"还记得我们上次玩这个游戏时的情形吗？要是惹我不高兴，付出代价的可是我亲爱的女儿。"

朱利安一动也不敢动。

"很好，但为免你再次忘记……"德拉格纳总督松开斯嘉丽，照着她的肚子就是狠狠一拳。

斯嘉丽被打得跪倒在地，快要窒息了。她栽倒在地，眼前一片空白。她唯一的感觉就是父亲的拳头造成的痛楚。她挣扎着想要站起来，泥土都粘在她的手上。

说话声在她周围响起。有的愤怒，有的充满恐惧，等她站起来后，这个世界发生了变化。

"真有这个必要吗？"

"你要是再碰她，我——"

"我看你是没听明白我的话。"

她将这些话与她在新情况下见到的男人一一对上号。伯爵扶着斯嘉丽站稳，之前闲适的表情不见了，变得满面愁容，充满了不确定。在他们对面很远的地方，她父亲拿着一把刀，对准朱利安的喉咙。

"这小子还敢跟你纠缠不清。"德拉格纳总督说。

"父亲，够了。"斯嘉丽用粗嘎的嗓门说，"我离家出走了，我很抱歉。现在你都抓到我了，就放他走吧。"

"我把他放走了，我怎么知道你会做出什么事？"

"我同意你女儿的话。"伯爵道，这会儿他带着几分保护欲搂着她，"没必要把事情弄得这么大。"

"我不会要他的小命的。"德拉格纳总督皱起眼角，仿佛它们都失去了理智，"我只是要给我的女儿多一点警告，免得她再不告而别。"

她父亲调整了刀子的方向，一道泥土色的感觉随即在斯嘉丽心里翻搅着。她曾以为看着他打泰拉是这世上最痛苦的事，可当那把刀如此靠近朱利安的脸，仿佛无尽的恐惧都向她涌了过来。"求你了，父亲。"她哆哆嗦嗦地说出每一个字，"我保证，我再也不会违抗你了。"

"我已经听腻了这种毫无价值的誓言，但在这之后，我想你一定会说到做到的。"德拉格纳总督舔舔嘴角，手腕一摆。

"不要——"

伯爵用一只戴着手套的手捂住斯嘉丽的嘴，压下了她的叫喊声。与此同时，她父亲用匕首划过了朱利安那张英俊的脸。从下巴开始，贯穿脸颊，一直到眼睛下面。

朱利安疼得倒抽气，斯嘉丽则挣扎着，想要到他身边去。只可惜她的力气不够大，只能踢踢腿，她真害怕她父亲会做出更多伤害朱利安的事。她或许不该暴露这么多的情感。

斯嘉丽等待朱利安还手，等他抓住那把刀，或是逃走。她还记得他划桨时展现出的古铜色肌肉。她认为，就算流血受伤，他依然能战胜她父亲。然而，他虽然一开始表现得像是个自私的男孩，现在却打定主意要遵守他那荒谬的誓言，绝不会丢下她。他坚忍地站在那里，如同一尊伤痕累累的雕像，斯嘉丽要崩溃了。

"现在，我想事情该告一段落了。"她父亲说。

"你知道的——"朱利安转身看着伯爵，露出一个血淋淋的微笑，"——只能用折磨一个男人的办法，让一个女人留在你身边，真是太可怜了。"

"或许我错了，事情还没完。"德拉格纳总督又举起刀。

斯嘉丽想要挣脱伯爵的钳制，只是他的手臂搂住她的胸口，像绳索一样勒进她的肉里。

"你这样没有任何好处。"伯爵低声呵斥道。跟着，他用听起来很厌烦的声音更大声地对她父亲说："我看没这个必要。他只不过是想激怒我们而已。"伯爵笑了笑，仿佛一点也不在乎朱利安的话，然而斯嘉丽能感觉到他心跳加快，急促的呼吸带出的热气喷到她的脖子上，跟着，他又道，"看在老天的分上，给那个人一块手帕吧，他的血滴得到处都是。"

总督扔给朱利安一块小方布，却不足以吸干他脸上的血。他们一行人铁青着脸，开始往前走，斯嘉丽能看到小小的血点滴落到地上。

在返回水晶蛇客栈的一路上，斯嘉丽都在想办法逃走。朱利安虽然受了伤，却依旧强壮。斯嘉丽觉得他轻而易举就能逃走，至少也能反抗。但他只是默默地走在她父亲身边，伯爵则抓着斯嘉丽无力的手。

"会好的。"伯爵小声说。

斯嘉丽不知道他住在怎样一个充满妄想的世界里，才会相信事情会好起来。她甚至盼着会遇到另一具尸体，让他们有机会跑掉。她责怪自己竟然有这种想法，可她就是情不自禁地这样想。

他们走出隧道，走进泰拉那满目狼藉的房间。伯爵去擦净他的西装，斯嘉丽则在考虑是不是有可能逃掉。显而易见，她父亲不准备放走朱利安。他瞪着朱利安，就好像一个小孩瞪着妹妹的洋娃娃，准备把它大卸八块。

"等你举止端正了，明天天一亮，我就会放他走。"德拉格纳总督搂住朱利安的肩膀，鲜血不断地从按在朱利安脸上的手帕里滴下来。

"父亲，必须处理一下他的伤口！"

"红红，不用为我担心。"朱利安说。

他很明显不知道事情会糟到什么程度。

斯嘉丽做了最后一次尝试。她知道自己是跑不掉了，但或许朱利安还有希望。要是他跑掉，或许还可以去救泰拉："求你了，父亲，我今后会对你言听计从，但你必须放他走。"

德拉格纳总督笑了。这话正合他意。"我说过了，我会放了他，但依我看，这小子是自己不想走。"他按了按朱利安的肩膀，"小子，你想不想走呀？"

斯嘉丽想要看朱利安的眼睛，用眼神央求他离开，只是他现在比任何时候都固执。斯嘉丽真希望他能变回她在特里斯达初识的那个对什么事都不关心的年轻人。除非他找死，否则他现在表现得这么无私，一点用也没有。

现在好像只能由她来结束这一切了。

"我现在无处可去。"朱利安说，"现在我们是都上楼去，还是你打算让我们睡在这里？"

"啊，我们不会睡在一起——起码不是所有人。"德拉格纳总督眨眨眼，斯嘉丽不由得一激灵。他看着她，那表情像是要送礼物叫别人高兴一下——只可惜德拉格纳总督的礼物从来不会让人感到愉快。

"我和达西伯爵住在同一间套房，但挤不下四个人。所以，我和水手留在这里，至于斯嘉丽——"德拉格纳总督缓慢而清楚地说出了下面的话，"你和达西伯爵一起住在你自己的房间。反正你们就快结婚了。"他继续说，"你的未婚夫为你花了一大笔钱。我想我不该耽误他好好享受他买到的东西。"

斯嘉丽的父亲又笑了，她的恐惧则越发强烈。事情的发展偏离了她的想象。真是太可怕了，她竟然像只绵羊一样被人买走，她父亲竟然给她定了价，说这就是她的价值："父亲，求你了，我们还没结婚，这不合适——"

"并非如此。"德拉格纳总督截断了她的话，"合不合适不是你说了算。你不能有怨言，除非你想看到你的朋友继续流血。"总督轻轻摸了摸朱利安没受伤的那半边脸。

朱利安连眉头都没皱一下，不过他不再像在隧道里那样沉得住气了。他整个人都处在激动的状态下。他看着斯嘉丽的眼睛，他的眼里燃烧着两团无声的火焰。他想要告诉她什么，她却不得要领。斯嘉丽只能感觉到达西伯爵在一点点靠近；她想象着他的手急切地抚摸她的身体，正如她父亲的手急切地要带给朱利安更多伤害。

"现在我不会再把他怎么样了，算是我提前送给你的结婚礼物吧。"德拉格纳总督道，"但你不同意的话，我的慷慨就会告罄。"

"我不会的。"斯嘉丽说，"你不能再伤害他，因为，除非你现在就放了他，不然我什么都不会做。"

斯嘉丽转身看着伯爵。他似乎并不喜欢这样的场面。他完美的额头上出现了几道皱纹。但他没有阻止总督，只是戴着深红色的领带，穿着银色的靴子，站在那里作壁上观，她看了真是恶心到了极点。

泰拉说得对。你以为你的婚姻能把你救出火坑，可要是你嫁的人比父亲还坏，该怎么办？

斯嘉丽不知道达西伯爵是不是真的比她父亲还要坏，但在这一刻，他真的很卑鄙。他不再像刚才在帽饰店里那样轻轻握着她的手；此时，他的手很有力，很坚定。伯爵要比他表现出来的更有力。如果他愿意，就可以让这一切停止。

"如果你继续隔岸观火，"斯嘉丽顿了顿，她看着伯爵的眼睛，寻找着与她多次通信的那个年轻人的痕迹，"如果你通过惩罚他来威胁控制我，那我永远也不会顺从你，也不会尊重你。但是，如果你放他走，如果你展现出我在你的信里读到的人性，我一定会成为完美的妻子，让你物有所值。"她想起了朱利安在隧道里的话，又说道，"你真的希望，你的新娘和你上床，只是为了怕她要是不肯，另一个人就会受到折磨？"

伯爵脸红了。他的脸色越来越差，斯嘉丽的心随之越跳越快。挫败。尴尬。自尊心受到了伤害。

"放他走。"伯爵咬着牙说，"不然，我们的协议就取消。"

"可是——"

"我不想为了这件事争论不休。"伯爵的声音不再优雅，变得非常严厉，"我只希望今晚赶快过去。"

德拉格纳总督似乎很不爽舍弃一件他还没有玩腻的玩具。然而，叫斯嘉丽惊讶的是，他竟然没再争辩一句，就放开了朱利安，把他推向房门："你听到他说的话了。滚吧。"

"红红，不要为了我这么做。"朱利安向斯嘉丽投去祈求的目光，"你不能把自己交给他。我不在乎，就算死了，我也无所谓。"

"可我在乎。"斯嘉丽说，尽管她很想最后看一眼朱利安那英俊的脸孔，让他知道他绝不是无赖或骗子，却还是不敢触及他的目光，"求你了，走吧，不然的话，你会让事情变得更糟。"

3 0

    水晶蛇客栈弯弯曲曲的走廊似乎比斯嘉丽印象中短了很多。她和达西伯爵已经来到三楼，此刻就在她的房门外。

    她的计划很可能会出问题。

    伯爵握着她的玻璃钥匙，但在开锁前，他低头看着她："斯嘉丽，我希望你知道，我并不希望我们之间会变成这样。在隧道里发生的事，不是我的本意。"他看着她的眼睛，比他在帽饰店的眼神温柔了很多。有那么一刻，她几乎可以看到，在他那过于精致的外表下隐藏着什么，仿佛这样的外表是另一件外套，是专门用来给别人看的，事实上，他和她一样，都是一头困兽："这桩婚姻对我非常重要。一想到会失去你，我就有点发疯了。那时候我们在隧道里，我脑子不大清楚。等到我们结婚了，事情肯定就会不一样了。我一定会让你幸福的，我保证。"

    伯爵用空闲的那只手将头发从她的脸上拨开。一刹那，斯嘉丽怕极了，担心他会俯下身来吻她。她用尽这个星期获得的每一点力量，才没有跑开或是退缩。

"我相信你。"斯嘉丽说。这话并非真心。她知道隧道里发生的事会把人逼疯，扭曲他们的恐惧，让他们做出平时不会做的事，或是允许超出他们忍受范围的事情发生。然而，就算从此刻开始，他能护她周全，不对她拳脚相加，尼古拉斯·达西伯爵也绝无可能让斯嘉丽幸福。因为，她只想和朱利安在一起。

伯爵打开她房间的门，恐惧开始紧紧揪着她的五脏六腑。

她又想到她的计划很可能出问题。

她可能会错了朱利安的意。

朱利安也可能会错了她的意。

她父亲可能回来，在门外偷听——她听说确有这种不光彩的事发生。

她跟着伯爵走进暖融融的室内，手心直冒汗。相比第一晚在这里看到那张大床的感受，此时看起来，它更令人不安了。四根木床柱让她想到了笼子。她想象着伯爵拉上帘子，把她困在里面。她瞥了一眼衣橱，希望朱利安能从另一边出现，或是从衣橱里面突然蹦出来。衣橱很大，足以装下一个人。衣柜门关着，一直没有变化。

房间里只有斯嘉丽、伯爵，和那张大床。

这会儿只剩下他们两个，伯爵的行事作风变了。他那在过于优裕的生活中培养出来的教养不见了，此时，他摆出一副客观精确的态度，仿佛正在处理一件待他解决的生意。

他先摘掉手套，把它们丢在地板上。跟着，他开始解马甲扣子，发出微微的爆裂声，弄得斯嘉丽直恶心。她做不到。

看到她父亲伤害朱利安，斯嘉丽终于明白那天早些时候，朱利安在隧道里想告诉她什么。她从小到大都以为她父亲对她们的虐打是她的错，是她犯的错导致的后果。可现在她总算恍然大悟：应该负责的是她父亲。没有人活该受他惩罚。

有件事也是错的。当她吻朱利安的时候，感觉特别好。两个人选择将各自小小的脆弱部分交给对方。这就是斯嘉丽盼望的。她值得拥有。别人无权在这方面替她做决定。然而，她父亲总把她当成一项财产，只不过她并不是供人买卖的东西。

过去，斯嘉丽始终感觉她没有选择，现在她开始意识到，她有选择。她只需要勇敢一点，做出不同的选择。

又一声爆裂声，伯爵已经开始解衬衫扣子了。他看着斯嘉丽，活像是他也准备好脱掉她那条潮湿的裙子，完成这次的交易。

"这里挺冷的，你觉得呢？"斯嘉丽抓住拨火棍，捅了捅木块，看着炉火旺起来，冒出明艳的橙红色火焰，那是勇敢的颜色。

"我看火也拨弄够了。"伯爵将一只宽大的手掌稳稳地放在她的肩膀上。

斯嘉丽猛地转过身，用烧得通红滚烫的拨火棍对准他的脸："别碰我。"

"甜心。"他像是有点惊讶，却并不害怕，这与她的期望相去甚远，"只要你愿意，我们可以慢慢来，你最好还是把那东西放下，免得伤到你自己。"

"我不会伤到我自己的。"斯嘉丽又把拨火棍向前送了点，举到他那只明亮的绿眼睛下方，"但你大概就不会这么走运了。不许动，也不许把这件事透露出去，不然的话，你的脸上就会多出一道和朱利安一样的伤疤。"

伯爵的呼吸有些急促，然而，当他说话的时候，他的声音没有一丝波澜，让人不由得提心吊胆："依我看，你根本还不知道你在做什么，甜心。"

"别这么叫我！我不是你的甜心，而且，我也很清楚我在做什么。现在，到床上去。"斯嘉丽挥了挥拨火棍，这会儿，火红的尖端已经黯淡了下来。她之前想着要把他绑在床上，但这一招肯定不管用。只要她放下武器，他就会向她扑过来。而且，尽管她手里有武器，斯嘉丽也不知道她能不能用得上这个武器。

"我知道你很害怕。"伯爵冷静地说，"只要你能停下你现在做的事，我就会忘记它，这样就不会有任何伤害了。"

伤害。

保护万灵药。

她忽然想到她在诅咒城堡里买到的那瓶药。它还在魔裙的衣兜里。她必须去衣橱那里。

"你退到床柱那里去。"他按照斯嘉丽说的做了，她也向后退。跟着，她向衣橱冲了过去。她一转过身，伯爵就一跃而起，而斯嘉丽已经打开了衣柜门。

只听咕咚一声，朱利安摔了出来。他的皮肤是灰白色的，还在流血。斯嘉丽心中一紧。

"他在这里做什么？"伯爵一下子愣住了。她刚好趁此时机把手伸到里面，抓住那瓶药。除非先搞定达西，否则她无法去照顾朱利安。

斯嘉丽拔掉瓶盖，将里面的药冲伯爵喷了过去。药水有股雏菊和尿味。

伯爵被呛得直咳嗽。"这是什么东西?"他跪倒在地,却还是伸手去抓斯嘉丽,但他就好像一个要去抓鸟的婴儿。这药很快就起效了,他现在只能笨拙地爬动。

"你犯了一个错。"他瘫倒在地上,斯嘉丽则跑到朱利安身边。

"你这么做正合莱金德的意。"伯爵含糊地说,他的嘴唇和身体其他部分一样,都麻木了,"你父亲讲过你祖母和莱金德的……历史。我不知道他是谁。"伯爵的眼睛直往下垂,却还是瞥了朱利安一眼,"你们中了莱金德的诡计。他带你来这座岛,就是为了破坏我们的婚姻,毁掉你的生活。"

"那看来他是失败了。"斯嘉丽说,"从我的角度来看,倒像是莱金德帮了我一个大忙。"

朱利安张开眼睛,让斯嘉丽扶着他站起来,而她的前未婚夫则瘫倒在地,一动不动了。

"话不要说得太满。"伯爵嘟囔着说,"莱金德不会帮任何人的忙。"

3 1

"你能走吗？"斯嘉丽问。

"我现在不正是在这么做吗？"朱利安的声音里充满了戏谑的意味。从下巴延伸到眼睛的伤口可不是闹着玩的。她搂着他，扶他站稳。

"红红，不用担心我，我们现在该去找你妹妹了。"

"应该先去给你缝针。"她的目光又回到他脸上那道狰狞的伤口上。伤口肯定会留疤，虽然不会有损他的英俊，可一想到他从衣橱里摔出来时是那么脆弱，她就很难过。

"你有点反应过度了。"朱利安说，"情况还不错。只是擦破点皮而已。我觉得他就喜欢在别人清醒的时候折磨他们。"

"你在衣橱里昏过去了。"

"我现在好了。我恢复得很快。"朱利安挣脱她的手，像是要证明他的话不假。这时候，他们来到了底层。光线从房门的缝隙透出来，照亮了壁突式烛台里的蜡烛，而这些蜡烛是为了另一个暗藏危险的夜准备的。几个很敬业的参与者蜷缩在一起，睡在地板上，等待夜色的降临。届时，大门将打开。

"我还是觉得我们应该想办法把你的伤口包扎一下。"斯嘉丽小声说。

"只要抹点酒精就成。"朱利安摇摇晃晃地穿过睡觉的参与者，走进酒馆。斯嘉丽发誓他现在还有点神志不清。他的靴子蹭过玻璃地板，步伐有些摇晃，他走到吧台后面，拿起一瓶透明的酒，将半瓶倒在脸上。

"瞧见了吧——"朱利安蹙起眉头，摇摇头，把酒甩到地上，"并不像看起来那么糟。"

一道口子从眼角附近延伸到下巴边缘，没有斯嘉丽以为的那么深，但她无法忽略心中的难过。

发生了这么多事，她都忘记了时间，她觉得再过大约两个钟头，就该日落了，到时候，这个游戏的最后一晚将拉开序幕。

要想赢，斯嘉丽就必须赶在其他人前头找到妹妹。她对伯爵干出了这样的事，斯嘉丽完全能想象到她父亲睡醒后一定怒不可遏，要是他在斯嘉丽之前找到泰拉，一定会对她施加恶毒的惩罚。他会先折磨她一番，再把她杀掉。

"刚才在房间里，我忘记看那些玫瑰了。"斯嘉丽说。

朱利安拿着酒瓶喝了一大口，把瓶子扔到一边："你说过，卡拉瓦尔秀上到处都是玫瑰。"

这表示不可能知道哪朵玫瑰是真正的提示了。还有几百朵她没见过的玫瑰。她得到的第一张写有提示的纸上说：五号提示需要信仰的飞跃。斯嘉丽不知道这和玫瑰有什么关系。玫瑰太多了，时间却少得可怜。

"红红，现在不要瘫倒在我身上。"

斯嘉丽抬起头，就见朱利安站在她面前，在她说出"我不会"之前，将她拉到他怀里。她觉得要是朱利安松开她，她一定会瘫倒的，跌在地板上，穿过地板，一直向下坠，向下坠——

他吻了她。用他的唇分开她的唇，到了最后，她能品味到的，脑子里想的，只有他。他有股午夜和风的味道，那是明快的棕色和浅蓝色。这些色彩让她觉得很安全，像是受到了密不透风的保护。

"一切都会好起来的。"朱利安喃喃地说。他轻轻吻了她的额头。

这会儿，她为了完全不同的原因而瘫倒了。她沉浸在一种从未体验过的安全感中。朱利安的唇印在她的太阳穴上，用手臂搂着她，仿佛他想要保护她——既不是想占有她，也不是要控制她。他不会让她瘫倒。他不会像莱金德在她的梦里那样，把她丢下阳台。

"朱利安。"斯嘉丽猛地抬起头，因为提示中"信仰的飞跃"这五个字突然钻进了她的脑海。

"怎么了？"朱利安问。

"我要问你几个关于你妹妹的问题。"

朱利安僵住了。

"这事很重要，不然我也不会问，我想这能帮我们找到泰拉。"

"那好吧。"他道，尽管他脸色严峻，声音却很温柔，"想问什么就问吧。"

"我听说过你妹妹的死，但众说纷纭。你能告诉我她到底是怎么死的吗？"

朱利安深吸一口气。显然这个话题让他很不自在，但他还是说道：

"莱金德拒绝了洛萨，她就从阳台上跳下去，摔死了。"

是阳台，而不是斯嘉丽在梦里听到的窗户。难怪朱利安在游戏开始时看到那些阳台，一点也不兴奋。它们就像五十个残忍的提示，让他想起他失去了什么。莱金德真是个魔鬼，如果斯嘉丽是对的，他的目的是让斯嘉丽或她妹妹在这个游戏里重复历史，真变态。的的确确是信仰的飞跃。

斯嘉丽不由得一激灵，担心这种情形不可避免——她必须从阳台上跳下去，才能救妹妹。

她没有说出这个猜测，只是把莱金德出现的那个梦讲给朱利安听："我想我们要去阳台里找最后一条提示。"

朱利安抽出一只手，捋捋头发："那些阳台有好几十个，分布在不同的入口。我想这个计划不可行。"

"那我们现在就开始找。"斯嘉丽早料到他会提出不同意见，继续说道，"我知道白天出去违反规则，可我觉得莱金德其实也对规则不屑一顾。客栈老板说过，第一个晚上，我们不能在天亮前进入客栈，就不能参加游戏了，但她没说其余晚上也要如此。"斯嘉丽压低声音，以免走廊里有人是在装睡，"所有门都上锁了，人们以为他们出不去，但我们可以从隧道里出去。如果我们现在出发，就能赶在伯爵和我父亲前面，或许还能赢得这个游戏。"

"现在你的思维终于像个玩家了。"朱利安笑了，只是他的笑容里没有丝毫高兴的意思。她很想知道，她的朱利安从前毫不畏惧，现在是不是也被她父亲吓破了胆，又或者，他和斯嘉丽一样，都在为同一件事担心：为了救她妹妹，她们中的一个必须冒死一跳。

3 2

他们从隧道里出来，眼前这个地方在午后阳光照耀下，显得截然不同，而在这样的情境下，朱利安的手是唯一真正实在的东西。

卡拉瓦尔的天空是奶油色的，像是奶油和香草混合在一起的样子。斯嘉丽总觉得她周围的空气尝起来应该和甜炼乳和甜美的梦是同一个味道，但她能品尝到的都是灰尘和薄雾。

"你想先去看哪里？"朱利安问。

整个游戏场地周围都是阳台。斯嘉丽仰起头，想看看最近的阳台上有没有人或是任何异样，只是雾气阻碍了她的视线。在地面上，夜晚看起来色彩缤纷的商店这会儿隐隐约约的。这条街的两端都建有精致的喷泉，却没有水喷出来。四周静悄悄的，静谧无比，笼罩在奶白色的雾气中。运河里没有五颜六色的小船漂漂荡荡，鹅卵石路上没有第三个人。

斯嘉丽感觉她走进了一段褪色的回忆中。仿佛这座魔镇很久以前就被废弃了，她回来后，找不到丝毫记忆中的东西。

"看起来都不像同一个地方了。"斯嘉丽向朱利安靠了靠。她之前还担心，他们一走到外面，就会有人把他们赶出游戏，但眼前这诡异朦胧的情景几乎同样吓人："我看不到阳台。"

"那就别管阳台了。或许信仰的飞跃另有他意。"朱利安说，"你以前说过，你觉得提示和玫瑰有关。这里有没有其他东西能让你联想到与莱金德有关的那个梦？"

斯嘉丽的第一想法是，莱金德离开了这里。她没有看到一顶大礼帽，一片玫瑰花瓣，最亮丽的色彩则是浅黄色。她的眼睛虽然让她失望了，她的耳朵则捕捉到了一阵轻柔的旋律。

很轻。太轻了，听来几乎跟回忆一样。随着斯嘉丽和朱利安向前走，那个轻柔的乐声变得更实在，也更充满感情。音乐声自有玫瑰旋转木马的那条街飘扬而来，那里是唯一没有雾气的地方。她还记得，当她的世界变成黑白的时候，那里是仅有几个还留有颜色的东西之一。

旋转木马比刚刚流出的鲜血还要红艳，显然比斯嘉丽上次见到它的时候更有生气了。它的生命力是那么强大，她几乎都没注意到旁边那个坐在管风琴前的男人。他比她遇到的大多数工人都要年长，满脸皱纹，一副久经风霜的样子，还有一点悲伤，与他的音乐很像。斯嘉丽和朱利安走近，他停止演奏，但他演奏的曲子依然回荡着，如同香味一样，久久不散。

"行行好，点首曲子吧。"男人伸出一只手，抬起头，充满期待地看着斯嘉丽。

当她第一次见到他在一个人们很少使用钱币的地方，祈求得到钱币，就该觉得异乎寻常才对。

斯嘉丽扭头看着朱利安，不愿意重复她在帽饰店犯的错："你觉得这里有没有莱金德的感觉？"

"如果莱金德的感觉是令人不安和毛骨悚然，那的确有他的感觉。"朱利安眯着眼，注视着玫瑰旋转木马和管风琴边那个脸色红润的人，"你觉得从这里能到关你妹妹的阳台？"

"我不肯定，但我觉得走这里，我们一定能到某个地方。"

阿伊可提醒得对，斯嘉丽和朱利安进帽饰店是个错误。她曾把斯嘉丽送到这个怪异的旋转木马这里，相信她此举也是在帮忙，完全说得通。也许是个巧合，但就算是巧合，她觉得，四周空无一人，他们却回到了这里，发现这个管风琴手正在等他们，并非是事有凑巧。

"那好吧，来一首。"朱利安把手伸进衣兜，掏出几枚硬币。

斯嘉丽想起阿伊可的话，补充道："弹首好听的曲子。"

接下来的曲子并不优美，它自管风琴的琴弦中飘扬出来，如同一个将死之人在诉说遗言。旋转木马真的随之转了起来。一开始很慢，它优雅地转了一圈又一圈，很有催眠效果。斯嘉丽可以站在那里，就这么一直看着，直到海枯石烂，可在她的梦里，莱金德在把她丢下阳台之前，曾警告她不要只是站在一旁看。

"继续弹。"她松开朱利安的手，一跃跳上旋转木马。

朱利安像是要去阻止她，可他也跟着跳了上去。

旋转木马加快了速度，没过多久，他们就处在相对的位置上。他们在布满荆棘的灌木丛中寻找可以打开秘密楼梯的标志，手指都被扎出血了。

"红红，我什么都看不到！"朱利安在音乐声中大喊道。音乐声变大了，走音得厉害，这时候，旋转木马更快地旋转着，将更多花瓣抛入空中，宛若一阵红宝石色的旋风。

"在这里！"斯嘉丽喊道。她的手指传来一阵刺痛，她摸到了。如果不是下面藏了什么东西，这里就不会有这么多荆棘。荆棘是用来保护玫瑰的。斯嘉丽再次感觉旋转木马在传达一个教训，但她还没弄明白那是什么。这时候，她看到一个标志，太阳中有一颗星星，星星里有一滴泪珠。标志隐藏在一片玫瑰丛中，这片花丛和一匹小马一样大，形如一匹种马戴着一顶大礼帽。

斯嘉丽一边抓住花茎，以免自己掉下去，一边俯下身去按那个卡拉瓦尔秀标志。刚一按下，整个标志就充满了血。

旋转木马的速度更快了。一圈，又一圈。它转呀转呀，如同在跳一段具有毁灭性的舞蹈。跟着，中心消失了，变成了一个漆黑的圈圈。那好像一个洞，如同没有了星辰的黑暗天空。和其他通道一样，这次没有楼梯。斯嘉丽根本看不到底。

"我想我们得跳下去。"或许她关于阳台的猜测是错的，这才是信仰的飞跃。

"等等——"朱利安绕着那个洞，抓住斯嘉丽一只流血的手，阻止她纵身向前跳。

"你在干什么？"斯嘉丽喊道。

"我希望你拿着这个。"朱利安掏出一块连着一条圆环长链的怀表，塞进她手里，"我在表盖里刻了一艘船的坐标，就停在这座岛的海岸线上。"

朱利安的表情越发严肃了，斯嘉丽的心里涌起了一阵恐慌。他现在像是在道别："你现在给我这个做什么？"

"以防我们分开，或是出现了意外。船上有船员；你想去哪里，它都会送你去，而且——"朱利安没有说下去，有那么一刻，好像他的话卡在喉咙里出不来了。旋转木马颠簸一下，慢了下来，他露出了痛苦的表情，中心的那个洞开始收缩。"红红，你现在该跳了！"他松开她的手。

"朱利安，你有什么事瞒着我？"

他的唇紧紧抿成一条线，看起来又悲伤、又后悔："现在没时间说我想说的话了。"

斯嘉丽还有很多问题。她想知道，朱利安片刻之前还握着她的手，仿佛这辈子都不会松开，为什么突然看着她，好像他担心再也看不到她了。只是那个黑洞已经开始慢慢闭合了。

"求你了，不要让我在没有你的情况下，一个人用到这个！"她接过怀表，挂在脖子上。

跟着，她纵身一跃。

她向下坠，好像听到朱利安呼喊着，叫她不要相信莱金德。潺潺流水声湮灭了他的声音，跟着，她掉进了一条冰冷的河里。

斯嘉丽喘不过气，疯狂地摆动手臂，以免自己沉下去。她很开心她掉进了水里，而不是摔到岩石或尖刀之上。水流太湍急了，她根本无从抵抗。水流将她卷到水下，带着她漂流了一段仿佛是无休无止的时间。

她浑身冰冷，强迫自己不要恐慌。她能做到。河水不是要惩罚她。她放松下来，过了一会儿，水流也不再湍急。她不停地划水，双脚猛踢，终于浮出水面。最后，她来到一道潮湿的台阶上。

她的眼睛慢慢适应了小小的绿色灯光，好像尘埃一样，闪烁着光芒。它们如同萤火虫一样，密密麻麻地飘浮着，将翡翠绿色的光芒投射到两座矗立在台阶入口处的蓝灰色皂石雕塑上。

　　雕塑是斯嘉丽身高的两倍，披着长袍，边缘淹没在水下。雕塑双手合十，似是在默默祈祷。它们闭着眼，表情却算不上安详，嘴巴张得老大，在痛苦地无声叫喊。斯嘉丽走上黑色皂石台阶。

　　"我都快对你失去信心了。"啪嗒一声，有人用拐杖敲打了一下台阶。与此同时，一级级平滑的台阶接连变亮。然而，吸引斯嘉丽全部注意力的，既不是台阶，也不是台阶通往的昏暗地域，而是一个戴着天鹅绒大礼帽的年轻男人。

　　她眨巴了一下眼睛，他就突然来到了她面前，伸出一只手，扶她站起来："我很高兴，你终于做到了，斯嘉丽。"

33

斯嘉丽告诫自己不要被冲昏头脑。

她早就知道莱金德是个毒如蛇蝎的人。一条戴着大礼帽、穿着燕尾服的蛇依然是蛇。他几乎与斯嘉丽想象中的一模一样，这并不重要。他或许不如她以为的那么英俊，但他整个人散发着优雅的气息，风度翩翩，有着阴谋诡计和幻想的特质，一双黑色的眸子闪闪发亮，让她感觉她才是魅力不凡的那一个，具有只有他能看到的魔力。

他看来比她以为的年轻，只比她大几岁，脸上没有皱纹，也没有疤痕。传闻说他长生不老，肯定是真的。他穿了件宝蓝色的短斗篷。他立即脱掉斗篷，搭在斯嘉丽瑟瑟发抖的肩膀上："我建议你脱掉湿衣服，但我听说你是个端庄保守的姑娘。"

"鉴于我听说的关于你的话，还是不必说了吧。"斯嘉丽厉声说。

"噢，不！"莱金德用手捂住胸口，佯装出很受伤的样子，"人们说我坏话了？"

他哈哈笑了起来——笑声浑厚而下流。他的笑声自洞壁反弹回来，不断地回响，仿佛有十几个莱金德隐藏在石头后面。即便他不再笑了，回响也仍在继续。他打了个响指，那可怕的回声才打住。莱金德的脸上依然挂着疯狂的微笑。他脸上的肌肉抽搐着，令人不安，活像是他想到了一个他不愿意和人分享的笑话。

他是个疯子。

斯嘉丽慢慢后退，飞快地瞟了水面一眼。朱利安本应该从那里浮出水面的，现在水里却没有一点动静。

"如果你是在等你的朋友，那我想他是不会出现了。至少现在不会。"莱金德的唇角动了动，露出一个残忍的表情，让她陷入了一种冰冷的蓝紫色感觉里，水只是浸透了她的衣服，这种感觉却深入了她的骨髓。

"你对朱利安和我妹妹都做了什么？"

"真是太糟糕了。"莱金德说，"你挺夸张，你一定会成为一个疯狂的表演者。"

"对于我的问题，这并不是答案。"斯嘉丽说。

"因为你问错了问题！"莱金德喊道。电光石火之间，他又来到她面前，比她以为的还要高大，比片刻之前还要疯狂。他的眼睛变成了全黑色，仿佛瞳孔吞噬了眼白。

斯嘉丽提醒自己，游戏下方的隧道能对人的大脑产生奇怪的影响。她站稳脚跟，毫不畏缩："我妹妹和朱利安在什么地方？"

"我都说了，你问的问题不正确。"莱金德摇摇头，好像她叫他失望了，"不过你第二次提到这个问题，我倒是好奇了。要是在朱利安和你妹妹之间，你只能再见到一个，你选谁？"

"我已经结束了游戏。"斯嘉丽说，"我做到了信仰的飞跃。我不必再回答任何问题了。"

"啊，只可惜规则规定，你必须找到那个女孩，才算正式赢得游戏。"绿色的光在莱金德的头顶飞舞，在他白皙的皮肤上投下了闪亮的祖母绿色光芒。他会魔法，这一点毋庸置疑，只是他的魔法都是邪恶的："你想不想知道，为什么游戏要在夜间进行？"

"如果我回答你，你就会告诉我去哪里找我妹妹吗？"

"只要你回答正确。"

"要是我答错了呢？"

"那当然是我把你杀掉呀。"莱金德哈哈笑了，只是这次的笑很空洞，活像是没有铃舌的铃铛，"我只是在开玩笑。别那样看着我，活像我会趁夜偷偷溜进你的房间，把你所有的小猫都掐死。只要你答对了，我就把你那个男性同伴带来，你们可以继续去找你妹妹。"

斯嘉丽觉得莱金德根本不会信守诺言，但他就站在她面前，挡在台阶上，而她估摸她后面的河肯定不会通往什么好地方。

她努力回想来到这里的第一个晚上，朱利安给她讲过关于卡拉瓦尔秀的情况。他们说了不希望我们入戏太深，但这就是这个游戏的关键。

"我觉得在光天化日之下，这个游戏就会变得不一样。"斯嘉丽答道，"人们觉得在黑暗之中，没人会看到他们干的那些丑事坏事。为了玩游戏，他们会干出邪恶的勾当，会说谎。卡拉瓦尔秀在夜晚举行，因为你喜欢在一旁观察，看人们在以为没有任何后果的时候，会干出什么样的事。"

"还不赖。"莱金德道，"不过，我认为你早已意识到，这里发生的一切其实并不仅仅是一场游戏。"他压低声音说，"他们离开这座岛，他们在这里做过的事发生了就是发生了，虽然他们很希望那些事从未发生。"

"也许你该在人们来的时候提醒他们一声。"斯嘉丽说。

莱金德又咯咯笑了起来，这次听起来倒是有几分真实感了。"真不幸，结局会这么糟糕。我本来还挺喜欢你的。"他用一个冰冷的指关节轻抚了一下她的下巴。

斯嘉丽紧张地向后退了一步，脚下有点打滑，突然地又回头看了看平静无波的河水："我回答了你的问题。我的朋友在哪儿？"

"你这话问得好奇怪。"莱金德说，"我只是把事实告诉你而已，你甚至都不允许我碰你。你觉得你爱上了一个人，而这个人在整个游戏里，除了对你撒了几句谎之外，没干过别的事。你的朋友叫你不要相信我，但你也不能相信他。"

"你说这话，只能让我更相信他。"

莱金德夸张地叹了口气，向后仰起头："噢，你满怀希望，真是愚蠢至极。咱们走着瞧，看你能坚持多久。"

就在此时，有沉重的脚步声在他身后的砂岩台阶上响起。片刻之后，朱利安出现了。他身上是干的，除了斯嘉丽的父亲弄出来的伤口，他身上可谓毫发无伤。

"我们正说到你。"莱金德说，"是你来告诉她，还是由我代劳？"莱金德的眼睛闪烁着亮光，这次，他的眼里没有丝毫疯狂的意味。他十足十是一位绅士，戴着大礼帽，穿着燕尾服，神志正常，摆出一副得意扬扬的样子。

水从斯嘉丽的头发滴落到她的脖颈上，在触及她的皮肤后，变得滚烫。她真不敢相信莱金德竟然说到做到，可在此之外，她不喜欢他说的话，也不喜欢他用占有的眼神看着朱利安。

"在我看来，你的未婚夫注定只是个摆设了，不过他倒是说对了一件事。"莱金德说，"我不会帮任何人的忙。弄出了这么多艰难险阻，搅黄了你的订婚，却只落得让你和另一个人一起离开这座岛的结局，根本毫无意义。所以我才叫朱利安参加游戏，配合我。"

不。斯嘉丽听到了莱金德的话，但她拒绝消化吸收他的话。她不愿意相信他。她看着朱利安，等着他发出信号，表示这不过是一个更大的谎言。

与此同时，卡拉瓦尔秀班主看着朱利安，好像他是他的一项珍贵财产。叫斯嘉丽惊恐的是，朱利安竟然对着莱金德笑，在火光下，他的尖牙闪闪发亮。这与她在黑瞳海滩第一次注意到的邪恶笑容一模一样；只有成功地耍了残酷把戏的人，才会这样笑。

"一开始，我计划让你看上丹特。"莱金德说，"我觉得他更有可能是你喜欢的类型，但我觉得我偶尔看错一回，也是好事。"

"丹特和他妹妹也是这个游戏中的一部分？"斯嘉丽不假思索地说道。

"别告诉我这算不上高明的骗术。"莱金德说，"别发火嘛。我派人警告过你了，事实上，你两次被告知，不要相信任何人与任何事。"

"但是——"斯嘉丽目瞪口呆地转头看着朱利安，"那你妹妹洛萨呢？全是谎话吗？"

有那么一刻，好像朱利安在听到洛萨的名字时皱了一下眉头，但当他再次开口，声音中没有一丝感情，就连他的口音都变了："是有人叫洛萨，死法也和我对你说过的一样，但她不是我妹妹。她只不过是个不幸的女孩子，在游戏中入戏太深而已。"

斯嘉丽的手猛烈地哆嗦起来，依然拒绝相信他的话。这一切不可能都是假的，不可能对朱利安而言只是一场游戏。她知道，有些时刻他的感情是真挚的。她依然目不转睛地看着他，希望能看到一丝感情或是一个眼神，告诉她，他与莱金德同谋才是游戏。

"我看我的表现比我以为的还要好。"朱利安的笑容是那么邪恶，那种笑容是专门用来伤人心的。

只是斯嘉丽的心早就碎成一片一片了。多年以来，她父亲一次次割她的心，而她就任由他一次次伤害自己。她允许他让她感觉她一没价值，二没能力。但事实并非如此。她受够了被恐惧逼得只能以脆弱的面目示人，任由自己被伤得体无完肤，到最后，只能哭鼻子，眼看着别人伤害自己。

"但你还是帮了我一个忙。"她又看着莱金德说，"这是你自己说的。我的前未婚夫只是个装饰，连个人都算不上，没有他，我更开心。现在把我妹妹还给我，放我们回家去。"

"回家？现在你毁了你的全部未来，明天过后，你还有地方可去吗？或者说——"莱金德又瞥了一眼朱利安，"你说这话，是因为你依然心存妄想，认为他还在乎你？"

斯嘉丽很想说这根本不是妄想。她认识的那个朱利安会为了她而受尽折磨。那怎么可能是虚情假意？她拒绝相信，即便朱利安这会儿看她的眼神，好像她是这个世上最蠢的女孩子。而且，他可能是对的。

直到此时此刻，她才意识到一个真相。自从朱利安带她来到这座岛，那个表情始终都在，那是个额外的迹象；不管是沮丧、愤怒，或是大笑，总是有迹象显示，她触及了他的内心。

现在则什么都没有。甚至连怜悯都没有。在充满危险的一刹那，斯嘉丽怀疑她相信的一切都不是真的。

跟着她灵光一闪。以防出现意外。

那块怀表。斯嘉丽摸了摸挂在脖子上的那枚冰凉的饰品。她抓着怀表，想起了朱利安在旋转木马上说的话，心跳不由得加速。

"那是什么？"莱金德问。

"没什么。"斯嘉丽说。只是她说得太快了，而莱金德更快，他一把掀开披在她身上的宝蓝色天鹅绒披风，用冰凉的手指扯掉了那块怀表。

"我不记得在你身上见过这东西。"莱金德歪头看向朱利安，"是你刚送给她的礼物？"

朱利安没有否认。莱金德打开了那块暂时当作项链的怀表。嘀嗒。嘀嗒。嘀嗒。怀表的秒针指向十二，小盒中发出了说话声。那声响比窃窃私语声大不了多少，但斯嘉丽听得很清楚，那是朱利安的声音。

"我很抱歉，红红。我希望我能说出我为什么而道歉，只是那些话——"他停顿了一会儿，嘀嗒嘀嗒，秒针继续绕着数字旋转。跟着，仿佛这伤害了朱利安，他的声音又传了出来，"对我来说，这不仅仅是一场游戏。我希望你能宽恕我。"

莱金德眼睛周围的肌肉一颤，猛地合上怀表，对朱利安说道："我记得这不在我们的计划里。你能不能解释一下？"

"我想这已经不言而喻了。"朱利安答道。他转身看着斯嘉丽，露出了她一直在寻找的眼神，他的棕色眼睛里写满了各种无言的承诺。他很想将事实向她和盘托出，但好像他的身体无法做到。他中了咒语或魔法，不允许他说出那些话。他依旧是她的朱利安。斯嘉丽能感觉到她那颗破碎的心重新拼合在了一起。这本可以是一个美轮美奂的时刻，只是莱金德偏偏在此时抽出一把刀，刺进了朱利安的胸膛。

"不要！"斯嘉丽叫道。

朱利安的身体开始摇晃，整个世界似乎与他一起倾斜摇晃起来。洞穴里的翡翠色光芒黯淡成了棕色。

斯嘉丽跑到他身边。鲜血从他漂亮的嘴里向外涌。

"朱利安！"他瘫倒在地，她连忙跪在他身边。莱金德并没有刺到他的心脏，但肯定扎穿了他的肺。大量鲜血涌了出来。肯定就是因为这个，他刚才才这么冷漠地看着她，不会因为一个眼神而泄露真相。他早就知道，莱金德会为了他的背叛而惩罚他。

"朱利安，不要……"斯嘉丽用手捂住他的伤口，她的手在这一天第二次被鲜血染红。

"不要紧。"朱利安咳嗽起来，更多鲜血顺着他的嘴向外流，"是我活该。"

"别这么说！"斯嘉丽扯掉肩膀上的斗篷，用力把它按在朱利安的胸口上，试图止住血，"我不相信，我不相信结局会是这样。"

"那就不要让现在这局面成为结局。我早告诉过你了——我不值得你为我掉眼泪。"朱利安伸出手，想抹掉她的泪水，可他的手还没够到她，就垂了下去。

"不要！你千万不要放弃。"斯嘉丽央求道，"求你了，不要离开我。"她有很多其他的话要说，她担心如果她说再见，他就更会放弃了："你不能丢下我。你说过你会帮我赢得游戏的。"

"我那是在撒谎——"朱利安的眼神有些涣散，"我——"

"朱利安！"斯嘉丽大喊道，更用力地按住血流不止的胸口。这时候，更多鲜血浸透了她的斗篷，染红了她的手："我才不在乎你是不是撒谎了。如果你能活下去，我就宽恕你所做过的一切。"

朱利安闭着眼睛，仿佛没听到她的话。

"朱利安，请你坚持下去。整个游戏下来，你都在为我战斗，现在，不要停下。"

他缓缓地睁开眼睛。有那么一刻，仿佛他就要回到她身边了。"我说的我脑袋受伤的经过，那是在骗你。"他用微弱的声音说，"我很想找回你的耳环。但那个人比看起来的要厉害很多……我遇上了一点麻烦。看到你的脸，我就觉得我所做的一切是值得的……"他的唇边漾出一丝微笑，"我本来应该离你远点……但我真的希望你能赢……我希望——"

朱利安的头垂了下去。

"不要！"斯嘉丽感觉到他的胸口在她的手下停止了起伏。

"朱利安！朱利安！朱利安！"她把手放在她的心脏上，却感觉不到它在跳动。

斯嘉丽不知道她呼唤了多少次他的名字。她念出他的名字，像是在祷告，在央求，在低诉，在道别。

3 4

斯嘉丽从不曾盼着时间停止，从不曾盼着时间能放缓，一次心跳能持续一年，一次呼吸能延绵一生，一次碰触能延续至海枯石烂。一般而言，她的希望正好相反，她盼着时间加速流逝，这样她就能逃离当下的痛苦，进入全新而空白的时刻。

但斯嘉丽知道，如果这一刻结束，下一刻生命就将终结，对未来的承诺也将随之化为乌有。下一刻将变得不完整，显得空虚无比，因为未来没有朱利安。

斯嘉丽感觉到了朱利安的死亡，泪水汹涌而下。他的肌肉不再紧绷。他的身体越来越冰冷。他的皮肤变成了灰白色，再也不会复原。

她知道莱金德在看着她。他是个变态，她越是痛苦，他就越开心。但从某种程度上来说，她无法忍受放开朱利安，仿佛会有奇迹发生，他能再呼吸一次，或是心脏再跳动一次。她曾经听说过，只要心诚，就能创造奇迹，让愿望变成可能。但是，要么是斯嘉丽的心不够诚，要么是她听说过的这些故事纯属胡言乱语。

更有可能是她想错了故事。

希望具有无尽的力量。有人说，希望也是一种魔法，不可捉摸，难以控制，但不需要太多。

斯嘉丽没有太多，她只记得一首蹩脚的诗。

最后有人看到那个女孩和莱金德在一起。

如果你找到了她，也就是找到了他。

当然了，若不赴汤蹈火，便难以实现这个目的。

可如果你成功了，就将非常富有。

今年的赢家将可以实现一个愿望。

斯嘉丽都忘了那个愿望的事了，如果她能先找到泰拉，并把让朱利安复活当成愿望，或许就可以得到幸福的结局。得到一个大团圆结局似乎和愿望一样不切实际，但这是她唯一的心愿。

她抬起头，准备好再问问她妹妹的下落，却发现莱金德不见了。只留下朱利安的怀表和他的天鹅绒大礼帽，压在一张黑色信纸上。

斯嘉丽拿起信纸，有黑色的玫瑰花瓣飘落到地上。信纸边缘镶有金属，与莱金德寄给她的第一封信是同一个颜色。

亲爱的德拉格纳小姐：

兹邀请您于明天日出后一小时来参加多娜泰拉·德拉格纳的葬礼。

除非你能让她不死。

此致

莱金德

又，建议你走右边的楼梯。

斯嘉丽把信攥成一团。他不只是疯狂那么简单。他是个变态，斯嘉丽无法理解他的想法。她甚至无法确定她想不想理解他的想法。

她又一次感觉莱金德是在针对她，这一切不仅仅与莱金德和她祖母安娜那段悲惨的过去有关。

她身后的水又开始急速流动起来。她不知道那是否意味着又有人来了。她不想留下朱利安的尸体，不能把他丢在一个山洞里。可是，如果她要救他，就必须结束这一切，找到泰拉，拿到那个愿望。

斯嘉丽抬头看到更多如同萤火虫一样的翡翠色光芒在空中跃动，活像是一道会发光的烟雾，照亮了她面前楼梯上的岔口。

莱金德建议她走右边的台阶。她估摸他知道她不会相信他，因为这一点，他很有可能说的是真话。然而，他这人又很狡猾，所以知道她会想到这一点。

她向左边的台阶走去，却在最后一刻改变了主意，因为她想起莱金德说过讲实话的事情。她父亲很少说百分百的实话，也很少说百分百的谎言。在很重要的事情上，他一定会撒谎。斯嘉丽觉得莱金德也是这样的人。

她奔上楼梯，绕过一道又一道旋转楼梯，她还记得她和朱利安一起走过的所有台阶。每走一级，她都要强忍着泪水，抵抗疲惫。她一边克制着，不为朱利安哭泣，一边想象着，等她找到泰拉，就发现她和他一样，身体一动不动，心脏不再跳动，眼睛什么都看不到。

斯嘉丽终于跑到楼梯顶端，这个世界仿佛收窄了。汗水浸透了她的裙子，她的腿火烧火燎地疼，哆嗦个不停。如果她选错了楼梯，她估摸她已经没有力气跑回去，重新爬一遍了。

她面前有个细长的梯子，通往一扇方形小活板门。斯嘉丽爬上去，脚下打滑了好几次。她不晓得她会在活板门另一边发现什么。她感觉很热，还能听到噼里啪啦的声音。肯定有火。

斯嘉丽跟跟跄跄地爬上梯子，祈祷那只是壁炉的火，而不是整个房间都着了火。她深吸一口气，推开活板门。

Chapter 7
第 五 夜
卡 拉 瓦 尔 秀 最 后 一 夜

3 5

到处都是灿灿星光。

斯嘉丽从未见过的星座分布在浩瀚的墨黑色夜空之中。她身处一个没有边缘的阳台上，地面铺着亮晶晶的缟玛瑙，还摆着超大号星尘色带垫沙发，小小的火堆燃烧着闪闪发光的蓝色火焰。

没有火堆的地方本应该感觉很冷，可到处都是那么暖和，就跟斯嘉丽从开口爬上来时的感觉一样。她裙子上的扣子碰到光亮的地板，发出微微的叮当声。这个地方的所有东西都散发着莱金德的气息，就连火堆的气味也是如此，仿佛那些木块是用天鹅绒和十分香甜的东西做成的。空气是那么轻柔，好像有毒一样。这个房间的后墙边上有一张黑色大床，上面的枕头黑得就像噩梦一样。那张床似是在嘲笑她。斯嘉丽不知道莱金德用这个房间来干什么，可她妹妹不在这里——

"斯嘉？"一个较小的人儿从床上坐起来。米色的鬈发垂在一张笑脸周围，看来宛若降临凡间的天使，可她竟然露出了调皮的微笑。

"噢，亲爱的！"泰拉尖叫起来，一骨碌从床上下来，在斯嘉丽刚走到房间中央的时候，就紧紧抱住了她。她热烈地抱着斯嘉丽，斯嘉丽甚至觉得她不光有可能实现大团圆结局。她妹妹还活着。她感觉内心一片柔软，如同阳光照耀在身上，又好像找到了可以种出梦想的种子。

现在，她只需要把朱利安带回来。

斯嘉丽拉开她们两个之间的距离，只为了确认眼前的真是泰拉。泰拉倒是经常拥抱她，但很少这么热情。

"你还好吗？"她上下打量妹妹，看她身上有没有伤口或是瘀伤。斯嘉丽绝不会被兴奋冲昏了头脑，忘记她为什么会来到这里："你有没有受虐待？"

"噢，斯嘉！你真是个操心的命。我真高兴你终于来了。仅此一次，我都等着急了。"泰拉深吸一口气，也可能是因为她只穿了一件淡蓝色的薄睡衣，冻得直打哆嗦，"我还以为你永远也来不了呢。不过我可不是说这里不好。"

泰拉一指星星，感觉那些星星是那么近，仿佛伸手就能抓住一颗，装进衣兜。太近了，斯嘉丽心想。就好像阳台周围凸起的边缘，那道围墙太矮了，根本起不到保护作用。这里就是个伪装成主卧套房、还能看到壮丽风景的监狱。

"泰拉，对不起。"

"不要紧。"泰拉说，"我就是等得不耐烦了。"

"不耐烦——"听到这几个字，斯嘉丽都有些说不出话了。她并不认为卡拉瓦尔秀会让她妹妹像她那样，变化那么大，但她竟然会不耐烦？

"别误会我。这里有很多额外待遇，我遇到了——老天！"泰拉看到斯嘉丽血淋淋的手和裙子，不禁睁大了一双杏核眼，"出什么事了？你身上都是血！"

"不是我的血。"斯嘉丽低头看着自己的手掌，感觉喉咙发紧。只要一滴血就能给她朱利安的一天生命。一想到有代表这么多天的鲜血溅到了她身上，她就心痛不已——他本来可以好好活着的。

泰拉咧开嘴笑了："是谁的血？"

"现在不是解释的时候。"斯嘉丽住了口，不肯定该说些什么。她们必须离开这里，远离莱金德，但斯嘉丽必须找到他，不然她就不能赢得愿望大奖，让朱利安起死回生。

"泰拉，我们得赶快离开。"斯嘉丽要先把妹妹送到安全的地方，再回来拿愿望奖励，"快点把衣服穿上，不要带任何累赘的东西。泰拉，你怎么还不动？时间不多了！"

但泰拉连半步都没动。她就站在那里，穿着纤薄的蓝色睡裙，活像一个衣着破烂的天使，睁着一双忧虑的眼睛，抬头看着斯嘉丽。

"有人提醒过我，会有这种事发生。"泰拉的声音柔和了下来，那副讨厌的语气一般都是用来对付胡闹的小孩和老人的。"我不知道你觉得我们该跑到什么地方，但不要紧。这个游戏结束了。这个房间就是终点，斯嘉。你可以坐下来喘口气。"泰拉要把她带到一张可笑的带垫沙发上。

"不行！"斯嘉丽挣脱她的手，"不管是谁提醒过你，都是在撒谎。这根本不是一场单纯的游戏。我不知道他们告诉过你什么，但你现在很危险——我们都很危险。父亲来了。"

泰拉秀眉紧皱，但很快就放松下来，仿佛她一点也不担心。"你确定那不是你的幻觉？"

“我很肯定。我们必须离开这里。我有个朋友……”斯嘉丽无法说出朱利安的名字——她只能用“朋友”二字代替——但她强迫自己为了泰拉坚强起来，“我的朋友有条船，可以送我们去任何我们想去的地方。这一直以来不都是你的期望嘛。”

斯嘉丽伸手去拉妹妹，这次换成泰拉向后退，噘起嘴：“斯嘉，求你了，听听你都在说什么。你的眼睛愚弄了你。我们来时他们就提示我们不要入戏太深，你不记得了吗？”

“如果我告诉你今年的游戏不一样了呢？”斯嘉丽道，她尽可能快地解释了莱金德和她们祖母的情史，“他把我们两个带来这里，就是为了报仇。我知道你得到了很好的招待，可不管他对你说了什么，都是谎言。我们必须离开。”

在斯嘉丽说话的时候，泰拉的表情都变了。她咬着下嘴唇，不过斯嘉丽看不出来这是因为她在害怕她们两个小命不保，还是在担心斯嘉丽疯了。“你真相信这个故事？”泰拉问。

斯嘉丽点点头，热切盼望着她们之间的姐妹亲情能战胜泰拉的怀疑：“我知道这听起来不可信，但我看到了实实在在的证据。”

“那好吧。稍等片刻。”泰拉匆匆走到床边一排更衣屏风后面，而斯嘉丽则用力拉过一张沙发，挡住活板门，不让别人顺着她来的梯子爬上来。她弄完之后，泰拉也出来了，只见她穿了一件蓝色丝绸睡袍。一只手拿着一件衣服，另一只手拿着一个水盆。

“你在干什么？”斯嘉丽问，“你怎么不穿一件正常点的衣服？”

“坐下。”泰拉指着其中一个带垫沙发道，“一点危险也没有，斯嘉。不管你在担心什么，我都知道你以为那是真的，可这才是卡拉瓦尔秀的重点。就应该感觉像真的，但其实不是真的。现在你坐下，我来帮你把身上的血洗掉。等弄干净之后，你就会感觉好一点了。"

斯嘉丽没有坐下。

泰拉又用起了那副腔调，就是用来哄胡作非为的孩子和终日妄想的成年人的调子。这并不表示斯嘉丽能责怪她。如果她没有和她们的父亲面对面，如果她没有看到朱利安死去，如果她没有感觉到他的心跳停止，感觉到他温热的血液流到她的手上，或是看着生命从他身上流逝，那她一定不会怀疑这一切都是假的。

要是她怀疑，该有多好。

"如果我能证明呢？"斯嘉丽拿出那张葬礼请柬，"在我来这里之前，莱金德给我留下了这个。"她将信塞进泰拉的手，"你自己看看。他打算杀了你！"

"为了安娜祖母杀了我？"泰拉皱着眉看了信上的内容。跟着，她似乎在强忍着不笑出来："噢，斯嘉，我看你是理解错这封信了。"

泰拉一边强忍着笑，一边把信交回给她。斯嘉丽首先注意到了信纸的边缘，不再是黑色，而是镶了金边，里面的内容也变了。

亲爱的德拉格纳小姐：

作为我的特邀贵宾，在下诚邀你和你妹妹来参加通常只为卡拉瓦尔秀表演者准备的派对。派对于日出后一小时举行。我知道，在那里希望见到你和你妹妹的，并非只有我一个人。

此致
莱金德

3 6

"这能有什么危险。"泰拉哈哈笑了起来,"除非是莱金德很喜欢你这事让你很紧张?"

"不!之前的内容不是这样的。这是一张葬礼请柬,你的葬礼。"斯嘉丽看着泰拉,目光中充满祈求,"我没疯。"她坚持道,"这封信与我之前在隧道里看到的不一样。"

"游戏场下面的那些隧道?"泰拉打断了斯嘉丽的话,"该不会是让人们发疯的那些吧?"

"不是同一条隧道。泰拉,我发誓我没疯。信的最下面说除非我能阻止,否则你会在明天死去。求你了,就算你不相信我,我还是希望你能照我说的办。"

泰拉肯定看出她急坏了:"让我再看看那张纸。"

斯嘉丽又把信交给她。她妹妹这次把邀请函举到一个火坑边上,特别精心地看了一遍。但不管怎么样，里面的字迹都没有变化。

"泰拉，我发誓，那是葬礼的邀请函，跟派对没关系。"

"我相信你。"泰拉说。

"真的？"

"噢，我看这和你在特里斯达收到的请柬一样，在某种光线下会有变化。可是，斯嘉……"那种格外关心的口吻又来了，"这该不会是游戏的一部分吧，就是让你到这里来而设的花招。毕竟你用了太长时间了，现在你终于来了，哈！结果这封信就从威胁变成了奖赏。告诉我，哪种可能更说得通？"

泰拉说得确实很有道理。噢，斯嘉丽真希望她说得对。她知道那些隧道和莱金德都很会迷惑人。但是，莱金德并不是唯一的威胁。

"泰拉，就算你不相信我说的这件事，但我发誓，父亲来了。他现在就在找你，找我们。相信我，他不是卡拉瓦尔秀的魔法幻觉。他和我的未婚夫尼古拉斯·达西伯爵都来了。为了逃跑，我还用保护药水把达西弄晕了，还把他绑在了床上——我很肯定，你能想象到，要是父亲找到我们，肯定暴跳如雷。"

"你把你未婚夫绑在床上了？"泰拉窃笑着说。

"这不是在开玩笑！你没听到我说的父亲找到我们后会怎么样吗？"

"斯嘉，我都不知道你有这个本事！真想知道这场游戏还让你有了哪些变化。"泰拉笑得更灿烂了，看起来真的很惊奇，印象很深刻。若不是斯嘉丽盼着妹妹因为这事害怕惊慌起来，她肯定会觉得很受用。

"你没明白重点。我不得不这么做，因为父亲逼我——"她羞愧得说不出来了。一想到她父亲逼她干的事，她就觉得自己不是个人，而是一

· 288 ·

件物品。

泰拉的表情柔和了下来。她搂住斯嘉丽，给了她一个只有姐妹间才有的拥抱，凶猛得就好像刚刚长出爪子的小猫，为了让一切都好起来，就算把全世界抓成碎片也在所不惜。有那么一刻，斯嘉丽真的以为一切都会好起来。

"你现在相信我了吗？"她问。

"我相信你在这个星期里经历了一些疯狂的事，但现在都结束了。那些事都不是真的。"泰拉轻轻地把一绺头发从斯嘉丽的脸上拨开，"不用担心，姐姐。而且，"她又说，"总有一天，父亲会为他犯下的罪付出代价的。我每天晚上都祈祷有位天使降临，割掉他的手，这样他就不能再伤害任何人了。"

"我想天使是不会干这种事的。"斯嘉丽喃喃地说。

"或许不是天堂里的那种天使，天使也分很多种嘛。"泰拉拉开她们的距离，粉红色的嘴唇漾出一抹笑容。这个笑由希望、梦想和其他危险的事组成。

"别告诉我你打算亲自把父亲的手剁下来。"

"过了今天，我不认为父亲的手还能构成什么威胁，至少对我们两个而言不是了。"泰拉的眼睛里闪烁着与她的微笑同样危险的光芒，"这么久了，我不是一个人在这里。我遇到了一个人。他知道我们父亲的每件事，还承诺要照顾我们。是照顾我们两个呢。"泰拉笑了，笑容比烛光和亮晶晶的碎玻璃还要明媚，这样的快乐只可能意味着一件可怕的事。

刚才泰拉说她很无聊，斯嘉丽还以为莱金德没和她见面。然而，听泰拉说话声的高低度，还有她的样子，斯嘉丽担心他早就开始接触她了——她的眼睛里失去了所有理智。泰拉出现了梦幻的表情，这表示她要么是爱上了一个人，要么就是发疯了。

"你不能相信他。"斯嘉丽脱口而出，"你没听到我刚才说的话吗？莱金德恨我们。他是个杀人犯！"

"谁说那个人是莱金德了？"

"你说的不是他吗？"

泰拉做了个鬼脸："我从来没见过他。"

"你在这座塔楼里。这是他的塔楼。"

"我知道。"泰拉说，"你都不知道，被困在这里，只能干看着下面的人，叫人有多烦。"她嘘了口气，环视这个没有边缘的阳台。

她们所站的位置距离边缘有十二英尺，斯嘉丽还是没有安全感。要跳下去真是太容易了。莱金德或许没有勾引泰拉，可自打知道这位卡拉瓦尔秀班主用丹特和朱利安来引诱她，她就不可能认为泰拉的这位新追求者会有所不同，肯定是个完美的男孩子，而他的使命就是把泰拉逼疯。

"他叫什么名字？"斯嘉丽问。

"丹尼尔·德恩格尔。"泰拉宣布道，"他来自极北帝国，是个勋爵，私生子。很好吧？你肯定会喜欢的，斯嘉。他们在那里有城堡、护城河、塔楼，所有梦幻的东西都有。"

"你一直被困在这里，是怎么认识他的？"

"我不是一直困在这里。"泰拉的脸上浮现出一抹淡淡的粉红色。斯嘉丽还记得第一个晚上，她听到泰拉的房间里传出过一个男人的声音。"那会儿，我在这场游戏里被绑架，当时我就和丹尼尔在一起。他还试着要对抗他们呢，但他们也他也抓走了。"她笑了，仿佛那是她遇到过的最浪漫的事。

"泰拉，这样做不对。"斯嘉丽说，"你不能爱上一个才认识没几天的人。"

泰拉的眉头皱成了一个疙瘩，脸更红了，可见她生气了："我知道你经历了很多。我本来不打算说，你还要嫁给一个你从未见过的男人呢。"

"那不一样。"

"我知道，因为我和你不一样，我认识我的未婚夫。"

"未婚夫？"

泰拉骄傲地点点头。

"你肯定不是当真的。"斯嘉丽说，"他是什么时候向你求婚的？"

"你怎么不为我高兴呢？"泰拉整张脸垮了下来，好像是斯嘉丽刚刚丢掉的娃娃。

斯嘉丽强忍着，没有说出她的头五个答复。

"斯嘉，我知道我祈祷的事挺可怕，天使是不会干那种事的，但我还祈祷过别的事。我祈祷能吸引男孩子和我一起去酒窖，只可惜在丹尼尔之前，没有一个男孩真正关心我。"

"我很肯定这个丹尼尔很出色。"斯嘉丽谨慎地说，"我想为你高兴，我说真的。只是这难道不是太过巧合了吗？我一直在想，莱金德只是在与你玩一个不同的游戏，如果这个丹尼尔是那个游戏的一部分呢？"

"他不是。"泰拉说，"我知道你对男人没什么经验，可我有，相信我，我和丹尼尔的感情是真的。"泰拉向后退了一大步，在深缟玛瑙地板的映衬下，她的小脚显得很苍白，她从一张垫子沙发中拿出一个银铃。

"你要干什么？"斯嘉丽问。

"我要摇铃把丹尼尔叫来，让你亲自见见他。"

门开了，优婉骑着独轮车进入房间，穿着和第一天晚上一样的五颜六色的衣服，看来就像一道彩虹。"你们好。"一看到斯嘉丽，她就高兴起来，"你终于找到你妹妹了。"

"你不能相信她。"斯嘉丽小声对泰拉说，"她为莱金德工作。"

"她当然是为莱金德工作。"泰拉说，"请你原谅我姐姐，小优，她还在游戏中没回过神来呢。她以为莱金德要把我们都杀了。"

"你肯定她说得不对？"优婉眨眨眼，活像是在开玩笑，可当她看向斯嘉丽，她的玩味消失了。

"你看到了吧？"斯嘉丽说，"她都知道！"

泰拉没理会她："请你叫德恩格尔勋爵来见我。"

斯嘉丽还没来得及抗议，优婉就点点头，穿过后墙上一扇隐秘的门，消失不见了，和她来的时候一样神龙见首不见尾。

"泰拉，求你了。"斯嘉丽央求道，"我们必须离开这里。你不知道这里有多危险。就算丹尼尔是你说的那样，还是不安全。莱金德不会让你们在一起的。"

斯嘉丽顿了顿，举起双手，又给妹妹看那些珍贵的血："看到这个了吗？"她的声音有些沙哑，"这是真实的。我来这里之前，看到莱金德杀了人——"

"或者说，是你以为你看到了。"泰拉插口道，"不管你相信你看到了什么，我肯定那都是假的。你总是忘记，这里发生的一切都是游戏的一部分。我才不会因为你入戏太深，就放弃丹尼尔。"

泰拉撇撇嘴："斯嘉，我知道，这世上最爱我的人是你，要是没有你，我会很孤独。求你了，现在不要离开我。不要逼我离开丹尼尔。"泰拉更不开心了，"不要让我在我这一生的两个至爱中做选择。"

两个至爱。听到妹妹这样措辞，斯嘉丽的心都疼了。突然之间，她好像又回到台阶上，看着朱利安的头耷拉下来，停止呼吸。她必须想办法让他起死回生，还要把妹妹平平安安带离这座塔楼，远离这个阳台。

"听着。"泰拉欢快地说，好像一切都尘埃落定了，不过斯嘉丽没有反驳，"帮我打扮得漂漂亮亮，等着见丹尼尔勋爵！"泰拉蹦跳着向梳妆区走去，"你可能也想梳洗一下。"她喊道，"我有几件衣服，你穿上一定很美。"

斯嘉丽站在原地，动也不动，夜色变得更深沉了。

她知道她的样子看起来半死不活，她倒是希望维持这个样子。她很想吓吓泰拉的未婚夫。斯嘉丽更希望离开——只可惜泰拉不是那种看到斯嘉丽走，就追上去的人。如果泰拉说得对呢？也许认为整个游戏以她们两个为中心，有些太过自以为是了。如果她妹妹是对的，而斯嘉丽毁掉了这次会面，那泰拉永远都不会原谅她。

但如果斯嘉丽没疯，朱利安真的死了，那斯嘉丽就必须赢得愿望大奖，把他救活。

在泰拉的更衣屏风后面，一个衣橱和好几个皮箱都打开了，里面装满了各种各样的衣服。斯嘉丽看着妹妹挑选裙子。

但愿见过这个丹尼尔之后，斯嘉丽能想出办法，说服泰拉和她一起走。与此同时，她还要坚持住，想办法让莱金德实现她的愿望。

"长春花色那条吧。"斯嘉丽说，"你穿蓝色最好看。"

"我就知道你会留下来。"泰拉说，"给你，你穿这条吧，配上你的黑发更好。哇，你还有一绺白发呢。对不起，我没有你能穿的舞鞋，只能把你的靴子晾干了。"她给了斯嘉丽一条蔓越莓色的裙子和一件轻薄的舞会长服，后面比前面长，上面装饰有泪滴形的红珠子。

这件衣服与斯嘉丽手心里的血正好是同一个颜色。斯嘉丽终于把手上的血洗掉了，她又一次暗暗发誓，一定要想办法让朱利安起死回生。那一天，再也不能有伤口流出的血染红她的手了。

"答应我一件事。"斯嘉丽说，"不管发生什么事，你都得发誓，绝不会从任何阳台上跳下去。"

"但你得先答应我，等会儿丹尼尔来了，不能再说这种怪话。"

"我说真的，泰拉。"

"我也是。求你不要毁掉——"

正在此时，有人敲门。

"肯定是丹尼尔来了。"泰拉穿上一双银色舞鞋，又穿着那条长春花色裙子旋转了一圈。那是甜蜜美梦和幸福结局的颜色。

"你真美。"斯嘉丽说。就算斯嘉丽大胆相信她妹妹是正确的，看着泰拉匆匆从更衣屏风后面出来，向后墙那扇隐秘的门跑过去的时候，她还是无法忽视在她肚子里翻搅的充满苦涩的黄色恐慌。

就在泰拉打开门的那一刹那，整个世界都开始摇晃起来，斯嘉丽看着门那边的那个男人搂住妹妹的腰，拉过她亲吻，她感觉所有的一切都倾斜了。

泰拉抽开身，两抹潮红爬上了她的脸颊。"丹尼尔，有人来了。"泰拉拉着那个她称之为丹尼尔的男人，向带垫沙发走过来，而斯嘉丽就站在沙发边上，活像是一座石雕。

"这位是我姐姐斯嘉丽。"泰拉又笑了，她的笑容是那么灿烂，根本没注意到斯嘉丽不自觉地向后退了一步，也没发现她身边的那个年轻人趁她不注意的时候，用舌头舔舔嘴唇。

　　"多娜泰拉，离他远点。"斯嘉丽说，"他不叫丹尼尔。"

37

　　他没戴大礼帽，换下了那件黑色燕尾服，这会儿穿着一件清爽的白色双排扣长礼服，但他的眼睛依然冒着同样疯狂的光芒，仿佛他的大脑里尽是些疯狂的念头，而他此时都不会费力掩藏了。

　　"斯嘉，"泰拉低声喝道，你又神神道道了，她用口型说道。

　　"不，我认识他。"斯嘉丽坚持，"他就是莱金德。"

　　"斯嘉丽，你别再疯疯癫癫了。"泰拉说，"丹尼尔一直和我在一起，在游戏过程中的每个晚上他都陪着我。他不可能是莱金德。"

　　"这是事实。"莱金德伸出手臂搂住泰拉的肩膀；他充满占有欲地将她拉到他身边，在他宽阔的怀抱里，她看起来就跟个孩子似的。

　　"把你的手从她身上拿开！"斯嘉丽向莱金德冲了过去。

　　"斯嘉！不要！"泰拉一把抓住斯嘉丽的头发，把她拉开，没有让她做出比抓挠更危险的动作。

"丹尼尔，真对不起。"泰拉说，"我不知道她这是怎么了。斯嘉丽，你别再发癫了！"

"他在骗你！"斯嘉丽奋力挣脱泰拉的拉扯，头皮火烧火燎地疼，"他是个杀人犯。"

只是莱金德现在看起来毫无杀手的样子。他穿着一身白，没有那种疯狂的笑容，看起来和圣徒一样心地纯洁："或许我们应该把她绑起来，以免她伤害自己。"

"不要！"斯嘉丽喊道。

一丝不安闪过泰拉的脸。

"亲爱的，她疯了，会伤害我们的。"莱金德的眉毛皱在一起，仿佛真的很担心，"还记得那些警告吗，人们往往都会入戏太深？我按住她，你去拿绳子。衣箱里有绳子可以用来干这个。"

"泰拉，求你了，别听他的。"斯嘉丽央求道。

"亲爱的，"莱金德哄骗道，他的声音里充满了虚伪的关心，"这也是为了她自己的安全。"

泰拉先是看看莱金德，眼神尽是纯真的狂喜，又看看斯嘉丽，注视着她那缠结在一起的头发和布满泪痕的脸颊。"我很抱歉。"泰拉说，"我不希望你受伤。"

"不！"此刻换成莱金德按住斯嘉丽，她再次猛烈摆动身体，连袖子都扯掉了，珠子掉了满地。他的手强壮得如同钢铁手铐，将她的手腕扭到背后，泰拉则去了更衣屏风后面。

"瞧见了吧，我叫她往东，她绝不会往西。"莱金德在她的耳边说。

"我求求你。"斯嘉丽央求道，"你放过她吧。只要你放她走，你让我

· 297 ·

干什么我就干什么。就算你让我从这个阳台上跳下去，我也会。但求你不要伤害她。"

莱金德一下子扳过斯嘉丽的身体。苍白的皮肤，高高的颧骨，眼睛里释放出毫不掩饰的疯狂光芒。"你会为她跳下去，为她而死？"他一推，放开了斯嘉丽，"那就去跳吧。现在。"

"你要我现在就跳？"

"不是现在。"他牵牵嘴角，露出一个充满疯狂意味的笑容，"我打算让你今晚死，就不会邀请你去参加她的葬礼了。你就走到阳台的边缘，尽可能靠边，但不要掉下去。"

斯嘉丽无法正常思考了。她不知道泰拉和莱金德在一起的时候是不是就是这种感觉——糊里糊涂，浑浑噩噩："我照办了，你保证不会伤害我妹妹？"

"我保证。"莱金德用一根苍白的手指在他的心脏上方画了一个 X，"如果你走到阳台边缘，我发誓，在我这神奇的一生里，绝不会再碰你妹妹。"

"你还要保证，也不会让别人碰她？"

莱金德从她扯烂的袖子看到她的一双赤足，把她打量个了一遍："你现在没资格和我做交易。"

"那你为什么还和我做交易？"

"我只是想看看你愿意走多远。"他的声音里夹杂着强烈的好奇，但他看她的目光里则充满了纯粹的挑衅。"你不愿意的话，就永远都别想救她了。"

在斯嘉丽听来，他的意思是：你做不到，就说明你不够爱她。

斯嘉丽坚定地向阳台边缘走去。她越走越近，晚风拂过她的脚踝。

斯嘉丽从不怕高，可当她壮着胆子看向下面如斑点一样的灯光和人，还是不由自主地感觉一阵晕眩。她看到地面是那么坚硬，如果跳下去，绝对没有生还的可能。

"停下！"莱金德喊道。

斯嘉丽愣住了，莱金德还在大喊大叫，声音中充满了虚假的惊恐，在该嘶哑的地方嘶哑不已："多娜泰拉，快来，你姐姐要跳下去了。"

"不！"斯嘉丽大声叫喊道，"我没有——"

莱金德瞪了她一眼，截断了她的话："你要是再说一句，就甭想得到我的任何保证。"

但他的保证根本不算数。她是个傻瓜，才会相信他说的话。他逼她走到边缘，叫她从泰拉身边走开。这会儿，泰拉拿着绳子出来了，看起来很害怕。

"斯嘉丽，求你了，不要跳！"泰拉的脸通红，布满泪痕。

"我不会跳的。"斯嘉丽坚持道。

"我很抱歉——她非要我放开她。"莱金德说，"跟着她说，她跳下去，就能摆脱这个游戏了。"

"丹尼尔，这不是你的错。"泰拉说，"斯嘉，求你了，离边缘远点。"

"他在说谎。"斯嘉丽喊道，"是他逼我到边缘来的——他说我这么做了，他就不会伤害你。"斯嘉丽意识到这话只会让她显得更疯狂，可惜要改口已经来不及了，"泰拉，求你了，你了解我；你知道我不会做那样的事。"

泰拉咬着下嘴唇，又一次显得犹豫不决，仿佛在内心深处不相信姐姐会自杀。

"我爱你，斯嘉，但我知道这个游戏会对人们产生不好的影响。"泰拉把绳子交给莱金德。他夸张地垂着头，像是也很伤心。

"不！"斯嘉丽很想退回去，但阳台边缘就在她后面。这个残酷的夜晚正如饥似渴地等她跳下去，把她一口吞下去。

她向前冲过去，希望能跑得比莱金德快，但是，他动起来就好像一条毒蛇。他用一只手掐住她的两只手腕，用另一只手把她按进一把椅子里。

"放开我。"斯嘉丽猛踢腿，泰拉此时也过来了，将斯嘉丽猛踢的脚踝绑在一起，莱金德则把她的手臂和胸口绑在椅子上。斯嘉丽能感觉到，莱金德在和泰拉说话的时候，他炽热的呼吸扑到她的脖子上。他的声音很低："等一等，看我接下来会干什么。"

"我要杀了你！"斯嘉丽喊道。

"是不是该给她吃点镇定剂？"泰拉问。

"不，我看这样就能把她制住一段时间了。"莱金德最后又用力拉了拉绳子，勒得斯嘉丽都喘不过气了。

后墙上一扇隐秘的门打开了，斯嘉丽的父亲和尼古拉斯·达西伯爵从门里走了进来，莱金德那疯狂的笑容又回来了。总督坚定地迈大步向前走来，高昂着头，肩膀挺直，仿佛他是一位贵客。伯爵似乎只对一个人感兴趣——斯嘉丽。

"泰拉！"斯嘉丽的恐慌开始飙升。

泰拉的脸上头一次出现了恐惧："他们怎么会到这里来？"

"是我邀请他们来的。"莱金德慷慨地用手臂一指斯嘉丽，而斯嘉丽看到那两个男人走进，则猛地挣扎，要挣脱绳索。

"绑好了，随时可以走，跟承诺的一模一样。"莱金德说。

"丹尼尔，你在干什么？"泰拉小声说。

"你真该听你姐姐的话。"莱金德让到一边，德拉格纳总督和尼古拉斯·达西伯爵走到斯嘉丽身边。

从她最后一次见到他后，伯爵已经梳洗过了。他的一头黑发梳得整整齐齐，换上了一件干净的石榴红色燕尾服。他盯着斯嘉丽，摇摇头，像是在说，这就是你不听劝的后果。

"不要松绑，可以吧？"总督道，他的眼中透露着报复的快感。

"丹尼尔，让他们离我们远点！"泰拉喊道。

"噢，多娜泰拉。"莱金德说，"你这个傻姑娘，还真是不撞南墙不回头。压根儿就没有丹尼尔·德恩格尔这个人。不过假冒这个人倒是挺过瘾的。"莱金德哈哈笑了起来，显得非常邪恶，与斯嘉丽第一次在隧道里听到的那可怕笑声如出一辙。

斯嘉丽拼命要挣脱绳索，有小碎片落入她的怀里。

泰拉没再说话，斯嘉丽看得出妹妹崩溃了。她死死盯着莱金德，一下子像是小了好几岁，身形也收缩了，显得格外脆弱。斯嘉丽觉得当她最初得知朱利安一直在骗她的时候，也是这个样子。虽然相信，却无法接受，等待着一个解释。而斯嘉丽知道，永远不会有解释。

看到莱金德坦白身份，德拉格纳总督露出了吃惊的样子。然而，伯爵似乎并不吃惊。他只是歪着脑袋。

"我不相信你。"泰拉说。

"你希望我表演一个魔术，证明我的真实身份？"

"我不是不相信你的身份。你说过你爱我。"泰拉说，"你对我说过那么多话——"

"那都是谎话。"莱金德语气平淡地说。这样平淡的语气背后隐藏着什么？仿佛泰拉是个微不足道的人，连让他憎恨都不够格。

"可是……可是……"泰拉结结巴巴地说，莱金德在她身上投下的咒语终于打破了。如果泰拉是由陶瓷做成的——斯嘉丽一向认为如此——那她此时就会碎成一片一片。她不停地后退，越来越靠近危险的阳台边缘。

"泰拉，别走了！"斯嘉丽喊道，"边缘就在你后面。"

"除非你们离她远点，否则我不会停下。"泰拉瞪了她父亲和伯爵一眼，"你们当中有一个向我姐姐再走一步，我发誓我会跳下去。还有，父亲，你知道的，没有了我，你永远也不能控制斯嘉丽。即便你抓住了她，这桩婚事也成不了。"

总督和伯爵不再走，泰拉穿着银色的舞鞋，依然向阳台边缘走去。

"泰拉，停下！"斯嘉丽拼命挣扎，猛烈摆动身体，珠子都从裙子上掉了下来。不可能。她已经眼睁睁看着朱利安死去，所以现在不可能让这一切发生。她不能像这样失去泰拉。"你太靠近边缘了！"

"太迟了。"泰拉放声大笑，笑声是那么尖厉，和她整个人一样歇斯底里。斯嘉丽很想跑到她身边，抓住她，让她不再在阳台边缘蹒跚。只可惜绳索依然紧紧地绑着她。她脚上的绳子松了，手臂还被绑着。只有星星带着怜悯，看着她左摇右晃，盼着她在撞翻椅子后，能撞断一个椅子腿，最终挣开束缚。

"多娜泰拉，好啦。"她父亲说，语气竟然有几分温柔，"你还是可以和我一起回家。我原谅你了。你和你姐姐，我都原谅了。"

"你以为我会相信？"泰拉怒道，"你是个骗子，比他还要可恶！"她用颤抖的手指一指莱金德。"你们都是大骗子！"

"泰拉，我不是。"只听噼啪一声，斯嘉丽的椅子倒在了地上，其中一个椅子腿摔碎了，她终于弄掉绳索，向边缘跑去。

"斯嘉，退后！"泰拉又走了一步，脚尖已经越出了边缘。

斯嘉丽连忙停下脚步。

"泰拉，求你了——"斯嘉丽试探性地又走了一步，泰拉摇晃了一下，她只好再次停住不动，生怕走错一步，妹妹就会从边缘掉下去，而她是那么急切地要将妹妹从那个危险境地救出来。

"求你了，相信我。"斯嘉丽伸出一只手。她的手上没有了血迹，她希望能救下泰拉，不要像刚才那样在隧道里眼睁睁看着朱利安死去："我会想办法照顾你的。我真的很爱你。"

"噢，斯嘉。"泰拉说。泪水从她粉红色的脸颊上不住地向下流。"我也爱你。我真希望自己和你一样坚强。坚强到可以盼望更好的生活，但我再也受不了了。"泰拉用淡褐色的眼睛望着斯嘉丽，如同刚刚砍断的树一样悲伤。跟着，她闭上眼睛，好似泰拉连再看她一眼都受不了。"我说过，我宁愿在天涯海角去死，也不愿意在特里斯达过悲惨的生活，这是我的真心话。我很抱歉。"

泰拉用颤抖的手指送给姐姐一个飞吻。

"不要——"

泰拉从阳台边缘跌了下去。

"不要！"斯嘉丽看着妹妹坠入黑夜之中，放声哀号道。

她没有翅膀，这一掉下去，只有死路一条。

38

对于接下来的事，斯嘉丽宁愿只记得一些零碎的片段。她不会记得泰拉像个布娃娃一样，从高高的阳台上下坠，鲜血在她周围晕开。

即便是在当时，斯嘉丽也无法从妹妹那毫无生命的尸体上移开目光。她一直在祈祷。祈祷泰拉能动。祈祷泰拉能站起来走路。祈祷有一个钟表可以让时光倒流，再给斯嘉丽一次机会去救她。

斯嘉丽还记得她第一天来时见到的那块可以扭转时间的怀表。如果朱利安偷的是那块表，该有多好。

可惜朱利安也死了。

斯嘉丽痛哭起来。她失去了他们两个。斯嘉丽哭呀哭呀，到最后，她的眼睛，她的胸口，还有她从不知道会疼的那部分身体，都开始传来剧痛。

伯爵走近，像是要来安慰她。

"别动。"斯嘉丽伸出一只哆哆嗦嗦的手,"求你了。"她哽咽着说出这几个字。她无法忍受任何人的安慰,特别不需要他的安抚。

"斯嘉丽。"她父亲说。伯爵走开,他走近。或者说,他是拖着脚走的。他驼着背,像是有一个无形的包裹压在他的背上。斯嘉丽头一次觉得她父亲不是怪物,而是一个伤心的老人。她看到他的鬓边生出了很多白发,眼睛红红的。他就好像一条不能喷火、翅膀折断了的龙:"我很遗憾——"

"得了。"斯嘉丽打断了他的话;他活该,"我再也不想见到你了。我甚至不愿意听到你的声音,我也不愿意让你假惺惺地道歉,从此不再愧疚。这一切都是你造成的。是你把她逼到了这个地方。"

"我只是在保护你们。"德拉格纳总督的鼻孔在喷火。他的翅膀或许折断了,可他还有火焰:"要是你们听我的话,而不是一向忤逆我,忘恩负义——"

"先生!"优婉大胆地走到德拉格纳总督面前,斯嘉丽之前都没注意到她,"我觉得你说——"

"滚开。"总督给了优婉一巴掌。

"别碰她!"斯嘉丽和莱金德同时喊道。莱金德像一道闪电似的向前走去。他瞪着一双漆黑的眼睛盯着总督:"决不允许你再伤害我的表演者。"

"不然你能怎么样?"德拉格纳总督吼道,"我清楚规则。我知道,只要这个游戏还在进行当中,你就不能伤害我。"

"那你也该知道,游戏在日出时结束,很快就到了。太阳出来了,那些规则就再也不能束缚我。"莱金德咧开嘴笑了,"你们都见过了我的真面目，我就更有理由让你们从这个世界上消失了。"

莱金德手腕一抖，阳台上的烛台和火坑都变得更亮了，地狱般的橙红色火光投射到黑曜岩地面上。

德拉格纳总督的脸一下子变得煞白。

"我不在乎你的女儿。"莱金德又说道，"但我的表演者个个都很重要，我知道你干了什么勾当。"

"他在说什么？"斯嘉丽问。

"别听他胡说。"总督道。

"你父亲以为他能杀了我。"莱金德说，"总督误以为丹特是卡拉瓦尔秀的班主，就把他干掉了。"

斯嘉丽惊愕地看着父亲："是你杀了丹特？"

就连此时站在远处的伯爵也被这个消息弄得心神不安。

德拉格纳总督的呼吸变得粗重起来："我只是想保护你！"

"或许你现在该想想怎么保护你自己。"莱金德接着说道，"如果我是你，总督，我现在就离开，这辈子再也不到这里来，也不去任何我可能出现的地方。下次我见到你，结局就不会这么顺利了。"

伯爵第一个打起了退堂鼓："我与任何谋杀事件都没关系。我来这里，只是为了她。"伯爵瞥了一眼斯嘉丽，就这么看了她很久。他一直都没说话，他的嘴唇弯曲着，刚好露出一口白牙。她头一次从他身边跑开的时候，他就是这副表情；仿佛一场只属于他们两个的游戏才刚刚开始，而他急切地盼着开始游戏。

斯嘉丽感觉，尽管尼古拉斯·达西伯爵就要离开了，他们之间的事还远远没有结束。

伯爵一歪脑袋，嘲弄似的鞠了一躬。跟着，他转过身，大步走出大门，银色的靴子发出嗒嗒声。

"快点。"总督挥了挥一直颤抖的手，示意斯嘉丽离开，"我们该走了。"

"不要。"斯嘉丽又开始颤抖，但她立场坚定，"我才不要跟你走。"

"你这个愚蠢的——"总督咒骂道，"你留下来，他就会弄得我们家破人亡。这就是他的目的。可如果你愿意和我一起走，他就输了。我很肯定伯爵还是会——"

"我绝对不会嫁给他，你逼不了我。是你毁了我们一家人。你眼里只有权力，只想控制别人。"斯嘉丽说，"但你再也摆布不了我。现在泰拉走了，你手里没有筹码了。"

有那么一刻，斯嘉丽很想跑到阳台边上，说，你赶快走，不然你将失去两个女儿。可她绝不会允许他像毁掉她妹妹那样毁掉她。她要做她早就该做的事。

"我知道你的秘密，父亲。我以前太害怕了，现在你不能利用泰拉来控制我了，我没有理由继续保持沉默。我知道你认为你能在杀人后逍遥法外，可要是我告诉你的守卫，你杀掉了他们的儿子，我想他们必定不会继续为你卖命。我会告诉整座岛上的人，你杀了费利佩，亲手把他淹死，而你这么做就是为了威胁我，让我听你的话。等到费利佩的父亲知道了这件事，你觉得你还能睡个好觉吗？而且，我知道的秘密不仅这一桩，这些事情一定会让你建造的一切毁于一旦。"

斯嘉丽这辈子从未这么大胆。她的心，她的灵魂，甚至她的回忆，都开始疼了。她身上的一切都疼痛不已。她感觉整个人都被掏空了，同时又感觉非常沉重。她连呼吸都是疼的，需要费很大力气才能说出话。但她还活着。她还在呼吸，还能说话，还有感觉。她整个人都处在痛苦之中，却也无所畏惧。

而且，她父亲头一次看起来很怕她。

他更害怕莱金德。不管怎么样，他这一走，她觉得他再也不会来找她了。要是没有了忠诚的守卫，总督肯定活不长。征服群岛不是太平地方，总有人想要篡权。

所以，当他走出门，她本该觉得胜利了才对。斯嘉丽终于自由了。终于摆脱了她父亲。可以去任何她想去的地方——有了朱利安的那块带坐标的怀表，她就可以做到。

朱利安。失去他的痛苦与失去泰拉的痛苦不一样：失去他们两个，她好像被劈成了两半。她此刻泪如泉涌，一想到朱利安，她就想到了一件事。她还记得为什么她会把他的尸体丢在隧道里。

她赢得了比赛。她还可以要求领取愿望大奖，而莱金德就在这里。

有那么一刻，希望在她心里升起，相比沉痛的悲伤，这个希望显得那么轻飘飘。难以形容，闪着彩虹色光芒——根本不可能抓得住。

因为她要救的人不止朱利安一个。

斯嘉丽的胸口又疼了起来。泰拉和朱利安都死了。她感觉好像这不该是个选择。但这就是一个选择，让她感觉她不像个姐姐。也有可能是朱利安比她以为的还要重要，因为尽管她知道她会选择泰拉，可她无法立即说出口，仿佛有办法可以救他们两个，只是她还没想到而已。

一边是妹妹，另一边是斯嘉丽心爱的男孩子。

朱利安是因为她才死的。他拿他的一切去冒险，不光面对她父亲，还在斯嘉丽去见莱金德之前，送给她那块怀表。斯嘉丽还记得他挣扎着要把真相告诉他，他的声音听来那么紧绷。保护她又不是他的职责，他却还是尽了全力。他还让她感觉到了她从来不知道她会渴望的东西，为此，她会永远爱着他。

泰拉不仅仅是她妹妹，还是她最好的朋友，是她在这世上最爱的人，是她有责任去照顾的人。

斯嘉丽下定决心，于是转身看着莱金德："我赢了。你欠我一个愿望。"

莱金德哼了一声，像是被逗乐了："恐怕我的答案是不。"

"不？什么意思？"

莱金德冷冰冰地说："听你的语气，我认为你已经知道我的意思了。"

"我赢得了比赛。"斯嘉丽争辩道，"我解开了你那些混淆不清的提示。我找到了我妹妹。你欠我一个愿望。"

"发生了这么多事，你真以为我会给你一个愿望？"莱金德周围的蜡烛闪烁了一下，仿佛是在和他一起哈哈笑。

斯嘉丽攥起拳头，让自己不要哭，即便此时泪水就在她眼里打转。给她一个愿望，让她在两个她深爱的人之间做选择，已经够残忍了，现在竟然没有愿望，那感觉真是难以言表："你是怎么了？现在有两个无辜的人死了，你一点都不在乎吗？你真是冷酷无情。"

"如果我那么卑鄙，那你为什么还好端端地在这里？"莱金德说。当他看着她，眼睛里不再像她第一次见到他时那样，如同闪闪发光的宝石。如果换作别人，她肯定会发誓说他看起来很难过。

那肯定是她很难过的缘故。斯嘉丽能看到各种东西，是因为莱金德显得更黯淡了。比他在隧道里或是刚来到阳台时都要黯淡。仿佛他之前一直有魔力，这会儿，不知怎的，魔力消失了，他不再是从前的那个莱金德了。在隧道里，他白皙的皮肤冒着亮光，现在似乎灰蒙蒙的，几乎有些模糊，好像她看到的是一幅随着时间的流逝而逐渐模糊的透视图。

多年以来，斯嘉丽都认为没人比她父亲更坏，没人能比莱金德更懂魔法，卡拉瓦尔秀班主尽管能用火来变魔术，现在却好似没那么强大的魔法了。或许，他之所以说他不能奖给她那个愿望，是因为他做不到。

斯嘉丽见证了很多奇迹，所以她相信真的有愿望成真这种事。她试着回忆所有听过的关于魔法的故事。优婉曾说过，不同的东西能让愿望成真，时间就是其中一个。她祖母说那就是渴望。朱利安将他的一天生命送给她，用的是他自己的血。

血。对了。

在卡拉瓦尔秀的世界里，鲜血具有某种魔力。如果一滴血能给别人一天的生命，或许斯嘉丽献出足够的她自己的血，就能让朱利安和泰拉都活过来。

她转身看着小优。"我怎么才能到街上去？"斯嘉丽不肯定这个女孩会不会回答她，但小优马上就告诉斯嘉丽怎么去找她要找的东西。

外面越来越黑，时间是以秒计算的，灯光暗了，昭示着这是夜晚的最后一小时。

一大群人围在泰拉周围。宝贝疙瘩泰拉再也不是斯嘉丽的泰拉了。不会再有她的笑，她的秘密，她的取笑，所有组成斯嘉丽心爱妹妹的一切都不会再有了。

斯嘉丽没有理会看热闹的人，自顾自蹲下，妹妹的鲜血染红了她的身体。泰拉看起来破碎不堪，手臂和腿以怪异的角度扭曲着，亮丽的米色鬈发浸透在鲜红的血液里。

斯嘉丽狠狠咬了一下手指，将血滴在掌心。她把带血的手掌按在妹妹那一动不动的蓝紫色嘴唇上。

"泰拉，快喝！"斯嘉丽说道。她的手指哆哆嗦嗦，一直把手按在泰拉的嘴上，泰拉没有动，也没有呼吸。

"求你了，你对我说过的，人生有很多值得我们追求的。"斯嘉丽小声道，"你不能死。我希望你能回到我身边。"

斯嘉丽闭上眼睛，像是在祈祷一样，重复了一遍又一遍。在她父亲杀了费利佩那天，她就不再相信愿望这回事了，可卡拉瓦尔秀让她再次相信魔法。莱金德说他不会实现她的愿望，这不要紧。就好像她祖母说的那样：如果一个人最渴望一件事，那每个人都可以得到一个不可能实现的愿望，还可以借助魔法的力量来实现愿望。斯嘉丽最爱妹妹，这样一来，再加上卡拉瓦尔秀的魔法，或许就够了。

她继续重复自己的愿望，周围的烛灯渐渐都燃烧殆尽，到最后，不再有任何火焰，她怀里那个女孩依然一动不动。

不管用。

泪珠顺着斯嘉丽的脸颊滚滚向下流。她可以就这么抱着泰拉，等到她们两个都变干瘪，化为灰尘，提醒其他人，在充满欺骗的卡拉瓦尔秀中入戏太深，就会落得她们这样的下场。

这个故事本可以到这里就结束了，只剩下无尽的泪水和喃喃的泣诉。然而，就在太阳即将升起的时候，在黎明前的黑暗时刻，也就是夜里最黑暗的一刻，一只古铜色的手轻轻地晃了晃斯嘉丽的肩膀。

斯嘉丽抬起头，就见优婉站在她面前。蜡烛和提灯几乎都灭了，冒着烟，斯嘉丽看不清她的脸，但她听得出她那轻快活泼的声音："游戏很快就要正式结束了。过不了多久，清晨的铃声就会敲响，人们也会去打包行李。我想你或许要去收拾你妹妹的东西。"

斯嘉丽仰起头，看向泰拉的那个没有边缘的阳台——不，那个没有边缘的阳台属于莱金德："不管是什么，我都不要了。"

"但或许你想要也说不定呢。"小优说。

Chapter 8
卡 拉 瓦 尔 秀 结 束 后 的 第 一 个 白 天

39

斯嘉丽来到泰拉的阳台房间，觉得眼前的一切只是个鬼把戏，是另一种折磨她的方法。这个房间里的物品都是新的，裙子、皮草、手套。没有一样感觉真正属于泰拉。唯一感觉像是泰拉的东西的，就是斯嘉丽对泰拉死时穿的那条长春花色裙子的回忆。那件衣服没能给她带来一个幸福的结局。

不管小优以为什么——

一个东西吸引了斯嘉丽的注意，她不由停下脚步。在那些毫无价值的东西中，有一个很长的长方形盒子，使用刻花玻璃制成，带有银边，还有个扣钩，斯嘉丽看后，心跳竟然漏掉了一拍。扣钩呈现出太阳形状，里面有一颗星星，星星里有一滴泪珠。

卡拉瓦尔秀的标志。

相比紫色，斯嘉丽现在更恨这个徽章，但她知道，这个带有讨厌标志的盒子刚才不在这里。

斯嘉丽慢慢地打开盖子。

里面有一张纸。她小心翼翼地展开那张纸。日期差不多是一年前。

炽热季第一日

爱兰丁王朝 56 年

亲爱的莱金德班主：

我相信你是个骗子、恶棍、暴徒，所以，我很需要你的帮助。

我父亲也是个恶棍，不过不像你那么风度翩翩。他就好虐打他的女儿。我知道这不是你的问题，而且，你八成有一颗黑心，所以你根本不会在乎。然而，我还了解到，在几年前的卡拉瓦尔秀上，一个女人在遭到你拒绝后便纵身跳下阳台，而当时你产生了一种感觉。我听说你很难过，而这正是你停止巡回演出的原因。

帮助我和我姐姐或许不能完全弥补已经发生的悲剧，但可以起到一点点助益。我还认为，这能制造出一次非常有意思的游戏，而我知道你特别喜欢游戏。

真挚的，

多娜泰拉·德拉格纳

斯嘉丽把这封信看了一遍又一遍。每次她都会多相信一点点，直到最后，她就确信无疑了。

这个游戏还没有结束。似乎斯嘉丽是对的：今年的卡拉瓦尔秀其实不仅仅有关莱金德和她祖母。事实上，好像是她妹妹与卡拉瓦尔秀班主做了个交易。

"小优！"她喊道，"优婉！"

待到优婉的名字第二次被唤起的时候，那个女孩迈着格外欢快的步伐，走了过来。

"带我去见莱金德。"斯嘉丽说。

4 0

"这是什么意思？"斯嘉丽问道。

在她对面，莱金德坐在一张穗饰的香槟色椅子上，透过一扇椭圆形的窗户凝视窗外。这个房间里没有阳台。斯嘉丽觉得这个地方很恶心——如果一个房间能让人觉得恶心的话。偌大的空间呈现出黯淡的米黄色，只有两把褪色的椅子。

莱金德依然望着窗外，斯嘉丽在他面前晃了晃那封信。他看着下面那些人拖着皮箱和毯制旅行袋，开始鱼贯返回"现实"世界。

"我一直在琢磨你什么时候来。"他轻描淡写地说。

"你和我妹妹做了什么交易？"斯嘉丽问。

一声叹息："我从不做交易。"

"那你为什么要留下这封信？"

"不是我留的。"卡拉瓦尔秀班主终于不再看窗户，然而，他那沉着的表情有些失衡，或者说，像是缺了点什么。

"你想想看，是谁希望你拿到这封信？"他问。

她首先想到的依然是莱金德。

"不是我。"他重复了一遍，"给你个提示，应该不难猜。你想想谁能把信留给你。"

"多娜泰拉？"斯嘉丽倒抽一口冷气。她可能是在取绳索的时候移动了这个盒子："但为什么？"

莱金德没有理会这个问题，而是交给斯嘉丽薄薄一沓信："我应该把这些也给你。"

"你有什么事没告诉我？"斯嘉丽说。

"那不是我的职责。"莱金德站起来，走到斯嘉丽近前，近到伸手就可以摸到她。他又戴上了天鹅绒大礼帽，穿了燕尾服。只是他没有笑，也没做任何她觉得与他联系在一起的那些疯狂事情。他看着她，不像是他在看她，而是好像他尝试向她展示自己。

斯嘉丽又一次感觉到他好像缺失了某种东西，犹如乌云分开，本应该露出太阳，可除了更多乌云，什么都没有。在泰拉的房间里，好像他想要她看到他有多疯癫；他还让她相信，他随时都会做出疯狂的事情。现在则好像和现实正好相反。

我的职责这几个字不断在斯嘉丽的脑海里回荡。

"你不是真正的莱金德，对吧？"

他露出了一个淡淡的微笑。

"是还是不是？"斯嘉丽可没心情猜谜。

"我叫卡斯帕。"

"这依然不是答案。"斯嘉丽说。她瞪着他，拼图开始在她的脑海里拼凑在一起，创造出一幅她在此刻之前无法看清的完整画面。挂在她脖子上的怀表变得滚烫，她会想到每次朱利安想坦白，就说不出话来，仿佛他的身体说不出话来一样。在斯嘉丽跳下去之前，他在旋转木马上又遇到了这种情况。

"作为一名被施了魔法的表演者，就无法说出某些话。"斯嘉丽大声道出了她的猜测。她还想起了别的，那是她在梦中听到的话，而她永远都不会忘了这句话。他们说，莱金德在每一次游戏里都有一个不同的面貌。

不是魔法。而是一群演员。这也解释了为什么在阳台上的时候，卡斯帕看起来黯淡无比，活像是正版莱金德的仿制品，他肯定是被施了某种魔法。随着卡拉瓦尔秀接近尾声，魔法就开始失效了。他的眼角现在是红的，眼角下方是肿胀的。在隧道里，他那白皙的皮肤异常完美，现在她却看到他的下巴上有细小的伤疤，她认为那是在剃须的时候弄伤的。他的鼻子上还有几个雀斑。

"你不是真正的莱金德。"这次她是在宣布事实，而不是在提问，"所以你才说不会奖给我愿望。你只是个演员，不能让愿望成真。"

似乎这个游戏并未真正结束。

斯嘉丽本该知道不要期盼真正的莱金德会为了她出现。在收到他的回信前，她给他写了多久的信？

"有没有真正的莱金德存在？"

"当然。"卡斯帕哈哈笑了，只是他的笑淡淡的，夹杂着一丝苦涩，"莱金德实实在在，但是，大多数人就算见到他，也无从得知哪个人是他，他的表演者也是如此。卡拉瓦尔秀的班主不会到处介绍自己就是莱金德。他几乎向来都假装自己是别人。"

斯嘉丽想到她在卡拉瓦尔秀期间见到了无数人。她不知道他们中是否有一个就是令人琢磨不透的莱金德。"你见过他吗？"她问。

　　"他们不让我回答这个问题。"

　　换句话说，他没见过。

　　"然而，"他又道，"似乎你妹妹得到了他的关注。"卡斯帕冲着斯嘉丽的手一仰头。

　　六封信，由两个人写成。是在泰拉第一封信之后的那个季节开始写的。

收获季第 1 天

爱兰丁王朝 56 年

亲爱的德拉格纳小姐：

　　你提出了一个很有趣的问题，不过我不肯定你是出于怎样的妄想，才会相信我能帮你。如果你知道我的历史，你该知道，我和你祖母安娜莱斯之间发生过什么。

莱金德

——

收获季第 16 天

爱兰丁王朝 56 年

亲爱的莱金德班主：

　　我对你的历史一清二楚。我还知道，曾经有人告诉你，你在卡拉瓦尔秀里扮演的角色会影响你真正的个性。我最近听说，那个女人自杀之后，你就决定不再做个恶棍，并且很想当个英雄。我现在就能给你一个赎罪的机会。

多娜泰拉·德拉格纳

——

收获季第 44 天
爱兰丁王朝 56 年

亲爱的德拉格纳小姐：

我对赎罪没兴趣。不过，如果你愿意付出很多，我倒是可以考虑一下，与你合作。

莱金德

——

收获季第 61 天
爱兰丁王朝 56 年

亲爱的莱金德班主：

上刀山下火海我也在所不惜。就算是死也无所谓。

多娜泰拉·德拉格纳

——

斯嘉丽暗骂妹妹竟然会写出这么愚蠢的话。愚蠢，鲁莽，毫无理性，真是太轻率了——

在看到下一封信的时候，斯嘉丽的怒气一下子就平息了。

收获季第 76 天

爱兰丁王朝 56 年

亲爱的德拉格纳小姐：

我想知道，你是否相信有人会爱你至深，盼着你起死回生？

莱金德

————————————————————————————————————

冰冷季第 1 天

爱兰丁王朝 56 年

亲爱的莱金德班主：

当然。

多娜泰拉·德拉格纳

————————————————————————————————————

这是最后一封信。斯嘉丽又看了一遍，每次看，她的眼里都充满了灼痛的泪水。泰拉在想什么？

"看来是她以为你能希望她起死回生。"卡斯帕说。

斯嘉丽并没有意识到她竟然把那个问题说了出来。或许卡斯帕的回答本应该可以叫她好受点。

实际上却没有。

斯嘉丽又低头看了看那些信："我妹妹是怎么知道这些事情的？"

"我不能替她说。"卡斯帕说，"但我可以说，卡拉瓦尔秀并不是唯一一个用秘密来交换物品的地方。你妹妹肯定是用什么价值高昂的东西换来了这些见闻。"

斯嘉丽的手直哆嗦。一直以来，泰拉一直在努力救她们两个。斯嘉丽却没能做到。她一直希望泰拉可以起死回生，但她肯定爱她爱得不够。

在椭圆形窗户的另一边，整个世界又黯淡了下来。不管卡拉瓦尔秀有怎样的魔法，那些魔法都很快会化为尘埃。这些建筑呀、街道呀，都将随之化为乌有。斯嘉丽看着外面的一切渐渐消失，又有泪水滚落下来："泰拉，你真傻。"

"我个人认为聪明这个词更合适。"

斯嘉丽猛地转过身。

只见一个女孩子站在那里，带着坏坏的微笑，留着一头天使般的鬈发。

"泰拉？真的是你吗？"

"噢，拜托，我还以为你能说点更有意思的话呢。"泰拉向房间里走了几步，鬈发飘飘，"别哭了。"

"我明明看到你死了。"斯嘉丽脱口而出。

"我知道，相信我，从高处跳下去可不是寻死的好办法。"泰拉又笑了，不管她死的时间有多短，还是有多假，她的死依旧感觉那么真实，又那么快，根本不可能拿来开玩笑。

"你怎么能——把我蒙在鼓里？"斯嘉丽结结巴巴地说，"你怎么能在我面前假装自杀？"

"我想还是让你们两个单独谈谈吧。"卡斯帕慢慢地向门走去，其间看了斯嘉丽一眼，"但愿这一切没有引起你的反感。你们去派对吗？"

"派对？"斯嘉丽问。

"别理他。"泰拉说。

"别再跟我说该做什么！"斯嘉丽失控了，又痛哭起来。她有些歇斯底里，不停地打嗝、打喷嚏。

"对不起啦，斯嘉。"泰拉走近，拥抱了斯嘉丽，"这不是我的本意。"

"那你为什么还要那么干？"斯嘉丽挣脱她的怀抱，打着嗝绕到一把穗饰椅子后面。不管看到泰拉还活着，她有多如释重负，她始终无法摆脱看着她死时的那种感觉，更忘不了抱着她的尸体、觉得再也听不到她的声音时的感受。

"我早知道你的爱能让我起死回生。"泰拉说。

"但我没有把你带回来。莱金德没有奖给我那个愿望大奖。"

"愿望不是别人给的。"泰拉解释道，"莱金德或许可以给你一点魔法，来助你一臂之力，但只有你最渴望一件事的时候，愿望才会成真。"

"你是说，是我的愿望让你起死回生的？"斯嘉丽还是不明白。刚见到妹妹活生生出现，有呼吸，还无礼地开玩笑，她认为泰拉的死是个精心设计的把戏。可妹妹此时非常严肃："泰拉，如果失败了该怎么办？"

"我知道你能做到的。"泰拉坚定地说，"没有人像你那样爱我。如果卡斯帕让你相信，跳下阳台就能保护我，你一定会毫不犹豫地跳下去的。"

"我倒不知道呢。"斯嘉丽小声说。

"我知道。"泰拉说,"在游戏期间你见不到我,我却偷偷溜出去见过你几次。就算你通不过那些测试,我知道你还是能救我。"

"测试?"斯嘉丽问。

"莱金德非要你经历一系列考验。他答应会用一些魔法,但你必须心诚,不然到了游戏结束时就起不了作用了。所以服饰店的那个女人才会问你最大的心愿是什么。"

"我没有通过那项测试。"

"不是所有测试你都没过。你通过了最重要的考验,这就够了。如果你没有,我就不会跳了。"

斯嘉丽还记得卡斯帕让她走到阳台边缘时说过的话。你不愿意的话,那就永远都别想救她了。

"求你了,别生气了。"泰拉噘起心形嘴唇,"我这么做,也是为了我们两个嘛。你也说过,我若是跑了,父亲会追到天涯海角。"

"但如果你死了,就不会这样了。"斯嘉丽说道。

泰拉严肃地点点头:"那天夜里我们离开的时候,我留下了两张票给他,还留下莱金德的一张字条,上面说父亲可以在卡拉瓦尔秀上找到我们。"

斯嘉丽一想到泰拉偷溜进父亲的书房,就不禁倒抽一口凉气。斯嘉丽还是想责怪妹妹几句,竟然设计出这么危险和可怕的阴谋,不过斯嘉丽也看得出来,她一直以来都低估了泰拉。她妹妹比她期待中的还要伶俐、聪明、勇敢。

"你应该提前告诉我的。"斯嘉丽说。

"我也想。"泰拉谨慎地绕过椅子，姐妹两人面对面。她已经换下了那件死时穿的破烂衣服，现在穿了一身白色，活像是个幽灵。斯嘉丽不知道，是不是正是这个原因——再增添一点戏剧效果，她才选择这条裙子。

"你都不知道，在离开特里斯达之前，瞒着你所有事有多难。刚才我们在阳台上，我都要吓死——反正我就是紧张极了。但交易的一部分就是我不能泄露一个字。莱金德告诉我，那样会给你造成太多压力；他还说，你一害怕，可能就会失败。那个恶棍就喜欢玩游戏。"泰拉露出了生气的表情。

斯嘉丽感觉这个游戏不只是泰拉所做交易中的样子。考虑到斯嘉丽对莱金德的了解，这一点也不奇怪。

"这么说，这一切真的与安娜祖母没关系？"

泰拉点点头："他们确实有过一段情史。她选择了另一个男人，所以他们的结局并不好，但是，莱金德从来都不曾发誓要毁掉她的女性后代。祖母来到征服群岛嫁给了我们的祖父，那之后，就有传闻说，她逃到那里是为了躲避莱金德的报复，但这也不是真的。我相当肯定，从那以后，有很多女人上过他的床。"

斯嘉丽想到了洛萨，还有泰拉在信中写到的内容。就算莱金德没有发誓毁掉祖母，那他那颗破碎的心至少也毁掉了另一个女人。斯嘉丽还觉得就因为她们是安娜莱斯的孙女，莱金德才会把她和泰拉玩弄于股掌之上，而且做得太过分了。

她本该问更多问题的，尽管她对莱金德好奇得很，却依然无法忽略另一个人的死给她带来的剧烈痛苦，压得她喘不过气。

"我想知道朱利安的事。"

泰拉咬着嘴角："我也想知道。"

"什么意思？"斯嘉丽艰难地问出了这个问题。她本想问更多问题，却无法让自己问出他是不是真的死了。自从泰拉走进来，斯嘉丽就盼着朱利安也是假死。泰拉的表情变得难以捉摸，斯嘉丽担心今天只能得到一个幸福的结局："你知道他会死？"

泰拉缓缓地点点头："都是我的错。"

4 1

斯嘉丽脸色惨白，瘫坐在椅子上："是你害死了他。"

"别生气嘛。我只是在保护你。"

"害死他是要保护我？"

"他不是真的死了。"泰拉保证道。

"那他现在在哪里？"斯嘉丽环顾四周，好像他会突然从门里走进来。可当门没有打开，泰拉蹙起眉头，斯嘉丽又慌了："如果他还活着，那为什么他没和你一块来？"

"要是你冷静下来，我就把一切解释给你听。"泰拉的声音有一丝颤抖，"游戏开始前，我告诉莱金德，我不希望你爱上任何人。我知道你有多想嫁给伯爵。我不喜欢这个主意，但我希望你能因为你自己而选择另一条路，而不是因为一个卡拉瓦尔秀的表演者假扮的人。所以……"泰拉顿了顿，拉长音说出"所以"两个字，然后像竹筒倒豆子一样说了起来，"我告诉莱金德，如果那样的情况真的发生了，我希望那个表演者在游戏结束前就离开，你自己决定还要不要你的未婚夫。现在我知道这真是大错特错了。我发誓，我是在保护你的心不受到伤害。"

"你不该——"

"不用说了。"泰拉穿着高跟鞋，身体晃了晃，眉头又紧皱起来，"我知道我犯了很多错。我想象的结局完全是另一个样子。我真没想到莱金德这人这么难以捉摸。他应该早早让朱利安退出游戏，我实在没料到莱金德会当着你的面杀掉他。"

泰拉似乎真的很抱歉，但这无法平息在斯嘉丽心中翻搅的恐惧。没有人应该被迫在同一个晚上看着两个心爱之人死去："那朱利安现在真的还活着？"

"是。为什么你看起来不太高兴呢？"泰拉扬起秀眉，"根据我听说的你们两个的事，我还以为——"

"我现在不想讨论我的感觉。"也不愿意讨论她妹妹听说的那些事。她开始感觉事情有点脱轨了。太多真实的事情与虚假的阴谋混合在一起，纠纠缠缠，想解也解不开。斯嘉丽很想因为朱利安还活着这事而兴奋，但她在他死时感受到的痛苦依然记忆犹新，知道这一切都是假装的，那就表示她深深爱上的朱利安并不存在——他只是莱金德的一个表演者扮演的角色而已。

"我想知道这到底是怎么回事。我要知道哪些是真的，哪些不是。"泪水又开始在她的眼眶里打转。斯嘉丽知道她该开心才对，她在一定程度上感觉松了口气，只是她现在糊涂极了："所有的一切都是提前计划好的？"

"不是。"泰拉挨着斯嘉丽坐在一把椅子上，"我和你被绑架都是我出的主意。我知道，在我们在阳台见面之前，你会接受考验，而我会在那里跳下去。不过这之间发生的大多数事情都不在计划中。"

"在每次游戏之前，表演者都会被施魔法，以免他们说出真相，比如承认他们是演员。"泰拉又说，"他们都有指南，但他们的行动并不都是提前设计好的。我想你已经知道这个了，但在卡拉瓦尔秀期间，总会有一些真实的事件掺杂进来。人都有自由意志。所以，我没法告诉你朱利安做的哪些事是真的。我可能不该告诉你，在他把你带到岛上来之后，他的角色就该结束了。"泰拉意味深长地顿了顿。

朱利安说过类似的话，但看其他事情，斯嘉丽不再肯定她是不是相信他对她说过的那些话。根据她所了解的一切，朱利安其实就是莱金德。

然而，她不得不问："你这话是什么意思？"

"据其他表演者说，朱利安只需要把我们带到这座岛上，然后就走掉。我觉得他应该在钟表店就离你而去了。实际上却没有。"泰拉说，"另外，为防你想知道，我应该告诉你一声，我和朱利安并没有真的在一起。我们没接过吻。"

斯嘉丽的脸上出现了两片红晕；她一直努力不去想这事来着："泰拉，我可以解释，我永远不会——"

"你不需要解释。"泰拉插口道，"我不会为了任何事责怪你。不过我得承认，当我得知事情的进展时，我真的很惊讶。"她的声音提高了，好像在强忍笑意。

斯嘉丽用手捂住脸。害羞这个词都不足以用来形容她现在的感受了。尽管泰拉这么说，斯嘉丽还是感觉受到了欺骗，很羞耻。

"斯嘉，没什么好尴尬的。"泰拉把姐姐的手从她滚烫的脸上拿开，"你和朱利安的关系没什么不好。你不用担心，不是朱利安告诉我你们两个之间的事的。大部分都是丹特说的，你不喜欢他，他好像很伤心。"

泰拉做了个鬼脸，斯嘉丽感觉她好像很满意这个结果。

"我想丹特也不是真死了？"

"不，他的确死了，但他和朱利安一样，也可以起死回生。"泰拉说。接下来，她尽全力解释了这些人的死亡和卡拉瓦尔秀的真相。

泰拉其实也不知道细节。人们不会谈论这种事情。泰拉只知道，莱金德的表演者在游戏中被杀了，那就是真的死了，但还可以复活。他们能体会到死亡带来的所有痛苦与不快，要等到游戏正式结束后才能起死回生。

"你也是这么起死回生的？"斯嘉丽问。

泰拉的脸变得煞白，比她的裙子还要白。斯嘉丽头一次想知道她妹妹的死到底是怎么一回事。泰拉善于掩饰她的真实情感，但听到她说话的声音，斯嘉丽便不住地颤抖："我不是演员。普通人在游戏中死了就是死了。好啦。"泰拉从椅子上站起来，声音很欢快，脸色不再苍白。"现在该去准备一下了。"

"准备什么？"斯嘉丽问。

"派对呀。"泰拉说得好像这是明摆着的事，"还记得你收到的邀请吗？"

"莱金德给的那个？那是真的？"斯嘉丽真说不准她觉得这是变态还是聪明。

泰拉一把抓住斯嘉丽的手臂，向大门走去："我才不许你不去这次庆祝派对！”

斯嘉丽不愿意离开妹妹，却也实在不喜欢参加派对。她倒是喜欢社交，只是在这个时候，她就是不能想象要去做调情、吃饭和跳舞这种事。

“快点啦！”泰拉更用力地拉她，“时间不多了。我可不愿意像个幽灵似的去派对。”

“你倒是真该换条裙子。”斯嘉丽厉声道。

“人家死了嘛。”泰拉不慌不忙地说，“还有什么比这更完美的呢？等着瞧吧，到了下次游戏，你肯定比我更入戏。”

“噢，不。”斯嘉丽说，“对我而言，不会再有下次游戏了。”

“过了今晚之后，你八成就会改变主意了。”泰拉神秘地笑了笑，在斯嘉丽争辩之前，就推开了门。和游戏场地下面的隧道一样，门那边是一条斯嘉丽从未见过的新走廊。地上嵌着宝石，闪着柔和的光芒，泰拉则拉着斯嘉丽穿过走廊，而走廊里悬挂的画让斯嘉丽想起了阿伊可的笔记本。

斯嘉丽在一张她从未见过的画前停了下来，画的是她在服饰店中，眼睛瞪得像铜铃，嘴巴张得老大，端详着店里的所有东西，泰拉则在三楼偷看她。

“我的房间在这边，不是你昨天晚上和我见面时的那个。”泰拉拉着斯嘉丽又转了几个弯，从不同的演员身边走过，和他们打招呼，最后停在一扇天蓝色的圆门前，“里面乱七八糟的，不好意思。”

屋里简直是一片狼藉，有紧身内衣、长裙、精致的帽子，甚至还有几件斗篷。斯嘉丽在妹妹的脑袋上没看到任何灰白头发，她觉得泰拉肯定把白发藏起来了，因为她妹妹肯定失去了至少一年的生命，才能换来这么多华美的服饰。

"地方不够大，东西放不开，就是这么麻烦。"泰拉说着捡起衣服，开出一条路让斯嘉丽走进去，"别担心，我为你选的衣服不是地板上那些。"

"我不想去。"斯嘉丽说。

"你必须去。我已经给你挑了一条裙子，用掉了我的五个秘密呢。"泰拉走到衣柜边，等她转过身，手臂上多出了一条雅致的粉色裙子，"它让我想起了炽热季的日落。"

"那还是你来穿吧。"斯嘉丽说。

"太长了，我穿不合适，我是给你准备的。"泰拉把裙子扔给姐姐。那裙子看起来如梦似幻，小小的袖子自肩膀垂下来，象牙白色紧身上衣丝带飘飘，下身的裙子十分纤薄。丝绸做成花朵式样，连接在丝带上，斯嘉丽注意到，花朵会随着光线的改变而变化颜色，时而是闪耀的奶油色，时而是火热的粉红色。

"就穿今天一个晚上嘛。"泰拉说，"派对结束了，你想离开卡拉瓦尔秀，把属于这个世界的所有人都抛到脑后，我会和你一起走。但我不会允许你错过这次派对。我听说莱金德只让他的演员参加派对，依我看，朱利安的事情不清不楚，你走也会走得不安心。"

一提到朱利安，斯嘉丽心中一紧。她很高兴他还活着。不管他们之间有着怎样的情愫，她都肯定，他们回不到过去了。就算朱利安曾经想要告诉她真相，也可能只是因为他觉得对不起她。又或者，那只是表演的一部分。这与他说他爱她可不一样。

"我感觉我甚至都不了解他。"斯嘉丽还觉得自己是个傻瓜。她认为这太荒谬了，都羞于承认。

"那今晚就是你了解他的机会。"泰拉握住姐姐的手，把她从床上拉起来，"真希望我可以告诉你，你们两个之间发生的事都是真实的。"

"泰拉，这一点用也没有。"

"那是因为你没让我把话说完。就算事情不是你想象的那样，你们两个在过去的一个星期里，依然经历了一些对你很重要的事情。我觉得他和你一样，都想要个结果。"

结果，那就是想画上个句点吧。

朱利安提醒过她，她在卡拉瓦尔秀遇到的人大都不是他们表现的那样，现在她总算明白这话的意思了。

但是，斯嘉丽很想再见他，这一点她无法否认。

"我一定会让你变成派对上最漂亮的姑娘，当然了，是跟我一样漂亮。"泰拉咯咯笑道。她温柔，美丽，即便斯嘉丽感觉自己的心又因为朱利安碎成了无数片，她也提醒自己，她还有妹妹，而且，谢天谢地，她们终于自由了。这是她一直以来的心愿，一个不受人摆布的未来，充满希望和各种可能。

"我爱你，泰拉。"

"我知道。"泰拉抬起头，表情不可名状地温柔，"如果你不在这里，我也不会。"

4 2

　　斯嘉丽感觉好像走进了古老的童话故事里，在这里，美梦都已成真。空气中飘着常绿植物的香气，提灯散发出金色的光芒。

　　斯嘉丽不知道那些雪去了哪里，但没有一片雪花留下来。地上落满了花瓣。森林呈现出绿色、橄榄色、翡翠绿色和象牙白色。就连树桩上都覆盖着一层亮丽的祖母绿色苔藓，有的树桩则长在金色和奶油色的河流里。人们喝着与蜂蜜一样浓稠的饮料，其他人则在吃和云一样的蛋糕。

　　跟着，她看到了朱利安。一看到他的身影，她的心都跳到了嗓子眼里。斯嘉丽自打来到这里，就在找他，忽然之间，她好像不能动了，连呼吸都不顺畅了。

　　他就在她对面，站在绿色的叶子和金色的丝带做成的蝴蝶结下面，正在喝那种蜂蜜似的饮料，看起来生龙活虎，正和一个头发乌黑发亮的美女聊得热火朝天。那个女人美极了。斯嘉丽看了很不舒服。那个女孩说了什么，他被逗得哈哈大笑起来，这个时候，斯嘉丽的心自喉咙沉了回去。

"肯定是误会了。"

"看起来你又需要我的帮助了。"阿伊可来到泰拉和斯嘉丽之间。在卡拉瓦尔秀的时候，她穿着亮晶晶、五颜六色的衣服，这会儿，她那条带衬垫的裙子很端庄，是深色的。既像蓝色，也像黑色，斯嘉丽分不清。她的直筒裙子垂至地板，有长袖和高领。

"我有点冷。"她简单地说，"你看起来像是也很冷，不过我想你不是冻的。"阿伊可的目光瞟向那个黑色美女，看着她用一只手挎着朱利安的手臂。

"她叫安琪莉可。你或许记得曾在服饰店里见过她。她就喜欢和眼睛里有别人的人调情。"阿伊可若有所指地望着斯嘉丽。

"你的意思是，我应该过去找他？"

"这话是你说的，我们可不过去。"泰拉说。

阿伊可点点头，表示同意。

"啊！"泰拉道。

斯嘉丽顺着妹妹的目光看过去，就见丹特刚刚来到派对上。他依旧穿着一身黑色，两只手完完整整，各拉着一个漂亮的女孩子。

"丹特，真高兴你来了！我一直在找你，我相信阿伊可也是。"泰拉向丹特走过去。阿伊可一言不发地跟了上去，只丢下斯嘉丽一个人。

斯嘉丽做了个深呼吸，希望能镇定下来。她每走一步，心跳就快了一点。草坪上的露水打湿了她那双薄薄的金色舞鞋。朱利安还是没有看向她这边。等到他看到她了，她会看到什么呢？他会笑吗？是那种礼貌的笑容，还是发自真心地对她笑？还是他会将目光再放回到安琪莉可身上，清楚地表明不管他和斯嘉丽有怎样的经历，都不作数了？

斯嘉丽走出几步后便停了下来，再也不能向前走了。她听到他用低沉的声音对安琪莉可说："我想那里就是我们的下一站。"

"你又打算出风头呀？"安琪莉可问。

朱利安又露出豺狼般的微笑，一口白牙闪闪发亮。

安琪莉可舔了舔嘴唇。

斯嘉丽真想与黑夜融为一体，像一颗破损的星星一样，不再存在。

跟着，他终于看到她了。

朱利安不再说话，大步向她走过来。斯嘉丽头顶的树叶颤抖着，在他走过来的时候，绿色的叶子和金色的丝带落在他身上。他一步一步走过来，看起来很自信，同时又像是没有一点信心。

她的朱利安。她一点都不了解他，他又怎么能是她的呢？

她说了声"你好"，声音却几不可闻。有那么一刻，他们只是站在树下，这会儿，树一动不动，她的心也仿佛停止了跳动。

"你另有真名吗？"她终于还是问道，"像卡斯帕那样？"

"谢天谢地，不是，我的名字不叫卡斯帕。"

斯嘉丽没有笑。他又说："要是我们都用不一样的名字，是很容易乱套的。只有扮演莱金德的表演者用假名。"

"这么说，你真叫朱利安？"

"朱利安·伯纳多·马雷罗·桑托斯。"他的唇角微微上扬，不是她熟识的那种邪恶的笑容，又是在尖锐地提醒她，他不是她认识的那个男孩。她在游戏中体会到的艳丽红宝石色的爱和深靛蓝色的伤痛将所有的一切都染成了淡淡的紫色。

"我感觉我一点也不了解你。"她不假思索地说。

"噢，你这话真伤我的心，斯嘉丽。"他听起来像是认真的，不是戏谑之言。然而，她听到的只是他管她叫斯嘉丽，而不是红红。这个昵称兴许只是游戏的一部分，没有任何意义，可听到它，让她再一次想起他的真实身份。

"我想我没这个能力。"她转身走开。

"斯嘉丽，等一下。"朱利安一下子抓住她的手臂，转过她的身体。从远处看，他们或许和周围正在跳舞的人没什么区别——如果看不到她脸上的挫败和她脸上的难过。

"你为什么一直叫我斯嘉丽？"她问。

"那不是你的名字吗？"

"是倒是，但你以前不这么叫我。"

"我以前也没干过这个。"朱利安下巴上的肌肉牵动了一下，"等到游戏结束了，我们就会走，把这一切都忘掉。我并不习惯在游戏结束后和参与者说话。"

"你希望我走开吗？"斯嘉丽问。

"不，我觉得我的态度很明显。"朱利安咬着牙齿说，"但我希望你不要用看陌生人的目光看着我。"

"可你的确是。"她说。

朱利安蹙起眉头。

"你能否认吗？你知道我的很多事，而我对真正的你则一无所知。"

朱利安脸上的痛苦表情加深了："我知道那是什么感觉，但是，我对你说过的话，并不都是谎言。"

"但大部分都是。你——"

朱利安将一根手指按在斯嘉丽的唇上："请你让我把话说完。我不是一直在欺骗你。我们在卡拉瓦尔秀中扮演的角色总是在一定程度上折射出我们的性格。丹特依然认为他比任何人都帅气。阿伊可虽然难以捉摸，却常常帮人的忙。你或许认为你不了解我，但其实你是了解的。我说过我的家人交友广泛，喜欢玩游戏，这都是真的。"朱利安摆摆手臂，一指他们周围的所有人，"在我一生中大部分时间里，这些人就是我的家人。"

他的表情中流露出骄傲和另一种斯嘉丽分辨不清的情感。忽然之间，她想到他的姓"桑托斯"曾出现在祖母的故事里："你和莱金德是亲戚？"

朱利安没有回答，而是环顾庆祝的派对，然后又看着她："你愿意和我一起去走走吗？"他伸出一只手。

斯嘉丽还记得亲吻他手指的情形，她把他的手指贴在她的唇上，品尝着每一根手指的味道。回忆如潮水般涌来，她赤裸的肩膀不由得一阵颤抖。他曾提醒过她，她应该会害怕他的秘密，现在她知道那是为什么了。

她没有拉他的手，只是跟在他后面，舞鞋踩在花瓣上。他带着她向一棵柳树走去。他分开摇曳的树枝，让她走过去。有些树叶在黑暗中闪着光，投下轻柔的绿色光芒，还遮挡住他们两个，其余人都看不到。

"几乎在我的整整一生里，我都在仰视莱金德。"朱利安开口道，"我就和给他写信时的你一样。我把他当成了偶像。我希望长大以后成为莱金德。后来我当上了表演者，从不在乎我的谎言会不会伤害别人。我一心只想吸引他的注意。到这里，就该说到洛萨了。"他说到这个名字的语气，让斯嘉丽的心翻了个个儿。她知道洛萨确有其人，但她一直以为引诱她的是莱金德。

"你才是那个和她发生关系的表演者？"

"不是。"朱利安立即接口道，"我从没见过她，可我告诉过你，在她自杀的时候，我开始不信任任何人和任何事，这是真心话。那之后，我意识到，卡拉瓦尔秀曾经只是让人们进行一次无害的冒险，让他们变得更聪明，可它已经变了味。多年以来，莱金德变了，却不是变得更好。他扮演的角色在一定程度上影响了他，而他扮演恶棍的时间太久了，他在现实生活里也变成了一个恶棍。最后，在几个月之前，我决定离开，莱金德让我再给他一次机会，让我留下来。"

"所以你见过他本人了？"斯嘉丽问。

朱利安张开嘴巴，仿佛他想告诉她一些事，但那些话就是出不来。他意味深长地看着斯嘉丽："还记得你问过我关于莱金德的问题吗？"

"你和他是不是亲戚？"

朱利安点点头，但没有详细说明。柳树闪闪发亮的叶子发出沙沙声，他轻声说道："莱金德寄给我一封信，要求我参加最后一次游戏。他说他在赎罪。我愿意相信他。"

朱利安深吸一口气，继续说道："我的职责本来是带你和泰拉来岛上，后来，每次我想离开你，都做不到。你和我想的不一样。在卡拉瓦尔秀中，大多数人只顾着自己找乐子。你心心念念想的都是你妹妹；这让我想到了我对我哥哥的感情。"

朱利安说完，便用那双酱色的眸子注视着斯嘉丽的眼睛。忽然之间，她灵光一闪。

"莱金德是你哥哥？"她问。

朱利安漾出一抹苦笑："我一直盼着你能看出来。"

"可是……"斯嘉丽琢磨着这件事，嘴上则结巴了起来。

这解释了朱利安为什么在离开这个游戏时会步履维艰。斯嘉丽知道要离开兄弟姐妹是一件多困难的事，就算他们做了伤天害理的事，也是一样。还有，其他表演者都对朱利安另眼相看。

自打知道那个莱金德只是卡斯帕假扮，朱利安还活着，斯嘉丽就再次怀疑，朱利安其实就是卡拉瓦尔秀的班主。可也许斯嘉丽会这么想，只是因为他们两个是近亲。

"这怎么可能？你这么年轻。"

"只要我还是莱金德的表演者，就不会变老。"朱利安解释道，"当我决定离开的时候，我认为自己已经准备好长大了。"

"那你为什么还要留下来参加这次的游戏？"

朱利安看着斯嘉丽，有几分紧张，像是她才是有能力伤他心的那个人："我留下来，是因为我开始在乎你了。莱金德向来都不会公平地玩游戏，所以我想帮你。我知道如果我们走得太近，你就会发现真相，会伤心。所以，一开始，我找尽各种理由让你恨我。到了后来，把你推开就越来越困难；每次对你撒谎，我都很难过。这个游戏能够激发出很多人最自私的一面，对你却产生了相反的效果。看着这样的你，我再次相信卡拉瓦尔秀可以是我曾经相信的那样——我也相信我哥哥还可以做个好人。"

朱利安的声音里充满了浓浓的情感。"我知道我伤害了你，请你再给我一次机会。"看他的样子，像是要伸手摸摸他。斯嘉丽在一定程度上也想要他触摸她，只是一下子发生太多事了。如果朱利安是莱金德，就他逼她经历了那么多事，恨他会容易得多。可知道莱金德其实是朱利安的哥哥，让她的心破碎了。

在他碰到她之前，她躲开了。

朱利安牵牵嘴角。他伤心了，但他掩饰得很好，收回手，去揉搓他的下巴下面。与在游戏中的大多数时候不一样，他现在把胡子刮得很干净，看起来更年轻了，只是——

斯嘉丽愣住了。

当她刚开始见到他的时候，她并没有注意到她父亲弄出的那道疤还在。那道伤疤细细的，崎岖不平，从下巴一直延伸到眼角。她之前还以为他能起死回生，伤疤也会消失，就好像那个可怕的夜晚从未发生过。

朱利安看到她的目光，回答了她没问出的问题："我在游戏中不会死，不过，在卡拉瓦尔秀中所受到的伤害，都是实打实的。"

"我不知道。"斯嘉丽小声说。

她一直为了见朱利安的事很紧张，因为她担心，这个游戏对他而言不像对她那样真实。也许泰拉说得对，所有的事情中都包含了一丝真实。

"我很抱歉我父亲对你做了这样的事。"

"我知道我在冒什么样的风险。"朱利安答道，"不用抱歉，除非你就是因为这个，才那么努力地不靠近我。"

斯嘉丽又看向那道疤。她一直觉得朱利安很英俊，他脸上这道真实的伤疤让他破了相。它让她想到了他的勇敢和无私，想到了他让她觉得他比她认识的任何人都重要。或许他不是他以为他在游戏中表现出的样子，可他不再像个陌生人了。他做这些，都是为了帮助他哥哥。她怎么能为了这个抗拒他呢？

"我觉得这个伤口是我见过的最美的东西。"

朱利安睁大眼睛："这是不是说你会原谅我？"

斯嘉丽犹豫了。她大可以趁此机会走开。泰拉说过，过了今晚，要是她愿意，她们就可以一起忘记卡拉瓦尔秀。斯嘉丽和泰拉可以到别的岛上或是大陆，开始她们的全新生活。斯嘉丽过去常担心自己照顾不好自己，现在她觉得那些挑战让她刺激兴奋。她和泰拉可以随心所欲了。

斯嘉丽看着朱利安，无法否认她依然想要他。她还记得她最开始爱上他的所有原因。不仅仅因为他长得那么英俊，也不光是因为他的笑会让她的心里有如小鹿乱撞。而是因为他鼓励她，让她不要放弃，还因为他做出了那么多牺牲。或许她不了解他，但她很肯定，她依然深爱着他。她知道她可以走开，只不过她这辈子已经花了很多时间因为害怕危险而不敢去追求她最想要的东西。

作为给他的回答，斯嘉丽抬起一只手，缓缓地把手贴在他的脸颊上。碰到他，她的皮肤传来一阵刺痛，麻酥感沿着她的手臂向上延伸。她抚摸着那道细细的伤疤，从他微张的嘴唇边缘一直摸到他的眼角。"我原谅你了。"她小声说。

朱利安闭了一下眼睛，浓黑的睫毛碰到了她的指尖："这次，我真的保证，我不会再撒谎骗你。"

"可是，关于你们与不是卡拉瓦尔秀表演者的人的关系，不是有规定吗？"斯嘉丽问。

"那些规则对我来说什么都不是。"朱利安走近，用那只自由的手搂住她的脖子，伸出一根冰凉的手指抚摸她的锁骨。

他的唇近在咫尺，双手抚摸着她，他们之间的吻是那么完美，那么令人心神荡漾，斯嘉丽的心扑通扑通乱跳起来。

斯嘉丽也不肯定是谁先吻了谁。他们的唇近在咫尺，跟着，朱利安那柔软的唇便印在她的唇上。那滋味就好像日夜更替的那一刻：代表着一个事物的结束和另一个事物的开始结合在一起，不可分割。

朱利安将她拉到怀里，用修长的手指缠绕着她裙子上的丝带。他吻着她，好像他从未碰触过她的唇，以吻封缄，保证他一定会信守承诺。

斯嘉丽伸出手，用手揉搓着他缎子般的头发。从某些方面来说，他依旧与她第一次见到他时一样，神神秘秘，叫人难以了解，可在那一刻，她的那些问题都不重要了。唇齿交缠，十指紧扣，四周绽放出彩虹般的光芒，她感觉她的故事到这里仿佛可以结束了。

尾 声

　　星辰向大地靠近了一点点，注视着斯嘉丽和朱利安，希望见证和卡拉瓦尔秀一样充满魔力的一吻。与此同时，多娜泰拉则在偷瞧的大树的树冠下，翩翩起舞，盼着也有个人可以和她甜蜜亲吻。

　　她在一个又一个舞伴之间旋转，舞鞋轻触地面，仿佛她之前喝下去的香槟里有星星，能够让她双脚悬空。泰拉感觉在那一刻，她很可能会后悔喝了这么多，不过她倒是很享受这种轻飘飘的感觉。在经历了这么多之后，她需要放纵一个晚上，将所有的一切都忘记。

　　泰拉又吃了酒味蛋糕，喝了装在水晶酒杯里的掺有烈酒的果汁，到最后，她感觉脑袋昏昏，像是脱离了身体。她实际上是跌到了新舞伴的怀里。他把她拉到怀里，比别人离她都近。他的大手坚定地搂着她，带来了一阵全新的愉悦感觉。泰拉喜欢他这么自信满满地触摸她。他拉着她向派对边缘走去，渐渐远离人群。她感觉到他的手放在了他的腰上。

或许他能帮她忘记那些事，而那些事可怕到她都不敢向姐姐言明。

她向后仰起头，微微一笑。但更深露重，她的视线变得模糊起来。他好像不是她认识的那些卡拉瓦尔秀表演者。她的舞伴俯身过来，泰拉能看到的只有笼罩在阴影下的笑容，而他的手则一直向下。她倒抽一口冷气，因为他的手指伸进了她的裙子的褶皱里，摸到了她的屁股，跟着他……

消失了。

这一切发生得太快了，泰拉跟跟跄跄地向后退了几步。

上一刻，那个年轻人还搂着她，将她拉进怀里，像是要吻她一样。跟着，他就走开了。他走得那么快，泰拉真希望没喝那么多。她刚走出两步，那个人就消失在了人群中，只留下她一个人，感觉冰冷而孤独。此时，她发现衣兜里有一个沉甸甸的东西。

泰拉赤裸的肩膀传来一阵战栗。她或许是脑袋昏沉，却知道她的衣兜里刚才什么都没有。有那么一刻，她很想相信那是一把钥匙，或许那个陌生人是希望她能跟他回他的房间，完成那个未遂的吻。只是如果他是这么希望的，泰拉认为他绝不会走这么快。

"我想我还需要一杯香槟。"泰拉一边自言自语，一边慢慢地从人群边上走开。她只知道她口袋里的那个东西外面包着一张纸，此外则一无所知。不过她强烈感觉到，这东西只能由她一个人看。她走到一棵隐蔽的大树下面，派对的乐声只是隐约可闻，悬挂着的蜡烛散发出蓝白色的光芒。她把手伸进口袋。

她拿出的那个东西与她的手心一样大。有人把一封信包在了一枚很厚的硬币上。泰拉从未见过这样的货币。她把硬币塞回衣兜，跟着展开那封信。

信上的字迹非常清晰。

最亲爱的多娜泰拉：

恭喜你脱离了你父亲的魔掌，并在卡拉瓦尔秀中活了下来。我很高兴我们的计划奏效了，不过我一直都很肯定你能在游戏中幸存。

我很肯定你母亲会非常骄傲。我相信你很快就能见到她了。但首先你得为我们的交易画上一个句点。相信你没有忘记，为了得到我给予你的一切，你都欠了我什么。

我计划不久后就去收回我应得的一切。

你真挚的，

朋友

长日尽处

LEGENDARY

（全2册）

STEPHANIE GARBER

[美] 斯蒂芬妮·加伯————著　　刘勇军————译

湖南文艺出版社
HUNAN LITERATURE AND ART PUBLISHING HOUSE

博集天卷
CS-BOOKY

著作权合同登记号：图字 18-2019-229

图书在版编目（CIP）数据

长日尽处：全 2 册 /（美）斯蒂芬妮·加伯
（Stephanie Garber）著；刘勇军译 . -- 长沙：湖南文
艺出版社，2021.1
　书名原文：Caraval; Legendary
　ISBN 978-7-5404-9071-3

　Ⅰ. ①长… Ⅱ. ①斯… ②刘… Ⅲ. ①长篇小说—美
国—现代 Ⅳ. ① I712. 45

中国版本图书馆 CIP 数据核字（2020）第 107710 号

上架建议：畅销·小说

CHANGRI JINCHU: QUAN 2 CE
长日尽处：全 2 册

作　　者：［美］斯蒂芬妮·加伯（Stephanie Garber）
译　　者：刘勇军
出 版 人：曾赛丰
责任编辑：薛　健　　刘诗哲
监　　制：邢越超
策划编辑：刘　筝
特约编辑：李美怡
版权支持：刘子一　　文赛峰
营销支持：文刀刀　　周　茜
封面设计：利　锐
封面插图：钟文豪
版式设计：梁秋晨
内文排版：百朗文化
出　　版：湖南文艺出版社
　　　　　（长沙市雨花区东二环一段 508 号　邮编：410014）
网　　址：www.hnwy.net
印　　刷：三河市兴博印务有限公司
经　　销：新华书店
开　　本：880mm×1200mm　1/32
字　　数：513 千字
印　　张：22.5
版　　次：2021 年 1 月第 1 版
印　　次：2021 年 1 月第 1 次印刷
书　　号：ISBN 978-7-5404-9071-3
定　　价：79.80 元（全 2 册）

若有质量问题，请致电质量监督电话：010-59096394
团购电话：010-59320018

目 录

C O N T E N T S

七年前 001

Chapter 1

卡拉瓦尔秀落幕之后 001

一旦预言了未来，
未来就会变成有生命的东西，
它会想方设法让自己成为现实。

Chapter 2

瓦伦达古城 045

空气中弥漫着奇迹的气味。
就像甜蜜的蝴蝶翅膀被甜蜜的蜘蛛网缠住，
醉醺醺的桃子被幸运包裹。

Chapter 3

王子的未婚妻 103

他的心很久以前就停止跳动了。
只有一个人能让它再次跳动，
这个人就是他唯一的真爱。

Chapter 4

游戏再次开始 145

泰拉抓着那段记忆不放，恨不得把手指插入其中。
但泰拉越是努力想留住它，它就变得越暗，
变成了抓不住摸不着的烟雾，然后消失得无影无踪。

Chapter 5

爱兰丁的晚宴 229

莱金德安排这出戏，
并不是在表演，
而是在玩火。

Chapter 6

迷雾笼罩的神庙 253

泰拉把头靠在丹特温暖的胸膛上。她太累了。
她厌倦了游戏、谎言和破碎的心，
厌倦了试图拯救自己和母亲

Chapter 7

勇敢者的犒赏 307

太阳只探出一角，
将一束阳光照射进多娜泰拉和姐姐斯嘉丽同坐的房间里。
泰拉觉得自己仿佛进入了一个美梦和噩梦交织在一起的世界。

尾声 353

众命运和术语表 355

七 年 前

　　庄园有些房间的床底下藏着怪物，泰拉却发誓她母亲的房间里有不为人知的魔法。一道道翠绿色的光飘来飘去，仿佛每当母亲离开，仙女们就会出来玩。房间里弥漫着秘密花园才有的花朵的香气，即使没有风，透明纱帐也在华丽的四柱床周围飘动。一盏黄水晶枝形吊灯发出叮叮当当的美妙碰撞声，迎接着泰拉，她总觉得这个房间是魔法入口，从此可以进入另一个世界。

　　泰拉踮着脚走过象牙色厚地毯，来到母亲的梳妆台边，她的小脚没有发出一点声音。她飞快地回头偷看一眼，然后一把抓起了母亲的首饰盒。在泰拉手里，这只盒子滑溜溜的，很沉，由珍珠母制成，上面覆盖着蜘蛛网状的金银丝；泰拉喜欢假装盒子也有魔法，因为即使她的手指很脏，盒子上也不会留下指纹。

　　泰拉的母亲并不介意两个女儿玩她的衣服或试穿她的漂亮拖鞋，但唯独不许她们碰这个盒子，这下子，泰拉就越发觉得它叫人无法抗拒了。

斯嘉丽可以整个下午幻想像卡拉瓦尔秀这样的巡回演出，但泰拉喜欢真正的冒险。

今天，她假装邪恶的皇后囚禁了一个年轻的精灵王子，为了救他，她必须偷走母亲的猫眼石戒指，而那是泰拉最喜欢的珠宝。乳白色的宝石呈星爆形状，未经雕琢，尖头有时会刺痛她的手指。但当泰拉把猫眼石举到光下，宝石便会迸发出万般华彩，给整个房间都染上一层樱桃红色、金色和薰衣草色，像极了魔法的诅咒和叛逆的精灵尘。

遗憾的是，黄铜指环对泰拉的手指来说太大了，不过她每次打开盒子，都会戴上戒指，总想着她说不定长大了，适合戴戒指了。但这一天，就在泰拉戴上戒指的时候，她注意到了另一个东西。

她头顶的枝形吊灯纹丝不动，仿佛也被吓了一跳。

泰拉熟悉母亲首饰盒里的每一件东西：精心折叠的金边天鹅绒丝带，朱红色的耳环，生锈的银瓶，她母亲声称里面装的是天使泪，一个打不开的象牙盒式吊坠，一只墨黑色的手镯，看起来更适合戴在女巫的手臂上，而她母亲的手腕太精致，并不相配。

泰拉唯一没有碰过的东西便是那只看似脏兮兮的灰色香包，它散发着发霉的树叶和甜腻阴森的死亡的味道。母亲曾笑称这东西能赶走妖精。如此一来，就连泰拉也不敢碰它了。

但今天，那个丑了吧唧的小香包竟然闪着光亮，吸引了泰拉的注意。这一刻，它看起来还是一包腐烂的东西，散发着腐朽的味道。转眼间，香包竟然不见了，它的位置上出现了一副闪闪发光的纸牌，用一条精致的缎带系着。然后，它刹那间又变回了那个肮脏的袋子，随即又变成了纸牌。

泰拉顾不得再玩游戏，迅速抓住丝绳，把那副牌从首饰盒里拿了出来。它们马上就不再变化了。

纸牌漂亮极了。它们几乎是全黑的，与黑夜的颜色一般，小小的金色斑点在光线下闪烁着微光，还有一道道涡旋形的深紫红色浮雕图案，泰拉见了，不由得联想到潮湿的花朵、女巫的鲜血和魔法。

这副牌一点也不像父亲的卫兵教她赌博时用的那种黑白薄卡片。泰拉坐在地毯上。她解开丝带，翻开第一张纸牌，她灵巧的手指即刻传来一阵刺痛。

纸牌上的年轻女子让泰拉想起了一位被俘的公主。她那美丽的白色衣裙都被撕碎了，她那泪滴形状的眼睛如同圆滑的海玻璃一样美丽，但她的目光是那么悲伤，看了叫人心疼。这很可能是因为她的头被卡在一颗用珍珠做成的圆球里。

纸牌底部有"死亡少女"几个字。

泰拉不由得浑身战栗。她不喜欢这个名字，她也不喜欢笼子，即使是珍珠笼子。突然，她觉得母亲不想让她看到这些纸牌，但这并不能阻止泰拉翻开另一张。

最下面的名字是"盗心王子"。

纸牌上有一个年轻人，他的脸棱角分明，两瓣嘴唇像刀片一样锋利。他的一只手放在他的尖下巴边上，握着一把匕首的手柄，红色的泪水从他的眼睛里流出，与他那薄唇唇角上黏着的血迹互相呼应。

突然间，就像那个肮脏的香包刚才闪烁不定一样，王子的图像一闪，随即消失不见了，泰拉见状不禁一缩。

这时，她应该停下来才对。这些纸牌绝对不是玩具。然而，她却觉得自己注定要找到它们。它们比她想象中的邪恶王后或精灵王子更真实，泰拉大胆地猜测，也许它们会带她踏上真正的冒险。

泰拉翻过下一张牌，那张牌摸起来格外温暖。

卜算镜。

她不知道这个奇怪的名字是什么意思，而且和其他纸牌不同的是，这张牌看起来并不暴力。卡片四边覆盖着华丽的熔金旋涡，中心是银色的，像一面镜子，不，那实实在在就是一面镜子。闪亮的中心映出了泰拉那头蜜色的鬈发和淡褐色的圆眼睛。但当泰拉仔细观察，才发现自己的影像很不对劲。泰拉的粉红嘴唇在颤抖，豆大的眼泪顺着脸颊向下流。

泰拉从来不哭，即使父亲对她疾言厉色，费利佩不待见她，只和她姐姐亲近。

"你在不在里面呀，我的小宝贝。"母亲温柔的女高音传入房间，随后，她走了进来，"你今天都冒了什么险了？"

母亲俯身向坐在地毯上的泰拉，她的头发垂在她那张聪明的脸边，犹如秀美的河流。她的头发和斯嘉丽的一样都是深褐色的，但泰拉继承了母亲的橄榄肤色，皮肤闪闪发光，就像被星星亲吻了一样。不过这时，泰拉看到母亲紧盯着"死亡少女"和"盗心王子"这两张翻过来的纸牌，脸色霎时间变得如月光石一般苍白无比。

"你在哪儿找到的？"母亲的声音依然甜美，但她的手迅速地抓住了纸牌。泰拉见了，只觉得她做了一件很严重的错事。虽然泰拉经常做一些她不应该做的事，但母亲往往并不介意。她会温和地纠正女儿，偶尔还指导她如何逃脱她犯下的小错误。父亲倒是很容易生气。但母亲犹如一股轻柔的气流，在他的怒火尚未熊熊燃烧之时就把它们吹灭了。但现在，她的母亲看上去好像想生一堆火，还要用那些纸牌做引火物。

"我是在你的首饰盒里找到的。"泰拉说，"我很抱歉。我不知道这些东西很坏。"

"没事的。"母亲摸了摸泰拉的鬓发，"我不是有意吓唬你的。但即使是我，也不喜欢碰这些牌。"

"那你为什么还留着它们？"

母亲把纸牌藏在她的礼服里，然后把首饰盒放在床边泰拉够不到的高架上。

泰拉担心和母亲的谈话到这里就结束了，要是换成父亲，毫无疑问谈话将就此告终。但母亲从不忽视两个女儿的问题。母亲收好首饰盒，便挨着泰拉坐在地毯上。

"真希望我从没找到过那些纸牌。"她低声说，"但如果你发誓再也不碰它们或其他这样的牌，我就把这副牌的故事讲给你听。"

"你说过要我和斯嘉丽永不发誓的。"

"这次不一样。"母亲的笑容又回来了，仿佛要告知泰拉一个非常特别的秘密。总是这样的：每当母亲选择把她那闪闪发光的注意力集中在泰拉一个人身上，泰拉就觉得自己是一颗明星，世界只围着她转。"关于未来，我总是怎么告诉你的来着？"

"每个人都有能力写出自己的未来。"泰拉说。

"没错。"母亲道，"你的未来可以是你想要的。我们都有能力选择自己的命运。但是，亲爱的，如果你玩那些牌，你就是给了牌里画的众命运一个机会，去改变你的人生之路。人们用命运魔牌，也就是和你刚刚接触到的那副牌差不多的牌，来预测未来，一旦预言了未来，未来就会变成有生命的东西，它会想方设法让自己成为现实。这就是为什么我要你再也不要碰那些牌。明白吗？”

泰拉点点头，不过她其实并不太明白；她还小，未来在她眼里是那么遥不可及，一点也不真实。她也注意到，母亲未曾说起这些牌是从哪里来的。念及此，泰拉更紧地抓着手里的那张牌。

泰拉的母亲收拾牌时很匆忙，并没有注意到泰拉翻看的第三张牌。那张牌还在泰拉手里——卜算镜。泰拉小心地把它藏在她盘着的双腿下面，说道：“我发誓再也不碰这样的牌了。”

Chapter 1

卡 拉 瓦 尔 秀 落 幕 之 后

1

泰拉终于不再感觉轻飘飘的了。

她躺在潮湿的地上，感觉离她昨晚去的那个闪耀明亮的地方很远很远。当时，莱金德的私人岛屿绽放出琥珀色的光芒，伴随着一丝欺骗，散发出魔法和奇迹的气息，而这二者是一个令人愉快的组合。泰拉深深地入迷了。在庆祝卡拉瓦尔秀结束的派对上，她不停地跳舞，跳得拖鞋上粘满了草，她还喝了几杯气泡酒，喝到最后，她似乎真的飘了起来。

但现在，她脸朝下趴在冰冷坚硬的森林地面上。

她不敢睁开眼睛，只是呻吟着，将一些自然的痕迹从头发上拂掉，希望昨晚留下的其他痕迹也能被轻易地拂掉。一切都散发着陈腐的酒水、松针和错误的气味。她感觉很痒，像是有什么东西在她的皮肤上爬来爬去，她头昏脑涨，唯一比这更糟糕的，是她的背部和颈部传来的锥心痛楚。她怎么会认为在户外睡觉是个好主意？

"啊。"有人咕哝着说，一个人在快醒时才会发出这种不太满意的声音。

泰拉猛地睁开眼睛，朝旁边看了看，然后立即闭上了眼睛。见鬼。

她不是一个人。

泰拉睁开眼，在参天的树木和森林地面上蓬乱的绿色植物中间，她看到了一个男孩，他有一头黑发和古铜色的皮肤，手腕上伤痕累累，一只手上文着一朵黑玫瑰。是丹特。

模糊的记忆一股脑儿涌了回来。她仿佛可以再次感觉到经验丰富的丹特抚摸她的屁股。他的吻落在她的脖子和下巴上，那之后，他吻了她的唇，他们两人的嘴唇变得亲密无间。

她到底在想什么？

当然，泰拉清楚地知道她在昨晚的卡拉瓦尔秀演员派对上是怎么想的。这个世界有着魔法和星光的味道，能使愿望和梦想成真，但在这一切之下，死亡仍然对泰拉纠缠不放。无论她喝了多少香槟，无论跳舞使空气变得多么炽热，每每泰拉想起死亡的可怖感觉，依然会不寒而栗。

她从莱金德的阳台上跳下来，并不是出于绝望；那是一次信仰的飞跃。但就一个晚上，她不愿意想这件事，也不愿意想这件事为什么重要。她想庆祝她的成功，想忘记其他的一切。而有了丹特，似乎可以两全其美。他很有吸引力，懂得如何施展魅力，她已经很久没有被人吻过了。天哪，丹特的吻技堪称一流。

他又呻吟了一声，在她身边伸了个懒腰。他的大手落在她的腰上，温暖而结实，分外诱人。

泰拉告诉自己，她必须在他醒来之前逃跑。但即使睡着了，丹特的手也很灵巧。他懒洋洋的手指沿着她的脊椎一路抚摸到她的脖子，缓缓地拨弄着她的头发，弄得她弓起背来。

他的手指定住了。

丹特的呼吸突然没有了声音，泰拉知道他现在也醒了。

她暗骂一声，急忙从地上爬起来，躲开了他那一动不动却经验丰富的手指。她才不在乎他是否看见她偷偷溜走；此时溜之大吉能省去很多尴尬，不然，他们免不了要寒暄一通，又得编借口才能离开。泰拉和很多年轻男子亲吻过，所以她很清楚，男孩在亲吻之前或之后说的话都不可信。而且，她真的走了。

泰拉的记忆可能是模糊的，但不知何故，她无法忘记在与丹特的关系变得有趣之前她收到的那封信。一个陌生人把信塞进她的口袋，此人的脸藏在如夜色一样黑的斗篷下，还没等她跟上，他就不见了。她想马上把信再读一遍，但一想到她欠送信来的那个朋友的东西，她便认为这样做并不明智。她必须回房间。

她悄悄溜走，潮湿的泥土和尖尖的树针在她的脚趾间滑开。她一定是在什么地方弄丢了鞋，但她不想浪费时间去找。森林里弥漫着淡淡的蜜色光线，不时传来沉重的鼾声和连续轻微的声音，这让泰拉觉得，并不是只有她和丹特在星空下昏睡过去。她才不在乎有没有人看见她偷偷地从那个帅气男孩身边溜走，但她不希望有人把此事告诉她的姐姐。

在卡拉瓦尔秀上，丹特对斯嘉丽可没做什么好事。他为莱金德工作，所以一切只是一场戏，但尽管卡拉瓦尔秀已经结束，要从虚幻中找出丁点的真实，仍然很难。再说了，泰拉不愿意因为她选择和一个在比赛中对斯嘉丽如此残忍的男孩一起找乐子，而让姐姐继续受伤害。

所幸还好，当泰拉走到森林的边缘时，整个世界和莱金德那栋角塔大宅仍在沉睡。

即使是现在，卡拉瓦尔秀正式结束了，屋里所有的蜡烛和灯笼都尚未点亮，那栋大宅里仍然留有几缕如余烬般闪亮的迷人光线，提醒泰拉游戏还没玩完。

到昨天为止，大宅里一直容纳着卡拉瓦尔秀的一切。游客穿过巨大的木门，就能来到优雅的阳台，阳台上挂着豪华的红色窗帘，阳台环绕的城市里运河纵横交错，街道拥有自己的思想，神秘商店里充满了魔法，妙不可言。但比赛才刚结束，塔楼大宅便缩小了，隐藏在墙壁之间的短暂仙境消失了，只留下了豪宅的正常部分。

泰拉一路小跑着上了最近的楼梯。她的房间在二楼。有一扇知更鸟蛋般蓝色的圆门，很容易找。而且，也不可能看不到斯嘉丽和朱利安站在门边，紧紧地抱在一起，仿佛忘记了怎样说"再见"这两个字。

泰拉很高兴姐姐终于允许自己沉浸在幸福中。斯嘉丽应该得到帝国里的一切快乐，泰拉希望姐姐能幸福到永远。她听说朱利安不是那种风流成性的人，他从没有在卡拉瓦尔结束后还继续恋爱关系，而且，在把斯嘉丽带到莱金德的岛上后，他甚至不应该继续和斯嘉丽在一起。但他以撒谎为生，所以泰拉很难相信他。然而，当那对璧人站在那里，拥着彼此，头靠在一起，看起来像极了一颗心的两瓣。

泰拉绕过他们向她的房间悄悄走去，他们一直注视着彼此。

"你是答应了吗？"朱利安低声道。

"我得先和我妹妹商量商量。"斯嘉丽说。

泰拉在门前停了下来。她发誓口袋里那封信的分量突然加重了，好像迫不及待地想她再读一遍。但如果朱利安是向斯嘉丽打听泰拉的意思，那她就必须加入对话。

"你想和我商量什么？"泰拉插嘴道。

斯嘉丽从朱利安怀里出来，但他的手仍搂着她的腰，手指穿过她裙子上发红的缎带，显然还没有准备让她离开他的怀抱。"我问你姐姐，你们两个是否愿意和我们一起去瓦伦达，参加爱兰丁女王的七十五岁生辰庆典。那里也将举办卡拉瓦尔秀，我有两张票。"朱利安眨了眨眼。

泰拉冲姐姐咧嘴一笑。这正合她意。不过她仍然不能相信她在过去一周听到的谣言居然是真的。卡拉瓦尔秀明明每年只办一次，她从没听说过有两场卡拉瓦尔秀如此接近。但泰拉认为，甚至是莱金德也会为女王来一次例外。

泰拉继续满怀希望地望着姐姐："真不可思议，这种问题还用问吗？！"

"我还以为你不喜欢爱兰丁节呢，就因为这一天，你的生日总是过不好。"

泰拉一边摇晃脑袋，一边掂量该如何回答。她想去的真正原因与爱兰丁节没关系，不过姐姐说得对。只要爱兰丁是莫里迪安帝国的女王，她的生日就是节庆日，是爱兰丁节，会有整整一周的派对、舞会，而且，在那期间，什么规矩啦，律法啦，都成了摆设。在两个姑娘的家乡特里斯达岛，这个节日只会在种植季的第三十六天庆祝一日，却仍然使泰拉的生日相形失色，因为泰拉的生日就在爱兰丁节的第二天，实在是不幸得很。

"这次去瓦伦达，一定不虚此行。"泰拉说，"我们什么时候出发？"

"三天后。"朱利安答道。

斯嘉丽噘起嘴："泰拉，我们得先谈谈。"

"我还以为你一直盼着去首都，看看城堡啦，在空中飘浮的缆车啦，而且，这次的卡拉瓦尔秀一定会是本世纪的盛会呢！有什么好谈的？"

"伯爵。"

朱利安的古铜色皮肤登时变得煞白。

泰拉的脸色十有八九也是如此。

"伯爵住在瓦伦达，我们不能让他见到你。"斯嘉丽说。

斯嘉丽是一个过于谨慎的姐姐，但泰拉不能因为她有所保留就责怪她。

尼古拉斯·达西伯爵是斯嘉丽的前未婚夫，这门亲事是斯嘉丽的父亲一手安排的。在卡拉瓦尔秀以前，斯嘉丽只给他写过信，但她相信自己爱上了他。她还以为伯爵会保护她和泰拉周全，但斯嘉丽在卡拉瓦尔秀上见到了他，才知道他是个多么卑鄙的人。

斯嘉丽担心伯爵是对的。她们的父亲以为泰拉已经死了，如果斯嘉丽的前未婚夫发现泰拉还活着，就一定会通知她们的父亲，到时候，一切都完了。

但如果泰拉不随着莱金德和他的演员一起前往帝国首都瓦伦达，事情照样会一发不可收拾。她可能没有机会重读她朋友的信，但她知道他想要什么，如果她不与莱金德和他的演员在一起，她永远也无法得到他想要的东西。

在卡拉瓦尔秀期间，泰拉并不完全确定哪些人是莱金德的手下。但他的所有演员都将乘船前往瓦伦达，甚至连莱金德本人也可能上船，这样她就有机会得到她的朋友需要的东西了。

"伯爵太自恋，即使我走到他面前，给他一巴掌，他八成也认不出我来。"泰拉说，"我们只见了一小会儿，我当时的状态不是太好。"

"泰拉……"

"我知道，我知道，你想让我认真点。"泰拉插嘴说，"我不是想嘲笑你。我完全清楚有什么危险，但我不认为我们需要担惊受怕。哪怕是发生了海难，我们也将小命不保，但如果我们因为恐惧就止步不前，那我们永远也无法离开这个岛了。"

斯嘉丽做了个鬼脸，转向朱利安："你介意让我和妹妹单独待一会儿吗？"

朱利安在斯嘉丽耳边说了什么，声音很低，泰拉听不见。不管他说了什么，都弄得斯嘉丽脸红了。他离开后，斯嘉丽和泰拉走进泰拉的房间，斯嘉丽的嘴抿成了一条线。

屋里随处可见内衣裤。长筒袜从梳妆台抽屉里耷拉下来，梳妆台上摆着软帽，各种披风、长袍和衬裙在她的床前连成一串，床上乱糟糟地堆着一堆皮衣，那是她打牌赢来的。

泰拉知道斯嘉丽认为她很懒。但泰拉自有道理：整洁的房间即便被人搜查了，也无法发现，因为只要把东西放在原来的位置即可。但另一方面，混乱却很难重现。泰拉只扫了一眼，就确定没人敢碰她这些灾难般的私人物件。所有的东西似乎都没被动过，不过现在又多了一张床，泰拉猜想这张床一定是有人用魔法变出来的，或者更可能是被送到楼上给她姐姐用的。

泰拉不知道她们可以在岛上待多久。她很欣慰她们没有马上被赶出去，不过，如果她们遭到驱逐，也许斯嘉丽会更乐意去瓦伦达。但是，泰拉其实并不希望姐姐被迫做任何事；她希望斯嘉丽能自己做选择。泰拉完全能理解姐姐的顾虑。毕竟泰拉在上一场比赛中死了。但她已经做出了决定，还有充分的理由，而且，她不打算再死一次。死亡对泰拉而言，与对斯嘉丽来说一样可怕。泰拉还有很多事情想做，而且必须做。

"斯嘉，我知道你认为我玩世不恭，但我认为我们今后必须做个快乐的人，不要整天绷着个脸。我不是说我们必须参加卡拉瓦尔秀，但我认为我们至少应该和朱利安以及其他人一起去瓦伦达。如果我们不享受这美妙的自由，那它还有什么意义呢？如果我们继续过着像是被父亲的铁拳掌控的生活，那最后的赢家就只能是父亲。"

"你说得对。"

泰拉一定听错了："你说我是对的？"

斯嘉丽点了点头："我受够了一直在惶惶不安中过日子。"她听起来仍然很紧张，但她的下巴现在仰了起来，好像她下定了决心。"我不想再参加比赛，但我想和朱利安一起去瓦伦达。我不愿意把自己困在这里，就像我们的父亲把我们困在特里斯达岛一样。"

泰拉的心里涌起一阵骄傲。在特里斯达，斯嘉丽紧紧抓住她的恐惧不放，仿佛它会保护她，但泰拉看得出姐姐正在努力摆脱恐惧。经过了卡拉瓦尔秀，她确实变了。

"昨晚你鼓励我再给朱利安一次机会，你是对的。我很高兴去了派对，我知道如果我们不和他一起去，我会后悔。但是……"斯嘉丽又说，"如果我们去瓦伦达，你得保证你会小心的。我不能再失去你一次了。"

"别担心。我发誓。"泰拉严肃地握住姐姐的手，捏了捏，"自由的滋味太美好了，我怎么舍得把它弄丢呢。而且，等我们到了首都，我就穿花花绿绿的裙子，永远都丢不了。"

斯嘉丽牵牵嘴角，笑了笑。泰拉看得出姐姐正在强压笑意，但随后她还是发出了银铃般的笑声。幸福的斯嘉丽变得更漂亮了。

泰拉和她一起咯咯笑了起来，两人的笑容一模一样，仿佛烦恼是别人的事。然而泰拉无法忘记她口袋里的信，那封信在提醒她，她不仅有笔债要还，还要去拯救母亲。

2

　　泰拉和斯嘉丽的母亲帕洛玛失踪已有七年。

　　在母亲离开大约一年后,有那么一段时间,泰拉更倾向于认为帕洛玛死了。在泰拉看来,如果她还活着,却选择永远不回到女儿身边,这意味着她不可能真的爱她们。但是如果帕洛玛死了,那她就可能想回来而苦无机会;如果她死了,她就有可能还爱着斯嘉丽和泰拉。

　　所以多年来,泰拉一直希望母亲已经死去,因为无论泰拉怎么努力,她都无法停止爱她的母亲,而且,一想到她的母亲可能不爱她,她的心都要碎了。

　　泰拉拿出她的朋友给她的信。斯嘉丽去通知朱利安她们将和他一起去瓦伦达。但是泰拉不清楚她何时回来,所以她很快地读了起来。

最亲爱的多娜泰拉：

恭喜你脱离了你父亲的魔掌，并在卡拉瓦尔秀中活了下来。我很高兴我们的计划奏效了，不过我一直都很肯定你能在游戏中幸存。

我很肯定你母亲会非常骄傲。我相信你很快就能见到她了。但首先你得为我们的交易画上一个句点。相信你没有忘记，为了得到我给予你的一切，你都欠了我什么。

我计划不久后就去收回我应得的一切。

你真挚的
朋友

泰拉的头又疼了起来，这一次与她前一天晚上喝的酒无关。她总觉得那封信中缺少了什么。她发誓，当她在派对上读这封信的时候，里面的内容更多。

泰拉把信拿到透过窗户射进来的奶油糖果色的光线下。没有出现隐藏的文字。没有任何词语在她眼前发生变化。与莱金德不同的是，她的朋友写的不是魔法信，但她常常希望他能这样做。也许那样她就能确认他的身份了。

一年多前，她第一次联系他，让他帮助她和姐姐逃离父亲的魔爪。但是泰拉仍然不知道她的朋友是谁。有一段时间，她一直怀疑与她通信的正是莱金德本人。但她的朋友和莱金德不可能是同一个人，她朋友要的东西让泰拉确定了这一点。

她仍然需要为他去找到那个东西。但现在既然她和斯嘉丽要与莱金德的演员们一起去瓦伦达，泰拉就更有信心了。她必须有信心。

她把朋友的信藏起来，然后打开了她最小的那只箱子，她的脉搏跳得更快了。在卡拉瓦尔秀期间，她没让演员搜查这个箱子。她把从父亲那里偷来的钱都装在里面。但那并不是箱子里装的唯一宝藏。箱子内衬是一层难看的橙黄色和灰绿色相间的锦缎，大多数人都不会仔细看，所以也就注意不到边缘有一个裂缝，她把整件事的催化剂藏在了里面：卜算镜。

泰拉拿出那张邪恶的小纸牌，她的手指像往常一样感觉刺痛不已。母亲失踪后，父亲气得发疯。他以前不是个暴力的人，但妻子离开他之后，他几乎是马上就变了一个人。他把她的衣服扔进了阴沟，把她的床劈了当柴烧，把其他的东西都烧成了灰烬。只有帕洛玛送给斯嘉丽的那对红耳环、泰拉偷来的仿佛能迸发出火花的猫眼石戒指和泰拉手里那张神秘的纸牌保留了下来。如果她没有在母亲离开前拿走纸牌和戒指，泰拉就没有东西可以纪念母亲了。

母亲失踪后不久，猫眼石戒指就变成了火红色和紫色。卜算镜的边缘仍然是由熔金制成，但闪闪发光的中心图像变化了无数次。当泰拉第一次从母亲那副命运魔牌里偷走这张牌，她并不知道它是什么。甚至几天后，她看着牌心的镜子，看到大颗的泪珠从她的脸颊上滚落，重现了卜算镜第一次显示的影像，泰拉依然没有把一切联系在一起。后来过了很长一段时间，她才注意到，每次卜算镜显示出一个影像，总是会出现她哭泣的画面。

起初，这些影像都无关紧要：一个女仆试穿泰拉最喜欢的礼服；她父亲打牌出老千。后来，未来可能发生的事越来越令人不安，直到有一天，也就是斯嘉丽和伯爵订婚后不久，泰拉看到了一个非常可怕的影像。

斯嘉丽穿着一袭雪白的结婚礼服，上面缀满了红宝石和花瓣，还镶着极薄的蕾丝。那件礼服应该很漂亮才对。但在卜算镜的影像中，可以看到斯嘉丽捂着脸痛苦不已，礼服上粘满了污泥、鲜血和眼泪。

这个可怕的影像持续出现了好几个月，仿佛这张牌是在要泰拉阻止姐姐的包办婚姻，改变未来，但泰拉不需要刺激，也会这么做。她已经为她和姐姐制订了计划，要带着姐姐逃离父亲的控制，而莱金德和卡拉瓦尔秀都在计划中。泰拉知道，如果有什么能诱使她那个安守本分的姐姐去尝试另一种生活，那一定是卡拉瓦尔秀。但莱金德没有回复泰拉的任何一封信，就像他对斯嘉丽的信都不予理睬一样。

卜算镜上的影像促使泰拉去寻找更多关于莱金德的信息。有传言说，莱金德在几年前的一场比赛中杀了人，泰拉希望能找到那件事的更多线索，好叫他注意到她。

为了能调查到有用信息，泰拉找到了所有欠她人情的人，后来，有人告诉她可以给一家叫爱兰丁头号通缉犯的商号写信。据说这家商号位于莫里迪安帝国的首都瓦伦达。没人告诉过她这是一家什么样的商店。但在泰拉向这家店打听了关于莱金德的信息后，他们这样回复：

我们找到了一个愿意帮助你的人，但要注意，他要求的报酬往往不只是钱。

泰拉回信问此人叫什么名字，这个人亲自给出了简单的回复：

你最好不要知道。

你的朋友

泰拉总认为这表示她的朋友是个罪犯，但他一直是个忠实而聪明的笔友。他提供的关于莱金德的信息有些出乎她的意料，但是利用那些消息，泰拉再次写信给莱金德，请求他的帮助。

这一次她成功了。莱金德回复了泰拉的信，而且，他刚一同意帮助她和姐姐逃脱她们的父亲，卜算镜上的图像就变了，不再是斯嘉丽穿着破烂的礼服，而是变成了斯嘉丽身处奢华的舞会，她穿着镶嵌红宝石的礼服，从每一个追求者身边走过，吸引了他们的眼球。这就是泰拉想要姐姐拥有的未来：美艳不可方物，受人追捧，有各种选择。

不幸的是，一天后，这个影像就消失了，下一个未来的画面自那以后就没有改变过。

泰拉不知道这张魔法纸牌今天会不会依然出现同样可怕的画面；卡拉瓦尔秀上发生了那么多事，她希望影像能改变。

但影像并没有变。

所有希望都化为了泡影，泰拉一时间竟有些喘不过气来。

纸牌上显示的仍然是她的母亲。她像极了命运魔牌里描绘的女囚犯，看起来受尽了折磨，浑身是血，被囚禁在昏暗牢房的可怕铁栅栏后面。

正是这样的未来促使泰拉向她的朋友提出了另一个请求，问他是否也能帮忙找到她的母亲。泰拉之前找过帕洛玛，却遍寻无获，但她的朋友并不像泰拉一样被困在偏僻的小岛上，他显然有更好的主意和寻找方法。

她把他的回复牢记在心。

最亲爱的多娜泰拉：

我正在对你母亲的事进行调查，并且已经掌握了可信的线索。我相信你以前找不到她，是因为帕洛玛不是她的真名。然而，除非你偿还了我告诉你卡拉瓦尔秀班主莱金德的信息这笔债，否则，我不能让你和她团聚。

以防你忘记，我再说一次，我需要知道莱金德的真名。我派去打探的其他人都失败了。但既然你将住在他的私人小岛上，我相信你会成功。一旦你知道了他的真名，我们就可以讨论我找你母亲的报酬了。

你的朋友

这条关于帕洛玛名字的信是泰拉从七年前母亲离开以来了解到的唯一信息。泰拉的心里因此燃起了真正的希望。她搞不懂她的朋友为什么想知道莱金德的名字，可能是私人原因，也可能是有其他客户要购买这个信息。但泰拉不在乎；只要能挖出莱金德的名字，她将不惜一切代价。只要泰拉能做到，她相信她最终会再见到母亲。她的朋友以前从未让她失望过。

"老天！"

泰拉抬起头，看见姐姐一边走回房间，一边把一双大眼睛瞪得溜圆。"你从哪儿弄来这些硬币的？"斯嘉丽指着泰拉那只敞开的衣箱。

但一听到"硬币"这个词，泰拉的思绪突然转移到别处去了。她的朋友在最后一封信里包了一枚奇怪的硬币。她偏偏弄丢了那枚硬币！当她和丹特一起在森林里摔倒的时候，它一定是从她的口袋里掉了出去。

泰拉必须回森林去找硬币。她把卜算镜藏在口袋里，向门口冲去。

"你去哪儿？"斯嘉丽叫道，"别告诉我那么多钱都是你偷来的！"

"别担心。"泰拉答道，"我从父亲那里偷的，现在他认为我已经死了。"

斯嘉丽还没来得及回答，泰拉就跑出了房间。

她的速度飞快，一转眼她便出了尖塔大宅，来到了一条两旁都是帽盒形商店的街上，这时，她才意识到自己还光着脚。她很快就感到这是一个错误。

"见鬼！"泰拉叫起来。距离森林还有一半的路程，这已经是她第三次碰疼脚趾了。这一次，她发誓，有一块石头从鹅卵石铺成的街道上跳了起来，故意攻击了她裸露的双脚："我发誓，如果你们再咬我的脚趾，我就把你们淹死在海里，美人鱼就可以用你们去擦她们的……"

泰拉听到一阵异常熟悉的低沉笑声。

她告诉自己不要回头，不要屈服于她的好奇心。但别人越不让她干什么，哪怕反对的是她自己，她就越想反其道而行。

她小心翼翼地回头看了一眼，随即就后悔了。

丹特昂首阔步，沿着安静街道的另一边走了过来，用顽皮的眼神盯着她。

泰拉连忙移开目光，只盼着如果她不理睬他，他就会一直待在街对面，假装没看到她对着石头大喊大叫。

相反，他迈着他那格外修长的双腿，穿过街道，径直向她走过来，他灿烂地笑着，好像他有一个秘密。

3

　　泰拉告诉自己，她心里翻腾，只是因为那天早上没吃东西。丹特在森林里睡了一夜，但他那双擦得锃亮的靴子上连一片草叶都没有。他穿着一身墨黑色的衣服，甚至都没有松松垮垮系一条领带，他看上去如同一个折翼的黑暗天使，从天上被抛了下来，这会儿双脚着地，落在地上。

　　泰拉突然想起他在昨晚的派对上接近她时的情形，心里不由得再次泛起涟漪。当她第一次跟他打招呼的时候，他的反应很是冷淡，几乎算得上不理不睬。但后来她发现他在另一边看着她，只是不时瞥她一眼，然后，他突然出现在她身边，还吻了她，弄得她膝盖发软。

　　"请不要为我停止这么有趣的对话。"他说，把她带回到了当下，"我敢肯定，我听过比这更花样百出的脏话。"

　　"你是在指责我说脏话吗？"

　　"我想我是要你多说点骂人话。"他的声音很低，泰拉发誓说，她衣服后面的丝带都随之卷了起来。

但他是丹特。他对所有女孩都这样说话，露出他那毁灭性的微笑，满口都是邪恶的花言巧语，哄得她们解开上衣的扣子或撩起裙子。然后他假装她们不存在。她在卡拉瓦尔秀中听过他的那些事。所以泰拉本来很放心，满以为过了昨晚，这个男孩再也不会和她说话，而这正合她意。

泰拉喜欢和他接吻，也许放在从前，她会盼着能和他多吻几次。但更多的吻会带来更多的感情，比如爱。泰拉不愿意和爱扯上关系；她早就知道她的命运里没有爱这一项。她给了自己自由，想亲吻多少男孩就亲吻多少男孩，但绝不吻一个男孩超过两次。

"你想干什么？"泰拉问道。

丹特睁大了眼睛，表示他很惊讶她竟然如此不客气，但他的声音仍然和蔼可亲，他说："你昨晚把这个丢在森林里了。"他伸出一只大手，手心上有一枚厚实的黄铜硬币，上面的浮雕图案有些杂乱，像是半张脸。

他找到了她的硬币！泰拉真想一把把硬币抓过来，但她怀疑表现得过于急切并不明智。

"谢谢你捡了我的硬币。"她冷冷地回答，"这东西不值钱，但我喜欢把它当护身符，随身携带。"

她伸手去拿硬币。

丹特把手缩了回去，把铜板抛向空中，然后一把接住："把这东西当护身符，真是有趣啊。"突然，他显得更严肃了，浓密的眉毛在漆黑的眼睛上方皱在一起，同时一遍遍地把硬币抛来抛去，用带有文身的手指把玩着："我在卡拉瓦尔秀上也见过不少奇怪的玩意儿，但我从没见过有人用这东西当护身符。"

"我想我喜欢做第一个。"

"你可能还不知道这是什么。"他那圆润的声音听起来比以前更愉快了。

"你认为那是什么?"

丹特又把硬币抛了起来:"据说,这些硬币都是众命运锻造的。人人都管它们叫'倒霉硬币'。"

"难怪它就没给我带来过好运。"泰拉强挤出一丝笑容,她竟然没认出这东西,实在愚蠢至极。

自从找到母亲的命运魔牌,泰拉就一直对众命运十分着迷。纸牌一共有三十二张,包括一个由十六位拥有不死之身的命运组成的宫廷、八个地点和八个物件。每一个命运都掌握着一种特殊的法力,但这并不是他们在几个世纪前统治世界大部分地区的唯一原因。也有人说,凡人是杀不死他们的,而且,众命运的速度更快,也更强壮。

几个世纪前,命运魔牌里描绘的众命运在消失之前,像诸神一样统治着大部分土地,他们个个心狠手辣。泰拉把她能找到的一切资料都看了一遍,所以她确实听说过倒霉硬币,但现在承认这一点,她觉得很可笑。

"人们说这些硬币会带来噩运,因为找到它们,总是不祥之兆。"丹特道,"据说这些硬币有魔力,能追查人的行踪。众命运偷偷把它们塞进别人的口袋,比如人类仆人、他们的情人,或者任何他们想要跟踪、保持密切联系或控制的人。我没有过这东西,但我听说如果转动倒霉硬币,你就能看到它属于哪一个命运。"

丹特把硬币放在附近一张长椅的边缘。

泰拉的背上直冒凉气。虽然丹特知道很多秘史，但她还是看不出他是否相信众命运的力量，但她相信。

据说死亡少女预示着失去爱人或亲人。就在她把牌翻过来，看到那个少女的头被困在珍珠里的几天后，她的母亲就不见了。她很清楚，认为翻开纸牌就是母亲失踪的原因，确实有点幼稚。但并非所有幼稚的想法都是错的。她的母亲曾警告过她，命运总有办法扭转未来。泰拉就亲眼见过卜算镜一次又一次地预测未来并次次应验。

丹特突然扭转硬币，泰拉屏住了呼吸。

呼呼，呼呼，呼呼。

硬币旋转着，过了一会儿，两面的蚀刻图案呈现出了实实在在的形状，像中了魔法一样融合在一起，形成了一幅似曾相识的画面。一个时髦的年轻人带着血淋淋的微笑，满脸凶相，泰拉联想到牙齿咬进心脏和嘴唇贴着被刺穿的血管吸血的画面。

虽然硬币很小，泰拉却能清楚地看到图像。这个残忍年轻人的一只手放在尖下巴边上，手里紧握着一把匕首的柄，眼睛里流出了红色的泪水，和他嘴角的血渍一样的颜色。

盗心王子。

他象征着得不到回报的爱和不可挽回的错误，而且，他那恐怖和病态的魔法一直叫泰拉无法忘怀。

斯嘉丽把童年的一半时间都用来迷恋莱金德和卡拉瓦尔秀。但自打泰拉从母亲的命运魔牌中把盗心王子抽出来，他预言了她的未来里没有爱，她就对这位盗心王子着迷了。

据传说，能得到盗心王子的吻，就算死也是值得的，泰拉经常想知道这样一个致命的吻是什么滋味。但随着她长大成人，亲吻了很多的男孩，她便意识到，没有一个吻值得为之而死，泰拉开始怀疑那些故事只是寓言，用来说明恋爱很危险。

还有人说，盗心王子不会爱，因为他的心很久以前就停止了跳动。只有一个人能让它再次跳动，这个人就是他唯一的真爱。他们说，他的吻对所有人都是致命的，只有她除外，她是他唯一的弱点。他一直在寻找她，一路过来留下了无数尸体。

泰拉的脖子再次直冒凉气，她一手按住硬币。

"这么看来，你对盗心王子没什么兴趣吧？"丹特问。

"硬币看来要掉下去了，我只能接住。"

丹特的嘴角向上翘起；他似乎一点也不相信她的话。

还有一点也没有逃过泰拉的注意：他刚刚提到盗心王子，就好像他和其他命运还在帝国四处走动，并没有消失了一个多世纪。

"我不知道你为什么把硬币带在身上。"丹特说，"但你要千万小心。众命运触及的东西都不会带来好结果。"他举目望着天空，仿佛众命运正从上面注视着他，在他们说话的时候暗中监视着他。

然后，泰拉还没反应过来，丹特便自信地走开了，只留下泰拉拿着一枚硬币。那枚硬币贴着她的手心，是那么灼热。她还有一种不可思议的感觉：这个英俊男孩有很深的底蕴，并不像她最初以为的那么简单。

4

　　泰拉在丹特转硬币的长椅上转起了盗心王子的倒霉硬币，这时，她发现自己想起了得不到回报的爱和值得为之牺牲的亲吻。为什么她的朋友会把一个古老神话的遗物送给她？她希望这不是因为他不信任她，想追踪她的行踪。

　　也许这枚稀有的硬币是她朋友送给她的礼物，目的是提醒泰拉，对于大多数人难以找到的东西，他却可以轻而易举地得到，他在提醒她，他是唯一知道如何找到她母亲的人。

　　一家商店里的铃响了。那声音很轻，但泰拉还是抓起硬币，朝街上望去，一个年轻人从一家商店大摇大摆地走了出来。她的目光沿着那年轻人礼服上的深红色线条一直向上，落在他充满活力的眼睛上，那眼睛比刚刚切割的翡翠还要绿……

　　泰拉顿时火冒三丈。

她认识这个年轻男子。从卡拉瓦尔秀结束，他就摘下了眼罩，但他仍然留着乌黑的头发，穿着夸张的贵族服装，脸上带着自负的表情，此人就是斯嘉丽的前未婚夫——尼古拉斯·达西伯爵。

泰拉的双手紧握成拳头，指甲在她的手掌上留下了新月形的掐痕。她只和尼古拉斯·达西伯爵正式见过一次面，但在卡拉瓦尔秀期间，她曾数次暗中监视他。她看见他跟踪她姐姐，她还听说，一旦他抓住了她，他愿意采取非常手段来留住她。好在斯嘉丽设法逃走了。如果不是莱金德在信中保证，只要泰拉偏离轨迹，以任何方式横加干涉，他就把她姐姐赶出比赛，泰拉一定会掐死他，或者毒死他，要不就是毁掉他那帅气的脸蛋。泰拉只能按兵不动。

但现在比赛结束了，泰拉可以做她想做的事。

此时，伯爵与她相隔几家店铺，正忙着看自己在橱窗里的倒影，没有注意到泰拉。明智的做法是溜去另一条街，这样他就不会发现她还活着。

但是，泰拉之前说就算她走到伯爵跟前打他一巴掌，他八成也认不出她，她说这话是认真的。他在卡拉瓦尔秀上那么对她姐姐，那他应该得到的就不只是一巴掌，只可惜泰拉的口袋里没有毒药。

她悄悄走近。也许她可以踹他一脚……

这时候，一只手捂住了泰拉的嘴，另一只手搂在她的腰上。她猛踢猛踹，却还是不能阻止攻击她的人把她拖进一条狭窄的小巷。

"把你的手拿开。"

圈住她的双臂松开了，泰拉猛地前倾身体。

"好吧。"那人的声音很低，语调抑扬顿挫，"我不会伤害你，但你也不要跑。"

泰拉转过身。

朱利安的黑发保持着被斯嘉丽揉得乱糟糟的样子，但他的眼睛已不再是先前注视姐姐时那种温暖晶莹的琥珀色了。他的眼神紧绷冷漠。

"朱利安？你到底在干什么？"

"我在阻止你犯错，免得你后悔。"他的目光越过红砖砌成的窄巷，又回到了街上，令人讨厌的尼古拉斯·达西伯爵就在那里。

"不，"泰拉道，"我很确定如果我犯了这个错误，我会很高兴。你竟然不想杀他，我实在很惊讶，毕竟是他让我父亲那么对你。"她朝朱利安那道自下巴到眼角的锯齿形伤疤仰了仰头。卡拉瓦尔秀的演员们就算在比赛中死了，也可以起死回生，但伤疤将一直存在。泰拉听说，在卡拉瓦尔秀上，斯嘉丽的未婚夫只是站在那里，没有阻止泰拉的父亲割伤朱利安的脸。

"相信我吧。"朱利安厉声说，"我不止一次想杀阿曼德，但是……"

"阿曼德？"泰拉打断他。不是伯爵。不是尼古拉斯。不是达西，也不是"那个可恶的尼古拉斯·达西伯爵"。朱利安叫他阿曼德。"你为什么叫他阿曼德？"

"从你脸上的表情，我想你已经猜到了。阿曼德从未和你姐姐订过婚。他为莱金德工作，就像我一样。"

卡拉瓦尔秀那熟悉的咒语重现在她的脑海中，泰拉光着脚，一时间竟微微有些摇晃：记住，这只是个游戏。我们希望你们能随心所欲，但小心不要入戏太深……

那个浑蛋。

泰拉本以为自己是免疫的，因为她一直在给莱金德写信，而当时莱金德正在策划那场比赛。但显然她错了。莱金德愚弄了她，就像他愚弄了其他人一样。泰拉从未想过她姐姐的未婚夫是演员扮演的。

莱金德确实配得上他给自己取的这个名字。泰拉不由得好奇，莱金德的比赛是否有结束的时候，又或者，他的世界便如同一个满是幻想和现实的无尽迷宫，被困其中的人将永远徘徊在两者之间。

在她对面，朱利安揉搓着脖颈，与其说他是很抱歉，不如说是很紧张。朱利安为人冲动。泰拉怀疑他根本没有考虑过告诉她真相的后果。他发现她去追阿曼德，便做出了这个下意识的反应。

"我姐姐不知道，对吗？"

"是的。"朱利安说，"目前，我希望维持现状。"

"你是要我对她撒谎吗？"

"你以前又不是没这么做过。"

泰拉登时怒不可遏："我那么做是为了她好。"

"现在也是为了她好。"朱利安把瘦削的胳膊横抱胸前，懒洋洋地靠在小巷的墙上。

在那一刻，泰拉根本不确定她是否喜欢他。她讨厌他刚才说的话。嘴上说是为了别人好，却始终无异于粉饰错误。当然，既然是她先这么说的，她就不能斥责朱利安。

"几天后我们要去瓦伦达了。"朱利安接着说，"如果你姐姐发现在卡拉瓦尔秀上从未见过她真正的未婚夫，你觉得她会怎么做？"

"她会去找他。"泰拉承认。他就住在瓦伦达，所以找起来很容易。泰拉虽然一直不明白，但斯嘉丽是真的很想嫁给这个她连画像都没见过的男人。她全心地想象他的样子，总是从他那平淡无奇的信里发现最好的方面。

斯嘉丽也许会说那是出于好奇，但她了解姐姐，在内心深处，她可能觉得自己需要给他一个机会，而这说不定会导致灾难性的后果。斯嘉丽穿着染血婚纱哭泣的画面再次出现在泰拉的面前。卜算镜显示她已经抹去了那个未来，但它还是有可能变成现实。

"斯嘉丽发现你对她撒谎，她会生气的。"泰拉说。

"我认为这是在为她而战。"朱利安揉了揉下巴上的黑色胡楂。他的举止和言语都很像一个急于去街头打架斗殴的小男孩，但泰拉从他的话中感受到了真正的勇气。她依然不确定朱利安对她姐姐的爱会持续多久，但在那一刻，泰拉想象着朱利安会越过任何道德界限，只求留住斯嘉丽的心。说来也怪，她因此更信任他了。

要是泰拉一口拒绝，她的生活就能变得容易些，到时候，斯嘉丽就不必担心他们去了瓦伦达以后伯爵会发现泰拉了，因为真正的伯爵从未见过她的样子。但是，尽管这么做可以使情况简单得多，泰拉却不敢冒险向姐姐和盘托出真相。斯嘉丽和伯爵若是结合，只能带来心碎和毁灭。卜算镜的影像已经证明了这一点，而且那张牌从来没有欺骗过泰拉。

"好吧。"她说，"我同意不对斯嘉丽提起阿曼德的事。"

朱利安轻轻点了点头，好像他早料到泰拉会同意欺骗斯嘉丽。

"尽管我在卡拉瓦尔秀上有过这样的行为，但我并不喜欢欺骗我姐姐。"

"可惜事情一旦开始，就很难停下来。"

"你也是这样吗？你总是撒谎，结果搞得自己再也说不出实话？"这番话说得太过尖锐，泰拉没想这样，但值得称赞的是，朱利安没有反唇相讥。

"卡拉瓦尔秀对你来说可能只是一个谎言，但它是我的生活、我的真相。上一场比赛对我和你姐姐而言都一样真实。她为你而战，我为她而战。"他的声音变粗了，"关于我是谁这个问题，我可能对你姐姐撒了谎，但我对她的感情是真诚的。我需要再和她相处一段时间，那之后，才能让她了解其他可能导致她怀疑我的事。"

"如果斯嘉丽看到阿曼德还在岛上呢？"

"莱金德会让他和其他一些演员一起，提前动身去瓦伦达。"

那真是太方便了。

"既然我为你做了这件事，我希望你也帮我一个忙。"泰拉灵机一动，补充道。

朱利安摇着头，似乎在考虑这件事："什么忙？"

"我想知道莱金德的真实名字。莱金德到底是什么人？"

她还没说完，朱利安就笑了起来："别告诉我你也爱上他了。"

"我这个人很识时务，知道不该爱上莱金德。"

"很好。"朱利安说，不再笑了，"这甚至都谈不上公平交易，而且，即使是公平交易，我也不能告诉你莱金德的名字。"

泰拉把双臂抱在胸前。她其实并不盼着他真回答她的问题。她问过几个演员这个问题，得到的回答都差不多。有人听了只是一笑置之，还有人干脆不予理会。她估摸这是因为他们中的大多数人都不知道莱金德到底是谁，但朱利安的反应却大不相同，她希望这次终于找到了一个消息比较灵通的人。

"如果你不能告诉我莱金德的名字，"泰拉道，"那就告诉我谁能，否则，我不会配合你。"

朱利安所有的幽默痕迹都消失了："莱金德的身份是他最大的秘密。这岛上没人会告诉你。"

"那么，我想我只好把阿曼德的事告诉斯嘉丽了。"泰拉转身就要离开小巷。

"等等……"朱利安一把抓住她的手腕。

泰拉强忍着才没笑出来。看来她已经把他逼上了绝路。

"如果你答应不把阿曼德的事告诉斯嘉丽，我就告诉你一个演员的名字，他说不定可以回答一些问题。"

"说不定？"

"打从有卡拉瓦尔秀的那天起，他就在了，他知道很多事。但他不会免费提供信息。"

"要是他平白无故给我消息，我反倒不相信。告诉我他的名字，我们就此成交。"

"他叫奈杰尔。"朱利安轻声回答，"他是莱金德的算命先生。"

泰拉从未见过奈杰尔，但她知道此人是何方神圣。就是那个年轻人，不会有错。奈杰尔的每一寸肌肤，包括他的脸，都覆盖着用来预测未来的鲜艳逼真的文身。当然，从朱利安嘴里说出来，奈杰尔的角色听起来不太一样，仿佛他并不是真正为参加比赛的人服务，而是为了把信息传递给卡拉瓦尔秀的班主。

"小心点。"朱利安补充道，仿佛泰拉需要更多警告，"算命先生不像你我。他们看到的是这个世界本来的样子，有时他们会想办法实现他们想要的结果，却不在乎事情应该是什么样。"

5

　　空气中弥漫着咸腥味和秘密的气息。泰拉深吸了一口气，希望这个夜晚能像莱金德的船"拉·埃斯梅拉达"号一样，也具有魔力。

　　船身自上到下都笼罩着魔法。甚至连船上鼓起的风帆似乎也有魔法。白天看来，风帆是红色的，晚上则是银色，就像魔术师的斗篷一样，暗示着下面隐藏着很多秘密，泰拉打算在那天晚上去揭开那些秘密。

　　泰拉深入船腹去找算命先生奈杰尔，醉醺醺的笑声在她的头顶飘荡。上船后的第一个晚上，她因为睡觉而误了事，直到第二天才意识到，莱金德的演员们改变了睡眠时间，好准备接下来的卡拉瓦尔秀。他们白天睡觉，日落后醒来，如同一群吸血鬼。

　　泰拉在"拉·埃斯梅拉达"号上的第一天只打听到奈杰尔在船上，但没有见到他。甲板下吱吱作响的走廊就像卡拉瓦尔秀上的桥，在不同的时间通向不同的地方，所以很难知道谁住在哪个房间里。泰拉想知道这是莱金德有意设计的，还是魔法本就如此变化莫测。

她想象莱金德戴着大礼帽，嘲笑这个问题，嘲笑她以为魔法比他更能控制一切。对许多人来说，莱金德就是魔法。

泰拉刚到梦之岛的时候，怀疑每个人都可能是莱金德。朱利安有太多的秘密，以至于她怀疑莱金德的身份是其中之一，但后来他死了一次，她也就打消了疑虑。卡斯帕在上一场比赛中扮演了莱金德，他的眼睛闪闪发光，笑容灿烂，有时，他演得惟妙惟肖，搞得泰拉想知道他是否真的在表演。乍一看，丹特俊朗不凡，完全就是她一直想象的莱金德的样子。泰拉能想象到有着宽肩膀的丹特穿着黑色燕尾服，头上戴着天鹅绒礼帽。但泰拉越是琢磨莱金德其人，她就越怀疑他是否戴过礼帽。也许这个标志只是另一个迷惑人的东西。也许莱金德只是魔法，根本就不是人，所以泰拉才从未见过他本人。

船摇晃着，一串发自真心的笑声划破了寂静。

泰拉愣住了。

笑声停止，但狭长走廊里的空气却变了。咸腥味、木头味和潮湿的味道消失了，一股甘甜浓醇的气味扑鼻而来。是玫瑰的香味。

泰拉的皮肤感到刺痛，她裸露的手臂上起了鸡皮疙瘩。

在她脚下，花瓣形成了一道诱人的红色小径。

泰拉或许不清楚莱金德的真实名字，但她知道他喜欢红色、玫瑰和游戏。

他这是在戏弄她吗？他知道她想干什么？

她穿着新拖鞋，踩过娇嫩的花瓣，她手臂上的鸡皮疙瘩蔓延到了她的脖子和头皮上。如果莱金德知道她想要的是什么，泰拉无法想象他还会把她引向正确的方向，然而花瓣小路太诱人了，她不可能躲开。花瓣通向一扇门，门的边缘泛着铜色的光。

她转动门把手。

随即，她的世界变成了一个花园，犹如天堂一般，到处都是盛开的鲜花，浪漫迷人。墙壁是月光做成的。天花板由玫瑰搭建而成，玫瑰落向房间中央的桌子，而桌上摆满了一盘盘蛋糕、蜡烛和闪闪发光的蜜酒。

但这一切都不是为泰拉准备的。

这一切都是为了斯嘉丽。泰拉只是无意中走进了她姐姐的爱情故事，此情此景浪漫至极，看着都叫人心疼。

斯嘉丽站在房间对面。她凝视着朱利安，她那一身红宝石色的礼服比任何花都要娇艳，光彩照人的皮肤比月亮还要动人。

他们除了彼此以外什么也没碰。斯嘉丽把唇贴在朱利安的唇上，他的双臂搂着她，仿佛他发现了一件他永远都不想放手的珍宝。

这就是爱情如此危险的原因。爱情把世界变成了一座花园，令人陶然，以至于人们很容易忘记，玫瑰花瓣和感情一样转瞬即逝，最终会枯萎凋谢，只留下根根利刺。

泰拉转身离开了门口，免得再生起什么残忍的想法。斯嘉丽应该得到这样的幸福。也许她会一直幸福下去。也许朱利安会证明他自己配得上斯嘉丽，并且会信守诺言。看起来他确实在努力。

而且，和泰拉不同的是，盗心王子并没有诅咒斯嘉丽付出爱却得不到回报。

泰拉一关上门，走廊就又移动了。她面前的花瓣小径消失了，姜黄色的烟雾和香形成了一条新路，只要是有奈杰尔的地方，就有这种气味。

缕缕烟雾卷成手的形状，指了指一扇开着的门，泰拉又感觉莱金德在戏弄她。

泰拉走了进去，只觉得皮肤发烫。黄色的蜡烛排列在房间的边缘，奈杰尔在中间，他懒洋洋地躺在床上，盖着深梅酒颜色的天鹅绒被子。他的嘴唇周围布满了带刺荆棘图案的文身，脸上没有一丝笑容，他的嘴巴张得很大，更像是陷阱的开口。

"我还在奇怪你什么时候来找我呢，泰拉小姐。"他示意泰拉坐在临时讲台脚下那堆流苏枕头边。就像在卡拉瓦尔秀上一样，奈杰尔的身上只披着一块棕色的布，所有色彩鲜亮的文身都露在外面。

泰拉的目光落在了他粗壮的双腿上文着的马戏团场景上，一个头发上插着羽毛的女人和一只戴着大礼帽的狼一起跳舞的画面吸引了她。她不想让奈杰尔解释其中的意思，便迅速抬起眼睛，却只是看到他手臂上一颗破碎的黑心。

"我能为你做什么？"奈杰尔问道。

"我不是来算命的。我想知道莱金德的事。"

奈杰尔眼睛周围的星星文身像墨水一样闪闪发光，热切而好奇："你愿意付出多少？"

泰拉从口袋里掏出一包硬币。

奈杰尔摇了摇头。他当然不会接受她的钱。在卡拉瓦尔秀的世界里，硬币不是首选的支付方式。

"按照传统，我们每年只表演一次，这样我们就有几个月的休整时间。"奈杰尔说，"这次莱金德只给了我们不到一个星期。"

"我不会把我的寿命给你。"

"我也不想要你的寿命。我想要你的休息时间。"

"多久？"泰拉谨慎地问。她以前有过几天不睡觉的时候。放弃几个晚上的休息似乎并不是太大的牺牲。但交易总是这样开始的。从表面上看，莱金德的演员们说起来总好像这些交易没什么大不了，但他们从来不会如此坦率。

"我给你多少，就会向你索取多少。"奈杰尔说，"我回答的问题越多，得到的休息时间就越多。我若给不了有用的答案，你也没什么损失。"

"你什么时候拿走我的睡眠时间？"

"你离开这个房间的那一刻。"

泰拉试着从各个角度看待这笔交易。现在是 24 号晚上，他们计划在 29 号早晨到达瓦伦达。还有四天的航程。根据他偷走了多少睡眠时间，等他们到达瓦伦达的时候，她一定会筋疲力尽。但如果他把莱金德的具体信息给她，那也值了。

"好吧。但我只能给你我们在这条船上期间我的睡眠时间。到了瓦伦达，你不能从我这里拿走任何东西。"

"没问题。"奈杰尔从床边的架子上拿了一把毛刷和一小罐炽热的橙色液体，"我需要你的手腕来完成交易。"

泰拉犹豫了："你画上的东西不会永远也擦不掉吧？"

"只要你把欠我的全部付清，我的画自然会消失。"

泰拉伸出胳膊。奈杰尔的动作十分熟练；他握着冰冷的画笔，在泰拉的皮肤上来回画着，好像他经常把身体当画布一样。

他画完了，一双和她的眼睛一模一样的眼睛回望着泰拉。圆圆的，淡褐色，十分明亮。有那么一刻，她发誓它们在恳求她不要做出这样的选择。但是，如果能得到信息，偿还她欠她朋友的债，并且最终结束从她母亲离开之日起七年来的折磨，那么少睡一会儿，只能算是小小的牺牲。

"说吧，"奈杰尔道，"你想知道什么？"

"我想知道莱金德的真实名字。在他成为莱金德之前的名字。"

奈杰尔用一根手指拂过文有带刺铁丝网图案的嘴唇，划出一滴血，又或者那滴血是文在他指尖上的图案？

"即使我愿意，我也不能告诉你莱金德的名字。"奈杰尔说，"他的演员都不能透露这个秘密。几个世纪前让众命运人间蒸发的那个女巫赋予了莱金德魔力。他的魔法非常古老，还没有他的时候，那些魔法就存在了，所以，我们所有人都得保守秘密。"

虽然无人知晓为什么众命运会消失，由着人类自己统治自己，但还是有传言称是一个强大的女巫征服了他们。但是泰拉从未听人说过，那个女巫就是赋予莱金德法力的女巫。

"这仍然不能告诉我莱金德的真实身份。"

"我还没说完，"奈杰尔道，"我要告诉你的是，莱金德用魔力阻止别人透露他的真实姓名，但这个名字是可以赢得的。"

泰拉只觉得浑身发麻，她手腕上画着的一只眼睛开始闭上。它闭上的速度很快，让她觉得自己剩余的时间不多了，但也非常接近她需要的答案。

"我怎样才能赢得这个名字？"她急忙问。

"你必须参加下一次的卡拉瓦尔秀。如果你赢了比赛，你将与莱金德面对面。"

泰拉发誓，奈杰尔说完后，他眼睛周围的一颗刺青星星就掉了下来。可能是姜黄色的烟雾和刺鼻的熏香扰乱了她的大脑，让她觉得文身是活的。

她该走了。她手腕上的两个眼睑此刻闭得只剩下一道缝，而且她得到了她需要的答案：如果她赢得了卡拉瓦尔秀，她就能知道莱金德的名字。但是，奈杰尔最后的话给她留下了更多的疑问。

"你刚才说的是预言吗？还是说，下一次卡拉瓦尔秀的奖品就是真正的莱金德？"

"两者兼而有之。"奈杰尔嘴唇上的带刺铁丝网刺青变成了荆棘，黑玫瑰在荆棘之间盛开，"莱金德不是奖品，但如果你赢得了卡拉瓦尔秀，你看到的第一张面孔将是莱金德的脸。他打算亲自给下一个冠军颁奖。但是，你要注意，赢得比赛必须付出代价，而过后，你一定会后悔。"

泰拉手腕上画着的眼睛完全闭上了，她的皮肤随之结了一层霜，她母亲熟悉的警告再次闪现在她的脑海里：一旦预言了未来，未来就会变成有生命的东西，它会想方设法让自己成为现实。

跟着，时候到了。一阵强烈的疲劳袭来，她立即倒在铺着软垫的床上。她的头旋转着，腿上的骨头化为了尘埃。

"发生了什么事？"她气喘吁吁地说，她拼命想坐起来，她的呼吸突然变得急促起来。是房间里出现了更多的烟，还是她的视力模糊了？

"我可能应该早点澄清一下，"奈杰尔说，"你手腕上的魔咒不会让你睡不着，它只是让你睡觉，这样你就可以把你得到的休息转移给我。"

"不要！"泰拉摇摇晃晃地从床上起来，视线逐渐缩小，她能看到只有嘲笑的刺青和窃笑的烛光，"我不想一直睡到瓦伦达。"

"恐怕太迟了。下次做交易，不要那么轻易就点头同意。"

6

就算是最悲惨的海难，也比泰拉现在的情况要好。她跌跌撞撞地离开奈杰尔的住处，她的腿不愿走直线。她的臀部不停地撞到墙上。她的头碰到了不止一个挂灯。去她房间的路途如此危险，她又一次弄丢了拖鞋。但她马上就到了。

门在她眼前摇晃着，这是她要克服的最后一个障碍。

泰拉凝聚起全身的力量把门打开。然后……

不是她进错了房间，就是她已经开始做梦了。

丹特生出了翅膀。而且，老天，那对翅膀真是漂亮，毫无生气，乌黑发亮，带着深蓝色的血管，那是失落的愿望和坠落的星尘的颜色。他面冲床头柜洗脸，也可能是在亲吻他在镜子里的倒影。

泰拉并不完全确定这个傲慢的男孩在做什么。她眼前一片模糊，只能看到他的衬衫和外套不见了，背上伸出了一对巨大的黑色翅膀。

"有了这些东西，你大可以去做死神天使了。"

丹特回头看了一眼。湿漉漉的头发粘在前额上，像黑狐狸毛一样："别人给我起了很多个名字，但我真不清楚有没有人说我是天使。"

"那就是说，有人管你叫死神了？"泰拉的两腿终于撑不住了，她瘫倒在门口，砰的一声摔在地板上。

从房间的另一边传来一阵笑声，那笑声细腻而轻盈，是女人的笑声："想必她是一见到你，就高兴地昏过去了。"

这会儿，她要吐了。房间里还有一个女孩。泰拉看到了一条翠绿色的裙子和闪闪发亮的深褐色头发，在这恶心的一幕之后，丹特走进了她的视线。

他慢慢地摇了摇头："你怎么……"

丹特的目光落在她那双闭着的眼睛上。

他发出一声粗粝的声音，像是咯咯笑声。但泰拉并不确定。她的听力几乎和她的脑袋一样混乱。她的眼睛兀自闭上了。

"真不敢相信，他居然成功了。"丹特的说话声现在非常近，而且很低。

"我很无聊，"泰拉咕哝着说，"这样消磨时间，还挺有意思的。"

"如果你说的是真心话，那你该来找我才对。"丹特现在肯定是在哈哈大笑了。

接下来的几天，不幸的幻觉接连出现。奈杰尔拿走了泰拉所有的美梦，单单把噩梦留给了她。有些画面逼真到了可怕的境地：她父亲脱下紫色手套，再也不会重新戴上，她还梦见尘世中不存在的浓重阴影将她团团围住。冰冷潮湿的手抚摸着她的头发，还有一些手则在撕扯她的心，没有血色的嘴唇则从她的骨头里吸出了骨髓。

在卡拉瓦尔秀上经历死亡之前，泰拉可能会说，这些梦就像一次又一次经历死亡。但除了死亡，没有什么感觉像死亡。她尚未笨到以为死神在她逃跑后不会一直缠住她。泰拉的确出色，死神当然想留住她。

泰拉虽然梦见了死亡的天使，但她苏醒过来后，迎接她的却是一位女神。

斯嘉丽站在床边，手里拿着一盘宝贝，上面装着奶油饼干、黄油煎蛋、肉豆蔻蛋羹、红糖厚培根和一大杯加了香料的巧克力。

泰拉拿了最大的一块奶油饼干。尽管睡了好几天，她依然觉得昏昏沉沉，但吃点东西还是有好处的："我告诉过你我有多爱你吗？"

"我以为发生了这样的事，你一定很饿。"

但泰拉不确定斯嘉丽是否已经知道了她都做过什么。

"斯嘉，对不起，我……"

"没什么好道歉的。我了解，人不知不觉就会中莱金德那些演员的招。船上的每个人都认为奈杰尔从你这里拿走了太多。"斯嘉丽望着泰拉，仿佛希望她能坦白去算命的原因。

虽然泰拉想为自己的行为辩护，但她觉得现在还不是时候提起她和她那个朋友之间的交易。斯嘉丽要是知道妹妹与一个通过爱兰丁头号通缉犯商号认识的陌生人通信，一定会大吃一惊的。

泰拉对朱利安说她不喜欢对姐姐撒谎，她心里确实是这么想的。不幸的是，这并不总是能阻止她这样做。泰拉向斯嘉丽隐瞒秘密，是为了不让她担心。她们的母亲失踪后，斯嘉丽不但要在小小年纪便告别无忧无虑的生活，还要照顾泰拉。这不公平，泰拉不愿意给姐姐多加负担。

斯嘉丽一直在紧张地抚平裙子上的褶皱，每次一碰，裙子就变得更加皱巴巴。在卡拉瓦尔秀上，莱金德给了斯嘉丽一条会变换样式的魔法裙，现在那裙子看起来和斯嘉丽一样焦虑不安。她的袖子上有粉红色花边，但现在蕾丝已经变成灰色了。

泰拉喝了一口加香巧克力，强迫自己在床上坐得更直："斯嘉，如果你不介意我和奈杰尔的交易，那你有什么烦心事？"

斯嘉丽的嘴向下倾斜："我想和你谈谈丹特。"

该死的。她没想到会这样，但这很不好。泰拉一时竟没想起她是在丹特的房里昏倒的。一定是他把泰拉送回这里，斯嘉丽一定看见他半裸着，把泰拉抱在胸前。

"斯嘉，我不知道你在想什么，但我发誓我和丹特之间没有任何关系。你知道我对比我还漂亮的男孩有什么样的感觉。"

"那么，在卡拉瓦尔秀结束后，你们俩之间都发生了什么？"斯嘉丽穿过小船舱，捡起一双银拖鞋，就是泰拉留在森林里的那双，"他昨晚留下了这双鞋子和一张有趣的纸条。"

泰拉从一只鞋里抽出露在外面的一张薄纸，她的胃翻腾起来。

从我们在森林里度过了一晚之后，我就一直想把这些送还给你。

丹

这个无赖。泰拉把纸条揉成一团。丹特写这封信，一定是为了折磨斯嘉丽，因为她在卡拉瓦尔秀中拒绝了他。

"好吧。"泰拉说，"我承认，我和丹特确实在派对当晚接吻了。但那个吻糟透了，那是我经历过的很糟糕的吻之一，我就算死也不想再来一次！如果我那样做伤害了你，我很抱歉，我知道他在卡拉瓦尔秀上对你很坏。"

斯嘉丽噘起嘴。

泰拉这谎言说得有点过分了。只要看一眼丹特，任何一个女孩都能看得出来，他很清楚怎么利用他的嘴唇。

"我不在乎你吻他。"斯嘉丽说，"如果我在认识朱利安之前见到他，我可能也会吻他。"

一幅非常令人不安的画面突然出现在泰拉的脑海里，她更加深刻地理解了姐姐的不安。一想到斯嘉丽和丹特在一起，泰拉就恨不得威胁他离她姐姐远点，但泰拉认为这种事不太可能发生。不过，如果泰拉只是想到这个可能便担心不已，那她完全可以想象到，她那过分保护她的姐姐有多担惊受怕，而泰拉完全赞成斯嘉丽去享受自己的生活。

"我不想控制你。"斯嘉丽继续说，"我们都受够了受别人的控制。我只是不想让你受伤害。卡拉瓦尔秀从明天午夜开始，但通过上一场比赛，我知道莱金德会提前安排好各个环节。"斯嘉丽又不安地看了一眼丹特送回来的拖鞋。

"你不用担心，斯嘉。"这一次，泰拉说出了绝对的事实，"我对丹特的信任甚至比我对大多数人的信任还要低，我还不至于笨到在卡拉瓦尔秀中失去理智。"

"我记得你说过你不会参加比赛。"

"也许我改变主意了。"

"泰拉，我希望你不要这样做。"斯嘉丽抚平了她那条此时全变成了灰色的裙子，这次她还在裙身上留下了汗渍，"你吃了奈杰尔的亏，这让我想起了我经历过的那些更后悔的事。我不希望你也受那样的罪。"

"那就和我一起参加比赛。"泰拉脱口而出，但即使再考虑一下，感觉这仍是个绝妙的主意。泰拉在幕后观看了卡拉瓦尔秀，但她的姐姐真正参加并赢得了比赛。她们要是组成团队，必将战无不胜。"如果我们在一起，你可以确保我不会再被奈杰尔这样的演员戏耍。我保证你会玩得很开心。我们还可以互相照顾。"

斯嘉丽的衣服立刻亮了起来，仿佛觉得这是个好主意。单调的灰色花边变成了覆盆子红色，色彩从她的袖子蔓延到她的上衣，她像是穿了一件迷人的盔甲。不幸的是，斯嘉丽仍然显得很谨慎。她不再没完没了地抚裙子，却开始焦急地用手指缠着一绺银发，她在上一次卡拉瓦尔秀中失去了一天的寿命，那之后，这绺头发就变成了白色。

泰拉考虑过告诉斯嘉丽她必须参赛和获胜的真正原因，但她怀疑提及她们的母亲对她的目的是否有好处。斯嘉丽没提过母亲。一直都没有。每当泰拉试图谈起帕洛玛，斯嘉丽要么改变话题，要么完全不理她。泰拉过去认为母亲这个话题对斯嘉丽而言太沉重，但现在泰拉觉得，斯嘉丽受的伤害让她憎恨母亲丢下她们不管。

泰拉理解那种感觉；她宁愿永不谈起她们的父亲，也不愿想起他。

但她们的母亲并不像她们的父亲那样可怕。

"红红……"她们小船舱响起了敲门声，"……你在里面吗？"

斯嘉丽一听到朱利安的声音，脸色立刻变了。她的忧虑已消失，脸上漾出了微笑。

"到瓦伦达了。"朱利安又说，"我来看看能不能把你们姐妹俩的箱子搬到甲板上去。"

"如果他愿意帮我搬行李，就请让他进来吧。"泰拉说。

斯嘉丽早已迫不及待地去开门了。

在她打开门的那一刻，朱利安笑得像个刚发现宝藏的海盗。当他注视她姐姐时，泰拉发誓他的眼睛里真真切切地燃烧起了两团爱火。

斯嘉丽也对他露出了灿烂的微笑。她衣服上的蕾丝亦复如是，她的裙子从宽大变成合身，蕾丝的颜色变得越来越深，成了一种炽热的红色。

泰拉大声喝着巧克力，让这对情侣无法继续恩爱，免得他们那如胶似漆的眼神化为充满渴望的亲吻。"朱利安，快帮帮我。"泰拉说，"我想让斯嘉丽跟我搭档参加卡拉瓦尔秀。"

朱利安立即清醒过来。他的目光瞟向泰拉，突然变得锐利起来。那个眼神就像闪电一样短暂，但却明白无误。他不想让斯嘉丽参赛。泰拉知道为什么。她应该想到这一点的。

斯嘉丽如果参加比赛，就会知道阿曼德的真相，知道他在上次比赛中扮演了她的未婚夫，到时候，朱利安和泰拉的谎言都会被揭穿。这样的结果对朱利安来说比对泰拉要糟糕得多，但最痛苦的人还是斯嘉丽。

"仔细想一想，"泰拉轻轻地说，试图纠正她的错误，"也许我应该一个人参赛。你说不定会拖我的后腿。"

"太糟糕了。我现在想参加了。"斯嘉丽那双淡褐色的大眼睛又回到了朱利安的身上，闪动着在特里斯达岛上从未有过的光芒，"我只记得比赛多有趣。"

泰拉笑了笑，表示同意，只是笑得太勉强，一点也不像真心的笑容。

奈杰尔警告过她，她就算赢了比赛，以后也会为付出的代价后悔。斯嘉丽也因为比赛的事警告过她。但在此之前，泰拉并没有感受到这两个警告有什么用。听别人说卡拉瓦尔秀的危险是一回事，但亲眼看到危险发生，就是另一回事了。尽管上一场比赛已经结束，她的姐姐仍然没有彻底逃离。

泰拉不想要这样的结果，她不愿拖累斯嘉丽，让她承受更多的痛苦。但如果泰拉不参加并赢得比赛，她可能再也见不到母亲了。

Chapter 2
瓦 伦 达 古 城

7

据传说，瓦伦达就是曾经的阿尔卡拉古城，曾几何时，命运魔牌中描绘的众命运就住在这里。他们用魔法建造了这座城市。即使在众命运消失了几个世纪后，那些魔法仍然是那么古老，那么强大，他们那闪闪发光的魔法至今影响犹在，使瓦伦达的群山变得如此明亮，以至于在夜晚，半个莫里迪安帝国都被照亮了。

泰拉不晓得传说是不是真的，但当她第一眼看到瓦伦达的暮光港口，她相信是真的。

紫色的夕阳将一切都笼罩进了深紫色的阴影里，然而，从那由破碎的圆柱和巨大的拱门构成的原始废墟的顶端，到包围"拉·埃斯梅拉达"号的无边海水，她面前的世界仍然华光闪闪。在她的家乡特里斯达岛，码头摇摇晃晃，看上去就像易碎的骨头，相比之下，此时在她面前延伸的码头则非常结实，像是活的，两侧停着快速帆船和大帆船，船上的翠绿色旗帜随风飘动。有些船长是女水手，她们十分大胆，穿着光滑的皮裙和长及大腿的靴子。

泰拉已经喜欢上这里了。

她伸长脖子眺望着，想象力展开了翅膀。

她听说，在这座多山的城市上空，空中缆车像鸟儿一样飞来飞去，但亲自见到此情此景，完全是另一番感受。缆车在渐渐变黑的淡紫色天空中穿行，犹如彩云一样优雅，缆车起起伏伏，有兰花色、黄玉色、洋红色、丁香色、玉米丝色、薄荷色，还有其他泰拉还没见过的颜色。空中缆车其实并不是在飞，只是摇摇晃晃悬在瓦伦达不同地区中纵横交错的粗缆绳上。

"走吧。"斯嘉丽催促道，同时拉着朱利安的手，向拥挤的码头走去，"几架专车将把我们直接送到皇宫。千万不要迟到了。"

他们的船到晚了，所以大家都加快了速度。不时能听到有人嚷嚷着"小心点"。泰拉迈着小短腿，快步跟在后面，紧紧抓着小箱子，里面装着卜算镜和她的大部分财产。

"打扰一下，"一个送信小厮打扮的小男孩出现在码头尽头，"你是多娜泰拉·德拉格纳小姐吗？"

"是的。"泰拉回答。

信使示意她去另一个码头边上的一堆桶旁边。

泰拉不打算过去。祖母曾说过，一个女孩子在瓦伦达的大街上可能遇到很多危险，但泰拉不太相信。不过，她很清楚一个人在码头上消失是多么容易。只要趁人们都转过头去，就可以把她拖到船上，再推到甲板下面。

"我得去追我姐姐了。"泰拉说。

"小姐，请不要跑掉。如果你走了，我就拿不到钱了。"年轻的信使拿出一封信，信由圆形金蜡密封，蜡封上的复杂图案是几把匕首和一把破碎的宝剑。泰拉一眼就看了出来。是她的朋友。

他怎么知道她在瓦伦达？

仿佛是在回答她的问题，泰拉口袋里那枚倒霉硬币像心跳一样跳动了起来。他一定是用它来追踪她，这进一步证明了他善于寻人。

泰拉朝斯嘉丽和朱利安喊了一声，告诉他们说她过会儿去追他们，然后和信使一起去了另一个码头。

刚一来到一堆沉重的木桶后面，信使就迅速把信交给泰拉，然后在泰拉打开蜡封之前，便飞奔而去。

信封里面有两张正方形的纸。第一张纸十分朴素，上面写着熟悉的字迹。

欢迎来到瓦伦达，多娜泰拉：

很抱歉没能亲自去迎接你，但别担心，我不会一直当陌生人。我相信，你渴望找到你的母亲，就像我渴望知道莱金德的名字。

我了解你，我猜你一定会参加卡拉瓦尔秀，但为以防万一，随函附上第一晚庆祝活动的邀请函。

午夜前带我给你的硬币去舞会，把它放在你的手心里，我就能找到你。不要迟到，我不会待太久。

到时候见！

一个朋友上

泰拉掏出另一张卡片,那张纸是珍珠色的,上面的字迹用华丽的蓝墨水写成。

邀请函

莱金德选择你参加一场改变命运的比赛。

为庆祝爱兰丁女王七十五岁寿辰,

卡拉瓦尔秀将在瓦伦达的大街小巷举办六个神奇的夜晚。

你的旅程将从爱德怀城堡中的命运舞会开始。

比赛将于种植季第三十天的午夜正式开始,于爱兰丁节的黎明结束。

第二天就是种植季的第三十天了。

时间紧迫,泰拉根本来不及去见她的朋友。

奈杰尔说过,要想查出莱金德的名字,唯一的办法就是在卡拉瓦尔秀中获胜。她还需要一个星期去参加并赢得比赛。她的朋友肯定会再给她一个星期的。

但如果他不答应,并且拒绝让她和母亲团聚呢?

一阵狂野的大浪扑来,码头都摇晃起来,但即使在它稳定下来后,泰拉仍然站不稳,仿佛命运眨了一下眼,她的世界的未来在重塑。

她马上把手中的小箱子放在码头上。有木桶挡着,别人看不到她。没人看见她打开箱子,即使有一整船的人在看,也不可能阻止她。泰拉需要检查一下卜算镜。

她的手指每每接触到这张纸牌都会感到刺痛,但此时,当她触碰这张长方形的纸时，她的手指竟然麻木了；泰拉看到那个新影像，一切都跟着变得麻木起来。她的母亲不再被囚禁在监狱的栏杆后面，现在的她嘴唇发蓝，脸色苍白，已经没气了。

泰拉紧紧地握着那张牌，纸牌本应该在她手里被揉得皱皱巴巴。但这个神奇的小东西似乎坚不可摧。她靠着码头尽头的潮湿木桶，瘫坐在那里。

一定有什么新状况改变了她母亲的未来。泰拉睡了四天。这种转变不应该是她的行为造成的，除非是与她和奈杰尔的谈话有关。

朱利安曾警告泰拉，像奈杰尔这样的算命先生在玩弄未来。也许他在泰拉的命运中感觉到了某种东西，而那会让莱金德处于危险之中。又或许是莱金德想捉弄泰拉，因为她想要揭开他保守最严密的秘密，而现在莱金德的计划已经改变了她母亲的命运。

想到这些，她本应该害怕才对。与莱金德为敌，纯属自讨苦吃。但出于某种扭曲的原因，泰拉只会更想参加他的比赛。现在，她只需要说服她的朋友再给她一个星期，这样她就可以赢得卡拉瓦尔秀，挖出莱金德的名字，拯救她母亲的生命。

泰拉到达缆车站的时候，夜幕已经用斗篷盖住了这座城市。外面很冷，但缆车站里暖和舒适，琥珀色的灯光朦朦胧胧。

泰拉走过一个又一个隔间，里面停着五颜六色的缆车，所有缆车都连接着粗缆绳，而缆绳通往城市的每一个角落。通往宫殿的缆绳在最后。可到处也看不见斯嘉丽。她告诉姐姐她稍后会赶上来，但泰拉仍然很惊讶斯嘉丽竟然没等她。

悬挂在泰拉面前的缆车来回摇晃，一个身材魁梧的车夫打开一扇象牙色的门，把她领到一个舒适的车厢里。车厢里铺着黄油色的垫子，垫子上有厚厚的深蓝色蕾丝镶边，与椭圆形窗户上挂的窗帘相配套。

车上还有一位乘客，是个金发年轻人，泰拉不认识。

莱金德的演员是乘坐两艘船来的瓦伦达，泰拉估摸有些为莱金德工作的演员是她从未见过的。但她怀疑这个年轻人并不是他们中的一员。他只比她大几岁，看起来却好像花了几个世纪的时间练习如何表现漠然。他懒洋洋地靠在豪华皮座椅上，甚至他那件皱巴巴的天鹅绒燕尾服也显得很无聊。

他故意把目光从泰拉身上移开，咬了一口白白的苹果："你不能坐在这里。"

"什么？"

"你听得很清楚。出去。"他慢条斯理说话的语气，就像他漫不经心的姿势一样，让泰拉觉得要么他是个非常淡漠的人，要么就是这个年轻人已经习惯了别人对他唯命是从，他甚至都不必拿出发号施令的语气。

原来是个被宠坏的贵族。

泰拉就没见过能讨她喜欢的贵族。他们经常来找她父亲索求非法好处，还会给他钱，但从不尊重他；他们似乎都认为，有了皇室血统，他们就比其他人更优越。

"如果你不想和我一起坐，你可以出去。"她说。

年轻的贵族微微一歪他留着金发的脑袋，然后慢慢地噘起薄唇，好像他咬到了一口干巴巴的苹果。

快离开缆车，一个声音在她脑海里警告说，他看上去很危险。但是，

泰拉不会被一个如此懒散的年轻人欺负，他甚至都懒得把挡在布满血丝的眼睛前面的头发拨开。她讨厌人以财富或头衔为借口欺压别人；这使她想起了她的父亲。缆车已经开始上升，随着泰拉每一次急促的心跳，缆车都在天空中升得更高。

"你一定是莱金德的演员吧。"年轻人此时应该是在笑，只是他发出的声音听来太过刻毒，泰拉也无法确定。他在亲密的空间里探身过来，使车厢里弥漫着苹果和愤怒的刺鼻气味。"有件事我一直很好奇，我想知道你是否能帮我解惑。"他继续说道，"我听说莱金德的演员永远不会死。那我现在就把你推出去，来验证一下这个谣言的真伪。"

泰拉不知道年轻人的威胁有几分当真，但她还是忍不住说："如果我先把你推出去的话，你就验证不了了。"

这话一出，年轻男子笑了出来，还露出了或许可以称为迷人的酒窝，但不知怎的，它们看起来却是那么不友好，就像一把双刃剑柄上闪闪发光的宝石。泰拉无法断定他的五官是因为太锐利而不具吸引力，抑或是他太英俊了，看着都叫人伤心，尽管眉目如画，却极具破坏性，当你只顾着凝视他那目光流转的冰冷眼睛，他便会撕裂你的喉咙。

"小心，宝贝。你或许是女王的客人，但她的宫廷里有许多人不像我这样宽容。而我其实并不是宽宏大量的那种人。"

嘎吱。锋利的牙齿又咬下一口白苹果，然后，他由着苹果从手指间滑落，落在她的拖鞋上。

泰拉把苹果踢回他的方向，假装她一点也不担心他的威胁。她甚至扭头不看她，而是看向窗口，缆车继续在城市上空滑行。她这招管用了；她用眼角余光看到年轻人闭上了眼睛，而在他们下方，是瓦伦达一个个著名的地区。

有些地区臭名昭著，比如香料区，有传言称在那里可以找到美味的非法物品；还有寺庙区，各种宗教活动都在该区云集，据说甚至还有一座莱金德教堂。

天太黑了，什么也看不清，但泰拉依然望着窗外，过了一会儿，缆车开始向宫殿下降，除了天空中昏暗闪烁的光亮，她终于能分辨出其他东西了。

她只有一个念头：故事书撒谎了。

泰拉对城堡和宫殿从不太在意。她姐姐斯嘉丽倒是一直幻想着，一个有钱的贵族或年轻的国王带她去世外桃源里的石头堡垒。对斯嘉丽来说，城堡是提供保护的安全堡垒。泰拉却认为那种地方无异于梦幻般的监狱，是监视、控制和惩罚人的完美地点，是她父亲在特里斯达岛令人窒息的庄园的放大版，不比笼子好多少。

但随着缆车继续缓慢下降，泰拉怀疑她的判断过于草率了。

她总是把城堡想象成灰色的石头和发霉的走廊，但爱兰丁这座珠光宝气的宫殿像是从龙窝里抢来的财宝一样，在黑夜里发出璀璨的光芒。

她似乎听到年轻贵族不屑地哼了一声，可能是因为她脸上露出了着迷的表情。但泰拉不以为意。事实上，如果他不能欣赏宫殿的美，她还会同情他。

爱兰丁的宫殿坐落在瓦伦达最高的山上。著名的金塔位于宫殿中心，如灯塔一样明亮，闪耀着铜色和明亮的珊瑚色。金塔庄严而笔直，顶部以下的结构像皇冠一样弯曲，就像命运魔牌里那座迷失宝塔的镜像。泰拉屏住呼吸。这是她所见过的最高的建筑，不知怎么的，它看起来像是活的。它像一个长生的君主一样，统治着五栋镶着宝石的拱形侧翼建筑，而这些侧翼如同一颗星的五个尖头，从塔上伸展出来。泰拉可以在这颗星里面住上一个星期。

缆车终于着陆，她不再感到那么疲惫，几乎在座位上都坐不住了。

在她对面，慵懒的贵族男子对她不理不睬，她溜出门，走进了宽敞的缆车站。

泰拉想知道她是不是最后一个到的。四下里只能听到移动缆绳的锯齿状轮盘吱吱嘎嘎地响着。她没有看到莱金德的演员，也没见到姐姐。但在一长串摇摇晃晃的缆车中间，站着许多身穿盔甲、面无表情的卫兵。

泰拉走下缆车，进入女王的美丽庭院，一名卫兵跟在她身后，他的盔甲叮当作响。莱金德的演员或许是爱兰丁的客人，但当泰拉走过古旧的石像园和精致的树木景观，她突然感觉到女王并不信任她的客人。泰拉不由得好奇，如果是这样，她为什么还要邀请他们待在皇宫，为她的生辰表演。

泰拉听说，爱兰丁女王年轻时桀骜不驯。她经常偷溜到令人生畏的香料区，假装是个平民，经历各种各样骇人听闻的冒险和浪漫的幽会。不幸的是，在泰拉一生的大部分时间里，女王变得胆小了。也许邀请莱金德的演员来这里，是她想再干点不计后果的事。但泰拉对此持怀疑态度；像爱兰丁这样一个在位如此之久的人，是不可能欠考虑的。

不知怎的，宫殿的内部比它那宝石般明亮的外表更富丽堂皇。一切都大得不可思议，仿佛众命运建造这座宫殿，只是为了炫耀他们的魔法，后来，他们消失，便把它抛在了身后。泰拉经过比橡树还粗的蓝色石英圆柱和真人高矮的水晶油灯，闪闪发光的青金石地面反射出她走进来的影像。

在巨大的大理石楼梯上，仆人们像纷飞的雪花般快步移动，但泰拉还是没有看到姐姐或其他演员的踪影。

"欢迎光临。"一个穿着蓝色衣服、有些自负的女人走到泰拉面前，"我是蓝宝石侧翼的管家。"

"我叫多娜泰拉·德拉格纳。我是和莱金德的演员们一起来的，我好像来得有点晚了。"

"不得不说，你确实来晚了。"管家告诉她，但她说这话时面带微笑，泰拉见状松了一口气，女管家低头查看手里的名单，轻声哼着什么。慢慢地，那悦耳的声音渐渐消失、停止了。

接下来，她的笑容也消失了："你能再说一遍你的名字吗？"

"多娜泰拉·德拉格纳。"

"我看到的只有斯嘉丽·德拉格纳。"

"她是我姐姐。"

女管家抬起头，瞥了一眼护送泰拉进来的卫兵："你姐姐也许是受欢迎的客人，但恐怕我这里没有你的名字。你确定收到了邀请？"

8

不。泰拉没有受邀去皇宫，但如果斯嘉丽在名单上，泰拉也应该在。莱金德是在耍她。他一定是在泰拉和奈杰尔谈话后把她从客人名单上除名了。

她深吸了一口气，拒绝紧张，但她想象这栋侧翼里的每个仆人都能听到她那擂鼓般的心跳。护送她过来的卫兵轻而易举就能把她扔到外面的黑夜中。鉴于泰拉经常故意失踪，而且她和斯嘉丽以及她在瓦伦达认识的其他人都分开了，所以，没有人会很快注意到她被赶了出去。

"我姐姐住在这里。"泰拉说，"我可以和她同住一个房间。"

"那是不可以的。"女管家回答，语气比以前更生硬了。

"我不明白这有什么关系。"泰拉说，"而且，我姐姐很乐意和我住在一起。"

"你姐姐是谁？她是掌控着世界五分之一土地的女王吗？"

泰拉强忍着才没有说只会让她更快被丢出去的话。"那其他侧翼呢?"她轻声细语地问,"宫殿这么大,一定有空房间吧。"

"即使有房间,你也不在客人名单上,所以你不能留下。"

听到她的话,卫兵走近,盔甲碰撞的声音在精致的门厅里回荡。

泰拉一忍再忍,才没有提高嗓门。相反,她强迫嘴唇颤抖着,强逼出眼泪。"求你了,我没别的地方可去了。"她恳求道,希望那女人在她硬挺的衣服下面有一颗柔软的心,"只要找到我姐姐,我和她住在一起就行。"

女管家抿着嘴唇,打量多娜泰拉那楚楚可怜的模样:"我不能让你住在这儿,不过也许仆人区会有一张免费的小床或鸟巢。"

护送她来的卫兵窃笑起来。

泰拉的心越发往下沉。仆人区里的鸟巢。

"打扰一下。"一个低沉的声音在她正后方响起,像是一把很粗的刷子拂过泰拉的脖颈。

她心中一凛。

只有一个人的声音能对泰拉产生这样的影响。

丹特优哉游哉地走到她身边。从他那完美的深色西装到他手上的墨黑色文身,他整个人都包裹在乌鸦羽翼一样的黑色中。他那双顽皮眼睛里的微光是他周身上下唯一一闪亮的地方。"房间有问题吗?"

"没有。"泰拉竭力不让自己的脸颊因为尴尬而发红,希望他没有偷听到她们的谈话,"只是弄混了,但已经解决了。"

"那真是太好了。我还以为我听见她说让你住仆人区呢。"

"这要看是否有房间。"女管家说。

泰拉窘迫万分,恨不得变成青色的,和青金石地面融为一体,但令她吃惊的是，通常喜欢嘲笑她的丹特甚至连嘴角都没有牵动。相反，他只是用无情的目光盯着女管家："你知道这位小姐是谁吗？"

"对不起，"女管家说，"你是谁？"

"我负责监督莱金德的所有演员。"丹特的声音比往常更加傲慢。这种语调使泰拉无法辨别他是在说真话还是在编造谎言。"把她安排在仆人区，对你没好处。"

"为什么？"女管家问。

"她是莫里迪安帝国王位继承人的未婚妻。"

女管家警惕地皱起了眉头。泰拉可能也会这么做，但她立刻换上了她想象中皇室继承人未婚妻会有的傲慢表情，来掩饰她的惊讶。

当然，泰拉甚至都不知道现在的继承人是谁。爱兰丁没有子嗣，而且，新继承人的消息还没传到她以前在特里斯达岛上的家，那个继承人就已经被杀死了。但泰拉不在乎她的假未婚夫是谁，只要不睡在鸟巢里就行。

不幸的是，女管家看起来仍持怀疑态度："我不知道殿下有了新未婚妻。"

"这件事一直保密来着。"丹特完美无瑕地回答道，"我相信他打算在下次派对上宣布订婚。所以我建议你不要说出去。我想你一定听说过他脾气不太好。"

那个女人变得浑身僵硬。接着，她的目光从丹特转到了泰拉身上。很明显，她并不相信他们两个，但她对继承人的脾气的恐惧肯定影响了她的良好判断力。

"我再查一遍，看看还有没有空房间。"她说，"由于举行庆祝活动，房间都满了，但也许预订的客人中有没到的。"

她刚一离开，丹特就转身面对泰拉，探身过来，这样那些偷听的仆人就听不见了："别急着谢我。"

泰拉认为她确实欠了他人情。然而，刚才那些话让她强烈感觉到，丹特并不是在帮她："我不知道你是救了我，还是把我推进了更不幸的境地。"

"我给你找了个房间，不是吗？"

"你还给了我一个脾气很坏的未婚夫。"

他饱满嘴唇的一角翘了起来。"还是你愿意假装是我的未婚妻？我考虑过这么说，但我不认为这是最好的选择，因为……你是怎么对你姐姐说的来着？"他用手指轻轻敲了一下光洁的下巴，"啊，对啦，我们是接吻了，但那个吻糟透了，是很糟糕的吻之一，你就算死也不想再来一次。"

泰拉感到自己的脸登时变得惨白如纸。老天！丹特绝对是无耻之徒。"你在监视我！"

"没那个必要。你说话太大声了。"

泰拉应该说她不是故意的，必须让他知道她不是故意的，但她最不想做的事就是让丹特更骄傲："你这是在报复吗？"

他靠得更近了。泰拉看不出幽默感是离开了他的目光，还是转移到了更深、更黑暗、更危险的地方。他故意用温暖的手指抚摸她的锁骨。她的呼吸随即变得急促起来。然而，她并没有躲开，哪怕是他把脸凑过来，眼睛与她的眼睛持平，他们靠得那么近，她都能感觉到他的睫毛在抖动。

"那我们现在扯平了。"他的嘴唇移到她的嘴角。

然后，就在他们的唇碰到一起之前，他拉开了两人之间的距离："我不愿意重复对你来说这么不愉快的事。"

丹特没再说话，昂首阔步地走开了，他那宽阔的肩膀颤抖着，他似乎在笑。

泰拉只觉得脸颊灼热。丹特刚刚做了那些事，他们之间绝对谈不上扯平。

泰拉的心在狂跳，不一会儿，女管家回来了，她脸上的笑容比刚刚缝合的针脚还紧绷："爱兰丁金塔上有一个空套房。"

泰拉强忍着才没有倒抽一口冷气。也许丹特确实帮了她一个忙。

爱兰丁金塔是帝国中最古老的建筑。传说那里的墙壁由纯金打造，还有各种各样的秘密通道供君主们溜进溜出，许多人相信金塔不仅仅是命运魔牌中失落宝塔的复制品，他们认为金塔就是真正的失落宝塔，里面隐藏着休眠的魔法。

"一般来说，客人是不允许进入塔内的。"女管家说着带领泰拉离开蓝宝石侧翼，进入一个玻璃庭院。庭院里，一群群穿着奇特的人在乳白色的拱门和长满银色树叶的水晶树下漫步。泰拉不熟悉宫廷文化，她长大的那座岛是一座战败的小岛，得不到半分尊重，她想知道这些人是爱兰丁的王室成员，还是女管家提到的其他客人。

"不能接待房客。"女管家接着说，"甚至你的未婚夫也不可以进入你的房间。"

泰拉可能会说，她从来没想过让男孩进入她的房间，但最好不要把太多的谎言堆在一起，否则它们会轰然倒塌。

庭院尽头只有两扇通往金塔的门，这两扇门宏伟壮观，十分厚重，需要三个卫兵才能拉开一扇门。

泰拉没有意识到缆车站的卫兵还跟着她，直到他被拦在门口，而泰拉和女管家都被放了进去。不是泰拉订婚的消息迅速传遍了宫殿，就是这位女管家也是个大人物。泰拉希望是后者，她很清楚，一旦真正的继承人发现她的诡计，她肯定会被揭穿，并被踢出宫殿，或者更糟。在那之前，她决定好好扮演这一角色。

与传说中说的正好相反，塔内并不是金色的，反而十分老旧。甚至空气中都弥漫着古老的味道，充满了被遗忘的故事和过去的言语。较低的一层矗立着带有裂口的古老石柱，装饰柱头雕刻成双面女人，照明用的黑色火把噼里啪啦地燃烧着，散发出熏香和咒语的气味。

从那里，女管家带她走上一层又一层楼，地板吱吱作响，每一层都和第一层一样古老。她们终于停在一扇门前，那扇门看上去是那么老旧，泰拉觉得只要一碰，门就可能从铰链上掉下来。

难怪没客人住在这里。

"你的门口随时都有卫兵站岗。"女管家按响了她脖子上的铃，召来了一个身穿醒目白色金属盔甲的哨兵，"你是继承人的未婚妻，我不愿看到你发生任何意外！"

"不知道为什么，我不相信你这是真心话。"泰拉说。

女管家的笑容又回来了，像污点一样慢慢地扩散开来："至少你比看起来更厉害。但如果你真的和继承人订婚了，那你就不必害怕陛下的卫兵。"

"实际上我是个天不怕地不怕的人。"泰拉关上门，把那个女人留在走廊里，以免她再说刻薄的话，或者泰拉脱口而出更多不该说的话。

惹恼仆人并非明智之举。当然，谎称自己是皇室继承人的未婚妻也很不明智。为了这件事，她必须给丹特点颜色瞧瞧。

不过，值得称赞的是，他为她争取到了一套很棒的套间。这座塔也许是一处遗迹，但她的房间太不可思议了。

月光透过窗户倾泻进来，把一切都映成梦幻般的光彩。有人在客厅里一张精致的玻璃桌子上放了一盘晚安甜点。泰拉随手拿起一块星形饼干，走过两个白色的石头壁炉，走进一间铺着蓝色地毯的豪华卧室。诱人的四柱床上也挂着同色的厚重挂帘。泰拉恨不得躺在上面，把所有的烦恼都忘掉。

但她得先给斯嘉丽写信，让她知道她……

有两个声音从角落里传出来。

泰拉立即看向房间凹处一扇有裂缝的门，那扇门内很可能是卫生间。

她又听到了窃窃私语声。是仆人，她们一定不知道泰拉在屋里。一个声音又轻又尖，另一个声音又暖又软，使她想起一只小鸟在和一只胖胖的兔子说话。

"我真为她难过。"兔子女孩说。

"你是说你不想和继承人订婚？"小鸟尖声道，"你见过他吗？"

"我不在乎他长什么样。他是杀人犯。大家都知道，他和爱兰丁女王的王位之间有十七个人呢。其他继承人都死了，而且死得很惨。"

"但这并不表示是现在的那个把他们都杀了。"

"我不知道。"兔子嘟囔着说，"我听说他甚至都没有贵族血统，但他谋杀了那么多人，真正的继承人就不敢出来了。"

"你真可笑，巴丽！"鸟姑娘尖声大笑起来，"那些谣言听听就算了，不能当真。"

"那他杀了他上一任未婚妻的谣言呢？"

两个女仆突然安静下来。

在紧张的沉默中，泰拉仿佛听到死神发出了刺耳的笑声。笑声夹杂着摩擦声，像生锈的金属锯进骨头的声音。当她在卡拉瓦尔秀上从那个可怕的阳台上跳下来时，也听到了同样的声音。那恐怖的声响是在欢迎她来到一个可怕的王国。此时，这让人不寒而栗的笑声是在提醒她，她曾经落在死神之手，现在，他要把她抓回去。

泰拉一定要杀了丹特。慢慢地，用手把他掐死。

泰拉还可以用她的手套杀了他，她要把缎子手套缠在他的脖子上，然后用她赤裸的双手完成这项工作。那个阴森可怕的浑蛋不仅给了她一个脾气暴躁的假未婚夫，还选择了一个杀人凶手。如果泰拉不是这件事的主角，她说不定会很欣赏他那小小的复仇计划是多么巧妙。

9

第二天早上，泰拉踉踉跄跄地从床上爬起来，仍在想各种方法去伤害或羞辱丹特。那天晚上卡拉瓦尔秀开始的时候，她能在舞会上见到他，她可以不小心把酒洒他一身。丹特喜欢黑色，她那么做只是在浪费酒，而且很可能只会让她自己显得又呆又笨。

也许她可以打扮得漂漂亮亮，还可以挽着一个英俊少年的胳膊去舞会，让他醋意大发。但是泰拉估摸，她根本没有足够的时间找到一个英俊的年轻人陪她去舞会，而且，让丹特嫉妒也不该是她目前关心的事。

泰拉需要集中精力在午夜前和她的朋友见面，并说服他多给她一个星期去参加卡拉瓦尔秀，挖出莱金德的名字。

然后，她就可以再见到母亲了。

母亲离开太久了，泰拉再也想不起帕洛玛的声音，但她知道那声音既甜美又有力量，有时泰拉非常想念母亲的声音，只想再听一遍。

"德拉格纳小姐。"一个哨兵重重地敲她的门，"您有一个包裹。"

"稍等。"泰拉需要打扮一番，便四处寻找她的衣箱，但很显然，衣箱要么是丢了，要么是不允许被带入塔内。她现在只有那只丑陋的小箱子，是她从船上带下来的，里面连一件新衣服都没有。

泰拉穿上前一天的长礼服，打开了门。

卫兵的整张脸都被一个像婚礼蛋糕一样高的珍珠白色盒子挡住了，盒子上还系着一个像糖霜一样厚的超大天鹅绒蝴蝶结。

"谁送的？"泰拉问道。

"有一张字条。"卫兵把盒子放在一张与港口灯光相同颜色的穗饰躺椅上。

他一离开，泰拉就取出了那个透明薄纱信封。她的皮肤没有被魔法刺痛，但她感觉很不对劲。虽然整个包裹像纯洁的亲吻和纯良的心意一样洁白，但自从礼物被送进来，客厅感觉更暗了。阳光不再透过窗户照射进来，屋内一片昏暗，将所有高雅的家具都染上了一层谨慎的绿色。

泰拉小心翼翼地打开信封。信上用整齐的黑色字体写着：

我最亲爱的未婚妻：

听到你来了，我真是大吃一惊，我本来还担心今晚的命运舞会上没有舞伴。我为你挑选了一件礼服，希望你不介意。我想确定我一眼就能看到你。我并不情愿在我们正式宣布订婚之前找到你。

在那之前，好好享受吧。

虽然没有签名，但泰拉知道这封信是谁寄来的。是爱兰丁的继承人。看来他在宫里有密探。

如此一来，绝没什么好事。

泰拉用湿冷的手撕开了盒盖，原以为会看到一件丧服或其他什么怪物。但令她惊讶的是，这件礼服一点也不吓人。它看起来是那么梦幻，犹如一座哭泣的花园。

这是一袭华美的宽下摆礼服，由大团大团的天蓝色牡丹组成。是真正的牡丹。牡丹散发出了甜美、洁净的香味，从细微的色调变化到花朵的大小，每一朵都是独一无二的。有些还是收紧的花蕾，尚未完全准备好面对这个世界，而另一些则突然绽放出鲜活的花瓣。泰拉想象着自己在跳舞时会留下一地蓝色的花瓣。

紧身上衣显得更加仙气飘飘，淡蓝色的底色几近透明，胸前覆盖着错综复杂的蓝宝石珠饰，珠串成链，垂在裸露的后背上。

她不应该考虑穿的。

但礼服太漂亮了，颇具皇室风范。泰拉想象她出现在舞会上，宛若继承人真正的未婚妻，丹特的脸会变成什么样子。

这将是完美的报复。

泰拉又读了一遍那封附在裙子上的信。知道信是继承人命人送来的，泰拉觉得这是一种威胁。但实际上没什么可怕的。他似乎很好奇，也许他对她的大胆印象深刻，只是想见见她。穿这件礼服仍然让人觉得是在冒险，但正如泰拉喜欢告诉姐姐的那样，除了安分守己，生活中还有很多事可做。

虽然泰拉不知道那晚她是不是冒了太多风险。

她刚挂好长裙，就又有一个卫兵敲门，送来了她姐姐的信。

亲爱的泰拉：

听到你平安抵达王宫，我松了一口气。听说他们把你安置在金塔上，实在很不可思议……我都等不及要知道这是怎么回事了！

希望你不介意，我已经同意和朱利安一起度过这个下午。但我还是打算和你一起去卡拉瓦尔秀的开幕舞会：命运舞会。我将在午夜前一小时在缆车站外的石像园等你。

爱你的，

斯嘉丽

比起继承人的信，她不应该更担心这封信。但是泰拉几乎忘记了她让斯嘉丽和她一起参加比赛的事。她提出这个要求之后，才得知将在舞会上见到她的朋友。

泰拉垂头丧气地靠在床上。这下子，事情就更复杂了。

除非泰拉向斯嘉丽吐露她所有的秘密。

这个想法太可怕了。斯嘉丽要是知道她在卡拉瓦尔秀上被阿曼德欺骗了，或者泰拉一直在寻找她们的母亲，一定会不高兴的。泰拉甚至都猜不出姐姐会怎么看泰拉新出现的假未婚夫。但斯嘉丽是泰拉所认识的最忠诚的人：她会生气，但这并不能阻止斯嘉丽帮助泰拉赢得比赛。

而泰拉必须赢得比赛。

10

夜晚和他的情人月亮都出来玩了，泰拉来到灿烂星光照耀下的石像园，在开始大冒险之前，她要在那里和斯嘉丽见面。

在爱德怀城堡举行的命运舞会标志着卡拉瓦尔秀的正式开始。但是那天晚上整个城市都会举行庆祝活动。第一组线索将被分发在每一处的庆祝活动中，方便瓦伦达各地的人开始比赛。

甚至空气中也充满了期待和兴奋。泰拉能感觉到空气在舔她的皮肤，仿佛它也想陶醉于她狂热的情感中。

泰拉通常不会焦虑。她喜欢冒险带来的刺激。她喜欢行为大胆，让她自己的未来屏住呼吸，同时她闭上眼睛，感觉自己做出了有能力改变人生轨迹的选择，并且陶醉于这样的感觉里。现在是她最接近掌握真正力量的一次。

但是，泰拉也清楚，并非所有的赌注都有回报。

她花了一整天在皇宫里搜寻传闻中的秘密通道，却遍寻不获，她一边找一边思考着眼下的情况。她几乎肯定今晚一定会按计划进行。泰拉说出她所有的秘密，斯嘉丽一定会理解。泰拉的朋友会给她一个星期参赛，去揭开莱金德的名字，这样她就可以抹去卜算镜所显示的可怕未来，最终找到她母亲的真实身份，以及她多年前离开的原因。

泰拉以前搞过复杂得多的阴谋，也都成功了，只是她越来越强烈地预感到，她的所有计划都将失败。

她摸了摸藏在口袋里的倒霉硬币。她的朋友说只要她带着硬币，他就一定可以找到她，泰拉想知道他是不是已经去爱德怀城堡找她了。

也许继承人也在找她。

泰拉紧张地笑了起来。她肯定是疯了，但至少她很快就能和姐姐重聚了。

远处传来了钟声，表明现在的时间是十一点一刻。离卡拉瓦尔秀正式开始还有不到一个小时。泰拉快没时间了。

她的朋友想让她在午夜前到派对上。

可到现在仍不见斯嘉丽的影子。

泰拉的花礼服掉下了几片天蓝色的花瓣，她不安地环视着石像园，希望能看到姐姐的那条樱桃色的连衣裙。但是，一动不动的雕像是泰拉仅有的同伴。

据传说，在众命运无穷无尽的统治期间，爱兰丁女王石像园里的雕像都是真人。他们大多是在户外干活的仆人，做着各种各样的杂役，比如修剪灌木、采花、清扫小路，后来，他们虽然并没有犯错，却被变成了石头。

据说这事是永生王后干的。她显然认为现有的雕塑看起来不够逼真，便请求另一个命运把一群仆人变成雕像。

泰拉望着一个年轻女仆那双瞪大的石头眼睛，估摸石像的恐慌与她自己的恐慌如出一辙。

斯嘉丽不喜欢迟到。

除非她姐姐来不了，或者发生了什么事。

泰拉提心吊胆地走到石像园的边缘，伸长脖子望着通向宫殿的树篱小路。她可能已经走上小路，正要过来找妹妹，但走在小路上的另有其人。

丹特。

泰拉已经不停翻搅的胃又翻动了一下。

他换下了喜欢的黑色衣服，换上了一身灰衣。但他的长靴和脖子上的真丝领带都是深蓝黑色，和他没戴手套的手指上的墨色文身是一样的颜色。他看起来就像刚刚苏醒的暴风雨，也很像一场突然降临的妖娆噩梦，对她纠缠不休。

泰拉考虑跑去雕像后面躲起来。他应该在舞会上从远处看到她才对啊。他应该被她那件奢华的礼服弄得心醉神迷，发现她和另一个男人调情，他会嫉妒得要死。他不应该看到她一个人紧张兮兮地站在花园里。

她希望他从雕像旁边径直走过去，注意不到她。但丹特的目光已经找到了她。它牢牢地牵制住泰拉，就像一双手搂着她的腰，在他走近时把她按在原地。他用那双深邃的眼睛，慢慢地从她松散的头发一直看到她系在脖子上的丝带，他的目光在她的喉咙上停留片刻，眼神变得越发深邃，然后，他的目光继续往下。

泰拉并不是个动不动就脸红的人，但她感到脸颊上出现了一抹红晕。

丹特抬起头，给了她一个流星般的微笑："你应该多穿花衣服。"

她礼服上几朵羞涩的花终于绽放了，泰拉用她最灿烂的微笑迎上了丹特的目光："我可不是穿给你看的。这条裙子是我未婚夫送我的礼物。"

丹特挑起眉毛，但并不是出于她所希望的嫉妒。他盯着那条长裙，仿佛它是什么肮脏的东西，然后他看着泰拉，仿佛她是个彻头彻尾的疯子："说话之前要想清楚。"

"为什么？你又嫉妒又害怕除了女管家以外的人会真的相信我？或者你突然这么紧张，是因为爱兰丁的继承人，也就是你给我的未婚夫，是个杀人不眨眼的恶魔，我说我和他订婚了，他可能会因此要了我的命？"

丹特还没来得及回答，泰拉就从他身边快步走过，朝通往宫殿的小路走去，她盼着姐姐在宫殿里。现在已经十一点半，快到午夜了。她必须……

"多娜泰拉，"她还没走出第二步，丹特就抓住了她的手腕，"告诉我，你不会去爱德怀城堡参加命运舞会。"

"就算我说了，也是在撒谎。"

丹特的手指紧紧勒着她的手腕："还有其他派对。你不应该去那个。"

"为什么不能？"泰拉拉开他们之间的距离，"我喜欢喝酒和跳舞，甚至你也承认我看起来很漂亮。"她转了半圈，让裙子上的花瓣拂过他光亮的靴子。

丹特看了她一眼，他的眼神是那么刻薄，刚才拂过他裤子上的花再次变成了花苞："爱德怀城堡属于爱兰丁的继承人。你晓不晓得，如果他发现你谎称他的未婚妻，会有什么结果？"

"不晓得，但找出答案可能很有趣。"她露出顽皮的微笑。

丹特的脖子上出现了一道沮丧的红色纹路："爱兰丁的继承人是个疯子；他不仅杀死了其他的继承人，他还谋杀了任何一个他认为可能妨碍他登上王位的人。如果他怀疑你也是那样的人，他也会拿走你的性命。"

泰拉强忍着才没有退缩。她意识到，穿这件衣服，冒着风险去吸引继承人的注意，可能是个糟糕的主意，但这让丹特感到不安，所以泰拉拒绝承认这是错误。

"你所说的一切不都是你编造谎言时期待发生的吗？"

接下来是一阵寂静，寒意掠过石像园，泰拉突然意识到黑夜已变得寒冷彻骨。天气异常寒冷，仿佛天气站在了丹特的一边，警告泰拉返回爱兰丁的宫殿。

"你当时可怜巴巴的。"丹特终于说，"我想帮你，但你在船上那么说，我很生气，所以我没多做考虑，就选了一个我能想到的最差的人。"他没有向她道歉，但他的两道浓眉皱在一起，眼睛里闪过一丝真正的悔意。人们太容易反反复复地说"对不起"这个词，就好像它的价值甚至比无法兑现的诺言还要低。泰拉很少相信"对不起"，但她发现自己相信丹特的歉意。可能是因为她也会干出那种事。

"真是一个有趣的组合啊。"阿曼德大步走进花园，用一根时髦的银手杖敲打着几尊看起来更吓人的雕像。

"你想干什么？"丹特问道。

"这正是我要问你的问题。"阿曼德在卡拉瓦尔秀中饰演伯爵时那种优雅的口音不见了，取而代之的是一个粗声粗气的声音。他把自己打扮得漂漂亮亮，目光从泰拉身上转向丹特，说道："我还以为你是对那位故作正经的姐姐感兴趣呢。"

泰拉的手本能地动了起来，她的一只手往后提起，随即狠狠抽在阿曼德的脸上："不要再提起我姐姐。"

阿曼德用戴着手套的手捂着被打得瘀青的下巴："要是你一小时前警告我就好了。你姐姐打得比你更狠。"

泰拉马上警惕起来："你和她见面了。"

"她似乎不太理解卡拉瓦尔秀只是一个游戏。她是有张漂亮的脸蛋儿，只可惜脑子不灵光。"

"给我小心点。"丹特警告，"我要是出手，可不是扇你耳光这么简单。"

阿曼德那双翡翠般锐利的眼睛露出饶有兴味的光芒："你一定很喜欢这个妞儿，还是莱金德派你来，像朱利安对待她姐姐那样对待她？"

泰拉本可以再给他一巴掌，但阿曼德已经在后退了。

"在今晚的派对之前，给你一个忠告：不要再犯你姐姐在上一场比赛中犯的错误。而且，不必等她了。"阿曼德一边往出口走，一边说，"她发现我不是她真正的未婚夫，很不高兴呢。我离开她和可怜的朱利安那会儿，他们的谈话激烈得很啊；想必舞会还没结束，他们就已经吵得不可开交了。"

"浑蛋，卑鄙小人……"泰拉对他消失的背影发出一连串不雅的咒骂。她知道在卡拉瓦尔秀上，什么都不可信，但她相信，即使阿曼德在不演戏的时候，也和他扮演的角色一样无耻："但愿天使下凡来，割掉他的舌头。"

丹特凝视着天空，泰拉发誓不止一颗星星眨了眨后消失了，他说："我相信很多人会为此感谢你。"

泰拉仍然怒气冲冲："为什么莱金德会把他留在身边？"

"每一个好故事都需要一个坏蛋。"

"但最好的坏蛋是那些你暗地里喜欢的人，我奶奶总说莱金德是卡拉瓦尔秀里的坏蛋。"

丹特的嘴唇动了动，形成一抹假笑："她当然会这么说。"

"你是说她在撒谎？"

"每个人要么想得到莱金德，要么想成为莱金德。防止天真的年轻女孩跑去找他，唯一的办法就是在她们面前渲染他是个怪物。但这并不意味着她的话都是谎言。"他的黑眼睛闪着微光，目光回到泰拉身上，他的嘴唇张开，露出嘲弄的微笑。

那个无赖在戏弄她。或者他就是莱金德，忍不住谈论别人是如何迷恋他的。丹特仪表堂堂，自大傲慢，说他是莱金德绝对不为过，但泰拉觉得，卡拉瓦尔秀的班主在比赛的第一个晚上，一定有比折磨她更重要的事要做。

远处又响起了铃声。再过十五分钟就是午夜了。如果泰拉现在不走，必定迟到，也就见不到她的朋友了。

不回去找斯嘉丽感觉很不应该；泰拉能想象得到，当她得知阿曼德和其他人在卡拉瓦尔秀上深深地欺骗了她，一定很难过。泰拉不希望她像现在这样发现真相。但是泰拉的朋友已经在舞会了，他在信中说他只会等到午夜。

一想到舍姐姐不顾，泰拉就很不开心。可斯嘉丽会原谅她，而如果泰拉迟到了，她的朋友就不见得能宽恕她了。

"和你见面真高兴。"她对丹特说，"我去派对要迟到了，我想你也有工作要做吧。"

他还没来得及阻止她，她就奔向花园的出口。在泰拉走向发光的缆车站时，更多的星星闪烁几下后消失了。一个仆人扶着她进入一辆黄玉色缆车，车内依然弥漫着以前乘客的香水味。

丹特从她身后溜了进去。

"请你不要再跟着我了，好吗？"

"也许阿曼德仅此一次说的是真心话，而且，跟着你是我的工作。"丹特躺在她对面的座位上，他的长腿几乎填满了他们之间的空间。

"你知道我是怎么想吗？"泰拉说，"你是在找借口，想一整晚都和我在一起。"

丹特露出一丝苦笑，他慢慢地用粗粗的大拇指按住下唇："我不想伤你的心，但我认为，我对女孩的看法，就像你对舞会礼服的看法一样；同一件衣服穿一次以上，可不是好主意。"

如果泰拉能把他从缆车里推出去，用前几天那个被宠坏的贵族替代他，她一定会这样做。相反，她给了他最甜蜜的微笑。

"真巧，我也是这么看年轻男子的。"

丹特盯着她看了一会儿，然后大笑起来，那美妙低沉的声音总是让她的心雀跃不已。

泰拉不去理睬他，只是扭头看着窗外，车厢升入了漆黑的夜空。

她不知道星星去了哪里，但在花园和缆车之间，星星消失了，天空变成了一片黑暗的海洋。黑得伸手不见五指……

这时候，黑夜开始闪烁微光。

突然之间，世界爆发出了银白色的光芒。

泰拉朝车窗瞥了一眼，正好看到失落的星星都回来了。它们比以前更明亮，跳动着形成了新的星座。她数了数，一共有十多个，都形成了一个迷人的图案：首先是一轮太阳，太阳里有一个星爆图案，星星里有一颗晶莹的泪珠。这是卡拉瓦尔秀的标志。

11

　　泰拉曾听说，在一次表演中，莱金德改变了天空的颜色。但她并不认为他的魔法强大到可以控制星星。

　　在神话传说中，星辰不仅是遥远的光，还是比众命运更古老的生物，令人着迷，拥有魔力，却也可怕、强大。不知怎么的，莱金德竟然能操纵它们。

　　"莱金德竟然不是每晚都这样操控天空，实在是不可思议。"泰拉说。

　　"如果可以，他一定会的。"丹特的语气很是实事求是，但泰拉认为，当他往窗外看的时候，她从他的眼睛里瞥见了一些更深刻的东西："魔法可以被时间、血液和情绪激发。因为那些参加卡拉瓦尔秀的人的希望和梦想，莱金德的魔法能在比赛中达到顶峰。星座应该每晚都形成新的图案。今天晚上，这个符号会出现在各种派对和舞会的上空，标志着卡拉瓦尔秀开始了，但明天只有一个星座，引导参与者前往藏有下一条线索的区域。"

泰拉以前可能没有正式参加过比赛,但是她知道比赛的基本要点。要记住的第一条规则是,卡拉瓦尔秀只是一个游戏。比赛在晚上举行,开始时,每个人都能拿到相同的线索从而开始旅程,随后,他们将一步步找到其他的线索,并最终获得奖赏。斯嘉丽在上次卡拉瓦尔秀上需要找到五条线索,泰拉估摸这场比赛也差不多。

但首先她需要找到她的朋友。

她听到午夜十二点最后的钟声在回荡,此时,缆车摇摇晃晃地降落,也许落地的是泰拉的心。

她从口袋里掏出倒霉硬币,放在手里,祈祷它能让她的朋友知道她已经及时赶到了爱德怀城堡。

她紧紧握住硬币,扫视着周围,寻找她的朋友,但她压根儿就不知道他长什么样。她所看到的只是一座高高耸立的城堡,周围噼噼啪啪地燃着火把,而这座城堡看上去既像是废墟,也很像幻觉。碎裂的白色砂岩在莱金德创造的临时星座下方闪闪发光,炫耀着古老的城垛,垮塌的护墙,以及长满黑尖红玫瑰的梦幻塔楼。

这座闪闪发光的堡垒像极了年轻女孩梦中的景象,但泰拉还是注意到,护城河里的水太黑,甚至都反射不出莱金德的星星。她想知道这是因为城堡的奇特外表只不过是魔法的作用,还是因为那些星星只是莱金德创造出的幻象,而泰拉被它们欺骗了。

比赛才开始几分钟,泰拉就已经开始质疑什么是真实的,什么不是。

她继续望着护城河的方向,又在寻找她的朋友,也想找一条船去城堡,但要去堡垒,似乎只能走那座窄桥,桥身高高拱起,由钻石形的石头建造而成。

"在找你的未婚夫吗？"丹特问道。

"小心。"泰拉警告说，"你这话听起来有点酸啊。"

"我希望你能恢复理智。"丹特说，"这是你回头的最后机会了。主人家不喜欢让人们来去自如。"

"这么说来，我喜欢挑战则是好事了。"

"看来我们终于有了相似之处。"丹特把泰拉的胳膊塞进他坚实的臂弯里，仿佛默默地接受了挑战。

"我还以为你不喜欢与同一个女孩参加聚会两次呢。"泰拉大胆地迎上他的目光。

丹特那乌黑的眼睛闪着邪恶的光芒，他弯下腰，温暖的嘴唇拂着她的头发，他说："我的工作需要我做什么，我就做什么。"

这个浑蛋。

泰拉本应该挣脱他，但比起从远处看，从近处看这座桥更窄，而且没有栏杆，就像她在卡拉瓦尔秀上跳下来的阳台一样。而那次坠楼要了她的命。

她的手指深深地掐进了丹特的手臂。她希望他能以为他们是在玩小游戏。她问他问题，其实是想转移她自己的注意力，不然，她的双腿一定会停止工作，肺部也将停止呼吸，她盼着他察觉不到她害怕了："莱金德现在想要我做什么？"

"我不能告诉你。"

"但你可以说他要你跟着我？"

"我可没说过这话，他只是可能会这样做而已。也许你在缆车里说得对，我今晚就是想和你在一起。也许我认为你对你姐姐说我们在森林里接吻的话是在撒谎，我打算证明一下。"

丹特对她笑了笑，笑得那么邪魅，那么极具破坏性，泰拉发誓整座桥都随之颤了几颤。但她不能在他的笑容面前变得软弱不堪。今晚有太多危险，况且她已经吻过他一次了。

"即使我选择相信你，我也得提醒你，我有未婚夫了，而且我不喜欢骗人。"

丹特灿烂的笑容在她说出"未婚夫"三个字的那一瞬间消失殆尽。

泰拉咧嘴一笑，拍了拍他的胳膊，当他们走到桥的最高处时，她准备拉开和他的距离。

老天。她的呼吸变得急促起来，像鸟儿一样困在喉咙里。桥变窄了，她发誓她有生以来都没去过这么高的地方，没有栏杆，没有网子，什么都没有，如果她滑倒了，只有无情的河水等着攫取她。她挣扎着要再走一步，但她看到的一切都让她头晕目眩。

是她出现了幻觉，还是爱德怀城堡周围的火把此刻散发着硫黄的气味，仿佛死神决定亲自给它们煽风点火，而这又一次提醒着她，死神一直在监视她，等着把她带回去。

"别胡思乱想。"丹特警告说。

"我没打算跳。"泰拉说。

"我说的不是这个。"他的嘴唇移到她的耳边，"我死过很多次了，多到我都记不清了。每次，我都害怕我不能起死回生，直到我了解到，是恐惧滋养了死神。就好像在卡拉瓦尔秀上，希望和梦想给了莱金德如此大的力量。"

"我不怕死。"但就在她说这句话的时候，泰拉低下头，惊恐地发现她紧紧抓着丹特的胳膊。

他拍拍她的胳膊，嘲笑她，也是在纵容她。

但泰拉不打算让他赢得他们正在进行的任何比赛。

"我对笼子没好感。"她说，"这些地方看起来像一个巨大的地牢。"

他轻声笑了。笑声不同于他在缆车里发出的浑厚声音。泰拉不知道为什么，但她感觉到，他们一进入派对，她就能找出他如此兴味盎然的原因。

1 2

泰拉满以为她很清楚爱德怀城堡里面有什么在等待她。

她以前去过卡拉瓦尔秀，找到泰拉是上一场比赛的终极目标。虽然这听起来很刺激，但事实上，泰拉不得不大部分时间都像困在塔里的公主一样，坐在那里等着别人找上门来。她偶尔会溜出去。不过，溜进卡拉瓦尔秀比赛室的后门，从暗处看着姐姐，与成为真正的选手，带着必胜的决心进入莱金德的颓废世界，完全是两码事。

泰拉可不打算现在就被挡在门外。已经过了午夜了，她需要在她的朋友离开前找到他。但是，随着她一步步走进城堡，泰拉一再克制，才没有忘记她为什么会在那里，不然她肯定要去玩个尽兴。

空气中弥漫着奇迹的气味。就像甜蜜的蝴蝶翅膀被甜蜜的蜘蛛网缠住，醉醺醺的桃子被幸运包裹。

她又一次想知道爱兰丁的继承人是否真是那么坏。也许只有关于他的谣言可怕，人们是嫉妒他的地位，才散播这样的谣言。他的舞会让她想要融入其中。不过泰拉并不肯定，这是否真的可以显现出她或主人家的真实性格。

她继续攥着倒霉硬币，希望她的朋友还在派对上。但即使在泰拉寻找他的时候，她也忍不住留意到庆典的每一个地方都在上演纵情的狂欢活动。

从大宴会厅拱形的入口望去，仿佛另一个命运在五颜六色的皮毛和羽毛中苏醒过来。这个命运名叫动物园，他的纸牌代表新故事或冒险的开始。

女人和男人从天花板上垂下来，他们的身体上都覆盖着羽毛，头上戴着弯曲的小犄角，围着厚厚的金色或紫红色丝绸不停旋转，这些丝绸像巨大的丝带一样悬挂着。演员在他们下面，穿着毛皮和羽毛服装，还有的把颜料涂在皮肤上，四处游荡、爬行，像从另一个世界逃出来的长有狮头、羊身以及蛇尾的怪兽。泰拉看到演员打扮成长有龙翅的老虎，生了剪刀尾的马，有狮子鬣毛的蛇，长羊角的狼，它们咆哮着，撕咬着，有时还会舔客人的脚后跟。在几处低矮的阳台上，一对对笑眯眯的男女坐在从长满荆棘和鲜花的树冠上垂下来的巨大秋千上，几个男人赤裸上身，带着像天使翅膀一样大的翅膀和陨落的星星，来回推着秋千。

泰拉听见丹特在她身边哼了一声。

她盯着那些看起来像陨落的星星和天使一样美丽的男人看了很久，徒劳地希望其中一个便是她在找的朋友。她只想享受这一切。这样的派对曾出现在她的梦中。她知道她没时间浪费了。但她的眼睛紧盯着每一寸闪闪发光的东西，与此同时，她的手指蠢蠢欲动，渴望去触摸，她的嘴巴恨不得咬上一口，但她要咬的不是食物，而是这个宴会本身。她想咬龙的翅膀，咬漫不经心的笑声，咬人们甩头的样子，咬人们那介于害羞和贪婪之间的目光。这一切既是那么天真无邪，也是那么邪恶堕落，泰拉渴望体验派对上每一件诱人的东西。

她站在舞厅楼梯的顶端，歪着头，举目看着丹特，他身上的墨黑色刺青从他那深色衣服里露出来，像极了她的影子："你为什么不打扮成长着蝴蝶翅膀的豹子，或者干脆扮成独角兽呢？"

他微微一笑："就连莱金德也不能让我扮成独角兽。"

"可独角兽是有魔力的，到时候所有女士肯定都想宠着你。"

丹特哼了一声，但听起来更像是在强忍笑意。

泰拉忍不住笑了；她可能不喜欢他，但她喜欢他认为她很有趣。她还很欣赏他似乎对所有向他这边看的女士都不感兴趣，那些女人看起来像是真的愿意抚摸他，尽管他没有扮成独角兽。

"欢迎欢迎！"优婉像木偶一样降落在泰拉和丹特面前，她是莱金德很友善的表演者之一，古铜色的胳膊和腿上系着厚丝带，她欢快地踢着脚，双脚蹬离地面，摇响了鞋子上的银铃铛。

优婉是人们进入卡拉瓦尔秀中看到的第一个人，但她所做的远远不止欢迎玩家进入比赛那么简单。她伪装出友好的面孔，实际上却是一个行走的提示牌，给客人指明他们需要去的方向。她和蔼可亲的性格是一项无价的技能，她会安抚那些快发疯的人，让他们相信一切只是一场游戏。

与大多数其他演员不同的是，优婉的穿着打扮并不像怪物。她打扮成了疯癫小丑，也就是命运魔牌里的一个命运。

一张拼接面具遮住了优婉的半边脸，面具是鲜艳的彩虹色，与她的披风的右边布料是同样的颜色。这件衣服的另一边是纯黑色，和遮住她左半边脸的兜帽是相同的颜色。疯癫小丑是一个反复无常的命运，象征着注定无法长久的幸福。

"欢迎，欢迎来到卡拉瓦尔秀，这是陆地和海上最盛大的演出。来到这里，你或将与命运面对面，也可能偷取命运的碎片……"

"可以了。"泰拉插嘴说。她真的喜欢优婉。在上一场比赛中，她不止一次地帮助泰拉从塔楼房间里溜出去。但是泰拉现在不必听优婉的长篇大论。尽管卡拉瓦尔秀很迷人，但如果泰拉和她朋友的交易失败了，那参加这场比赛就没什么意义了；他是她与母亲之间唯一可靠的联系，拯救她比什么都重要："你这番话我早就听过了。还是省了吧，你可以把第一个线索给我们。"

"也许你只是以为你听过了。"优婉摇响了她鞋子上的铃铛，"这次的欢迎词和上次的有那么一点不同。"她清了清嗓子，然后背诵剩下的内容：

"尽管卡拉瓦尔秀只是一个幻象，但接下来的五个夜晚却是真实的。

爱兰丁邀请我们来这里，把帝国从她最大的恐惧中解救出来。

几个世纪以来，众命运一直受到囚禁，但现在，他们试图重返人间。

如果他们重获魔力，世界将发生翻天覆地的变化，但你可以赢得比赛，帮忙阻止他们。

若要做到，你必须保持聪明的头脑，并且跟随线索去寻找能够彻底摧毁他们的黑暗魔物。

一旦成功，莱金德将颁给你一个世所罕见的奖品，恕我在这里不能相告。"

优婉讲完，踢了踢她的脚，再次弄响了鞋子上的铃铛，她胳膊和腿上的丝带则把她吊了起来，她一直升到了弥漫在天花板的霜雾中。当她上升时，一张边缘烧焦的红色纸牌从上面掉下来，就像一根烧焦的怪物羽毛。

泰拉把它捡起来；这张小卡片上记录着优婉刚才说的话，竟然一字不差："就是这个？斯嘉丽参加比赛的时候，我还以为她签的是鲜血契约呢。"

"每次表演秀都不一样。你姐姐比赛的时候，我们不得不想方设法使一切都显得更危险，因为那只是一场游戏。"

泰拉哼了一声："如果你想告诉我这一次是真的，那你就别白费心机了。我早就听过'不要入戏太深'之类的话。"

"可是你今晚不是亲耳听到了吗？"丹特压低声音，他向她走近几步，手指拂过她衣服上的花瓣。

泰拉的目光落在她手里那张烧焦了的欢迎卡上。正如丹特所说，那上面没有任何关于不要入戏太深的警告。事实上，上面的信息恰恰相反：尽管卡拉瓦尔秀只是一个幻象，但接下来的五个夜晚却是真实的。

泰拉一点也不相信，但她还是忍不住抬头看着丹特问："如果比赛是真的，那是不是意味着我们之间的一切都是真的？"

"你得说得具体点。"他从她的裙子上扯下一片花瓣，用手指摩挲着，然后独自走下楼梯。

换句话说，答案是"不"。

他们之间没有什么是真实的，因为卡拉瓦尔秀并不真实。人们之所以喜欢卡拉瓦尔秀，因为它是幻想变成现实，无论比赛在最后变得多么扭曲，它仍然只是一个游戏。泰拉不能让自己入戏太深。

在台阶的最下面，泰拉又捏了捏硬币，扫视着人群，寻找任何一个看起来有点像罪犯的人，希望能找到她的朋友。不过她有点担心他已经走了。现在午夜已过，他在上一封信中说过他不会多等。

但泰拉还没有准备好放弃。她搜索的目光从演员身上掠过，演员们踩着高跷，身上披着奶油色和栗色的毛皮，男人们打扮得像长着尖牙的天鹅，把圆点花雨伞倒过来当船，划过覆盖着花朵的溪流，顺水漂向舞厅中央。

"我认为你不想走那条路。"

泰拉转身，差点撞到丹特的胸口。他又一次站在她的身后，其他男孩都没他高。她不得不伸长脖子，看着他的视线掠过一个和狼人摔跤的女人、一个与一只漂亮的半人半虎玩追球游戏的年轻绅士，直到最后，丹特的视线落在舞厅中央的巨大银笼上。

泰拉浑身一僵。

她刚一进来的时候，就瞥见了那个粗铁栅栏笼子，但她没有意识到，舞池里所有跳舞的人都在里面。从远处看，它们更像是圈养的动物。她的肩膀哆嗦起来。难怪丹特之前一直在笑。

"你刚才说恨笼子，不是开玩笑的吧？"丹特说。

"谁喜欢笼子？"尽管从泰拉所站的角度来看，似乎舞会上有一半人是喜欢的。

"他们是傻瓜。"她接着说，"这里是卡拉瓦尔秀，莱金德可能会把他们都关在里面，并且告诉他们，除非有一个人同意永远待在里面，否则谁也别想得到第一个线索。"

她的话又一次赢得了他的开怀大笑："在你心里莱金德就是这样的

人吗？"

"上一场比赛，他还把我困在阳台上呢。"

"但你还是溜出去了。如果莱金德真想把你俘虏，他是不会允许这种事发生的。"

"也许我特别擅长偷溜。"

"也有可能只是你认为你很擅长而已。"丹特的手指掠过泰拉的脖颈，只是轻轻地碰了一下，但泰拉清晰地回忆起了那天早上她把他留在森林里之前，他的双手碰到她时她产生的感觉。

他由着她离开。他假装不在乎或没注意到，但他很快就找到了她。他拿她的咒骂开玩笑，还好心地把硬币还给了她，只是稍微取笑了她一下而已。

"你知道，"泰拉沉思着说，"如果我不恨你，我说不定会喜欢上你的陪伴。"

丹特的微笑瞬间消失了："我们该走了。"

"什么……"

他抓住泰拉的手，比以往每次拉她的手时都更快，也拉得更紧。这一切发生得太快了，只给了泰拉片刻的时间，让她意识到，他的眼睛不再注视着她。他的目光锁定在她身后的某个东西或某个人身上。

"想和我的未婚妻私奔？"

这慢吞吞的声音让泰拉感觉脊背发凉，像一把刚磨过的利剑一样冰凉、光亮。

是爱兰丁的继承人。

13

"真是一个有趣的惊喜啊。"一双银蓝色的眼睛闪闪发光，流露出饶有兴味的神情，像惊涛骇浪一样令人目眩神迷，一头不服帖的金发遮住了那双眸子，他的头发金灿灿的，似乎都可以用来打造硬币了。

"是你。"一时间，泰拉喘不上气了。

是空中缆车上的那个男孩，也就是那个懒洋洋的年轻贵族，他曾威胁要把她从缆车上扔下去，并把吃了一半的苹果扔到她的拖鞋上。此时，他露出了一个邪气的微笑："你可以叫我杰克斯。"

他牵住她的另一只手，在她的指关节上吻了一下，这可比她那晚见到的他绅士多了。他那薄唇又软又冰，泰拉只觉得又有一股寒意在她的胳膊上蔓延开来，他的嘴贴着她的手，低声说道："真的没想到你会有勇气穿这件衣服。"

"我不愿意看到一件漂亮的礼服就这么被浪费。"她轻率地说，仿佛他的出现完全没有使她心烦意乱。爱兰丁的继承人不应该这么快就找到她的。他根本就不应该找到她。而且他不应该是缆车上的鲁莽男孩，这与她想象中的他一点也不一样。

人们口中的继承人杰克斯冷酷无情，一点也不懒。然而，这个眼睛充血、头发蓬乱的年轻人看起来是那么漫不经心。骨白色的马裤贴着他那瘦削的腿，看来倒是干净，但他那双黑貂皮靴子都磨损了，看上去更适合穿去马厩，十分不适合参加派对。他甚至懒得穿燕尾服。他的铜色领带完全系错了，歪歪扭扭地贴着他那件浅色衬衫的领口，只是他那件衬衫要好好熨一熨了。

泰拉想知道关于他的恶毒谣言是不是错了，或者杰克斯是故意表现得无所事事。他的金色头发遮住了一只眼睛，但他却像皇帝一样满怀信心地俯视着泰拉，说道："我们跳舞好吗？"

丹特清了清嗓子，把泰拉又向自己身边拉了拉。

杰克斯的嘴巴扭曲着，他的微笑与其说是友好，不如说是野性难驯："这是我的派对，你肯定不想把我和我的未婚妻分开吧。"

丹特更紧地握住了泰拉的手："其实……"

"别理他，他就是吃醋了。"泰拉插嘴道，免得丹特做出一些会叫人后悔的高贵举动，比如承认假扮未婚妻是他的主意。泰拉并不明白她为什么保护他，毕竟眼下的困境他也要负上一部分责任。再说了，丹特甚至不需要保护。也许她只是想证明她不需要他照顾她。

泰拉挣脱了他的手。

丹特咬紧牙关，她听见他的牙齿咯咯直响。但是泰拉没有再看他一眼。她可以自己处理这件事。

她伸出一只手。

杰克斯用一根纤细的手指拂过他那野蛮的微笑，没有去握她的手。

然后，他一把抓住她的屁股。他那冰凉结实的胳膊像蛇一样搂着她，把她搂到他身边，这样的行为实在很不得体。

她发誓这一次丹特是真的在咆哮，但杰克斯还是把她带走，混入大汗淋漓的狂欢者之中。

丹特和泰拉刚来派对的时候，有些客人转头看他。但现在，泰拉发誓每一双眼睛都注视着这个鲁莽轻率的年轻继承人，而他正紧紧地搂着她的腰。他把她搂在怀里，领她走过流淌着罪恶烈酒的喷泉，派对宾客在他们周围与打扮成棉尾巴狐狸和半人豹子的演员调着情。

"你居然没逃跑，实在出乎我的意料。"他说。

"我为什么要那么做？"

"这个嘛，"他贴着她的头发说，每个字都缓慢无力，同时，他懒洋洋地用手指划过她的胸腔底部，"因为我不认为我在我们第一次相遇时给你留下了好印象，而且，我猜你现在已经听说过那些风言风语了，他们都说我是一个卑鄙无情的疯子，为了得到王位，什么事都干得出来。"

"你是说传言不是真的？"

"如果是真的，你早死了。"他的嘴唇依然紧贴着她的头发。对他们身边的人来说，看起来好像他真的被她迷住了，这有些不合时宜，几乎像是在试图制造更多的谣言。泰拉也说不清她以为继承人找到她后会做出什么事，但肯定不是这样。

"如果我是个杀人犯，"他喃喃地说，"那听说你自称我的未婚妻，要进王宫，你真的认为我会让你活下去吗？"

"如果你做这一切都是为了要说，你不打算为了一点小谎而报复，那么我们应该分道扬镳了。我其实是来见别人的。"

泰拉感觉到杰克斯冰冷的嘴紧贴着她的头发向下移动，不由得皱起眉头。

"我很失望，多娜泰拉。我以为我是你的朋友。但你不仅迟到了，现在还想从我身边逃开。"他懒洋洋的语调变得尖锐起来，泰拉只觉得心中一凛，"是因为你没有还清欠我的债吗？"杰克斯低头看着她，脸上的笑容让人心烦意乱，足以逼得天使哭泣。

老天。

泰拉拼命呼吸，她的所有计划和希望都开始破灭。

杰克斯不可能是她的朋友。与她通信超过一年的人，不可能是莫里迪安帝国的王位继承人。

她跌跌撞撞地向后退，但杰克斯的手臂却绷紧了，防止她摔倒，他紧紧搂着她，继续在狂欢的人群之间穿行。肯定是弄错了。泰拉的朋友应该是一个地位卑微的罪犯，有着很多秘密，绝不该是一个喜怒不定、杀人不眨眼的王位继承人。而且，他的语气如此尖刻，看来多半是不会饶恕她的失败了。

泰拉想挣脱。

杰克斯搂紧她，他灵巧的手指比看上去还要强壮："你为什么总是让我失望？"他的手牢牢地抱着她，仿佛她真的是他的未婚妻，他把她领到舞厅中央的巨大笼子前。泰拉清楚他是在讽刺她。当初，她找上他，希望他能帮她逃出她父亲把她的生活变成的监狱，现在，杰克斯正在引导她走向另外一个牢笼。

受惊的蓝色花瓣从她的裙子上纷纷落下。泰拉的心跳告诉她，她必须尽快逃跑。但如果她逃了，她不知道还能找谁来帮她救出母亲。绝望向泰拉袭来。她的心怦怦直跳，盖过了派对上的喧嚣音乐。她能听到的只有她自己如雷的心跳声。

但希望还是有的。

杰克斯或许是王位继承人，注定要继承比泰拉所能想象的还要多的财富和权力。但尽管有了这些特权和关系，似乎有些事情，比如莱金德的真实姓名，却不在他的掌握之中，否则他一开始就不会帮助泰拉。她所需要做的就是让他相信她仍然有用。

泰拉深深地呼气，然后抓住他的一只手。趁他惊讶之际，她拉着他来到一个三层喷泉后面，喷泉里喷出的深红色液体散发出葡萄酒的味道。在外人看来，他们似乎是迫不及待地想要抚摸彼此。但在心里，泰拉觉得自己好像是在走一条要断的钢丝。

"对不起。"刚一来到只有他们两个的地方，她就说道。她的目光不敢落在他身上。尽管她希望这是表演的一部分，但她是真的害怕了："发现你是谁之后，我并不想惊慌失措。我很感激你所做的一切；我最不想见到的就是让你失望。"

她咽了口唾沫，抬起头，瞪大眼睛恳求地望着他。就算他可怜她，他也没有表现出来。即便是冰暴，也不及他看她的眼神冰冷。

"我一到这里，就一直在找你。"泰拉急忙说，"我没弄到莱金德的名字，但我可以在本周末搞到手……"

醉醺醺的世界在他们周围翻滚，另一对男女朝着他们旁边的喷泉慢慢地走了过来，打断了泰拉的话。

泰拉的心一阵狂跳，后背贴在附近的一根柱子上，柱子疙疙瘩瘩的，杰克斯整个人靠在了她身上，他们这是在表演给那对不速之客看。

泰拉闭上了眼睛。

杰克斯的嘴向下滑到她的脖子上，冰冷的嘴唇悬在她的皮肤上，他喃喃地说："我以前也听过不少像你这样的承诺，但全都是谎言。"

"我发誓我说的是实话。"她低声说。

"我不确定是不是该信你，我现在不只要莱金德的名字。"杰克斯冰冷的嘴唇向上移动，在她的下巴边盘旋，却没有碰到她的皮肤。

泰拉睁开眼睛，深深地吸了一口气。

他的目光十分贪婪。她知道他们只是在表演给那对走过来的男女看，但泰拉想象着杰克斯张大嘴要撕咬她，就像他那晚咬白苹果时一样。

然后，就像他刚才飞快地让她倚靠在柱子上，此时，他迅速地抽离。碰巧走过来的那对男女已经跟跟跄跄地到别的地方去了。

杰克斯一直盯着她，眼睛眯成一条缝，见她越来越不自在，他似乎并不感觉满意，也不觉得好笑。

"我喜欢你，多娜泰拉，所以我再给你一次机会。但是，由于你没有带来我要的信息，我必须改变协议的条件。如果你把这两件事都办好了，我才会考虑让你和你母亲团聚。"

"这么说，你知道她在哪儿？"

杰克斯登时火冒三丈："是你没遵守诺言，竟然还敢质问我？如果你给我带来了莱金德的名字，那你马上就能见到她了。在这首歌结束之前，你必须做出选择。"

音乐几乎停止了，只有大提琴的清晰乐曲传出，却可能随时终止。

"告诉我你想要什么。"泰拉说。

杰克斯的嘴角轻轻抽搐着:"我现在需要你给我两件东西,而不是一件。为了成为爱兰丁的继承人,我付出了很大的努力,但是,我和你订婚的谣言使我的地位岌岌可危。整个宫廷已经传遍了。如果谎言被揭露,考虑到我的名誉,人们准以为我会杀了你。如果我不动手,他们就会觉得我这个人软弱无能,到时候死的人就是我了。"

"你有什么提议?"

"据宫里传言,我已经向你求过婚了。"

"你是在向我求婚吗?"

他笑了。"不是。"但有那么一会儿,泰拉发誓,杰克斯歪着头,好像在考虑这么做。"我不想和你结婚。我只需要你假装你是我的未婚妻,直到卡拉瓦尔秀结束。比赛一结束,我们就可以说我们的订婚是比赛的一部分,那样一来,对谁都没坏处。"

她应该立马答应才对。泰拉以前也假装过订婚。然而,这桩交易却让她觉得很不自在。这感觉就像是在与莱金德的演员做交易。事情绝不可能像杰克斯说的那么简单。他肯定有所隐瞒。

"你还想要什么?"她问道。

"你必须先同意这个要求。如果你能让在场的每个人都相信我们是真心相爱,那我就告诉你我想要的第二件事。"杰克斯偷拉住泰拉的手,他柔软的皮手套紧紧地贴在她裸露的皮肤上。

"是时候看看你的演技有多好了。"他露出酒窝,样子无忧无虑,散发着孩子气的魅力。但是泰拉无法忘记,当他拉着她,从他们隐藏的凹处来到人们跳舞的若隐若现的笼子边,他是多么迅速地从天真浪漫转变成了冷酷残忍。

更多脆弱的蓝色花瓣从她的礼服上飘落下来。

泰拉喘了口气，让自己冷静下来。她不知道如果她失败了她该何去何从，她也不确定她要做什么，才能成功地让整个舞会的人都相信他们爱得不能自拔。

粗栅栏笼子散发出金属和皇家野心的味道。空气闷热，几乎透不过气来，人们温热的身体和香水的气味扑鼻而来，窃窃私语声是那么诱人。他们一进去，杰克斯的手指就绷紧了。有那么一瞬，泰拉认为他也不喜欢笼子，但他这么做，更有可能是为了防止她逃跑。

笼子里聚集的舞者比她想象的还要多。被忽视的女士们靠在摆在笼子边缘的缎面靠垫上，偶尔有几对男女也会在那里休息，五颜六色的裙子和西装在青绿色大理石舞池上旋转，仿佛它们是随微风飘动的花朵。

泰拉发现了几张熟悉的面孔。

她首先看到的是卡斯帕，他在上一场比赛中扮演了莱金德和她的未婚夫。他穿着一套黄褐色的衣服，看起来像只狐狸，正在跟另一个年轻英俊的男人窃窃私语，而那个男人可能根本不晓得卡斯帕是个演员。不远处，奈杰尔懒洋洋地躺在一个垫子上，他摸着嘴唇上带刺铁丝图案的刺青，吓得贵族们面红耳赤，纷纷逃走。

还有阿曼德。一个穿着猩红色袍子的朝臣正殷勤地用红指甲抓着他的白色外套。但阿曼德并没有享受她的关注，而是盯着泰拉。他那双绿宝石般的眼睛追随着她，这时候，笼子里变得越来越热。现在可不像他之前嘲笑她。他对她产生了浓厚的兴趣，仿佛她是当晚的第一场娱乐活动。

而且，他并不是唯一盯着她的人。

人们不再只看杰克斯。泰拉发誓，他们画着眼影的眼睛射出的好奇目光，全都落在了她的身上。泰拉乐于成为瞩目的焦点，但她不确定自己是否喜欢这种密切的关注。如此一来，这个本就令人窒息的笼子突然觉得那么小。笼内的灯光从喜庆的威士忌色变成了泛着铜色的紫红色，感觉很是不安。那些女人给她的感觉尤为强烈，她们低声评价着泰拉那刚刚变乱的鬈发和露背礼服，泰拉不需要听，也能想象出她们在说什么。论起残忍来，挑剔的女人堪称之最。

三个和她年龄相仿的女孩嫉妒得眼红，想在她经过时绊倒她。

"放松。"杰克斯低声说，"如果你的眼睛不停地瞟来瞟去，好像等不及要逃跑，那谁也不会相信我们订婚了。"

"我们在笼子里。"泰拉冲上方密密麻麻的栅栏一歪脑袋，那里的铁铸枝形吊灯上爬满了蓝白相间的藤蔓，藤蔓来回摆动，仿佛也想逃离。

"不要看笼子。只用你那双美丽的眼睛看我。"杰克斯捏着泰拉的下巴，即便他戴着手套，仍能感觉到他的手指冷冰冰的。在他们周围，窃窃私语声和热烈的谈话声中夹杂着较为柔和的声音，比如酒水的流动声、压低的笑声和动物的咕咕叫声。但当杰克斯的嘴第二次张开时，泰拉只能听到他那悠扬的低语："亲爱的，我知道吓着你的不光是笼子。"

"你太高估自己了。"

"是吗？"他的手从她的下巴下方滑到她的脖子上，柔软的皮革贴着她的脉搏。他慢慢地抚摸着，但不过是用他戴着手套的手轻轻一拂，不幸的是，她本就胆怯，这下她的心跳得更快了。

"放松，"他重复道，"你只需要有一个想法，那就是你比这个房间里的任何人都更有魅力。这里的每个人都希望他们是你。"

"现在是你自以为是吧。"

他的笑声能让人立马消气："那就告诉你自己，每个人都希望他们是我，这样就可以和你一起跳舞了。"杰克斯露出了一个一定是从魔鬼那里偷来的笑容，然后用一只胳膊搂着泰拉的腰，带她进入舞池。

泰拉惊讶地发现，对于一个貌似很在意名声的人来说，他表现得又并不像是关心别人怎么想。又一支舞开始了，他直接走进其他舞者之间。他这样很无礼，不过，他的舞技倒是比她的其他舞伴都好。

杰克斯的每一个动作都透着漫不经心的优雅，同时，他在她耳边轻声说着话，声音柔和悦耳："像现在这样做戏给别人看，有一点很关键，那就是必须忘记是在表演。你要邀请谎言来玩，直到你可以睁着眼睛撒谎，感觉跟说真话一样。不要告诉你自己我们只是假装订婚，告诉你自己我爱你，我比任何人都想要你。"他把她拉得更近了，一只手伸到她的脖子后面，玩弄着她脖子上的丝带："如果你能说服自己这是真的，你就能说服任何人。"

他又拉着她在舞池里转了一圈，这时，从笼子顶上旋转落下几条玫红色粗缎带。每条缎带上都有一个身披羽毛的杂技演员，他们抛出一把把星尘和雕花玻璃般闪亮的亮片，用假造的魔术覆盖了整个世界，泰拉和杰克斯继续旋转着，旋转着，直到一切都变成了金色的尘埃、薄雾、花瓣和穿过头发的手指。有那么一会儿，泰拉把她的想象力投入杰克斯描述的危险幻象中。

她记得他们第一次见面的情景。她曾认为他傲慢、懒惰，但他是那么英气逼人。如果他不是跟头野兽一样，她可能会很想知道，他的唇尝起来是像他吃的苹果那么美味，还是和其他更危险的东西一个味。然后，为了演好这出戏，她想象杰克斯也觉得她娇俏妩媚，从他在缆车里看到她的那一刻起，他就知道泰拉是他这辈子最想要的人。

这支舞不是为了保住他那杀人不眨眼的名声，从而助他赢得王位；这支舞是为了赢得她。

所以，他才送给她这么华丽的礼服。

所以，他现在才和她共舞。

泰拉假装爱是她想去的地方，还试着露出挑逗的微笑。

杰克斯牵动一边嘴角笑了笑，这笑容让她倾倒。

"我就知道你能做到。"他把嘴凑近她的耳边，温柔地吻了吻她的耳尖，柔如耳语一般。当他的嘴往下移动，她的胸部颤动着，他用更大的力道又吻了她一下，嘴唇在她的下巴和脖子之间的精致尖角处徘徊。泰拉的手指在他的背上蜷曲着。

他们周围的音乐汹涌澎湃，小提琴、竖琴、大提琴一起演奏出颓废堕落的狂想曲，威胁着要把她带到另一个时空。

笼子里的每个人仍在饶有兴趣地看着他们旋转。舞厅里充满了渴望的眼神和冷嘲热讽的嘴巴，杰克斯的嘴唇继续在泰拉的喉咙上跳舞，他们的脚则在地板上跳着华尔兹。

"也许我们应该来点实在的，这样他们才有的说。"他的指关节拂过她的锁骨，把她的注意力拉回到他身上，"除非你还是害怕我。"

泰拉给了他一个大大的微笑，尽管她的心在胸腔里剧烈地跳动。她需要让他知道她能做到："我从不怕你。"

"想证明一下吗？"杰克斯用明亮的眼睛望着她的唇。

他是在激她。

泰拉血管里的血液沸腾起来。

和年轻男子亲吻之前，泰拉通常不会想太多。亲吻只有短暂的一刻，要么是他的嘴贴在她的嘴上，要么是她的嘴贴在他的嘴上，紧接着是舌头寻找入口，手在她的身体上摸索。但她并不认为和杰克斯亲吻也是这样。她有一种感觉，他那双熟练的手知道该怎么做，该抚摸她的哪个身体部位，该用多大的力。他的嘴唇现在很顽皮，可是她不知道他的嘴唇印在她的唇上，是会温柔绵绵，还是会感觉有些粗糙，一想到这两种可能性，她的心跳就开始加速。

杰克斯托住她的脸，带着她又转了一圈。"帮我说服他们。"他低声说。

泰拉不知道她为什么犹豫。

只是一个吻而已。

她突然变得很好奇。他有一天将成为国王，他想亲吻泰拉，而帝国中所有最重要的人物都在一旁观看。

她把手伸到他的脖子上。他的皮肤冷冰冰的，在她的手指下颤抖着。显然，杰克斯并不像他看上去那样平静。

"看起来现在紧张的人是你呢。"泰拉开玩笑说。

"我只是想知道在这之后你是否会对我有不同的看法。"然后，他的嘴猛地印在她的嘴唇上。他尝起来像精致的噩梦和偷来的美梦，像坠落天使的翅膀，还像一瓶瓶清新的月光。泰拉本来要呻吟，但他趁机将舌头滑入她的双唇之间，开始探索。

他坚实的身躯贴着她柔软玲珑的身体。他的手指拽着她的鬈发。她的手在他的衬衫下摆下面游移，探索着他腰部的结实肌肉。人们只有在锁着的门后和昏暗的小巷里才会如此接吻，绝不会在帝国里的每个人都能看到的灯火通明的舞池里这样亲吻。然而杰克斯似乎并不在意。

他的手指找到了她脖子上的丝带，滑到下面，更用力地吻着她。他不是在品尝她，而是在吞食她，仿佛他刚刚发现了一些他以为已经丢失的东西。然后，他的手滑到她裸露背部的宝石绳索下面；他一定是扯掉了手套，因为他的手指在她滚烫的皮肤上，感觉冰冷而大胆，他的手抚弄着她，弄得她怀疑这到底是不是在做戏。

她呜咽着。

他呻吟着。

这是一个值得为其生为其死的吻。

该死。

一个值得为之而死的吻。在帝国的历史上，只有一个人的吻……

杰克斯咬了她一口，锋利的牙齿咬破了她的嘴唇，温热的血马上流了出来。

泰拉突然抽离，用手按在他的胸口上。没有心跳。

见鬼。她都做了什么呀？

她面前的杰克斯似乎容光焕发。他的皮肤本来是苍白的，但现在看来是那么光彩照人。

曾经系在她脖子上的缎带此时垂在他纤细的手指上，像是一件战利品，他咬她时渗出的一滴血现在落在他狭窄的嘴角上。

泰拉感觉浑身虚弱。

"你刚刚对我做了什么？"她气喘吁吁地说。

杰克斯的胸脯和她的一样激烈地起伏着，他的眼睛看起来是那么狂热，但他的声音再次变得慵懒，几乎是不动感情，他说："不要在这里大吵大闹，亲爱的。"

"你现在才说，想必已经太迟了。"她想叫他的名字，想叫他盗心王子，但她还没准备好大声说出来。

他的酒窝又出现了，这次看起来是那么狡猾，仿佛他完全知道她在想什么似的。

她等待着。

等着杰克斯说她错了。等待他保证他的吻不会杀死她。等他告诉她，她应该还没笨到去相信那些古老的故事。等着他取笑她，因为她太容易上当了，相信他是失踪已久如今再度归来的命运。等着他告诉她，他不是盗心王子。

然而，他只是舔了舔嘴角的血："你早该给我带来莱金德的真名。"

Chapter 3

王 子 的 未 婚 妻

14

　　有那么一会儿，泰拉的整个世界都停止了呼吸。舞池附近的每一个人都停止了活动，他们本来全神贯注地看着泰拉和杰克斯的表演，但此时，他们那震惊夸张的表情都定格了。一时间，泰拉只能听到雕花玻璃般闪亮的亮片继续落在地板上，轻轻地叮当作响。

　　盗心王子是众命运之一，以致命的亲吻而闻名，他不仅是一个神话，他在她的美梦和噩梦中都萦绕不去，在她从母亲的命运魔牌中抽出了他的那张牌之后，他便诅咒她只能付出爱却得不到回报。他是实实在在的，他就站在泰拉面前。他苍白的皮肤发出不自然的光，如果整个舞厅的人没有被定住，她想他们一定会看到他真实的样子。

　　他不完全是人，或者根本就不是人。他会魔法，是异类。他是命运。

　　而且，她吻了他。

　　"没想到你会这么惊讶。我送的硬币是一个相当明显的暗示啊。"杰克斯伸手去摸她，小心地抚平她的一绺鬈发，他的手比刚才温柔多了。她想发火，想尖叫，想一巴掌扇在他被血染红的嘴巴上，但他似乎对她和整个舞厅的人都施了魔法。

"你对大家都做了什么？"她气喘吁吁地说。

"停止了他们的心。就像暂停时间是一样的。不会持续太久，不像我对你做的那样。"他冷冷地盯着她的胸部，下巴抽搐着。

泰拉轻轻地吸了一口气，显然这是她唯一能做的。他们跳舞时，她的心怦怦直跳，血管发热，血液沸腾。但现在她能感觉到她的心在挣扎，跳动得太慢，这是它原本样子的微弱回声："我会死吗？"

"暂时不会。"

泰拉的膝盖有些发软。

杰克斯笑得更灿烂了："真是太有趣了，我几乎不想告诉你仍然有办法拯救你自己。"

"怎么做？"

"给我第二件我想要的东西。"

"是什么？"泰拉咬着牙说。

杰克斯用修长的手指抚平了她的头发，他再次与她目光相遇。她以前曾说他的眼睛是银蓝色的，但现在它们只是银色的，随着她的恐惧加深，他眼睛里闪烁着越来越快乐的光芒："我要莱金德这个人，而不仅仅是知道他的身份。我希望你赢得比赛，然后把他交给我。"

泰拉还没来得及反应，那一刻就破碎了，舞厅里又充满了声音。她发誓她从没见过这么多人故意大声窃窃私语，脸上挂着假笑，参加聚会的人假装没被杰克斯和泰拉的表演震惊到。不过，有一个人似乎并没有隐瞒心里的感受。他就是丹特。

泰拉本就乱糟糟的心越发往下沉了。

丹特漫不经心地站在那里，一只肘撑在笼子口附近的一根粗铁棒上，但他的下巴僵硬，目光如炬，唇边带着嘲弄之意，这一切都告诉泰拉他很不平静。他看起来愤怒至极。

他的反应不应该激怒她。她的吻也不应该激怒他，毕竟丹特也要为现在的混乱情况负上一定责任。除非他只是在演戏，这样才说得通。假装关心她，可能是他在卡拉瓦尔秀上需要完成的任务之一。

杰克斯顺着泰拉的目光看去，眼神随之变得锐利起来。

"想必他仍然相信你是属于他的。"杰克斯用拇指揉搓着下巴下面，他苍白的皮肤显得更亮了，看起来好像他想出了一个可怕的主意。

"别打他的主意。丹特是莱金德的演员。"泰拉厉声道，"他只是在扮演角色。他甚至都不喜欢我。"

"现在看来，情况并非如此。"杰克斯把冰冷的嘴唇贴在她的额头上，嘲弄地吻了一下，说，"我一般不给人第二次机会，但我愿意让你试试看。我说我希望我们演得真切，我可并没有撒谎。如果有人发现我们这个订婚是假的，或者发现了关于我的真相，或者我们的安排，后果一定很不愉快。管好你那个文身朋友。"杰克斯又把目光转向丹特，"你说他是莱金德的演员，所以这个礼拜我不能杀他。但如果他知道了真相，那等比赛结束了，我动动手指，就能结束他的生命。"

"不要！"泰拉反对道，恰在此时，杰克斯的声音高过了她的声音，宣布道："既然我刚才吸引了所有人的注意，那现在是时候分享一些好消息了。"

派对宾客那戴着假发的脑袋齐齐转向他的方向，就好像他们都是木偶，或是精心编排的舞蹈的一部分。

"你们很多人都知道，我的前未婚妻亚历珊德拉去年年底去世了。她的死对帝国来说是一个巨大的损失，我想我永远也无法挽回。但正如你所看到的，我找到了另一个人，我希望你们像我一样喜欢她。现在，来见见我的新未婚妻多娜泰拉吧。"

舞厅里掌声雷动，上面的演员将闪闪发光的纸星扔向下面手忙脚乱的人们，一时间，到处都是新落下的星尘云。

在泰拉看来，这一切都像是灰烬。

她强迫自己向人群扬起嘴唇，这是她有过的最苦涩的笑容。

"我恨你。"她低声说。

"有什么不公平吗？"杰克斯低声说道，"你要什么我就给你什么，现在我只要我应得的。"

"快看！"有人喊道，"陨落的星星！它们是第一个线索。"

舞厅里顿时一片混乱。一些落下来的星星的确是线索，但其他的星星似乎只是耀眼的灰尘，参加聚会的人碰到它们，它们就在笼子里形成了奇异闪烁的云。

卡拉瓦尔秀的比赛正式开始了。泰拉身边的每个人都伸手去接落下来的星星，她却想起她和斯嘉丽对卡拉瓦尔秀和莱金德的所有梦想。现在泰拉必须赢得比赛，否则她就再也无法做梦了。她怀疑姐姐也是如此。泰拉答应过斯嘉丽她会小心，可是泰拉已经辜负了她。

杰克斯那张有毒的嘴的边缘抽动着："你应该去拿一个线索，亲爱的。"

"别叫我……"

"小心点，亲爱的。"他像蛇一样敏捷地用两只有力的手指按住泰拉瘀青的嘴唇，"你也不想毁掉我们刚刚创造的美丽骗局吧。现在，"他甜甜地说，"亲亲我的手指，大家都还看着呢。"

泰拉却咬了他的手指一下。它们有股寒霜和落空愿望的味道。

她以为他会把手指抽出来，毕竟他那张尖尖的脸变得通红，他的话传递出丑陋和愤怒的意味。杰克斯却只是任由冰冷的手指在她的嘴里，贴着她的牙齿和舌头。他那可怕的眼睛里闪烁着邪恶的光芒，她的心像是灌满了铅。

"这次我不追究你，但下不为例。"他拂过她嘴唇上被他咬破的地方，然后把手指从她嘴里抽了出来，"如果你没能在爱兰丁节之前赢得卡拉瓦尔秀，并把莱金德带到我面前，你就会知道我的吻是多么致命。"

直到这个该死的夜晚之前，泰拉还喜欢闪闪发光的东西。当她还是个小女孩的时候，她经常从商店里偷一些装着光片的小瓶子，想象着其中可能有真正的星尘，可能有魔法，既能实现她的愿望，也能把尘土变成钻石。但没有一个瓶子有魔法，而舞会上的光片也不是真的星尘，只是玻璃粉末而已。等到凌晨三点的钟声敲响，她和杰克斯一起上了空中缆车，那些光片甚至都没有闪闪发光，只是像寄生虫一样粘在她的胳膊上和舞裙上的花瓣掉落后留下的空白处。

你早该给我带来莱金德的真名。

自从他们离开他那座可恶的城堡，杰克斯就没跟她说过一句话。他懒洋洋地躺在她对面，又恢复了当初那副懒惰贵族的模样，他解开了铜色的领带，仿佛他刚刚完成了一系列乏味的任务：参加舞会，跳舞，用他那能杀人的嘴唇诅咒泰拉。

"我想你现在是怕我了。"他慢吞吞地说。

"你错把厌恶当成了恐惧。你是一个讨厌的怪物。"她竟然会相信他，"你骗我。"

"你希望我马上用吻杀了你？"

"是的。"

杰克斯弓形的嘴唇向下撇，不过他的眼睛里可没有一丝悲伤的痕迹。他八成是不懂悲伤为何物，就像人们说他不能爱一样。

"……他的心很久以前就停止跳动了。只有一个人能让它再次跳动，这个人就是他唯一的真爱。他们说，他的吻对所有人都是致命的，只有她除外，她是他唯一的弱点。"

泰拉多希望她就是他的弱点。她很乐意毁掉他。

泰拉常常以为她清楚人们见到她时会怎么看她。只要看一眼她蜜色的鬈发，少女般的微笑，漂亮的裙子，再加上她喜欢自娱自乐这一事实，人们必然认定她是个傻姑娘。人们一见到年轻女子，便会认为她们愚蠢、一无是处，而泰拉或许有很多面，但绝不是那个样子。泰拉喜欢认为，身为年轻女孩子，正是她的力量来源。

她大胆、勇敢、狡猾。她将在这一役中取得胜利，无论付出什么代价。

"如果你刚才给我带来了莱金德的名字，"杰克斯说，"那此时的结果就不一样了。"

"如果这是真的，为什么你还要除他的名字以外的东西？"

"如果你能赢得比赛，把莱金德交给我，我为什么还要满足于一个名字呢？"杰克斯语气轻蔑，就像他的懒散姿势一样漫不经心。但泰拉相信他的要求远远不止如此。她想继续逼问，但她怀疑他根本不会据实相告他到底想从莱金德身上得到什么。泰拉还有更重要的其他问题要问。

她向后靠在座位上，模仿杰克斯那目空一切的姿势："我怎么知道一切都是真的？我怎么知道你不是在莱金德的比赛中扮演角色？"

"你想证明我是命运，我的吻真能杀了你？"杰克斯的眼睛里流露出一丝玩味；看来他终究还是有感情的，因为一想到要证明他能要人命，他就情不自禁地激动起来。

"先不说这个问题。"泰拉道。她其实并不相信杰克斯是莱金德比赛中的一部分。他的吻不值得为之牺牲，尽管如果泰拉并未真正死去，她或许可以就此争论一番。接吻本应是短暂而又美妙的快乐时刻。但泰拉可以一直吻杰克斯吻到天荒地老。不仅仅是他的嘴唇掠过她的唇，还有隐藏在他双唇之后的欲望与渴望，杰克斯让泰拉觉得她仿佛就是他一生都在寻找的那个人。在那一刻，她成功地忘记了自己被母亲遗弃，并多次遭受父亲的虐待，因为杰克斯让她觉得，他会永远拥着她不放。这可能是她听过的最令人信服的谎言了。

然后，她看到他容光焕发，泰拉马上意识到了真相。她仍然不明白，舞会上为什么没人注意到这一点。即使是现在，一些光芒已经消失了，杰克斯却依然绽放出邪恶的美，看起来仍然不太像人。他只要动动嘴唇，就能杀人。

相信他是命运仍然是那么不现实。她想知道他回到尘世多久了，其他命运是否也回来了。但她不确定他还能容忍她多久，她还需要其他问题的答案。

"我想知道我母亲的真实姓名，"她说，"还要你证明你知道她在哪儿，而且，等事情办完之后，你会带我去见她。只有这样，我才相信这一切都是真的。"

杰克斯扭动着他的一个泪滴形袖扣，也许那颗扣子代表一滴血？"我想你知道这是真的，但我愿意迁就你。"

缆车开始下降，杰克斯把手伸进口袋，拿出一张平整的长方形纸牌。

即使在缆车昏暗的灯光下，上面的印记也不会有错。纸牌的颜色很深，几乎是黑色的，有小小的金色斑点在光线下闪烁，还有一道道涡旋形的深紫红色浮雕花纹，仍然让泰拉想起潮湿的花朵、女巫的血和魔法。

泰拉的手臂上起了一层鸡皮疙瘩。

这是她母亲那套命运魔牌里的一张。多年来，泰拉见过其他魔牌，但所有的纸牌都没有母亲那副牌上好似有魔法的闪光图案。

泰拉恨不得在纸牌显示不吉利的未来之前，伸手把它抢过来，然后跳出缆车。

但当杰克斯把牌转过来，上面的图案并不是命运，而是她的母亲帕洛玛，她的一头乌黑秀发披散在肩上，看起来比泰拉记忆中还瘦，而且，母亲的影像异常清晰。帕洛玛站在那里，手掌向外，仿佛紧紧贴着一扇窗户，像是被困在了纸牌里。

杰克斯说："这就是你妈妈在过去七年一直待的地方。"

泰拉把目光从纸牌上移开，想看看眼前这个命运是否在捉弄她，但片刻之前他眼中闪现的顽皮光芒已经消失了。他的表情冷冰冰的，就像现在泰拉身体里变冷的血液一样。

"我不相信你。"她说。

"你指哪一部分？你是说这个人不是你妈妈，还是指她被困在纸牌里的事？"

杰克斯把纸牌放在泰拉握紧的拳头上。它不像卜算镜一样让她感觉刺痛，它缓慢地跳动着，和一个濒死之人的心跳差不多。泰拉知道那颗心即将停止跳动，因为这和她自己那颗慢慢跳动的心是一样的。

不可能是真的。不应该是真的。但泰拉发现自己相信这是真的，因为纸牌微弱的心跳继续贴着她的拳头跳动着："这怎么可能？"

"比你想象的要简单。"杰克斯说，"我可以告诉你，从我的经验来看，被困在里面的滋味可不好受。"

一缕月光洒进缆车，照亮了杰克斯的脸。他面无表情，但有那么一会儿，他脸色苍白，泰拉发誓她看到了他皮肤下面的骷髅。她认为他没有感情，那绝对是错的。也许他无法爱，也许他的其他感情不像人类的感情，但他内心的恐惧是如此强烈，她都能感觉到。

"你以前就一直被困在纸牌里。"泰拉喘着气说。

杰克斯把头从月光下挪开，他的五官随即笼罩在阴影中，根本看不清他的脸，他说："很久以前，我们众命运消失了，你认为我们都到哪里去了？"

缆车开始下降，泰拉的心直往下沉。传闻说众命运是被一个女巫驱逐的。还有人说他们曾互相残杀。甚至有一个故事说，星辰将他们重新变成了凡人。但她从没听说过众命运都被封印在了纸牌里。

"但这件事还是以后再说吧。"杰克斯说，"你现在需要关心的是怎么赢得比赛，这样你才能把莱金德带来给我。"

杰克斯的目光落到了泰拉手中那颗皱巴巴的星星上，这是第一个线索，她都还没看过："打开吧。"

泰拉一动也不动，杰克斯便从她手里接过星星，将其展开，随后大声念道：

线索

你需要的其他线索隐藏在城市里，

要得到第二个线索，就去一个漂亮的地方探险吧。

瓦伦达的这个地区曾笼罩在愁云惨雾中，

但现在它是信仰和魔法的象征。

他停顿了一下："听起来像是寺庙区。"

"我应该感谢你的洞察力吗？"泰拉咆哮道。

"我是想帮你节省时间。"他的语气更像是在撕咬，"我可能让我的吻晚一点发挥作用，但你仍然会受到一些影响。比赛在爱兰丁节的黎明结束，你有五个夜晚去寻找剩下的线索。我是唯一能解救你母亲的人。如果你输了，没能把莱金德带到我面前，她就将永远被封印在这张牌里，至于你，则会死于……"

缆车重重地落在地上，他便停了口。

泰拉伸手去开门。

"还有一件事。"杰克斯朝她母亲被困的纸牌一点头，"好好保护着。如果这张牌出了什么问题，就连我也救不了她了。等你赢了比赛，一定要拿着我给你的倒霉硬币，我就会在莱金德抵达之前找到你。在那之前，亲爱的，尽量保住你的小命。"杰克斯给了泰拉一个飞吻，随后，她走进了刺骨的夜色中。

1 5

死神在泰拉睡觉的时候来找过她。他的爪尖轻抚着她的脖颈，他的影子跟她进入纯洁的梦境，污染了所有的颜色，直到一切都散发出灰尘的味道，枯萎成灰。

不久后，你将再次属于我。

死神腐烂刺耳的声音响起，泰拉惊醒过来。她在床上猛地坐起来，舌头发沉，潮湿的头发粘在头皮上。然而她的心并没有狂跳。如果说有什么不同的话，那就是她的心跳比前一天晚上慢了一些。

扑通……扑通……扑通。

停止。

扑通……扑通……扑通。

停止。

扑通……扑通……扑通。

停止。

该死的杰克斯和他那该死的嘴唇。

泰拉用一只手抓着潮湿的被单，用另一只手抓着囚禁她母亲的纸牌。她刚才做噩梦，把纸牌的边缘弄弯了，她母亲脑袋上方的角落变皱了。很明显，它不像卜算镜那样坚不可摧。泰拉必须更小心地保护它。

"我很抱歉。"她低声对母亲说。她不想和这张纸牌分开，但她觉得继续随身携带纸牌，有点太冒险了。

泰拉拖着脚走到她存放卜算镜的小箱子边，把封印母亲的纸牌塞了进去。然后她把卜算镜拿出来。

发生了这么多事，泰拉需要看看她所做的新交易是否改变了母亲的未来。

卜算镜比平时更烫了。但它显示的未来未曾改变。她母亲瞪着空洞的眼睛，也在盯着泰拉，就像上次一样死气沉沉。

但她的母亲还没死。她只是被关了起来。泰拉拒绝气馁。她一定会赢得卡拉瓦尔秀，一定可以解决这个问题："无论付出多少代价。"

这话一出口，卜算镜就灼痛了她的指尖。是魔法。泰拉感觉到了，她的整只手都开始发烫，这时候，卜算镜上的影像变了，不再是帕洛玛倒毙，而是斯嘉丽和泰拉像小时候那样狂热地拥抱着母亲。

纸牌上的影像看起来是那么真实，泰拉几乎能感觉到她母亲的手臂是那么强壮、柔软和温暖。一阵轻柔的啜泣声从泰拉的喉咙里冒了出来。

然后，图像来得快去得也快，影像再次显现出她母亲的尸体。

"不！"泰拉尖叫起来。

影像又变了，又回到了斯嘉丽和泰拉与母亲团聚的画面。

"德拉格纳小姐！"一个卫兵重重地敲门，"里面一切都好吗？"

"是的。"泰拉心烦意乱地说，与此同时，影像不断地变化着。泰拉以前从没见过卜算镜这样。它从死亡变成了喜悦，仿佛在告知泰拉，接下来发生的一切都取决于她，全看她是否能为杰克斯赢得比赛。

泰拉把卜算镜放回箱子里，重新下定决心，她拿出了第一条线索。

线索
你需要的其他线索隐藏在城市里，
要得到第二个线索，就去一个漂亮的地方探险吧。
瓦伦达的这个地区曾笼罩在愁云惨雾中，
但现在它是信仰和魔法的象征。

在上次卡拉瓦尔秀中，斯嘉丽在比赛开始时就收到了一张卡片，上面记录了全部五条线索，但这场比赛似乎遵循的是另一种模式。根据这条线索，以及丹特在缆车里说的话，看来每晚都会有一个新线索藏在城市的不同区域里。泰拉需要找到全部线索才能获胜，那之后，她方能见到莱金德本人。

不幸的是，由于卡拉瓦尔秀只在晚上举行，泰拉要等到晚上才能开始寻找。而且，看来杰克斯已经为她安排好白天要做的事了。

她的床尾放着一个熟悉的盒子，看起来和杰克斯前一天送的一模一样，只是这次是用金色而不是白色蝴蝶结绑着。

如果你要和下一任帝王订婚，就得像这样穿着打扮。

里面夹着一张小卡片，卡片的紫色边缘带刺。

卡片上写着：

密涅瓦时装店

瓦伦达一半的进步人士都穿我们的服装，始于爱兰丁王朝以前……

在爱兰丁王朝之后，我们也将提供衣衫。

敬请预约。

在最后一行字的下面，有人潦草地写下了绸缎区一个街道的名字，还有一个时间，不过时间是被划掉重写的：

卡片上的手写字迹：

中午前两小时~~一小时~~到店。

这不是请求。

杰克斯一点也不在意他自己的外表，现在竟下达这个命令，实在有些可笑。但泰拉认为杰克斯的指示无关外表，只是在宣告占有：他想明确表示她现在属于他。

用"恶魔"这个词形容他再合适不过了。

如果他们是真的订婚，单凭这张纸条就能说服泰拉悔婚。但目前她还不能这样选择。

泰拉在盒子里找到了一双有蓝珍珠纽扣的齐肘无装饰手套。她把它们扔到一边，把下面配套的连衣裙也拉了出来。她讨厌这件礼服竟然这么漂亮。连衣裙是抹肩的，而她父亲从来不让她穿这样的款式。他要是看到这件衣服，准会气得满脸通红。礼服上覆盖着一层宝石蓝色蕾丝，蕾丝紧贴在一个毫无装饰的裙身，整件衣服不仅精致，还散发出女性魅力，同时还带有一点性感。

泰拉仍然不想理会什么预约不预约的，把裙子和手套一起扔到一边；

她不喜欢杰克斯把她打扮得像他的洋娃娃。但她的箱子还没到。况且杰克斯也明确表示，要拯救她母亲和她自己的命，泰拉不仅需要赢得比赛，还必须做一个令人信服的未婚妻。

扑通……扑通……扑通。

停止。

扑通……扑通……扑通。

停止。

扑通……扑通……扑通。

停止。

她的心跳并不比刚醒的时候慢，但也没有加快。她胡乱扒拉了几口早饭，便匆匆赶去缆车站，可现在一切都显得那么迟缓。

缆车着陆时，她花了比平常更多的精力才能保持警惕。也许正因如此，泰拉才发现自己站在满是臃肿阴影的街道上，到处都看不到密涅瓦时装店。

虽然泰拉并没有在城里好好转过，但她对瓦伦达的各个地区都了如指掌，比如违法猖獗的香料区、厚颜无耻的寺庙区、专横跋扈的学院区和高雅的绸缎区。最后一个是泰拉应该去的地方。据说，绸缎区是这座城市中迷人的地方之一，犹如一座迷宫，里面有闪闪发光的礼服店、帽子店和糖果店，整个区域都披着花瓣般清新的色彩。

但是，不是泰拉弄错了事实，就是她找错了地方。她周围的商店漆黑一片，在小巷里鳞次栉比，如同一只只邪恶的乌鸦，空气里弥漫着难以启齿之事的味道，巷子里挤满了顾客，与她以为的有教养之人大相径庭。泰拉穿着精致的宝蓝色蕾丝礼服，看上去就像一个走错了故事的角色。

泰拉寻找密涅瓦时装店，她注意到许多人穿着异常花哨的夹克，过分多情的情侣靠在灯柱上，女人们抽着刺鼻的雪茄，还有人身着颜色刺眼的暴露紧身衣，比如鲜橙色、过熟的黄色、青蓝色和红色。

每隔一根柱子上都钉着描画告示。有些图片上方写着"通缉"二字。其他的则写着"寻人启事"。一些花里胡哨的告示是宣传爱兰丁节的，不过它们看起来与她一样格格不入。

泰拉从几家毒药商店外经过，她强忍着才没有把胳膊交叉在胸前，露出不自在的样子。

曼德拉草药店：治疗重感冒和各类顽疾！

福斯托药店：茴香、野甘菊和毛地黄，应有尽有！

毒芹山楂草药店！

她肯定是找错了地方。这里看起来和闻起来更像瓦伦达臭名昭著的香料区，有人想寻找刺客、无迹可寻的毒药或人（哪怕只是某个身体部分），就会来这里。这里还有很多赌场、毒窝和妓院。这些东西在瓦伦达都不合法，所以全都设在原始通道的地下，只能去地上那些异国香料店，报上密码走隐藏的门，才能进入。

"即使是在白天，像你这样漂亮的姑娘，也不该一个人出现在这里的街道上。"

泰拉紧张地退了一步，尽管和她说话的女人老态龙钟，根本伤不了她。

老妇人的年龄至少是泰拉的五倍，满是皱纹的双手上粘着污渍，闪闪发光的白发几乎垂到了地上。老妇人来来回回地擦拭着爱兰丁头号通缉犯商店门阶上的灰尘和污垢。

泰拉重重地呼出一口气。她或许没来过香料区，但这家破烂商店却像老朋友一样和她打招呼。她给杰克斯的所有信都是寄到这里的。

泰拉从来都不确定这是一家真正的商店，还是仅是人们用来传递非法请求和信件的一个地址。但很明显这里千真万确是一家店。她之前看到整个区域里都贴着罪犯通缉令，显然它们都是这家店制作的。

泰拉走近一些，好看清楚店里的情形。羊皮纸通缉令飘动着，上面的黑白图像忽隐忽现，画的是一些她所见过的最有趣的罪犯。这些肖像既迷人又令人不安，她想知道肖像是不是被施了魔法，因为它们诱惑着她走上台阶，一路走到了店内，更仔细地观看，就像多年前母亲的命运魔牌诱惑她一样。

当然，那并没有给她带来什么好处。

"你迷路了吗？"老妇人问，"这个地区可没什么好玩的。"

远处，钟声响起。如果泰拉数一数，就会听到十声钟响。现在不去赴约，她就要迟到了。也许她可以以后再来这家店逛逛。

"我在找密涅瓦时装店。"她说。

那女人的目光变得锐利起来："我不知道你去那个地方做什么，但它好像就在那条路的尽头。"她冲街区尽头的一块标志牌仰了仰下巴，那牌子上写着"歧途"两个字。

"要小心啊。"老妇叫道，"密涅瓦不是……"

但泰拉已经沿街走远了，并没有听完她的警告。没过多久，她的胃就开始发沉，心脏的负荷也加重了。但她仍然慢跑着来到一条阳光灿烂的人行道上，这里的商店美轮美奂，犹如刚刚包好的包裹。密涅瓦时装店位于街角。紧闭的淡紫色窗帘遮住了窗户，沉重的紫红色遮阳篷像睡眼惺忪的眉毛一样罩在门上。

斯嘉丽不喜欢紫色，她一定很讨厌这里。

泰拉感到一阵内疚，毕竟她没去看姐姐就离开了皇宫，尤其是昨晚斯嘉丽还知道了阿曼德的事。但斯嘉丽八成也听说泰拉订婚了。只要斯嘉丽和泰拉一说话，肯定会发现这是一场骗局，到时候，她很可能会做出什么英雄壮举，从而把她自己置于泰拉不能容忍的各种危险之中。

斯嘉丽是泰拉的亲人，是世界上泰拉可以一直依靠的人。泰拉也许不相信爱，但她敢用生命打赌，斯嘉丽是真的爱她。泰拉就算毁灭这个世界，也不会让姐姐受一点点伤害。

"有人吗？"泰拉走到密涅瓦店门前，努力把气喘匀。门口站着一个身材像水桶的男人，他的头发向后梳得整整齐齐，穿着一套和商店同色的紫红色西装，仿佛他是门的一部分："我叫多娜泰拉·德拉格纳。"

"你来早了。"那人说。

泰拉相当肯定他说的是反话，因为她迟到了很久。这是许多怪事中的第一件。第二件则是那个男人先是打开了多到没有必要的锁，才推开暗紫色的门，让她进去。

16

密涅瓦时装店并不是一家普通的服装店。事实上，泰拉走进去后，便好奇这里到底是不是买衣服的店面。

门厅里摆着淡紫色豪华长沙发，紫水晶色的地毯比未割的草还要厚，紫色花瓶里摆满了像小树那么大的花朵，散发着薰衣草和昂贵烟草的味道。但尽管周围有那么多华丽的装饰，泰拉却没有发现任何连衣裙或时尚配饰。

"你是幻觉吗？"

泰拉吓了一大跳，只见一个肥胖的女裁缝轻快地从一扇双开门里走了出来。她那头兰花色的短发大胆地垂在下巴边上，和像珠宝一般挂在脖子上的卷尺颜色相同："他倒是说过你活力四射，可没说你这么漂亮。难怪你能吸引他。"

泰拉不想笑，因为来这里不是她的选择，和杰克斯的关系也不是她的选择，但被人夸感觉还是挺不错的。

"我没想到你来得这么早，所以请你坐一会儿。要不要一边等一边喝点酒或吃块蛋糕？"

"我从不拒绝酒和蛋糕。"

"我马上叫人送来。"女裁缝把泰拉领进另一个铺着天鹅绒墙纸的紫色豪华走廊，一扇扇紧闭的门像黑樱桃一样黑，她们身后传来低沉的说话声。

"这些袖扣能装下多少毒药？"一个男人嘟囔着说。

隔壁房间里有个女人干脆地解释道："这东西和蕾丝编在一起，只要轻轻拉一下，人就会被绞死。"

又走过几扇门，泰拉听到有人在咯咯笑，接着，一个带口音的声音说："袖子这么大，你可以在里面藏把手枪。你摸摸那个小托架。"

隐藏的手枪。毒药。把人绞死。

绝对不正常，当然，同样不正常的还有泰拉的未婚夫。是假未婚夫，她纠正。虽然他们只是假装订婚，但杰克斯还是在她身上用了不少心思。

女裁缝在走廊尽头一扇关着的门前停了下来："你先去里面坐会儿，小宝贝。我稍后带着你的东西过来。"

那女人消失在走廊里，泰拉伸手去拉门把手。她原以为会看到用毒药瓶做成的吊灯从紫红色的天花板悬下来，镜子边挂着宝剑，衣钩是用银匕首做成的。

她没想到会见到他。

泰拉的心一阵翻腾，她每次见到丹特，都是如此。

他没有懒洋洋地躺着或是休息，却对她有着强大的影响力。

套间的角落里有一个凸起的平台，他坐在平台上的一把超大黑色皮椅中，背靠着椅背，仿佛他在那里统治世界。他那宽宽的肩膀和胸膛填满了临时王座，没有让椅子喧宾夺主。他身姿笔直却不僵硬，好像他不会懒散地坐着，只知道如何占据空间。

这个傲慢的恶棍。然而，就在泰拉暗骂这句话的时候，她感觉到一股燥热在她的胸腔里蔓延开来，她问："你在这里干什么？"

"等你。"

"你怎么知道我会来这里？"

他慢慢地扬起眉毛，看起来是那么高傲优越。

泰拉的世界又一次倾斜了："那封信是你写的？"

"没见到杰克斯，你很失望？"

她砰的一声把门关上："你疯了吗？你知道我未婚夫发现后，会干出什么事吗？"

"除非你告诉他，他才会知道。"丹特冷冷地回答，"没必要跟我假装你们是真的订婚了。"

更衣室里安静下来，气氛十分紧张，杰克斯的话再次在泰拉耳边响起：

管好你那个文身朋友……你说他是莱金德的演员，所以这个礼拜我不能杀他。但如果他知道了真相，那等比赛结束了，我动动手指，就能结束他的生命。

"也许我不是假装。"泰拉开始露出她最甜美的笑容，但她猜丹特肯定知道是假的，而她必须让他相信这是事实。她露出一抹得意的笑，通常只有过于自信的年轻人才会这样笑："我和杰克斯接吻那会儿，我看起来像是在演戏吗？"

丹特目不转睛地盯着他，表示无波无澜，着实令人沮丧，但泰拉发誓，他下巴一角有一块肌肉在抽动："我不知道你们在干什么，但我不相信你们会结婚。"

"为什么？"泰拉问道，"因为你怀疑王位继承人不愿意娶我？"

他的嘴唇慢慢地卷起来，尽显嘲弄之能事："你真想让我回答这个问题？"

泰拉的脸颊突然涨红了。亏她还阻止杰克斯杀他，丹特天生就是这么一个冷酷无情的人："你是来嘲笑我的吗？"

"我说了什么嘲讽的话吗？你的结论太草率了，泰拉。"说到她的名字时，他又往前探了探身，慢慢地说着，仿佛他想抓住她的名字："也许我是想告诉你，你聪明、风趣、漂亮。我一直认为你为人精明，不会嫁给一个杀人犯。"

"我一直认为有些事值得冒险。"泰拉反驳道，忽略了丹特用聪明、风趣、漂亮这几个词，把她说得心花怒放，"杰克斯不仅样貌英俊，又十分富有，很快他就要统治整个莫里迪安帝国了，这意味着我将成为下一任皇后。所以，我想我应该感谢你让我们认识。"

丹特的眼睛闪闪发光，光芒一闪而过。他可能不喜欢她的话，但也许泰拉最终还是让他相信了。

"如果你真认为我帮了你一个忙……"丹特打断了他的话。

他的视线移开，他眼里的光芒消失了。他从椅子上站起来，一跃下平台，猛地抓住了泰拉的手腕："你的手怎么了？"

滴。

答。

滴。

每一个声音都反映出了她缓慢的脉搏。深红色的无情鲜血从她的指甲滴落下来，浸透了她右手的每一个指尖。杰克斯。

寒意侵蚀着泰拉的每一寸皮肤，开始像爪子一样刺入她的皮肤里。那个卑鄙、虚伪、冷酷无情、喜欢看别人受苦的邪恶王子。他诅咒她付出爱却得不到回报还不够；他是真要杀了她。心跳变慢不仅仅是她的想象。

白色和黑色的斑点在泰拉的眼前跳舞。

又有三大滴血从她的指甲里滴落下来，在紫水晶色的地毯上留下了新的污渍。但是泰拉听到的只是杰克斯嘲笑的声音，警告她亲吻他被诅咒的嘴唇会有副作用。

"我不知道我还在流血。"泰拉撒谎道，"早些时候，我的手被车门夹了。我应该去找人检查一下。"

丹特更紧地握着她的手："我可以给你处理。"他扯下领带；他的动作很快，但当他把织物包在她的手指上时，他的动作却是非常轻柔。

泰拉的呼吸变得急促起来。

丹特不应该如此温柔地抚摸她，更不该用每一个动作把她拉得更近，她也不应该由着他这么做。她应该把他的大手推开。他慢慢地用之前系在他脖子上的温暖丝绸裹住她流血的双手，她应该对他咆哮才对。不仅因为杰克斯的威胁，也因为丹特的老板。

泰拉拼命努力不去想她把莱金德交给杰克斯后会发生什么，但她估摸结果不会太好。莱金德或许很邪恶，但盗心王子简直就是魔鬼。他会从女孩的胸膛里挖出她们的心脏，再咬上一口，好像是在咬苹果。

为了保护自己，她必须远离丹特。即使有那么一瞬间，她只想闭上眼睛，倒在他的怀里。

"告诉我，昨晚继承人把你带走后，到底发生了什么？"他的声音既抚慰人心，又那么居高临下，就像火焰吞噬木头的噼啪声。凶猛而致命，但不知何故却平稳可靠。一个女孩很容易被这种声音吸引。

"我真的不需要你的帮助。"泰拉把手抽开，挣脱丝绸领带，鲜血溅在她的花边礼服上，她在丹特的咒语尚未完全发挥效力之前就将其打破了。

他好像想伸手去抓她。如果不是他见了她哆嗦的双腿便改变了主意，她一定会想象他把她搂在怀里，紧紧地抱住她，她则心甘情愿地承认她的一切罪孽和秘密。

但他并不是真的在乎。他只是在表演，是在扮演角色。

她强迫自己后退一步。

丹特脖子上的血管跳动着："你为什么不让我帮你？"

"也许我并不需要你的帮助！"

又一滴血落到地上。

泰拉眼前直冒金星，星星和斑点连成一片。她还没来得及继续退后，丹特就站在那里，再一次握住了她的手腕，他把她抱得更紧，同时完成了他之前开始的工作。泰拉不愿向他承认，但当他用温暖的大手把领带裹住她血淋淋的手指，她觉得脑袋没那么昏沉了。

"我会松开你，但你得承认你需要帮助。"他的声音比以前柔和了，"告诉我那个凶手想从你这里得到什么。"

他为什么这么固执？难道他就不能包扎好她的手指，然后乖乖离开吗？

"你就不能别管这件事，假装你相信吗？"她问道，"你担心我，但这件事也会给你带来危险。如果杰克斯发现你知道真相，他会伤害你，到时候，就连莱金德也救不了你。"她说这话像是威胁，但丹特并没有放开她，却对着她露出牙齿，看起来像是在微笑。

"我还认为你不关心我。"他说。

"我的确不。"泰拉厉声道。

如果她把手缩回去，那她的话就更有说服力了。

她不需要他的帮助来赢得比赛，她不信任他，但不幸的是，她喜欢他带给她的感觉。她流血不止，她因此体会到了一种前所未有的寒意，但丹特捧着她的手，竟然成功地阻止了这份寒意，他拉近和她之间的距离，直到泰拉的背靠在门上，丹特的身体靠近她的身体。

如果她愿意，还有足够的空间让她抓住把手，趁机逃跑。她告诉自己那就是她想要的。但她的手指和他一样倔强，它们拒绝伸手抓门。

"告诉我他想从你这儿得到什么？"丹特粗暴地问。

"他想娶我，就是这样。"

丹特摇了摇头。

"你知道吗，你一直拒绝相信，我真觉得我很没面子呢。"

"也许我只是不相信这就是他想要的。"丹特用另一只手摸着泰拉的脸颊，把她的脸凑近他的脸。

他慢慢地抚着她的下巴，一阵红晕顺着她的脖子一直延伸到脚趾。

"如果你不告诉我，我自己去查。"丹特说。

他可以去查，但他会因此送掉小命，或者向莱金德透露她的计划，把泰拉和她的母亲推向深渊。

泰拉强迫自己把他的手从她的脸颊上挪开："我不讨厌你，丹特。事实上，如果你不仅仅是个演员，我可能真的会喜欢上你。你几乎和你以为的一样英俊。但我想要的不只是一张漂亮的脸蛋。杰克斯可以满足我的要求。他能给我想要的一切。"泰拉抿着嘴，闭了一下眼睛，仿佛在想象她和杰克斯在舞池里的亲吻。

等她再次睁开眼，丹特的脸就在她的脸前，他的眼睛像溅出来的墨水一样乌黑。

泰拉感觉浑身发冷。

"要么是你没有太多要求，要么是你在撒谎。"丹特说，"我或许相信你真的会和他结婚，但鉴于我对你的了解，我怀疑像他这样的人是无法满足你的每一个愿望的。"

他讲完这番话，他的嘴唇距离那么近，只要一个不注意，她的唇就会拂过他的唇。泰拉慢慢地抬起下巴，意识到自己走的是一条很危险的路，她向他投去了炽热的目光："也许杰克斯有很多方面是你不了解的。"

丹特咧嘴笑了笑，但这个笑容没有笑容该有的友好、温暖或温柔。这是一个故意露出来的笑，有人在翻开一手必赢的牌之前，才会缓缓露出这种嘲弄的笑容："你这么说，是因为他是盗心王子？"

泰拉僵住了，她惊慌失措到了极点，感官都变得强烈起来，就连血也不再从她的指尖流出。如果她想让丹特相信她不明白他在说什么，她就必须马上恢复正常，但假装天真只会让他认为她已经不知所措了。也许泰拉的确不知所措。她被诅咒了，她的母亲被困在一张纸牌里，为了救她们两个，泰拉正在参加比赛，还和两个臭名昭著的不死之人搅在了一起，而其中一个早就不该存在于这个世界上了。

然而，在到达瓦伦达之前，丹特就说起过盗心王子，就好像他还活着一样。这似乎是个奇怪的巧合，尤其是当她回忆起优婉那段欢迎词的开头：

爱兰丁邀请我们来这里，把帝国从她最大的恐惧中解救出来。

几个世纪以来，众命运一直受到囚禁，但现在，他们试图重返人间。

如果杰克斯是众命运之一，出来……

不。泰拉拒绝想下去。相信比赛是真实的，会叫人发疯。另一个明显的解释是，杰克斯在比赛中扮演了一个角色。但从泰拉手指滴下的血和她胸腔里那颗垂死的心，都有力地证明了他就是真正的盗心王子。

丹特肯定是在虚张声势，用谎言来赌一把，就像他在皇宫里第一次向女管家宣称泰拉和杰克斯订婚时一样。

"如果杰克斯真是盗心王子，我早就被他吻死了。"

"也许你是他唯一的真爱。或者他让你活下去，是因为他另有计划。"丹特的目光迅速转向泰拉那件合身的宝蓝色蕾丝礼服，仿佛他知道衣服是杰克斯送的。

"别那样盯着我看。"泰拉，"是你说我跟他订婚的。"

最后一滴血滴落在地板上，无情地打断了她的话。

丹特看着那滴血，整张脸都变了。他开口的时候，熟悉的傲慢不见了："你说得对。是我的错。我做了一个错误的选择。但我发誓，我那时候说你和继承人订婚，我还不知道他是盗心王子。"

"那你是怎么发现的？"

"看到你在舞会上和他跳舞，我才知道。众命运不是自然的产物，他们不属于这个世界，就像我们这些死后又复活的人一样。"丹特重重地咽了咽口水，他再次说话时，他的声音异常轻，"那晚舞会上的其他人都没注意到，但在他吻了你之后，我看到他容光焕发……"

外面的走廊里响起了嘈杂的脚步声。

丹特的嘴抿成了一条线。

脚步声越来越响，越来越近。

"你还是假装不认识我吧。"他说。

"为什么？"泰拉问道。

"我不应该在这里。"

"我还以为是你安排的呢！"

丹特露出一个干巴巴的笑容："我有这么说过吗？"

这个浑蛋！

泰拉目瞪口呆，丹特从墙边走开。不过她早该知道这件事其实不是他安排的。他只是偷看了她的信，原本的时间就是他划掉的。

她还没来得及大声骂他几句，就有人在外面推门。

泰拉被门一撞，向前栽倒。

丹特立刻接住了她，用两条结实的胳膊搂住她的屁股，这时候，女裁缝走了进来。

那女人先是看看抱在一起的他们，然后看向泰拉衣服上和地上的血迹："年轻人，我不知道你在这儿干什么，但在我把这件事禀报给继承人之前，你还有点时间，赶快离开这里吧。不然的话，我想我们都知道接下来会发生什么。"

"小心祸从口出。"丹特反驳道，"你这么说，好像人人都很了解致命的殿下。"

丹特的手从泰拉身上滑开，在她耳边轻声说道："我知道你不愿意相信我，但这次卡拉瓦尔不仅仅是游戏。我不知道盗心王子向你承诺了什么，但对众命运来说，人类不过是劳力和供他们取乐的对象。"

泰拉的心脏又跳动了几下，在丹特离开的时候几乎恢复到了正常的速度。如果杰克斯没有诅咒她，那密涅瓦店里的人肯定都能听到她的心跳声。

丹特走后，女裁缝又露出了笑容。她把蛋糕和酒放在一张泰拉此刻才注意到的小桌子上。看她的样子，似乎什么也没发生，不过泰拉想知道这个女人是否会把这里的事都禀报给杰克斯。

女裁缝强迫泰拉站起来，给她试穿礼服，这期间，她几乎一口一个杰克斯。令泰拉沮丧的是，长裙里没一件隐藏了武器。但是，泰拉不能否认这些衣服非常漂亮。有些长裙在阳光下会变色，披风是用星尘织成的线缝制的，在晚上可以一直闪闪发光。

但据女裁缝说，泰拉甚至都没有看到最好的服装。那女人走回走廊，过了一会儿，她推着一辆三层银手推车走了进来。

有人倒抽了一口气。这个人可能是泰拉。

她可能会像上千个被诅咒的女人那样憎恨杰克斯，但她不得不承认，只要他愿意，他就知道如何让一个人变得闪耀夺目。

手推车上摆满了各种各样的面具、王冠和斗篷，它们是用皮革、贵金属和薄纱制成。每一件都和她的尺寸完全相符，而且价格不菲。有的镶着羽毛，有的镶着珠宝或精美的珍珠。所有的一切都是那么美不胜收，散发着一股邪气，就像魔法噩梦中的宝物一样，她认为杰克斯就是这样一个存在。

女裁缝自豪地笑了："殿下让你挑选化装礼服，去参加爱兰丁前夕。

但是要小心，因为所有的东西都是专门为你定制的，所以几个面具上的颜料还没干。"

泰拉慢慢靠近闪闪发光的手推车。

她从未在爱兰丁前夕穿过化装礼服。在特里斯达岛，人们只会为爱兰丁女王的生日庆祝一天，但在瓦伦达，爱兰丁前夕要比爱兰丁节更具魔幻色彩。为了庆祝，每个人都穿上奇装异服，装扮角色。

据说，瓦伦达的君主是众命运的后裔，在他们的生日前夕，众命运会回来过一夜，来判断统治者是否有资格再统治一年。因此，一些人认为，在一些面具和化装礼服的后面，是真正的命运，他们从消失的地方返回，度过充满恶作剧、混乱和奇迹的一夜。

泰拉猜测，由于这个传统的时间，莱金德才会选择命运作为此次卡拉瓦尔秀特别活动的主题。她已经可以想象莱金德让他的演员们假扮真正的命运，把人们玩弄于股掌之上。

泰拉悠闲地看着手推车上的物品。她发现了盗心王子的面具，但这张面具上的红泪不是画上去的，而是红宝石。破碎王冠象征着在两条道路之间难以抉择，王冠顶上镶着闪亮的黑色猫眼石，与泰拉手指上的那枚戒指非常相似，像是一对闪亮的深色堂兄弟。但它远不如由真正的钻石制成的未婚新娘的眼泪面纱那么光彩夺目。似乎高级和低级的命运都在这里了。泰拉看到了"投毒者"的精致斗篷，"幸运小姐"的羽毛帽子，"混沌"的尖刺手套，"囚犯夫人"的陶瓷面具，面具上噘着的嘴唇是用碎蓝宝石做成的。

"继承人是不是一向都这么花心思宠爱女朋友？"

"从来没有。"女裁缝回答，"事实上，这是他第一次让我们给他以外的人设计服饰。"

泰拉假装微微一笑。杰克斯可能使用不同的裁缝为每一个被他诅咒的配偶做衣裳。

"随便选一个你最喜欢的，然后我为你试穿配套的服装。"

泰拉做最后思考的时候，每一件东西都闪烁着更璀璨的光芒。

不可能选"死亡少女"。泰拉绝不允许自己的头卡在珍珠里，只要一想到"死亡少女"，泰拉就会回想起那一天，她第一次翻开"死亡少女"的可怕纸牌，导致她母亲离开。

"刺客"的骷髅面具不是很吸引人。"王后侍女"的面具比较有意思，她一直喜欢面具的嘴唇被深红色的线缝合着，但泰拉不喜欢这两个命运只是永生王后的傀儡。戴上永生王后镶有珠宝的眼罩，感觉很诱人，据说她用自己的眼睛换来了可怕的魔力，但泰拉想表现得更大胆一些。她喜欢"陨落星辰"，但这身金色服装一定很讨人喜欢，她估摸街上一半的男孩和女孩会打扮成"陨落星辰"。仅此一次，泰拉不确定她是否要打扮得漂漂亮亮。

"这是什么？"泰拉拿起一块长长的黑色面纱，上面系着一个阴森的金属环，环上覆盖着黑色蜡烛。起初她以为那是"遇刺国王"的东西，但他的王冠是用匕首做成的，而且很有吸引力。这块面纱一点也不可爱，泰拉怀疑透过面纱根本看不清东西，但它却叫人十分着迷。她一辈子八成也弄不清它属于哪个命运。

女裁缝的脸色马上变得惨白。"这东西不该在车里的。"她说着想把它抢走。

泰拉后退一步，把王冠抓得更紧："这是什么？告诉我，不然我就不选面具。"

女裁缝的嘴唇紧紧抿在一起："这不是传统服装的一部分。它代表着爱兰丁的孩子，也就是失踪继承人。"

"爱兰丁有孩子？"

"当然不是。那只是一个阴险的谣言，因为人们不愿意看到你的未婚夫继承王位。"

"这么听来，这倒是完美的服装了。"

"你这是在干傻事，姑娘。"女人说，"把它放在车上的人，是在警告继承人和你。"

"别担心，我只是开个玩笑而已。"泰拉说，"我未婚夫很喜欢小把戏。他看到我，一定会开怀大笑，而且，这么做还能向把东西放在车上的人证明，我并不害怕。"

女裁缝噘起嘴："我们没有衣服可以搭配。"

"如果杰克斯雇了你，那我肯定你能想出办法。"泰拉把蜡烛王冠放在头上，转向墙上的镜子。黑色薄纱完全遮住了她的脸，把她变成了一个活生生的影子。太完美了。

如果说有一件服饰能表明，尽管杰克斯会亲吻和诅咒，却永远也无法完全拥有她，那就非失踪继承人的王冠莫属了。也许如此目中无人是愚蠢的选择，但这是杰克斯给她的为数不多的选择之一。

女裁缝摇了摇头，又咕哝着说了些泰拉是在玩火之类的话。

但是，泰拉清楚地知道她参与的是什么游戏：如果她赢不了，这场游戏将毁掉她和她所关心的人。

1 7

夕阳缓缓下落，泰拉坐缆车回到了宫殿。此时是下午晚些时候，这是一天中的温暖时刻，蔚蓝的天空通常都会点缀着金色、奶油色和一缕缕桃色的光。但在泰拉的眼里，天上的所有颜色充其量也只能称为深褐色。无论她往哪里看，天空都是棕色的，色彩暗淡，非常不对劲，她不禁怀疑下午是否已经过去，还是她的视力出了问题。

当她到达宫殿时，她几乎确信，杰克斯制造的另一个副作用是这个曾经鲜艳的世界在她的眼里失去了颜色。但也许真正的副作用是她变成了一个偏执狂。与阴暗的室外环境不同的是，从床铺上方的长春花色华盖，到在浴室里等她的青绿色的水，泰拉的塔楼套房仍然和以前一样蓝。

但是泰拉只有时间洗洗手。她几乎没有足够的时间换下身上那件脏兮兮的蕾丝礼服，穿上从女裁缝那里拿来的新长裙。这件礼服由深蓝色的缎子制成，上面带有很厚的黑色天鹅绒条纹，而这些条纹则是从一件连衣裙的下摆剪下来的，这件礼服比泰拉平时的装束要暗一些，但这种搭配让她觉得自己足够泼辣，足以与杰克斯、莱金德以及瓦伦达任何参加卡拉瓦尔秀的人相抗衡。

泰拉将全身的力气都凝聚在脚步上，希望这口气不会松懈。她走出卧室，走进客厅，一看到姐姐，便在心中暗骂一声。

斯嘉丽坐在没有点燃的白色壁炉前。泰拉不知道斯嘉丽是怎么发现她进来的，但她不应该感到惊讶。如果斯嘉丽·德拉格纳会一门魔法的话，那就是她总能找到妹妹。泰拉不知道姐姐们是否总是以这种方式与弟弟妹妹联系在一起，也不知道她们姐妹两个之间是否存在某种特殊的纽带。泰拉永远不会向斯嘉丽承认，但姐姐纵使冲破艰难险阻也要找到她，是为数不多能带给她安全感的事情之一，虽然姐姐这样，有时会弄得她很不方便或不自在。

泰拉并不为自己避开斯嘉丽而感到骄傲。她昨晚有正当理由不去看她，但昨天上午她应该抽出时间去看看她，并为没有把阿曼德的事如实相告而道歉。

泰拉往里走了几步，斯嘉丽依然垂着头，注视着自己的手，她手里拿着那天早上杰克斯送的那副没有装饰的手套。

"你知道手套是带有象征意义的礼物吗？"斯嘉丽搓着柔软的手套，"现在已经不流行这个传统了，但我曾在书里看过，在爱兰丁刚开始统治的时候，送手套表示向姑娘求婚。我想，年轻男子送手套保护一个女孩的手，是为了表示会照顾她一生一世。"

"我更喜欢一些不那么有象征意义、更实用的东西，比如血。"

斯嘉丽猛地抬起头，不再看手套："那太不浪漫了。"

但是泰拉发誓，姐姐的脖子生起一片红晕，她的脸也涨得通红，似乎这个念头与其说让她厌恶，倒不如说让她很激动，感觉很有趣。

泰拉刚才那么说，只是为了显得浮夸一些，但也许这话是出自真心，而且，既然这句话似乎把斯嘉丽的思想引向了光明的方向，泰拉便又说道："我在你的婚礼书中看到过。那是一个古老的婚姻习俗。人们喝对方的血，让他们的心跳保持同步。因此，即使他们分开了，也能通过心跳的节奏，感应对方是否安全、是否害怕。这就是我想要的，一个人愿意把他自己的一部分交给我，要手套这么一点布料有什么用。"

"那么，你的未婚夫昨晚向你求婚前，给了你一瓶血？"

泰拉闻言咒骂一声。姐姐应该谈论阿曼德才对啊。但斯嘉丽似乎在回避这个话题，这并不是说泰拉可以责怪她。不过她希望她没有把注意力集中在订婚的话题上："你听说了？"

"我昨晚或许没去参加舞会，但我也没有蜷缩起来藏在宫殿下面。"斯嘉丽说，"就算我藏了，我想我还是会听到谣言说继承人在大庭广众之下示爱，还闪电订婚，而那个女孩名叫多娜泰拉。"

"斯嘉，我可以解释，你不用担心。"

"我看上去很担心吗？"

斯嘉丽也许看上去有些忧郁，但现在她没有垂头，泰拉惊讶地发现，她淡褐色的眼睛周围没有出现焦虑的皱纹，她的粉红嘴唇没有紧紧抿着，她的双手没有扭来扭去，她的声音也很轻快。

她这副样子反倒叫人不安。斯嘉丽动不动就担心这担心那，即使没有什么可担心的，而现在她确实应该担心。

"这么说，你真的不在乎我订婚了？"泰拉扑通一声坐在斯嘉丽对面的穗饰椅子上。

"泰拉，我知道你只是在开玩笑，但我还是免不了提心吊胆。能告诉我到底发生了什么吗？"

糟了。泰拉害怕的事还是发生了。

斯嘉丽继续对妹妹笑着，一个既勉强又有点屈尊俯就的微笑，仿佛泰拉是个沉浸在虚构童话故事中的小姑娘。泰拉不能怪她。在某种程度上，这正是泰拉自己的感受。她此时住在一座金塔里。一个邪恶的王子诅咒了她，还囚禁了她的母亲。如果泰拉没能完成任务，她们就都难逃一死，斯嘉丽也一样，到时候，她就要孤零零地在这世上了。

泰拉深吸了一口气。在上次卡拉瓦尔秀上，她说服姐姐相信假订婚，现在她还可以再做一次。如果她想保护姐姐，就得再做一次。

"我知道这件事看起来很突然，难以置信，"泰拉说，"我自己其实也不太明白。事实上，我们都通信一年多了，但直到昨晚我才知道他是继承人。所以当他向我求婚时，我不能说不……"

"泰拉，等等。"斯嘉丽的脸色煞白，"我不知道你想做什么，但这真的一点也不好玩。"

"这本就不该是什么好玩的事啊。如果你昨晚在那里，你就能看到，那你准能理解。"

"昨晚卡拉瓦尔秀开始了。"斯嘉丽争辩道，"舞厅里发生的一切都只是一场游戏。你很清楚这一点。"

"斯嘉，我知道卡拉瓦尔秀是什么样的。"泰拉知道她听起来有多可笑。她现在明白了，把信的事告诉姐姐是个错误，这听起来更像是斯嘉丽会干的事。但是泰拉有卜算镜，她可以证明她说的话不假，而且，也许是时候让姐姐了解全部或绝大部分真相了："这次不一样，斯嘉。不仅和我有关，还牵扯到我们的母亲……"

"不。"斯嘉丽厉声说，她的声音尖得把枝形吊灯都震得嘎嘎作响，"无论你有多愿意相信，但永远都是一样的。我不在乎什么人牵涉进来。我比赛的时候，感觉一切根本就不可能只是一场游戏。在比赛还没开始的时候，莱金德就安排朱利安走进了我们的生活。后来，我看着他死去，我看着你死去。即使一切都结束了，我知道哪些部分是真实的，哪些部分是谎言，我才发现我错了，我和一个假未婚夫分手了，因为我从未见过我真正的未婚夫。"斯嘉丽的声音十分嘶哑。泰拉发誓说，在姐姐最终崩溃的时候，她看到她说的话在地毯上摔得粉碎，散落在宫殿的地板上。

泰拉把她逼得太紧了。这不是她的本意。她不希望斯嘉丽遭到深深的欺骗，也不希望她坠入爱河，最后伤心欲绝，不知所措。卡拉瓦尔秀应该给她们带来自由，让她们远离恐惧、监禁和悲惨的婚姻。

"我也被骗了。希望这能让你好过一点。"泰拉从座位上站起来，小心翼翼地靠近姐姐。斯嘉丽比泰拉高，但她弯腰驼背地坐在空荡荡的壁炉前，却显得那么娇小，而且异常脆弱："我发誓，到了比赛结束之后，我才知道伯爵是演员扮演的。但我还是很抱歉。"

"我知道。"斯嘉丽喃喃地说，"我不生你的气。我应该自己发现真相的。并不是没人告诉我这一切只是一场游戏。我想，现在已经太迟了，我无法阻止你去参加比赛，但是泰拉，请小心点。"斯嘉丽突然抬起头来，"我知道卡拉瓦尔秀可以非常神奇、浪漫和美妙，但它施的魔法并不容易摆脱，有一半时间我甚至不认为人们意识到他们被施了魔法。"

"斯嘉，如果你是对的，而这只是一场游戏，那这难道不意味着你没有什么好担心的吗？除非你其实并不相信这只是一场游戏？"

"我担心的不是游戏。"斯嘉丽说，"我在想你的心，泰拉。我不知道那些订婚传闻到底是怎么回事，但我知道卡拉瓦尔秀有办法让人坠入爱河，有时候会让你爱上一些不真实的人。"

泰拉还没傻到大声说她永远不会遇到这种事。照她看，当女孩子们像那样大声表达情感，通常都希望发生相反的事，希望众命运送来她们声称不想要的东西。

但是泰拉不想要爱，就像她不想感染疾病一样。没有吻值得为之而死。没有灵魂值得与之融为一体。世界上有许多漂亮的年轻男子，但泰拉相信，他们都不可信，不值得托付一颗心这样脆弱且珍贵的东西，尤其是当她的心早已被盗心王子诅咒，注定要破碎。即使这不是她的命运，她也不会爱上一个只是扮演角色的人。

当然，她现在不能对斯嘉丽说这些，尤其是泰拉看得出姐姐因为朱利安伤透了心。

他做了那么多事，只是为了将她牢牢拴在身边，但这恰恰导致他们分道扬镳。泰拉本应该更努力地说服他说实话。她知道这并不全是她的错，但她本可以帮忙阻止出现这样的结果。

"我不认为事情真像表面上看起来那么绝望。"泰拉说，"我想朱利安已经习惯了撒谎，他一遇到事，就只会撒谎。在此之前，我认为他从未有理由去改变。但我相信他爱你；任何人看到他看你的眼神，就知道他爱你。他是大地，你就是他的太阳，如果你对他有同样的感觉，你就应该再给他一次机会。"

"我想你是对的。"斯嘉丽说，"但朱利安答应在卡拉瓦尔秀结束后不会对我撒谎的，他甚至都没能坚持一天信守承诺。"

泰拉也同样迅速地违背了诺言，但现在可能不是提起此事的好时机。况且，她也不想让斯嘉丽替她做选择。她确实相信朱利安爱她姐姐，但也许谎言在他的生活中已经根深蒂固，他无力将其拔除，斯嘉丽应该得到更好的。泰拉只希望不管斯嘉丽怎么做，都不会再考虑嫁给伯爵。

她挨着姐姐坐在石砌的白色壁炉边上："那你打算整个星期都躲在宫殿里吗？"

"我不知道。"斯嘉丽出神地看着窗外，望着宫殿的其余部分和远处的城市。她似乎想到了什么，便动了动嘴巴。她歪着头，目光扫过所有优雅的蓝色家具，然后，她抬头看着天花板。天花板上有许多雕刻的小天使俯视着下面。

"也许我就留在这里吧。"斯嘉丽说，"这个套间足够大，可以隔出一个房间。"

"这倒提醒了我，"泰拉问，"你是怎么进来的？"

斯嘉丽的笑容又回来了："昨晚，我在我的房间砸了一个花瓶，就这样无意间打开了一条隐秘隧道的入口。"她走到第二个壁炉前，用一只手划过壁炉的边缘，跟着有什么东西发出咔嗒一响。蜘蛛网和被煤烟熏黑的秘密的气味扑鼻而来，几块砖头同时移动。

"太不可思议了！"泰拉鼓掌。

斯嘉丽的表情变得愉快起来："如果你愿意，我带你去看看。"

泰拉非常好奇。但是从最近的窗口，她可以看到外面的天色变了。所有的棕色都变成了有希望的青铜色。这是太阳落山前的最后告别。很快黑夜就将降临；莱金德的新星座将出现在天空里。卡拉瓦尔秀将再次开始，泰拉不想迟到。

根据杰克斯头天晚上所说的话，以及泰拉所怀疑的，她所得到的第一个线索提到了一个既能带来信仰又能带来魔法的地区，她认为第二个线索将在寺庙区。泰拉还没去过那个地方，但她知道它比香料区和绸缎区加起来还要大。搜寻可能要花上一整夜。

"还是以后再去吧。"泰拉说，"太阳快落山了，我该走了。"

泰拉甚至都没说卡拉瓦尔秀这个词，但即便如此，斯嘉丽的笑容依然渐渐消失了。

泰拉伸手去拉斯嘉丽的手。泰拉晓得姐姐很难过，所以实在不愿意狠心离开；她最不希望看到的就是斯嘉丽为她担心："我知道你现在还不相信我的判断。但是，我知道哪些部分只是游戏……"

斯嘉丽叹了口气，打断了她的话："不是我不信任你。我是不相信莱金德，也不相信任何为他工作的人，我想你也应该这么做。至少要记住安娜祖母给我们讲的故事：莱金德喜欢做坏人。"

泰拉咧嘴一笑："我怎么会忘记？那一向是我最喜欢的部分。"

但在这个游戏中，就并非如此了。如果莱金德真的是坏人，那么他只可能是杰克斯。

泰拉甚至不愿意考虑这个问题，尽管她可以想象杰克斯头戴大礼帽，穿着燕尾服，举着一枝红玫瑰，嘴角带着邪恶的微笑。也许如果那天早上泰拉的指尖没有在丹特面前流血，她可能真会以为杰克斯便是莱金德，而这一切都只是一个残忍的恶作剧。

但泰拉知道杰克斯是真正的盗心王子。她对这件事百分百肯定，就像她肯定，如果她死了，她姐姐一定希望她能复活。自从杰克斯和泰拉接吻的那一刻起，泰拉就感觉到了他的法力。那与卡拉瓦尔秀的魔法不同。莱金德的魔力像星星一样闪烁，而杰克斯使用的是黑魔法。即使是现在，她也感觉到因为中了黑魔法，她的心跳在逐渐减慢。

扑通……扑通。

停止。

扑通……扑通。

停止。

扑通……扑通。

停止。

她胸腔里的钟表在嘀嗒走着。

泰拉不想被诅咒，也不想面对死亡。但她想要拯救母亲，她想再次见到她本人，想知道她到底是谁，以及她为什么离开。如果杰克斯是莱金德或他的演员之一，那她的愿望就要落空了。

杰克斯不可能是莱金德。但如果他是，那莱金德就比泰拉以为的还要坏。

Chapter 4

游 戏 再 次 开 始

18

一个由众多深红色星星组成的星座在寺庙区上空闪烁光芒。

泰拉从空中缆车上看，星座就像一丛盛开的迷人玫瑰。现在她站在寺庙区，站在星光下，整个图案就变得更加难以理解了。她看到的不像是玫瑰星座，红宝石般的星光倒是像极了一滴滴溅出来的星血，将异样的光芒洒向下面的世界。

即使没有从上方发出的奇异的玫瑰色光芒，寺庙区也是个怪里怪气的地方。泰拉走在马赛克图案一样的破旧街道上，四周由一人高的火把照明，周围充斥着崇拜者的哀号声、罪人的低声祈祷声和古老的圣歌，还能看到一些穿着奇怪的人。

泰拉不知道这个地方是否一直都很受欢迎，还是每个人都参加了卡拉瓦尔秀，都在寻找第二条线索，所以才这么热闹。

她把手伸进天鹅绒口袋，借着燃烧着的红色火把的光亮，重读了第一个线索：

线索

你需要的其他线索隐藏在城市里，

要得到第二个线索，就去一个漂亮的地方探险吧。

瓦伦达的这个地区曾笼罩在愁云惨雾中，

但现在它是信仰和魔法的象征。

这个描述很像是在说寺庙区，那里有各种有趣的宗教和信仰，但任何礼拜场所都是如此。

泰拉经过高耸的住棚、古老的布道所，在新建的小澡堂里，客人可以沐浴在圣灵中，至少他们是这么说的。

在特里斯达岛，宗教没有装饰，也很简单。人们向特定的圣人祈祷，祈求他们想要的东西，并在纸上写下他们的罪孽然后请求牧师的宽恕，而圣徒会把那些纸烧掉。但在这里，泰拉不确定人们是真的崇拜，还是只在表演。

她听说，只要在这个地区范围内，人们就可以随心所欲地怀有任何信仰。但只有少数宗教像是真的相信有更高力量存在。据泰拉观察，许多修行看起来更像是表演，意在刺激和引诱游客心甘情愿地掏空口袋。

在到达之前，她听人说这里甚至还有一座莱金德教堂，而看起来最应该去那里寻找下一条线索。不幸的是，莱金德教堂十分隐秘。寻找教堂如同是在玩游戏。如果泰拉此时神清气爽，她可能不介意去找，但是她的腿哆嗦得厉害，呼吸有些急促。

她找了一条又一条街，看到了专门为每一个元素而建的教堂。她最喜欢拜火教徒；他们挥动火棒，在庙前跳舞。隔壁是一座由瀑布组成的教堂，水从男人鱼和美人鱼的雕像上流过，人们在雕像前扔作为祭品的贝壳。从那里泰拉经过了一排专为众命运而设的棚屋。这些摇摇欲坠的建筑物看起来比其他的都要古老。有些只是一片废墟，是众命运统治时代的残迹。现在很少有人崇拜众命运，不过还是有一大群人聚集在幸运小姐的神庙前，他们都戴着精致的绿色羽毛帽子，披着宽大的斗篷。

　　但无论泰拉怎么努力地寻找，都没有看到卡拉瓦尔秀的标志。除了天上的那些，到处都看不到玫瑰的影子。没有黑色的心，没有大礼帽。不过有些人穿着化装礼服，或是别人口中的"宗教服装"。泰拉催动她疲惫的四肢继续前行，她看到崇拜古代武士神的人戴着角盔，崇拜死亡的人戴着骨链。她不知道，要去她的目的地，是否需要换其他服装，但似乎从街上的手推车可以买到她缺少的东西。

　　"来条幽灵头巾吧。"有人叫道，"恶魔见了都会远离你。只要三个铜板。"

　　"你要是乐意见见魔鬼，这里还有堕落珠！"他的伙伴叫卖道，"一个铜板就能拿走。"

　　"你为什么认为我对魔鬼感兴趣？"泰拉取笑道。

　　小贩咧嘴一笑，可以看到他没了几颗牙："因为你在这里。人们声称他们在这些街道上寻找救世主，但能找到的没几个。"

　　"那么，我正在寻找的人从未声称自己是救世主，想必还是件好事了。"泰拉给了小贩一个飞吻，然后混入急切的游客、贪婪的商人和参加卡拉瓦尔秀的热情瓦伦达人中间。

街上的人比死尸上的蛆虫还多，但星神殿前那段象牙白色的路除外。

泰拉的腿更慢了。她知道她不能停下，但她实在受不住诱惑。这是迄今为止她见过的最漂亮的寺庙。神庙如同一座石砌堡垒，通体都是白色，像女神的长袍和无辜的祭品一样洁白。但泰拉明白圣殿内部远远称不上纯洁神圣。

据说，早在众命运降临之前，星神统治着这个世界，只是那都是很久很久以前的事了，更像是一个传说。但人们低声耳语，是真的无论他们如何仰望天空，相信星星都不是由光和天使尘埃组成的天国生物。一些人说，是星神创造了命运，因此，星神才是最邪恶的生物。

然而，仍有一些人愿意加入星神教，相信有一天星神将卷土重来，并丰厚地回报所有追随者。泰拉听说过，最富有的人为了入教，会捐出他们的自由意志、美貌和长子女。

"如果你想进去，还需要一身合适的衣服！"有人从对面喊，"教众长袍，一件只要五个铜板。"

"你不想进那座神庙的，来我里看看吧，都是好东西，便宜得很！"另一个商人叫道。他的声音很熟悉。

泰拉转过身来，马上便希望她没有这么做。

朱利安穿着翠绿色的商人长袍，双臂张开，站在那里，要震惊的泰拉去看一连串绑着几个人的祭坛，他们那苍白的嘴唇上挂着冰冷的微笑，盯着红宝石色的天空，仿佛心甘情愿牺牲自己。

"朱利安，你在干什么？"泰拉结结巴巴地说。

"对不起，可爱的小姐，我们以前见过面吗？"他打量着她，仿佛从未见过她似的。

泰拉知道他正在扮演他被分配到的卡拉瓦尔秀里的角色。但看到他的目光变得贪婪，就好像她是他想要引入歧途的羔羊一样，仍然让人不安。

"我不记得你了，"他低声说，"但你很漂亮，所以我可以给你个好价钱。只花四个铜板，你就能像我那些被绑起来的朋友一样心醉神迷！"

"你也可以不付出任何代价，就洗清罪孽。"说话的是个女人，穿着白得耀眼的蒙头披风，把泰拉的注意力从叫人惊恐的朱利安身上挪开，转移到了另一个同样令人不安的地方。她指了指一排笼子，里面散发出汗水、悔恨和久未清洗的身体的气味。这些人看起来不像朱利安崇拜天空的祭品那么心甘情愿。泰拉不是在寻求救赎，也不想赎罪；她只想找到莱金德。

"别目不转睛地盯着看，否则他们就会当你答应了，然后把你推入牢笼。"

泰拉转身看到丹特站在一个流血王座喷泉的对面。

他穿着上衣，把手肘搭在一扇褪色的银门上，那是幻灭的梦想和糟糕的决定的颜色。也许他看起来才像个糟糕的决定。

在命运魔牌里，陨落星辰总是被描绘成具有欺骗性的神明，他们披着闪闪发光的金色斗篷，穿着薄薄的白色紧身衣。但是，当泰拉看着丹特，看着他身上的墨黑色文身与黑夜交织在一起，她不禁觉得纸牌上的图画可能是错的。无论如何，金子总会发光，但很少有人能像他那样让黑暗闪闪发光。

"你不要再跟着我了。"泰拉说。

"也许我实际上是在帮助你。"他一边弄正脖子上的黑色新领带，一边紧盯着他身后的门，他的目光落在门把手的球根状铜拉环上，而拉环上方刻着一个卡拉瓦尔秀标志。

莱金德教堂的入口。

"我自己也能找到。"泰拉气呼呼地说。

"你当然能。"泰拉走近，丹特继续站在门口，露出灿烂的笑容。

"你不是说过，你看待女孩的方式和我们看待派对礼服的方式一样，都只能用一次。"

"显然，我对你的态度有点不同。"他伸手握住她掉出来的一绺鬈发，把它缠在一根有文身的手指上，他手背上的黑色玫瑰在旋转，直到在红宝石般的星光下变成红色。每转一圈，他就把她拉得更近些。有他在，她都忘了疼痛的双腿和垂死的心脏。他把她的头发缠在手指上，就像她想象他想把她缠在手指上一样。

好像她会允许他这样做。

傲慢。自信。自负。极难应付。她讨厌他总是缠着她，讨厌他对待她的侮辱就像其他男孩对待赞美一样，讨厌他对她的兴趣显然只是他角色的一部分。然而，她似乎永远也不会把他推开。

"如果你来这里是为了打听莱金德，"他说，"我能告诉你的比里面任何人都多。"

"你能告诉我他是谁吗？"泰拉问道。

"你知道我做不到。"

"如果你是莱金德，你就可以。"

丹特哈哈大笑起来："如果我是莱金德，我绝对不会告诉你。"

"你不信任我？"

"那倒不是。"他慢慢地回答，轻轻地把她拉得更近一些，"我守住我的秘密，因为我想继续和你玩这个游戏，如果我告诉你真相，那还有什么乐趣可言。"

他牢牢地注视着她的眼睛，仿佛有什么话想说。如果换成是另一个男孩那样看着她，她说不定会飘飘然。人们很少良久地直视对方的眼睛。这样的注视比触摸更亲密。丹特注视着泰拉的眼眸，仿佛对他来说，她就是全世界。仿佛他不会为自己着想，仿佛他冒险把一部分自己完全交给了她。

泰拉想知道，卡拉瓦尔秀的真正魅力是否正在于此，而魔法或神秘的氛围只不过是障眼法，但莱金德演员知道如何影响人们的感觉。在上一场比赛中，朱利安不断地把斯嘉丽推出她的舒适区。丹特也是这么对泰拉的，但他不是将她推开，而是把她拉向他自己，他假意关心，假装他不仅想要她，在一定程度上来说，他也需要她，试图用这样的办法诱使她进入他设置的令人陶醉的世界，臣服于他。她从他等待她回答时屏住呼吸的样子就能感觉到这一点。这样一件小事居然能拥有这么大的影响力，真是太不可思议了。

他的工作很出色。她知道他只是在演戏。她很清楚，他其实并不关心她，也不需要她。然而，她并没有从他身边走过，走进莱金德教堂，她发现自己只想和他再玩一会儿："这么说，如果你是莱金德，而我们是合作伙伴，你会帮助我赢还是拖我的后腿？"

"绝对是帮你啊。"丹特把她的头发从他的手指上绕开，用他温暖的手抚摸着她的脖子，然后，他把手放在她的脉搏处，低声说，"即使我不是莱金德，我也希望你能赢。"

他目不转睛地盯着她的眼睛，好像还有话要说。泰拉竟然很想听听他要说什么，念及此，她不由得害怕起来，尽管她不可能相信他的话。她也不相信丹特是莱金德。泰拉是很有趣，也很聪明，但其他无数女孩也是如此，而且，在她看来，卡拉瓦尔秀班主有比跟着姑娘们到处跑更重要的事可做。然而，她不能完全排除这个想法，因为就算她以后可能受到伤害，就算到头来她会变成一个傻瓜，她还是希望这是真的，想要相信她内心深处有某种闪闪燃烧的东西，就算莱金德对任何人都无动于衷，也会被她吸引。

念及此，泰拉那颗迟缓的心怦怦跳了起来。丹特用温热的手指抚着她的脉搏，她认为他感觉到了。他的眼睛比他的微笑更明亮，但也许是因为他也能感觉到她开始向他屈服，为他不得不进行的表演倾倒。

"但愿我能相信你。"她把这话说得像个笑话，同时向后倾斜身体，直到他的手从她的脖子上滑下去。

她伸手去开门。

这时，他一把抓住她的手腕，把她拉回到他身边。他紧紧地抓住她，像是十分绝望："如果我告诉你这场比赛的真正原因呢？那你会相信我想帮你吗？"

"丹特，我从来都不相信你说的话。"

"但你记得我说的话，你甚至可以背出来。"

泰拉没有回答，他认为这是她允许他说下去："你知道莱金德的魔力是从哪里来的吗？"

"我想他的魔法来自一个愿望，一个不可能实现的愿望，如果我们很想要一个东西，都会有这样的愿望。"她怀疑地说道。在上一场比赛中，她姐姐曾用一个愿望让她起死回生，但泰拉一直怀疑莱金德的强大魔力不会来得这么简单。也许泰拉喜欢她挑战丹特时他的反应，喜欢他的眼睛闪烁着光芒，他的手指紧抓着她的手腕，好像在他说出最后一句话之前，他都不打算让她走。

"每个人都有愿望。"丹特说，"但每个愿望都需要魔法来助其实现。而且，莱金德想要的是特别强大的魔法。于是他找到了诅咒众命运的女巫。"

"他是怎么找到她的？"

"在一个遥远的地方。莱金德想要什么东西，他就算去天涯海角，也会弄到手。"丹特故意用不可置信的语气说，像是在给一个孩子讲神话故事，然而她手腕上的那只手却随着每一个字变得越来越热。他不停地以一种漫不经心的语气说话，但他说的话比他那天晚上告诉她的任何事都要沉重。

"莱金德去找的那个女巫驱逐众命运的时候，还拿走了他们一半的魔力，这样即使众命运重返人间，也不会有以前那样的法力了。她就是用这些魔力实现了莱金德的愿望。但是她警告莱金德，如果众命运能够打破她的诅咒，他们就将大开杀戒，夺回魔力。我认为她就是用这个办法确保众命运永远不会卷土重来。女巫知道，为了永远保持法力，莱金德最终必会毁灭众命运，或者被众命运摧毁。"

丹特站得离他很近，低声说完这些话。他没有提到杰克斯，但其实没这个必要。泰拉忍不住把她已经知道的关于众命运的事情添加到丹特刚才说的话中。每个环节都严丝合缝。

她从杰克斯那里了解到，众命运一直被囚禁在一副纸牌中。如果丹特说的是真的，众命运的一半力量被夺走，那么，这或许就解释了为什么杰克斯想要莱金德。也许杰克斯已经从牌里逃出来了，但还没有完全恢复魔力，所以他需要把魔力拿回去。

杰克斯说得好像其他命运仍然被困牌中。但莱金德一定知道盗心王子重获了自由。对于莱金德来说，这可能足以让他决定，现在是时候摧毁所有命运了。

几个世纪以来，众命运一直受到囚禁，但现在，他们试图重返人间。

如果他们重获魔力，世界将发生翻天覆地的变化，但你可以赢得比赛，帮忙阻止他们。

泰拉摇了摇头。这正是斯嘉丽警告过她会发生的事。她说，泰拉将无法区分哪些部分是真实的，哪些部分仅仅是游戏。

泰拉知道杰克斯是真的。但相信比赛也是真实的，实在有些疯狂。

泰拉把手腕从丹特的手中抽出来："谢谢你讲了一段这么有趣的历史。"

"等等，你……"

丹特没有说下去。

泰拉紧张起来，生怕她又开始流血了，但丹特的眼睛不在她身上。她转过头，顺着他的目光看过去。她好像看见了优婉。不过她并没有像昨晚那样扮成疯癫小丑，而是穿着一件长袍。她急忙跑开，斗篷在她的脚踝周围抽动。

丹特扭回头面对泰拉，迅速地把手伸进夹克里，拿出一双长及手肘的黑手套："如果你不接受我的帮助，至少拿着这个。"他按了按手套里的一颗珍珠纽扣。

咔嗒。

咔嗒。

咔嗒。

咔嗒。

咔嗒。

五把锋利的尖刀从手套的指尖弹出。

"你送我一副尖刀手套?"

丹特的手指不再放在她迅速发热的皮肤上,泰拉突然松了一口气,这时,斯嘉丽的话一股脑儿涌现在她的脑海里:"手套是带有象征意义的礼物……送手套表示向姑娘求婚……年轻男子送手套保护一个女孩的手,是为了表示会照顾她一生一世。"

尖刀在火把的光线下闪闪发光,泰拉的皮肤变得更烫了。十个小小的保护承诺。但泰拉清楚,丹特和杰克斯都不想娶她。他很可能是在离开密涅瓦商店的路上偷了手套,而手套原本主人的胳膊和手指正好和泰拉的一样。

"你送我这个,想换回什么?"

"也许我只是想确保我能再次见到你。"丹特又按住珍珠,收回刀片,把手套叠好放到她的手中。

然后,这个极难相处的浑蛋便大步走远了。

他跟那个穿斗篷、长得像优婉的人走的方向是一样的。泰拉很想跟着他,但那可能正合了丹特的心意,他本就不想她进入莱金德教堂寻找下一个线索。

泰拉转身面对大门,但卡拉瓦尔秀的标志不见了,像魔法一样消失了,这似乎进一步证实她找对了地方。

19

　　泰拉在特里斯达岛的宗教经历可能仅限于绝望的祈祷和通过牧师的忏悔室偷运信件，但当她进入莱金德教堂时，她马上就知道这里不是一个普通的拜祭场所。

　　"欢迎。"一个皮肤黝黑、戴着精致大礼帽的女孩向泰拉行了个屈膝礼。她眯着眼，身上有很多红色的褶边。只是她身上的红色褶边太多了。泰拉知道莱金德喜欢红色，但这个女孩看起来很绝望。红色的褶边把她那铂金色礼服团团包住，就像棍糖上的条纹。

　　"恭喜你找到了我们的门，但现在你想进入教堂，就必须仔细选择。"

　　女孩一挥手臂，几支黄铜枝状大烛台随即亮了起来，照亮了十几段楼梯。楼梯上铺着厚厚的红宝石色地毯，向四面八方延伸，上上下下，前后左右，就像逃脱的血管一样消失在黑暗中。有些楼梯破破烂烂，但所有的楼梯都闪烁着同样暗淡的橡木光芒，暗示着很久以前，楼梯一定光彩夺目，只是光芒早已消失了。

"只有一道楼梯通往你想去的地方。"女孩说。

"其他楼梯通向哪里？"

女孩那深红色的笑容消失，嘴角向下耷拉："那是秘密，如果你想加入我们的教会，为伟大的莱金德服务，你就得冒这个险。"

泰拉什么都不想加入，她也没有计划为莱金德服务，她真的不想在楼梯上爬上爬下，但她听说过找教堂就像玩游戏一样。

泰拉再次仔细查看红宝石色的楼梯。每段楼梯都有不同的特色，就像她右边的楼梯像极了好玩的金线开瓶器。还有一道雕刻楼梯，它笔直地向前延伸，仿佛是通向梦幻世界的桥梁。她左边摇摇晃晃的楼梯似乎极不牢靠，还有那个没有扶手的扭曲的锻铁楼梯，她可不打算尝试。最后，泰拉的目光落在了一道华丽的黑色大理石楼梯上，它闪亮如镜面，上面铺着一块石榴石红色的地毯，地毯很厚，未被触动，这道楼梯似乎是下降而不是上升。

泰拉想看看另一个女孩的眼睛往哪里瞟，是否好奇她选择哪条路。但她一直眯着眼紧紧地盯着泰拉。

"决定了吗？"

泰拉的眼睛又回到了那个铺着未经触摸的石榴红地毯的豪华大理石楼梯上。女孩的表情没有变，但她发誓她的肩膀变僵硬了。她不想让泰拉走那里，泰拉感觉这并非因为女孩担心她的安全。

"你确定不选其他通道？"女孩问道。

"我想我会喜欢在楼梯尽头找到的东西。"

女孩大笑起来，但当泰拉走到纤尘不染的黑色大理石楼梯上，迈出第一步，女孩的笑声听起来很勉强。

大理石楼梯不太像莱金德的风格，但也有几分相像。越往上走，就越冷。墙上的蜡烛闪烁着微光，曾经洁净无瑕的地毯和光滑的栏杆上留有神秘的黑色污渍，像极了干涸的血滴。但泰拉见过真正的溅血，所以很清楚血滴通常如何落下，一旦干了就会变色。这里的痕迹不是血，是幻觉。

为防万一，泰拉拿出了丹特送给她的尖刀手套。手套上有他的味道，就像墨水和秘密的气味。但与丹特不同的是，当她戴上手套，只觉得触感冰凉，她很喜欢指尖隐藏的刀刃所具有的轻柔重量。

又走了几步，她从烛台上偷了一支蜡烛。壁突烛台后面的墙上有几个洞，干燥的风从洞里吹进来，烛光被风吹得不住闪烁。至少这里还算凉快。不过，随着楼梯逐渐变陡，泰拉真后悔穿了这么厚重的礼服。接着墙上的风孔消失了，被厚框肖像遮盖住，而画里画的全都是戴着大礼帽的年轻男子。

起初，她估摸这些人是教会的教友，但是他们个个样貌英俊，还都邪里邪气的。是莱金德。

不是他本人的肖像画。没有人确切地知道他长什么样，但很明显，教会成员曾试图把他画出来。泰拉看到画中人肤色各异，有的是半透明的白色，还有古铜色。有些画中人的脸又窄又尖；其他画中人的脸部曲线轮廓分明，很像天使。一些肖像的脸上伤痕累累，有的咧嘴笑，还有的怒目而视。泰拉的心跳完全停止了，因为她看到一张细长的脸，她一见那张脸，便想起了有着银蓝色眼睛和金色头发的杰克斯。最后一幅肖像在眨眼，仿佛这一切只是个大笑话。

也许的确如此。也许莱金德又在戏弄她，她脚下的楼梯将永远没个头。一想到这，泰拉本就无力的双腿更是变得和面条一样软。也许根本就没有办法找到真正的莱金德，而这个教堂代表了不停地寻找一个无法找到的人。

也有可能是泰拉太夸张了。

更明亮的光线照亮了下方的楼梯，可以清楚地看到尽头。泰拉把她的蜡烛插进空烛台，加快了脚步。

她又走了几步，忽然传来了模模糊糊的音乐，像是小提琴、扬琴和班卓琴发出的吱吱嘎嘎的声音。泰拉可不觉得这乐声很动听，但却是奇异和迷人的完美结合，与她在楼梯底部发现的酒馆十分相配。

她本以为会看到更多的红色，但一切都换成了绿色，像成熟的魔力一样闪闪发光。泰拉吸了一口气，不再觉得疲倦，仿佛空气就像酒馆里的酒一样令人陶醉。

深绿色煤油灯照亮了浅薄荷绿的玻璃桌子，人们坐在绿色天鹅绒长椅上，吸吮着发光的绿色方糖，或者啜饮着装在小玻璃瓶里的鲜艳的黄绿色液体。甚至地板上也铺着小小的翡翠色瓷砖，让泰拉想起了美人鱼的尾巴。这里和特里斯达岛上的小酒馆完全不一样，那些酒馆色调暗淡，弥漫着梦想破灭和廉价朗姆酒的味道。这里也不太像卡拉瓦尔秀上的酒馆，不过确实是一次十分有趣的尝试。

这里有古怪的音乐和闪闪发光的绿色饮料，离奇至极，让泰拉觉得这里可能是命运魔牌里描绘的一个命运。要让她起名字的话，就叫翡翠酒馆。在这里，可以找到危险问题的答案。魔牌里有一张"空白纸牌"，泰拉想知道，这家酒馆是否就是那个未曾描绘出的命运。但是，尽管一切都闪闪发光，但泰拉走近一看，觉得更像是假装成星尘的光片。

她刚进来时看到的楼梯似乎也不像那个褶皱姑娘想要泰拉以为的那么危险，只是像泰拉被警告过的那样，是一次考验。在桌子、酒吧和飘浮阳台之间，泰拉发现了所有其他楼梯的尽头，原来，每一组楼梯都通向同一个地方。就像卡拉瓦尔秀一样，这座教堂似乎充满了幻象，而且，教会成员显然很享受其中。

酒馆里的顾客似乎来自世界各地。泰拉往里走，听到了不同的语言，看到了从浅至深的各种肤色。时尚选择也各不相同，但几乎每个人都有一个共同点，他们都戴着大礼帽。

泰拉不知道人们戴大礼帽，是因为崇拜莱金德，还是想成为他，但酒吧里几乎每个人都戴着一顶。有些帽子又粗又短，有些是直的，有些是弯的，有些是故意弯曲成各种形状。有的帽子上有羽毛、面纱或是其他装饰。泰拉甚至发现了一顶两边有角的大礼帽，一位年轻女子戴着两顶粉色的小礼帽，帽子像耳朵一样从她的头上探出。

也许这才是丹特逃跑而不是跟她来的真正原因。也许他嫉妒所有公开崇拜莱金德的人。并不是说泰拉应该想着丹特，或者想知道如果他和她在一起，此时会说些什么。

泰拉越过所有欢乐的场面，寻找可能隐藏线索的地方，然后，她的目光落在一队人身上。他们在一对带有金色流苏镶边的华丽黑丝绒窗帘前排成一队。这东西同样过于花哨，并不符合莱金德的一贯作风。这感觉更像是人们对他的印象，而她相信他很乐意保持这种形象。在上次的卡拉瓦尔秀中，扮演莱金德的演员卡斯帕上演了一场精彩绝伦的表演。但是泰拉并不认为真正的莱金德是那个样子。

虽然泰拉没有揭露莱金德的真实身份，但她收到过他的来信。那些信没有装饰；一封信上只有一句话，但她仍然感觉到他的魔力在那些简单的词语中跳动。

莱金德教堂叫人心驰神往，泰拉却认为教堂对莱金德的理解完全是错的。卡拉瓦尔秀也许美妙壮丽到了极点，但她认为莱金德本人并非如此。

然而，她发现自己仿佛受到吸引一般，离流苏窗帘越来越近。窗帘前的队伍乱哄哄的，人们急切地低声说着什么，许多人都在把领带系紧，捏着脸颊好使脸色红润一些，还把大礼帽扶正。不过，与酒馆里的其他人不同，似乎并不是每个人都戴着大礼帽，见状，泰拉只觉得这些人不是教会的成员，而是在寻找下一条线索的玩家。

泰拉走到队伍的最前面，她不想在最后等着，也不认为不排队就溜进去是明智的选择。

"对不起，"她问一个女孩，这姑娘戴着羽毛头饰，眼睛上蒙着一层薄薄的深红色面纱，"大家都在这里等什么呢，窗帘后面究竟有什么？"

"如果你连这都不知道，那也许你不属于这里。"

"别理她。"站在她身边的瘦高男孩说。他身着无领衬衫和宽松的灰色条纹裤子，还系着两条樱桃红色的吊裤带，比其他人更随意："我妹妹忘了我们只是在玩游戏，她有点太好胜了。"

"没关系。"泰拉说，"我姐姐斯嘉丽也是这么看我的。"

瘦高男孩瞪大了眼睛，泰拉发誓面纱女孩猛地吸了一口气："你说的是斯嘉丽，赢得上一场比赛的斯嘉丽？"

"我和我姐姐没有参加上场比赛。"泰拉说。但她故意让声音有些颤抖，足以让人产生一丝怀疑。这么说是在冒险，有可能暴露她的真实身份，但步步为营，并不能赢得卡拉瓦尔秀。而且，她的办法似乎已经起作用了。

瘦高男孩往后退了一步，更警惕地看着泰拉，为她腾出空间站在队伍里："我是费尔南多，这是我妹妹帕特丽夏，他是我们的朋友卡斯帕。"

一个熟悉的演员伸出一只手，泰拉试图掩饰她的惊讶。

"很高兴见到你。"卡斯帕对待泰拉的方式和朱利安很相似，就好像他们从来没有过交集。卡斯帕的表现并不像朱利安令人不安的表演那样叫人提心吊胆。但泰拉依然不知所措，只觉得卡斯帕真的是个陌生人。

在上次的卡拉瓦尔秀中，卡斯帕扮演了她的未婚夫和莱金德，但他现在说话，带着一种泰拉从未听过的悦耳口音。他还换掉了上次卡拉瓦尔秀中他喜欢的时髦衣服，他现在的衣服与费尔南多那身衣服相似，都是那么不修边幅。

"卡斯帕告诉我们，这个教堂的创始人就在窗帘后面。"费尔南多说。

"这个人也对众命运的事了如指掌。"卡斯帕平静地插话道。

"他知道我们需要找到的那个东西，那个东西能够摧毁众命运。"费尔南多又说。

帕特丽夏翻了翻白眼："你总是忘记这只是一场游戏。那东西只是获胜所需要的一个象征。莱金德并不是真想摧毁众命运。他们已经被驱逐了。你瞧你都说了什么，跟个白痴似的。"

费尔南多闹了个大红脸。

泰拉同意他妹妹的评价，但她不喜欢这个女孩故意让哥哥难堪。

在他们前面，一对男女走到了流苏窗帘后面。接下来就要轮到费尔南多兄妹了。费尔南多忽然变得不再轻浮。他盯着地上的绿色瓷砖，帕特丽夏抬头看着卡斯帕，等待他的认可，仿佛她刚刚说了一些非常聪明的话。值得称赞的是，卡斯帕并没有鼓励她。

但是泰拉决定刨根问底。兄弟姐妹之间应该互相扶持，而不是彼此拆台。

"我认为你错了。"她的每一个字都是冲着帕特丽夏去的，她说得很快，免得那个女孩或叹息或翻白眼，打断她说话："莱金德从未在这么短的时间内接连举办两次卡拉瓦尔秀。卡拉瓦尔秀专家说是因为这次是真的。如果你多注意，就能感觉到。空气中的魔力不仅仅来自莱金德，还来自众命运，他们要卷土重来。但想做到这一点，他们唯一的方法就是夺走莱金德的魔法。"

卡斯帕惊讶地挑起了眉毛，他牢牢注视着泰拉的眼睛，使她觉得好像她刚刚泄露了一个她本不该知晓的秘密："这些事，你从哪儿听来的？"

"我也听过类似的事。"费尔南多插话道，"但有人告诉我，如果莱金德成功摧毁了众命运，他不仅可以保住自己的魔法，还可以夺走他们所有的魔力。"

丹特没提过这个部分。这倒不是说泰拉决定相信他的故事。但很难忽略卡斯帕忽然变白的脸色。

"如果众命运的魔力与神秘的最终大奖有关呢？"帕特丽夏插话道，她说话时自信满满，让人无法判断，是其他几个人带给她的压力改变了她的想法，还是她不想被排除在对话之外："莱金德说不定会把某个命运的魔力奖赏给获胜者。我想我会选择永生王后的魔力。她能长生不老。"

"众命运应该都不会变老。"泰拉、卡斯帕和费尔南多异口同声地说。

现在轮到帕特丽夏脸红了："你们都不让我把话说完。"

"那就说吧。"卡斯帕说。

但帕特丽夏显然不知道，永生王后真正的魔力是控制任何愚蠢到愿意为她服务的人。帕特丽夏保持沉默，然后，卡斯帕转向费尔南多。他望着另一个年轻人，脸上带着温暖的微笑，泰拉见状不由得怀疑卡斯帕的苍白脸色其实只是她自己的想象。

"你呢？"卡斯帕问道，"你想要哪个命运的魔力？"

费尔南多一边琢磨着这个问题，一边把玩着吊裤带："我可能会选择死亡少女。"

泰拉一愣。

帕特丽夏目瞪口呆地看着她的哥哥："你想杀人？"

"死亡少女不会杀死任何人。"费尔南多说，"她是一个善良的命运。她能预感到什么时候发生悲剧，并警告人们。我希望能和她一样。"

要是费尔南多是对的就好了。在泰拉的经历中，死亡少女决定一个人的命运，而不是阻碍他们的命运。如果泰拉第一次从母亲的命运魔牌中抽出死亡少女时就知道它代表什么，那结局也许会有不同。也许她可以做些什么来阻止母亲离开。

卡斯帕扭头看着泰拉："那你呢，你想要哪种魔力？"

泰拉或许对众命运着迷，但她不确定她是否想要他们的可怕礼物。众命运并不全是坏的；幸运小姐给人们带来名誉和好运，但运气是那么反复无常，所以很可能适得其反。而且，卜算镜虽然让泰拉看到了未来，对她很有帮助，但也接连给她带来了悲伤。刺客可以穿越时空，这挺诱人的，但泰拉估摸这种魔力也会反噬。拥有众命运的所有魔力肯定更糟。她明白为什么像莱金德这样的人会想要魔力。有了那么强大的魔力，他就可以统治世界了。但泰拉怀疑莱金德或这个世界都不会因此变得更好。

他们面前的窗帘再次掀开，有人招手示意费尔南多和帕特丽夏进去，所以泰拉躲过了这个问题。

泰拉把头扭向卡斯帕的方向，但他已经溜走了，很有可能去找别人玩了。

这样或许最好。卡斯帕对泰拉的故事竟有那样的反应，如此看来，把她那些问题抛诸脑后，反倒是件好事。泰拉不知道在黑色流苏窗帘的另一边会发现什么，但如果是和下一个线索有关，她猜想她还将遭到戏耍。她最好在走进去之前让自己的脑袋清醒一下。

酒馆的墙上没有挂钟，只有镜子、灯笼、瓶子和更多想象出来的莱金德肖像画。所以泰拉不知道她等了多久，只是似乎过了很长一段时间，窗帘终于再次拉开，一个熟悉的声音召唤她进去。

20

泰拉觉得自己好像掉进了一瓶毒药里。和酒馆里的其他部分一样，流苏窗帘另一侧的一切都是绿色的，从玻璃瓷砖到长长的镜面墙，再到三把蛤壳椅子，无一不是绿色的。绿如成熟的仇恨、原始的嫉妒和阿曼德翠绿色的眼睛。

一看到他，泰拉便深吸了一口气。

尽管他从未和她姐姐真正订婚，但在她的印象中，他总是上一场比赛中他扮演的大坏蛋。

今晚，阿曼德那双深绿色的眼睛上画着黑色的眼线，两个眼珠看起来就像刚镶好的宝石。他那套西装十分时髦，是象牙色的，只是脖子上系着一条深红色的领带，头上戴着一顶黑色大礼帽。帽子有点歪，帽周缠着一圈红缎带。这顶帽子让泰拉觉得，与其说它是向莱金德致敬，不如说它是一件道具，让玩家怀疑阿曼德或许就是真正的游戏班主。

泰拉从容地坐在他对面的空椅子上，仿佛看到阿曼德那套洁白无瑕的西装，她并不想按手套上的珍珠纽扣，把他的衣服撕成碎片。但是，如果她这样做了，他就不会给她下一个线索了，如果这个奇怪的教堂里有任何人掌握着第二条线索，她估摸绝对就是她对面的这个魔鬼。

他微微一笑，但他的眼睛里没有丝毫笑意，仿佛那双眸子只是他的化装礼服的一部分。与大部分莱金德的其他表演者不同，阿曼德并没有说甜言蜜语。如此一来，人们就很不喜欢他，很容易相信他不是在演戏，相信他就是他所扮演的角色："你姐姐怎么样？"

泰拉的气不打一处来："我告诉过你了，永远不要提起她。"

"不然你要怎么样，用爪子把我的脸抓破？"阿曼德的目光落在了她的手套上，"如果你觉得有报复的必要，尽管来吧，但我仍然认为我帮了你姐姐一个大忙。没有人想成为唯一一个不知道秘密的人。而且，如果她在这个礼拜过后才发现真相，情况会更糟。"

"那你也用不着做得这么讨人嫌。"

"如果你这么想，那你就是到现在都搞不清楚比赛是怎么回事。莱金德的所有演员都被赋予了一个角色，在比赛中，我们必须要成为那个角色，真正推动卡拉瓦尔秀的，正是我们，而不是什么押韵的线索。所以，是的，德拉格娜小姐，在这件事上，我不得不做出讨人嫌的样子。"阿曼德每说一句话，他的目光就变得越发冷酷尖锐，仿佛每一个字都使他更像恶棍。

如果泰拉能下注的话，她肯定会赌他很喜欢这个角色。他在上一场比赛中还扮演了一个怪物，由于他没有道歉，泰拉猜测他也很喜欢那个角色。这就是他一直扮演这个角色的原因吗？或者还有其他原因？

在泰拉考虑这个问题时，她仿佛听到安娜祖母又讲了一遍她讲过很多遍的一个故事。女巫还发出警告，若要实现愿望，就得付出代价，他演得越多，就越会变成他扮演的角色。如果他扮演恶棍，他就会变成真正的恶棍。

泰拉一直记得安娜祖母说过，莱金德喜欢扮演反派，结果他就真的变成了恶人。但事实并非安全如此。莱金德变成了他所扮演的角色，这意味着只有当他扮演坏蛋的时候，他才会变成坏蛋，就像阿曼德一样。

泰拉以前从没想过这一点。她恨阿曼德，因为他伤害了她姐姐。想象他是莱金德，感觉无异于是在恭维他，她不想给阿曼德任何东西，除非是让他吃吃苦头。

"甚至是你，也在这场表演中扮演了一个角色。"阿曼德从桌子中央拿起一副命运魔牌，开始洗牌，"你可能认为你的表演没有剧本，但我可以告诉你，从你走进这里的那一刻起，你就琢磨着怎么伤害我，你现在可能还在想这件事。莱金德在操纵你，引导你走上一条道路，到最后，你唯一的选择便是他想让你做出的选择。"

"他这么做有什么目的？"泰拉问道。

"揭开这个问题的答案，你就是赢得了比赛。"阿曼德把命运魔牌放在桌子中央，示意泰拉切牌。这些纸牌是金色的，带有银色的螺纹，比普通的纸牌厚得多，好像是由真正的金属制成，很难将其摧毁，就像他们预测的未来一样难以毁灭。

泰拉盯着他，但没有碰纸牌。从她第一次发现母亲的纸牌那天起，她或许就对这些牌着了迷，她还允许自己去看那面卜算镜，但她从来没有抽出命运魔牌去预测她自己的未来。她履行了对母亲的承诺，而且，有过之前那一次，就已经造成了巨大的伤害。

"我想我还是不算了。我来这里不是为了听你说些神神秘秘的话，预测我的未来。"

"但你想知道下一条线索吗？"

"我还以为你刚才那些话的意思是线索毫无意义。"

"不，我说的是，这个游戏并不是真的关于线索，但要向你这样的人指示出正确的路线，线索还是有必要存在的。"

"也许我可以仰望星空，按照莱金德的星座去找。"

"星座是对人们比赛有帮助，但想赢靠它们就不成了，而我猜你想赢。"阿曼德用胳膊肘摩擦着玻璃似的桌面，把纸牌推到泰拉这边的桌上。

"你为什么那么关心我的未来？"

"我一点也不在乎，但莱金德很感兴趣。"

"我猜你对坐在这里的每个人都是这么说的。"

"确实如此。但对于你，我说的都是真心话。"阿曼德这次咧开嘴笑时，整个脸都亮了起来。他的嘴唇张开，露出完美的微笑，眼睛变成了耀眼的绿色。有那么一会儿，泰拉想象着，如果他再善良一点，他一定会英俊到叫人无法抗拒："要么和我一起玩，要么随便到别的寺庙去碰碰运气。"

就在这时，仿佛得到暗示一样，钟响了两下，表示此事已经是凌晨两点了。她没想到已经这么晚了。她必须迅速行动，才能在另一座寺庙里找到莱金德的另一个演员。但有一个机会，他们也可能和阿曼德一样，也想预测她的未来。

她伸手去拿金属牌。

纸牌冰冷彻骨，寒意穿透了她的手套尖端。她切牌完毕，阿曼德把它们摊在她面前。纸牌犹如一把金银扇。纸牌本应该发光，但过了一会儿，金色变黑了，银色旋涡失去了光泽，仿佛是在警告她，她的未来也会变得更黑暗。

"选四张。一次一张。"

"我知道怎么玩。"泰拉没有理会她面前那些明显的牌，伸手去拿最左边的纸牌，她把牌抽出并翻转过来，她的手再次摩擦着桌子，然后，一个血淋淋的熟悉微笑显露出来。

盗心王子。

泰拉肺部的空气像是一下子就被抽空了。他真的是她命定的劫数。

阿曼德咯咯地笑着，充满了讽刺和嘲弄："付出的爱得不到回报。看来你和丹特是有不了好结果了。"

如果泰拉抱着任何相反的幻想，那她或许会伤心难过。但她比任何人都清楚嗜血的王子代表了什么。不管泰拉对爱抱着何种态度，这位盗心王子都是她从不让自己爱上任何对她有意的年轻男子的真正原因。泰拉知道如何吸引一个男孩的注意，但这种关系注定不能天长地久。命运已经决定，她所爱的人不会爱她。

这一次，泰拉翻过了离她最近的纸牌，那张牌的位置太显眼，好像是盼着她把它翻过来。

或者，是盼着她不要翻开。

死亡少女。

她又一次抽到了这张牌。

"我一直很喜欢这张牌。"阿曼德冷冰冰地精确抚摸着少女脸上的珍珠，"死神把她从她的家人身边偷走，想让她成为不死之身，永远陪伴着他。然而她一口拒绝，所以他把她的头装在珍珠笼子里，防止别人得到她。即使这样，她仍然违抗他的命令，每天晚上偷偷溜出去，提醒人们小心提防，不要让自己的亲人被他要掠走。"

"我很熟悉她的历史。"泰拉说。

"那你为什么好像并不担心会失去你爱的人呢？"

"因为我已经失去了她。"

"也许你即将失去另一个你爱的人。"阿曼德粗声粗气地说。对于一个声称不关心她未来的年轻人来说，他似乎很乐意看到她的未来暗淡无光。

泰拉假装不搭理他，翻开了另一张牌。她没注意是从哪里取的牌，原以为这张牌一定是卜算镜，以为这次抽牌的顺序与她小时候的一样。但是，她面前的纸牌上没有镶金边的镜子，有的却是一顶尖尖的黑色王冠，顶上镶着闪闪发光的黑色猫眼石，而这个王冠摔成了五块。

破碎王冠。

突然间，阿曼德开心不起来了。他的嘴张了又闭，就像一个无人配音的傀儡。

"你觉得这张牌还不够可怕？"泰拉问道。

不过，说实话，这张牌对泰拉的影响并不像其他纸牌那么大。破碎王冠代表着两难的选择。但是泰拉不相信有什么选择是不可能做出的。在她的经验中，一条路总比另一条有更多艰难险阻。然而，泰拉在翻看第四张牌之前仍然犹豫不决；她以前从未抽过破碎王冠，虽然泰拉有受虐倾向，很好奇命运还将给她带来什么意外，但她已经厌倦了命运玩弄她的未来。

"我需要再看一张牌。"阿曼德说。

"为什么？"泰拉问道，"我刚才给你看了三张可怕的牌了，还不够吗？"

"我还以为你很会算命呢。每个故事都有四个部分：开头、中间、伪结局和真正的结局。除非你翻过第四张，揭开真正的结局，否则，你的未来就算不得完整。"

"我仍然不明白为什么莱金德关心这些。"

"也许你该问问你自己这个问题，而不是我。"阿曼德的目光落在翻过来的牌上，它们讲述了关于心碎、失去亲人以及难以抉择的故事。泰拉不知道这和卡拉瓦尔秀有什么关系，除非像杰克斯一样，莱金德也喜欢看别人痛苦。

这一次她闭上了眼睛，希望能抽到好的命运，比如幸运小姐，女王礼服也可以，这张牌预示着大胆的变化和非凡的礼物。

她抽出的纸牌的金属表面十分光滑，并不像她藏起来的卜算镜那样散发着魔力的光辉。但当她的手指拂过纸牌，她确实感到了一丝异样。大多数纸牌摸起来都很凉，但也有一些比较冷，另一些比较暖。而她手里的牌竟然是滚烫的，泰拉恨不得把手拿开。她把牌翻过来。

金属牌面上闪烁着紫色的光，牌上有一个可爱的女人，身穿灰紫色长礼服，从一个巨大的银色鸟笼的栏杆后面凝视着泰拉。

女囚犯。

泰拉的胸腔里像是卡了一个硬块，而这不仅仅是因为这张牌让她想起了卜算镜显示的她母亲的影像。女囚犯有双重含义：有时她预示着爱情，但通常都意味着牺牲。在所有的故事中，据说她都是清白无辜的，但她让自己被囚禁在一个地方，而那里有她深爱的人。

奈杰尔的话又传到了泰拉的耳中。你要注意，赢得比赛必须付出代价，而过后，你一定会后悔。

泰拉瞪着阿曼德："我选好牌了。给我下一条线索。"

他的嘴扭曲着，看不出他是何意。

"如果你想告诉我你不能……"

"把你的爪子老实放在手套里。"阿曼德从椅子上站起来，穿过窄小的空间，把手放在墙上的一面镜子上。镜子嘶嘶打开，露出了一条由泥土和古老蜘蛛网组成的冰冷隧道。

泰拉听说瓦伦达全境都隐藏着秘密通道。这肯定是其中之一。

"沿着这条路走，到时候会有东西促使你停下来，你就可以找到下一条线索。但记住，德拉格纳小姐，卡拉瓦尔秀的关键不在线索。你姐姐解开了简单的谜题，这并不算赢。她之所以获胜，是因为她愿意为谜题做出牺牲，也因为她愿意为找到你而牺牲。"

2 1

游戏的世界和游戏之外的世界开始融合在一起。泰拉能感觉到这两个世界完美地拼合起来。

比赛不是真的。泰拉很清楚这一点。每个人都清楚。然而，当她穿过阿曼德的隐藏隧道走向第二条线索，她发现自己在想，也许这个游戏比她希望的更真实。

泰拉进入卡拉瓦尔秀时，相信她和杰克斯的交易是真的，如果她赢得比赛，把莱金德带到他面前，她就能拯救母亲。那晚的舞会结束后，她也开始相信杰克斯是真正的盗心王子，是一个不知用什么办法逃出来的命运。但她现在不再相信这些了。

即便是相信这个游戏是真实的，都会让她陷入危险的心理旋涡。莱金德并不想毁灭众命运，而众命运也不想毁灭莱金德。

但如果泰拉是对的，如果这只是一场游戏，那她在获胜后真能见到莱金德吗？或者，只能见到演员扮演的他？

莱金德总是由演员扮演。然而泰拉相信这一次情况有所不同。奈杰尔承诺过的。如果你赢得了卡拉瓦尔秀，你看到的第一张面孔将是莱金德的脸。

当他说出这些话的时候，泰拉感觉到整个世界都变了，感受到了他的话中蕴含的力量，就像她每次触碰卜算镜时所感受到的算命的魔力一样。如果她赢了比赛，她就会见到莱金德。但如果真正的莱金德在最后出现，这是否意味着游戏的其余部分也是真实的呢？这是否意味着除了杰克斯之外的命运也在试图回来，如果他们真的回来了，莱金德会被消灭吗？

泰拉完全沉浸在自己的问题中，几乎没有注意到走了多长时间，也没有注意到阿曼德的蛇形隧道通向哪里，直到她听到有声音在隧道古老的石墙之间发出回响。

泰拉加快了速度，跟着声音走，最后来到一扇布满蜘蛛网的门前。这不是她看见的第一扇门，但这是她第一次停下来。她认得门内的声音。

是斯嘉丽和朱利安在说话。

隔着脏兮兮的门，他们的声音有些模糊不清，但她不会弄错。泰拉了解姐姐的声音更胜于她自己的声音，朱利安的声音似乎大变了样。

当初，泰拉在特里斯达岛第一次遇到朱利安，她并没有像她姐姐斯嘉丽那样被他吸引。但她很喜欢他的声音。朱利安的声音温和圆润，非常适合用来施魔法。但今晚他打破了他嗓音里的魔咒。他的声音听起来像没有大海的盐。空虚，随着每一个字而变得越发干瘪。

泰拉靠在门上，煤烟和蜘蛛网的气味扑鼻而来，她估摸她姐姐在宫殿里的房间就在这扇门后。

"谢谢你让我进来。"朱利安说,"我以为你不想再见到我了。"

"我一直想见你。"斯嘉丽说,"所以我才会这么难过。"

在随后的沉默中,泰拉想象着姐姐在门那边的样子。现在是凌晨三点多。斯嘉丽一定是穿着睡衣站在那里的,不过她很了解她,她八成会抓起一条毯子披在身上。泰拉仿佛可以看到她把毯子拉紧一些,她的理智头脑和被欺骗的伤痛正在与受伤的心灵和对朱利安的渴望做着斗争。

"我妹妹认为我应该再给你一次机会。"

"我同意你妹妹的看法。"

"那就给我一个充分的理由,让我再相信你。我愿意相信你,但上次,只过了一天,你就欺骗我。"斯嘉丽的声音有些颤抖,泰拉听得出她快要哭了。

泰拉在侵犯别人的隐私。她不可以打搅他们,她必须重新开始穿越隧道。

"你妹妹……"

泰拉停止移动。

"……有多少次……"

"别把泰拉扯进来。"

"我只是想知道这有什么不同。"朱利安说,"卡拉瓦尔秀和阿曼德的事,她都骗了你,她还有很多事瞒着你,你为什么能原谅她?"

"因为她是我的妹妹。"斯嘉丽的声音又重新燃起了斗志,"你应该明白的。你难道不也因为这个,才为了你哥哥莱金德撒了那么多谎?"

泰拉的整个世界都冻结了。

莱金德竟然是朱利安的哥哥。

斯嘉丽为什么要隐瞒这事？

因为泰拉从没问过。

不过她仍然觉得斯嘉丽应该把这件事告诉她。如果这是真的，那所有问题就都将迎刃而解了。泰拉不需要任何线索就能赢得比赛。她只需要说服斯嘉丽从朱利安那里套出莱金德的身份就行了。

但朱利安是个骗子，他为莱金德工作。泰拉不确定他说的话是否可信。这也可能是游戏的一部分。是一个诡计。为的是转移注意力，阻止泰拉找到线索，让她找不到真正的莱金德。

除非这是线索之一？

阿曼德告诉她，如果她沿着隧道走下去，就会找到下一条线索。

泰拉仔细地听着朱利安接下来会说什么。

"红红，"他恳求道，"求你了，为了把你留在我身边，我做了我所能做的一切。"

"也许这恰恰是我们的问题。"斯嘉丽说，"我不希望你试图留住我。我想知道你到底是谁。"

不管朱利安回答了什么，他的声音都太低，泰拉根本听不清。然后她听见他走了。

泰拉也许应该再等一会儿再开门冲进斯嘉丽的房间，可是一旦她进去，她偷听的事就将暴露。

泰拉转动门把手。

她从门口走进去，发现自己走进了壁炉，幸好壁炉没有生火。泰拉一边拂掉裙子上的灰烬，一边走进套间。

斯嘉丽的房间如同眼泪一样冰冷。乍一看，她好像身在一个音乐盒里，墙壁上衬着宝蓝色缎子，房间是圆形的，里面摆满了扇贝镶边的精致水晶桌，椅子腿是彩色玻璃做的。即使是那张细长的四柱床，看上去也像个转瞬即逝的东西，闪烁着水晶和梦幻的光芒。只有被施了魔法的公主，才适合住在这样一个房间里。但在这个特殊的故事里，斯嘉丽看起来更像是刚从迷梦中醒来一样。她的脸色苍白，乌黑的头发软塌塌的。她注意到妹妹，连她的惊讶也显得有些迟钝。

唯一不暗淡的便是她的衣服。泰拉原以为姐姐穿着睡衣，但要么是斯嘉丽刚参加完一个秘密舞会，要么就是她还穿着莱金德的魔裙，而那件礼服决定尽其所能撮合斯嘉丽与朱利安。她的红色丝绸紧身上衣没有肩带，裙身是深红色的，裙子很蓬松，占了四分之一的房间。

泰拉怀疑她姐姐参加过舞会。这件礼服一定是莱金德的魔裙，见状，泰拉更困惑了。上次见到斯嘉丽时，她告诉泰拉，她不信任莱金德或任何为他工作的人，但她仍然穿着他的衣服。

泰拉不想怀疑姐姐，但看到她穿着礼服，泰拉不禁怀疑斯嘉丽是否也参加了比赛。也许是为了报复泰拉上次骗斯嘉丽。

泰拉的嘴巴有些发干。

这时，她看见一颗泪珠从斯嘉丽的面颊滑下来，紧跟着又滚下一滴眼泪。

与泰拉不同，斯嘉丽不知道如何伪装眼泪，否则泰拉以前肯定看见过她装哭。

斯嘉丽的眼泪不停地往下流，在她的面颊上留下了一道道泪痕。

不。她姐姐不是在表演。泰拉太偏执了。正如她姐姐所警告的那样，泰拉再也看不清什么是真实的，什么只是游戏的一部分。

泰拉因为怀疑斯嘉丽而对自己和比赛感到失望，她用目光搜寻着圆形房间，想说点话表示同情，因为斯嘉丽看上去像是心都碎了，而泰拉显然一直在偷听斯嘉丽和她痛苦的根源争论。但她最后说出来的却是："朱利安真的是莱金德的弟弟吗？"

斯嘉丽仰面倒在床上，被红色丝绸包围着："上次卡拉瓦尔秀结束的时候，朱利安告诉我他们是兄弟，但我开始认为，他为了留住我，什么话都说得出来。"

"至少你知道他在乎你。"

"但他真的在乎吗？"又有泪水滑下斯嘉丽的脸颊，"真正关心一个人，难道不应该诚心相待吗，即使这意味着可能会失去那个人？"

"我认为事情通常没那么简单。我爱你胜过世上任何人，但我对你撒了很多谎。"泰拉谨慎地说，盼着能逗姐姐一笑。

斯嘉丽紧皱的眉头微微一松，仿佛想笑，但眉间又拧成一个疙瘩，仿佛她不记得怎么笑了："我不知道你是否真的认为我应该原谅他，还是你只是想让我好过一点。"

"我当然是想让你感觉好点。至于是否原谅他，那要看莱金德是否真是他的兄弟。"泰拉半开玩笑地说，但她也很认真，而且，有那么一会儿，她恨自己占了姐姐的便宜。但如果泰拉赢不了比赛，找不到莱金德，如果她再死一次，斯嘉丽会伤心欲绝。如果斯嘉丽发生什么事，泰拉会毁掉整个世界，但如果泰拉发生什么事，那被毁掉的将是斯嘉丽的世界。

"我试着问过朱利安，但他不肯告诉我莱金德是谁。"斯嘉丽瘫靠在床柱上，"他让我觉得，他根本不可能泄露这个秘密，但他却轻轻松松给我留下了莱金德是他哥哥的印象。"她用手背使劲儿擦着潮湿的眼睛，"我真的怀疑他是在撒谎。我更倾向于相信朱利安就是莱金德，但他不想告诉我，所以才说莱金德是他的哥哥。"斯嘉丽靠在枕头上，抽抽噎噎地说。

泰拉一边思索着姐姐的话，一边看着斯嘉丽的裙子变短变小，变得更像一件睡衣，并且逐渐变成了淡粉色。真是奇迹啊。在上次的卡拉瓦尔秀中，泰拉见姐姐穿着这件衣服，还有些羡慕呢。礼服表现得好像它有自己的思想和感情，布料、剪裁和颜色都可以随意变化。即使以卡拉瓦尔秀的标准来衡量，礼服的魔力也是异乎寻常的，而且，莱金德竟然把衣服送给了斯嘉丽。在上一场比赛中，泰拉曾听到演员们低声谈论这件事，想知道他为什么把这么一份特别的礼物送给她。突然间，如果朱利安真的像斯嘉丽所说的那样就是莱金德，那这件事就说得通了。

泰拉挨着姐姐坐在床上："你真的相信朱利安是莱金德？"

"我不知道。"斯嘉丽咕哝着说，"我认为莱金德掌控着他的所有演员，但我并不相信他能控制他们的每一个行动，不过，我总觉得他能阻止他们揭露某些秘密。所以如果朱利安真的是莱金德，我怀疑他根本不会允许阿曼德告诉我他在上次卡拉瓦尔秀中扮演角色的真相。"

"我讨厌阿曼德。"泰拉说。

"他只是在做他的工作，但我也不能说我喜欢他。"斯嘉丽一拳打在她一直用来擦鼻涕的枕头上，她的斗志又回来了。

"你认为他是莱金德吗？"泰拉问道。

"我认为任何人都可能是莱金德。"斯嘉丽忍住最后的眼泪。她带着坚定的表情看着泰拉："我认为唯一能确定莱金德身份的方法，就是继续利用朱利安来赢得比赛。"

"你愿意利用他？"泰拉差点从床上摔下来。这一点也不像她姐姐，"你怎么会这么想？我还以为你根本不想让我参加呢。"

"我的确不想让你参加。但如果你赢了，并且见到莱金德，我们就能知道朱利安的底蕴了。"斯嘉丽掏出一张纸条，好像那是她藏在袖子里的一把匕首。

这绝对是斯嘉丽的新面貌。

泰拉喜欢。

"这是朱利安给我的。"斯嘉丽说，"下一条线索。他说他想帮你，但我想他只是在讨我喜欢。"

泰拉拿起那张纸，认得上面的字迹与她在派对上收到的第一张提示卡上的一样。

线索
这场比赛的目标与你以为的大相径庭，
欲寻真相，必先找到与找羊皮纸和墨水有关的女人。
只有她拥有下一条线索，
也只留给你一个人。

"听起来像是我那天在香料区的一家通缉令绘画商店里遇到的一个女人。"

而且，这条线索似乎真的只对泰拉一个人。她怀疑每个玩家都去过那家店。爱兰丁头号通缉犯商店。泰拉本来就希望能回到那里，但莱金德把她带回到最初让她与杰克斯取得联系的地方，似乎是一个相当大的巧合。

比赛又开始显得太真实了。

泰拉想起了她刚刚在寺庙区从莱金德演员那里看到的所有花招。若是她认为卡拉瓦尔秀不仅是游戏，那她就是故作天真。卡拉瓦尔秀只是一个巨大的骗局，但泰拉能感觉到它要将她吸进去。

她伸出斯嘉丽给她的线索卡："明晚和我一起去查查看吧。"

斯嘉丽咬着嘴唇。

"怎么，你还有别的计划？"

"我要和谁一起计划？"斯嘉丽问。但这个问题听起来异常刺耳，泰拉发誓斯嘉丽的礼服吓得一缩。那件衣服很快从粉红色变成了黑色。

泰拉不知道姐姐在隐瞒什么，但她再次觉得斯嘉丽有所隐瞒。

"我只是不想晚上出去。"斯嘉丽又说，"那太冒险了，我可能会再次被困在比赛里。"

"我理解。"泰拉说。只是她并不确定是否相信斯嘉丽。

2 2

要是能再睡一个小时，泰拉宁愿用一年的寿命来换。她甚至不在乎自己可能都活不过一年。她真不愿意离开她那张舒舒服服的蓝色大床，不愿离开填满了羽绒的枕头。昨天是可怕而漫长的一天。但是她已经睡得够久了，如果她不起床，她肯定活不到一年。

扑通……扑通。

停止。

扑通……扑通。

停止。

扑通……扑通。

停止。

她的心跳得比前一天晚上更慢。但它仍在跳动。而且，泰拉一定会保证它不停止。她的动作因此变得有些迟缓，但喝了一壶浓茶、吃了几块太妃糖馅饼和浆果泡芙，她觉得更像她自己了。

她成功地在黄昏前穿衣打扮了一番。那天晚上，她选了一件无紧身塔的深蓝色紧身裙，那件裙子蓝得犹如乌云流下来的眼泪，布料太薄，并不适合晚上穿，却方便活动。纵使如此，泰拉在到达斯嘉丽住的蓝宝石侧翼时，还是有些喘不过气来。

但斯嘉丽不在房间。

泰拉敲门敲了整整一分钟，她的指关节撞击那扇沉重的木门，几乎都撞青了。

斯嘉丽之前打死也不肯在晚上离开宫殿，就怕意外卷入比赛，泰拉原以为姐姐会待在套间里。但是，不是斯嘉丽忘记了时间，而这不太可能，就是她真的对泰拉隐瞒了什么。

泰拉不愿意再去怀疑姐姐，但斯嘉丽一向小心谨慎，不可能出去。尤其是在这样一个晚上，似乎整个瓦伦达都成了莱金德的棋盘。

不像过去的两个晚上，莱金德的星座都在特定的位置，而今天晚上，它们覆盖了每个区域，闪耀着天蓝色的光芒。

泰拉发现自己异乎寻常地感激阿曼德给她施加压力，让她去找第二个线索。没有它，泰拉压根儿就不知道从哪里开始找起。

她乘坐空中缆车离开宫殿，只见星星组成了卡拉瓦尔秀的所有传统标志：一顶耀眼的蓝色大礼帽；一束蓝色玫瑰；一个蓝色沙漏。不过天空中并不只有这些形状。让人想起众命运的星座也盘旋在瓦伦达的山丘和各地上空。泰拉发现了一个镶着宝石的眼罩、一个匕首王冠、一把骷髅钥匙、一个珍珠笼子、紧闭的嘴唇，还有一双闪闪发光的深蓝色翅膀。翅膀可能代表陨落星辰，但它们与丹特背上文着的翅膀是那么相似，以至于泰拉一看到它们，她那颗垂死的心便加快了速度，她血管里的血液也沸腾起来。

她的缆车降落在香料区，泰拉发现自己在四处寻找丹特，但那晚他似乎没有跟着她。

她抬头瞥了一眼明亮的星空，想知道他在哪个星座之下，身边是否有别人。她想象他用带有文身的大手抚摸另一个女孩的脖子，轻轻拂过她的脉搏，取悦她，重复着他在前一天晚上低声对泰拉说的话。即使我不是莱金德，我也希望你能赢。

念及此，泰拉的心就像是针扎一样疼。并不是说她想让丹特和她在一起。他老是用低沉的声音神神秘秘地取笑她，搞得她分心，她才不要这样。况且这一带狭窄的街道已经够使人分心的了。

每条巷子里都很拥挤，人比她上次来时还要多。香料区穿着色彩斑斓衣服的居民们和节日商人们混在一起，他们似乎是在为爱兰丁前夕做准备，他们出售化装礼服，而且漫天要价。几乎每家商店前都有商人在吆喝。

"遇刺国王的王冠，五个铜币！"

"三枚铜币，买走死亡少女的珍珠笼子！"

"四枚铜币，换一个盗心王子的面具！"

"混沌的手套，只要两个铜板！"

"一枚铜币，未婚新娘的眼泪面纱！"

泰拉没发现莱金德的演员，至少没看到她认识的那几个，但她好像看到其他人在玩游戏。她不止一次地听到有人敲着砖墙，说"是莱金德派我来的"，好像这是密码，可以打开隐藏的门，找到下一个线索。她真羡慕他们精力充沛，无忧无虑，能保持积极的状态。不管这些人在干什么，都和她完全不同。

要么是莱金德在玩弄泰拉，要么就是他们玩的并非同一种游戏。

她收到的第三条线索告诉泰拉去找与羊皮纸和墨水有关的女人，这清楚地表明此人便是在爱兰丁头号通缉犯商店工作的老妇人。但当泰拉来到那家店，却发现里面空无一人。

泰拉走入店内，荒诞的故事、炭笔和羊皮纸的气味刺激着泰拉的鼻子。商店一角隔出了一块狭长的空间用作艺术工作室，虽杂乱无章但设备齐全。其他的东西都用纸糊了起来，就连天花板上都贴着发黄的通缉令，那些通缉令看起来比不在店里的店主还要老。

泰拉一边等老妇人回来，一边一一看着每一幅肖像。这些通缉令上的人像不是草草画出来的。它们都是艺术品，详细地描绘了泰拉只听说过的罪犯的模样。还有很多是她没听说过的。每一块羊皮纸和画布似乎都在讲述一个既恐怖又不可思议的故事。

刺客奥古斯都的名字显然说明了一切。

还有刀夫人。因在内陆行盗、出售毒药和引诱而被通缉。

"我都不知道引诱也是一种罪行。"泰拉喃喃地说。

"这取决于你想引诱谁。"

泰拉猛地转过身。但她见到的并不是身上墨迹斑斑的老妇人，和她面对面的是一个穿着发光白长袍的女孩，长袍是用羊皮纸做成的，可以看到很粗的黑色针脚，女孩看上去就像从墙上逃出来的一幅墨迹画像。是莱金德的演员阿伊可。

泰拉一直弄不懂阿伊可这个人。阿伊可通常都一个人待着，因为她的工作就是观察。她熟悉历史，她把卡拉瓦尔秀上的重大事件都绘制在一本神奇的笔记本上，这样，卡拉瓦尔秀就可以得到不朽之名。这会儿，那个笔记本就被她夹在腋下。

她的出现显然表示泰拉走对了路。但泰拉不能说她是真心高兴见到这个女孩。

泰拉在比赛之外很喜欢阿伊可。但她宁愿在比赛中避开她。阿伊可以交易无情而著称。在上次卡拉瓦尔秀中，她和斯嘉丽做了一笔交易，使她的姐姐失去了两天的寿命；斯嘉丽假死和泰拉假死不同，但泰拉仍然不愿意再次经历这种事。

"你想看多久就看多久。"阿伊可说，"但一定要想好了再问问题。我只会无偿回答一个问题，对之后的每个问题，你都得付出独一无二的东西。"

"我能问问下一条线索吗？"

"你可以，但我不会给你。如果你下次能提出更好的问题，我能做的就是引导你去找下一个线索。"

见鬼。泰拉并不想问这个问题。

她闭上嘴，又看了几张通缉令，想看看有没有出自命运魔牌的真实人物，希望它能引出下一个线索。

她没有发现命运，但她看到了各种犯罪行为，像什么吸血、吃人、巫术，贩卖恶咒……

泰拉停了下来。她走到后墙中央的一张通缉令前，所有关于犯罪、线索和众命运的想法都从她的脑海中消失了。

她忘了怎么呼气。她忘了如何说话、眨眼、移动。

这幅肖像的边缘闪闪发光，比其他几幅更漂亮，不过这也许还在于"通缉令"几个字下面的那张美丽脸孔，而这张脸分明就是泰拉和斯嘉丽失踪的母亲帕洛玛。

2 3

"失落天堂"帕洛黛丝。

因偷窃、绑架和谋杀而被通缉。

泰拉无法将目光从肖像上移开。她不确定自己是否愿意相信。

这么多年来,泰拉对母亲的事有很多疑惑,现在,在众多她无法回答的问题中,她总算找到了其中一个的答案。但这并不是她希望得到的答案。她母亲是个小偷,是绑匪、杀人犯。她的母亲是一个罪犯。

泰拉愿意相信通缉令是错的。她认识的母亲并不是这样的人,但正如杰克斯所说,你以前找不到她,是因为帕洛玛不是她的真名。

她母亲的真名是"帕洛黛丝",而"帕洛黛丝"这个名字与帕洛玛有些相似。不仅仅是画中人长着同样的鹅蛋脸,或留着浓密的黑发。还因为她的嘴唇弯曲成迷人的弧度,形成谜一般的微笑,泰拉从小到大都爱模仿这样的笑容。她的大眼睛刚好在眼角处收窄,尽显聪明和体贴。泰拉意识到她长得几乎和斯嘉丽一模一样，心里忽然生出一阵嫉妒。在通缉令上，她甚至看起来和斯嘉丽差不多年纪。

斯嘉丽知道这件事吗？难道姐姐就是为此，才拒绝谈论母亲？

"关于帕洛黛丝，你能告诉我什么？"泰拉问道。

"她是特别的。"阿伊可轻快地走向肖像，用一根不加修饰的手指抚摸着帕洛黛丝的脸颊，"我到现在才注意到，她长得很像你姐姐斯嘉丽。不过帕洛黛丝可比你姐姐大胆多了。"

"关于她，你还能告诉我什么？"

"你姐姐，还是帕洛黛丝？"

"我比我姐姐本人更了解她。我想知道帕洛黛丝的事。"

阿伊可那双乌黑的眸子闪烁着熟悉的光芒。有了魔法笔记本，这个女孩就跟有了魔法差不多，她还很狡猾，可以说不亚于众命运。也许阿伊可就是莱金德，如果伟大的班主莱金德是一个女孩，那就太不可思议了："我会告诉你我所知道的一切，但你得先付出代价。"

"你不能拿走我一天的寿命。"泰拉说。

"如果你想知道帕洛黛丝的事，那你就没有讨价还价的余地了。她是在大约十八年前消失的，所以大多数人都不记得她了。但给我讲故事的人有很多。"

泰拉耸了耸肩，似乎无动于衷。但在内心，她能想到的只有十八年，十八年，十八年……

她父母是在大约十八年前结婚的。泰拉知道这一点，是因为自从母亲失踪，她便一直在寻找母亲在嫁给父亲之前住在哪里，但她什么也没找到。一定就是因为这个。泰拉一直在寻找一个叫帕洛玛的女人，但在她来到特里斯达岛之前，帕洛玛可能是罪犯帕洛黛丝。

泰拉一直觉得很痛苦，就好像遭了抢劫一般，因为她长这么大，只有一半时间是和母亲在一起的。但现在她觉得好像根本就不认识母亲。

"无偿的部分我已经说完了。"阿伊可道，"至于她其他的事，我需要一些东西作为回报。别担心，我不会偷走你的寿命。"

"你想要什么？"

阿伊可一歪头，乌黑的长发偏向一边，似乎在琢磨着什么："卡拉瓦尔秀是一个虚构的世界，有时我们这些一直生活在其中的人很难感觉到真实的东西。我们大多数人都不愿承认，但我们都渴望真实。"她停顿了一下，好像还要说些什么，但想想还是决定不说为妙："我今天想从你这里得到的只是一些真实的东西。我要你的记忆。"

"你得说得具体点。我是对我母亲的事很好奇，但我不会让你夺走我对我的名字的记忆。"

"我倒没考虑过要这个。"阿伊可的黑眼睛闪闪发光，"你这主意不错。不过还是留到下次吧。今晚我想要你对你母亲的最后记忆。"

泰拉一缩，本能地后退了一大步："不行。我不会给你关于她的任何回忆。"

"那我就不能给你关于帕洛黛丝的任何信息了。"

"你不能选别的记忆吗？"

"你说帕洛黛丝是你的母亲。我想知道为什么。"

"我从没这么叫过她。"泰拉争辩道。

"你叫了。你说你对她很好奇。历史是我的专长，我可以告诉你你想知道的一切。所以，要么你去找另一位专家，要么你把你对你母亲的最后记忆给我。我给你一分钟考虑一下。"

泰拉无法放弃对她母亲的任何回忆。那些回忆太少，也太珍贵。但是，如果这场比赛真像阿曼德所说的那样关乎牺牲，那么牺牲一段记忆，泰拉或许还有机会和她母亲一起创造未来的记忆。

也许没有这最后的记忆，泰拉会过得更好。自从在她母亲的房间里发现魔牌以来，泰拉就一直被它们所困扰，她情不自禁地想，如果她从来没有翻过"盗心王子"或"死亡少女"，会怎么样。如果死亡少女没有预测母亲的离去，她还会离开吗？如果她从来没有翻过盗心王子，她会不会已经爱上了某人？

"好吧。"泰拉说，"你可以把我对母亲的最后记忆带走。"

"太好了。"阿伊可走到店铺后面的办公桌前，她显得有点太急切了，泰拉看了，心里的不安加深了，这时，阿伊可打开魔法笔记本，翻到一页没有动过的崭新羊皮纸。

"你只要把手掌放在页面上就行了。有些人其实很享受这个过程呢。我们的记忆比我们意识到的更沉重。"

"不要试图让我相信你是在帮我的忙。"泰拉把手放在干燥的纸上。她顿时觉得皮肤发热，就像她每次碰到卜算镜的感觉一样，只是这种温暖超出了她的手，沿着她的胳膊往上蔓延到了她的脖子，像融化的黄油一样把她包裹起来，她只觉得大脑进入了一种舒适的模糊状态。

"这本书需要先进入你的记忆，才能开始收集。"阿伊可说。但现在她的声音听起来很遥远，就像从一条长走廊的另一头传来的。

泰拉的眼睛闭上了，当她再次睁开眼睛，她又回到了她母亲在特里斯达岛上那个有魔法的房间里。她母亲坐在她对面的地板上，形象比在泰拉记忆中的任何时候都清晰。

她身上散发出鸡蛋花的气味。泰拉原以为她已经忘记了这种气味。母亲离开后，她父亲在庄园里禁种这种花，在这之前，泰拉已经多年没有想起这些花了。她想让自己沉浸在这股香味中，想用双臂搂住母亲，这样她就永远都不会忘记这种香味了。但这只是一段记忆，无论泰拉多么希望，都无法改变。

片刻前，也就是这段记忆出现前，她的母亲让泰拉答应永远不去碰别的魔牌。泰拉本来希望阿伊可偷走这段记忆，但此时出现的记忆有所不同。这段记忆深深埋藏在泰拉内心深处，她甚至都忘了它的存在。她已经忘记了母亲握着她的手，抬起泰拉的小手指，想更好地看一看泰拉刚偷走的猫眼石戒指。

"咦，这是什么？"帕洛玛问道。

"我会把它放回去的。"泰拉保证说。

"不，我的小宝贝，你应该帮我保管它，保护好它。"她吻了泰拉的手指，仿佛正式把戒指交给了她。她母亲喜欢亲吻；泰拉把这件事也忘了。

"好啦。"帕洛玛低声说，"我把纸牌放好了，我给你讲一个秘密吧。纸牌上描绘的众命运曾经统治着这个世界，在统治期间，他们残忍无情。他们常常把人困在扑克牌里，以此作为运动，从中取乐。只有一个命运能解救他们……除非……"

不要。这时候，记忆开始在她的眼前和耳畔渐渐退去，泰拉努力抓住它不放。她母亲的皮肤从橄榄色变成半透明，她的嘴动着，泰拉却听不见她说了什么。不。不。不！她必须听到那些话。那是她一直在寻找的答案。她不知道她母亲将要说什么，但泰拉确信，不管她接下来说什么，都是至关重要的。

泰拉抓着那段记忆不放，恨不得把手指插入其中。但泰拉越是努力想留住它，它就变得越暗，变成了抓不住摸不着的烟雾，然后消失得无影无踪。

泰拉睁开眼睛，并没有压力减轻的感觉。她只是觉得好像丢了什么东西。好像她被割伤了，但没有流血。而且，似乎什么也没有消失。她原以为阿伊可会拿走的记忆还在，虽然泰拉已经准备好割舍那段记忆，但它并没有消失，她还是松了一口气。

那为什么泰拉感觉阿伊可偷了更重要的东西呢？

2 4

阿伊可的魔法笔记本现在牢牢地合上了，但泰拉发誓它看起来比以前更厚了。本子甚至还散发出柔和的光。

她拿走了什么？

"别那么闷闷不乐嘛。"阿伊可说，"你刚刚得到了一个精彩的故事，可是有关瓦伦达最臭名昭著的罪犯呢。"

阿伊可走回到墙上的肖像前："帕洛黛丝在失踪前可是这个城市里的一个传说。人们都对她很着迷，常常给她写信，要求她抢劫或绑架他们。帕洛黛丝是犯罪中的贵族。甚至有传言说，其他大陆的王子纷纷写信给香料区的领主，向她求婚。"

就在阿伊可说话的时候，泰拉试图控制住失去一段记忆时的愤怒和沮丧，但她开始想象母亲，就像阿伊可在她邪恶笔记本里描绘的那样清晰。泰拉仿佛看到帕洛玛是个年轻女子，活力四射，她打家劫舍，留下了许多不可思议的故事，渐渐地，她的名字被载入了史册，成为一个传奇人物。

然后她嫁给了泰拉的父亲。在所有的追求者中，帕洛玛偏偏选择了她的父亲。

"帕洛黛丝为什么不接受王子们的求婚？"泰拉问道。

"依我看，她非常聪明，所以很清楚大多数王子都是残忍自私的，而且被宠坏了。再说了，帕洛黛丝向往的是冒险，而不是爱情。她吹嘘她能偷走任何东西。后来，有人让她去偷一个东西，这个东西有强大的魔力，可以说是偷不走的，但她接受了挑战。但是，她受人蛊惑，没想到那个东西竟然有这么大的魔力，还很危险。她不想把它放回去便宜别人，于是她逃走了，从那以后就没人见过她了。"

但泰拉见过她。

这样看来，她最终到了特里斯达，和泰拉的父亲在一起，就说得通了。没有人会去一个不起眼的小岛上寻找她。

"她偷了什么东西？"

"如果你想知道答案……"

"不。"泰拉打断了她的话，语气强硬，"没有更多的交易了。我已经得到了答案，知道了故事的一部分。"

阿伊可的鼻孔张大，她往常平静的表情上写满了挫败；很明显，她习惯索取多于给予。

泰拉从桌上抓起阿伊可的魔法笔记本，放在一支燃烧的蜡烛上方："告诉我她偷了什么，不然，笔记本就要烧成灰了。"

阿伊可对她微微一笑："你比你姐姐更有勇气。"

"我和斯嘉丽各有各的长处。现在告诉我那东西是什么。"泰拉慢慢地把笔记本放在离火焰更近的地方，她都能闻到皮革被炙烤的气味。

"是受诅咒的命运魔牌。"阿伊可脱口而出。

砰的一声，阿伊可的笔记本掉在桌上。羊皮纸在她周围扇动着，仿佛纸的心跳和泰拉的心跳一样快；这是杰克斯亲吻她以来她的心跳得最快的一次。仿佛这个新启示具有魔力。

只有帕洛黛丝的画像仍然一动不动，犹如一场纸风暴中心的静区。

泰拉知道图画是没有感情的，但她想象帕洛黛丝的画像屏住呼吸，默默地希望和敦促泰拉把她的故事的所有片段拼在一起。

泰拉一直知道母亲的命运魔牌和其他普通的牌不一样。但听阿伊可的话，仿佛这副牌独一无二，她还说那副牌受了诅咒。

诅咒。诅咒。诅咒。

这个词在泰拉的脑海里越来越响，与仍在墙上拍动的通缉令的声音开始了战斗。众命运也被一个女巫诅咒过，据杰克斯说，这个诅咒把他们囚禁在一副纸牌中。

"我可以告诉你，从我的经验来看，被困在里面的滋味可不好受。"他如是说。

泰拉很难相信她母亲偷走了魔牌，但泰拉越想越觉得有道理。

如果母亲的命运魔牌就是封印众命运的魔牌，这就解释了为什么母亲发现泰拉玩牌会很害怕。泰拉还记得，那天之前，那副牌都被伪装成一个散发着恶臭的香袋。泰拉发现魔牌的时候，隐藏魔牌的魔法一定已经消失了。

泰拉简直不敢相信她摸过囚禁众命运的魔牌，曾经统治世界的神话一般的众命运竟然被她拿在手中。

这也太不可思议了，然而，每次卜算镜向泰拉展示未来的影像，都是在向她证明这一点。她从没见过这样的纸牌，她怀疑以后也见不到了。因为它不仅仅是一张纸牌。卜算镜是众命运中的一个，而泰拉把它塞进了一个小箱子。

想到这里，她尖声笑了起来。她的母亲一定很有魄力，才敢偷走众命运。

但现在母亲束手就缚，被困在一张牌里，落得和众命运一样的下场。

念及此，泰拉就笑不出来了。她突然后悔刚才发笑。

自从母亲离开的那个悲惨日子以来，泰拉一直相信这在一定程度上是她的错，她不听母亲的话，非要摆弄她的珠宝盒，还翻开了死亡少女，这张牌预测她将失去所爱之人，如果她没有这么做，母亲也许不会消失。泰拉责怪魔牌，更责怪她自己。而且，她一直以来的猜测都是对的，尽管不是她向来所相信的那样。

她母亲离开，不仅仅因为泰拉翻过了一张特别的纸牌，她是逃跑了，因为泰拉找到了那些牌，而那些牌拥有的强大魔力和无尽危险甚至超出了泰拉的想象。

墙上的通缉令终于不再抖动。商店里突然安静了下来。然而，泰拉仍然能感受到母亲在通缉令上凝视着她，泰拉不禁有种感觉，尽管她刚刚得知了一些消息，但她所知道的还远远不够。有一件重要的东西仍在迷雾当中，而她把那件事忘了。

"你看来好像还有别的问题。"阿伊可说。

泰拉一时竟忘了还有个女孩在那里，也忘记了她自己为什么也在那里。她仍然需要找到第三条线索，否则她的母亲就会像众命运一样身陷囹圄。泰拉并不认为她忘记的就是这件事情，但无论她不记得的那件事是什么，都不可能比此事还重要。

泰拉又拿出了第二条线索。

线索

这场比赛的目标与你以为的大相径庭，

欲寻真相，必先找到与找羊皮纸和墨水有关的女人。

只有她拥有下一条线索，

也只留给你一个人。

泰拉的目光从线索纸条转向母亲的通缉令。

如果不像泰拉最初以为的那样，线索不是指画这些画的那个女人呢？如果指的是画像中的一个女人，比如帕洛黛丝呢？她的肖像就是用墨水画在羊皮纸上的。而且，她的肖像以一种特殊的方式与泰拉交谈，其他玩家是做不到的。

泰拉踮起脚尖，把通缉令从墙上撕了下来。

她本以为阿伊可会提出抗议，但当泰拉翻过羊皮纸，发现背面有几行银色的字迹时，女孩表现得几乎和泰拉一样急切。

通缉令背面／线索卡内容：

如果你发现了这些字，说明你走的路是正确的，但现在回头还为时不晚。

线索再也不能为你指引方向；要找到莱金德需要的东西，必须依靠内心的引领。

此时，她心中只有她的母亲，莱金德在她的通缉令背面写下这个线索，足见他必然早就知道她母亲的事。但是，她母亲和卡拉瓦尔秀有什么关系？

她的母亲拥有拘禁众命运的魔牌，而莱金德想要摧毁众命运。也许她的母亲也偷了那个能毁掉众命运的东西？但如果事实如此，那为什么……

不。泰拉打消了这个念头。相信比赛是真实，那用不了多久就得发疯。然而，也许泰拉已经疯了，因为她不再确定她相信什么了。

泰拉需要在继续前进之前弄清楚真相。她需要和斯嘉丽谈谈。斯嘉丽一定可以帮她理出头绪，特别是如果泰拉早先对姐姐的怀疑是正确的，而且斯嘉丽对这场比赛的了解比她先前表现出来的要多。

泰拉向门口走去。

"在你离开之前，"阿伊可说，"你应该听听帕洛黛丝的故事。"

"我想我知道结局如何。"泰拉说。

"你所知道的只是伪结局，但真正的结局还有待书写。"

"那还有什么好说的呢？"

"我保留了故事中间的那部分。帕洛黛丝用魔牌测算自己的未来，因此发现了魔牌的真正魔力和危险。一些人说，她逃走不是为了保护魔牌，而是为了扭转她所看到的未来。她不知道的是，一旦用魔牌预言了未来，那除非把纸牌销毁，否则未来就无从改变。"

"谢谢你，但我想你现在警告我，可能有点晚了。"

阿伊可的表情突然变得严肃起来。

泰拉感觉到了一丝异样。有什么东西从她的脸颊上滴下来，那东西比眼泪还要湿。它汇集在她的耳朵里，然后顺着她的耳垂流到她冰凉的脖子上。

是血。

浓稠，温热，可怕。

她的心一凛，然后漏掉了几拍，她只觉得头晕目眩，喘不过气来。她用力扶着最近的墙壁，以免摔倒。她在密涅瓦时装店失的血和现在比起来，那就是小巫见大巫。大股鲜红的血液从她的耳朵流到她的连衣裙的上身。盗心王子又在警告她了，让她知道，她参加比赛不是为了好玩。

泰拉回到了宫殿，她的耳朵在流血，一路上，她的耳边充斥着汩汩的血流声。即使后来血止住了，她仍然感到虚弱无力。她的心跳从来没有这么慢过。

扑通……

停止。

扑通……

停止。

扑通……

停止。

很快，她的心将彻底停止跳动。

她从街上的一个小贩那里买了一件便宜的斗篷。但当她回到宫殿，她发誓所有的仆人和卫兵都能透过斗篷看到她的上身血迹斑斑。

她洗了澡，换上了从密涅瓦时装店拿来的那条带有层层褶皱的高雅蓝褐色连衣裙，即便如此，泰拉也仿佛能感觉到耳朵里的干涸血迹。她的血一定和她一样也被诅咒了，因为她怎么洗也洗不掉她脖子和手上的血渍。她本想一直泡到把血迹洗清，可她只让自己在芳香阵阵的澡盆里泡了一会儿，恢复一点体力。她必须和斯嘉丽谈谈母亲的前科和卡拉瓦尔秀。

泰拉戴上丹特的手套以遮住污渍，离开塔楼。她已经记不清时间了，但她估计，等她走到斯嘉丽住的蓝宝石侧翼，肯定要过午夜了。在室内，所有的蓝色都显得光彩夺目，像是镀了一层金。一个女仆在附近转来转去，检查超大烛台，更换手臂粗细的蜡烛。她没有对泰拉说话，但泰拉感觉到她一直看着她走向姐姐的房间。

但是斯嘉丽没有应门。

泰拉大声敲，以防她睡着了。

仍然无人回应。

泰拉摇了摇门把手，希望能吓醒姐姐，但屋里半点声音也没有。要么是斯嘉丽睡得太沉，要么是她依然不在房间。但她应该在啊。现在可是半夜三更，斯嘉丽又没参加比赛。不管斯嘉丽去了哪里，现在都应该回来了。

泰拉穿过走廊，来到一个满脸雀斑的年轻仆人面前。她不是在无耻地偷听泰拉，就是在重新点燃一支非常顽固的蜡烛。

"我能帮你什么吗？"泰拉还没来得及清喉咙，女孩便转过身来。她绝对是在偷听，泰拉遇到的大多数仆人都胆小如鼠，但眼前这个大胆得多。

仆人探身向泰拉。

泰拉往后缩了缩，但雀斑女孩没有注意到泰拉脖子上有血迹。

"如果你在找那个身上文身的英俊演员，我可以告诉你他什么时候回来。他不是和其他人一起离开的。"仆人那热切的双眼中闪现出了一种泰拉不是很熟悉的神情。

"对不起。"泰拉说，"我不知道你在说谁。"

"别担心。"女孩发出一阵尖厉的笑声，"我知道你订婚了，但我不会告诉任何人你在找他。"

这意味着她可能会告诉所有人。但泰拉此时有更担心的事。

"我其实是在找我姐姐。"她指了指斯嘉丽的房间，"她的名字叫斯嘉丽。她个子高挑，有一头浓密的棕发……"

"我知道那个姑娘。"女孩插话道，"从昨天起我就没见过她了。"女孩把声音压低，脸色有些发白，"我听见她向别人打听怎么去爱德怀城堡，但她去了就没再回来。"

爱德怀城堡是杰克斯的城堡。泰拉想不出她姐姐有充足的理由到那里去。

"当然，我相信你姐姐很安全。"雀斑女仆急忙补充说，仿佛突然想起了她在跟谁说话似的，"我不相信所有关于继承人的传言。我知道人们总喜欢背地里说三道四。"

"人们怎么说？"泰拉问道。

"大家都说他杀了他的上一任未婚妻。但他们也说他长得很英俊哩。"她又说，如同好样貌可以弥补他犯下的谋杀罪，"其他许多仆人都说，她们仍然愿意嫁给他。"

泰拉想说她们是傻瓜。她想把头发往后拢，让这姑娘看看她耳朵和脖子上还沾着的血，吓唬吓唬她。但是斯嘉丽失踪了。泰拉哪里有闲工夫去吓唬仆人，她的精力越来越弱，必须赶快去找姐姐。

她扔了一枚硬币给雀斑女孩，但即使是这个简单的举动，也让她感到更加虚弱。硬币在空中几乎都没有弹起来。

泰拉走到缆车站时，凌晨三点的钟声敲响。时间过得太快了，而她的动作太慢。她那辆飘浮的缆车似乎格外慢慢腾腾在星光灿烂的天空中滑行。

莱金德的蓝色星座仍然到处都是，但爱德怀城堡的上空除外，好像在警告她不要去那里。

在命运舞会之夜，这座城堡看起来就像从少女的幻想中偷来的。但在泰拉走下缆车来到这栋石砌要塞跟前，她想知道这座城堡闪亮的白色砂岩外观是否只是一件戏服，是否是莱金德制造出来的假象。今晚，石头城堡看起来就像被幽暗的橙红色火把照亮的秘密一样黑暗，似乎在与黑暗的战斗中败下了阵来。

她在桥边停下来喘口气，庆幸戴了丹特的手套。这倒不是说她看到了任何威胁。事实上，如果说有什么不同的话，那就是城堡太安静了。

除了风吹乱她的头发，弄乱她那层层叠叠的黄玉色连衣裙外，一切都笼罩在死寂之中。通常只有坟墓、被诅咒的废墟和其他被生者遗弃的地方才有这样的寂静。泰拉强忍着才没有打寒战，却觉得浑身冰冷。她不怕危险，不过她更喜欢神气活现的年轻男子带来的危险。那天晚上，她第二次发现自己希望丹特跟着她。

但并不是说她需要他。

但也许泰拉只是有一点点希望他能陪着她。她拖着沉重的步伐，向前迈了一大步，他终于决定不再缠着她了，她产生了一种暗淡无光的胜利感，却并不觉得愉快。她早就知道，他跟着她，只是在扮演角色，即使他确实对她感兴趣，她也毫不怀疑他最终会放弃她。每个人都放弃了她，只有斯嘉丽除外，她似乎无法停止对泰拉的关心。

泰拉认为这是她们姐妹俩的另一个共同点，她们永远都不知道该在什么时候离开。如果泰拉有更好的感知力，知道该在何时放弃一件必然以失败告终的事，那她说不定马上就会转身离开，或者之前就会质疑雀斑女仆说斯嘉丽去了城堡没回来是不是在撒谎。此时此刻，城堡看起来比一个破碎娃娃的眼睛更为空虚。

通往城堡的桥比泰拉记忆中更窄更高，高高耸立在黑水之上，而水面并不像她第一个晚上来时那样安静。但是泰拉想起了丹特对她说过的话，这次她拒绝考虑死亡，不愿意让死神的力量因此变得强大。

她的脚步比平时更摇摇晃晃，呼吸也很吃力，但她不会掉下去，也不会跳下去，更不会做任何会使她掉进下面险恶水中的事。她要走到尽头、敲门，把姐姐救出来。*如果斯嘉丽在里面的话。*

泰拉过了桥。有那么一刻，她发誓她听到了幽灵的脚步声，但看不见卫兵或食尸鬼。

她握紧双手，凝聚起浑身的力量，敲着沉重的铁门。

"有人吗？"她兴高采烈地喊道。

无人回应。

"里面有人吗？"她更大声地叫道。

下面波涛滚滚。

"我叫多娜泰拉·德拉格纳，我是继承人的未婚妻！"

她敲得越来越用力，她的呼吸随之变得急促起来。

"小心点，否则会伤着你自己的。"

泰拉慢慢地转过身来，原以为杰克斯会在那里，优雅地咬着苹果。

但她看到了三个人。

2 5

　　他们像幽灵一样鬼鬼祟祟地向泰拉走来，身上穿着暗淡的银色薄斗篷，而那些斗篷看上去好像很久以前就没了光泽。一个高个儿。一个曲线玲珑。另一个烦躁不安。她们都散发着浓重的陈旧香水味，像是花开的气味，却令人作呕。

　　这样一个残酷的夜晚，不应该是这样的。

　　她们的斗篷虽然不实用，但泰拉却只能看到她们的脸，此外什么也看不清。她们的脸要么毫无表情，要么就是隐藏在面具后面。

　　三人无声地走近。

　　泰拉戴着手套的手心都是冷汗，而她对面具的怀疑得到了证实。这三个人伪装成了命运：永生王后和两个王后侍女。

　　泰拉认出了永生王后那镶着宝石的眼罩和涂成蓝色的嘴唇。王后侍女同样明白无误；两人的嘴唇都用深红色的线缝在了一起。在命运魔牌里，她们的牌代表着魔力和至死不渝的忠诚。但在那冰冷的瞬间，泰拉认为她们一起出现，是大凶之兆。除非是在庆祝或犯罪，否则没人戴面具。

"你们现在就穿上化装礼服了，有点早吧。"泰拉说，"难道没人告诉你们，爱兰丁前夕要到后天晚上才开始吗？还是因为你们长得太丑，不敢露出真容，所以假装提前庆祝？"

"到今晚结束时，你将是唯一一个不雅观的人。"冒牌永生王后说，"除非你交出我们想要的东西。"

泰拉转过身，又狠狠地敲了敲门。

"别敲了，对你没好处。"永生王后道，"他不在这儿。"

就在她说话的时候，三个人走得更近了，凉爽的夜里马上弥漫着她们身上的怪味。雀斑女仆一定是故意诱导泰拉走了一条错误的路线，好让这三个人打劫她，而泰拉却傻到落入了别人的陷阱。尽管她的心脏日渐衰竭，她还是能跑掉的，只是她们挡在桥上，截断了她的退路。除非她跳进下面的水里，否则她就只能从桥上逃脱。

她发誓她听到了死神的声音，催促她从桥上跃下，但泰拉不听。漆黑的护城河看上去深不见底，水面光滑如镜，但再看一眼，泰拉就看到了河中布满岩石，石头露出水面，像是令人讨厌的惊喜。

她掏出了硬币钱包："你们是来这里讨钱的吧，毕竟你们的香水很臭，俗丽的斗篷早就过时了，好吧，给你们。"泰拉把钱包扔到她左边的一小块地上。她以为这就是她们的目的，她希望她们当中至少有一个能像狗一样去抢钱包，那样她就能趁机逃跑了。但狗显然比这三个人更聪明。她们没去找钱包，而是各自向她又迈近了一步。

她们那沉滞的香水味越来越浓，像是凋谢的花朵和扭曲的迷恋的气味。泰拉干呕起来。但她们甚至都没有注意到。

"我们才不要你那些肮脏的硬币。"永生王后说，"我们要夺回昔日的全部荣耀。我们想要你母亲偷走的魔牌，你打算把魔牌送给莱金德，让他摧毁我们，夺走我们仅余的强大魔力。"

"见鬼。"不管这些女人是谁，她们都入戏太深了，"你们比毒鱼还疯狂！"

她们听了这个怪里怪气的咒骂，一瞬间竟然愣住了，但这点时间根本不够泰拉逃跑。她仍然可以向桥跑去，但是，她肯定会从桥上掉下去，根本不可能在她们抓住她之前跑到桥的另一端。

一阵狂风呼啸而过，但泰拉觉得那声音听起来像是死神在笑。

"告诉我们魔牌在哪里，那我们只会在你的半张脸上留下疤痕。"

永生王后抖了两下手腕，她的两个女仆立刻从斗篷口袋里抽出手来。她们的皮肤惨白，在月光下闪闪发光。她们亮出又长又尖的黑色厚指甲，像爪子一样有刺。这可不是传统化装礼服。

幸运的是，泰拉也有爪子。她按动手套上的黑珍珠，看到十个锋利的刀刃弹出来，她默默地向丹特致了一声谢。

但王后侍女并没有被吓住。

永生王后又挥了一下手腕，她的侍女们像杀人木偶一样昂首阔步地向前走着，自她们被缝上的嘴唇里传出了嘶嘶响声。

泰拉远没有完全恢复体力，但她把剩下的力气全都凝聚起来。她乱摆双手，猛踢一条腿。一开始，她只是想把对方吓退，并没想打架。但片刻后，情势变得显而易见，这位永生王后说要刮花泰拉的脸，可不是闹着玩儿的。她的侍女瞄准泰拉的眼睛和脸颊，又是抓又是挠，不一会儿，几个人便打作一团。

泰拉用她的爪子狠狠地砍了几下，使劲儿刺向一个侍女的手臂，足以刺出血来。

但没有流血。

侍女的伤口只是冒出了一缕烟雾。

侍女突然在泰拉面前消失不见，泰拉踉跄着后退："该死的！"

几秒钟后，侍女回来了，她的身体边缘十分模糊，好像她的实体变得虚化了一些。但她绝对不是鬼魂。鬼应该不能抓，不能造成伤害。

现在是为了生存而战，泰拉不停地摆手臂和踢腿："你们到底是什么人？"

"你这么问，我真的很失望。"永生王后单手握拳。

一秒钟后，一个女仆以雷霆之势击中了泰拉的肚子。泰拉的后背狠狠撞到了坚硬的地面上，她疼痛难忍，连气都喘不过来了。

嘎吱。

一只拖鞋踏在她的手腕上，狠狠地踩了下去。

泰拉尖叫起来。她的骨头碎了。她的心无力地跳动着，脑袋昏昏的，只觉得天旋地转。但即使背贴着地，她仍然猛挥另一只手，比以前更用力。她不停地抓，不停地挥动手臂。她每次都设法伤到女仆，但女仆会奇迹般地消失，几秒钟后又重新出现。泰拉想否认，她这一天里已经经历了足够多改变生活的体验，但很明显，这些人并不是演员，也不是入戏太深的玩家。她们是真正的命运。

她们没有流血，因为她们不是人。

如果泰拉不是躺在地上，她一定吓得膝盖发软。这些命运是如何挣脱封印的？杰克斯本应警告她还有其他命运逃了出来，而且心里充满了杀意。

"你为什么不屈服呢？"死神的声音在泰拉的脑海中响起。

"绝不！"泰拉咬着牙说。

"现在怎么样？"永生王后道。

"你想要的那副魔牌永远都不会属于你。"泰拉呻吟道，"只要我把魔牌交给莱金德，他一定会让你们永远消失。"

王后侍女们再次发出嘶嘶声，更凶猛地展开攻击，但有那么一会儿，泰拉意识到她刚才所说的话背后的真相时，她并没有感到疼痛：她母亲的命运魔牌不只可以囚禁命运。根据永生王后的说法，她母亲的魔牌也能摧毁命运。

泰拉的世界充满了痛苦，但她需要做的事突然变得清晰起来。泰拉要赢得卡拉瓦尔秀，只需要找到母亲的命运魔牌。那就是莱金德想要的东西。

但这个意识带来的胜利却很短暂。

"如果你不帮助我们，我们就拿你杀鸡儆猴，让其他人知道，蔑视命运会落得怎样的下场。"永生王后说。

"难怪女巫把你封印在纸牌里，只要能让你闭嘴，我也会把你关起来。"泰拉含混不清地说。她的整个身体都在尖叫，她还躺在地上，但在这之前，她的爪子阻止了女仆抓住她，将她完全制伏。她只需要坚持下去，撑到有人过来。

为什么丹特这次没跟着她？

也许他有，但还没到。如果他出现了，她这次会对他好一点。

黑色的旋涡在她的眼前转动着。泰拉用力一扫，割伤了对方的小腿，却仍然只是使侍女消失了片刻。

"干掉她。"王后说，"没时间了。"

那只拖鞋更用力地踩着她已经破碎的手腕，把她的骨头碾成碎末，她疼痛锥心，真想大哭一场，此时，两个女仆都向她弯下腰，把爪子靠近她的脸。她知道她们计划刮花她的脸，但现在看来她们是想要她的命。

泰拉停止挥动她那只没有受伤的手臂，然后，她一边痛得大哭起来，一边举起双臂，用爪子深深地扎进了她们的脚踝。

王后侍女嚎叫起来，幻化成烟雾消失了。在她们再次出现之前，泰拉的心不规则地跳动着。她用未受伤的胳膊撑着，从岩石地面上站起来，她粗重地喘息着，然后径直冲出了桥梁边缘。

她一下水就觉出了异样。

她没有撞到岩石，但水太冷了。她的手腕断了。她的心太虚弱。她的衣服太过笨重。但她像恶魔一样战斗，试图从地狱冲进天堂。有东西吮吸她的脚踝，还有东西滑过她此时裸露的双脚，但她不去理会。泰拉摆脱父亲的掌控，逃脱命运三人组的追杀，逃离了她生命中的每一次考验，并不是为了此刻被冰冷的水和断裂的手腕杀死。

如果死神想要把她带回去，就得加倍努力，而她是不会让他如愿以偿的。如果她死了，也就没人照顾斯嘉丽了，她还要确保姐姐可以安安全全地冒险，亲吻除朱利安以外的男孩。斯嘉丽应该得到所有的吻。也许泰拉也想要更多的吻，想要不会以死亡告终的吻。

泰拉没有沿着泥泞的岸边多做停留，她从水里冲出来，鬈发和裙子都湿透了，身上满是瘀伤，胸部起伏，青紫的皮肤颤抖着，但她仍然站着，仍然有呼吸，仍然活着。

不幸的是，她并不是一个人。

永生王后和王后侍女在等着她。

泰拉告诉自己她跑得比她们快。但当她们靠近的时候，她几乎只能摇摇晃晃地向前走。她的四肢绵软无力，疼痛、劳累和痛苦使她浑身发抖。她的肺几乎无法呼吸潮湿的空气。一阵风就能把她吹倒。

如果她是斯嘉丽，现在就会有人来救她了。朱利安可能会乘坐热气球飞进来，然后长出翅膀飞下来把她带走。不幸的是，泰拉并不是那种人们争相拯救的女孩，她只会被人抛弃。

但她们低估了她。

她提醒自己，她是两个危险罪犯的女儿。

她曾经把自己的生命押在她姐姐对她的爱上。

她吻了盗心王子，但仍然活着。

这些命运今晚杀不了她。

每个命运都有弱点。杰克斯的弱点是他唯一的真爱；那个人能让他的心再次跳动。王后侍女不过是永生王后的傀儡，女王拥有可怕的魔力，可以控制那些宣誓为她服务的人。要打败王后侍女，泰拉就得先战胜女王。王后刚才提到时间不多了，王后侍女一受到泰拉的攻击，就会幻化成烟雾，由此来看，她怀疑她们仍受到她母亲那副魔牌的桎梏。如果这些命运不像杰克斯那样自由呢。也许泰拉攻击女王，就能将她们三个送回纸牌监狱。

谢天谢地，泰拉知道永生王后的弱点：据说她是用眼睛换来了可怕的魔力。

泰拉所需要做的就是刺中永生王后的珠宝眼罩，那样的话，泰拉还有希望活到下一个晚上。

"如果你真的是强大的命运，就亲自过来和我战斗吧。"泰拉亮出手套上的其余刀尖。只剩下四个了。

永生王后把头歪向一边，无动于衷。

又有一把刀掉了，还剩三个。

然后，泰拉再也撑不下去了。她本可以一直站着，但她在生活中受到了很多次打击，所以很清楚该在什么时候示弱。

她跪下，然后瘫倒在水里。衣服湿透，毫无淑女风范，只剩下了失败。

一个命运走近，一股恶臭的水随即溅到泰拉的脸上。泰拉仍然闭着眼睛。她不能冒险睁开眼。暂时还不行。她只能希望走过来的是永生王后，希望她终于愿意把手弄脏来了结她。泰拉能感觉到一双冰冷的手在臭水里摸索着找她。修长的手指刺戳着，长驱直入。寻找她的脉搏。

泰拉慢慢地睁开了一只眼睛。攻击者的狭窄喉咙在黑暗中发着苍白的光。是永生王后。她的面具掀起来了。泰拉瞥见了一张漂亮的脸蛋，脸上带着厌恶的神情。

泰拉尽可能地吸进空气。她的血管在颤抖，手指在哆嗦。尽管泰拉一直虚张声势，但她以前绝做不出这样的事；她遇事只会逃避，并不会战斗。那个从未死过的泰拉此时可能已经放弃了，任由死神予取予求。

但那个女孩真的死了。

泰拉猛地睁开双眼。

接着传来的尖叫声令人毛骨悚然，盖过了泰拉掉回浅水区时溅起的水花的回声。

"肮脏的人类！"永生王后呻吟着，抓着她那被毁的眼罩，黑血从她的脸上流下来，"你做了什么？"

"我应该警告你一下，让你知道我不是那么好对付的。"泰拉再次举起了爪子，这时，永生王后和王后侍女化为烟雾消失了。

这次她们没有再出现。

她做到了。泪水模糊了她的视线。她不确定她哭，是因手腕折断而痛苦难当，还是因为她终于取得了悲惨的胜利。泰拉或许是赢了，但她很少会感觉自己如此破碎不堪。她从来没有受过这么严重的伤，而且成功地挺了过来。

她的肌肉犹如磨损的绳子，皮肤上满是瘀伤。她的眼睛紧盯着夜晚，筋疲力尽的泪水顺着脸颊流了下来。通往缆车站的路昏暗无光，看起来遥远无比。她发誓，在她刚才打斗的时候，它离她更远了。

斯嘉丽显然从来没有到过爱德怀城堡；希望她现在已经回到了宫殿，能够让泰拉恢复如初。泰拉只想找到她。

尽管如此，泰拉的双腿却另有想法。她的膝盖又沉到水里去了，而水并不像她记忆中的那么冷。泥浆软得出奇。她就闭一会儿眼睛。她就休息一会儿，好有力气站起来，或者爬回缆车站。那哗哗的流水声叫人觉得异常抚慰，让她受伤的手腕变得麻木，水涤清了所有的血、污垢和恶臭，她渐渐沉了下去……

穿着靴子的脚步声响起，十分沉重。

"多娜泰拉？"那声音听起来极为熟悉，但她的脑袋里太模糊了，她分不清是丹特还是杰克斯。那个声音如同杰克斯的一样尖锐，但又像丹特的一样威严洪亮。她必须睁开眼睛，但她没有力气做这么大的动作。

如果不是丹特，她只想睡觉，睡觉……

"多娜泰拉！"这一次，声音更近了，也更急迫了，同时还有两只非常苛刻的手。那双手把她从水里拖出来，墨水和心碎的味道立即将她包围。是丹特。

见是他来了，泰拉恨不得喜极而泣。但她伤得太重了。她只想把头重新扎进水里，但这个浑蛋说什么也不肯松开她。

他把她湿透的头抱在胸前："你能为我睁开眼睛吗？"

"也许我想在这里睡一觉呢。"泰拉咕哝着说，"我敢打赌，这里比在你怀里更安全。"

"我的怀抱哪里危险了？"他低声说道。

"对我来说，你的一切都很危险。"泰拉慢慢地抬起一边眼睑。

清晨的雾霭笼罩着丹特的头，像一个可怕的光环。她在那儿躺了多久了？

为什么他看起来像复仇天使？

他的眼睛乌黑乌黑的，下巴的线条十分明显，嘴唇动着，像是在咆哮。这可不是那个瞪着一双亮晶晶的眼睛、告诉她应该经常穿花裙的男孩。他看上去很凶狠，足以和冉冉升起的太阳搏斗，但泰拉发誓，当他低头看到她的手腕和脸，他那残忍的目光变得像玻璃一样光亮透明。

"谁干的？"他问道。

"永生王后和王后侍女。我开始相信……"泰拉含糊地说，"这可能不只是一场游戏……"

她又闭上眼睛。

"别在我身上睡着。"丹特把她从水中完全拽了出来。

滴答。滴答。滴答。她听起来像一块湿抹布，她感觉更糟了。

丹特把她拉近。他一点也不柔软。他的胸膛像一块大理石，然而她可以闭上眼，蜷着身子靠在他怀里，长睡不醒。

"不要那样做。"他责备道，"不要想放弃我。你必须保持清醒，我现在就送你去安全的地方。"

"哪里是安全的地方？"泰拉睁开她那双疼痛的眼睛，他离开了大路，她的头随着他的步伐晃动着撞到他身上。他什么时候走起来的？

他们并不是回爱德怀城堡，但看起来也不像去缆车站。她迷迷糊糊，怀疑她是不是在想象自己的未来，因为他们像是走进了墓地。泰拉所能看到的只有模模糊糊布满青苔的墓碑，墓碑顶上的小天使像都破碎了，有的墓碑两侧矗立着戴面纱的哭泣雕像。树木似乎也在哀悼，所有脆弱的树枝都在滴水，在丹特的靴子下嘎吱作响。

"你决定早点埋葬我吗？"她问道。

"你不会死的。我们去找人把你治好。"丹特开始走下一段古老的石阶，台阶旁边是一尊巨大的雕塑，上面刻着的人都穿着长袍，长着翅膀，各把一口棺材举过头顶。

泰拉真想冷笑一声；似乎她走到哪里，死亡和厄运就决定跟到哪里。

"我在服装店对你撒了谎，"泰拉说，"杰克斯的事，你说得对……"她又一次强迫自己睁开眼睛。她的头在不停地旋转。世界也在旋转。她只想让它们停下来，想让一切都停止。

"我不应该吻他。"她咕哝着说，"我甚至不明白我为什么吻他。我真的不在乎他会不会因为我撒谎就把我赶出宫殿。我想我只是想让你吃醋。"

"你成功了。"丹特粗鲁地说。

如果不是浑身都疼，泰拉可能会笑出来。

丹特把她搂得更紧，将挡在泰拉脸上的一绺头发拨开。然后，他的手指又回来了，温柔地抚摸着她的嘴角，他说道："我从没想过要成为别人，直到那一刻我看到他在舞池里吻你。"

"你应该先请我跳舞。"

"下次我会的。"他的唇拂过她的前额，"不要放弃我，多娜泰拉。如果你和我在一起，等我把你送到一个安全温暖的地方，那我就保证，我不会像那晚那样放开你。以后我们一起解决所有问题。"

他脸上的锐气消失了，有那么一瞬间，丹特显得非常年轻。他那双乌黑的眼睛流露出比平时更真诚的目光，眼眶里泛起点点星光，她真想望着那双眼睛，直到天长地久。他的头发四散飞扬，像一缕缕迷失的墨水，而他那危险的嘴仍然张着，看上去是那么脆弱，仿佛即将泄露一个邪恶的秘密。

"你是我见过的最英俊的骗子。"她想再咕哝几声，但她的嘴似乎不想再动了。她的肌肉很累很累。

丹特抱着她，走到一座陵墓前，他打开了大门。泰拉告诉自己，她只是再闭会儿眼睛。丹特又低声说了什么，她很想听听。那些话听起来似乎很重要。但她突然感觉暖和多了，而且，她不是一直都想知道在他怀里睡着的感觉吗？

26

如果这种令人窒息的意识可以被认为是清醒，那泰拉在她醒来的那一刻只想重新入睡。她的眼睛睁不开。她的嘴唇一动也不动。但她能感觉到疼痛锥心。她的整个世界都是由断裂的骨头和撕裂的皮肤组成的，中间夹杂着断断续续的声响和模糊难懂的话语，仿佛她的听觉无法决定是否继续工作。

有两个声音，都是男人的声音，都有回声。泰拉昏昏沉沉的脑袋里浮现出了深埋在地下的石壁。

"怎么……"

"我……"

"救……她……"

"我知道其中的风险……但是命运……她好不了。"

"我以为……王子……是唯一逃出来的命运？"

"这些命运……隐藏了多年……也可能是封印命运的魔法正在减弱……"

另一个声音咒骂了一声。

这时候，泰拉感觉到了一丝异样，不是疼痛，她感觉嘴唇上湿湿的。比水黏稠，微微有些金属味。是血。

"快喝。"

某种温暖的东西更紧地贴在泰拉的嘴上，跟着，她能感觉到血滴到她的舌头上。她的第一反应是把血吐出去。但她仍然无法动弹，而且，她喜欢它的味道，仿佛血可以给予她力量，让她的心跳加速。她费了九牛二虎之力去舔，又多喝了几口。

"好姑娘。"这是之前的那个声音，但现在疼痛稍减，所以她知道说话人的名字。是朱利安。

"应该够了。"第二个声音更低沉，更有威严。是丹特。

泰拉的心跳得更快了。

过了一会儿，不再有血了。疼痛仍然存在，但减轻了很多。

"去找她姐姐。"说话的是丹特，"把她带到泰拉在皇宫的房间。我不想让她醒来时身边连个人都没有。"

接下来的沉默持续了很长一段时间，泰拉担心自己的听力又出了问题，直到朱利安的声音打破了沉默："你真的在乎她？"

又是一阵沉默。

"我在乎的是找到魔牌，而她是我们最大的希望，弟弟。"

27

泰拉再一次恢复了意识，感觉就像是生命走到了终结。她浑身上下都应该疼痛难忍。她醒来之后本应该会被一个充满痛楚的世界包围，手腕痛苦难当，整张脸都是肿的，双脚被磨破。相反，她的身体感觉完整无缺，休息得很好，她的心脏比前一天晚上更有力地跳动着。无论她在哪里，这个新世界都是那么愉快、舒适、甜蜜，就好像有人把她塞进了一个假期的中心。

有什么东西噼噼啪啪地响着，像是有一团散发着淡淡的肉桂和丁香味的火在燃烧。她还听到了笑声，断断续续，气喘吁吁，那是她姐姐的笑声，每次她觉得她的同伴真的很好笑，便会这样笑。

如果斯嘉丽咯咯地笑，那说明情况并不算太糟糕。

泰拉小心地睁开眼。

跟着，她立即闭上了眼睛。或者说是她试图闭上眼睛，但她的眼皮拒绝合闭，仿佛她的眼睛无法不去注视眼前这幅生动的画面：她姐姐穿着诱人的红色衣裳，杰克斯懒洋洋地靠在泰拉塔楼套房里的一张穗饰沙发上，整个人发出微光。她的姐姐和她的假未婚夫正相谈甚欢，注视着彼此，仿佛他们已被对方深深吸引。

泰拉在床上猛地坐了起来。她不确定她是否想知道，是谁给她换掉了那件乱七八糟的礼服，怎么换掉的。此时，她穿的是一件新衣服，海盐蓝色，泛着银白色，与杰克斯眼睛的颜色一模一样，袖子用一条简单的丝带系在一起，裙身十分飘逸，紧身上衣上绑着深蓟花色的绸带，她穿着这身衣服，活像是被人拆开了一半的礼物。

她没见到丹特，也没看到朱利安。泰拉的目光扫过房间的每一个角落。暗淡的粉红色光线自窗户倾泻进来，使人联想到慵懒的早晨，但没有任何迹象表明朱利安或丹特曾来过这里。一想到丹特，她就感到一阵眩晕，想要再次闭上眼睛。一想起他保护她，把她抱在怀里，她的身体都变暖了。但当她想起他对朱利安说的最后几句话，她的皮肤开始转而发烫。她想要相信她偷听到的一切只是一个梦。可是谁治好了她呢？她是怎么来到这里的？

杰克斯和斯嘉丽还在快要熄灭的炉火前聊天；他们都没有注意到泰拉已经醒了过来。杰克斯把一个青苹果扔来扔去，他说着什么，只是声音太低，泰拉听不清，但她姐姐听后，双颊便生起了一层红晕。

泰拉大声地咳嗽起来。

"泰拉！"斯嘉丽从座位上跳起来，泰拉发誓她姐姐的脸更红了，"我很高兴你醒了。我和杰克斯都担心死了。"

泰拉的头猛地转向姐姐说起的那个恶棍："好像你是不能进入这个房

间的。"

"我就喜欢你总不把我当王位继承人。"杰克斯平静地说,"这座宫殿实际上是我的。但即使不是,也没人能阻止我靠近你,况且现在还发生了这样一件小意外。"

他走到泰拉的床边,他的眼睛一直紧紧盯着她的眼睛,默默地命令她配合他接下来说的任何话。"我知道你不小心太早下了车,只是从几英尺高的地方摔了下去,撞到了头。但我担心坏了,如果我没有在那里找到你,把你带回这里,真不知会发生什么,亲爱的。"他说得很亲热,仿佛觉得她的一切都很可爱似的。

泰拉发誓说,斯嘉丽的眼睛变成了小小的红心。

泰拉开始怀疑这是不是个十分真实的梦,尽管感觉更像是一场噩梦。斯嘉丽似乎迷恋上了杰克斯,而杰克斯甚至不应该在这里。是丹特和朱利安救了她,话说,他们两个在哪里?

杰克斯拉起泰拉的手腕,轻轻捏了捏。如果她不了解他的底细,那她一定会说他看上去很担心。"你的脉搏强有力地跳动着。但你可能需要一些食物。"他转身对斯嘉丽说,"麻烦你给你妹妹拿点新鲜的水果、茶和饼干,好吗?叫仆人来太费时间了,我想我们不应该再冒险让她昏倒了。"

"当然。"斯嘉丽说。几秒钟后,她走了,只留下泰拉和杰克斯两人。

有那么一会儿,只有炉火的噼啪声和杰克斯像流星一样银光闪闪的焦急目光;他似乎比她三天前见到他时更善于模仿真实的感情。

"你在这儿干什么?"泰拉问道。

杰克斯的目光立刻变得毫无情感。

"宫殿里到处都有我的密探。"他说。他的语气很无聊，好像她没问更原始的问题，让他很失望："这里发生的一切都逃不过我的眼睛。那个演员带你前脚走进隧道，后脚就有人向我汇报了，这是件好事。我到这儿几分钟后，你姐姐就冲进来了，我不得不谎称你从缆车上摔了下来，因为她以为你要死了。"

"我的确是就要死了！你为什么不告诉我别的命运也出来了？"

"你遇到了谁？"他冷冷地问道。

"永生王后和王后侍女。"

杰克斯漫不经心地咬了一口青苹果，但泰拉发誓，就在他嚼苹果的时候，他的五官变得尖锐起来，好像他并不像看上去那样漠不关心："算你走运，那些家伙就是软脚虾。"

"在我看来，她们可不是什么软脚虾。那些女仆差点杀了我。还有多少命运现在自由了？"

杰克斯苦笑了一声："我们中是有几个从纸牌里逃了出来，但那并不意味着我们重获了自由。那个女巫诅咒了我们，还夺走了我们一半的魔力。和过去的我相比，现在的我就像个影子。你以为我唯一的魔力就只是致命的吻？人们叫我盗心王子，因为我不只能控制别人的心跳。只要摸一下，我就能给予或带走别人的感觉和情绪。如果我拥有全部的魔力，我们甚至不会有这样的谈话。你会情不自禁地爱上我，我要你做什么你就得做什么。"

泰拉甚至都没有强忍笑意："世上没有任何魔法能让我爱上你。"

"那就等着瞧吧。除非你活不过这个礼拜。"杰克斯把苹果扔进了火里，激起了一串天蓝色的火花，短暂地照亮了房间，与他们致命的谈话极为不协调。泰拉不由得想起了前一天晚上莱金德的星星。

或者说，那是丹特的星星？

泰拉终于允许自己认真考虑无意中听到的丹特和朱利安之间的对话。他们不仅用鲜血神奇地治愈了她，丹特还称朱利安是他的兄弟。

朱利安告诉斯嘉丽莱金德是他的哥哥，如果这是事实，那丹特就是莱金德。但如果丹特是莱金德，那为什么他把泰拉带到朱利安那里，让他去她治好呢？也许朱利安才是莱金德。

泰拉真希望她当时能睁开眼睛，看看她喝的是谁的血。血有可能既不属于朱利安也不属于丹特；也许朱利安存了一些魔血。这似乎不太可能。但想象他们兄弟中有一个是莱金德，并且喂她喝血，保住了她的命，实在是很不现实。

不管怎样，在比赛结束时把莱金德交给杰克斯，都感觉和以前不太一样了。

然而那个恶毒的泰拉竟然很高兴丹特是真正的莱金德。她听到丹特对朱利安说他在乎泰拉只是因为她能找到魔牌，所以，她很高兴把他交给杰克斯，尽管她的内心警告她这是一个可怕的想法。

泰拉扭过头，发现杰克斯在玩弄她的蜜色鬈发。她顿时觉得全身冰凉，感觉治愈了的碎片又一次破碎了。她试图摆脱这种感觉。相反，她发现自己在想象杰克斯拥有全部魔力后的样子。昔日众命运统治期间，据说他们更像神而不是人类。她想象着他的嘴唇永远沾着鲜血，脚下是一堆死去的少女。

"这就是你想要莱金德的原因吗？"泰拉问杰克斯，"为了恢复你剩下的法力？"

"我想你已经知道答案了。"杰克斯慢吞吞地说。

"这笔交易完成后，莱金德会怎么样？"

杰克斯的眼里闪过愤怒的光芒："你担心那个拥有不死之身的卡拉瓦尔秀班主？"

"不是，你和永生王后这样的怪物拥有更多的魔力，才是我担心的事。"

"不管这个故事的结局如何，怪物都会得到魔力。"杰克斯愉快地说，"如果莱金德摧毁了我们，获得了我们所有的魔法，你认为他会怎么样？我喜欢魔力，但任何人类或不死之人都不应该拥有那么大的法力。如果莱金德得到了他想要的，他将成为世界上有史以来最大的恶棍。"

"所以你相信这个游戏是真的？"

"也许不是对每个人都如此，但对你、我和莱金德而言，这场比赛的确是真实的。宝贝，你认为这会给你带来什么不同吗？如果你打算改变主意，我有两件事要提醒你。如果你不坚持你我的约定，你将在本周末死去，你母亲也会死。只有两种方法可以把人从纸牌中解脱出来。要么是有个凡人心甘情愿代替他们被囚禁在纸牌里，要么是一个拥有强大法力的长生者破除诅咒，释放所有被囚禁在纸牌里的人。莱金德永远不会选择释放众命运。如果他拿到了牌，他会毁了它们，到时候你母亲也会被毁灭。"

杰克斯靠得很近，用冰冷的嘴唇拂过泰拉的耳朵，他把她的头发别在她的耳后，低声说："你母亲被困的那张纸牌与困住众命运的那副魔牌互相依存。除非你想让你母亲死，否则，只要你赢了比赛，就用那枚倒霉硬币和我联系，兑现你的承诺，把莱金德交给我。"

"我恨你。"泰拉咆哮道。

杰克斯对着她的耳垂咯咯地笑着，仿佛这种情绪让他激动起来。

"我可以进来吗？"斯嘉丽的声音从门口传来。

泰拉朝那边望去，只见姐姐拿着一盘五颜六色的食物，仍然对着杰克斯灿烂地笑着。

"我在道别呢。"杰克斯皱着眉头，将泰拉额头上的一绺乱发拨开，好像他不愿意离开她。

斯嘉丽看到这样的画面，仿佛要昏过去似的。泰拉想象着，她躺在靠垫上，脸色惨白，杰克斯看上去狂野、容光焕发，散发着金黄色的光芒，金色的头发遮住了一只神秘的眼睛，这样的画面可能确实有种说不出的优雅。

"真希望我能多待一会儿。不过别担心，亲爱的，我今晚会来接你，和女王一起共进晚餐。"

斯嘉丽把托盘放在床边，倒抽了一口气："你们要和女王一起用餐？"

"是的。"杰克斯插嘴说，这时泰拉还没来得及对这条新消息做出反应，"女王陛下很想见见是哪个女孩偷走了我的心。她并不关心我的上一任未婚妻，但我知道她会像我一样爱多娜泰拉。"

他的语气真是比蜜还甜，而这一次，泰拉也无法分辨他刚才说的话是为了哄骗斯嘉丽，还是为了折磨自己。如果女王像杰克斯一样爱泰拉，那就表示她根本不会爱她。

突然觉得这顿晚餐是个坏主意。

在某种程度上，女王对泰拉来说就像众命运一样神秘；她听说过这个强大的统治者，却从未见过她的真面目。尽管泰拉很好奇，但就算无缘见到女王陛下的真面目，她也无所谓。更重要的是，和女王在一起一个晚上，就意味着泰拉有一个晚上不能参加比赛，不能去找母亲的魔牌，而泰拉现在确信这是赢得比赛的关键。

"今晚我不能和你一起用餐。"泰拉说，"卡拉瓦尔秀只剩下三个晚上了。"

"你总是忘记我的身份有多贵重。"杰克斯说，"这意味着你现在也是贵人了。我已经告诉女王你有多享受比赛，于是，她取消了他们今晚的所有计划，这样你就不会落后了。"

"但是……"

"就这么说定了。"杰克斯咕噜着说，瞥了她姐姐一眼，他的声音里有一种以前从未有过的魄力，提醒着泰拉，如果这次假订婚穿帮，她会失去什么。

泰拉想问他为什么这么在乎这件事。他们第一次见面时，他声称，揭穿谎言会让他显得软弱无能，那样他的生命就危在旦夕。她一发现他是命运，她就以为那是谎言，但在他拥有全部法力之前，他都很脆弱。

"现在，"他大声说，"我真得走了。"他向斯嘉丽匆匆说了声再见。谢天谢地，他没有试图吻她的手或脸颊。

斯嘉丽眨着眼，在他走后关上门，看斯嘉丽的样子，泰拉估摸姐姐至少想让杰克斯亲吻她的手指。

"斯嘉丽，你和他在一起，得小心点。"

"真有意思。"斯嘉丽说，她的头猛地转向泰拉，"这也是我要对你说的话。"

Chapter 5
爱 兰 丁 的 晚 宴

28

斯嘉丽紧紧抓住门上的玻璃把手，五个指关节都发白了，她的背靠在门上，仿佛是在阻止一个特别的人再进来似的。

"泰拉，你和王位继承人在搞什么鬼？"斯嘉丽的笑容消失了，她的声音从甜美变成了酸涩。

"我还以为你喜欢他呢，你总是笑个不停。"

"他的名声不好，而且他是王室，皇宫里到处都是他的画像，我见过。我还能怎么做呢？"斯嘉丽大步走回床前，坐在床边，就像一只鲜红的鸟正要扑过来："泰拉，出什么事了？朱利安让我早点来，他说得好像你快死了，但接着杰克斯给我讲了一个可笑的故事，说什么你从缆车上摔了下来。他伤害你了吗？"

"没有，杰克斯没动我一根指头。"

"那告诉我发生了什么事。朱利安不肯解释。他跑掉了，这次我甚至都没有叫他走。"

泰拉拽着她衣服上的海盐蓝丝带，避开了姐姐追问的目光。斯嘉丽一直盯着泰拉，好像她做错了什么。但如果不是斯嘉丽保守秘密，泰拉就不会落入现在的处境。

"你想知道发生了什么事？"泰拉问道，"我一直在找你。午夜过后我去了你的套房，但你不在。"泰拉终于抬起头来，"斯嘉丽，你刚才去哪儿了？"

"我哪儿也没去。"她断然答道，"我在房间里睡觉。"

泰拉眯起了眼睛："我敲门了。"

"我一定睡得很沉。"

"我敲得指关节都青了。"

"我累坏了。"斯嘉丽把双手按在裙子上，抚平了一条根本不存在的褶皱，"你知道我睡觉有多死。"

泰拉不想怀疑姐姐。斯嘉丽的语气是真诚的，但她的手不停地摆弄着礼服上平直的褶皱，泰拉估摸即使她说的是实话，也不是故事的全部。不然，她也不会不停地摸衣服。

斯嘉丽似乎感觉到妹妹心里的怀疑越来越浓："我又没有参加比赛。我能去哪儿呢，泰拉？"

"也许你不参加比赛，是因为你在为莱金德效力。"泰拉指责道。

"你认为我参与了比赛？"斯嘉丽气急败坏地说。

"我不知道该怎么想！昨晚发生了那样的事，我甚至不确定我是否还相信这只是一场游戏。"泰拉承认道。

值得称赞的是，斯嘉丽没有说这正是她警告过她的。相反，她深吸了一口气，又抚了抚裙子，然后平静地说："你忘了上一场比赛中莱金德让我经历了什么吗？你真的相信我也有份对你不利？不要回答，你脸上的表情清楚地表示你就是这么想的。但我绝不会那样伤害你，泰拉。我发誓，我没有为莱金德工作，如果你不这么认为，那就表示莱金德的把戏奏效了。"

斯嘉丽握着泰拉的一只手，她合拢的手指温暖而有力，只是有点颤抖。泰拉可以把这理解为姐姐有所隐瞒，也可以理解成很少对泰拉撒谎的斯嘉丽真的受到了伤害。

泰拉感到一阵内疚。

"对不起。"泰拉说，"你是对的。我不应该因为你没开门就认定你为莱金德工作。"

泰拉大声说出这些话后，她差点笑出声来；她似乎做了一个相当大的飞跃。但开玩笑似乎为时过早。斯嘉丽仍然握着泰拉的手，然而她们之间的纽带却异常脆弱，仿佛泰拉的许多秘密太沉重了，会将纽带压断。

她凝视着窗外。日光从慵懒的桃红色变成了灿烂的杏黄色，使房间里的一切都变得更金碧辉煌。泰拉并没有注意钟声，但她猜想此时大概是在中午前后。还有相当长一段时间天才会黑，才要去和女王共进晚餐，她有足够时间向斯嘉丽坦白一切。泰拉考虑着。但她怀疑斯嘉丽是否会相信泰拉在比赛中了解到的信息。泰拉害怕姐姐不相信，却也害怕斯嘉丽真的会相信。

泰拉几乎想听姐姐安慰她说这只是一场游戏。但如果卡拉瓦尔秀是真的，就像自从今早与永生王后狭路相逢，泰拉便开始相信比赛是真的，那假装这只是一场游戏对泰拉没有任何好处。不过，要斯嘉丽相信是真的，却对斯嘉丽没有好处。她只会更担心泰拉。

但也许泰拉可以说出一个秘密，这么做将使事情变得更好而不是更糟："我想丹特和朱利安可能是兄弟。"

"你为什么这么说？"斯嘉丽的语气充满了怀疑，"他们俩甚至都不喜欢对方。"

"我昨晚无意中听到了一件事。"

"那可能只是一场比赛里的表演。"

"听起来倒是有这个可能。"

斯嘉丽眯起眼："你真的开始相信这不仅仅是一场游戏，是吗？"

"不。"泰拉说谎了。

"但你认为朱利安和莱金德是兄弟？"

"是的。"泰拉说，"我确实相信。"或者说，在这一刻之前，她的确相信，但此时她姐姐看着她，仿佛她已经失去了理智。

斯嘉丽深深地吸了一口气。"我希望我能相信你，但我甚至都没参加比赛，所以我有很多疑问。"她朝门口指了指，"我还是不明白你和继承人为什么订婚。我确信这与比赛有关，但我就是搞不明白。我知道的事让我很害怕，泰拉。如果我很混乱，那你肯定更糊涂。"斯嘉丽的声音有些嘶哑，泰拉的心也跟着碎了。

泰拉不想再对姐姐撒谎，但她也知道，她不能告诉她全部真相。

"我是代表杰克斯参赛的。"泰拉坦白道，"如果我赢了，把奖品给他，"她闪烁其词地说，"那么他就会让我们和母亲团聚。"

斯嘉丽的表情变得严肃起来，但她一句话也没说。

时间在嘀嗒流逝。

泰拉生怕姐姐毫无反应，担心她会像往常一样忽略这个话题。但当她说话时，情况更糟了。

斯嘉丽说每一个字的时候都像是在咒骂，仿佛她宁愿听说母亲已经死了似的："你为什么还在找那个女人？"

"因为她不是和我们无关的女人，她是我们的妈妈。"泰拉恨不得走到她的小箱子跟前，把困住帕洛玛的那张纸牌拿出来，但它不像卜算镜那样坚不可摧，而且，她有点担心斯嘉丽会做出鲁莽的举动，比如把纸牌撕成两半。

斯嘉丽那件礼服的颜色变得越来越深，从撩人的深红色变成了狂暴的深紫红色，配合着她沉郁的语气，她说："我明白你想要相信她最好的一面。有很长一段时间我也是这样。但她离开了我们。泰拉，她不仅抛弃了我们，还把我们丢给了父亲。我知道你一直希望为她的离开找一个好理由。但事实是，如果她真的爱我们，她就会留下来，或者带我们一起走。"

泰拉想告诉姐姐，母亲离开是为了保护她们，不让禁锢众命运的魔牌伤害她们，但她忽然觉得这件事很荒唐。而且，如果泰拉把魔牌的事告诉斯嘉丽，她就还得承认母亲是个罪犯，那副魔牌最初就是被她偷来的，她怀疑这么一说只会雪上加霜。

"很遗憾，我们对这件事的看法如此不同。"泰拉说。

"我只是不想看到你再次受伤。"斯嘉丽萎靡地靠在离她最近的床柱上，"看看眼前的情况吧，你和一个残暴的继承人合作去找她，我觉得这么发展下去，是不会有好结果的。"

"我知道你不喜欢这样。"泰拉说，"但如果你担心的是杰克斯，相信我，等比赛结束了，我们之间的交易也将随之告终。"

"你确定吗？"斯嘉丽说，"他刚才来这里的时候，看样子不像是愿意很快放你走。"

"他是一个好演员。"

"我不这么认为。"

"所以我才要你相信我。"泰拉捏了捏姐姐的手，"你告诉我你没有为莱金德工作，我就相信你。我保证，三天以后，你和我都再也不必见到杰克斯了。"

"三天，会发生很多变化。"斯嘉丽说。

但说完这话，她并没有继续争辩，泰拉不由得怀疑姐姐也有秘密。

2 9

泰拉无法停止把花别在头发上。她知道她插得太多了，她的脑袋看起来像个花园，满是蓝色的鸡蛋花。她继续插花。

斯嘉丽走后，有人把一束鸡蛋花送到她的门前，却没有留下字条。泰拉估摸八成是杰克斯差人送来的，因为它们和那晚他送的飘逸礼服的颜色很相配。泰拉本来要把花扔出窗外，但花香闻起来是那么熟悉，让她一想到要和那束蓝花分开，就感到心痛。她把一朵又一朵花插在发间，沉浸在芳香中，全神贯注地把花朵编进鬓发里，她不愿想她即将去与莫里迪安帝国的女王一起用餐。

一想到这件事，她就心烦意乱。

她父亲是总督，请人教过泰拉与贵族进餐的所有礼仪，但泰拉只是这耳朵进那耳朵出。她压根儿就不知道该怎么与皇室成员共进晚餐。

她从那束越来越少的花束里又拿出一朵。

一阵咯咯的笑声从门口飘到了她的卧室。

泰拉从虚荣心中回过神来，只见杰克斯靠在门框上。

她本以为这一次他会摆出一副皇家风范。但就像命运舞会时一样，杰克斯甚至连外套都没穿。他穿着一件像溢出的白兰地颜色的宽松衬衫，肩膀处撕裂了，让人觉得他是把上面的装饰品扯掉了，他的衬衫甚至都没有塞在红褐色的裤子里，而裤腿则塞在毫无光泽的皮靴中。用"随意"这个词来形容他都显得是在夸奖他了，但他周围仍然弥漫着赤铜色的魔力光芒。

他用一只不戴手套的手拿着一个新鲜的苹果，那颗果子犹如处女的床单一样洁白明亮："晚上好，多娜泰拉。"

"你知道的，溜进年轻女士的房间，可不是君子所为。"

"我还以为我们早就不在乎这种虚礼了。但是……"杰克斯轻盈地离开门框，伸出胳膊，"……我保证今晚会好好表现。"

"这并不能说明什么。"泰拉站起来，抚平长裙。她穿的这身礼服比杰克斯送的任何一件都要重。一半是不加修饰的浅蓝灰色丝绸，另一半裙身上有珠宝拼成的旋涡图案、青色天鹅绒花朵和冰蓝色花边，十分华丽。

"别担心。"杰克斯说，"我相信爱尔会喜欢你。"

"你叫女王爱尔？"

"爱兰丁这个字太拗口。"

"你叫我多娜泰拉。"

"我喜欢它的味道。"杰克斯的牙齿慢慢地咬破了苹果皮，他咬了一大口，露出了深红色的果肉。

泰拉强迫自己挽住他的手臂，她很清楚，她有任何不适和不快，只会让他从中取乐。但令她惊讶的是，他竟然表现得像个绅士，他们一起走上爱兰丁金塔的台阶，去最高楼层拜见女王。

杰克斯轻轻地揽着泰拉的手臂，泰拉随时都可以挣脱，而且，他的苹果比她更吸引他，他们就这样走上了几段楼梯。然后，他放下她的胳膊，突然转身面对她。

他用锋利的牙齿咬着嘴唇，而不是咬着一块果肉，他那水银色的眼睛在她的头发上流连。在上楼的时候，泰拉头上的花掉了几朵。这或许最好。然而，杰克斯端详着她，皱起了眉头。

"怎么了？"泰拉问道。

"必须让女王相信我们相爱。"他停顿了一下，仿佛在小心翼翼地选择下面的话，"我和爱尔的关系很复杂。如果我能杀了她，我会动手，但她身上有防护屏障，我根本近不了她的身。她老了，但还不至于马上归天。不过，她很快就会把王位传给我。但在那之前，我必须找到一个她认为合适和我统治世界的人。"

"你认为我就是那个人？"泰拉说完哈哈笑了起来。

但是杰克斯没笑："你说服莱金德帮助你，你死后又复活了，你还敢吻我。你当然就是那个人。"他盯着她的眼睛看了一会儿，然后他的目光从她身上扫过。

泰拉顺着他的目光看去，看到了墙上的一面镜子。镜子里映衬出他们两个的身影。令泰拉吃惊的是，杰克斯在镜子里的样子完全不同；镜子一定无法捕捉到他的真正本质。他穿着破衬衫和脏兮兮的靴子，仍然像是刚从床上滚下来，或是从低矮的窗户里掉下来的，但他看上去也更年轻，更孩子气，像个淘气包，而不是邪恶的化身。他的眼睛是明亮的蓝色，没有了冰冷的银光。他的皮肤还很苍白，但他的面颊上有了一点血色，嘴角带着微微的弧度，看起来像是要说些顽皮的话。

"你看错人了，亲爱的。"杰克斯轻轻地把一只手压在她的脸颊上，把她的视线移开，让她看她自己的倒影。

她在镜子前坐了一个多小时，把花插在头发里，但她没看自己。有时当她凝视着镜子时，她发誓她看到的是死亡的影子而不是自己的影子。但此时当她看着自己的倒影，她并没有看到死亡。她的皮肤闪闪发光，不仅因为上楼梯而发红，还因为未来还有很多惊险刺激的日子在等着她。衬托之下，她旁边杰克斯的脸色突然显得更加苍白。他的容光焕发意味着他永远不会死于自然原因或致命的创伤，但她的容光焕发表示她是真正地活着。

"别人可能会低估你，多娜泰拉，但我不会。"

泰拉试图对他的话无动于衷。她终其一生都被人瞧不起，父亲认为她一无是处，姐姐爱她，但又担心她总是麻烦缠身，祖母不待见她，有时，就连泰拉也瞧不起自己。最相信她的人竟然是那个慢慢杀死她的人，实在是有些残酷。

"如果我失败了，你会提早杀了我吗，就像你杀了你上一任未婚妻一样？"

杰克斯露出不悦之色："我没有杀她。"

"那是谁干的？"

"不想让我继承王位的人。"

苹果从杰克斯手里掉落，滚下楼梯，他抓住泰拉的胳膊。他把她搂得比之前更近一些，几乎像是在保护她，但在他们继续攀登时，他保持沉默，仿佛她提到他的前未婚妻，惹恼了他。如果泰拉相信他，她会感到内疚。但他是盗心王子，每个人都知道盗心王子不会爱。据说他有一个真心爱人，但泰拉怀疑他已经找到了她。他那么随意地提到希望能杀死女王，泰拉觉得杰克斯根本不会因为凡人的死而受到影响。

"为什么王位对你这么重要？"泰拉又走了几步，问道，"你可是命运，想必你不会愿意被凡人的力量所拖累。"

"也许我喜欢戴王冠。"杰克斯摇了摇头，更多的金发挡住了他的眼睛，"你见过女王的王冠吗？"

"没有。"但泰拉目睹了杰克斯穿得多么随意，即使事实并非如此，她也无法想象这位盗心王子拼了命也要当上继承人，只是为了能戴上王冠。除非那是一顶神奇的魔法王冠，只有当上皇帝才能拥有。

她正要问这顶王冠有什么特别之处时，但此时，他们来到了楼梯顶端。

泰拉没有数他们走了多少级台阶，但她猜想他们快到塔顶了。两扇黑漆大门立在他们面前，两边都站着全副武装的卫兵。他们一定是认出了杰克斯。卫兵一言不发地打开了门。

密密麻麻的蜡烛自白色天花板上垂下，像是一个个发光的蜡质雨滴，金盏花色的光芒闪烁着，照亮了这个圆顶房间。泰拉瞥见精致的盛宴在烛光下冒出腾腾热气，房间另一边有一个雕刻精美的舞台，她只来得及看了一眼，一个女人的声音便划破了寂静。

"你们终于来了！"爱兰丁女王从宴会桌旁末端的一个座位上站了起来。

泰拉原以为会看到一个妖怪一样的女人，面色苍白，骨瘦如柴，比安娜祖母还要冰冷，但女王面颊红润，皮肤黝黑，又矮又胖，让人感觉她抱起来一定软软的。

"亲爱的，你真可爱。"爱兰丁笑了，脸上露出了光彩，好像她一直把笑容留着，就为了在泰拉面前展现。这一表情照亮了女王陛下的整张脸，她头顶的金冠和镶着珠宝的品蓝色斗篷更加耀眼了。

泰拉行了屈膝礼："很高兴见到您，陛下。杰克斯给我讲了很多关于您的事情。"

"他告诉过你他打算怎样杀死我吗？"

泰拉一时间竟无言以对。

"别那么害怕。我只是在开玩笑！到目前为止，杰克斯是我最喜欢的继承人。"爱兰丁眨眨眼，把泰拉紧紧地搂在怀里。

安娜祖母瘦得像麻秆儿一样，所以泰拉一直认为老人都十分脆弱，一碰就破，但爱兰丁的拥抱很有力，她的怀抱十分温暖，而且她不在乎弄皱洁白无瑕的衣服。

爱兰丁放开泰拉，也拥抱了杰克斯。她甚至还揉了揉他的头发，好像他是个小男孩："只要你稍加努力修饰一下外表，就一定能颠倒众生。"

令泰拉惊讶的是，杰克斯竟然脸红了；他的皮肤与其说是红色的，不如说是青的，但他的脸色的确是变了。她不知道脸红是否也可以假装，他不可能真的因为她的小动作而感到尴尬，但他的苍白脸颊却变得有点发蓝。过了一会儿，他咧开嘴笑了笑，这无疑是为了让女王相信，尽管他很害羞，但他很感激她的关注。他这么善于假装，实在叫人不安。

女王微微一笑，但她的笑容转瞬即逝："杰克斯，你太瘦了。我希望你今晚能多吃点，不要只吃一个苹果。"爱兰丁转身对泰拉说："你得让他吃得饱饱的。有人总想毒死我亲爱的杰克斯，所以他从不在我的私宴上大快朵颐。不过希望他今晚能好好吃一顿。我要的这桌筵席很适合……我的口味。"

爱兰丁哈哈笑着把杰克斯和泰拉领到一张堆满食物的桌前。从开着可食用花朵的蜂窝塔到嘴里叼着苹果的糖汁腌猪，这里有人们能想象得到的每一道菜。那边是微型果树，长着巧克力李子和黄糖蜜桃。一块块奶酪从糕点做成的微型宝箱里探出来。倒转的龟壳里盛满了汤。三明治做成手指的形状。还有一盘盘粉色和红色的盐腌萝卜。水里冒着淡紫色的气泡，杯里装着桃红色的美酒，杯底有浆果。

"你们发现了吗，这里没有仆人。我希望我们几个能安安静静地吃一顿饭，我好多了解了解你。"爱兰丁坐在桌首。另外两把椅子在房间的另一头，面对着舞台。舞台上方的木拱门雕刻着朴素的椭圆形面具，有的皱着眉头，有的咧嘴笑着，有的怒目而视，有的哈哈大笑，做出各种各样的奇怪表情，那些面具全都低头俯视着下面拉合着的童话般的绿色幕布。

"现在，给我讲讲你的事吧。"女王说，"杰克斯说你来瓦伦达是找你失踪的母亲？"

泰拉坐下，她张着嘴想要回答，但她还没说，爱兰丁就又讲了很多杰克斯说过的泰拉的事。女王甚至知道泰拉的生日快到了，还答应给她办个小派对。

"杰克斯还告诉我，你对众命运很着迷呢。很久以前，我有一副特殊的命运魔牌。魔牌好像从来都没预示过好事。"她又笑了起来。

这笑声几乎和第一次一样让泰拉大呼惊讶。她没想到女王陛下竟然这么好脾气。也可能是她非常喜欢杰克斯。不管他说什么，她不是点头就是大笑，把食物堆在他的盘子里，就好像他是个孩子，尽管泰拉注意到杰克斯连一口都没吃。他把苹果从猪嘴里拔出来，但也没吃。他只是把果子在手掌上滚来滚去。

然后，他把另一只手放在泰拉的脖子上，冰冷的手指懒洋洋地拨弄着她的头发。他这是在做戏，但感觉自然而然。好像他伸手摸她是最自然的事情。她发誓她也能感觉到他的目光就像晨霜一样冰凉，杰克斯注视着她吃下每一口食物，目光掠过她的嘴巴。

"你们俩都来试试这个吧。"爱兰丁指着一盘手掌大小的蛋糕，这些蛋糕看起来像是各种颜色的礼物。有橘色，有蓝绿色，还有银白色和海霜色，而那正是杰克斯眼睛的颜色。

"这是专为皇室定制的传统订婚菜式。只有皇家面包师才做得出来。其他人想吃都是违法的。每块蛋糕里都有一个惊喜，代表着你们的未来。一些蛋糕里装满了甜奶油，象征着甜蜜的生活；另一些里装满了糖鸡蛋，象征着儿孙满堂。"爱兰丁又眨了眨眼，泰拉差点没把嘴里的水喷出来。

自从在楼梯上吃完苹果后，杰克斯什么也没吃，他拿起一块与泰拉礼服颜色相同的蓝色天鹅绒糖霜蛋糕，送进嘴里。他把蛋糕咬开，浓稠的树莓果酱渗出来了。

爱兰丁鼓掌："如此看来，你们两个之间将永远激情四射。现在轮到你了，亲爱的。"

泰拉永远不会嫁给杰克斯，否则，她宁愿被困在纸牌里，所以她选择哪块蛋糕应该并不重要。她真的不想拿蛋糕。她已经受够算命了。不过，杰克斯和女王都盯着她看。这不是一个请求，而是挑战。

"太有意思了。"爱兰丁低声说道。

泰拉低头一看，发现她的手指已经拿了一块毫无生气的黑色蛋糕，蛋糕上带着一个由深蓝色糖霜做成的蝴蝶结，它的颜色和丹特背上的翅膀文身的颜色相同。

"这让我想起了我遇见杰克斯的那个无月之夜。"泰拉撒谎道。

"哦，我不是在说蛋糕。"爱兰丁威严地盯着泰拉手指上那颗星爆状的猫眼石戒指，"我很久没见过这样的戒指了。"

"这是我母亲的传家宝。"泰拉说。

"是她给你的吗？"爱兰丁的这句话说得和那晚她说的其他话一样热情，但泰拉发誓她的眼角在不自然地抽动，好像她的微笑不再发自真心，"她告诉过你这东西有什么用吗？"

"没有，她失踪了，而这是她留下的为数不多的东西之一。"

"你戴着戒指，是为了纪念她吗？"爱兰丁的表情变得柔和下来，"你真是个小宝贝。杰克斯当初告诉我他又订婚了，我还不相信呢。我担心……好吧，我担心什么并不重要。我现在知道他为什么这么想要你了。但要小心你的传家宝。"她压低声音道，"那个戒指看起来像是来自星神殿的钥匙，如果确实如此，你母亲一定为此付出了很高的代价。"

泰拉的目光落在她的手上。虽然难以置信，但她绝望却也充满希望，她很想知道，她戴了七年的那枚戒指能否成为解开母亲秘密的那把钥匙。

"对不起，打扰了。"一个刺耳的声音从舞台上传出来。

泰拉抬起头，只见阿曼德扮成了遇刺国王，这个命运代表着背叛或失而复得。他对着台下的几位观众笑了笑，那种表情就像他的服装一样让人不寒而栗。他腰间挂着一把血淋淋的红剑；他那暴露在外的喉咙上有着一道浓稠的血痕；他头上戴着一顶由匕首做成的邪恶王冠："今晚能来这里，真是荣幸之至。"

3 0

从天花板上垂下来的蜡烛有一半都灭了，餐桌笼罩在阴影中。只有阿曼德和舞台依然发着光。

"太好了！"爱兰丁鼓起掌来，"娱乐活动要开始了。"

"谢谢您邀请我们，陛下。"阿曼德深深地鞠了一躬，异常谦卑，"自从您加冕以来，莱金德最大的愿望就是携卡拉瓦尔秀演员前往瓦伦达。我们非常感激您接受了他的提议。今晚，为了向陛下致敬，我们将举办一场非常特别的演出，向您展示当统治者们不那么明智和仁慈时的生活是什么样子。希望各位喜欢。"

幕布拉开。

这出戏真是拙劣的模仿。

舞台布置得很像古时的王宫大殿，所有的颜色却都太过鲜艳俗丽，所有的一切都被刷成了绿黄色、电光紫、妖媚紫红、宇宙蓝和脉冲黄，好像背景、服装和王座都是小孩子画出来的，而阿曼德就坐在王座上。优婉打扮成永生王后的样子，戴着珠宝眼罩，穿着合身的黑色长礼服，懒洋洋地靠在他的胳膊上。

泰拉不由得浑身一颤，爱德怀城堡外窄桥上发生的事再次闪现在她的脑海中。

优婉的目光扫过皇庭一样的舞台，她的嘴唇扭曲着，异常残暴。

泰拉把目光移开。她认出了其他几个演员：其中一些扮成贵族，但许多演员都扮成了其他命运。泰拉发现了怀孕少女、王后侍女和投毒者。

她没看到丹特。她竟然在找他，她为自己这样而泄气不已。

在舞台上，永生王后优婉戏剧性地叹了口气："太无聊了。"

"也许我能帮上忙。"卡斯帕走上台来，他穿着一件红色天鹅绒燕尾服，那个颜色与从他嘴角和一只眼睛的边缘滴下的血一样。显然他扮演的是盗心王子。

泰拉壮着胆子看了杰克斯一眼，要看看他见到有人在舞台扮演他，他有什么反应。他依然面无表情，有点漠不关心，此时，卡斯帕挥手示意两个年轻演员上台，泰拉觉得杰克斯搂着她肩膀的手臂变得冷冰冰的。

泰拉不认得他们。他们都很年轻，一个男孩和一个女孩，比泰拉小一点。他们穿的衣服特别令人不安。所有其他的演员扮演的角色都很明显。但这对少男少女似乎穿着他们最好的衣服，熨烫整齐，和其余宫廷成员的服饰比起来，他们的衣服有点过时，好像他们两人都没有理由经常穿得很漂亮，也就没有理由在他们的衣柜添置新衣。这让他们看起来比其他人更真实，就好像卡斯帕刚把他们从街上拽过来，并承诺如果他们跟着他，就给他们两袋糖果。

"你叫什么名字？"卡斯帕问女孩。

"阿加特。"

"多么可爱的名字啊，阿加特。你呢？"他问男孩。

"我叫雨果。"

"也是个好名字。"卡斯帕的语气从甜美变成了狡猾，"事实上，我非常喜欢你们两个的名字，我打算把它们写下来，这样我永远都不会忘记了。"

阿加特和雨果交换了一下眼色，都有些摸不着头脑，仿佛感觉有什么不对劲，但随后两人都点了点头，显然是想讨好命运。

卡斯帕从口袋里掏出两张纸片，大小和形状都和纸牌一模一样。"啊，"他呻吟着说，"墨水好像没有了。想必只能用我那永恒之血来代替了。"

他拿出一把镶着宝石的匕首，轻刺指尖。血随即涌了出来，卡斯帕用血在纸牌上写字。他写完之后，一股戏剧般的银色烟雾升腾而起，覆盖了半个舞台。烟雾消散后，阿加特不见了，她的位置上出现了一张纸牌。

卡斯帕捡起纸牌，向优婉和阿曼德快速亮了一下。

"你把她变成了一张纸牌！"优婉大叫道，"再来一次！再来一次！"

雨果跑了起来，但卡斯帕的血淋淋的手指已经动了，他在另一张空白纸牌上写下了男孩的名字。

又冒出一股烟，然后雨果消失了。

卡斯帕走到男孩刚才所在的地方，从地上捡起纸牌。

优婉使劲儿鼓掌："能把他们关多久？"

卡斯帕向宝座走去。"只要你觉得有趣，就可以让他们一直这样。"卡斯帕伸出长长的粉红色舌头，舔了舔其中一张卡片，然后递给优婉，"我给你做一整副牌，这样你就可以玩牌了。"

杰克斯搭在泰拉肩膀上的手臂突然感觉比之前更重、更冷了。"是这样吗？"她低声说，"你真的这么做了？你把人变成纸牌，把他们当牌来玩？"

杰克斯对着她的耳朵回答道："我从没这样舔过牌。"

"但其余的……"泰拉扭头看到他的脸，希望能找到懊悔。她知道众命运非常邪恶，杰克斯就曾逼迫她去找他想要的东西，但他们竟然把凡人困在纸牌里，把他们变成一张没有任何力量的纸，用来取乐，简直是无耻可恶到了极点。

杰克斯懒懒地咧嘴一笑，低声说："多娜泰拉，你想找什么？你在寻找我的优点吗？你永远也找不到的，因为我根本就没有优点。"

"用不着你告诉我。"

"那你为什么一直看着我，好像在寻找答案？"

她把头歪向舞台："你要莱金德的真名，就为了这个？你要把他封印在纸牌里？"

"他想毁掉我。"杰克斯平静地说，"我只想保护我自己。"

"那你为什么又要他名字以外的东西？"

"因为我可以拥有更多。"杰克斯说到"更多"这两个字的时候，更紧地揽着泰拉。

"你想怎样？"泰拉问道，"你还打算从莱金德那里得到什么？"

"我的回答只会让你更不开心。"

"现在这种情况，知识比开心更重要。"

"我要喝他的血，直接从他的血管里把血吸出来。给予和窃取法力都得用这个法子。如果装在瓶子里就不灵了。我可以用这个办法借用他的一些魔法，但那些法力终究不是我的。"

他也能那么做的。泰拉还记得，他们接吻后，他让舞厅里每个人的心都停止了跳动。心跳停止只持续了一分钟，但那正是他所需要的。

杰克斯不再说话，扭头看着舞台，笑了笑，好像被演出逗乐了似的，但泰拉认为，他这么开心，完全是因为她很不自在。

他喜欢折磨她，就像戏里的盗心王子喜欢玩弄他封印在牌里的孩子一样。

莱金德安排这出戏，并不是在表演，而是在玩火。

她对这出戏的解读可能有些过分，但泰拉认为这部戏并非真的为爱兰丁安排，而是演给泰拉看的，为的是说服她相信众命运邪恶至极，这样她就会帮助莱金德摧毁他们，而不是协助杰克斯恢复法力。

这时她想到了另一件事。那天早些时候，杰克斯告诉她，只有两种方法可以把人从纸牌中解救出来。要么是有个凡人心甘情愿代替被囚在纸牌里的人，要么是一个拥有强大法力的长生者破除诅咒，释放所有被封印在纸牌里的人。

杰克斯说他会释放她的母亲，但泰拉知道他永远不会代替帕洛玛被封。如果杰克斯要莱金德，不只是为了恢复他自己的法力呢？如果杰克斯想要莱金德的法力，从而破除魔牌上的诅咒，释放所有命运呢？也许他想要王位的真正原因，是为了让众命运能像从前一样再次统治。

舞台上的戏剧继续上演。

只听砰的一声，泰拉知道又有烟雾冒了出来。她回头看台上，只见宫廷里的所有贵族都不见了，他们原本的位置上都是纸牌。

泰拉惊恐地看着卡斯帕捡起纸牌，开始为遇刺国王阿曼德和永生王后优婉洗牌。

"你们要是觉得这副牌不好玩了，我就做几副别的。"卡斯帕说，"或者，我们也可以在纸牌上写上另一个人的名字，这样就能轻易换掉里面的人。"

"你能想象我们这样统治是什么样子吗？"爱兰丁笑了起来，她的笑声是那么恣意放纵，很快就变成了嘶哑的咳嗽，这时候，绿色的幕布拉上，进入中场休息。

女王伸手去拿她的高脚杯，却把她和杰克斯的杯子都打翻了，剩下的酒都洒了出来。

泰拉想把她的高脚杯递给爱兰丁，但女王摇了摇头，好像并不信任泰拉。"杰克斯。"她用嘶哑的声音说。

杰克斯从椅子上一跃而起，离开房间去取水。

爱兰丁最后嘶哑地咳嗽了一声。跟着，她的表情变得专注起来。她看着泰拉，眼神清澈狡猾。她开口之际，她的声音也不一样了；她不再是溺爱杰克斯、说话轻声细语的女王了。她的声音尖锐得像狮牙。

"你敢对我撒谎，"爱兰丁说，"我就在杰克斯回来前把你从这个房间丢出去。但你说出真相，那就是给你自己找到了一个强大的盟友。现在，立即回答我，你和那个想要我王位的恶毒年轻人在搞什么鬼？"

泰拉的喉咙突然发干。她的第一反应是这是杰克斯的考验，但她想起刚才爱兰丁问杰克斯打算怎样杀死她。她声称只是在开玩笑，但听起来并不像是为了好玩。

"你的时间不多了。"爱兰丁厉声道。

"他把我妈妈关了起来。"泰拉坦白道。并不是她信任爱兰丁，但一个女人能独自统治一个帝国长达五十年之久，就必然比狐狸还要精明，希望这意味着她了解杰克斯的真正身份："除非我妈妈得到自由，否则我就得受制于杰克斯。"

爱兰丁把嘴抿成一条直线。

泰拉的心越跳越快。

但女王还没来得及回答，杰克斯就回到了房间，递给她一杯水。

"谢谢你，我亲爱的孩子。"爱兰丁把水送到唇边，但泰拉敢发誓爱兰丁没有喝。她开口说话，分散杰克斯的注意力，"我想告诉你可爱的准新娘，我希望她在爱兰丁前夕和我们一起去塔顶看烟花。"

泰拉不记得在那之后发生了什么。杰克斯和爱兰丁继续聊天，但泰拉几乎没听见他们说了什么。她一直在想那出戏，想她在爱德怀城堡外遇到的命运，以及如果她赢了比赛，把莱金德交给杰克斯，她会给莱金德和帝国带来怎样的厄运。

泰拉回到套间，拿出了卜算镜。

她想象着赢得比赛，并像她承诺的那样把莱金德交给杰克斯，卜算镜上的图像立即变得清晰起来，可以看到泰拉、姐姐和她们的母亲开心地拥抱在一起。这幅画面太美好了，简直令人难以置信。

多年来，泰拉一直相信卜算镜，没有丝毫质疑。但如果真正的卜算镜被困在这张纸牌里，那它会不会向泰拉显示她想看到的图像，好有机会逃脱呢？

Chapter 6

迷雾笼罩的神庙

3 1

　　起初，天上好像连一颗星都没有。从下面看，天空就像一面闪闪发光的墨镜。但是从上面看，在她的空中缆车里，有那么一瞬间，泰拉可以看到苍穹并不全是黑的。一个由众多白色星星组成的心形轮廓闪烁着光芒，但这个形状很浅。它覆盖了瓦伦达的大部分地区，在这座古城的边缘闪烁着仙尘般的微光，让人联想到了魔法、咒语和儿时的梦想。

　　泰拉靠向车窗。即使有朗朗星光，天也太黑了，看不清下面的人。但她想象着那些还在玩游戏的人匆匆穿过大街小巷。没有人直接跟她说什么，但泰拉无意中听到几个女仆在谈论爱兰丁取消了第四夜的卡拉瓦尔秀，大家都很不高兴。

　　泰拉能不能活命，全凭比赛的结果，她也不想错过一个晚上的比赛。但她的身体贪婪地占用了夜晚剩下的时间。在爱兰丁的晚餐之后，泰拉睡了又睡。她以为等醒来时，她的身上会布满从眼睛里流出来的血。但要么是杰克斯给了她喘息的机会，要么是丹特和朱利安给泰拉喂的血仍可以抑制杰克斯那致命的吻。

不幸的是，她并不是完全没有受到诅咒。她的心跳又一次慢了下来。

扑通……扑通。

停止。

扑通……扑通。

停止。

扑通……扑通。

停止。

泰拉抓住她的胸膛，咒骂杰克斯。在心跳又多停止的那一刻，感觉像是他在咬她，催促她快点行动。

缆车降落在寺庙区，她拿出了第三条线索，这是她从母亲那张通缉令的背面抄下来的，携带起来方便得多。

线索

如果你发现了这些字，说明你走的路是正确的，但现在回头还为时不晚。

线索再也不能为你指引方向；要找到莱金德需要的东西，必须依靠内心的引领。

泰拉现在相当肯定，她要找的东西就是她母亲那副受诅咒的命运魔牌。她还相信这不仅仅是一场游戏，而且莱金德是真的想要那副牌。但她猜想他并不知道魔牌在哪里。所以，通过这个线索，他指示泰拉跟着她的心走，希望她能知道她母亲把魔牌藏在了哪里。

泰拉的缆车降落在寺庙区，一股刺鼻的熏香气味飘了过来。人们祈祷和唱赞美诗的声音仍然充斥着大街小巷，但已经不像几天前的晚上那么热闹了。泰拉没听到人们小声谈论莱金德。

似乎只有她一个玩家受到心的指引来到这里。尽管与其说是她的心在引导着她，不如说是她母亲那火红的猫眼石戒指在引导着她，而爱兰丁相信那枚戒指是星神殿的一把钥匙。

泰拉希望女王是对的，如果戒指真是钥匙，就能解开泰拉需要的秘密，让她找到母亲的命运魔牌。但是泰拉估摸事情不会这么简单，而且戒指竟然和星神殿有关，她不得不小心提防。

瓦伦达的宗教活动似乎将这个地区变成了娱乐圣地，远谈不上什么信仰的避难所。但是泰拉听说，在星神殿做礼拜的人都是真正的信徒，他们愿意牺牲青春、美貌或任何星神向他们索要的东西。虽然泰拉对星神本身了解不多，但她听说这些远古的生物是没有灵魂的，甚至比命运更不像人类。如此一来，对于那些心甘情愿加入星神教的人，她都不免有了几分怀疑。

她勒紧了薄紧身连衣裙腰上的绳子，这件衣服是她让一个宫廷侍从弄来的。为了进入星神殿，她得打扮得像个温顺的教徒，穿着招人讨厌的教徒长袍。

一阵风吹过她的两腿之间，她打了个寒战。泰拉从来不是保守的人，但她觉得自己穿的不过是开衩的布片，肩上系着的结将两片布固定在一起，腰上系着一根编织绳。她每走一步，绳子都拖在地上。这衣服实在不好看，而且不方便跑动。

星神殿周围的一切都使她恨不得转身向反方向逃跑。

巨大的翅膀栖息在神殿的圆顶屋顶上，像火焰一样明亮，尽管富丽堂皇，但没有人在神殿大门口逗留。也许这就是为什么有那么多雕像被散放在神殿宽大的月亮石台阶上，让人以为雕像都是参观者，以为这里充满生机。不过任何近距离看到这些雕塑的人都不会把它们误认为是人类。

男性雕像像神庙的柱子一样又粗又高，胳膊粗壮得像树干一样，而女性雕像有着丰满的乳房，眼睛是用海蓝宝石做成的。泰拉猜测他们应该是星神。如果她没有注意到其他的雕像，说不定会觉得他们很美。其他雕像更小更瘦，跪在星神面前，他们看起来异常真实，堪称栩栩如生。燃烧着的火把把火红色的光投向人类雕像，他们太阳穴上的汗珠和手上的老茧都清晰可见。他们都光着脚，有的弯腰驼背，做顺从状，有的伸出胳膊，将襁褓中的婴儿或蹒跚学步的小娃当祭品献出。

泰拉琢磨着母亲用什么换来了泰拉手上的猫眼石戒指，不由得感到一阵恶心。

"如果连外面这些东西你都不喜欢，那里面的，你就更不认同了。"丹特靠在神庙大门两侧的一根柱子上，他的皮肤是古铜色的，文着刺青……

天哪，他竟没穿上衣。

真的是一丝不挂。

泰拉竭力不去盯着他看，想从他身边走过，不去理会他，但她无法把目光从他身上移开，也无法阻止一股热浪从她的胸口一直传到她的脖子上。她以前见过年轻男子赤身裸体，她很确定她甚至见过他没穿衬衫，但不知怎的，丹特站在台阶顶端，看上去很不一样。他似乎更高更壮实了。整个人的存在感更强烈。他穿得和那些雕像差不多，只用一块宽大的白布裹着下半身，凸显了他那完美的古铜色双腿和胸部。

泰拉紧紧闭上嘴巴，但已经太迟了。他看到她惊讶得连下巴都掉了，现在这个自负的浑蛋笑了起来。牙齿洁白，嘴唇完美无瑕，仿佛他正是神殿里受人崇拜的星神。泰拉不得不承认，在那一刻，他可以说服她。就像他骗她相信他真的在乎她一样。

自从他抱着身负重伤的她离开爱德怀城堡后，这是她第一次见到他。她估摸他一定希望她感谢他那晚救了她。但他对朱利安说了那些话，说什么他关心她，只是因为她可以带他们找到魔牌，所以泰拉不会因为任何事感谢丹特。她想说些俏皮话或尖刻的话，但叫她惊恐的是，她说出来的竟然是："你还是不穿衬衫好看。"

他的笑容简直令天地失色。接着，丹特离开柱子，用一边手肘搭在靠近她的一座雕像上。月光洒在他锁骨处密密麻麻的黑色荆棘刺青上，而他用那双乌黑的眸子望着泰拉。他的目光从她的裙子上撕开了一道缝，然后……

他皱起了眉头。

泰拉心中一沉："你为什么那样看着我？"

丹特伸出手，抓住绑着泰拉身上布料的绳子的一端，然后用力一拉。

泰拉的每一寸皮肤都开始发烫："你在干什么？"

"帮你。"他冲一座女人雕像仰了仰头，雕像身上的衣服与泰拉的差不多，只有她腰间的绳子从乳房的正下方起始，然后缠绕几圈，形成了一个菱形图案，最后在腰部打了个结，只留下两个短流苏挂在她的臀部附近。

"你完全搞错了。"丹特拿住绳子的另一端，"我们得把绳子取下来，再重新系上。"

泰拉把绳子的两头都抢了回来，摇摇晃晃地走开几步："你不能在这里的楼梯上拆开我的衣服。"

"这么说，我可以在别的地方这么做？"他低沉的声音里夹杂着阴暗的承诺。

泰拉用绳子打了他一下。

"开个玩笑而已。"丹特举起双手，露出了异常毫无防备的笑容，"不管是这里还是别的地方，我都不打算脱你的衣服。但是，如果你想进去的话，我们得把你的布片整理好。"

"这是道袍，不是布片。"泰拉说，"他们才不会管绳子怎么打结。"

"如果你这么想，那么你显然对这个圣地还不够了解。在大理石门的另一边，是一个不同的世界。但如果你想这样进去，那就继续吧。"他把绳子的一头甩到她手里。

泰拉怒目而视："想必你很喜欢折磨我吧。"

"如果你这么讨厌，那为什么不干脆走开？"

"因为你挡住了我的路。"

这是个糟糕的借口，他们都心知肚明。

她在头脑里鄙视他比面对面这么做要容易得多。她不停地回想起他把她从爱德怀城堡抱出来时他看她的眼神。有那么一刻，他显得那么年轻叛逆，那么脆弱。但那是因为他真的害怕失去她吗？或者他只是担心失去她，便意味她没有机会找到她母亲的命运魔牌了？

她很想问清楚，很想当面质问他她无意中听到的话，看看他是退缩还是态度软化。

这些话压在泰拉的舌尖上。

但她没有把它们说出来。

泰拉并不想听他的回答，因为不管他说什么，他们的故事都不会有好结局。泰拉仍然不确定丹特是莱金德，还是朱利安是莱金德。她和斯嘉丽的谈话也疑云重重。但如果事实证明丹特是莱金德，那么泰拉必须根绝对他的感情。

泰拉昨晚看完戏，便认定杰克斯的目的是想要释放所有命运，因此，她重新考虑了自己的计划。她可不愿意众命运经由她的手回到这个世界，让他们像残暴的神一样统治帝国。但她不想再死一次，而且，她很快就可以把母亲救出来，问清楚那些自从她在特里斯达岛失踪以来便越积越多的问题，所以她不能眼见着在接近成功之际却以失败告终。

泰拉才不会做胆小鬼，因为不喜欢那些选择就假装没有选择。她确实有选择，她也做出了她自己的选择。在比赛结束时，泰拉会把莱金德交给杰克斯。

因此，她希望丹特不是莱金德。但即使他不是，他和泰拉之间也没有未来。

泰拉并不为自己做出这个选择而感到骄傲，也不为自己回避他们之间说不清道不明的感情而感到骄傲。她甚至都没有暗示她之前差点死了，是丹特救了她一命，她知道她这样，只是避重就轻。但他也没提起那件事。她这么做，说不定正合他意。

"好吧。"泰拉把绳子的两端都抛给了他。她可以让他重新系绳子，然后便打发他走："动作麻利点。"

她用自己的手揽住布片的上半部分。她提醒自己她并不保守。然而，泰拉觉得她是在稳住自己，而不只是按住布片。她的每一寸肌肤都变得更加敏感，随着他的走近而浑身战栗。他身上散发出墨水和其他黑暗诱人之物的味道。

他握住她腰上的绳结，缓缓地将其解开，她紧紧地抓着纤薄的织物。他又拉又扯，泰拉被他拉到他的跟前，她能看到的只有他那布满文身的胸膛。他的手臂上布满了刺青符号，但他胸部的文身似乎在讲述一个故事。一艘沉船的船腹撞毁，船帆撕裂，而破碎的星辰从天空中俯视。他胸腔的一侧文着一片着火的森林。他的锁骨下面有一颗黑心，与他手臂上的那颗一模一样，流淌着的血是那么真实，以至于她觉得自己听到了那颗心在跳动。当他微微转过身，她瞥见了他背上那对漂亮翅膀的蓝黑色羽毛的尖端。

泰拉告诉自己不要盯着他看。但当她闭上眼睛时，情况变得更为严重。丹特的指关节拂过她的屁股，她的心跳随即加速。他的拇指轻轻掐入她的腰部，她屏住了呼吸，他那边继续整理绳子，直到绳子从她的腰部滑到他的手上。此时，她身上只披着布片。

泰拉猛地睁开眼。

丹特用舌头舔了舔嘴唇，就像一只刚打败小猫的老虎。

泰拉把布料抓得更紧了:"你敢把那根绳子拿走!"

他挑起一边眉毛:"我费了这么大力气才取得你的信任,你真的认为我会就这样把你丢在这里的台阶上?"

"我认为你在为莱金德工作。"

他走近:"你爱怎么想就怎么想吧,但如果你真的相信我就是因为这个,才在这里用双手抚摸你浑身上下,那你根本不像我想的那么聪明。"

然后,他把绳子围在她身上。

当丹特的手臂在她身后缠绕,一股狂热的血液立即在她的心脏周围奔涌,他拽着绳子,在她的胸口下方拉紧。

"紧吗?"

"不。"

"你确定?你刚才停止呼吸了。还是我对你的影响太大了?"他的嘴唇拂过她的耳朵,在她下巴边缘的柔软处呵痒,同时发出低沉的咯咯笑声。

如果她的衣服不会掉在地上,她肯定会给他一巴掌:"很享受,是吧?"

"你更乐意看到我讨厌对你搂搂抱抱?"丹特的手又一次缠绕着她,而这一次不仅仅是掠过她的长袍布料。泰拉感到他的手指滑过她的胸腔,他把绳子绕了一圈,在她的肚脐上方将绳索两端交叉。

她本不应该满脸通红的。他们的故事应该在这里画上句点了,而不是重新变得有趣起来。

丹特再次拉着她身后的绳子,双手在她的腰部徘徊:"你感觉怎么样?"

"很好。"

"我指的是绳子。"

"我说的也是绳子。"泰拉道。但她相当肯定，她的急促呼吸暴露了她的谎言。"跟我说说你的文身吧。"她说，希望能分散她的注意力，反正他也快弄完了。"它们有什么意义吗？还是只是漂亮的图案？"

"你说它们漂亮？"

"你对这个词有不同的理解？"

"如果你是在用它来形容我，那我就没有异议。"他答道。但泰拉发誓说，他很用力地把绳子绑在她背上，可其实并没这个必要。他说："我扮演了很多角色，文身可以帮助我记住我是谁。每个文身都讲述了我过去的一个真实故事。"

"那颗黑心在流血。"泰拉说，"这是为了你曾经爱过的女孩文上的吗？"

"关于那颗黑心，我没什么可说的。但我可以给你讲讲那艘帆被扯破的船。"他的手指从她的身侧一擦而过，让她想起了那艘船文在他身上的确切位置，"我小时候，父亲想把我丢掉。他把我卖给了另一个大陆上的一个贵族家庭。但命运要么是站在我这边，要么是真的想毁掉我。贵族的船遭到海盗的袭击，海盗从来不留活口。我可能也会成为他们的刀下亡魂，但我告诉他们我是一个出逃的王子。"

"他们相信你？"

"那倒没有。但他们被我逗得开心，就饶了我一命。"

一想到年轻的丹特想方设法欺骗一船的海盗，泰拉就觉得好笑："这么说你很了解海盗的把戏了？"

"我知道各种各样的把戏。"丹特完成了绳结。但他把双手放在她的腰窝，他的手贴着薄薄的布料，感觉暖暖的："如果你不再总是把我推开，我可以教你一些。"

"我看起来像是在把你推开吗？"

"不像，但你想这么做。"他用两根手指托着她的下巴，把她的脸一扭，让她与他面对面。他的一只手仍握着她腰间的绳子，另一只手从下巴移开，慢慢地抚摸着她的下颌线。她常常觉得他的眼睛是黑的，但在火把的光芒下，丹特的眼睛看上去像镶着金边，充满了渴望。他凝视着她，好像他希望她在他的眼睛里迷失自己，这样他就能找到她。

但泰拉知道找她并不是目的。他的目标只是要找到一副牌。这一切都是关于众命运、法力、生与死。泰拉想知道在像丹特这样的人身上迷失自己，并且相信他会找到她，是一种什么样的感觉。但她唯一能信任的人是她自己。

"谢谢你的帮助，但从现在起，我想我自己能行。"她往后退了一步，把下巴从他的手里挪开，从他身边走过。

她的心再次漏跳了一拍，与其说是来自杰克斯的压力，不如说是因为她悲伤难抑，但她强迫自己继续往前走，不要回头。

泰拉走近大门，敲了敲门，黑暗的空气变得如花蜜一样甜，几乎令人昏昏欲睡。

她听到丹特来到她身边，但她没有看他："你为什么不能让我一个人待着？"

"我可以。但我不想那么做，而且我认为你也不想让我这么做。"

她还没来得及再次要求他离开，他们门前的珠光色泽的大门就开了。

门内的一切要么像白鸽破碎的翅膀一样苍白，要么像陨落的星辰一样金黄。与莱金德教堂不同，这里看起来像一座真正的寺庙。打开门的那个年轻人看起来与台阶上的星神雕像几乎别无二致。

3 2

泰拉原以为会见到卡斯帕、奈杰尔或莱金德的其他演员，但这个年轻人与她素未谋面。这似乎进一步证实了比赛已经变得非常真实，也有可能是泰拉找错了方向。她相信，要想赢得卡拉瓦尔秀，她所需要做的就是找到母亲的命运魔牌，但相信归相信，却并不表示那就是事实。

她带着满心的怀疑，走进了星神殿。

开门的那个人像极了复活的雕像。他的胳膊和腿，以及泰拉能从覆盖他的胸部和大腿上的皮革之外看到的他的身体部位，看起来更像石头而不是肌肉。他或许没有神殿外的雕像那么高，但他比丹特高。泰拉只有仰头，才能看到他的脸。

她看到他的脸，不由得倒抽了一口气。

从方下巴和鹰钩鼻，再到丹凤眼周围的黑色眼影，他的右半边脸几乎完美无瑕。但是当泰拉看他的左半边脸时，她看到的只是他脸颊上烙着的印记，那是一颗八角星，中间有一个符号，是由错综复杂的结组成的，泰拉根本不认识，但他的脸实在惨不忍睹。

她连忙转移视线，但她肯定他注意到了她在看他。他仿佛是在嘲弄她，竟然用一根手指的尖端勾画出那颗星无情的轮廓。

尽管他的脸被烙上了印记，他的额头上则戴着一个银色圆环，右肩上披着一件宝蓝色披风，用来固定斗篷的银别针与他用来抚摸脸颊的手指上的图章戒指很相像。他一定身居要职，念及此，她更紧张了。如果这座神殿像所有人说的那样邪恶，那么这个严厉的年轻人一定做了不可言说的事情，才爬上了神殿的顶端。

"我是西伦。"他只是轻轻地抖了一下手腕，就像习惯了别人听从他的命令一样，他吩咐泰拉和丹特走进门厅的深处。

他们上方是拱形天花板，像一连串相互连接的翅膀，大片的黑色上布满了金色的光点，像极了一个个星座。下面的八角形空间里最显眼的是一座三层喷泉，在烛光下滴着水。地面上铺着白色肥皂石；地面闪闪发光，反射出了后墙双开门的发光入口。

来到这样的地方，感觉就应该轻声细语。泰拉突然很想脱下拖鞋，好像拖鞋会弄脏一尘不染的地面。尽管微光闪闪，但这个地方却给人一种危机四伏的感觉。更多的石像沿墙排列，和前面的一样栩栩如生，只是这些石像凝固的表情全都写满了震惊、恐惧和痛苦。

"我们的神殿里充满了来自星神的古老魔法。"西伦说，"我们的保险库是世界上最安全的，但偶尔也有人犯傻，认为他们可以破门而入，偷走里面的东西。"

"幸好我们不打算偷任何东西。"泰拉说。

西伦甚至都没有笑："你们来这里，有什么目的？"

"我有个问题……"

"如果你是为了比赛而来，我们不知道任何提示。"西伦插话道，"我们也不像其他许多教堂那样是旅游景点。走出这个大厅，你的问题将得到解答，但你必须证明动机未被玷污，而且是真心寻找星神。"他把泰拉和丹特带到了一个孤零零的象牙基座边，基座顶部有一个锤打成的铜碗，和其他东西相比，这个铜碗又旧又破："我们需要一滴血进行验证。"

丹特斜睨了泰拉一眼。

但她不需要他来提醒她，一滴血的力量有多大。永生王后和王后侍女攻击她后，丹特和朱利安就是用血医好她的，但血也可以用来偷东西，比如寿命。

"只需要刺一下手指。"西伦伸出右手，露出一枚星爆形黑纹猫眼石戒指，锋利得足以割开皮肤，而且，这东西十分眼熟。

与她母亲的那枚戒指很相似。

爱兰丁果然所言不虚。

泰拉的目光突然落到了她自己的手上。两枚戒指上的宝石都很质朴，呈现出星爆形状。但西伦那枚戒指的颜色不同。他的宝石是黑色的，带着点点脉冲蓝色和绿色的纹理。泰拉的戒指是火一般闪亮的薰衣草色，周围环绕着一圈燃烧的樱桃红色，中间有一条细细的金线，看起来像是即将点燃的火花。但在她母亲失踪后以及戒指尚未变色之前，这枚戒指也比西伦那枚明亮很多。

"你的戒指，"泰拉问，"只是用来扎手指的，还是另有深意？"

"你还没有资格得到这个问题的答案。"

"如果我有一个类似的戒指呢？"泰拉伸出手。

丹特眯起眼，他的目光落在泰拉的手指上。

西伦那画着眼影的双眼之间出现了一道皱纹："你怎么会有戒指？"

"是我妈妈的。"

"她死了？"

"没有。"

"她不该把戒指给你。"

"为什么不能？你这是什么意思？"

"我的意思是，她欠我们的债还没还清。"

泰拉身边的丹特立即紧张起来。

这不是好消息，但总比没有消息好。

"你手指上的戒指是一把钥匙。"西伦说，"如果它真属于你母亲，她一定在我们的保险库里放了什么东西，只有凭着戒指才能取出来。然而，你看它的颜色，可见戒指受到了诅咒。"

"怎样才能解除诅咒？"

"唯一的办法就是偿还她欠下的债。"西伦平淡地回答，"除非还清欠债，否则你手指上的钥匙打不开她的保险库。"

"泰拉……"听丹特的语气，就知道他是要警告她。

不管他的警告是什么，泰拉都不想听。她的母亲不仅来过这里，还把一些东西存在了保险库。也许正是泰拉苦苦寻找的命运魔牌。也许是别的什么东西，可以让泰拉更了解母亲。

"她欠你们什么？"泰拉问，"她在保险库里放了什么？"

"我不能回答这些问题。"西伦说，"但戒指可以。戒指有记忆，靠血液激活。如果这真是你母亲的，你的血就能让你看到她对我们许下了什么承诺。你所需要做的就是用尖端刺破你的手指，把血滴到碗里。"

"泰拉……"丹特咆哮道，"我认为你不应该……"

但是泰拉已经把她的指尖压在她母亲的旧戒指上了。鲜红的血液积聚，如玫瑰花瓣一样明亮，然后落入铜碗中，变成白色。

泰拉屏住了呼吸，那滴乳白色的血化成了一团雾，倒映出一个女人站在碗前的样子，而那个碗和泰拉面前的一模一样。但那不是别的女人，正是泰拉的母亲帕洛玛。她比泰拉在爱兰丁头号通缉犯商店里看到的通缉令上的样子老了一些，和从特里斯达岛失踪时的年纪差不多。但她看起来要比泰拉记忆中严厉得多。她的脸上没有神秘的微笑，乌黑的眼睛里也没有一丝亮光。这样冷酷的母亲对泰拉来说是那么陌生。

在影像中，帕洛玛穿的不是泰拉那样的布片，还有可能是她的确穿了，却被她身上那件深蓝色斗篷遮住了。她好像在跟人说话，但跟她说话的人只是个影子。

"帕洛黛丝。"影子说。这个声音听起来像是有生命的烟雾。低沉，令人窒息："我以为你发誓再也不跟我们做交易了。"

"誓言就是用来违背的。"帕洛玛说，"很明显，咒语也是一样，因为你施在我那副魔牌上的隐藏咒语减弱了。"

"所以我们才建议把它们存在神殿的保险库里，和我们为你保存的其他物品放在一起。"

"建议？"帕洛玛哼了一声，"我记得你说过我不能把它们放进保险库。"

"不，我们说的是你需要付出额外的代价。"

帕洛玛浑身一僵。

"如此看来，你一定是想起来了。"那声音说，"我们为人慷慨，所以，提议仍然有效。"

"和以前一样?"

"是的。我们没有提出更多要求才答应保护那么可怕的东西，你很感激吧。"

"你们要求一个母亲放弃她的第一个孩子，对这个母亲而言，还有比这更可怕的要求吗?"

"我们也可以要你的第二个孩子。"

"我绝不可能把她们都交给你们。"帕洛玛说，"但你可以拥有我的第二个孩子。"

"你的第二个孩子，"影子问，"除了是个漂亮的装饰品外，对我们还有什么用吗?"

"我预测了未来。她将拥有巨大的魔力。如果你不相信我，那我可以让魔牌来证明。不过我认为如果我不再使用魔牌，对你我而言都更好。"帕洛玛固执地抬起下巴，"封印众命运的诅咒正在失去力量。每次使用纸牌，那个诅咒都会减弱一分。"

"这不关我们的事。"

"确实如此。更多的命运将逃脱牢笼。就让我用你们的保险库把魔牌藏起来吧，这期间，我会想方设法毁掉他们。除非你想让这个礼拜场所变成陨落星神殿，因为我保证，如果众命运卷土重来，他们只会允许人们崇拜他们。"

那模糊的身影似乎变暗了，从烟雾缭绕的灰色几乎变成了黑色。

"很好。"它终于说，"把你的第二个女儿给我们，我们就让你用我们的保险库来保存你那副受诅咒的魔牌。"

"成交。"帕洛玛用刀划破手掌,"我的女儿……"

"不!"泰拉把铜碗从底座上打翻下来,将影像毁掉,免得它显示出更可怕的东西。"我妈妈没有权利那样做!"泰拉摇了摇头,一边往后退,一边扯着自己的鬈发,"即使影像是真的,我也不是她说放弃就放弃的东西。"

"然而,"西伦说,"她已经这么做了。那是血誓。一旦你……"

西伦的话还没讲完,泰拉就跑了起来。他那样说,好像在他们把她带走之前,泰拉还必须做一些她不愿意做的事,而她无意允许这种事发生。泰拉永远不属于任何人。

西伦没有追上来。也许这意味着这是一次测试,她看到的并不是真实的,也有可能是他用不着追,因为人们只会追逐他们尚未得到的东西。

听声音,丹特也没有过来追她,不过泰拉径直跑下了星神殿的台阶,没有回头看。匆忙之中,她那简单的布片几乎被扯裂了,但她没有停止奔跑。

斯嘉丽是对的。母亲比父亲更坏。至少他等到斯嘉丽长大了,才把她像只山羊一样卖掉。泰拉的心从来没有感觉这么空落落的。她为母亲牺牲了一切,冒着失去生命和自由的危险,相信母亲仍然爱她,仍然需要她。但事实是她根本不在乎。她不仅离开了泰拉,还把她像一件旧衣服一样送人了。

泰拉本可以一直跑下去,但她的拖鞋坏了,周围的道路也变得陌生起来。

坑坑洼洼的草地在黑夜中看起来是那么漆黑,摩擦着她的鞋子。空气中熏香和油的气味都不见了，反而有浓啤酒和酸果苹果酒的气味飘来。泰拉迅速扫了一眼，只见周围有临时舞台和挂在树上的幕布。

她竟然跌跌撞撞地走进了一个公园。但泰拉不知道这里是哪一区。

不是香料区。一切都太美了。街边的小贩在兜售油炸小吃，食物上面撒着压碎的紫罗兰和糖霜，妇女们穿的是镶着宝石的裙子，男人带着闪亮的武器腰带。只是别在腰带上的剑看起来不像真的，女人们的珠宝也好像是假的。

她似乎正好跑进了一个小型嘉年华，而且这里还在上演公园戏剧，也有可能这里是一个为庆祝女王生辰而举行的市集，说不定是为了所有没有参加卡拉瓦尔秀的瓦伦达人举办的。人们向她投来好奇的目光。但是泰拉估摸不会有人把她误认为演员。除非这些特别的戏剧和女性祭品有关，否则泰拉的穿着完全不搭调。这里的妇女都穿着飘逸的钟形袖连衣裙，泰拉则光着腿，露着胳膊。突然，她浑身冰凉。她一停了下来，疲惫便像一股冰浪一样袭来，她颤抖着，上气不接下气，没有一颗正常工作的心来温暖她。

泰拉看到一个小贩在卖披风，便从他的摊位上抓了一件适合她身材的黑色披风。

"小偷！"小贩尖叫道。

泰拉跑了起来。

"把衣服还给我！"一双沉重的臂膀把她撞倒在地，一个沉重的胸膛把她压在粗糙的草地上。

"滚开！"她试图挣脱，"把你的脏衣服拿回去吧！"

小贩从她身上滚开，把披风从她肩上扯了下来。但他用一只手掐着她的脖子。他的力道很大，他紧紧地掐着。泰拉感觉喉咙要被掐断了。"肮脏的小偷。"他把她的脸按在地上，"老子现在就教教你不可以……"

"放开她！"一个声音吼道。

那只手被从泰拉的脖子上扯开了。然后，一双手臂把泰拉抱了起来，把她紧紧地搂在一具怦怦直跳的胸膛里，那人的怀中有股墨水、汗水和愤怒的味道。

"我认为因为别人借了你的斗篷，就把那人杀死，可是违法的。"丹特对小贩咆哮道。

大胡子小贩气得满脸通红："她不是借，她是偷！"

"我可不那么认为。"丹特说，"斗篷现在在你手里，我从没在她身上见过。但我确实看到你想杀她。"

小贩开始骂骂咧咧。

"把衣服给我们，不然我就叫人来抓你。"丹特说。

泰拉从这个角度只能看他的胸膛，但她想象他像一个勇士：赤裸上身，像神一样威严，像极了刚从天堂落下来的复仇之星。

"很好。"那人嘟囔着说，"反正我再也不想要这个脏东西了。"

"我自己要一件黑色的。"他的声音冷酷无情，泰拉从未听过他这样说话，但他对她所做的一切都充满柔情。他温柔地把斗篷裹在她裸露的肩膀和抖动的双腿上。

"你还好吗？"他问道。

泰拉真希望她能点头或大笑，嘲笑他这么关心她。但当她想笑的时候，那声音听起来就像是要被勒死，当她试着点头的时候，她的头可怜巴巴地垂在他的胸前。

她不想哭。那个可恶的小贩和她的母亲都不值得她掉下哪怕是一滴泪。虽然泰拉可以轻易地摆脱被小贩粗糙的手掐住的感觉，却忘不掉母亲说过的话。她母亲不仅离开了她，还出卖了泰拉。母亲没选斯嘉丽，甚至都没有考虑过要交出斯嘉丽。看来母亲也不是个铁石心肠的人。她只是不爱泰拉。

更多的眼泪从泰拉的眼睛里掉了下来。

"要是她死了就好了！"泰拉不知道她是在喃喃自语，还是在怒吼，"这么多年了，我一直在向能听到我说话的圣人祈祷，我希望她能活着，等我找到她。我的每一次祈祷都是为了她，她却把我当一块破布似的丢掉了。我收回我所有的祈祷！"泰拉确实喊了起来，"我全部收回！让她死吧，要不就让她在纸监狱里腐烂。我再也不在乎了。我再也不在乎了……"

泰拉不知道她喃喃地把最后一句话重复了多少次。

丹特只是不停地用有力的手指安慰地抚摸着她的头发和后背，一直把她抱在怀里。偶尔她能感觉有一丝柔软碰触她的头顶，像是他在亲吻她。直到她安静下来，他才开口问："你想去哪儿？我带你去。"

"去一个可以遗忘的地方。"

3 3

    泰拉把头靠在丹特温暖的胸膛上。她太累了。她厌倦了游戏、谎言和破碎的心，厌倦了试图拯救自己和母亲。她想忘掉这一切。也许是她闭上眼睛睡着了，也可能只是他花了片刻时间就把她带离了公园。她似乎很快又听到了他低沉的声音。

    "你能走路吗？"

    泰拉强撑着点了点头，丹特很利索地把她放在一排狭窄的台阶上，台阶都碎裂了，爬满了青苔，到处都是被遗弃的蜘蛛网。这片废墟是如此荒凉，就连昆虫也不在此地流连。但星光将这个地方照射得十分明亮。泰拉抬头，只见他们站在莱金德置于空中那颗发光白心的边缘。

    "这是什么地方？"泰拉问。

    "瓦伦达的古老神话说，这里属于一位有权有势的总督，那个时候莫里迪安帝国还没有出现，尘世间还在众命运的支配。"丹特带她走上台阶，走进一处古老庄园的废墟。泰拉的安娜祖母总说一个人美丽与否，都是由骨骼决定的。如果这是真的，看到这座庄园的骨架，泰拉觉得这里曾经一定金碧辉煌。

破碎的柱子和杂草丛生的庭院诉说着古老的财富，而破碎的雕像和影影绰绰的彩绘天花板暗示着逐渐消失的艺术。只有一件文物似乎躲过了时间的致命爱抚。庭院中央有一座喷泉，形状像一个女人，穿着打扮与泰拉的差不多，她拿着一个水罐，把一股无尽的红色水流倒入她脚踝周围的水池。

"他们说这个地方被诅咒了。"丹特继续说，"有一次，总督举办派对，他妻子发现他打算毒死她，这样他就可以迎娶年轻的情妇了。妻子没有喝毒药，而是把她的三滴血放入毒药，然后倒出，作为祭品献给了一个命运，也就是投毒者。她发誓，只要他答应她一个要求，她余生都将做他的侍女侍奉他。"

"她想要什么？"

"妻子并不知道她丈夫的情妇是谁，但她知道那个女人就在派对上。所以她希望她的丈夫只记住妻子一个人。"

"后来呢？"

"投毒者实现了她的愿望。在喝了一杯毒酒后，她的丈夫就忘记了他见过的每一个人，只记得他的妻子。"丹特冷冷地瞥了一眼捧着水罐不停倒水的雕像。

"这应该就是那个妻子吧？"泰拉问道。

"那要看你相不相信这个故事了。"丹特坐在喷泉边上，继续讲故事，红色的水在他身后缓缓流淌，潺潺声十分轻柔，"妻子并不满意。投毒者从她丈夫的记忆中抹去了所有人。如果总督只认识一个人，那他就没用了。他的病情传了出去，他被撤职了，不久，他们就被赶出了家门。因此，尽管她的第一次交易没得到好结果，妻子还是献出更多的血，并再次召唤来了投毒者，要求他恢复她丈夫的记忆。他警告她，如果这样做，她的丈夫还是要杀死她。妇人答应来世也会服侍投毒者，并要求另一个恩惠。她要求她的丈夫只忘记一个人。投毒者同意了，但他再次警告这么做后患无穷。这个女人并不在乎，她只求保住她的房子和她的头衔。"

"我想我知道后面怎么样了。"泰拉说。

"你来把故事讲完？"丹特。

"不要。"泰拉挨着他坐在喷泉边，"你的嗓音很好听，适合讲故事。"

"这是当然。"

"你太自以为是了。"她靠近一些，想用胳膊肘打他的肋部，但丹特趁机用沉重的胳膊搂住她的腰，把她拉进怀里。

他是如此温暖，就像一个人盾，保护着她远离世界。她让自己紧紧贴着他，他说："投毒者恢复了她丈夫的记忆。然后命运告诉妻子，如果她拿一罐水，把水倒进院子中央的水池，水就会变成酒，这些酒可以使她的丈夫忘记他所爱的另一个女人。妻子照做了，她把水倒出来，水变成了酒，但她也变成了石头，而她的丈夫在阳台上看着她。他只有短短几个小时的记忆，但也足够他去召唤命运了。"

"这么说，是他让她变成了石头？"泰拉问道。

"他希望她死，但投毒者答应过保住她的家和她的头衔，而命运总是遵守交易的。"

泰拉和丹特都换了个姿势，再次注视着那个凝固成石的女人。她看上去并不像泰拉以为的那样愤怒，也不像是在试图对抗魔咒。相反，她似乎很享受地把受到诅咒的酒倒出来，很像其他人发起挑战的样子。

"人们相信，喝下这个喷泉里的酒，就能忘记他们想要忘记的事。"

"我还以为你给我讲这个故事是为了让我忘记呢。"

"你忘了吗？"他问道。

"有那么一会儿确实忘了。"她承认。但遗憾的是，那一刻已经过去了。泰拉把手指伸进喷泉，沾了沾苦味的葡萄酒。她轻轻松松就能把手指放进嘴里，闭上眼睛，抹去关于母亲说过的话和做过的事的记忆。

但是，即使她相信丹特讲的悲剧神话，她也不确定她是否真的想忘记。泰拉放下手，把诅咒之酒在她身上那件白色长袍上蹭掉。

"你知道最可悲的是什么吗？我其实早就料到了。我收到过警告。"泰拉说，"我小时候算过命。盗心王子出现了。所以我知道我终其一生都注定要面对没有回报的爱。除了姐姐，我从不允许自己与任何人亲近，因为我害怕他们伤透我的心。我从来没有想过，我真正需要远离的却是我自己的母亲。"

泰拉咳嗽一声，听起来既像是在抽泣，也很像悲伤的笑声："大家都说人不能改变命运，看来说得很对啊。"

"我不信这个。"丹特说。

"那你相信什么？"

"命运只是一种想法，我认为，相信命运，命运就会产生更大的影响力。你刚才说你逃避爱是因为你相信你的未来中不会有爱，所以爱才没有出现。"

"那并不是我抽出的唯一一张牌。我还抽出了死亡少女，不久后，我妈妈就失踪了。"

"只是巧合而已。从我对你母亲的了解来看，好像不管你有没有动那副牌，她都会离开。"

"可是……"泰拉真想把卜算镜展示的所有未来影像都告诉他。但卜算镜真的是在揭示未来，还是像她昨晚怀疑的那样是在操纵她？难道它利用未来可能发生的事，不是为了帮助她，而是为了引导她联系杰克斯，帮助他释放出众命运？

泰拉原以为自己勇敢无畏，企图改变她母亲和姐姐的命运。但斯嘉丽的未婚夫说不定是个正派人。也许卜算镜在她母亲的事上也撒了谎。它显示她被关了起来，还死了，但如果泰拉赢不了卡拉瓦尔秀，如果她任由魔牌锁在星神殿的保险库，她的母亲就不会死，也不会在监狱里流血。她只会留在原地，被封印在纸牌里。

那是她罪有应得。

仿佛读到了她的想法，丹特又道："我不相信你今天看到的一切就能证明你母亲不爱你。她所做的看起来是很糟糕，但根据这么短时间里发生的事来判断她，就像只看了一本书里的一页，然后就声称你知道整个故事一样。"

"你认为她做的事有充分的理由？"

"也许吧，也许我只是希望她比我母亲好。"他说这话的方式和他讲述文身故事时一样漫不经心，就好像这件事发生在很久以前，现在已经无关紧要了。但人们是不会把他们不再关心的事文在自己身上，泰拉感觉到丹特对母亲的感觉和她对母亲的感觉是一样的。他的母亲可能早已远离他的生活，但她给他造成的伤害一直没有痊愈。

泰拉的手在黑暗中找到了丹特的手指。从星神殿到这个诅咒之地，他们之间的关系发生了变化。之前，他们的关系很像卡拉瓦尔秀。感觉就像一场游戏。但当他把她放在废墟台阶上的那一刻，感觉就好像他们进入了真实的世界。她问下一个问题，并不是因为她想知道他是不是莱金德；如果说有什么不同的话，那就是她希望他不是："你母亲对你做过什么？"

"我猜你可以说她把我丢在了马戏团。"

"你是说卡拉瓦尔秀？"

那时候还不是卡拉瓦尔秀，只是一群没有天分的表演者，他们住在帐篷里，到大陆各地表演。人们喜欢说我母亲只做她认为对我最好的事，但我父亲更诚实。他喜欢喝酒，有一天晚上，他给我讲了她是什么样的女人。

"她……"

"我知道你在想什么，不是的。不过如果她是妓女，我会更尊重她。我父亲说，她和他上床，只是为了偷他在旅行中收集的东西。他们在一起度过了一个晚上，我出生后不久，她把我送了回来，她还给他的妻子写了一封信，把他们之间的事情都讲了，她是要我成为家里不受欢迎的人。"

泰拉想象着丹特小时候的样子，四肢瘦长，黑色的头发遮住了眼睛，让别人看不到他眼里的痛苦。

"用不着为我难过。"丹特紧紧搂住泰拉的腰，把嘴唇贴在她的头上，靠近她的耳朵，说，"如果我的母亲是一个更善良或者更好的人，我可能会变成一个好人，每个人都知道做一个好人有多无聊。"

"如果你是好人，我此时是绝对不会和你一起在这里的。"泰拉想象"好"这个字在丹特旁边变得干瘪枯萎。人们用"好"这个字来形容他们晚上睡得"好"，刚从火上烤出来的面包"好"吃。但丹特更像是火。没有人用"好"这个字来形容火。火炽热无比，能将一切化为灰烬，孩子们是不允许玩火的。

然而仅此一次，泰拉甚至没有想过离开他。一个女孩竟会把自己的心交给一个男孩，即使她明知他可以将她的心伤成一瓣一瓣的，她曾经认为这种事荒谬无比。泰拉和其他年轻人交换过东西，但从来没有托付过一颗真心，虽然她并不打算把自己的那一部分交给丹特，但她已经开始明白，人是如何在连自己都意识不到的情况下慢慢失去一颗真心的。有时候，仅仅是一个眼神，或者一个罕见的脆弱时刻，就像丹特和她刚刚经历的那样，就足以偷走一点真心。

泰拉抬头望着他。他头上的天空变了，丝带一般青紫色的云飘浮而过，看上去黑夜像是在倒退，而不是前进，仿佛太阳快落山了，转向了一个没有任何星辰窥视的时间，让他们独留在被诅咒的花园，无人监视。

"那么，"她小心翼翼地说，"你是用这种方式告诉我你是坏人吗？"

他的笑声有些阴郁："反正我绝对不是英雄。"

"这我已经知道了。"泰拉说，"这是我的故事，显然我是英雄。"

他的两边嘴角向上扬起，他的眼睛闪烁着光芒，像他抚摸她下巴的手指一样炽热："如果你是英雄，那我是什么？"

他的手指向下滑到她的锁骨上。

她的胸部热辣辣的。现在是时候拉开距离了；相反，她的声音里却有一丝挑战的意味："我还没弄清楚。"

"需要我帮忙吗？"丹特把手放在她的屁股上。

泰拉的呼吸变得急促起来："不。我不需要你的帮助……我只要你。"

丹特的目光被点燃了，用他的唇封住了她的唇。

此刻的吻完全不同于他们在森林里醉醺醺的亲吻，那个吻被欲望包围，求的只是片刻的欢愉。这个吻像是一种坦白，残忍、原始，却发自真心，这样的吻是很少见的。丹特不是在引诱她；他让她相信，善良是多么微不足道，因为他用双手做的任何事情都与"好"这个字扯不上半点关系。然而，他的唇的每一次碰触都甜蜜甘洌。丹特用唇轻轻地拂过她的唇，直到她张开嘴，任由他把她拉到他的腿上，用舌头向她的口中探索。

也许喷泉的魔力起作用了，因为泰拉想象着，等她结束和丹特的这一吻，她会忘记所有曾亲吻过她的男孩。

丹特的嘴唇移到了她的下巴上，轻轻地咬着、舔着，与此同时，他摸到了绑在她腰上的绳子。他把手指缠在绳子上，把她拉得更近一些，仿佛天地间只剩下他们两个。他们的手握在一起，唇齿纠缠，肌肤相亲。

他们甚至没有分开，泰拉就已经在想亲吻他一次又一次了，不仅品尝他的嘴唇，还要品尝他的每一个文身和伤痕，直到海枯石烂，他们都化作阴影和烟雾，泰拉再也记不起从他的肩上剥掉斗篷、抚摸他的背部是什么感觉。她再也记不起他的唇贴着她的嘴诉说着承诺时是什么味道，而她只希望他能信守他的诺言。

泰拉有生以来第一次想要更多。她想让黑夜延续到永远，想要丹特给她多讲讲命运、他的过去和他想说的任何事情。在那一刻，在那个吻之中，她想知道关于他的一切。她想要他，而这不再使她害怕。

他是对的。泰拉本想把她的不幸归罪于众命运，但是，是她自己一次次逃避爱。在内心深处，她很清楚她其实并不是受命运逼迫。这一切都是因为她的母亲，以及她头也不回便离去的原因。

泰拉说她不想要爱，她总说爱会困住人心，控制人心，把人的心撕裂。但事实是，她也知道爱能治愈一切，使人们团结在一起，在内心深处，她最想要的便是爱。她享受亲吻，但她在内心深处总希望，每当她离开一个男孩，他们会追上她，求她留下来，然后承诺对她不离不弃。

她接受了她抽出的牌，并把它们变成了自己的命运，因为这似乎是她在母亲离开后保护自己的唯一方法。但如果泰拉选择拒绝相信她在纸牌上看到的影像，那她的命运将完全不同。如此一来，她就不必对爱心怀恐惧了。

他们的亲吻终于结束，他们的斗篷都堆在地上，他们的手臂交缠在一起，天空恢复了本该有的样子，进入了黎明前的黑暗时刻。只有月亮还挂在空中，在目睹了泰拉和丹特的缠绵之后，月亮无疑也希望自己有嘴唇。

丹特的唇就在她的嘴边徘徊，这次他的声音大得足以让她听到他的话："我想即使你是坏人，我也喜欢你。"

她微微一笑，她的唇贴着他的唇："也许即使你是英雄，我仍然喜欢你。"

"但我不是英雄。"他提醒她。

"那说不定我是来救你的。"这一次她先吻了他。但这个吻不像以前那么甜美了。味道辛辣。带着一股金属味。不对劲。

泰拉开两人之间的距离，在那一刻，她发誓星星回来了，散发着更亮的光，那光是如此残忍无情。星光落在丹特身上，照亮了从他嘴角滴下来的血。缓慢，红色，诅咒。

3 4

泰拉离开喷泉，转身飞奔而去。她用手擦着嘴，甚至没有注意到自己去了哪里。血不断地从她的嘴角流出，无情地把她带回了现实，回到了她和丹特站在不同立场的游戏中。她的母亲也许不再值得拯救，但泰拉仍然需要自救。

扑通……

停止。

扑通……

停止。

扑通……

停止。

杰克斯仿佛一直在监视她，等到泰拉得到幸福，他就夺走她的一切。

在她垂死的心跳声之间，她听到了丹特从喷泉里走出来的沉重的脚步声，他跟了过来，一直来到她的正后方。

"泰拉，请不要跑。"他的声音是那么温柔，同时，他把一只手放在她赤裸的上背部。她的全身突然变冷，只剩下他的手掌所在的部位是温热的。这与杰克斯那永远冰冷的触摸和不跳动的心脏形成了鲜明的对比。然而，到最后，杰克斯才是胜利者。

泰拉或许是唯一一个能从神殿保险库取回母亲那副命运魔牌并赢得卡拉瓦尔秀的人，但杰克斯和他计划释放的命运将是真正的胜利者。一旦她把莱金德交给杰克斯，泰拉的诅咒就会被解除，但她会因为使用母亲的戒指而沦为星神的奴隶。届时，她拼了命争取的自由将化为泡影。而且，莱金德和卡拉瓦尔秀也很有可能人间蒸发。

泰拉真的是个坏人。

如果她相信母亲值得拯救，她可能仍然会觉得把莱金德交给杰克斯是正确的选择。但在那一刻，泰拉更倾向于把帕洛玛封印在纸牌里。

"泰拉，请和我谈谈。"丹特说。

"我不会跑了。但我需要一点时间。"

泰拉回到了喷泉边上，但没让丹特看到她的脸。她用手捧起酒，漱清嘴巴里的血，小心翼翼地不咽下一滴。完成后，她把酒吐到灌木丛中，拿起她的斗篷擦擦嘴，然后把斗篷披在肩上。她停了下来。丹特见过她哭，见过她流血，见过她奄奄一息。她嘴上沾了点血，还不至于把他吓跑。

"你还是不信任我，是吗？"他问道。

她终于转过身来。

夜色越来越浓，但是泰拉可以看到丹特的额头上布满了皱纹，他的双手僵硬地贴在身体两侧，仿佛在强忍着不去抚摸她。

"我是不信任自己。"她承认。

丹特慢慢地走近一步："是因为你现在相信这不是游戏吗？"

"我说什么重要吗？如果我问你一切是不是真的，你会告诉我真相吗？"

"就算你非要问，我猜你也不会相信我。"

"那就试试看。"泰拉说。

"是的。"丹特又走了一步，"一切都是真的。"

"我们也是？"

他微微一低头："经过了那么多事，我觉得那已经很明显了。"

"但也许我还是想听。"更重要的是，她需要听。泰拉相信比赛是真实的。她愿意相信她和丹特之间的关系也是真实的。但她知道，仅仅因为她最终向自己承认她想和他在一起，并不意味着他也有同样的感觉。游戏可能是真实的，但这并不表示他们的关系也是真实的。"丹特，求你了，我需要知道，你来这里是为了莱金德，还是因为你对我的感情是真的。"

"一件事怎么才能成真，泰拉？"丹特用一根手指钩住她腰上的绳子，"看到的就是真的？"他拽住绳子，把她拉近，如此一来，她能看到的只有他的脸。"还是听到的是真的？"他的声音变得有点刺耳。"感觉到了，这足以让一件事成真吗？"他抬起空闲的那只手，伸到她的斗篷下面，把手放在她的心脏上。他低着头，用乌黑深邃的眼睛看着她，他那粗哑的声音传递出强烈的感情，如果泰拉的心运转正常，一定会跳进他的手掌里。

"我向你发誓，我们之间的关系从来都不在莱金德的计划里。我第一次吻你，因为那时候我刚刚死而复生，但我感觉不到自己是活生生的，所以，我需要一些真实的东西。但今晚我吻了你，是因为我想要你。自从命运舞会那晚你豁出命也要让我吃醋，我便每一刻都想要你。从那以后，我就无法置身事外了。"

他的手慢慢地从她的心脏滑到她的脖子后面，紧贴着她柔软的皮肤，而他则靠得更近了："我不断出现在你身边，不是因为莱金德，也不是因为比赛。而是因为你是那么真实，那么鲜活，那么无畏，那么勇敢，那么美丽，如果我们之间的情感不真实，那我不知道还有什么是真实的。"

丹特的手指缠绕在她的脖子上，他再次吻了她，仿佛他只知道这一个法子可以为他所说的话画上一个句点。

这个吻持续的时间并不长，她却觉得自己的身体颠倒了过来。她想知道，安全藏在箱子里的珠宝有时是否希望被小偷偷走，因为现在他肯定偷走了她的心，而她希望他能带走更多。

他结束了一吻，温柔地搂住了她的腰，他的动作很轻柔，但他说话的语气却很尖锐："现在，告诉我你为什么流血。"

泰拉重重地喘了一口气。

是该坦白真相的时候了。

"舞会当晚，杰克斯吻了我，事情就是在那个时候发生的。"她说。她本想说得简单点，但当她张开嘴的那一刻，所有的一切都涌了出来，就像从一个破碎的罐子里倒出来的水一样迅速而草率。她和杰克斯之间关系的由来，她最初为什么和他做交易，她怎么让他失望，他怎么给她一张牌，而她的母亲就被困在牌里，还有他威胁泰拉如果再次让他失望，会受到什么惩罚，她通通说了出来。

雕像在他们身后倒出源源不绝的酒，丹特一言不发，脸上的表情阴晴不定，只是每当泰拉提到杰克斯的名字，丹特的牙齿便会紧紧咬在一起。除此之外，他始终异常冷静。

"我来总结一下。"丹特说，"如果你赢不了比赛，不把莱金德交给杰克斯，你会死。"

泰拉点了点头。

丹特咬紧牙关，好像即将破口大骂："杰克斯说过他为什么想要莱金德吗？"

"杰克斯告诉我，他想要恢复全部法力，但我认为事情不这么简单。我相信杰克斯想利用莱金德的法力，把所有命运都从纸牌中释放出来。"

丹特的手紧紧地搂着泰拉："都是我的错。我应该承认是弄错了，你根本不在名单上。如果我没说你和继承人订婚……"

"我可能还是会吻他。"泰拉说。她不再相信命运的安排，但那晚感觉像是命中注定的一般。即使没有丹特的谎言，杰克斯也能在舞会上找到她。她找不到他想要的东西，事情也会以同样的方式发展："不是你的错，是杰克斯诅咒了我，都是因为他。"

"我可以杀了他。"丹特把手从泰拉身上拿开，一道月光照耀在他的脸上，将他那挣扎的表情分开两边。一个人在犹豫应该说什么和想说什么的时候，才会有这种表情。

然后，他又一次搂住她，仿佛他突然做出了一个决定："你相信我吗？"

泰拉粗重地喘了口气。丹特不在的时候，她想要他陪在他身边。当他在她身边，她希望他靠近。她喜欢他的手抚摸她的感觉和他的声音。她喜欢他说的那些话，她愿意相信他的话。她愿意相信他。她只是不确定自己竟然真的相信。"是的，"她说，希望说出这些话，就能使它成真，

"我相信你。"

丹特微微一笑："很好。有个办法能解决这些问题，但我需要你的信任。在卡拉瓦尔秀期间，莱金德的法力会达到巅峰，他的魔力与杰克斯的魔力同出一源。如果你赢了这场比赛，莱金德就能治愈你。你不需要杰克斯。"

"但要赢，我必须把自己献给星神，我想我做不到。"

"你不用那么做。"丹特承诺道，"我会想别的办法让你进入他们的保险库。"

"怎么做？你也听到西伦说的话了。他说只有我的戒指才能打开保险库，但保险库被诅咒了，只有还清母亲的债，才能打开。"

"那么我就想别的办法还债。"

"不！"

丹特咧开嘴笑了："如果你担心我打算把自己献给星神，那你就错了，我没那么无私。"

"那你打算怎么办？"

"每个诅咒都有漏洞，都可以被打破。如果星神不接受别的报酬来打破你戒指上的诅咒，那我就去找到漏洞。"

泰拉从未听过这样的说法，但她认为这有一定的道理。杰克斯说过，只有两种方式可以将某人从纸牌中解放出来：要么打破诅咒，要么找人来替代，而这与丹特的话不谋而合。后者一定是漏洞。但比起破除诅咒，找漏洞更叫泰拉害怕。

"别担心。"丹特亲吻她的额头，他的吻落在她的皮肤上，是那么滚烫，他低声说道，"相信我，泰拉。我不会让你出事的。"

但她突然很担心他。泰拉不习惯向别人袒露秘密，更不用说将她的生命托付给别人了。她感觉到丹特心里也很矛盾。

一团云遮住了即将消失的月亮，他拉开两人之间的距离，他的整张脸都笼罩在黑暗中，但泰拉觉得他仍然在挣扎："你认为你自己能安全返回宫殿吗？"

"为什么？"她问，"你去哪里？"

"我今晚还有工作要做。不过别担心，明晚放完烟火后，我在星神殿的台阶上等你。"

第二天晚上是卡拉瓦尔秀的最后一晚。烟花将在午夜时分燃放，标志着爱兰丁前夕的结束和爱兰丁节的开始。而那之后不久，比赛就将在黎明告终。

泰拉想争辩，但丹特已经走开了。他走到了花园的边缘。不过他并没有走出太远，仍然可以听到她的话。泰拉发现自己在悄悄地跟着他。

她告诉自己她信任他；她跟着他，只是因为她担心他会为了救她，做出什么对他自己不利的事。但事实是，她比她以为的更愿意相信他。她仍然没有排除他就是莱金德的可能性。但如果他是莱金德，而且他真的很关心泰拉，他就会在花园里用自己的鲜血把她从诅咒中解救出来，而不是逼她赢得比赛，取回她母亲的魔牌。

不是丹特真的关心泰拉，就是他是卡拉瓦尔秀的班主，而且一点也不在乎。

也许如果她查清了他总是到何处去，她就能弄明白一切了。但是泰拉太慢了。也有可能是丹特知道她在跟踪他。当她走到花园的出口时，他已经不见了。

泰拉在附近的废墟中搜寻了一会儿。她甚至壮着胆子回到她偷斗篷的公园。但到处都没有他的影子，她累得双腿都颤抖了。

　　天快亮了，泰拉的空中缆车才驶近宫殿。莱金德的心形星座消失了。火把照亮了地面，但在与太阳分离了一个晚上之后，空气中仍然夹杂了一丝寒意。泰拉想闭上眼睛，倒在她的塔楼房间，但她的缆车停了下来。无论是谁坐在她前面的缆车里，下车的时候都够磨蹭的。

　　泰拉打开窗户，探出头，好像瞪着她前面的车厢，就能让车里的人加快速度。令她惊讶的是，这招居然奏效了。

　　缆车的门开了，熟悉的樱桃色织物出现。泰拉并不肯定，她只认得那件衣服，而且，她能看到的只有那个人的一头浓密黑发。但从后面看，这个年轻女人像极了斯嘉丽。

　　泰拉继续看着，但她姐姐没有转身。她快步向前，在泰拉的缆车还没动的时候就冲出了缆车站。然后，她前面那辆缆车的门又开了。泰拉也只看到了出来那个人的背影，但她立刻就认出了他那漫不经心的走路姿势，他那皱巴巴的衣服，还有他那满头金发。竟然是杰克斯。

3 5

　　泰拉希望太阳很快升起，因为这个匪夷所思的夜晚必须结束。如果泰拉的世界再翻转一次，她一定会崩溃。

　　姐姐为什么会和杰克斯在一起？

　　当然，泰拉仍然不能肯定走出缆车的年轻女人就是斯嘉丽。泰拉没有看清她的脸。但是泰拉认识姐姐，也认识杰克斯，杰克斯卑鄙无耻，干得出把斯嘉丽拖下水这种勾当。

　　缆车一触地，泰拉就跳出来，险些扭伤了脚踝。这并没有阻止她冲出缆车站，但她还是耽误了一些时间，所以她没有追上姐姐。

　　"你是在躲开某人，还是在追赶某人？"盗心王子从石像花园的边缘走了出来，挡住了泰拉的去路，他用灵巧的手指来回地扔着一个发光的紫色苹果。他依然没穿外套，衬衫也只熨了一半，好像他不耐烦了，不等女仆完成工作，就把衬衫拿走了。他的裤子还算平整，但当旭日照在黄油色的皮革上，泰拉觉得他裤子上泼溅的污迹是血迹。

她做了几次深呼吸，试图让狂跳的心放缓："你和我姐姐在干什么？"

"你吃醋了？"

"你妄想。"

"是吗？"杰克斯从永恒定格的仆人中间穿过，走进石像花园深处，泰拉只得跟上他。

"我们的感情不是真的，"泰拉呻吟道，"我怎么会嫉妒呢？"

"也许你希望是真的。"

"你太自恋了。"

"那是因为我的未婚妻不够奉承我。"杰克斯的语气轻佻无礼，但他一直盯着泰拉，同时把一只穿着靴子的脚踏在她身边那尊表情惊恐的石像上。然后，他从靴子里拔出匕首，开始削苹果皮，好像突然对他们的谈话失去了兴趣。

"你还没告诉我你和我姐姐在做什么。"泰拉问，"你离她远点。"

杰克斯从刀上收回目光，抬起头来："是她来找我的。"

"她为什么要那样做？"

"我保证不说的。"

泰拉哼了一声："不要表现得你好像多有良心一样。"

杰克斯切下最后一块皮，深深地咬了一口苹果："我的道德准则和你的不同，并不意味着我没有道德心。"

"也许你应该重新评估一下。"泰拉说，"以大多数人的标准来看，杀人比破坏一个人的信心更糟糕。"

"自从你认识我以来，我有没有杀过人？"杰克斯用舌头舔了舔锋利的白牙尖，又咬了一口苹果。如血一样殷红的晶莹果汁从他的嘴角滴下。他边吃边嘲笑她。

他表现得漫不经心，看起来懒洋洋的，但他是所有人中最精于算计、最自信的。他对她的看法可能和他对苹果的看法一样，多汁，咬一口就可以扔掉。

又一滴红色的果汁从他的唇滴下来，泰拉扑向他。她从他苍白的手中把苹果拍掉。然后，她要去掐他的喉咙。

他瞬间便钳住了她的手腕："你杀不了我。"

"但我可以试试。"她朝他踢了一脚。

他一闪身便躲开了。

"你只会把自己累坏。"他平静地说，"你看起来已经很疲惫了，还是留着你的力气去赢得今晚的比赛吧。"

她继续踢。

他又毫不费力地避开了她。他那张冷酷的脸露出不耐烦的神色。

但泰拉发誓她感觉到血在他的血管里奔涌，温暖了仍然掐着她手腕的双手。他看上去也许无动于衷，但他的心跳得和她的一样快。

泰拉抬起的腿没有踢下去。他的心在跳。

她跌跌撞撞地退了两步，他松开她。

"你有心跳了。"

"没有。我的心脏已经很久没跳动了。现在是你开始妄想了。"他的声音异常冰冷，但这带来的寒意并没有抹去他滚烫的手握住她的手腕的记忆。

"我这个人或许有很多弱点，但我很清楚我感觉到了什么。"泰拉说。

只有一个人能让他的心再次跳动：他唯一的真爱。他们说，他的吻对所有人都是致命的，只有她除外，她是他唯一的弱点……

"是我让你的心跳动了起来。"泰拉得意地说。这是一个疯狂而荒谬的想法，简直荒唐到了极点。但泰拉从她的心跳中也确认了她的猜测是对的，现在，她的心跳并没有放缓，反而加快了。扑通。扑通。扑通。扑通。扑通。扑通。她的心跳从未这么强而有力，从未这么自由："我是你唯一的真爱。你的吻杀不了我。"

杰克斯的怒容加深了："你不应该听到什么就相信什么。我的样子像是爱上你了吗？"

"在我看来，你总是像个怪物，但这并不表示神话不是真的。"泰拉认为她不必爱他，就能成为他的真爱。他是命运，而且无恶不作，泰拉还认为爱对他而言与对人类是不一样的。但这部分并不重要。重要的是，她是他的真爱，因此可以对他的吻免疫。她不再需要赢得比赛，就能活下去。

"这改变不了什么。"杰克斯的表情变得如此凌厉，相比之下，刀都会显得很柔软。

但是泰拉已经习惯了他善变的表情。他的表情伤害不了她，他那有毒的嘴唇也不行。

"不。"泰拉说，"这改变了一切。"

"你母亲的事就无法改变。"杰克斯用靴子的后跟踩碎了泰拉打到地上的苹果，血淋淋的果肉和果汁被踩成了烂糊，"如果你想解救她，你依然需要我。"

"也许我不再关心能不能救她了。"泰拉说得好像她是认真的，但这些话在她嘴里是那么酸涩。不完全是谎言，但也不是事实。

杰克斯似乎感觉到她的话缺乏说服力。他露出了一个酒窝，向她走了几步："你说我是怪物，可就连我也觉得你的话很无情，多娜泰拉。"

他的酒窝消失了，有一会儿，她看到他的脸凹陷了下去，十分恐怖，就像他第一次说到他被封印在纸牌里时一样。"如果你还有一点点希望看到你母亲活着，你就该重新考虑帮助我。莱金德害怕众命运重获自由，窃取他的法力，他最想要的就是我们的法力。如果他拿到封印命运的命运魔牌，他会把我们全部摧毁，你母亲也不能幸免。拯救她的唯一方法就是赢得比赛，帮我放他们出来。除非你愚蠢到代替她被封印在纸牌里，而听你刚才说的话，想必你不会愿意那么做。"

杰克斯用一根纤细的手指抚弄了一下她的下巴，便慢悠悠地走出花园，仿佛他们的谈话没有改变任何事。

天刚亮，泰拉终于拖着沉重的脚步回到了宫殿，为了庆祝爱兰丁前夕，金色的塔楼被改造了一番。栏杆上覆盖着闪闪发光的织物，让人想起未婚新娘的眼泪面纱。泰拉看到每个女仆都在嘴唇上画上了红色的针脚，装扮成了王后侍女，泰拉见了，感觉浑身不自在。

斯嘉丽所住的蓝宝石侧翼也是如此。泰拉先去了那里，想问问姐姐为什么和杰克斯在一起。斯嘉丽当然没有开门。

泰拉或许可以更用力地敲姐姐的房门，或者再等一会儿，但她的身体吃不消了，她只想睡觉，而且，也许杰克斯说的是实话。也许斯嘉丽是去警告他不要伤害她的妹妹。这听起来像是斯嘉丽干得出来的事。

泰拉向她的塔楼房间走去，一路上又遇到了几个嘴唇有针脚的女仆。

太阳还没出来，她们肯定就已经开始工作了。泰拉前一天晚上离开时，每扇门上都没有装饰品，但现在每个拱门和入口上都挂着不同的面具，这是一个古老的传统，用来纪念众命运，希望它们能带来福气而不是诅咒。

泰拉的门上挂的是死亡少女的珍珠笼子。泰拉知道这只是爱兰丁前夕的另一项传统，但这感觉像是一个警告，再次提醒她，如果她决定放弃比赛，她将失去很重要的东西。她可以活下去，不必非得赢得卡拉瓦尔秀，但她可以任由母亲被封印在魔牌里吗？

泰拉很想恨她。那时候，她对着天空大喊，说什么叫母亲在纸监狱里腐烂，她说的是真心话。然而，她比以前更想把她救出来。她想向帕洛玛证明，她不只是一个无用的装饰品，可以随意丢弃，她无畏、聪明、勇敢、值得爱。

母亲的诅咒戒指戴在泰拉的手指上，感觉沉甸甸的。也许丹特会找到他提到的漏洞，并且避开诅咒，但如果他找不到，泰拉很清楚，她不可能逼迫自己成为星神的奴隶，去拯救一个可能并不爱她的女人。

但如果丹特真的找到办法让泰拉使用戒指进入星神殿的保险库，同时还不需要交出自己呢？

如果丹特真是莱金德，那泰拉会不会明知杰克斯要怎么做，却还是与莱金德为敌，把他交出去呢？

一切都扭曲至极。

泰拉告诉自己，如果丹特是莱金德，那就意味着他不在乎她。但也许那天晚上早些时候他没有治愈她，因为他相信她的诅咒解除了。他可能以为他以前给她输了血，她的命就已经救回来了。但如果事实如此，那她为什么又流血了？

泰拉想把丹特往好处想，但他是否在乎她都无关紧要。如果丹特是莱金德，他会毫不犹豫地摧毁命运。

泰拉通常都不会做任何保险的选择。在她的经验中，做保险的选择往往感觉像根本没做选择，就像礼貌地后退一步，让能力更强的人去做他们认为合适的事。莱金德和杰克斯都比泰拉更有能力。但他们都需要她去拿他们想要的东西：她母亲的命运魔牌。没有泰拉，他们谁也别想拥有那副受到诅咒的魔牌。没有泰拉，莱金德就不能摧毁众命运和泰拉的母亲，没有泰拉，杰克斯就不能把众命运放出来，也不能窃取莱金德的法力，无法再次拥有全部的魔法去控制人的心、感情和情绪。

他们双方似乎都希望她能为他们赢得比赛。但是，泰拉要想取得真正的胜利，就必须选择不再参加比赛，把母亲留在原地，并且不去动她那副诅咒魔牌，任由它安安全全地存在星神殿的保险库里，让杰克斯或莱金德都不能沾染半分。

一想到听凭母亲继续被困在纸牌里，内疚就啃噬着泰拉的心。但帕洛玛把泰拉的生命当成了抵押品。她的母亲并不比杰克斯或莱金德好多少，泰拉要是再让他们把她当棋子用，那必然将陷入万劫不复的境地。

3 6

　　泰拉突然在床上坐起来。她的心怦怦直跳，脉搏剧烈地跳动着，又一次证实了她受的诅咒解除了。如此一来，她本应该觉得她已经准备好去征服世界了。相反，她却感觉这个世界正准备征服她，这种沉重的感觉一直在她心头萦绕不去。

　　她的第一个本能反应是检查一下卜算镜，看看她的未来是否改变了，但她不能再相信那张牌了，她再也不会允许众命运支配她的选择。

　　地板上影影绰绰，她手臂上的睡痕清楚地表明她睡了好几个钟头。虽然她不打算继续比赛，却也没想睡那么久。

　　天色已近黄昏。光线透过窗户照射进来，把她房间里的一切都染上了一种怪异的红色，唯有一件东西除外：一封珍珠白色的信静静地躺在她的床边，仿佛一直在等她。

　　泰拉把信撕开，开始读的时候，她的视线有点模糊。但读了头两行，她的视力变得清晰起来，头脑也清醒了。

亲爱的多娜泰拉：

　　谢谢你那晚出席我的私宴。见到你，我非常高兴。你离开后，我才意识到你让我想起了我的一个很特别的熟人。你并不是非常像她，但你和帕洛黛丝一样，都拥有不屈不挠的精神和活力。如此，我不禁怀疑她是否就是你那位失踪的母亲。

　　考虑到她的身份，我或许不该说这些话，但在帕洛黛丝失踪的那天，瓦伦达全城都变得暗淡无光。她是珍宝。如果她是你的母亲，并且你在寻找她的过程中需要我的帮助，请务必让我知道。

再会

爱兰丁

　　泰拉读完信，彻底清醒了过来。她可能读了不止一遍。当她再次抬头望向窗外，太阳已经快要下山了。莱金德随时都会在天空中升起一个新星座，告诉这个城市卡拉瓦尔秀又开始了。

　　还没看到爱兰丁的信的时候，泰拉很乐意放弃比赛，不去管她那个背叛的母亲和她那副被诅咒的魔牌，由着她们待在原地。只要泰拉不打开保险库，众命运就得不到自由，莱金德也毁不了她的母亲。这看似是一个合情合理的妥协。但是现在，看了爱兰丁的信，如此选择就跟放弃差不多了。感觉就像接受了阿曼德口中的伪结局。

　　泰拉清楚，想象她母亲是个好人，不是她在星神殿里看到的样子，实在是非常愚蠢。然而爱兰丁的信让泰拉的心里涌起了一个希望，她盼着母亲的故事另有隐情，就像丹特所说的那样。

"您的包裹。"门外传来一个微弱的声音。

泰拉刚把爱兰丁的信藏在床上，一个过分热心的仆人就快步走进了套房。

不速之客拿着一个巨大的紫红色纸盒，盒上系着一个西瓜大小的紫色蝴蝶结。一定是密涅瓦商店送来给泰拉的爱兰丁前夕化装礼服。

"我想你今晚需要有人帮你穿衣服。"女仆拿开盒盖，"哇，我还是第一见这么漂亮的衣服呢！你穿上后，一定会吸引所有人的眼球。"

女仆从纸盒里拿出一件银灰蓝色礼服，房间里刹那间便亮起了闪闪银光。那个女裁缝可能不喜欢泰拉选择装扮成失踪继承人，但她却做出了一件不可思议的礼服，尽管这衣服让泰拉想起了杰克斯的眼睛。

礼服是露背装，背部只覆盖着一层像融化的银一样的薄纱斗篷。女仆帮她穿上礼服，把薄披肩别在泰拉肩膀处精致的串珠肩带上，和蓝灰色的紧身上衣连接在一起。这件礼服的样子本来不太雅观，但好在胸前和裙身上带有银光闪闪的树叶，就像是她被卷进一场魔法风暴。飘逸的裙身是午夜蓝色和液态金属色，每次她一动，裙身的布料晃动着，仙气飘飘，闪着微光，让人觉得她只要转一圈，就会消失得无影无踪。

"太美了。"女仆说，"你准备好……"她从盒子底部拿起那顶带有可怕黑色面纱的蜡冠，便猛地住了口，"你要扮成爱兰丁的失踪继承人？你确定这么做明智？"

"我肯定这不关你的事。"泰拉一把抢过王冠。

"我只是想帮忙。"女孩连忙道歉，还飞快地行了个屈膝礼，"还请你再次原谅，但我听说过你未婚夫的谣言，还发生了那种事，我想你可能需要警告。"

泰拉拼命要自己不再发问。上次她和一个无耻的女仆说话，结果并不太好，但这个女仆似乎真的很紧张，泰拉听她的声音，忽然想起她在来王宫的第一晚听过她的声音。她的声音听起来像是那个为泰拉难过的兔子仆人。"之前发生了哪种事？"泰拉问道。

"你真的没听说过吗？整个宫殿都在议论呢。他们说真正的失踪继承人，也就是爱兰丁那个失踪的孩子，他又出现了。当然，还没有人证实这件事。"女仆压低了声音，"谣言一传开，女王就病倒了呢。"

"她怎么了？"泰拉问道。

"我怎么可能知道那种机密的事。"女仆说，"但好像很严重。"

"这可能是卡拉瓦尔秀的一部分。"泰拉说，"如果女王的孩子真的失踪了，而这个孩子竟然在卡拉瓦尔秀期间出现，那也实在太巧了。"

但如果女王是真的病了呢？念及此，泰拉只觉得比她预想的更不舒服。爱兰丁在信中提到了泰拉的母亲，好像她认识她似的。她说她是珍宝。泰拉想知道这是为什么，但如果女王出了什么事，她就永远都得不到答案了。

"谢谢你的帮助。"泰拉对女仆说，"你可以走了。"

泰拉已经穿好了礼服，现在就差戴上王冠了。

不幸的是，组成失踪继承人王冠的一圈蜡烛太重了，连接在王冠上的面纱很厚，戴上根本无法视物。

在把王冠戴在头上之前，泰拉拽了拽面纱。只是面纱似乎十分倔强，不愿让步。

她又猛拉了一下。

面纱一下子被扯了下来，但皇冠上的一圈黑蜡烛也被扯了下来。粗蜡烛四分五裂，像泪珠一样散开，王冠上只剩下五个剃刀一样锐利的尖端，而尖端上镶着黑色猫眼石。

它看起来像是完整版的破碎王冠。那时候阿曼德给她算命，泰拉看到的就是那顶王冠。

破碎王冠预示着两难的选择。泰拉知道她手中的圆环不是同一个王冠。那顶王冠被困在了一副纸牌里，而她手里的王冠并没有碎裂。但她不喜欢她的手指一碰王冠就感觉麻木。

她想把王冠塞进盒里。戴上这顶王冠仿佛是个坏主意。但她拒绝害怕，也不会害怕她看到王冠后产生的各种想法。

泰拉把王冠戴在头上，然后去照镜子。王冠不像刚才有蜡烛时那么重了，但从它碰触到她的鬓发的那一刻起，泰拉就感到了一丝不安，仿佛戴上这顶王冠，就是朝着艰难的选择迈出了第一步，而她并没有准备好去做那个选择。

她试图摆脱这种感觉。她要去找女王打听她母亲的事，但这并不意味着泰拉会把自己献给星神，从而赢得比赛，并把帕洛玛救出来。然而，泰拉却发现她把杰克斯的那枚倒霉硬币，连同卜算镜和囚禁母亲的纸牌，一起塞进了口袋。

Chapter 7

勇 敢 者 的 犒 赏

3 7

那天晚上，群星格外明亮，耀眼的星光照亮了整个瓦伦达。莱金德创造出了一个巨大沙漏形状的星座。星星散发出沙漠般的金色和炙热的红色的光芒，深红色的星星就像沙粒一样向下滴落，毫无疑问，星座一直在倒计时，直到天亮卡拉瓦尔秀结束。

沙漏悬在宫殿上空，比赛的最后一晚就将在皇宫里举行。泰拉望着窗外，瞥了一眼宫殿。下面的玻璃庭院占据了金塔和宫殿其他侧翼之间的空间，庭院里挤满了人，他们都打扮成了被诅咒的众命运。

幸运的是，玩家都不被允许进入塔内。这座古老的建筑里静得可怕。泰拉沿着摇摇晃晃的木楼梯往上走，她只听得见她自己的脚步声。

那天晚上用餐的时候，爱兰丁提过要在最高层观看爱兰丁前夕的烟火秀。她甚至告诉杰克斯，她希望泰拉能和他们一起观看。这不是真正的邀请，杰克斯也从未再提过，但泰拉希望女王是真心邀请她。

卫兵在顶层拦住了她。卫兵有十来个，他们挡住泰拉的去路，他们身上的盔甲碰在一起，发出刺耳的叮当声。

爬了这么久楼梯，她的双腿感觉火烧火燎的，但她还是站得笔直，说话时不喘粗气。"我是继承人的未婚妻，女王陛下邀请我今晚和她一起看烟火。"泰拉亮出爱兰丁的信，展示皇家印章，仿佛这是一份邀请函。但她无须这么做。

卫兵们向左右分开，让泰拉通过，好像他们早料到她会到来。她想知道这是因为女王是真心邀请她看烟火，还是因为女王预料到她的信会把泰拉吸引过来。她不会再允许众命运决定她的未来，但她感觉这次是不可避免与爱兰丁见上一面。

塔顶比底部窄得多，只有一个房间，不是特别大，但后来她只记得这个房间像是没有尽头。墙壁和天花板是由无缝玻璃建成的，这里是一个瞭望台，用来观察、做梦和许愿。从这里看，莱金德那个搅动的沙漏离得那么近，泰拉壮着胆子往房间里面走，她发誓她能听见星星在沙漏里向下落，嘶嘶作响，演奏出一首危险的歌。

套房的陈设简单中不失优雅。中间长着一棵灰白色的树，树上挂满了银色的叶子，看起来好像要掉下来似的。周围摆着一圈穗饰沙发，全都冲着洁净的玻璃，沙发是银白色的，就像那棵树一样。房间里唯一真正的颜色来自爱兰丁旁边那个花瓶里的白色玫瑰花束。

女王懒洋洋地坐在靠近窗户的座位上，几乎碰到了玻璃。她没有穿化装礼服，看起来却犹如一道鬼魅，而这不只是因为她穿的那件白色礼服。

两天前的晚上，泰拉见过爱兰丁女王，那时的她活泼、爱笑，喜欢拥抱别人。但也许她当时是用力过度了。现在她瘫坐在椅子上，脸色蜡黄，病恹恹的，与那位过分热心的女仆所说的一模一样。

爱兰丁开口的时候，就连她的声音也很不对劲："亲爱的，你爬了这么高的楼梯，现在，把一直在你舌头上灼烧的问题问出来吧。"

"你怎么了？"泰拉脱口而出。

爱兰丁抬起头。她那双乌黑的眼睛比泰拉记忆中的还要大，也可能是她的脸瘦削了很多。爱兰丁看上去好像在两天内老了二十岁。泰拉发誓，那个女人就坐在那儿的时候，也在逐渐变老。她苍白的脸颊上长出了新的皱纹，她说："我快死了，亲爱的。你以为我为什么要举办这样盛大的七十五岁生辰庆典？"

"但是……但是，那天晚上，你看起来很好。"

"那是因为有莱金德的补药。"爱兰丁的眼睛瞟向了她身边桌上的白玫瑰，"我的健康状况每况愈下，他一直在帮我隐瞒，不让杰克斯发现。"

"这么说你见过莱金德？"

女王布满皱纹的嘴边形成了一抹微笑："他帮助了我，所以，即使我知道莱金德是谁，我也不会泄露他的秘密。在我看来，你爬上这么高的楼，并不是要打听他的事。"

爱兰丁的目光落在泰拉手里的那封信上。

泰拉仍想向女王询问更多关于莱金德的事，莱金德似乎无处不在，却又总是神龙见首不见尾。

可是即使爱兰丁活不长了，当她再次开口，她的声调还是很尖锐，足以让别人打消争论的念头："帕洛黛丝是你母亲，对吗？"

"我只知道她叫帕洛玛。"泰拉坦承，"不过，每次我不叫她妈妈，而是叫她那个名字，我父亲都很生气。"

爱兰丁咂咂舌："帕洛黛丝看男人的眼光实在不敢恭维。"

泰拉本想同意她的说法，但她不想再谈论她父亲。

"你是怎么认识她的？"泰拉坐下来问道。她依然不知道觐见女王要遵循怎样的礼仪，但低头俯视这个统治着整个莫里迪安帝国的女人，似乎怪怪的。

爱兰丁深深地吸了一口气，她的身体因为这样一个小小的动作颤抖起来："上次我见到帕洛黛丝，她打算去偷我那晚提到的命运魔牌。我提醒她那副牌只会带来麻烦，但我应该换个词才对，比如痛苦或折磨。帕洛黛丝只是说她喜欢麻烦，但我相信她真正热爱的是生活。"

爱兰丁凝视窗外，莱金德的深红色星星继续照耀着地面上的比赛："帕洛黛丝本可能不只是通缉告示商店里的一张画像。她又机智又聪明，她爱笑，是个很有爱心的人。不过，她从来不让别人知道她是个感情丰富的人。'罪犯没有爱。'她曾经这么对我说。但我认为帕洛黛丝害怕爱，是因为她每次都爱得热烈，就像她热情地活着一样。"

泰拉以为听了这些，她会感觉好一些，但不知何故，知道母亲能爱得如此强烈，却一点也不在乎自己的女儿，她更伤心了。

泰拉应该走开，不再折磨自己。但是，女王知道一些不为人知的秘密。她的两句话就比阿伊可说的一切都要深刻。泰拉听说爱兰丁年轻时野性难驯，但她的年少岁月不可能和泰拉母亲的年少岁月在同一时间。

"你是怎么认识她的？"泰拉问道。

女王慢慢地转头看着泰拉："至于这个故事，你还是去问帕洛黛丝吧。"

"我认为没有这个可能。"泰拉慢慢地从座位上站起来，"离开这里后，我不会再寻找她。"

"真遗憾。"爱兰丁说,"我不认为你是那种轻易放弃的人。"

"是她先放弃了我。"

"我不相信。"爱兰丁的声音变得柔和起来。泰拉或许会认为这是因为女王累了,但她的声音听来并没有虚弱无力:"我所熟悉的帕洛黛丝不相信放弃。如果你真是她女儿,那我肯定她不会放弃你。事实上,我认为,如果她是你的母亲,她会爱你至深。"

泰拉哼了一声。

"我就假装没听见你哼哼好了。"爱兰丁道,"我肯定有一条法律好像规定,不可以当面嘲笑女王。但我想你哼这一声,是对你母亲而不是对我。而且,我承认,我怀疑我的孩子对我的感觉和你对你母亲的感觉是一样的。作为母亲,我也很失败。我犯了很多错误,导致我和我的孩子分开了很长时间。但这并不意味着我不爱我的孩子。我做了许多我认为是最好的选择,结果却只是让我们骨肉分离。"

"但我听说你的孩子回来了。"

"我都忘了消息在这个宫殿里一转眼就能传开。"爱兰丁笑了,但不知怎的,在这个表情的衬托下,她的眼里没有高兴,只有悲伤。她那布满皱纹的嘴唇翘起来,眼皮耷拉着。母亲刚和孩子团聚,可不会有这样的表情。

但女王并没有否认谣言。泰拉不禁想知道,现身的那个人真的是爱兰丁的孩子,还是爱兰丁觉得自己快死了,便想了这个办法阻止杰克斯继承王位。

"我大半生都把莫里迪安帝国看得高于一切,这其中也包括我的孩子。现在,很多选择都让我悔不当初,但已经太迟了,我所做的事已经无法改变。我想这就是我今早想起你的原因。"爱兰丁眼里的悲伤变得更加强烈，"我不知道你母亲在离开你后遇到了什么，但我希望你能找到她，多娜泰拉。不要步我的后尘，明明可以拥有真正的结局，却偏偏安于接受一个可以轻易获得的伪结局。"

"我想我不太明白你的意思。"泰拉说。

"我的意思是，到了故事中最糟糕的部分，大多数人都放弃了，因为实在是太绝望了。但那也是最需要希望的一部分。"

爱兰丁笑了，这次没有难过，她的笑容是开心的，她低头看着泰拉的手："看。我相信连你母亲的戒指也认同我。"

泰拉手指上的猫眼石颤动起来，她吓得向后一缩。宝石里面的颜色在移动。中间那道金线像火焰一样在宝石内部爆发，吞噬了周围的紫罗兰色和樱桃色，到最后，整颗宝石都发出了琥珀色的光芒。

金塔摇晃起来，泰拉的腿也跟着颤动。一切只持续了片刻时间。但泰拉发誓，就在那一刻，连外面的星星都在闪烁。这枚戒指一直很漂亮，但现在它更是超凡脱俗，散发着明亮的光辉，照亮了她的整只手。

丹特做了什么？

一阵强烈的恐慌传遍了泰拉的血管。他一定是找到了戒指诅咒里的漏洞。他为什么要为她那样做？他曾说过不要她担心，他并不是那么无私，但他一定付出了代价，才解除了宝石的诅咒。

泰拉颤抖着，她头上的王冠不停晃动。她伸手，想稳住王冠。但她的手和腿一样，都哆嗦个不停。所以，她不仅没有扶正王冠，还把它碰掉了。它翻滚几下，扑通一声掉在了地上。

"老天。"爱兰丁用一只手捂着嘴。

泰拉暗骂一声。五颗顶端镶着闪亮黑色猫眼石的尖黑曜石从地板上盯着她。现在这顶王冠像极了破碎王冠。

泰拉用颤抖的声音说："我很抱歉。"

"用不着，孩子。我可以找人来清理，而你没有做错任何事。"

但是泰拉会做错事。

她仍然颤抖着，盯着地板上的破碎王冠，与此同时，她的艰难选择变得清晰明了。丹特为泰拉找到了进入她母亲保险库的方法，而且泰拉用不着牺牲自己。当然，泰拉不知道丹特这样做，是为了不让她受到星神的伤害，还是为了确保她一定能拿到那副牌。泰拉甚至不确定她想要哪一个是真的。如果丹特为了拯救泰拉而做出了牺牲，她到时候又把丹特出卖给杰克斯，那她成什么人了。但前提是丹特是莱金德。泰拉仍然不知道谁是莱金德。

她也说不好她能不能赢。

但也许不赢是最好的。

赢得比赛是要付出代价的，而过后，你一定会后悔。奈杰尔这么警告过泰拉，不过就算他不警告，她也知道她将来会后悔。如果她选择把莱金德交给杰克斯，杰克斯就会夺走莱金德的法力，然后放出众命运，而且很可能毁灭莱金德。但是，如果泰拉不背叛莱金德，如果她把命运魔牌给他，他就会毁了他们。这样一来，莱金德也会毁掉她的母亲，因为所有的魔牌都是互相依存的。

泰拉的目光落在窗外。从这么高的地方，下面的人不过是一个个彩色斑点，被翻腾的星星、明亮的灯笼，以及被卡拉瓦尔秀最后一夜和爱兰丁前夕点燃的狂热兴奋所照亮。

在另一个故事里，泰拉可能会下去，汇入人群。她可能喝着加香葡萄酒，和陌生人跳舞。也许她还会在星空下亲吻某人。这应该就是她想要的。她让自己想要那些。她让自己远离她被迫参加的另一场比赛，远离那个离开她的女人。她让自己别再假装母亲关心她。但是爱兰丁那番关于真实结尾和伪结局的话，一直折磨着泰拉。

她想背对母亲，但那感觉更像是放弃，而不是放手，感觉好像明明有更多机会，她却安于半途而废。泰拉不愿意允许母亲再伤害她。但如果爱兰丁是对的，而母亲是真的爱她呢？

泰拉的母亲把魔牌存放在星神殿的保险库里，不让任何人拿到它们。也许她母亲也打算再也不碰它们了。她是把泰拉献给星神，但如果她并没想过真的把泰拉交出去呢？也许把魔牌锁在一个只有诅咒钥匙才能打开的保险库里，是帕洛玛安全保存魔牌的办法。但她母亲最后却被封印在了纸牌里。

泰拉不知道她是什么时候离开金塔的，但突然之间，她就发现自己跑下楼梯，冲到正在举行卡拉瓦尔秀的庭院，心里只想着她的母亲。

3 8

空气中充满了魔力。魔力犹如糖果商的糖落在泰拉的舌头上，甜蜜地欢迎人们进入黑暗的魔法世界。众命运和他们的标志无处不在。

富丽堂皇的庭院已经变成了一个集市，看起来像是来自神话世界。有些帐篷上带着这样的名字：

女王陛下的魔法礼服

女祭司的魔力店铺

刺客刀和杀手领饰

卜算镜的魔法眼镜

还有纪念更多命运的招牌和巨大海报：

给幸运小姐一个吻，她将满足你最大的心愿。

想要一段短暂而美好的时光，去找疯狂小丑吧！

如果你看到怀孕少女，你的未来将会改变……

泰拉拒绝分心，她必须去星神殿，不过人们纷纷向她走来，她很难穿过院子。一个装扮成投毒者的模糊人影请她品尝毒药。几个扮成陨落星辰的人要给她一抹星尘。

泰拉甚至懒得回应；她以最快的速度穿过拥挤的人群。只有那么一会儿工夫，她有些犹豫，因为她好像看见了斯嘉丽，她打扮成了未婚新娘，脸上蒙着眼泪面纱，泪珠犹如滴落的钻石。但如果斯嘉丽知道泰拉要做什么，一定会阻止她。

泰拉不想被阻止。这是她拯救母亲的唯一机会，如果她抓不住这次机会，她余生都将在悔恨中度过。

在乘缆车去寺庙区的路上，她一想到要把莱金德交给杰克斯，内疚就会将她吞噬。但是泰拉认为这只是因为她太迷恋丹特了。出卖莱金德就像出卖丹特。但也许他们并不是同一个人。如果丹特真的是莱金德，那就是他一直在背叛泰拉。

钟声敲了十下后，她终于来到了星神殿。

她走到圣地的庄严大门前，甚至都不需要敲门。大门无声无息地开了，仿佛神殿在无声无息地和她打招呼。

西伦站在门内，整个人像是一座塔，他无情的脸上的那颗无情的八尖星使他显得更加威风凛凛。他穿着和她前一天见到他时一样的衣服：厚皮革外面披着深蓝色斗篷。

值得称赞的是，西伦并没有提到泰拉前一天晚上飞也似的离开。无论他如何看待她的离去和重新出现，都隐藏在了他那坚忍的外表之下。

泰拉跟着他走进阴影重重的入口，她的拖鞋啪嗒啪嗒地走过光亮的地面，这是四下里唯一的声响。中心那个火红色的喷泉还没有点亮，周围弥漫着浓重的寒意。

泰拉在皇家庭院里弄丢了斗篷，她的背部和手臂都露在外面，所以她本应该冻僵才对。然而，汗水从她的脖子上滴落下来，她说："我要打开我母亲的保险库。"

西伦的目光落在泰拉的戒指上："你真幸运，有这么好的一个朋友。"

一想到丹特，就又有一阵不安刺痛了她布满汗水的脖子："他给了你什么，才解除了戒指上的诅咒？"

"只有一种方法可以破除诅咒。但每一个诅咒都有一个漏洞。在这种情况下，我们做了一个交换，暂时解除了你那枚戒指上的诅咒。现在，你是想继续问下去，还是想看看你的保险库？"

"首先，告诉我丹特在这次交换中给了你什么？"

"他给了我们一个承诺。我不能告诉你是什么承诺，但如果你关心他，你就会愿意保证他遵守诺言。"

"如果他没有呢？"

西伦抚摸着他脸上的星形印记："如果你的丹特没有履行诺言，他会死。"

泰拉的嘴巴有些发干。

西伦不再言语，只是领着泰拉走到门厅后面的那扇门，那些痛苦的石像都注视着那扇门。他用他的戒指打开了门。

门内是一栋八角形的附属建筑，温暖的空气中弥漫着埋藏的秘密和古老的魔法的气息。与入口不同的是，这个区域里没有闪耀的金色和珍珠般的白色。这里是木质结构，看起来年代久远，和爱兰丁金塔的第一层一样，有种肃穆的庄严感。粗糙的地板上闪着远古的光芒，而魔法擦过泰拉的手背，用看不见的舌头品尝着她，那魔法比莱金德或杰克斯掌握的魔法要古老得多。

西伦说这座寺庙不是旅游景点，他说的的确是实话。

保险库在深深的地下。从那栋附属建筑物，西伦带泰拉穿过一扇门，然后走向一道蜿蜒曲折的土楼梯。她没有数台阶有多少级，但她在闪光长袍下的腿都走得冒汗了。他们终于走到了底部，过道变得又窄又暗，只靠一排蜡烛照明，而蜡烛看起来就像是从地里长出来的。西伦和泰拉不得不小心翼翼地绕过蜡烛。

走廊昏暗，泰拉只能辨认出西伦的轮廓，他们走到一半，他终于在一扇没有把手的石门前停了下来："这扇门只为你打开。你只要把戒指按在门上，就能进去。但是，请注意，你的丹特和我们做的交易只允许你打开这个保险库一次。如果你选择拿走或留下一个东西在里面，务必要再三斟酌。一旦你关上了这扇门，那就只有偿还你母亲的债，才能再次打开它。"

"如果我永远不打开它，"泰拉问，"他代替我做的交易会就此作罢吗？"

"不会。他的誓言已经被封存了。不打开保险库，就是浪费了他所做的牺牲。"

泰拉的手掌里冒出了冷汗。丹特不应该帮她。她因此更盼着他不是莱金德。人人都知道莱金德不会做任何牺牲，而且，即使他为她改变了，也不过是在讨她喜欢，泰拉默默地祈祷事实并非如此，因为她不能给他同样的回报。她是来这里救她母亲的，而且不惜一切代价。

泰拉等西伦离开后才打开保险库的门。与狭窄的走廊不同，门内的房间宽敞明亮，光线从看不见的光源照射进来。中间是空的，但墙壁边放置着乳白色的架子，上面摆满了梦幻般的珍宝。栩栩如生的画，黄金乐器，精致的武器，跳舞的小雕像，古老的文物，宝石头冠，沉重的书籍，以及没有标签的瓶子，里面的东西翻搅着，像是魔法。

这就是帕洛玛来特里斯达岛之前的生活。

泰拉给了自己一点时间看了看每一件偷来的东西。她充满了好奇，很想要一些比较漂亮的东西，但她不愿意浪费时间，也不想冒险去碰任何东西，毕竟它们有可能像她母亲的魔牌一样受了诅咒。

泰拉双手握在胸前，继续寻找，终于发现了那个盒子。一阵不自然的微风如鬼魅般掠过泰拉的肩膀。那是个式样简单的木头匣子，丝毫不起眼，但周围有一圈深色光环在跃动，好像房间里其他地方的光线无法照到它似的。

泰拉走过去掀开盖子，她的眼中只有那只木匣。魔牌和泰拉记忆中的一模一样。它们与暗夜同一个颜色，几乎是全黑的，带着淡淡的金色斑点，在光线下闪闪发光，还有一道道旋涡状的深紫红色浮雕，曾经让泰拉想起潮湿的花朵、女巫的鲜血和魔法。

泰拉想知道如果她现在想测算未来，纸牌上会显示什么影像，但她不敢翻看。

泰拉甚至没有碰到任何旋涡形状，就把卜算镜放在了魔牌的最上面。然后，她从裙子里拿出那张囚禁她母亲的纸牌。

纸牌周围的光晕跳动着，变得越来越暗，就好像增加了几张牌，使得整副牌的魔力变得更强大了。

泰拉没有理会随之而来的反感。她呼出一口气，将压在胸部、警告她停手的沉重压力呼出。她的目标就要实现了。她现在所需要做的就是拿起魔牌，赢得比赛。然后她就可以让母亲回来了。

她的手停在那副小小的魔牌之上，不知道莱金德要多久才能找到她。丹特一定告诉过莱金德魔牌在神殿里。很有可能莱金德已经等在台阶上了。况且奈杰尔说过，如果你赢得了卡拉瓦尔秀，你看到的第一张面孔将是莱金德的脸。

泰拉深吸了一口气。若要成功，她需要在正式赢得比赛或走出星神殿之前召来杰克斯。她把手伸进银色礼服的口袋，摸索着他那枚倒霉硬币。

西伦的声音立刻传进了保险库："不要在这里使用那种邪恶的魔法，否则我就关上这扇门，你永远也别想出来了。"

泰拉马上把手从衣服里抽出来。她的手指在颤抖。

她应该在进来之前就召唤杰克斯的。现在无法将他召来，感觉像是她还有机会改变主意。但是泰拉主意已定。一旦她拿着魔牌走出保险库，就再也不能回头了。她只要快点拿出倒霉硬币就行了。

但她仍在冒险。一旦她走出这座神殿，将会出现两种结果，一是杰克斯从莱金德那里夺回全部法力，并将解救所有被困在纸牌里的命运和人；二是如果杰克斯没有及时赶到，所有命运和泰拉的母亲都将毁在莱金德手里。

世界即将发生巨变。要么所有命运和泰拉的母亲重获自由，要么莱金德摧毁他们，成为世界上魔力最强大的人。

难怪那天晚上早些时候星星在闪烁。泰拉想象，等到她把手伸进木匣，勇敢地拿起母亲那副受诅咒的命运魔牌，正式赢得卡拉瓦尔秀，满天星子将再次闪烁。

3 9

　　泰拉走出神殿，她的心跳得飞快。那天晚上发生了那么多事，她的心跳应该停止才对，但她的心跳反而加快了，夜晚凉爽的微风抽打着她的脸，沙沙吹动她衣服上的银叶。她不顾寒气，又把手伸进口袋去摸杰克斯的那枚倒霉硬币。

　　"泰拉……"一个低沉且极其熟悉的声音从台阶底部传来，接着能听到丹特沉重脚步声的回声。

　　她愣住了。

　　如果你赢得了卡拉瓦尔秀，你看到的第一张面孔将是莱金德的脸。

　　不。不。不。

　　泰拉在看见他之前就迅速闭上了眼睛。也许只要她不睁开眼睛，他就会走开，而她将看到另一张脸，丹特也就不是莱金德了。

　　她听见他走得更近了。他的靴子踏在台阶上，沉重而急切。

"我还以为你午夜后才来见我呢。"她喊道。

"我感觉你会早到。"他的声音更近了。

"你不应该来的。"

"泰拉,看着我。"又近了一步。然后,她感到一种总是围绕着她的令人陶醉的温暖。那股暖意紧贴着她的肩膀和胸部,仿佛他就站在她面前:"你这个样子,我怎么跟你说话。"

她仍然紧闭双眼。事情不应该是这样的。她是怀疑丹特是莱金德,但她的猜测不该是对的。

"我不想和你说话。"她说,"我想和莱金德谈。"

"那就睁开眼睛跟我说吧。"

她的腿撑不住了。

他急忙伸出手臂揽住她,扶她站稳,与此同时,她所熟悉的世界却化为了碎片。

丹特就是莱金德。

莱金德就是丹特。

他仍然紧紧抱着她。一只手离开她的腰部,向上移动,直到他的手指轻轻拂过她的脸颊,然后停在她的下巴下方,他勾起她的脸冲着他。他说话的时候,她能感觉到他的唇就在她的唇边:"泰拉,说点什么吧。"

她张开嘴想回答,但他离她太近了,她只能感觉到他的嘴唇触碰到了她的嘴唇。他的双唇是那么柔软,而且分开着,然后,他的唇牢牢地印在了她的唇上。

她甚至不想试图反抗他。但她不可以这样。

他们亲吻着，仿佛世界即将走到尽头，他们唇齿纠缠，仿佛天要塌地要陷，仿佛一场战争在他们周围爆发，唯有这一吻能阻止战争。只要她和丹特吻着，天地间就只有他们两个存在。

泰拉再也不想睁开眼睛；一旦她这么做了，世界就将改变。丹特会消失，只剩下莱金德。

这太不公平了。她刚刚才想清楚她有多想要丹特，但即使这一夜他一直都在，莱金德也是她永远无法拥有的人。他就像漫漫时间长河里的一瞬间；可以经历，却不能拥有。

他更用力地吻着她，一只手穿过她的头发，另一只手向下滑到她的屁股，他把她紧紧搂在怀里，仿佛他也不愿意结束这一吻。

但这一吻必须停止。不管这个吻有多美好。他们的吻持续的时间越长，她所处的危险就越大。

泰拉探过脸向他，最后一次品尝了他的唇。片刻后，她强迫自己放开。如果她继续沉沦，她就永远做不成她必须做的事了。

她勉强睁开了眼睛。

她希望他表现出另一副样子。她希望他的目光变得既冷淡又疏远。她希望他看着她，就好像他才是真正赢得这场比赛的人。她希望他的嘴唇冷酷地上扬，试图从她的手中偷走她的魔牌。但他甚至没有看那副牌。他只是凝视着她。他的一只手仍然揽着她的腰。在这样一个寒气逼人的夜晚，他的手却炽热无比。

"你赢了比赛。"他说。他举起另一只手，好像要摸她的脸。

她瞥见了他皮肤上的黑玫瑰文身。这个图案一直清清楚楚地昭示着他的身份，念及此，她真恨不得大笑一番。但这时他的手臂一动，在他的手腕内侧，就在他在上次卡拉瓦尔秀中留下的伤疤下面，泰拉看到了一丝异样。

她抓起他的手腕。他一缩，但当她把他的袖子卷起来，他没有挣扎。

她倒抽了一口冷气，因为太过用力，甚至感到很疼："见鬼。"

在他手腕的内侧，一个星爆形标志覆盖在一个可爱的文身上，与西伦脸上的那个一模一样。

她告诉自己，他这样做只是为了拿到魔牌，绝不是为了她。他的目的是众命运的魔力，她这么提醒自己。但是，他竟然允许他们在他身上烙了一个永恒的烙印，这仍然感觉很不对劲。

"你向他们承诺了什么？"泰拉问道。

"那不重要。我那么做是为了你，如果有需要，我还会再做一次。"丹特转动手腕，握住了她的手。他依然没有看那副牌。他那双乌黑的眼睛牢牢地望着她，仿佛她是他的战利品。

见鬼，她居然相信他。

真是大错特错。

如果他是莱金德，他就不应该在乎。他不应该一直默默地凝视她，好像她刚刚用一个吻便粉碎了他的世界。他应该嘲笑她如此愚蠢，竟然会爱上他。他不应该靠得更近，好像他也爱上了她。他应该一把从她手里夺过纸牌，把她丢在月石台阶上。他应该伤透她的心。

不应该是她伤透他的心。

泰拉的心终于不再狂跳。她做不到。他为她付出了太多，她不能再对他予取予求了。还是让杰克斯从别处获得法力，去释放她的母亲和众命运吧。

"你得走了。马上就走。"泰拉从他手里抽出她的手,"你来之前,我摸过了杰克斯的倒霉硬币。他现在正在来的路上。他一来,就要偷走你的法力,释放所有的命运。"

丹特的目光终于落到了被泰拉紧紧攥在手中的魔牌上。她还没有完全准备好把他当作莱金德。莱金德应该远胜于真相。他是完美的,是理想化的梦想,是水晶般的希望,太完美了,以至于不可能在现实中存在。如果他脸上掠过的那种赤裸裸的表情没有比失望更深切,她也许会这样形容他:"你要把牌给杰克斯吗?"

"对不起。"泰拉说。她更紧地抓着魔牌,但丹特没有抢走魔牌,不过他下巴上的一块肌肉在颤动,指关节也变白了,好像他整个人都在抵制那种冲动。

"你是为了救你母亲,对吗?"他问道。

"我以为我可以不管她,但她是我妈妈。我有很多问题要问她,而且,尽管她做了那样的事,我都不能停止爱她。"泰拉的声音沙哑了,"我不能让你毁掉她和众命运。"

他的表情很挣扎,好像他被撕成了两半,戴着一张由遗憾和决心组成的双面面具:"如果我能把你的母亲放出来,我会的。但要想在不破坏诅咒的情况下将某人从纸牌里释放出来,唯一的办法就是代替他们被困其中。"

"我不是在要求你释放她。"泰拉说,"我要你在杰克斯来之前赶快离开。"她猛推丹特的胸膛,但他就是屹立不动。他不会走。她心下越想越慌,又推了他一下。但他没有反击,也没有逃跑。他并不害怕。他想要的不止如此。他希望她选择他。他没有离开,也没有拿走魔牌,因为他想让她心甘情愿地把纸牌交给他。

也许他认为如果杰克斯来了，他可以和他斗上一斗，并且打败他。不管怎样，泰拉不是会失去母亲，就是会失去丹特。

除非她能救他们两个。

一开始，这个想法看似绝无可能，但就像所有的想法一样，她越是琢磨，这个想法就越强烈。一直以来，她都认为杰克斯是唯一能解救她母亲的人。但泰拉可以代替她母亲。卡斯帕在表演的时候提过怎么替换。只要把她的名字用鲜血写在纸牌上即可。她的血管里仍然流淌着丹特和朱利安用来治愈她的血液；如果她的凡人之血不够，那他们的血绝对可以发挥作用。

以前这个选择看似并没有可行性。泰拉最害怕被困住。但也许爱和死亡一样，都能超脱世俗。既然泰拉现在已经敞开心扉接受爱，爱就将不停地包围着她，而且，爱比死亡更强大。

过去，她低估了爱。她以前以为浪漫不过是一种更强烈的欲望，但这一刻与欲望无关，她的全部心愿就是拯救丹特和她母亲，至于她自己能不能得救，则无关紧要。在某种程度上，这使她变得无所畏惧，而这是她头一次这么勇敢。

泰拉用母亲那枚尖猫眼石戒指用力地刺破指尖，扎出血来。

"泰拉，你在干什么？"丹特说。

"你把魔牌拿走吧，但你得答应我在杰克斯来之前离开。"她把流血的手指按在囚禁她母亲的纸牌上。

"泰拉，"丹特又问，"你在干什么？"

"我要当英雄。"

"不！"丹特终于明白了她的意思，咆哮着说出了这个词，"泰拉，别这样。你母亲肯定不愿意看到你这样。"

他伸手去抢封印她母亲的魔牌，但已经太晚了。泰拉已经用鲜血把名字写在了上面。

"我写完了。"泰拉说。

她想挤出一抹微笑。她终于成了英雄。她为此付出了一切。

她的嘴唇颤抖着，热泪从她的眼睛里奔涌而出。

"泰拉。"丹特用嘶哑的声音喊她的名字，好像他也快哭出来了，"我知道你不愿意相信我，但我从来没想过对你不利。当我设置游戏时，我知道你母亲把魔牌藏了起来，但我不知道她被困在其中一张里。"他用大拇指抚摸她的脸颊。但他擦干一些眼泪，就有更多泪珠落下来："对不起，我让你失望了。"

她贴着他的手。她原以为莱金德不是会道歉的那种人，但他没有错。这是她的选择。如果她愿意的话，她可以做别的选择。她不知道要多久咒语才生效，但她估摸会很快。既然她的故事有不了真正幸福的结局，至少她可以尝试在伪结局中得到最后一个美好时刻。

"关于我们的吻，我对我姐姐撒了谎。"泰拉说。

丹特轻吻她的额头："我知道。"

"让我把话说完。"她责备道，"我想让你知道我为什么撒谎。我不是羞愧。我那么说是为了不让我姐姐担心，因为我想即使在那时，我就知道我本可以……"

这个夜晚，整个世界，从天上俯视大地的星星，全都不见了。

接着，泰拉也消失了。

4 0

即使比赛中刚刚有人胜出，人们却仍然在寻找线索，他们在仰望夜空的时候，可能注意到了天空中又出现了很多星子，而且已经有几个世纪无人见过这些星星了。因为已经有很久很久没有出现过如此大的牺牲了。

人类是自私的动物。星星一次又一次地见证了这样的事。

但是今晚，当星子俯视尘世，则看到了真正无私的行为。

首先是一个年轻女子。

这个年轻女子实在愚蠢。

她看起来很有前途。可惜现在她没用了，变成了一张纸。

但是，观察那个年轻男子的反应，倒是十分有趣。

星子靠近一些。他此时心烦意乱，便由着他们比过去几个晚上更自由地活动。看到他痛苦心碎，实在是一件叫人高兴的事。这个男孩一向只在乎他自己，这会儿却气得浑身发抖。但愿他不会做出愚蠢的事。他和他们做了一笔交易，他们希望他信守承诺。如果他被封存在纸牌里或是死了，对他们可没有好处。

并不是说他们相信他会为她牺牲自己。人类没有那么无私。但是，他自然不是真正的人类。

他捡起了女孩变成纸牌后从她手中掉下来的戒指。戒指上的宝石绽放出燃烧般的红色和紫色，戒指又被诅咒了，但仍然锋利到足以刺破皮肤。那男孩用戒指割破手掌。血溅了出来，像心碎和恐惧一样鲜红，充满了魔力。

天上的星星严肃而饶有兴味地看着他把血管里的魔力覆盖那副魔牌，而一般凡人不可能拥有这种魔力。然后他说出了古老而可怕的咒语，他本不该知道那些咒语的，更不用说自愿将它们说出来了。

纸牌上的血变黑了，世界又一次发生了变化。

4 1

泰拉本不该能睁开眼睛的。片刻前,她只觉得自己被困住了,无法呼吸,动弹不得,也没有任何感觉。她没有生命,力不从心。

但现在她能感觉到午夜的微风吹拂着她的鬓发,一只温暖的手扶着她的后背,将她揽在一具更温暖的胸膛里,是莱金德的胸膛。

他现在是莱金德,不是丹特。泰拉能从他那炽热手掌中跳动的魔力感觉到他是莱金德,他的手上有无边的魔力,足以把世界撕成两半。但他只是用两只手温柔地贴着她的后背,把她扶起来,使她尚在恢复中的身体不致跌倒在地。她不知道自己在牌里困了多久,但偷命的影响仍然没有消散。她的心跳还算正常,但她的腿绵软无力,她的胳膊像是没有了骨头。她几乎无法动弹。

她凝聚浑身的力气去眨眼,她睁开眼、闭上眼,视线的焦点慢慢恢复了。他们仍然在星神殿的月亮石台阶上。此刻依然是黄昏时分,仿佛并没有过很久，不过天空比以前亮了一点。又多了很多闪闪发光的星星。但是泰拉不想看星星。她只想看他。

他的表情是如此沉郁，看起来好像他从夜里偷了一片黑暗。她想伸手抚平他两眼之间深深的皱纹，想擦去他脸上的痛苦，但她没有力气做任何动作。

"发生了什么事？"她气喘吁吁地说，"为什么没奏效？"

"确实奏效了。"他加大手上的力道，把她紧紧抱在怀里，上下抚摸着她的背，好像在确认她仍然是实实在在的，"我看到你消失，然后出现在你母亲的纸牌上。"

"那我为什么会在这里？我妈妈呢？"泰拉的目光飘过闪闪发光的台阶，落在那些一动不动的雕像上，她发誓雕像一直在看着他们。

"别担心。她很安全。"莱金德道。他低沉的声音十分紧绷，充满痛苦，仿佛他有难言的苦衷，"我猜你母亲此刻在她被变成纸牌之前的地方，否则她就和我们一起在这里了。"

"我还是不明白。"泰拉说。

靠在她背上的手变得僵硬起来："我知道你愿意为她牺牲你自己，但我不愿意牺牲你。"

他拿开一只抱着她的手，一束月光落在他那古铜色的手掌上，照亮了中间一道锯齿状的伤口："我解除了纸牌上的咒语。"

"但是……"泰拉打断了他的话，不知道该抗议他的哪一句话。她愿意牺牲一切，并且准备好一直被封印在纸牌里，以拯救母亲和他，并阻止众命运重获自由、再次统治帝国。但自私的那个她不由得松了一口气。她的故事似乎总有一天会有一个真正的幸福结局。

泰拉真想瘫倒在台阶上，流出宽慰和难以置信的眼泪。莱金德本来可以摧毁所有魔牌，夺走众命运的法力。他本来可以得到他想要的一切。如果他摧毁了众命运，他的魔法就不会只在卡拉瓦尔秀中才能达到顶峰。他将拥有众命运的魔法；卜算镜预测未来的能力；幸运小姐的好运；刺客穿越时空的能力；囚犯夫人的智慧；遇刺国王逃避死亡的能力，他将永远拥有这些法力，而不仅局限于游戏中。他却选择了拯救泰拉。

　　"我不敢相信你竟然为了我这样做。"她抬起头，不再看他受伤的手掌，而是凝视着莱金德那张帅气的脸孔，"我想，你到底还是个英雄。"

　　一听到"英雄"这个词，他的脸色变得阴沉起来，好像他不愿被人称作英雄似的。但她不在乎。他就是她的英雄。

　　泰拉仍然只能勉强移动四肢，但她努力用一只手搂住莱金德的脖子，这时，头几道烟花在天空中突然绽放。她靠得更近，她听到烟花砰砰爆发出闪烁的微光，她拉下他的头，让他的唇凑到她的唇边。起初，他的嘴唇一动也不动。她不由得惊慌失措，生怕出了什么问题，说不定他是后悔了。她更为试探性地动了动嘴唇，正准备拉开两人之间的距离，此时，他温柔地吻了她的嘴角。

　　也许他刚才是怕伤到她。

　　当他再次吻她的时候，他异常温柔；他的双手轻抚着她的腰，他的嘴唇慢慢地沿着她的下巴移动，然后滑下她的脖子。他的吻是那么轻柔，几乎带来了痛苦。他的吻恰似美妙的乐曲，犹如远处海浪的拍击声；虽然分明在那里，却又显得那么遥远。泰拉想拉近这段距离。他们的吻本应该感觉像是某件美好事物的开始，但不知何故，却感觉像是一个结束。仿佛他每一次用唇轻点，都是在做无言的告别。

更多的烟花在天空中爆开，绽放出金色和紫色的光芒，比以前更加明亮。

她紧紧地搂着他的脖子，想抓住他，想留住这一刻，但已经开始抽离，并把她放在台阶上。

"怎么了？"泰拉问道。

"我得走了。"他闭上眼，把嘴唇抿成一条线，然后，他完全放开了她。他放下她虚弱的身体，将她遗弃在冰冷的月光石台阶上："再见了，泰拉。"

她只觉得整颗心空落落的。如果她一直站着，她的腿可能会支撑不住。

他大步走开。他不要她了。

"等等……你去哪儿？"

他继续走下台阶。

有那么一会儿，她担心他不会回头。但更糟糕的是，他真的没有回头。他的眼眸先前是那么炽热，充满了感情，现在不再有任何光芒闪烁。他的眼睛是黑的，黯淡无光，随着每一次心跳而越发变冷，就像上空渐渐消失的烟火："我必须去一个地方。不管事情表面上是怎样，我始终都不是你故事里的英雄。"

泰拉身体里有个东西裂开了。也许是她的心在他离开时化为了碎片，仿佛他没有为她释放出众命运，让整个世界受到诅咒。

4 2

　　泰拉脚下的台阶冰冷刺骨，却不及把她留在此处的那个无情男孩半分冰冷。以前倒是也有男孩将她抛弃，但她从来没有这么痛过。她想站起来，昂着头走开，仿佛他对她来说无足轻重，就像她对他显然也不重要一样。但是泰拉的四肢仍然像是纸糊的，虚弱无力。

　　一声夸张的叹息划破了仍在空中噼啪作响的烟花合唱。接着，杰克斯闲庭信步地走上台阶，一边走一边摇头。他看上去像是打扮了一番，随即又和人打了一架。他那件合身的上衣上满是磨损了的旋涡形金色刺绣。如果袖口和领子上的花边没有被扯下来的话，下面那件奶油色衬衫可能看起来还不错。他脖子附近的两颗纽扣也不见了："我告诉过你，把自己封存进魔牌，是个坏主意。"

　　"你怎么知道发生了什么事？"泰拉问。

　　"我是命运。我无所不知。"

她试图摆出一个更端庄的姿势，但她的四肢仍然软塌塌地垂在冰冷的石头上："你一直都知道结局是这样？"

　　"有这种可能性。"杰克斯继续懒洋洋地爬台阶。就算他很失望没看到莱金德，从他的声音中也听不出来。他那张英俊的脸叫人看不明白。他看起来完全无所谓，只是微微皱着眉："你可不是会苦苦思念的人啊，这个样子并不适合你。"

　　"我没有思念任何人。我很生气。"泰拉说。她就是死也不愿意向杰克斯倾诉心声，但此时只有他一个人在，而且她的心已经碎得不成样子，她无论如何也忍不住要说："我把自己封印在纸牌里，有一半原因是为了不让你夺走他的法力，让你杀不了他。然后，他就把我丢在这里的台阶上了。"

　　"你真的希望从莱金德那里得到更多？"

　　也许她并不盼着从莱金德那里得到更多，但她想从丹特那里得到更多。一个放弃了一切所求的人，怎么能抛弃她呢？他为什么回吻她？她刚把嘴唇贴在他的嘴唇上，他就应该松开她。

　　"你的确是害了相思病了。"杰克斯厌恶地扭曲着嘴巴。

　　"别再评价我了。我动不了，才会这个样子。如果我能动，才不会躺在这里。我会去找我妈妈。"

　　"这么说，你知道她在哪儿了？"杰克斯拖长音问道。

　　泰拉皱起了眉头："难道你没有更重要的事可做吗？难道你不应该去和莱金德刚释放出来的其他命运一起庆祝一下吗？"

　　"你瞧你，只不过被困在纸牌里几分钟，就这么虚弱。其他命运被封印了几个世纪。他们可能已经从牌里出来了，但是，至少需要几个星期，他们或你母亲才能有力气睁开眼睛。他们就算真的醒来，可因为莱金德，他们仍然不能恢复全部法力。"

"那你为什么不赶快去策划一番，好把你剩下的魔法从他手里夺回来呢？"

"谁说我没有？"杰克斯笑了，露出了两个酒窝，他们第一次见面时，她就见过他露出清晰的酒窝。她现在和那时一样讨厌他的酒窝。酒窝应该让人觉得迷人亲切，但他的酒窝总显得极富攻击性。

泰拉的胳膊和腿仍然不能动，但她还是瞪着他："滚开。"

"很好。但我要带你一起走。"杰克斯敏捷地把她抱起，他那瘦削的胳膊比看上去要强壮得多。

"你干什么？"泰拉尖叫。

"带你去见你姐姐。省省力气吧，别挣扎了。"

要是泰拉能对抗他就好了。但她没有力气，而且，她已经厌倦了对抗。她的战斗在莱金德走开的那一刻就在那些台阶上结束了。她现在只想要这个夜晚结束，想要太阳返回天空，这样当她抬头仰望天空，就不会再看到满天都是血淋淋的星星，就不会再想起莱金德了。她唯一的胜利便是她母亲重获了自由，但在泰拉见到她本人之前，她觉得她仍然不知所终。

"你在哭吗？"杰克斯问。

"你敢为此批评我试试看。"

他的手绷紧。一个冰冷的吻落在泰拉的唇上，让她想起了恢复心跳之前的杰克斯。"如果你是为了莱金德哭，那根本没这个必要。他不配。但如果你的眼泪是为了魔牌而流……"杰克斯低头看着她，在一瞬间，所有的慵懒和漫不经心都从他脸上消失了，"我也做过同样的事。如果你不哭，你就不是人了。"

"我还以为你不是人呢。"

"我不是。但有一段时间我是。幸好那段日子没有持续太久。"他补充道，但泰拉好像听到了一丝遗憾。

她伸长脖子看他。他迎着她的目光，她发誓他的表情中现出了一丝担心，他那双银蓝色的眸子失去了光芒，眼泪眼瞅着就要落下来。

"你为什么这么可爱？"她问道。

"如果你觉得我可爱，那你真需要花时间和更可爱的人一起待会儿了。"

"不，你太好了。你把我抱得紧紧的，说着心里话。你现在爱我吗？"

他发出嘲弄的笑声，回答道："你真在意这件事，对吗？"

泰拉对他调皮地一笑："我让你心跳加速。我好像也变成了命运呢。"

"不。"杰克斯紧张地回答，所有的幽默都消失了，"你还是个凡人，再有，我不爱你。"

他的手冰冷至极，她几乎以为他会像莱金德一样把她放下，然后离她而去。但不知怎的，杰克斯一直紧紧抱住她。他抱着她上了一辆空中缆车，到了车上，他仍然搂着她。车里有奶油色的靠垫，上面带着厚厚的深蓝色蕾丝镶边，与椭圆形窗户的窗帘很相配。她想知道这是不是他们第一次见面的缆车，是否就是在这个狭小的车厢里，他威胁要看看把她推出去会怎么样。想到这里，她靠在他怀里的身体变得有些僵硬。虽然他对她很温柔，但他一点也不善良，更不安全。

"你想起你有多不喜欢我了？"他问道。

"我永远也忘不了。我在想我们第一次见面的情形。你当时就知道我是谁吗？"

"不知道。"

"这么说，你只是要迷倒你遇到的每一个人？"

他慢慢地抚摸着她的胳膊；他的手指不再像恢复心跳前那么冰冷，但摸起来还是凉的。"等我恢复了全部法力，我就可以做最卑鄙无耻的事了。我可以说恶毒无比的话，相比之下，我在缆车里对你说的话就是小巫见大巫了，而人们仍然愿意出卖他们的母亲或情人来取悦我。虽然法力消失了，但身为王位继承人，也有类似的效果。"与她四目相对的眼睛是冰霜的颜色，不带感情，毫无歉意，"没人喜欢我，多娜泰拉，但不管我说什么，人们都同意。有时候，我唯一找乐子的方式，就是看我做出多么过分的事，别人才会退缩。"

"真的一点感情都没有吗？"

"我有感觉。"

"但不像人类那么感情丰富？"

"是的。我需要付出更多才能去感受，当我有了感觉，我的感觉就会异常强烈。"杰克斯把手从她的胳膊上拿开，但有那么一瞬间，泰拉觉得他的手指变得像金属一样硬。

缆车到达宫殿，空气中弥漫着庆祝的浓烟。杰克斯甚至没有问泰拉的四肢是否恢复了。他又一次抱起她绵软的身体，抱着她走出缆车站，这时，最后一束璀璨的蓝色焰火冲向天空，蓝宝石色的光芒像雨点一样洒在爱兰丁镶着宝石的宫殿上。

杰克斯的眼睛在烟火的光芒下闪着水银似的微光，他的眼神半点不似人类，根本不能称之为"悲哀"，而泰拉却只能用这个词来形容。

"你为什么不和女王一起看烟火？"她问道。

"你还没听说吗？她失踪的孩子回来了，而且，爱兰丁已经正式承认了他的身份，如此一来，我就不再是继承人了。"

泰拉并不为他感到难过。若是杰克斯大权在握，那对整个莫里迪安帝国而言，无异于受到瘟疫的荼毒。然而，这种情况还是叫她心生不安。那天晚上早些时候，爱兰丁谈到她失踪的孩子，听起来并没有母子团聚的欢愉。所以泰拉才怀疑爱兰丁的新继承人是个冒名顶替的骗子，是爱兰丁故意安排了这样一个人，不让杰克斯继位。

泰拉应该钦佩女王才对，毕竟她做了必须要做的事，来保护帝国免受杰克斯的荼毒。但有些东西感觉很不对劲。

"你可别晕倒在我怀里。"杰克斯说，"你姐姐生起气来可不好惹。"

"我不会晕倒的。"泰拉撒谎说，"说到我姐姐，你还没告诉我，她那天晚上和你在缆车里做了什么。"

"她热情地吻了我。"

泰拉喘不过气来。

杰克斯的嘴角抽动了一下："别死在我怀里。我只是在说笑而已。你告诉你姐姐我找到了你妈妈，所以她想让我也帮她找个人。"

闻言，她感觉好了一些，却依然不安："她在找谁？"

"反正不是现在和她坐在一起的那个男孩。"杰克斯慢慢地转向石像花园的方向。

空气暖和了一些，仿佛宫殿的这个角落没有受到任何坏影响。然而，雕像似乎比泰拉上次看到它们时更令人痛心。它们都比以前更畏缩了。就好像它们知道莱金德已经把众命运放回了这个世界，就是那些命运在很久以前因为想要更逼真的装饰品，便把满满一花园的仆人变成了一动不动的石头。

泰拉在杰克斯的怀里瑟瑟发抖。

斯嘉丽似乎完全没有注意到这一切。她和朱利安坐在石像中间的长椅上，紧挨在一起，像是和好如初了。泰拉发誓，有很多夜晚活动的蝴蝶在他们的头边嬉戏。

这个晚上，姐妹俩中至少有一个找到了幸福。

"你们终于和好了？"泰拉咕哝道。

斯嘉丽和朱利安猛地坐直身体。斯嘉丽从长凳上站起来，飞奔向杰克斯和浑身无力的泰拉。

"你对我妹妹做了什么？"斯嘉丽指着命运杰克斯说，与此同时，她的花边白手套变成了可怕的黑色皮革。

如果朱利安没有搂住她的腰，她恐怕不只是指指他那么简单。他装扮成了混沌，穿着沉重的铠甲和一双尖刺铁手套，他看起来像是随时准备投入战斗。但泰拉看到，在他粗犷的外表下隐藏着的真正的恐惧。不像斯嘉丽，他一定知道杰克斯是盗心王子。如果朱利安真的是莱金德的弟弟，他一定不明白为什么这个命运还活着。

杰克斯只是叹了口气："你们一家人就没一个会说谢谢吗？"

"每次我见到你，我妹妹都很伤情。"斯嘉丽说。

"不是每一次都这样。"杰克斯露出一口白牙，他的目光迅速地从朱利安身上回到斯嘉丽身上。泰拉不知道杰克斯无声地说了些什么，但无论那是什么，都让斯嘉丽紧紧闭上了嘴巴。

"真的不是我的错。"杰克斯继续说，"你妹妹赢了比赛。但她也付出了很大的代价。她倒在神庙区，而莱金德竟然把她丢在那里，真是绅士所为啊，他也算不上什么君子。"

"你见过莱金德？"斯嘉丽问，她的口气既好奇又怀疑。朱利安的脸上也流露出互相矛盾的表情，仿佛他也感到既惊讶又紧张。每当斯嘉丽在房间里，他的目光总是追随着她，可是现在，他却看着泰拉，像是生怕她接下来会说些什么似的。

"我……"泰拉的舌头突然如打结了一般，杰克斯的胳膊顿时紧绷起来。就因为这个，他才一直假装关心；他仍然想知道莱金德的身份，好恢复全部法力，这样他就可以做更多事，而不仅仅是用吻杀人了。但是，即使泰拉愿意和他分享莱金德的秘密，她的舌头却发沉，魔法控制了她的喉咙，她感觉不管她怎么努力，她都无法把那个秘密说出来。

"我不太记得了。"泰拉回避道。然后，她瞥了朱利安一眼："我一赢得比赛，莱金德就走了。"

朱利安的眼里闪过一丝放松的光芒。

斯嘉丽的表情变得更加谨慎。

杰克斯深深地吸了一口气，他的胸部贴着泰拉的背，缓缓地起伏："我想我该走了，还得去找你母亲。"

"不！"泰拉说。

斯嘉丽僵住了。

杰克斯挑起眉毛："发生了这么多事，你难道不想见她吗？"

"我当然想见她。我是不想让你碰她。"

"我会戴手套的。"杰克斯说。然后，他在泰拉耳边轻声说道："人们知道与命运做交易从来都不是什么好主意，但他们还是照做不误，因为我们总是信守诺言。我告诉过你，如果你赢了比赛，我会让你和母亲团聚，我现在就去安排这件事。"

杰克斯小心翼翼地把泰拉放在一个冰凉雕像张开的怀抱里。

有那么一会儿，她特别想感谢他。但她就算死也不愿意感谢他。"我还是恨你。"她说。

"或许这样最好。"

他走出花园，没有发出半点声响。他一走，斯嘉丽就把泰拉从雕像僵硬的怀抱中扶了下来。

泰拉的腿还是软绵绵的，但只要斯嘉丽用一只胳膊搂着她，她就能站得住。她靠在姐姐柔软的身体上。花园里还是很暖和，但有阵阵寒意袭来。孤独的雕像上开始结霜，夜晚活动的蝴蝶早已远去。

"我们能回宫殿了吗？"泰拉含糊地说。

"当然。"斯嘉丽说。

"需要帮忙吗？"朱利安问道。

斯嘉丽飞快地摇了摇头，他们默默地交流着什么。朱利安迅速地吻了一下她的脸颊，然后转身面对泰拉。他琥珀色的眼睛里充满了同情。

"对不起。"他说。他没有提到他的名字，但泰拉知道他是在为莱金德道歉："在别人参加他的比赛的时候，他可以让他们成为他的世界的中心。但比赛结束后，他总是走开，从不回头。"

泰拉觉得朱利安是想帮忙，但不知怎的，他这么一说，事情反倒变得更糟了。

"没关系。"她说，"我很高兴比赛结束了。"

朱利安抓了抓脖颈。泰拉担心他会说些别的什么话，叫人伤心难过。

但她猜测他更渴望去找他的兄弟，而不是继续和她交谈。当杰克斯抱着她出现的那一刻，朱利安就一定知道，事情并没有按计划进行。

他没再说什么，便离开了花园，消失在夜色中。

他一走，斯嘉丽就扭头面对泰拉，看样子有很多问题要问。泰拉不知道姐姐想问的是母亲、比赛，或者是泰拉做了什么才会变得如此虚弱。

泰拉只知道她不想争吵，也不想看到她姐姐脸上出现任何失望的表情。斯嘉丽理应得到答案，但泰拉还没有准备好把她的故事一五一十地讲出来。她只是想有人安慰她，照顾她直到天亮。

斯嘉丽用力地抱住她："你什么时候想说了，我都等着听。"

"我宁愿忘记。"泰拉倒在姐姐怀里。她本不想说什么，但她一开口，剩下的话便一股脑儿溜了出来："我犯了个错，斯嘉丽。我从来不想爱上任何人，但我好像已经把心交给了莱金德。"

4 3

这是莫里迪安帝国有史以来最宁静的一个爱兰丁节。一个星期以来，星群在天空中燃烧，但由于爱兰丁的身体持续恶化，女王的所有庆生活动都被取消了。那天早晨，她的臣民得知了她的病情，整个瓦伦达都陷入了愁云惨雾之中。就连太阳也失去了往昔的华彩，似乎满足于躲在云层后面。太阳只探出一角，将一束阳光照射进多娜泰拉和姐姐斯嘉丽同坐的房间里。

泰拉觉得自己仿佛进入了一个美梦和噩梦交织在一起的世界。

她梦见过母亲很多次。通常是噩梦，在梦中，母亲又一次抛弃了泰拉。但有时候，泰拉会梦到母亲回来了。梦中的情形总是一样的。泰拉会在梦中睡着，然后母亲温柔地亲吻她的额头，叫醒她。泰拉的眼睛睁得大大的，然后，她搂住母亲的脖子，一种难以形容的喜悦占据了她的心。

每逢此时，她总是感觉又想哭又想笑；是痛并快乐着。这个感觉压在泰拉的胸口，他呼吸困难，说不出话来。母亲现在回来了，这种感觉本应该更强烈才对。

母亲就躺在斯嘉丽的床上，平静得像一个在劫难逃的落难少女，脸色苍白，头发乌黑，嘴唇红得不自然。泰拉尽量不去在意母亲的嘴唇和皮肤呈现出的夸张颜色，她提醒自己，多年来她一直是一张牌上的一幅画，而不是一个女人。

她的母亲现在自由了，而这都是泰拉的功劳。光是因为这场胜利，泰拉就应该可以生出一双翅膀，在房间里飞翔，飞出窗外，在楼下的玻璃庭院里翱翔。但想到翅膀，泰拉便情不自禁地想到了一个漂亮脊背上的一双文身翅膀。然后，她想起了她本不应该想到的那个人。莱金德。

一想到他的名字，她就不禁热血沸腾。

他把她留在星神殿外的台阶上，那之后，她不知道他去了哪里。她也不愿意去想他去了何处。她不想回忆她和他的每一次相遇，他对她说的每一句话，他给她的每一个眼神，或者他们之间的每一次亲吻。每一段记忆都叫她心碎，弄得她眼睛痛、肺部痛、喉咙痛，每当她想起他们在一起的最后那一刻，她都难过到无法自持。

她老是想起他，她觉得自己太没用了。泰拉知道，他们一起经历了这么多之后，她必须硬起心肠，才能把他从她的思绪中赶走。泰拉从来都不愿意变得冷酷无情，但她也不想受他折磨。

要她停止对他的思念，只有一个方法，就是把注意力都放在她母亲身上。此时，母亲就在那里，并且终有醒过来的一天。

杰克斯居然遵守诺言，把帕洛玛还给了她，泰拉至今仍觉得不可思议。也许他到底还是爱上了泰拉。她是他唯一的真爱。不过泰拉认为成为命运的宠儿是件危险的事。但她现在不再忌惮众命运了。杰克斯说得很清楚，众命运要用比她母亲更长的时间，方能醒来。

泰拉用一块凉布擦了擦帕洛玛的额头，倒不是说这么做能有什么帮助。母亲没有发烧。但如果泰拉做点什么，会感觉好一些。

"自从她走了以后，她看起来一点也没老。"斯嘉丽说，"这不符合自然规律。"

"我敢肯定，被关在纸牌里，就和自然规律扯不上关系了。"泰拉道。

斯嘉丽闻言深深皱起眉头。

两姐妹前一天晚上一到王宫，泰拉就在姐姐的床上睡着了。她醒来的时候，发现杰克斯将她那失去知觉的母亲送了回来。他没有提到是在哪里找到她的，但他无意中透露了一些事情，比如她是如何被困在了魔牌里，泰拉是如何为了救她而做出了巨大的牺牲。

泰拉曾希望，在这种情况下，姐姐会选择忽略母亲的话题。但是，一个大活人就躺在房间里，看起来像被诅咒了一样，是很难忽略的。斯嘉丽毫不留情地质问了泰拉，逼得她坦白了一切。

斯嘉丽对大部分事情都无法接受，特别是关于泰拉代替母亲被封印在纸牌里的那一段。斯嘉丽请求泰拉再也不要冒这种风险，然后，她把怒火转向了她们的母亲，因此，她一看到帕洛玛，就阴沉着脸。

泰拉不能怪姐姐。泰拉察觉到，斯嘉丽表面愤怒，但事实上，因为她对卡拉瓦尔秀中发生的许多事情都不知情，而且竟然不知道这次的比赛是真的，所以十分愧疚。尽管这不是斯嘉丽的错。令人惊讶的是，泰拉并不后悔她所做的一切。虽然她希望自己没有深深爱上莱金德，幸好姐姐没有提及此事。

泰拉很想知道，朱利安是否告诉过斯嘉丽丹特就是莱金德，因为他的身份似乎是泰拉唯一说不出的事。斯嘉丽跟泰拉说过，她要再给朱利安一次机会。斯嘉丽对泰拉目前对莱金德和卡拉瓦尔秀的感情很敏感，所以没有过多地问起细节。但照泰拉估计，如果朱利安不多给她几个暗送秋波的眼神和亲吻，她的姐姐是不会完全原谅他的，而泰拉因此怀疑姐姐前一天晚上没说实话，她对莱金德真实身份的了解其实更深。

"不如我们玩个游戏吧。"泰拉建议道，"你有普通的牌吗？"她打开了斯嘉丽床边那个床头柜的抽屉。

"不要！"斯嘉丽跳了起来。

要不是她反应这么强烈，泰拉可能会关上抽屉，不多看一眼。可是斯嘉丽一叫，泰拉就更感兴趣了。

抽屉里有一本书，红色皮面，十分精致，从中伸出一封同样精致的信。

"这是什么？"泰拉从书中把信抽出。信是写给斯嘉丽的。泰拉不认识回信地址，但她熟悉上面的名字：尼古拉斯·达西伯爵。

泰拉坐在那里，说不出话来，她不认为大喊大叫是个好主意。

斯嘉丽的整个脸都红了："我可以解释。"

"我以为你又给了朱利安一次机会。"

"的确是。但我也给了尼古拉斯一个机会。"

"尼古拉斯？你现在和你的前未婚夫都直呼其名了？"泰拉绝望地希望姐姐不过是在开玩笑，是想报复泰拉有这么多秘密。可如果这一切都是真的，那斯嘉丽和杰克斯在花园里的那种紧张表情现在就说得通了："你就是让杰克斯帮你找那个人吗？"

"杰克斯告诉你我找他帮忙了？"斯嘉丽听起来很惊讶，好像她真的相信盗心王子。

"那天晚上我看见你和他从同一辆缆车走了出来。"泰拉说。

斯嘉丽用手捂住脸，掩饰脸上越来越浓的红晕："在你告诉他找到了我们的母亲后，我就去找他了。我一直在独自寻找尼古拉斯，只可惜一直找不到。去杰克斯那里寻求帮助，我就有借口去审问他对你有什么意图。只是他并没有说实话。"

"对于诚实与否这一点，我认为我们两个都没资格批评别人。"泰拉厉声道。

"我本来打算把尼古拉斯的事告诉你，但我一直在等待合适的时机。"斯嘉丽看了一眼母亲，母亲便是一个无声的提醒，让她们知道，斯嘉丽并不是唯一有秘密的人，"我不该瞒着你的，但我知道你从来就不喜欢他。"

"我还是不喜欢他。和他通信是一个错误。"

"别担心。"斯嘉丽说，"我不打算嫁给他。但如果你不告诉朱利安，我会感激不尽的。我认为有了竞争对手，可能对他有好处。"

"所以这就是你的目的？"泰拉非常震惊，"你想让伯爵和朱利安竞争吗？"

"我不认为这是竞争。"斯嘉丽说，"我又不打算让他们去完成什么任务。但是，如果我没有其他人做对比，我怎么才能真正知道朱利安适合我呢？我还以为你会以我为荣。你不是一直想让我为自己做主吗？"斯嘉丽咧嘴一笑，像只狡猾的猫刚学会溜出房子去探索外面的世界。

泰拉一直认为姐姐低估了她，但也许是她低估了斯嘉丽。

泰拉仍然不喜欢与伯爵有关的这个主意。尽管她不再相信卜算镜预测的未来，但一提到达西伯爵，她不免还是有种毛骨悚然的感觉。他的信总是显得有点太完美了。他完全符合字典对绅士的定义：在现实生活中，没有人能做到如此完美。要么是他太沉闷，要么他就是个骗子。然而，尽管她有所保留，泰拉还是为姐姐做出如此大胆的选择而感到骄傲："斯嘉丽，我……"

突然有钟声响起。长而低沉的悲伤钟声响彻宫殿。

听到这如此悲怆的钟声，泰拉不由得浑身哆嗦，立刻忘记了接下来要说什么，而钟声却一直在响。这不是时钟在报时。这是丧钟，敲打出一首丧歌。

在床上，泰拉的母亲动了动。她没有从她诅咒的睡眠中醒来，但钟声显然惊动了她。在低沉的调子中间，泰拉听到走廊里响起一阵骚动。匆忙的脚步。喋喋不休的声音。没完没了的痛哭。她突然明白了。

爱兰丁女王薨逝了。

泰拉只见过女王两次，但一想到她的生命走到了终点，身体松弛，眼睛永远闭上，她的心里便涌起一阵不可思议的难过之情。

斯嘉丽一定不这么肯定，或者说，她还不清楚发生了什么事。她从座位上站起来，把门打开，这时一个仆人匆匆走过："出什么事了？"

"陛下去世了。"仆人证实道，"他们说，新继承人，也就是陛下失踪的孩子，要在金塔上露面。大家都去玻璃庭院看呢。你从房间里的窗户就能看到塔楼。"

女仆飞快地跑开，泰拉穿过房间，把最大的那扇窗户的窗帘拉开。

如蜂蜜般浓稠的明亮光线涌了进来。太阳终于从云层后面出来了，似乎正在为它那天下午消极怠工而尽量弥补。哀鸣的钟声还在响着，明亮阳光洒在整个院子里，感觉是那么不协调。

"真不敢相信女王驾崩了。"斯嘉丽说。

"你会喜欢她的，"泰拉低声说，"她拥抱了我，我一直都盼着安娜祖母能那样拥抱我们。"

"祖母真抱过你？"

"一次。"泰拉说，"相信我，抱和不抱并没有区别。"

安娜祖母去世时，泰拉没有哭。虽然那个女人也有出力把她养大，泰拉却从未对她产生过任何感情。但是泰拉喜欢女王。她们认识的时间很短，但爱兰丁改变了泰拉的方向；如果她们从来没有相遇，那泰拉的母亲可能仍然被封印在纸牌里。

泰拉伸长了脖子，她的视线越过玻璃庭院，向金塔望去。每扇窗户和阳台都是开着的；女仆和仆人把黑色的花瓣扔向下面聚集的人群。那庄严的悼念比钟声更令人伤心。

只有一个阳台没有落下鲜花。相反，这个露台悬挂着深蓝色的旗帜，上面有莫里迪安帝国醒目的白色徽章。有个人站在阳台中间。

泰拉看到他，她身上的每一根汗毛都竖了起来。

泰拉看不清他的脸，但她能看到他的大礼帽。高高的黑色礼帽，不是莱金德还会有谁。

那个无赖。

泰拉知道莱金德有很多秘密，但她从没想过会发生眼前的情况。他竟然假扮成了爱兰丁失踪的孩子。因此，刚一开始放烟火，他把她丢在了台阶上；他要和女王一起看烟花。不过泰拉认为他无论如何都会离开她。

　　尽管不合时宜，但是泰拉无法阻止她内心涌起的笑意。她原以为她是他整个比赛的关键。但莱金德不只是在玩游戏。他来瓦伦达，并不只是为了毁灭众命运，夺取他们的全部法力收为己用。他选择这个城市作为他的棋盘，是为了成功登上王位。

尾 声

在童话故事里，姑娘们到了十六岁，如果她们是伪装了的公主，就会发现自己会魔法，如若不然，她们便会遭到诅咒，需要一个英俊的王子来帮她们打破黑魔咒。泰拉不清楚她十七岁那年会有什么在等她，但无论如何，都会更加精彩和奇妙。

在爱兰丁节那天，她经历了种种悲伤，几乎忘记了自己的生日。然而她却在午夜那一刻奇迹般地醒了过来。

她的心情依然沉重，但她觉得带着一颗破碎的心生活，只会让她更坚强。

两天前的晚上，她代替母亲被封印在魔牌里，泰拉担心那就是她真正的结局。但她太年轻了，还不可能走到结局。她的冒险才刚刚开始。她的冒险将比承诺更盛大，比星座更明亮。等她完成了冒险，泰拉将成为传奇人物。

莱金德会后悔没和她道别，便把她丢在了那些台阶上。

或者他已经后悔了……

泰拉静静地在床上坐起来。房间里漆黑一片，黑夜深沉，暗影弥漫，泰拉却清楚地看到了那份礼物，仿佛此刻是青天白日。她床边的桌子上放着一朵红玫瑰，枝干洁白无瑕。在花朵的下面是一个晶莹剔透的银色信封，因为，莱金德的一切自然都会在黑暗中闪耀光芒。

泰拉拿起信，蹑手蹑脚地下了床，朝窗户走去。

她仍然生他的气。她要让他后悔甩下她。但她的心似乎已经忘记了那件事。当她打开他留给她的信，她的心开始狂跳，进入了一种难以控制的节奏。

信上有他的味道，那是墨水、秘密和邪恶魔法的气味。他的字迹龙飞凤舞。她看着信，说什么也不肯笑出来，但希望开始在她心里冉冉升起。

多娜泰拉：

相信今天是你的生日。我也相信我们之间还有未竟之事；你赢了卡拉瓦尔秀，我欠你一份奖品。你想什么时候要，尽可以来找我。

我会一直等着你。

莱金德

众 命 运 和 术 语 表

命运魔牌：可用来算命。命运魔牌共有三十二张，由十六个长生者、八个地点和八样物品组成。

众命运：根据神话，命运魔牌上描绘的众命运曾经拥有强大的魔法，是有形的实体。他们在几个世纪前统治着世界，为首的是遇刺国王和永生王后，后来，他们全都神秘地消失了。

高级命运

● 遇刺国王

● 永生王后

● 盗心王子

● 死亡少女

● 陨落星辰

- 幸运小姐

- 刺客

- 投毒者

低级命运

- 疯狂小丑

- 女囚犯

- 女祭司

- 王后女仆

- 未婚新娘

- 混沌

- 怀孕少女

- 毒药

命运魔物

- 破碎王冠

- 女王礼服

- 空白纸牌

- 流血王座

- 卜算镜

- 天下地图

- 未咬水果

- 幻想钥匙

命运魔地

- ● 迷失宝塔
- ● 幻想果园
- ● 动物园
- ● 永生图书馆
- ● 午夜城堡
- ● 幻象之城
- ● 消失集市
- ● 永恒火焰

倒霉硬币：一种具有魔力的硬币，可追踪人的下落。当众命运仍然统治地球之际，如果他们迷恋上一个凡人，就会偷偷把一枚倒霉硬币塞进他们的钱包或口袋里，这样凡人无论走到哪里，众命运都可以跟踪他们。这些硬币被认为是不祥的预兆。

阿尔卡拉古城：众命运统治时期的古城，现在是莫里迪安帝国的首都瓦伦达。